U0782801

教育部人文社科重點研究基地
四川大學中國俗文化研究所資助項目

主編　周裕鍇

宋代佛教文學研究叢書

護教與適性
——明教契嵩禪師文學研究

謝天鵬◎著

圖書在版編目(CIP)數據

護教與適性:明教契嵩禪師文學研究/謝天鵬著.
—成都:巴蜀書社,2020.12
　ISBN 978－7－5531－1372－2

　Ⅰ.①護…　Ⅱ.①謝…　Ⅲ.①宗教文學－古典文學研
究－中國－北宋　Ⅳ.①I207.99

中國版本圖書館 CIP 數據核字(2020)第 191697 號

護教與適性
──明教契嵩禪師文學研究
HU JIAO YU SHI XING MING JIAO QI SONG CHAN SHI WEN XUE YAN JIU　　謝天鵬　著

責任編輯　李　蓓

出版發行　巴蜀書社(成都市槐樹街 2 號　郵編 610031)

電　　話　總編室:(028)86259397

　　　　　發行科:(028)86259422　86259423

網　　址　www.bsbook.com

排　　版　成都完美科技有限責任公司

印　　刷　四川五洲彩印有限公司

版　　次　2020 年 12 月第 1 版

印　　次　2020 年 12 月第 1 次印刷

成品尺寸　240mm×170mm

印　　張　23

字　　數　380 千

書　　號　ISBN 978－7－5531－1372－2

定　　價　92.00 圓

總　序

項　楚

　　四川大學中國俗文化研究所，作為教育部人文社會科學重點研究基地，已經走過了二十年的歷程。不忘初心，重新出發，是我們編輯這套叢書的目的。

　　俗文化是中國傳統文化的重要部分，與雅文化共同形成中國文化的兩翼。俗文化集中反映出中華民族廣大民眾獨特的思維模式、風俗習慣、宗教信仰、語言風格、審美趣味等等，在構建民族精神、塑造國民心理方面，曾經起過並正在起着重要的作用。因此，俗文化研究不僅在認知傳統的中華民族文化方面具有重大的學術價值，而且在促進社會主義精神文明建設方面，具有傳統雅文化研究不可替代的意義。不過，俗文化和雅文化一樣，都是極其廣泛的概念，猶如大海一樣，汪洋恣肆，浩渺無際，包羅萬象，我們的研究祇不過是在海邊飲一瓢水，略知其味而已。在本所成立之初，我們確立了三個研究方向：俗語言研究、俗文學研究、俗信仰研究，後來又增加了民俗人類學的研究。同時，我們也開展了相關領域的研究，如敦煌文化研究、佛教文化研究等等。在歷史上，雅文化主要是士大夫階級的意識形態，俗文化則更多地代表了下層民眾的意識形態。它們是兩個對立的範疇，各有自己的研究領域和研究路數，不過在實踐中，它們之間又是互相影響、互相滲透、互相轉化的。當我們的研究越來越深入的時候，我們就會發現它們在對立中的同一性。雖然它們看起來是那樣的不同，然而它們都是我們民族心理素質的深刻表現，都是我們民族性格的外化，都是我們民族的魂。

二十年來，本所的研究成果陸續問世，已經在學界產生了廣泛的影響。本套叢書收入的祇是本所最近五年來的部分研究成果，正如前面所說，是在俗文化研究大海中的一瓢水的奉獻。

目　録

緒　論　契嵩研究綜述

一、宋元明清的契嵩研究

　　契嵩，字仲靈，俗姓李，藤州鐔津（今廣西藤縣）人[①]。宋真宗景德四年（1007）生，七歲從父遺命出家，十四歲受具足戒。宋仁宗天聖五年（1027），他離開廣西，下沅江、湘江，登衡山，至袁州（今江西宜春）、筠州（今江西高安）等地參學，並在筠州得法於洞山曉聰。明道二年（1033），又在西山（今屬江西南昌）借歐陽昉家藏之書為學。寶元元年

[①]　“鐔津”作為行政區劃，今已不用，其地在古代，亦頗偏遠，故“鐔津”之“鐔”其音亦生。如字典類，《王力古漢語字典》（王力主編，北京：中華書局，2000 年，第 1549 頁）僅有 xín 一音；《汉语大字典》（第二版，九卷本，漢語大字典編輯委員會編纂，成都：四川出版集團四川辭書出版社；武漢：湖北長江出版集團崇文書局，2010 年，第 4583 頁）則有 xín、tán、chán 三音；二書皆未涉及“鐔”於地名中之讀法。如辭典類，《辭海》（第六版，縮印本，夏征農、陳至立主編，上海：上海辭書出版社，2010 年，第 2120 頁）中收“鐔”，云“xín，又讀 tán”，下收“鐔城”，另有音 tán（第 1833 頁），其義則用於姓；《現代漢語大詞典》（龔學勝主編，北京：商務印書館國際有限公司，2015 年，第 1624 頁）則為 xín、tán、chán 三音，皆無指地名義；《古代漢語詞典》（商務印書館辭書研究中心修訂，北京：商務印書館，2014 年，第 1653 頁）則僅有 xín 一音，亦無指地名義，更無“鐔津”一詞。也有收“鐔津”一詞者，如《詞源》（何九盈、王寧、董琨主編，商務印書館編輯部編，北京商務印書館，2015 年，第 4226 頁）收“鐔津集”一條，觀此書“鐔”僅 xún 之一音，則是以此詞為 xúnjīn。另有《中國歷史地名大辭典》（劉鈞仁著，塩英哲編，東京都：凌雲書房，1980 年，第（戌）45 頁）收“鐔津”一條，而音 tánjīn。從這些字典、辭典不難看出，“鐔”字之音已多紛爭，而“鐔津”之音則更難確定，即如註為 xúnjīn、tánjīn 者，也不知其出處，而在其他諸書無註的情況下，這兩種註音亦使人不敢輕信。今有鑒於此，遂考校古籍，然廣加搜索，亦僅得明其音者一條。宋人樂史《太平寰宇記》卷一百五十八（《景印文淵閣四庫全書》第 470 冊，第 478 頁），於“籘州”條下云“籘州（按：他書作“藤”，此作“籘”，形異而實同）感義郡，今理鐔津縣，鐔音談”，則“鐔津”宜讀 tánjīn。

（1038），至錢唐（今杭州），從此主要活動於吳越一帶，與當地僧人、士大夫多有交往。為反抗當時歐陽修、李覯等為代表的排佛運動，他自皇祐二年（1050）到至和三年（1056），著成《原教》《孝論》《六祖大師法寶壇經讚》《廣原教》《勸書》（契嵩合五者編為《輔教編》）以及《非韓子》等，力圖以貫通儒釋的方式批判排佛者的偏頗，而達到護衛佛教之目的。面對佛教內諸派相爭，為維護禪宗地位，自皇祐五年（1053）至嘉祐五年（1060）間，他又撰寫了《傳法正宗記》（其中分為《傳法正宗記》《傳法正宗定祖圖》《傳法正宗論》）。契嵩不惟著書，亦致力推廣，除與朋友交流外，還曾以《輔教編》獻張方平、呂溱、田況、曾公亮、韓琦、富弼、歐陽修等。嘉祐六年，又親赴汴京（今河南開封），通過開封府尹王素上萬言書於宋仁宗，請求賜《輔教編》《傳法正宗記》入藏。嘉祐七年（1062）二月，仁宗准二書入藏，並賜他"明教大師"之號。一個月後，契嵩返歸。他又曾自註其《輔教編》（即《夾註輔教編》），至宋英宗治平三年（1066）告成。宋神宗熙寧五年（1072）六月四日，契嵩卒於杭州靈隱寺①。

契嵩為雲門高僧，精古文，善詩歌，生前死後皆不寂寞。他平生交遊多有高僧名儒，他們對契嵩其人其文的評價，頗可證其於當時之影響。契嵩《與石門月禪師書》云："昨三月得公晦書並所製《悲風謠後序》，慰諭勤至。非深交至友，何肯如此？於感佩萬一也。然序文殊佳，但其德薄，不任稱獎也，此為忝耳。"② 可知釋曉月對契嵩推崇頗深。釋惟晤稱讚契嵩則曰"我憐詩是君家事，更約論心極細微"③、"道安獨繼襄陽踵，詩好惟

---

① 關於契嵩生平行跡的研究，現主要有郭尚武《契嵩生平與〈輔教編〉研究》（《山西大學學報》，1994 年第 4 期）中的"契嵩年表"部分和邱小毛、趙黎明的《〈契嵩年表〉考補》（《重慶師範大學學報》，2012 年第 2 期）一文以及邱小毛、林仲湘《鐔津文集校註》（成都：巴蜀書社，2014 年）的"前言"部分，本文參考三者而取之。在契嵩至錢唐的時間問題上，"年表"以為在景祐二年（1035），《考補》考證在寶元元年。契嵩註《輔教編》之事，"年表"未及，《考補》補之。另外，《傳法正宗記》《傳法正宗論》的創作時間，"年表"、《考補》未言，《鐔津文集校註》"前言"則以為在皇祐五年到嘉祐五年之間。至於《傳法正宗定祖圖》，乃輔助《傳法正宗記》者，故亦當在同一時期完成。
② （宋）契嵩撰，鍾東、江暉點校《鐔津文集》，上海：上海古籍出版社，2016 年，第 206 頁。
③ （宋）契嵩撰，鍾東、江暉點校《鐔津文集》，上海：上海古籍出版社，2016 年，第 367 頁。

窺霄畫評"①，不僅稱讚他佛法精微，還高度肯定其詩歌創作。

在佛門之外，契嵩所獲讚譽則更為廣泛。陳舜俞《鐔津明教大師行業記》載：

> 當是時，天下之士學為古文，慕韓退之排佛而尊孔子，東南有章
> 表民、黃聱隅、李泰伯，尤為雄傑，學者宗之。仲靈獨居，作《原
> 教》《孝論》十餘篇，明儒釋之道一貫，以抗其說。諸君讀之，既愛
> 其文，又畏其理之勝而莫之能奪也②。

章望之（字表民）、黃晞（號聱隅子）、李覯（字泰伯）尊儒排佛，為學者
所宗，但他們對契嵩則畏其理而愛其文。可見，契嵩的學問與文章確有過
人之處。

契嵩在《重上韓相公書》中言："其後奏書，垂之政府，而閣下面獎，
特比之史筆。"③ 此指嘉祐六年，契嵩以《輔教編》《傳法正宗記》奏之天
子，以求賜入大藏。仁宗命以二書傳之政府，朝中大臣多得閱覽。其中，
韓琦稱賞其書而譽之"史筆"，並且還將契嵩之書推薦於歐陽修等。《重上
韓相公書》云："又其後，竊聞閣下益以其文與諸公稱之於館閣，而士大
夫聞者有曰：'大丞相真公與人為善矣。'"④ 惠洪《嘉祐序》云："書既送
中書，時魏國韓公琦覽之，以示歐陽文忠公。公方以文章自任，以師表天
下，又以護宗不喜吾道。見其文，謂魏公曰：'不意僧中有此郎邪！黎明
當一識之。'公同往見，文忠與語終日，遂大喜。由是公名振海內。"⑤ 歐
陽修當時為古文運動領袖，力倡排佛，他見契嵩文章，便愛賞不已而欲識
之，更可見契嵩之學問、文章頗堪稱道。此外，文同《送無演歸成都》

---

① （宋）契嵩撰，鍾東、江暉點校《鐔津文集》，上海：上海古籍出版社，2016 年，第 369 頁。
② （宋）契嵩撰，鍾東、江暉點校《鐔津文集》，上海：上海古籍出版社，2016 年，卷首。
③ （宋）契嵩撰，鍾東、江暉點校《鐔津文集》，上海：上海古籍出版社，2016 年，第 171 頁。
④ （宋）契嵩撰，鍾東、江暉點校《鐔津文集》，上海：上海古籍出版社，2016 年，第 171 頁。
⑤ （宋）惠洪《石門文字禪》，《景印文淵閣四庫全書》第 1116 冊，第 455 頁。按：惠洪此序，懷悟
《鐔津文集》曾收錄而加以葺正，稱為《又序》。今傳惠洪《嘉祐序》中"公同往見，文忠與語終
日，遂大喜"，而《又序》中作"師聞，因往見之。文忠與語終日，遂大稱賞其學瞻道明，由是師
之盛德益振環宇"。疑懷悟所見《嘉祐序》中之"同"本為"聞"，則當時韓琦未曾陪同契嵩拜訪
歐陽修。詳見附錄《〈鐔津文集〉"又序"考論》。

曰："曾讀契嵩《輔教編》，浮屠氏有不可忽。"① 他對契嵩的文章也是頗為認同的。

除了以《輔教編》為代表的議論文，契嵩的詩歌同樣得到了時人稱賞。契嵩與楊蟠、強至有詩歌唱和。楊蟠為當時著名詩人，其稱讚契嵩之詩"千年猶可照吳邦"②。而強至則稱契嵩"詩情遠過人"，"詩力健能支倒岳，詞源湧可截奔江"③，認為契嵩之詩所蘊之情過於常人，且才力雄健，可支倒岳，可截奔江。他們對契嵩詩歌都給予了極高評價。

契嵩在世時，其所獲讚譽往往來自與其有交往者，而他們的評價則主要針對其《輔教編》與詩歌。《輔教編》闡儒釋一貫之道，其相對於崇佛貶儒的著述而言，顯然更易獲主於儒學的士大夫好感。契嵩又善詩文，與士大夫多有唱和與書信往來。因此，他們對契嵩的讚譽便集中在儒釋一貫的思想以及文法、詩法上。從當時情況看，契嵩的盛名，主要應歸功於士大夫們的交相讚譽。彼時的契嵩，作為佛徒，在思想和社會地位方面，與尊儒的士大夫們之間的矛盾被弱化了。不過，契嵩死後，僧人對他的書寫與評價超越士大夫們而開始成為主流。他們的討論開始出現刻意拔高契嵩或貶低儒者的傾向。

契嵩逝後不久，陳舜俞為之作《鐔津明教大師行業記》以敘其平生事業，並高揚其道德、文章。文中敘事猶可注意者有二。

第一為儒釋相爭之事，其文曰：

> 當是時，天下之士學為古文，慕韓退之排佛而尊孔子，東南有章表民、黃聲隅、李泰伯，尤為雄傑，學者宗之。仲靈獨居，作《原教》《孝論》十餘篇，明儒釋之道一貫，以抗其說。諸君讀之，既愛其文，又畏其理之勝而莫之能奪也，因與之遊。遇士大夫之惡佛者，仲靈無不懇懇為言之，由是排者浸止，而後有好之甚者，仲靈唱之也④。

---

① （宋）文同：《丹淵集》，《景印文淵閣四庫全書》第 1096 冊，第 613 頁。
② （宋）契嵩撰，鍾東、江暉點校《鐔津文集》，上海：上海古籍出版社，2016 年，第 381 頁。
③ （宋）強至：《祠部集》，《景印文淵閣四庫全書》第 1091 冊，第 50、69 頁。
④ （宋）契嵩撰，鍾東、江暉點校《鐔津文集》，上海：上海古籍出版社，2016 年，卷首。

又曰：

> 居無何，觀察李公謹得其書，且歆其高名，奏賜紫方袍。仲靈復念幸生天子大臣護道達法之年，乃抱其書以遊京師。府尹龍圖王仲儀果奏上之。仁宗覽之，詔付傳法院編次，以示褒寵，仍賜“明教”之號。仲靈再表辭，不許。朝中自韓丞相而下，莫不延見而尊重之。留居憫賢寺，不受，請還東南[①]。

陳氏與契嵩交好，雖亦喜佛，然其出歐陽修門下，畢竟以儒學為主，故敘契嵩所涉儒釋相爭之事，有意調和，既呈現士大夫主導地位，又表現出雙方的相互尊重。

第二則為佛教內部相爭之事，其文曰：

> 已而浮圖之講解者，惡其有別傳之語，而恥其所宗不在所謂二十八人者，乃相與造說以非之。仲靈聞之，攘袂切齒，又益著書，博引聖賢經論、古人集錄為證，幾至數萬言。士有賢而好佛者，往往詣而訴其冤。久之，雖平生厚於仲靈者，猶恨其不能與眾人相忘於是非之間。及其亡也，三寸之舌所以論議是是非非者，卒與數物不壞以明之。嗚呼！使其與奪之不公，辯說之不契乎道，則何以臻此哉[②]？

陳氏載契嵩因《傳法正宗記》而引起佛教內禪宗與其他宗派之矛盾。契嵩在彼時，對相爭之佛徒則“攘袂切齒”，而“平生厚於仲靈者”對其不能與人相忘於是非之間則是“猶恨”。雙方矛盾之尖銳，相對於儒釋相爭時契嵩對惡佛者的“無不懇懇為言之”，及儒者對契嵩的“與之游”及大力相助而言，可謂天壤之別。

陳氏身為儒者而好佛，所以在敘述中弱化儒釋矛盾。他於佛教內部相

---

① （宋）契嵩撰，鍾東、江暉點校《鐔津文集》，上海：上海古籍出版社，2016 年，卷首。
② （宋）契嵩撰，鍾東、江暉點校《鐔津文集》，上海：上海古籍出版社，2016 年，卷首。

爭，終為局外人，故其敘事並不掩蓋矛盾之激烈。其又為契嵩好友，故於佛教內部相爭中，更多為契嵩說話，認為其與奪公正而論說契合於道。

然而，佛徒們對契嵩事跡的敘述則偏重不同，往往對陳舜俞之說有所刪改。釋文瑩，亦為契嵩之友。其《湘山野錄》云：

> 吾友契嵩師，熙寧四年沒於餘杭靈隱山翠微堂。火葬訖，不壞者五物：睛、舌、鼻及耳毫、數珠。時恐厚誣，以烈火重鍛，鍛之愈堅。嵩之文，僅參韓柳間。治平中，以所著書曰《輔教編》，攜詣闕下，大學者若今首揆王相、歐陽諸巨公，皆低簪以禮焉。王仲儀公素為京尹，特上殿以其編進呈，許附教藏，賜號明教大師。嵩童體完潔，至死無犯，火訖，根器不壞，此節可高天下之士①。

對比陳舜俞所載，二者事件相同者，敘述方式卻有異，呈現出的價值取向遂有不同。契嵩火化而數物不壞，在陳氏敘述中，乃為契嵩於教內矛盾中的立場服務，認為此種神異是契嵩在教內爭鬥中與奪公正、辯說合道的證據。文瑩的書寫，則不再就契嵩的教內矛盾而發，而是服務於"此節可高天下之士"一語。因此，他這種敘述避開了佛教內鬥的家醜，反借助神化契嵩而抬高了佛教。契嵩與韓琦、歐陽修、王素的交往，文瑩的敘述與陳氏亦有不同。他所謂"低簪以禮"、"特上殿以其編進呈"不見於契嵩與三人之書信。而且，契嵩其他文章乃至陳氏《鐔津明教大師行業記》都無言及。這些細節描述暗示了韓琦、歐陽修、王素對契嵩的服膺，其目的不過欲拔高契嵩地位，進而拔高佛學而已。可見，文瑩的書寫，乃弱化契嵩與佛徒之矛盾，而拔高其在儒釋相爭中的功績。

此外，文瑩在《湘山野錄》中對契嵩的詩文亦有評價。其曰："嵩之文，僅參韓柳間。"② 又曰："詩類老杜，楊公濟蟠收全集，公濟深伏其才，

---

① （宋）釋文瑩撰，鄭世剛、楊立揚點校《湘山野錄‧續錄‧玉壺清話》，北京：中華書局，1984年，第50頁。

② （宋）釋文瑩撰，鄭世剛、楊立揚點校《湘山野錄‧續錄‧玉壺清話》，北京：中華書局，1984年，第50頁。

答嵩詩有‘千年猶可照吳邦’之句。”① 北宋古文運動推尊韓柳，而詩風變革則頗尚老杜。文瑩以契嵩之文在韓柳間，又以其詩比於杜甫，其推崇契嵩之意亦可謂極矣。

　　文瑩之後，釋惠洪對契嵩則尤為推崇。惠洪《禪林僧寶傳·明教嵩禪師》以陳舜俞《鐔津明教大師行業記》為基礎，又取契嵩《記龍鳴》與蘇軾《南華長老重辯師逸事》等以整合之，遂成其文。惠洪取陳氏之文，而於契嵩處儒釋矛盾與教內矛盾之事則又有所刪改。契嵩與東南儒者相爭之事，惠洪刪去“諸君讀之，既愛其文，又畏其理之勝而莫之能奪也，因與之游。遇士大夫之惡佛者，仲靈無不懇懇為言之”，而改為“讀之者畏服”②。契嵩赴京奏書之事，惠洪刪去“仲靈復念幸生天子大臣護道達法之年，乃抱其書以遊京師”而但言“書成，遊京師”③，至於仁宗“嘉嘆”，韓琦“延見而尊禮之”則予以保留。而陳氏未點出的歐陽修，也被惠洪列在了韓琦之後④。惠洪的刪改，以陳氏調和雙方之語為對象，其目的則在改變契嵩面對士大夫儒者時所處之弱勢地位，而予以拔高。這背後隱含著尊佛抑儒之意。契嵩《記龍鳴》言其曾聞龍吟之聲，觀契嵩原文實有寓言之意，故其本人亦疑之惑之。陳舜俞於此事無取而惠洪取之，則不過為神化契嵩而已，背後目的不過欲推尊佛教。惠洪此種推崇契嵩、貶抑儒者的傾向在其《謁嵩禪師塔》《嵩禪師贊》一類文字中也很明顯。

　　惠洪敘契嵩處教內矛盾之事，與陳舜俞也頗不同。其曰：“於是律學者憎疾，相與造說以非之。嵩益著書，援引古今左證甚明，幾數萬言。禪者增氣，而天下公議翕然歸之。”⑤ 他刪去陳氏“已而浮圖之講解者，惡其有別傳之語，而恥其所宗不在所謂二十八人者”，而改為“於是律學者憎疾”，以直承於仁宗嘉嘆，韓、歐尊禮之後，語義便有區別。陳氏所述，突出此次爭鬥起於“別傳之語”、“所宗不在所謂二十八人者”，是指出契嵩《傳法正宗記》為矛盾根由。但惠洪所述，則律學者乃憎疾契嵩所獲聲

① （宋）釋文瑩撰，鄭世剛、楊立揚點校《湘山野録·續録·玉壺清話》，北京：中華書局，1984年，第50頁。
② （宋）惠洪：《禪林僧寶傳》，《卍續藏經》第137冊，第546頁。
③ （宋）惠洪：《禪林僧寶傳》，《卍續藏經》第137冊，第546頁。
④ （宋）惠洪：《禪林僧寶傳》，《卍續藏經》第137冊，第546頁。
⑤ （宋）惠洪：《禪林僧寶傳》，《卍續藏經》第137冊，第546頁。

譽，於是律學者成為挑起爭端的過失方。惠洪還刪掉契嵩在爭鬥過程中的"攘袂切齒"，更把"雖平生厚於仲靈者，猶恨其不能與眾人相忘於是非之間"的爭鬥結果改為"禪者增氣，而天下公議翕然歸之"，從而掩飾了契嵩在爭鬥中有失佛者平和心態的行為，並誇大了契嵩為禪宗所取戰果。陳舜俞為契嵩之友，對此次佛教內鬥中契嵩的行為應有更直接的體認，而作為旁觀者，他對於此次內鬥的起因、經過、結果之敘述應更近真相。其作為契嵩朋友，略為契嵩說話也很自然，但畢竟未罔顧事實。惠洪的敘述，則完全出於其禪宗立場，對契嵩、禪宗加以拔高，而對律學者加以貶損。

惠洪除肯定契嵩在當時的儒釋矛盾和教內矛盾中護佛護禪的功績，對其文章也有較詳細的論述。惠洪《題輔教編》云："握管驅風，懸河瀉辯，推慈悲於教義，會孔墨以流沰。巍巍乎！晃晃乎！寔當世不可得也。"① 又其《嘉祐序》云：

> 公雖於古今內外之書無所不讀，至於安危治亂之略，當世同人少見其比。而痛以律自律其身，其學端誠，為歸宿之地，而慕梁惠約之為人，以其學校其所為，未見少差。其考正命分，於賢聖出處之際，尤為詳正。觀學者循奇巧，而不知本也，乃作《壇經贊》。亡孝背義，又循養其欲也，乃作《孝論》十二章。士大夫不顧名實，多是己非他，乃作《輔教編》。學者苟合自輕，不貴尚以修德也，乃《題遠公影堂》。記其所慕也，乃作《茨堂序》。因風俗山川之勝，欲以拋擲其才力，以收景趣，乃作《武林志》。至於長詩贊而已，殆所謂太山之一毫芒耳②。

惠洪在此基本對契嵩《傳法正宗記》外的重要文章都做了評價。其觀點表現為三方面。第一，契嵩文章的理論構架在於貫通儒釋（以及"墨"等諸子）而主於釋。第二，契嵩文章皆有為而作，具有強烈的現實性、針對性。第三，契嵩文章顯示出"辯"、"才力"等特徵。不難看出，惠洪對契

---

① （宋）惠洪：《石門文字禪》，《景印文淵閣四庫全書》第 1116 冊，第 491 頁。
② （宋）惠洪：《石門文字禪》，《景印文淵閣四庫全書》第 1116 冊，第 455 頁。

嵩的文章極為推崇。

　　另外，與惠洪大抵同時者，尚有禪師守端《吊明教嵩禪師》、修靜《贊明教大師》、惟清《題明教禪師手帖後二首》等詩文以評價契嵩，所發議論也與惠洪相類，推崇契嵩《輔教編》護教之功與《傳法正宗記》護禪之功，并肯定其文章成就。

　　宋高宗紹興四年（1134），釋懷悟①編成《鐔津文集》并為之作序。其間述契嵩卒後，文章散佚，懷悟廣事搜羅，終得其半，編排整頓，重成文集。又論契嵩其人其文，讚歎其"高文卓行，道邁識遠"②。又讚美契嵩《論原》"典雅詳正，汪洋浩渺，尤為博贍"③，言其"評辯是是非非"④，則是對契嵩文章特徵之分析。此外，懷悟對契嵩之詩也有深刻考察。其文曰："師常自謂：'人生世間，閑為第一。'蓋其自得閑中之趣，故其所為之詩，雖不甚豐濃華麗，而其風調高古雅淡。至其寫志舒懷，有邁世凌雲之風，亦可想見其人也。"⑤ 此語專論契嵩之詩，謂其有寫"趣"與"志"

① 懷悟其人，學者敘之多不詳，如《全宋文》云"懷悟，北宋末、南宋初僧人。大觀中，曾住儀真長蘆寺。紹興初集契嵩遺文為《鐔津文集》行於世"（《全宋文》185 冊，第 360 頁），內容僅據《鐔津文集》後懷悟自敘而得，於其所屬宗派、所歷他事皆無涉。今詳作考論。首先，據《鐔津文集敘》，涉懷悟時代、居處之重要者有二。"大觀初，余居儀真長蘆之慈杭室"，"紹興改元之四年，甲寅，重陽後一日，書於禦溪東郊草堂之北軒，沙門懷悟"（契嵩撰，鍾東、江暉點校《鐔津文集》，上海：上海古籍出版社，2016 年，第 390、393 頁）。儀真，即今江蘇儀徵。長蘆者，長蘆寺。據《嘉泰普燈錄》有"嘉興府資聖懷悟禪師"，屬青原下十四世傳人，為雲門宗弟子，其師為"長蘆淨照崇信禪師"，又據《弘治嘉興府志》嘉興之地正有一禦溪，則編《鐔津文集》者當即崇信之法嗣。考崇信人，生卒不詳，然其弟子有"東京慧林慈受懷深禪師"者，紹興二年（1132）四月圓寂，壽五十六，臘三十六（參《嘉泰普燈錄》卷九），則其生於熙寧十年（1077），而懷悟歷大觀（1107—1111）、紹興四年（1134），與懷深同時，更可證為一人。又據宗曉《樂邦文類》，收《廬山白蓮社》詩一首，其辭曰"晋室陵遲帝紀侵，群英晦跡匡山陰。樓煩大士麈塵尾，十七高賢爭扣几。才高孰謂文中龍，返使伊人思謝公。烟飛露滴玉池空，雪蓮蘸影搖秋風"，而署名"禦溪沙門懷悟"，亦是其人。另，《佛祖統紀》收《十八賢傳》，並註曰："《十八賢傳》，始不著作者名，疑自昔出於廬山耳。熙寧間，嘉禾賢良陳令舉（舜俞）粗加刊正。大觀初，沙門懷悟以事跡疏略復為詳補。今歷考《廬山集》《高僧傳》及晋宋史，依悟本再為補治，一事不遺，自茲可為定本矣。"（志磐撰、釋道法校註《佛祖統紀校註》，上海：上海古籍出版社，第 562～563 頁）可見，懷悟還對《十八賢傳》做過補充整理，加上他《廬山白蓮社》一詩，可看出他有淨土宗思想。

② （宋）契嵩撰，鍾東、江暉點校《鐔津文集》，上海：上海古籍出版社，2016 年，第 389 頁。

③ （宋）契嵩撰，鍾東、江暉點校《鐔津文集》，上海：上海古籍出版社，2016 年，第 395 頁。

④ （宋）契嵩撰，鍾東、江暉點校《鐔津文集》，上海：上海古籍出版社，2016 年，第 395 頁。按：鍾、江點校本將"評辯"二字屬上，視為契嵩文章中兩種文體，實謬。契嵩文章中並無"辯"這種文體，且斷開此句，語義亦不通，故改之。

⑤ （宋）契嵩撰，鍾東、江暉點校《鐔津文集》，上海：上海古籍出版社，2016 年，第 391～392 頁。

兩類。前者具"閑"、"淡"之風，後者則"邁世凌雲"。其論斷相對文瑩、惠洪點評，可謂得其深者。懷悟《鐔津文集》成為後世諸本之祖，於保留契嵩文章而推廣之，可謂功不可沒。後世評論契嵩文章者，亦往往採用為《鐔津文集》作序跋之形式。

文瑩、惠洪、懷悟對契嵩的書寫與評價，基本從佛教、禪宗立場確立了他護教護禪、道高文盛的高僧形象。此形象的塑造，增強了契嵩在後世的影響力，而佛徒、儒生論及契嵩時亦往往承襲三人之說，如禪宗著作《五燈會元》，其對契嵩之書寫便是如此。然而，這種有意拔高其佛者、禪者地位的書寫與評價，便有意無意而貶損律學者、儒士，這刺激了佛教內部禪宗與天台宗之矛盾，同時也刺激了儒者對契嵩的關注。

釋志磐撰《佛祖統紀》，對契嵩鬥爭儒者而護衛佛教之行為，多有褒揚，更取其《非韓子》觀點以批評韓愈[①]。他對惠洪《石門文字禪》中涉及契嵩護教內容者亦有所繼承。但是，志磐對契嵩著《傳法正宗記》則大加批判。其詳敘法師子昉作《祖說》《止訛》以攻契嵩考據不實之事，又引子昉批評契嵩"瀆亂正教，瑕玷禪宗"之語[②]，其根源則在於志磐作為天台宗僧人對禪宗自立為佛教正宗之行為有所不滿。

林希逸為南宋末著名理學家，其《讀〈非韓〉三十首》曰："此緇何事與韓仇，可怪真如撼樹蜉。喚作辯才知汝誤，看成寱語使人羞。賜云日月無容毀，甫嘆江河不廢流。者也之乎三十首，千年貽笑幾時休！"[③] 林氏以韓愈比大樹，而以契嵩比蚍蜉，認為其《非韓子》並無"辯才"，乃是"寱語"，是世人錯誤地拔高了契嵩的地位。並且，林氏認為韓愈之思想將如日月永照、江河長流，契嵩的批評絕不會損毀韓愈之偉大，祇會貽笑千年。林氏不留餘地的批評不僅與文瑩、惠洪、懷悟、志磐等佛者對契嵩的推崇成為鮮明對比，其與韓琦、歐陽修、陳舜俞等儒者對契嵩的讚譽也大相徑庭。這種觀點又難免失之偏頗。

此外，尚有陳起與李之全頗可注意。陳起編《宋高僧詩選》，收契嵩

---

① （宋）釋志磐撰，釋道法校注《佛祖統紀校注》，上海：上海古籍出版社，2012年，第979頁。

② （宋）釋志磐撰，釋道法校注《佛祖統紀校注》，上海：上海古籍出版社，2012年，第410頁。

③ （宋）林希逸撰，林式之編《竹溪鬳齋十一稿續集》，《景印文淵閣四庫全書》第1185冊，第593頁。

詩三首，為《古意》（其一）、《感遇》（其七）、《寄月禪師》。從現存文獻來看，此書為收錄契嵩詩歌之最早選本，為後世選本收契嵩詩開創了先河。李之仝為金人，號屏山居士，曾為《輔教編》作序①。其文曰：

> 以崔浩之博學，而行真君之事；以李德裕之高才，而下會昌之詔。雖像季以來，佛法浸微，亦坐其徒不能發明之耳。西方之書，名字音聲與東夏不同，諸儒多以為異端，盡力而攻之，欲其破滅。當宋仁廟時，歐陽修作《本論》唱之於上，石守道作《怪說》和之於下，非嵩禪師出《輔教》一編，吾恐德士著冠，不待於天水之世也。嘗讀此書，略舉佛語之一二合於孔老之言者，微加訓釋，文而不夸，辨而不爭，諸儒尚莫能涯際，其邃處固叵測也。始驚而中喜、後從而陰化者，如王介甫父子、蘇子瞻兄弟、黃魯直、陳無己、張天覺之徒，願為外護，甘以墨翰為佛事，未必不自此書發之。論者猶疑儒者之助佛者、佛者之不助儒者，何耶？是殊不知佛者亦嘗為儒者害、儒者之亦為佛者害也。此書在世，不惟儒者信佛者之語，佛者亦信儒者之語，撤藩籬於大方之家，卷波瀾於聖學之海，又豈止有力於佛者，亦儒者實受其賜矣。雖然，自李翱參藥嶠而著《復性書》，而張載、二程氏出，其徒張九成、劉子翬、張栻、呂祖謙、朱熹，皆借佛之意箋註經書，自成一家之言，而又有胡寅者反為仇敵，作《崇正辨》，醜辭惡語殆不忍聞，此逢蒙之不忍為也②。

李氏認為佛教在華夏之所以被排斥，非因其理論本身存在危害，而在於"名字音聲"的不同造成了誤解。這種誤解，造成了儒、釋二教在社會共處中的互害。他認為佛教理論自有優點，如能消除二教誤解，則於雙方皆為有利。從此角度出發，他列舉李翱、張載、二程至於朱熹等名儒，認為他們都從佛教中獲得了助益。李氏立足於儒釋對立互補的理論高度，遂對

① 據張清泉考證，李之仝即金人李純甫，字之甫，《金史·文藝傳》錄其人。見張清泉《北宋契嵩的儒釋融會思想》，臺北：文津出版社，1998 年，第 56 頁。
② （宋）契嵩著，邱小毛校譯《夾註輔教編校譯》，成都：西南交通大學出版社，2011 年，第 1 頁。

契嵩所具歷史地位加以考察。他認為契嵩《輔教編》以打破"名字音聲"之不同為目標，利用"孔老之言"與"佛語"互訓的方式，溝通了儒釋道三教。並且，他認為《輔教編》影響了王安石、蘇軾、蘇轍、黃庭堅等。李氏對契嵩的評價極高，其從思想史角度所作分析亦頗具理論深度。他把契嵩置於儒釋道三教對立融合的歷史進程中考察，為後世的契嵩研究指出了新方向。

宋人對契嵩的研究基本形成了一個全方位、多角度的立體系統。從傳播契嵩詩文的文獻角度說，形成了《鐔津文集》這一經典版本，而《宋高僧詩選》也開創了以契嵩詩為選詩對象的先河。從敘評契嵩的文獻角度說，既有《鐔津明教大師行業記》《禪林僧寶傳·明教嵩禪師》之類的傳記，也有序、贊、詩、題諸文體。從對契嵩思想的研究立場來看，既有調和二教而主於儒者，亦有調和二教而主於佛者。儒中既有對契嵩大加批判的偏激者，佛中亦有對契嵩頗為不滿的天台宗。從文學角度說，儒者有讚譽契嵩能辯多才而有"史筆"者，佛中亦有以契嵩比韓柳、老杜者。儒者論契嵩詩文，多籠統不密，而佛者論之則有細緻精微之所得。另外，金人李之全從儒釋道對立互補的理論高度而做出的契嵩評價，更是眼高識遠，不僅跨邁前人，並能啟發來者。

宋人對契嵩的研究已達到頗高程度，因此，其後元明清之研究便多為延伸或補充。契嵩卒後，以惠洪為代表之僧人通過對契嵩不斷拔高，已使契嵩地位達到其頂點。盛極而衰，佛教角度對契嵩之研究便漸趨於弱，佛徒之論契嵩者往往襲前人舊語而已。相對而言，儒者論契嵩，宋時尚多籠統之詞，大而不密，故為宋人研究契嵩之次位者。隨著佛教徒所推動的契嵩地位之拔高與《鐔津文集》的廣傳，儒者因之而刺激，遂表現出更多討論興趣。從此，契嵩研究又回歸於儒者主導，而元明清之研究契嵩者，有益之延伸或補充，遂往往為儒者所發。

元人之論契嵩，吳澄可為代表。其《鐔津文集後題》云：

> 儒者之學，一降再降而為詞章。漢賈、馬，唐韓、柳，宋歐陽、蘇，遂挺然獨步，得以稱雄於百世之下。佛教自達磨西來，離去文字，真露真秘，由是悟入者一彈指頃超詣佛地，卓乎其不可及已。其

徒口舌機鋒，銛利捷巧，逢者披靡，莫之敢膺，然未有操弄豪管若儒
流之滔滔袞袞演迤於詞章者。鐔津嵩仲靈生值宋代文運之隆，與歐
陽、曾、蘇同時，才思之瞻蔚，筆力之橫放，視一時文儒不少遜也。
噫，世間多少魁傑人在佛氏籠罩之内！如嵩者豈易得哉！其文之行世
久矣。疎山住半間重繡諸梓以傳，蓋喜其教中之有是人也。昔歐陽公
一見而推獎之，予亦曾聞而嘉歎焉。倘論詞章，當為佛徒中第一。或
問嵩佛法何如，予儒流弗能知。弗能知，請俟它日質之半間師①。

吳澄自謂跳出儒釋之爭，不問契嵩佛法而但論文章。他以歐陽修、曾鞏、
蘇軾等為宋代文運最盛之代表，而契嵩則可與諸人並駕齊驅。其又謂契嵩
文章為佛徒中第一，評價可謂極高。就文章風格言，吳氏認為契嵩文章有
才思瞻蔚、筆力橫放之特徵。其《跋鐔津文集》又謂契嵩文章"戢戢如武
庫兵，洶洶如春江濤"、"縱橫雄放，莫或能嬰其鋒"②，則以契嵩文章為雄
辯。吳氏論契嵩，尤值稱道者，在於將契嵩置於文學史中考察，又有意將
之置於唐宋古文運動中考察，從而肯定其文學史地位。此外，吳氏認為契
嵩文章雄辯之風，源於以佛教"口舌機鋒，銛利捷巧"演而為詞章，可謂
發前人之所未發。

吳澄之外，方回《跋僧如川詩》、楊維楨《竺隱集序》論及契嵩處，
皆有立足儒者而肯定其文章之意。釋覺岸《釋氏稽古錄》、釋念常《佛祖
通載》亦有涉及契嵩其人其文者，雖多是引佛者舊語，但也有推廣之效。

明初，宋濂作《夾註輔教編序》，其曰：

《傳》有之：東海有聖人出焉，其心同，其理同也；西海有聖人
出焉，其心同，其理同也；南海、北海有聖人出焉，其心同，其理同
也。是則心者，萬理之原，大無不包，小無不攝。能充之則為賢知，
反之則愚不肖矣；覺之則為四聖，反之則六凡矣。世之人但見修明禮
樂刑政為制治之具，持守戒定慧為入道之要。一處世間，一出世間，

① （元）吳澄：《吳文正集》，《景印文淵閣四庫全書》第 1197 冊，第 613 頁。
② （元）吳澄：《吳文正集》，《景印文淵閣四庫全書》第 1197 冊，第 616 頁。

有若冰炭、晝夜之相反。殊不知春夏之伸，而萬彙為之欣榮；秋冬之
屈，而庶物為之蔵息：皆出乎一元之氣運行……若禪師者，可謂攝萬
理於一心者矣①。

宋氏立足理學，從形而上的哲學角度肯定儒釋兩家心同教異的性質，進而
超越兩教之對立而推崇契嵩"攝萬理於一心"的認識高度。其又曰："予
本章逢之流，四庫書頗嘗習讀。逮至壯齡，又極潛心於內典，往往見其
說，廣博殊勝，方信柳宗元所謂'與《易》《論語》合'者為不妄，故多
著見於文辭間。"② 宋氏復又結合自身經歷與體驗，認為儒、釋二教之書確
有相合者，并肯定契嵩文章之"廣博殊勝"。宋濂的評價，是對李之全說
法的承續與發揚。李之全的說法，更多偏重於史學描述，將王安石、蘇
軾、朱熹等儒者與契嵩相比較，就難免顯示出一種人物層面的抑彼揚此。
而宋濂的說法，則更為偏重於哲學描述，跳出儒、釋兩教人物間的對比，
純粹地申說契嵩思想的高度，這就顯得更為公允、平和。另外，李之全為
金人，而宋濂作為漢族代表性的士大夫、儒者，他作出的判斷顯然具有更
強的影響力。

明中期有岳正、陳建二人亦對契嵩有所評價。岳正《類博稿·雜言
下》曰：

浮屠氏學不立文字，文字學已非矣。不文字，學者學於他學，又
非之非者矣。唐以前，其學近古，文字不傳，難以口舌授受，相悟以
意，故釋言曰"佛者，覺也"。宋有契嵩者出，既文字其學，又預人
家國事，譬之劇戲官府，縱令逼真，畢竟優耳。其後圓至者祖之，夸
詡矜敖，力與儒閧，甚至詆訾伊洛，假佛為飾，其諸扶已醜正，稍有
識者亦知非之。顧犯而不校吾家家學，而猶喋喋者、好文字者，或浸
化於鮑肆，則所憂也深矣③！

---

① （明）宋濂著，黃靈庚點校《宋濂全集》，北京：人民文學出版社，2014 年，第 563 頁。
② （明）宋濂著，黃靈庚點校《宋濂全集》，北京：人民文學出版社，2014 年，第 563～564 頁。
③ （明）岳正：《類博稿》，《景印文淵閣四庫全書》第 1246 冊，第 381 頁。

岳氏從禪宗不立文字角度，批判契嵩好文字而悖其宗旨；又以為契嵩文章所大論家國之事者，實如優伶作戲，似真實偽。他又憂儒者悖本業而浸染於佛徒之鮑肆，可見其本意仍在尊儒抑佛。其尤可注意者，他從實踐角度認為佛徒遠離政治中心而大談治國之略必為虛言妄語，這便與宋濂立足心性而褒揚契嵩不同了。

陳建《學蔀通辨》曰：

> 蘇子由注《老子》，其後序曰："'中庸，喜怒哀樂之未發，謂之中，發而皆中節謂之和。致中和，天地位焉，萬物育焉。'此蓋佛法也。六祖謂'不思善、不思惡'，則喜怒哀樂之未發也。蓋中者佛性之異名，而和者六度萬行之總目。致中和而天地萬物生於其間，非佛法何以當之！"觀此，則蘇氏彌縫之舛可知矣。按《文獻通考》，宋仁宗時僧契嵩以世儒多詆釋氏之道，乃著《輔教編》五卷，廣引經籍以證三家一致，輔相其教焉。蘇子由所見正與契嵩合。《崇正辯》曰："為佛之徒者，所以擁護其道無所不至。"衣冠淺士乃一聞佛說則傾意從之，甘心於僧役而不悔，豈非名教之罪人哉①！

陳氏在此雖是批判蘇轍，但認為苏辙之說與契嵩合，則實亦批判契嵩。陳氏根本之立足點，仍是尊儒抑佛，而尤其批判混同儒釋而背離儒學本位者。

岳正、陳建以儒學立場而不喜契嵩之文，而大抵同時之李東陽，對契嵩之詩亦有微詞。其《懷麓堂詩話》云："矯枉之過，賢者所不能無。靜逸之見，前無古人，而歎羨王梅谿詩以為句句似杜。予嘗難之，輒隨手指摘，即為擊節，以信其說，此猶可也。讀僧嵩《鐔津集》，至作詩以賞之，初豈其本心哉，亦有所激而云爾。"②靜逸為陸釴之號，陸釴為李東陽好友，善詩。陸氏喜契嵩之詩，以致作詩讚賞，而李氏則以其為"矯枉之過"。可見，二人對契嵩詩文，態度頗不相同。同時，二人之爭議亦可見

---

① （明）陳建：《學蔀通辨》（續編），嘉靖刻本，卷中。
② 丁福保：《歷代詩話續編》，北京：中華書局，1983 年，第 1397 頁。

出他們皆熟悉契嵩，則說明契嵩在當時文壇仍有影響。

明末，張自烈作《書鐔津集後》，對契嵩亦頗批評。其文曰：

> 余讀其集，未嘗不嗤嵩夸辭角勝，陰援儒以盜名也。嵩曰《輔教編》為法非為名，謀道非謀身，士大夫信之。余意象教修多羅阿毗曇因果修證之説，蔓延中國，不以排之者之衆而遽衰，必不以輔之者之力而始盛。嵩事佛者也，勤修潔身可也，皇皇謁天子、宰相，數上書以冀褒揚，何哉？紹興四年，釋懷悟言韓魏公介嵩見歐文忠公，文忠與師語終日，稱師"學贍道明"。余曰此傳者妄，文忠無是語也。嵩始者獻書朝廷，思間執後先排佛者之日，而其後則援儒著書攘竊浮稱。嗟乎，嵩豈忘身名者哉！雖然，嵩無足深責，獨後世在位者叛棄孔孟，不思表章儒術，又從而詆之，以視鄉者韓、富之遇釋流，何如哉[①]！

張氏從佛教發展史角度考察，認為佛教處中國既不因衆人排之而遽衰，也必不因一人輔之而始盛，故契嵩為道為法之動機並不可信，繼而認為契嵩乃"夸辭角勝"、"以冀褒揚"、"攘竊浮稱"。張氏立足儒學角度而發論，其批判契嵩可謂醉翁之意不在酒，目的實是要借此批判儒者中交接佛徒以至於"叛棄孔孟"，甚至對孔孟儒術"從而詆之"的人。張氏未必反對儒釋交流，但他顯然反對混同儒釋以致喪失儒者立場乃至於反攻儒學之行為。張氏堅持儒學本位，反對過度拔高佛教徒地位。

另外，明末胡應麟以契嵩為"釋之博於經典且富辯才者"[②]，又以之為"詩僧"[③]，然無所論述，觀點也為前人所已言者。

明代士大夫、儒者對契嵩的評價大多立足儒學而對之有所批判，佛徒對契嵩則持一貫之讚揚態度。《鐔津文津》弘治本附有洪武間釋原旭、永樂間釋弘宗、釋文琇與釋廣源、釋如巹所作序、引，皆為文集再版而作，

---

① （明）張自烈：《芑山詩文集》，清初刻本，卷二十一。

② （明）胡應麟：《少室山房筆叢》，《景印文淵閣四庫全書》第886冊，第400頁。

③ （明）胡應麟：《詩藪》，上海：上海古籍出版社，1979年，第317頁。

大抵敘文集再版過程而讚美契嵩護教為文之志。雖承前人舊說，於佛徒言，亦可謂盛事也。此外可注意者，釋大壑《南屏淨慈寺志》、吳之鯨《武林梵志》一類佛教著作中涉及契嵩者，既敘其人，且收少量詩文。而李蓘《宋藝圃集》、曹學佺《石倉歷代詩選》、釋正勉《古今禪藻集》、董斯張《吳興藝文補》等詩選或詩文選則大量收有契嵩詩歌。傳統視野中，論者多關注契嵩散文，而這些著作的出現使其詩歌獨立出來，而獲得了更多關注。另外，明人各類官私書目中多有涉及《鐔津文集》《輔教編》《傳法正宗記》者，這也有利於擴大契嵩的影響。

清人論契嵩，有兩處值得注意。王士禎《居易錄》云：

> （契嵩）其詩亦多秀句，如“習忍如幽草，觀身類片雲”“桑柘雨中綠，人烟關外疏”“天岸日將出，田家雞更啼”“好山沿岸去，驟雨落花來”“雲迷飛鳥道，雨出古龍湫”“明月出已滿，白雲歸未多”，皆佳①。

王氏在此處指出契嵩詩中多“秀句”，並舉出一系列例證，這是之前無論儒者還是佛徒都未曾做過的評價。並且，在此書中，王氏還以“秀句”讚宋初九僧之詩，隱隱將契嵩詩與九僧聯繫起來。

《四庫全書總目提要》評契嵩曰：

> 契嵩博通內典，而不自參悟其義諦，乃恃氣求勝，嘵嘵然與儒者爭。嘗作《原教》、《孝論》十餘篇，明儒釋之一貫，以與當時闢佛者抗。又作《非韓》三十篇，以力詆韓愈。又作《論原》四十篇，反覆強辨，務欲援儒以入墨。以儒理論之，固為偏駁，即以彼法論之，亦嗔癡之念太重，非所謂解脫纏縛、空種種人我相者。第就文論文，則筆力雄偉，論端鋒起，實能自暢其說，亦緇徒之健於文者也②。

---

① （清）永瑢、紀昀等主編《四庫全書總目》，《景印文淵閣四庫全書》第 869 冊，第 510～511 頁。
② （清）永瑢、紀昀等主編《四庫全書總目》，《景印文淵閣四庫全書》第 4 冊，第 107 頁。

四庫館臣立足儒者角度而批判契嵩，認為其論說"偏駁"，並批評其"恃氣求勝"、"嗔癡之念太重"。其從文學角度，則認為契嵩文章有"筆力雄偉，論端鋒起"及"暢"的特徵，譽其為"緇徒之健於文者"。不過，就其批評契嵩"強辨"、"偏駁"而言，則顯然又以契嵩文章有明顯的缺陷，即文至而道未至。

又《四庫全書總目提要》評明僧宗泐時曰：

> 其詩風骨高騫，可抗行於作者之間。徐一夔作是集序，稱其如"霜晨老鶴，聲聞九皋；清廟朱弦，曲終三歎"，彷彿近之。皎然、齊己固未易言，要不在契嵩、惠洪下，與句曲外史張羽，均元明之際方外之秀出者也[1]。

其以契嵩、惠洪並列，而略低於皎然、齊己，亦可見對契嵩之詩評價不低。

此外，陳焯《宋元詩會》、張豫章《四朝詩》、沈季友《橋李詩繫》、厲鶚《宋詩紀事》等詩集多收契嵩之詩，亦有益其詩歌推廣。另有方志、書錄各類文獻亦對契嵩其人其文有所敘說，大抵輯前人舊說，雖有助推廣，則非研究性質，故不贅述。

綜觀宋元明清近千年間，關於契嵩的研究是頗豐的，經歷了三個階段，而得出的結論也是多樣的。契嵩平生兩件大事，一則著《輔教編》《非韓子》等抗儒護佛，一則著《傳法正宗記》維護禪宗。抗儒護佛，佛徒則大加推崇，而儒者有見其"儒釋一貫"之說而尊重之者，也有對其激烈批判者。維護禪宗，則為天台宗所不滿。契嵩平生文章，其最重要部分即圍繞此兩件大事而成。所以，後世對契嵩評價亦主要針對於此。讚成契嵩者，認為其理高辭辯，多才廣博，文章可與韓柳歐蘇比肩。批評契嵩者，認為其理偏強辯，恃氣求勝，以其為僧中之健於文者。雙方雖於契嵩所論之理上各有立場而評價頗異，但都認同契嵩文章可稱大家，對其文章好辯善論、廣博多才、雄健暢快之風格有一致體認。至於契嵩詩歌，論點

---

[1] （清）永瑢、紀昀等《四庫全書總目》，《景印文淵閣四庫全書》第 4 冊，第 488 頁。

則更為多樣。或以其"類杜",或以其"詩情遠過人"、"詩力健能支倒岳",或以其"自得閑中之趣"、"高古雅淡"、"邁世凌雲",或以為"多秀句",亦有對其詩不滿者,角度多異,各有所得。多樣的觀點,代表了古人對契嵩研究的成就。然而,這些研究又帶著古典研究中常見的不足,即雖有觀點而乏論述,雖偶有論述,又往往不成系統。

二、現當代的契嵩研究

近代以來,隨著中西文化逐步加深,西方學術的思維方式與敘述方式都對中國學術產生了巨大影響。在此種對西方學術的引進中,學界對於契嵩的研究,在繼承傳統的同時,也發生著一些變化。

陳垣《中國佛教史籍概論》中有對《傳法正宗記》所作考論,除簡要論及契嵩生平與《傳法正宗記》版本外,有三點討論頗可注意。其一,陳氏以為當時儒釋相爭、禪宗與天台宗相爭,可謂"相反而實相成",契嵩則於此潮流中成其學,揚其名。其二,陳氏以考據法論《傳法正宗記》有"輕於立論"之弊,謂契嵩"於史料真偽之鑒定法,殊未注意也"。其三,陳氏謂"契嵩著書名《非韓》,而文實學韓"[1]。歷代論契嵩者,謂儒釋相融之事,李之仝以王安石、蘇軾等為"從而陰化",而張自烈則以契嵩為"陰援儒以盜名",皆以對方有盜竊之嫌。至於禪宗與天台宗相爭,契嵩則"攘袂切齒",天台僧人則對其"面折",彼此亦不相服。相爭各方,頗有門戶之見,而陳氏跳出其外,以史學家立場作論斷,則更為客觀。又,文瑩雖謂契嵩文章"僅參韓柳間",而宋濂以其可與歐蘇並駕,然畢竟未言契嵩文章學韓、似韓,陳氏以契嵩學韓、似韓,可謂前人所未發者。

錢穆《讀契嵩〈鐔津集〉》與陳垣針對《傳法正宗記》不同,重點落在《鐔津文集》上。錢氏所關注者集中於思想角度,其觀點可注意者有四。其一,契嵩"其言一掃家派門戶之見",能尊儒經,通諸子,兼治華嚴宗學。其二,契嵩治學,其主要宗旨乃在援儒衛釋。錢氏列契嵩論性情、心、理、善、化、教、修諸項,謂其有融通禪宗、華嚴宗、儒學之

---

① 參陳垣:《中國佛教史籍概論》,北京:中華書局,1962 年,第 113~121 頁。

處，往往開宋儒相關論述之先河。其三，契嵩為"當時由真轉俗之先鋒人物"，錢氏列其重孝（著《孝論》）、辨儒釋（著《中庸解》）、重禮樂王道（著《禮樂》等），並以其說較之程、朱與陸、王，大抵謂其近程、朱而未密，勝陸、王以未偏。其四，錢氏又舉其論性命、善惡、人品、治心、文學及勸人出仕等，多有稱賞之意①。綜觀錢氏全文，其立足點亦在契嵩"儒釋一貫"處，此為古人所常言者。李之仝曾以程、朱等儒者引佛註經為說，錢氏似有舉證發揮之意，其以契嵩與程朱、陸王相比，實有助於深入認識契嵩。又，契嵩援儒亦有不得已處，故未必有志於"由真轉俗"，是以古之儒者往往見其雖援儒而實護佛，故多加批判。但錢氏能就歷史發展的客觀效果，而見契嵩對"由真轉俗"之實際影響而肯定之，則又有高於前人處。至於其所言契嵩治學有取於華嚴宗，則為其首論。此外，錢氏亦以契嵩文章學韓、似韓，則與陳垣觀點一致。

郭朋《從宋僧契嵩看佛教儒化》一文，舉契嵩以"五戒"通"五常"、論孝、讚中庸、讚禮樂、讚五經諸項，從而證佛教儒化之傾向。魏道儒《從倫理觀到心性論——契嵩的儒釋融合學說》則於倫理觀、心性論探討契嵩融合儒、釋。二文多述少論，简而未深。

郭尚武《契嵩生平與〈輔教編〉研究》分"契嵩年表"、"《輔教編》研究"兩項。他考證契嵩生平頗為詳悉，為陳舜俞《鐔津明教大師行業記》、惠洪《禪林僧寶傳·明教嵩禪師》之後，考察契嵩生平之最重要成果。其後學者多採其說。至於"《輔教編》研究"則重在考察諸篇創作動機與內容，謂《原教》針對韓愈《原性》，《廣原教》針對李覯《潛書》《廣潛書》，《勸書》針對歐陽修《本論》，並舉諸篇要點以做分析，可謂相關研究之最細緻者。但以契嵩三文分別對應韓愈、李覯、歐陽修之書，實為未周。蓋其《廣原教》乃繼承《原教》而補充發揮，而《原教》實已包囊眾多排佛者觀點，而絕非僅限於韓愈《原道》。至如《勸書》，所針對者也顯不出專門針對《本論》之證據②。

高聰明《明教大師契嵩與宋學》重在從"性命之學"角度探索契嵩思

---

① 錢穆：《中國學術思想史論叢》，北京：生活·讀書·新知三聯書店，2009 年。
② 詳參本論文第三章第二節"《輔教編》的結構及佛教基礎教義"部分。

想對宋學之影響。其分性情論、性氣論、理本體論三部分。性情論，探討契嵩對性、情概念之設置，性、情與善惡之關係；性氣論，則探討契嵩所認為的性情中善惡之來源，謂其受制於氣；理本體論，則探討契嵩所認為的修性所將達到之境界在理，而人能得於理，便能內治於心而外用於仁、義、智、信、禮、樂、刑、政。然後，高氏就所列諸項比對契嵩與王安石、蘇軾、張載、二程等相關說法，以為諸人實受契嵩影響。李之全曾謂王安石、蘇軾兄弟"陰化"契嵩之學，又謂張載、二程有取於佛說，高氏與錢穆實皆就此而發揮之。其與錢穆之文比較，錢氏所論豐而不密，高氏則能專就一點求其精深。

張清泉《北宋契嵩的儒釋融會思想》為契嵩研究的第一部專著。張氏總結其所見各家研究之不足，曰："有關契嵩及其思想方面之論評，大致上多為簡要的提綱式之介紹，或者是局部思想的探討，至於他的儒學思想淵源，佛學思想梗概，以及他如何的為反制排佛者之論調而提倡儒釋一貫等，尚缺乏一部系統的、全面的研究探索。"此判斷頗為符合當時情況。張氏基於此種判斷，故其書便以重現契嵩思想體系及其思想淵源為目標。

第一章"緒論"，除介紹當前相關研究外，重在介紹北宋經學、史學、文學、佛學之大要以及東漢以降的三教合一思想。第二章介紹契嵩生平行跡及其見存著述之版本、內容等。第三章介紹宋初儒士宋祁、王禹偁、石介、孫復、李覯、歐陽修等的排佛言論。此三章皆可謂思想背景研究，遠涉漢魏，近繫宋初，大則經、史、文、佛諸學，小則李、歐、契嵩諸人，層次清晰，詳略得當，可謂繁而不亂。其始終圍繞歐李排佛與契嵩護佛這一歷史事件之兩面，展開雙方觀點與淵源之總結、比較，其方向可謂明確，邏輯可謂清晰。

第四章，介紹契嵩對歐陽修、李覯等排佛言論的回應，具體包括對排佛者"夷狄與中國之辨"、"出家無後之說"、"四民之說與利害之辨"的反駁，以及針對排佛者精神領袖韓愈的批判。此章為契嵩反排佛之具體分析。對比歷代關於契嵩與排佛者矛盾的論述，以及對契嵩非韓之事的論評，張氏所述可謂最細密而系統者。此章重在總結契嵩觀點，但亦偶有評判。觀其評判則有偏向佛教與契嵩之嫌。

第五章，探索契嵩儒釋融會思想之儒學淵源，包括契嵩遍讚五經以尊儒，依於《洪範》以貫通皇極、用人、賞罰諸治國策略，依於《中庸》以貫通中庸、禮樂、性情諸心性理論，以及學習儒家論文品人等。第六章，探索契嵩儒釋融會思想之佛學淵源，包括四輪、三界、六道、四生、五戒十善、四諦、十二因緣、六度萬行等基本教義，以及淵源於《壇經》的心性學說，以及禪宗的法統觀。第七章，介紹契嵩基於儒釋思想所作之具體融會，包括佛道、王道互補說，五常仁義、五戒十善互通說，神靈不滅、福極報應相似說，中庸貫通心性說，孝道統攝仁義、戒善說等。此三章具體論述契嵩儒釋融會的角度以及這些觀點之淵源，其論說細密，可謂總前人相關探討之大成，且其所總結之角度亦頗有錢穆等所未言及者。張氏對契嵩的某些觀點也有評價，亦往往能有理有據。此外，其用表格、圖譜描述契嵩觀點間之邏輯，亦清晰明朗，有助理解。

第八章，對契嵩儒釋融會思想對當時及後世之影響作評價。

第九章，對全書觀點作總結。

綜觀張氏其書，他以總結契嵩儒釋融會思想並探討其淵源為目標，廣搜文獻，細加追索，故其成書頗具準確性、細緻性、全面性、系統性四特徵。然其書述多論少，價值取向有偏頗佛教及契嵩之嫌，而於引證文獻亦有斷句不明、理解錯誤之細節缺失①。不過，瑕不掩瑜，其書可謂二十世紀以來研究契嵩儒釋融會思想之集大成者。

另外，祝尚書《宋人別集敘錄》中對《鐔津文集》的版本情況作了較為詳密的考察。但其中說法，亦有不清晰和錯誤者②。

進入二十一世紀，針對契嵩的研究更為增多，大抵可分為三類。第一類為契嵩思想研究。此類中，陳雷《契嵩佛學思想研究》較全面。其書前兩章介紹漢魏以來儒釋相爭歷史、宋初學術大要以及契嵩生平與著述。此

---

① 張氏引文有誤者，茲舉數例。其一，"今沐聖朝，特有此旌賜，不唯非其所望，亦乃道德虛薄，實不勝任，不敢當受。其黃牒一道，隨狀繳納，申聞事"。張氏斷句為"亦乃道德虛薄，實不勝任，不敢當受其黃牒一道，隨狀繳納申聞事"（《北宋契嵩的儒釋融會思想》第 52 頁）。其二，契嵩《寂子解傲》有"《書》曰：'傲狠明德。'正此之謂也"。張氏斷句作"書曰：傲狠明德正，此之謂也"（同上，第 53 頁）。其三，釋廣源《重刊〈鐔津文集〉後序》有"弘治十二年，歲次己未，陽月初吉，雲山廣源識"。張氏則以為"吉雲山"（同上，第 61 頁）。其四，李覯《修梓山寺殿記》有"其道深至，固非悠悠者可了"。張氏斷句為"其道深至固，非悠悠者可了"（同上，第 96 頁）。
② 詳參附錄《〈鐔津文集〉的形成、演變與集內註釋歸屬之考辨》。

部分與張清泉之背景介紹角度基本一致，而論述不及張氏細密，然其介紹契嵩師承、交遊、性情則詳於張氏。第三、四、六章則介紹契嵩"儒佛一貫"說與"釐定禪門宗祖"，角度亦未出張氏之外，而張氏更詳於淵源探索。第五、七、八章分別介紹契嵩"佛道一貫"、"禪教一致"、"頓漸一致"思想，此則為張氏及以前學者所未討論或少討論者。第九章介紹契嵩融會諸學的根本依託，即"真心"，此在張氏論《壇經》心性思想時亦有所及，但二者有所不同，可以互參。第十章評契嵩佛學思想之影響，與張氏所評角度亦大抵一致。綜觀其書，作者對契嵩思想之研究詳於觀點總結，疏於淵源探索，而於前人相關研究似亦重視不足。楊鋒兵博士論文《契嵩思想與文學研究》所論契嵩思想角度亦大抵與前人近似。此外，尚有不少單篇期刊或碩士論文，或總論契嵩儒釋一貫思想與宋學關係，或分論其中庸、孝、治國思想、因果報應等，基本不出張清泉所涉諸角度。

第二類為契嵩文學研究。邱小毛《北宋契嵩的生平及文論》《釋契嵩古文創作藝術淺探》，魏鴻雁《宋初僧人對北宋文學革新的認識與回應》，張勇《契嵩非韓的文學意義》，大抵總結契嵩的"人文"、"言文"理論以及古文創作的某些技巧，而對契嵩詩歌涉及尚少。楊鋒兵《契嵩思想與文學研究》中單列一章探討契嵩文學，涉及其文學觀、散文特徵、詩歌特徵與後世評論，其研究總括有餘，細密不足，對契嵩古文與詩歌淵源考察未足，甚至有以"楊執戟"為契嵩當時人之誤，而未知其為揚雄①。

第三類為契嵩生平與文獻研究。邱小毛、林仲湘《鐔津文集校注》是目前《鐔津文集》唯一的校註本，主要包括斷句、校勘、註釋三項工作。其書註釋詳儒典而略於佛典，斷句亦偶有可商榷者，然總體而言，於讀者裨益頗大。钟東、江晖亦對《鐔津文集》進行了點校，但邱、林之《鐔津文集校注》已利用國家圖書館元刊殘本校勘，而此書則未用之，實為未妥。此外，紀雪娟也點校過《鐔津文集》，而《全宋文》也對契嵩的大部分文章做過點校工作。邱小毛、趙黎明《〈契嵩年表〉考補》，在郭尚武

---

① 楊鋒兵解讀契嵩《感遇》（其三）時曰"因此他對楊執戟提出期許，希望他雖地位低下，未及榮達，但內心不要徒生欹息，應抱道自處而不要與俗世相與沉浮"（《契嵩思想與文學研究》第179頁），由此可見楊氏之誤。

《契嵩生平與〈輔教編〉研究》基礎上對郭氏失誤加以修正，並對契嵩生平信息做了補充。此外，邱小毛、林仲湘《〈鐔津文集〉的成書與國家圖書館藏元刊殘本考》、紀雪娟《宋僧契嵩〈鐔津文集〉版本考述》則考察《鐔津文集》版本信息，比較版本優劣。這些研究皆為實實在在之基礎工作，對推進契嵩相關研究極有助益。但是，邱小毛、林仲湘、紀雪娟等都誤以國家圖書館元刊殘本《鐔津文集》為至大本，這是不足[1]。

　　總覽二十一世紀以來的研究，論文數量增多，對前人的研究多有繼承與發揮，而《鐔津文集校注》的文獻整理與釋讀更有其獨特意義。但是，就整體來看其不足之處頗多。首先，研究力量不均衡。多數研究者為哲學或宗教學專業，故關注點集中於契嵩的三教思想，又尤其集中於"儒釋一貫"思想，以至於諸研究成果重複性極大。至於文學專業的工作者，對契嵩從文學角度進行的研究則頗為薄弱。其次，對前人同類研究突破不大。研究者集中於"儒釋一貫"之探討，其模式往往為總結契嵩會通儒釋之角度，然後比較儒學中相應觀點以論其與宋學之關係，論文思路與結構都大量重複。再次，對前人研究關注不足，尤其對宋元明清的契嵩研究關注不足。古代學者對契嵩的研究，無論是就其儒釋思想，還是詩文創作，都留下了豐富而精彩的評說，而現當代學者鮮有繼承而深入之者。

三、本書的研究方法與意義

　　本書目之為《護教與適性——明教契嵩禪師文學研究》，"文學"一詞既可指代契嵩所存文章，從而表明本文所研究的文本對象，同時，"文學"一詞本身即暗含方法論於其中。誠如《莊子》一書，既可稱為哲學著作，也可稱為文學著作。稱之為哲學著作，便在於學者以哲學的觀察角度而視之，它符合哲學著作之標準。同理，稱之為文學著作，也在於學者以文學的觀察角度而視之，它符合文學著作的標準。觀察角度，便代表學者的研究途徑。所以，本書稱為《護教與適性——明教契嵩禪師文學研究》，中之"文學"二字，本就代表著研究方法，指示了本書對契嵩所存文章的觀

---

① 詳參附錄《〈鐔津文集〉國內外版本考論》。

察，乃是從"文學"這一學科觀察文本的角度而進行，而不是從哲學的、宗教的，或者其他什麼學科的觀察角度進入。

那麼，立足於"文學"的研究方法，它具體的觀察角度包括哪些？前人關於"文學"，說者紛紛，可採者多。然廣取將失之繁，簡擇易失之偏，所以本書基於自身對"文學"之認識，略說觀察的基本角度。"文學"於創作者而言，便是文章的形成過程，而於研究者言，首先便是力求復原這一過程。文章形成的過程，可概括為"兩關三段"，其圖如下：

$$世界系統 \xrightarrow{（認識關）} 作者的思想系統 \xrightarrow{（表達關）} 每一篇文章$$

從世界系統到作者的思想系統，是作者認識世界的過程。作者的思想系統，本質上是通過對世界系統的考察而獲得的知識，這其中包括了他對於自然世界、人類社會的準確認識和錯誤的理解，以及由之而產生的想象。聯結世界系統與作者思想系統的，可稱為"認識關"。作者打通認識關的能力如何，取決於他思想系統中已有的知識、性格，以及他對世界系統的直接接觸。從作者的思想系統到每一篇文章，是作者的一個實踐過程，由於這是利用語言、文字而進行創作，所以這一關可稱為"表達關"。作者打通表達關的能力如何，則取決於他思想系統中的已有成分，以及他對這一文章作品的具體思考。

作者從認識世界系統而形成其思想系統，再到把思想系統中的内容表達為一篇篇文章，是呈階段狀的。世界系統自然地存在於那裡，作者不對它施加影響，它也自動地運轉著。但作者思想系統中知識的多少、知識的類別、知識的真謬，以及這些知識是否具有嚴密的邏輯性，則取決於他平時的積累，反映著他的思想水平。以思想系統為對象的研究，是思想史所欲探索的内容，如哲學、宗教學、倫理學、社會學、政治學等學科都是以之為最終目標的。"文學"中的"文"是具化為一篇篇文章的，分別承載著作者思想系統中的某些内容。但是，文學既已獨立為學科，它所包含的研究内容自然就與以思想系統為最終目標的諸學科有所區別。所以，文學研究儘管也會分析、總結作者表達在文章中的思想，但絕不能止步於此，否則它便成為了哲學、宗教學、倫理學、社會學或是政治學，它賴以獨立的學科特徵就被泯滅了。文學之所以有別於以思想系統為最終目標的諸學科，在於思想系統是作

者打通認識關後就形成的，而每一篇文章的形成則是作者由其思想系統打通
表達關纔形成的。因此，文學賴以為獨立學科的根本條件，在於它的研究是
以每一篇文章的形成機制為最終目標的。相對於以研究思想系統為最終目標
的諸學科而言，它走得更遠。在分析、總結了作者的思想系統之後，更重要
的是考察作者將其思想表達為一篇篇文章的具體過程。這個過程中作者所展
示出的能力就是他的表達能力，而作者的表達能力是影響其文章形成與文章
水平的關鍵因素。所以，考察一個作者的表達能力，及其一篇篇作品各自的
形成過程，纔是文學研究的核心內容。

　　表達關聯結著"作者的思想系統"和"每一篇文章"兩段，所以反映
作者攻關水平的表達能力。具體些說，便表現為他對這兩段各自的特徵、
兩段間的關係的認識，以及靈活運用其相關知識的能力。此可分為四點。
第一，作者思想系統的水平。一篇文章是否優秀，一個判斷角度就是思想
水平如何，思想水平低下，則文章的總體水平也會因此降低。尤其在中國
古典文學批評理念中，思想水平更是一個極為重要的評價標準。第二，作
者對"文章"形式的認識水平。文章是由字、詞、句、段、篇、集諸單位
構成的，作者對語言規律的把握，自然也會影響其文章水平。第三，作者
對從思想系統到成為一篇篇文章間修辭方法的認識水平。傳達同樣的思想
內容，而不同作家若採取相異的修辭手段來呈現，則最終對讀者產生的影
響自然不同。所以，一個作者的表達能力如何，還要看他掌握了多少修辭
方法。第四，作者對其思想成分、修辭方法及所知文章形式的靈活應用能
力。作者創作文章，一方面考慮的是將自身思想盡可能呈現，但同時還要
考慮讀者的接受水平、閱讀興趣等。作者採用文學修辭手段，是要輔助其
思想之傳達。由於每個作者的思想都呈現出有真有謬、有所偏擅等特徵，
而作者又無不希望自己所欲傳達的內容得到讀者認可，則必然要揚長避
短，甚至顛倒是非。所以，一個作家是否優秀，還尤其要看他是否善用修
辭手段以達到揚長避短甚至顛倒是非的效果，這就要求研究者必須去考察
作者思想系統中的真謬、擅長與不擅長，然後看他採用了什麼措施來處
置。不僅如此，作者採用修辭手段，很多時候還要考慮讀者的接受能力、
興趣而有的放矢，否則便很難達到感染讀者、說服讀者的傳播目的。這四
點，是研究一個作者表達能力的主要角度，這四個角度的結論需要從作者

諸多文本中概括、綜合而得出。一個作者的表達能力如何，祇能說明他的創作潛力，而其文學的實際影響則取決於他創作的實績，也就是他所創作的文章數量及水平。所以，文學的研究不僅需要從事由一篇篇文章提煉出作者表達能力的綜合考察，還需要從事由作者的表達能力到一篇篇文章之形成過程的分析考察。當然，有時圍繞這兩大路線對相關成分作一些淵源探索也是必要的。

　　基於以上關於"文學"中方法論的分析，則可從"文學"這一視域對宋元以來至於近現代的契嵩研究作一整體總結。這包括兩大方面。第一個方面，從涉及作者表達能力的研究來看，有四個角度。一，作者的思想系統水平的研究。這一角度，古來研究基本集中於此，包括對契嵩儒釋道三教思想的總結以及這些思想的淵源、影響等探討。這些研究雖然多是哲學、宗教學等學科工作者所完成的學科任務，但他們的成果可以為文學研究提供幫助，從而少走一些彎路。不過，這些研究，其成果偏於總結、描述契嵩思想系統的內容，而缺乏從真謬角度進行的深入評判。至於契嵩這些思想，在他之前有何歷史淵源，在他之後有何歷史影響，也更應看作是思想史研究的任務。二，作者對"文章"形式的認識水平之研究。這一角度，前人無所涉及。三，作者對修辭方法的認識水平之研究。這一角度，邱小毛、楊鋒兵等在總結契嵩的文學主張及詩文風格時有所涉及，但所說多為通常之修辭手段，關鍵問題沒能深入。如古來皆言契嵩之文善辯，但究竟善辯在何處，又是運用了哪些修辭手段而使其文增加了說服力，便不曾論及。四，作者靈活運用其知識的水平之研究。前人研究多是分類總結契嵩的思想、文學主張、修辭手法，但卻無人系統地考察契嵩對這些知識如何配合運用的問題，而對其諸多配合運用背後的動機就更少涉及了。第二個方面，從研究作者運用其表達能力而形成一篇篇文章的具體過程來看。前人的研究多是打破契嵩文章所本已具有的文集、文體、篇章等單位形式，而憑一己之願肆意組合，看似出新，實不利於把握契嵩創作的規律。

　　通過以上從"文學"視域對前人契嵩研究的總結來看，有些研究可資借鑒，但不足之處甚多。本書便立足於文學研究法，在前人研究的基礎上，作進一步的探討。本書寫作分兩大方向。第一大方向，綜合考察契嵩的表達能力。第一章研究契嵩的思想系統。由於前人對契嵩思想系統的描述已頗為豐富，故本文不再重複之。但前人的研究，缺乏歷時性探討，遂不能顯示契嵩思想系統形成的過程，從文學角度說，便是顯不出契嵩文章創作的發展過程。所以，本書在此章呈現契嵩思想系統的演進，並結合影響契嵩思想系統演進的生活環境與性格特徵兩個因素來探討。第二章研究契嵩對語言文字的價值及其形式的認識，以及對修辭方法的體會。前人也曾總結契嵩對文、道關係的認識，但沒有將他放在禪宗語境中探討其特殊作用，而對契嵩關於文章的形式問題及修辭問題的探討也不充分，本章即作更細緻的考察。

第二大方向，分別考察契嵩將其表達能力具化為一篇篇文章的過程。第三、四、五章以"文體"這一單位為標準作分別探討，主要針對能集中反映其文學水平的議論文、傳記、詩歌進行研究。其中，分析上至於"文集"，下及於"篇"、"段"、"句"、"詞"諸單位，意在把握契嵩文章形式間本有的邏輯關係；同時，也通過對這些文章形式間的配合以顯出契嵩對它們的靈活運用能力。同時，在這三章中分析契嵩思想系統中的是非、所擅與不擅之情況，並總結其相應的表達法，從而見其靈活運用修辭手段之能力。第六章重在分析契嵩作詩作文所面對的讀者群體之特徵，以見契嵩根據其讀者特徵而靈活運用修辭手段之能力。這一章，兼具將契嵩置於宋代文學史中加以考察的功能。

通過對契嵩研究中前人之成績與不足的分析，本書的意義，自然也顯現出來。大抵可分為三點。第一，契嵩是長期被置於思想史的視域中而被重視的，他作為文學家的身份被探討得不多。本書的研究，將他置於文學的視域中詳加探討，可以更準確地呈現契嵩作為文學家的歷史地位。第二，宋元明清至於現當代，契嵩的文學研究形成了一個自然的學術發展過程。但是，由於前人研究時或乏於參考古人，或參考而少註明，故對這一學術史發展過程缺乏詳密的描述與科學的評價。本書的研究，力求準確地描述、評價這一學術史過程，並對前人已有之說分別加以採用、辨析、闡明，這可使對契嵩進行文學研究的學術史更加明晰。第三，本書在對契嵩進行的文學研究中，又於附錄中考察相關文獻之版本情況，所作考辨可以糾前人之謬，或補其未足。

第一章　契嵩的生活、性格與學術

　　文章，其直接承載的是作者的思想。所以，思想系統爲文章形成之前提條件，探討文學不可不先探討作者之思想系統。思想系統蘊含豐富，大則論道論德，小則生活瑣屑。生活瑣屑，人人皆有，而論道論德，則爲學者所擅。契嵩是高僧，涉佛、儒、道、百家、史、文諸學，其可謂學者，其思想則可稱學術。契嵩的學術，前人研究頗多，集中於他的儒釋一貫或三教融合之內容，並將此探討推深至整個中國思想史背景中①。不過，契嵩學術的形成與發展，在他個人身上表現爲怎樣的具體進程，以及由何種特殊因素促使他成長爲異於同時代人的學者，這些問題則論之者鮮，本章即從此角度展開。

第一節　契嵩的生活與學術

　　人非生而知之者，一個人學術的形成，總也離不開他的生活環境。對契嵩而言，要深刻理解其學術，有必要先探討其生活中對哲學、宗教、政治、文學等內容的接觸情況。本節之目的便是通過梳理其生活環境、交遊情況，而觀察其學術歷程。

---

① 張清泉《北宋契嵩的儒釋融會思想》在“緒論”中探討了東漢至於北宋的三教合一思想，而其第三章“宋初儒釋的反佛思潮”則分析了宋祁、王禹偁、石介、孫復、李覯、歐陽修等排佛的主要觀點。陳雷《契嵩佛學思想研究》第二章“拒佛與反拒佛：持久的較量”亦描述了從東漢至北宋儒釋間的矛盾與融合情況。這種大背景的呈現，有助於理解契嵩的學術。但是，由於這一大背景在相關學科的研究下已基本清晰，而在契嵩研究中亦不可能將重心放在此處，因此張、陳二氏便以吸納相關學科的已有成果爲主，則二書在此背景描述上也就大體相同。既然相關學科對這一大背景已有眾多研究成果，而契嵩研究中亦已有聯繫之舉，故此處不再贅述。

一、生在藤州

陳舜俞《鐔津明教大師行業記》云："師諱契嵩，字仲靈，自號潛子，藤州鐔津人，姓李，母鍾氏。"① 契嵩生長之地即在藤州鐔津。他在《趣軒敘》中曾自稱 "猛陵之契嵩"②，二者其實一處。《舊唐書·地理志》載："鐔津，漢猛陵縣，屬蒼梧郡。晋置永平郡，隋置藤州及鐔津。"③ 鐔津，猛陵，古今異名而已。

鐔津在秦以前屬粵地，與中原文化交通甚少。《史記·秦始皇本紀》載："三十三年，發諸嘗逋亡人、贅壻、賈人略取陸梁地，為桂林、象郡、南海，以適遣戍。"④ 粵地納入秦朝版圖，纔與中原漸多溝通。《漢書·地理志》云："粵地，牽牛、婺女之分野也。今之蒼梧、鬱林、合浦、交阯、九真、南海、日南，皆粵分也。"⑤ 又云："（粵地）處近海，多犀、象、毒冒、珠璣、銀、銅、果、布之湊，中國往商賈者多取富焉。番禺，其一都會也。"⑥ 粵地七郡統屬於交州，為中央所管轄。政治的統一、經濟的吸引，無疑促進了粵地與中原地區之往來，文化也因此而發展。尤其自漢末以來，這一地區無論儒學還是佛、道思想都有所流行，文學上也有進步，不少著名學者與文學家都曾在此留下足跡。

鐔津在漢稱猛陵，猛陵屬蒼梧郡，蒼梧郡屬交州，交州即粵地。粵地在五嶺以南，與中原相去甚遠，故其文化上具有地域性，粵地各郡間在文化上更容易相互影響。契嵩的成長，籠罩在一定的文化氛圍中。就此種文化氛圍言，鐔津則狹，粵地則泛，今大致以蒼梧為限，對契嵩之前此地的文化歷史與著名學者、文學家略作介紹。

漢末至魏晋南朝，是粵地三教思想發展的重要時期，在蒼梧一帶亦多有三教學者往來，其中著名者有牟子、虞翻、葛洪。

《牟子理惑論》云：

---

① （宋）契嵩撰，鍾東、江暉點校《鐔津文集》，上海：上海古籍出版社，2016 年，卷首。
② （宋）契嵩撰，鍾東、江暉點校《鐔津文集》，上海：上海古籍出版社，2016 年，第 224 頁。
③ （後晋）劉昫等：《舊唐書》，北京：中華書局，1975 年，第 1722 頁。
④ （漢）司馬遷：《史記》，北京：中華書局，1959 年，第 253 頁。
⑤ （漢）班固：《漢書》，北京：中華書局，1962 年，第 1669 頁。
⑥ （漢）班固：《漢書》，北京：中華書局，1962 年，第 1670 頁。

牟子既修經傳諸子，書無大小，靡不好之。雖不樂兵法，然猶讀
焉。雖讀神仙不死之書，抑而不信，以為虛誕。是時靈帝崩後，天下
擾亂，獨交州差安，北方異人咸來在焉。多為神仙辟穀長生之術，時
人多有學者。牟子常以五經難之，道家術士莫敢對焉，比之於孟軻距
楊朱、墨翟⋯⋯先是時，牟子將母避世交趾。年二十六歸蒼梧娶
妻⋯⋯於是銳志於佛道，兼研老子五千文，含玄妙為酒漿，玩五經為
琴簧。世俗之徒，多非之者①。

漢末大亂，中原之人多南下交州避禍，因此也促進了當地的文化發展。時
人多學"神仙辟穀長生之術"，是道教在當地傳播的表現。牟子以五經難
道家術士，人比之於"孟軻距楊朱、墨翟"，而其"玩五經為琴簧"又為
世俗之徒所非議，則顯示了儒學在當地的流行。牟子最崇佛學，但也修
儒、道之學並兼及諸子，作為蒼梧人，他可說是當地最早而最著名的一位
兼具三教思想之學者。

《三國志·虞翻傳》云："權積怒非一，遂徙翻交州。雖處罪放，而講
學不倦。又為《老子》《論語》《國語》訓注，皆傳於世。"② 虞翻是吳國著
名學者，流放交州，仍孜孜講學。據裴松之引，虞翻曾上書曰："臣高祖
故零陵太守光，少治孟氏《易》，曾祖父故平輿令成，纘述其業，至臣祖
父鳳為之最密。臣亡故考日南太守歆，受本於鳳，最有舊書，世傳其業，
至臣五世。"③ 註又云："（虞翻）復徙蒼梧猛陵。"④ 由此可見，虞翻家傳
《易》學，又旁通道家諸子，其居猛陵而講學，顯然有助於當地儒、道之
學發展。

《晋書·葛洪傳》云："洪就隱學，悉得其法焉，後師事南海太守上黨
鮑玄。"⑤ 又云："（葛洪）以年老，欲煉丹以祈遐壽，聞交阯出丹，求為句
扊令，帝以洪資高，不許。洪曰：'非欲為榮，以有丹耳。'帝從之。洪遂

① （梁）僧祐：《弘明集》，《大正新修大藏經》第 52 冊，第 1 頁中。
② （晋）陳壽：《三國志》，北京：中華書局，1959 年，第 1321～1322 頁。
③ （晋）陳壽：《三國志》，北京：中華書局，1959 年，第 1322 頁。
④ （晋）陳壽：《三國志》，北京：中華書局，1959 年，第 1324 頁。
⑤ （唐）房玄齡等：《晋書》，北京：中華書局，1974 年，第 1911 頁。

將子姪俱行。至廣州，刺史鄧嶽留不聽去，洪乃止羅浮山。"① 考《晋書·地理志》曰："吴黄武五年，割南海、蒼梧、鬱林三郡，立廣州，交阯、日南、九真、合浦四郡為交州。"② 其所謂交、廣二州，實《漢書·地理志》所謂交州，即粤地也。葛洪是道教著名學者，採藥煉丹於交、廣二州，並著有《抱樸子》傳世，其修煉之所羅浮山為道教聖地。他在當地的活動對推動道教傳播也是有利的。又《晋書·地理志》所載晋代廣州，下轄便有南海郡、蒼梧郡，則葛洪之影響實去蒼梧不遠。

隋唐五代，粤地文化繼續發展，尤可注意者是禪宗的興盛。粤地，在唐代為嶺南道，禪宗六祖慧能與雲門宗創始者文偃，皆曾在此方弘法。釋贊寧《宋高僧傳》載："釋慧能，姓盧氏，南海新興人也。"③ 新興，《舊唐書·地理志》曰："漢臨允縣，屬合浦郡。"④ 考《晋書·地理志》，臨允則屬蒼梧郡。慧能曾就禪宗五祖弘忍學法，其後南歸，主要活動於韶州、新州（新興屬新州），這對嶺南地區的禪宗發展有巨大影響。釋惠洪《禪林僧寶傳》載："劉王命州牧何承范請偃繼其法席，又迎至府開法。俄遷止雲門光泰寺，天下學者望風而至。"⑤ 雲門山，在韶州，劉王為南漢王劉巖。當時靈樹如敏禪師去世，劉巖請文偃繼承法席，並迎至府中開法，不久文偃遷入光泰寺，聲名大振，而求學者四方來集。劉氏在粤地割據而立國為南漢，南漢國極為支持雲門宗發展，所以蒼梧之地實際上是籠罩於這種宗教氛圍中的。

唐代亦是嶺南地區文學發展的重要時期，中原士人或漫遊，或貶謫，多有至於此方者。在蒼梧一帶，宋之問、李白都曾留下足跡，而柳宗元的貶謫亦去此不遠。

《新唐書·文藝中》載宋之問云："睿宗立，以猲險盈惡，詔流欽州。"⑥ 欽州在漢時屬交州合浦郡，在蒼梧郡之南。宋之問至欽州，途中曾經蒼梧之地，更曾在藤州停留。其有詩《發藤州》《經梧州》，即指這一段

---

① （唐）房玄齡等：《晋書》，北京：中華書局，1974 年，第 1911 頁。
② （唐）房玄齡等：《晋書》，北京：中華書局，1974 年，第 465 頁。
③ （宋）釋贊寧撰，范祥雍點校《宋高僧傳》，北京：中華書局，1987 年，第 173 頁。
④ （後晉）劉昫等：《舊唐書》，北京：中華書局，1975 年，第 1718 頁。
⑤ （宋）惠洪：《禪林僧寶傳》，《卍續藏經》第 137 冊，第 448 頁。
⑥ （宋）歐陽修、宋祁：《新唐書》，北京：中華書局，1975 年，第 5750 頁。

經歷。

李白在《上安州裴長史書》中自稱云："以為士生則桑弧蓬矢，射乎四方，故知大丈夫必有四方之志。乃仗劍去國，辭親遠遊，南窮蒼梧，東涉溟海。"① 此為李白遠遊而至於蒼梧。又據《廣西通志》載："璘敗，（白）長流夜郎，時假道藤州，寓赤水之廣惠寺，右有巖，白嘗讀書其中，因以名巖，有詠紫藤樹詩。"② 此說不知起於何時，而真假亦難斷定，不過也可說明這一地區對李白的文化認同。

韓愈《柳子厚墓誌銘》載：

> 元和中，嘗例召至京師；又偕出為刺史，而子厚得柳州。既至，歎曰："是豈不足為政邪？"因其土俗，為設教禁，州人順賴。其俗以男女質錢，約不時贖，子本相侔，則沒為奴婢。子厚與設方計，悉令贖歸。其尤貧力不能者，令書其傭，足相當，則使歸其質。觀察使下其法於他州，比一歲，免而歸者且千人。衡湘以南為進士者，皆以子厚為師，其經承子厚口講指畫為文詞者，悉有法度可觀③。

元和中，柳宗元貶謫柳州，在當地設政教以推廣文化，而衡湘以南為進士者皆以之為師。柳州在漢屬鬱林郡，與蒼梧郡毗鄰，而遠近士子皆求教於子厚，則蒼梧郡中自也易受其影響。

韓愈《柳州羅池廟碑》載：

> （子厚）嘗與其部將魏忠、謝寧、歐陽翼飲酒驛亭，謂曰："吾棄於時而寄於此，與若等好也。明年吾將死，死而為神，後三年，為廟祀我。"及期而死。三年孟秋辛卯，侯降於州之後堂，歐陽翼等見而拜之。其夕，夢翼而告曰："館我於羅池。"其月景辰，廟成，大祭。

---

① （唐）李白著，（清）王琦注《李太白全集》，北京：中華書局，2015 年，第 1453 頁。
② （清）金鉷：《廣西通志》，《景印文淵閣四庫全書》第 567 冊，第 428 頁。
③ （唐）韓愈著，馬其昶校注，馬茂元整理《韓昌黎文集校注》，上海：上海古籍出版社，2014 年，第 570～572 頁。

過客李儀醉酒慢侮堂上，得疾，扶出廟門即死①。

由韓愈所述可以看出，柳宗元在當地極有影響力，不僅於生前受人愛戴，死後更被尊為神靈。柳宗元被尊為神靈，可說是當地在文化上對其認同的絕佳體現，這種文化認同足以波及鄰近的蒼梧地區。

從以上蒼梧一帶的文化歷史來看，儒、釋、道三教思想在這一地區有相當悠久的歷史。儘管因其地處偏遠而文化發展有所局限，但此地仍留下了不少文化史上優秀人物的足跡。相對於文化繁榮的中原地區而言，他們反而更容易成為當地的尊崇對象。契嵩生長於此種文化氛圍中，則難免受潛移默化的影響。契嵩在《勸書》（第一）中曾論及牟子，在《勸書》（第二）、《論原·品論》中曾論及柳宗元，又在《書罷思南還復會客自番禺來因賦此詩》中言“應須相與葛洪輩，抗跡山林送白頭”以明其將隱羅浮山之意②，這些內容都可以在他的文化背景中找到相應信息。另外，契嵩的《古意》《感遇》兩組詩都顯示出學習李白的痕跡，這或許與其家鄉對李白的文化認同也有關係。

一個地方的歷史文化，會給當地人以潛移默化的影響，但這種關係微妙而難以明證。對於契嵩來說，觀察其少年時代的具體活動，將更利於把握他學術思想形成的早期特徵。

契嵩在鐔津時的少年生活，今所存文獻中記載較少，但亦有三件事值得注意。

第一件，為契嵩出家之事。契嵩《孝論·敘》曰：

念七齡之時，吾先子方啓手足，即命之出家。稍長，諸兄以孤子可教，將奪其志，獨吾母曰：“此父命，不可易也。”遂攝衣將訪道於四方，族人留之，亦吾母曰：“汝已從佛，務其道，宜也，豈以愛滯汝？汝其行矣！”嗚呼！生我父母也，育我父母也，吾母又成我之道

---

① （唐）韓愈著，馬其昶校注，馬茂元整理《韓昌黎文集校注》，上海：上海古籍出版社，2014年，第551頁。
② （宋）契嵩撰，鍾東、江暉點校《鐔津文集》，上海：上海古籍出版社，2016年，第363頁。

也。昊天罔極，何以報其大德①？

從此段來看，契嵩生活於一個較大的家族，其父、母皆有信佛一面，而其諸兄卻希望契嵩走仕途道路。又契嵩《送潯陽姚駕部敍》中有"潛子欲因其從者致信吾伯氏李主簿"之語②，可見其伯氏也意在仕途。敍中云"諸兄以為孺子可教，將奪其志"，則說明契嵩在此之前當受過儒家教育，而諸兄也認為其有資質。從契嵩父母與其諸兄、伯氏兩方面的行為來看，契嵩的家族氛圍中早已具有了儒、佛兩家思想。

值得深入說明的是，在契嵩家族中，儒、佛兩家思想關係顯得很微妙。這種微妙關係，反映在契嵩身上，便是經歷了自幼學儒——受父命出家——諸兄將奪其志——母親支持從佛四個階段。在這四階段中，每一次變化實際上便是他家族中儒、佛思想的碰撞，是兩種思想間矛盾性的反映。但是，這種矛盾又並不尖銳，甚至表現出彼此的包容。從諸兄角度說，他們希望契嵩按儒家思想而入仕途，但在契嵩之母反對時，他們也並不利用家族力量施加壓力而強制改變。從契嵩母親的角度說，她支持契嵩從佛，但其反對諸兄的理由卻是"此父命，不可易也"。她不是以崇佛貶儒的方式來作辯護，而是用了"父命"來作依據。"此父命，不可易也"，其思想顯然來自於《論語·學而》中"三年無改於父之道，可謂孝矣"的傳統，是儒家孝道觀的體現。可以說，在契嵩人生中從佛還是從儒的關鍵時刻，他的母親恰恰運用貫通儒釋的方法來實現了矛盾調和。從結果看，契嵩走向了佛教道路，而其母親所利用的貫通儒釋的方式則起到了維護佛教的作用。這可算是契嵩的母親為他在儒釋關係上所上的一次生動的啟蒙課吧！對契嵩而言，他成年後寫《孝論》時，還對此事記憶深刻，正可說明這一事件在其成長過程中所具有的深刻意義。這種意義並非書本上所單純宣揚的三教一致觀所能代替，它是植根於契嵩童年記憶中的真實體驗。

第二件，為契嵩聞龍鳴事。契嵩《記龍鳴》曰：

① （宋）契嵩撰，鍾東、江暉點校《鐔津文集》，上海：上海古籍出版社，2016年，第48頁。
② （宋）契嵩撰，鍾東、江暉點校《鐔津文集》，上海：上海古籍出版社，2016年，第228頁。

> 吾年十九時，往吾邑之寧風鄉，至于姚道姑之舍。道姑，異婦人也，其舍在山中。留且數日，遂聞其舍之山脅，有聲發于陂池之間，舂然若振大鐘，如此數聲。吾初怪之，顧此非有鐘可聲，頃之，遂以問道姑。道姑肅然作，而曰："異乎，此龍吟也！聞此者大瑞，子後必好道。"①

這段故事，首先說明契嵩學佛非閉門造車，而是樂於遊訪。他在遊訪過程中，一方面增進佛學，一方面得見異聞。可是，他對待異聞的態度卻並不科學。其曰：

> 姑處子時，嘗取水溪中，身感龍髭，及人禮之夕，龍光發于房，女子即亡。亡而還，不復樂其家居。鄉人神之，遂為結精廬，處之山中。然姚女自少獨守，精潔齋戒，初頗逆道人間吉凶，其事輒驗。及吾見時已老，年六十餘，氣貌泠然，不復道人吉凶。楮冠布服，栖高樓，專誦佛經，雖數萬言，日夜必數帙，遇物慈善，故其鄉人靡然相化。吾嘗問其何所以授經，曰："嫗少時，每有神僧乘虛而來教嫗耳。"吾故以其所謂龍吟者不妄也②。

契嵩筆下的姚道姑頗有神異，曾身感龍髭，以致人禮之夕見龍光而逃亡。龍自不存在，但在姚道姑身上卻成了一件神異故事。這種情況，實則更像逃婚，然後假借神異以保護自己。姚道姑又能占卜吉凶，並聲稱夢中得神僧傳授佛經，這都是神異而荒唐的，但是契嵩卻頗為相信。契嵩既信姚道姑之神異，故對其龍吟之說，也表相信。從科學的認識角度說，契嵩至少應往發出龍吟之聲的陂池處作實地考察纔算是態度嚴謹，但他並未如此，而是堅信姚道姑之說為不佞。他之所以產生這種不嚴謹態度，根源即在於對姚道姑之說有先入為主的信任，而其信任姚道姑則又根源於她那具有神異的佛教徒身份。因此，契嵩之所以對龍吟之說深信不疑，最根本的原因

---

① （宋）契嵩撰，鍾東、江暉點校《鐔津文集》，上海：上海古籍出版社，2016年，第147頁。
② （宋）契嵩撰，鍾東、江暉點校《鐔津文集》，上海：上海古籍出版社，2016年，第147~148頁。

乃在於他已對佛教學說形成了先入為主的信任，這便是他身為佛教徒的宗教信仰。

契嵩對佛教所形成的宗教信仰，使他無法再以真正客觀的態度來面對他所接觸的歷史經驗與現實問題。其云："吾讀書視古人如是者多矣。有若房琯、薛令之賤時栖山，皆謂曾聞龍吟，其後房果為宰相。薛至太子侍讀，此其所聞之驗也。"① 面對神異之說是否真實的問題，他不再立足於神異觀點與反神異觀點的對比上而作實踐論證，而是通過尋找歷史上的神異傳聞來證明自身的正確，他在方法論上已陷入荒謬。這種荒謬的論證法，始終貫穿於他後來所著的各種論述性文章中，其中最重要的表現有兩點。第一，對佛教世界觀、生命觀不加實證地引為真理標準，始終固執於佛教世界觀、生命觀優於儒、道二家的立場。第二，以書本經驗為主要的論證依據，缺乏從社會現實角度的具體考察，而他對書本經驗的選擇又常常陷入以利己為標準的先入為主中。

第三件，為契嵩與道士交遊事。契嵩在《舊研銘》中云："余在故鄉時，亡友道士馬知章出端溪硯為贈。"②《廣西通志》云："馬知章，藤州鐔津人也，為道士，獨持《道德》《南華》兩經，曰：'真宗在此。'同邑契嵩重之，嘗銘其所贈硯，目為道交。"③ 可知，契嵩在藤州時，與道教徒也有交往，且與馬知章頗相契合。

以上所述，乃契嵩在藤州時所接觸的歷史文化氛圍與現實生活狀況，可以看出藤州歷來就有儒、釋、道三教思想並存的情況。從契嵩個人的生活說，他的家族內部至少具有儒、釋兩種思想，而他在成長過程中同樣是儒、釋、道三教人士都與交往的，其既有來自家庭的儒學牽絆，也有對佛徒姚道姑的深信不疑，更有對道士馬知章的傾心相交。可以說，在青少年階段，契嵩始終生活於一個儒、釋、道思想並存的環境中，他也在此種環境中早早形成了三教並存的思維。契嵩在後來的學術著作中始終堅持三教並存的立場，這絕不是他因護法活動而採取的臨時性鬥爭策略，而是他將

---

① （宋）契嵩撰，鍾東、江暉點校《鐔津文集》，上海：上海古籍出版社，2016 年，第 148 頁。
② （宋）契嵩撰，鍾東、江暉點校《鐔津文集》，上海：上海古籍出版社，2016 年，第 250 頁。
③ （清）金鉷：《廣西通志》，《景印文淵閣四庫全書》第 567 冊，第 459 頁。

青少年時代的生活體驗作了一以貫之的闡述。

二、下江湘，陟衡廬

天聖四年（1026），契嵩離開故土，東出江、湘，開始了遊學訪道的生活。直至寶元元年（1038），其離開潯陽而至錢唐，十二年間他都活動於湖南與江西之間。不過，這十二年中其生活的具體狀況如何，現存資料則極少。考其處所，主要有衡山、筠州、潯陽三地。

契嵩在衡山的交遊，可知者有高閬、韓曠、神鼎洪諲。

契嵩《陸蟾傳》云："余少時遊衡山，會隱者高閬。"[①] 張師正《括異志》云："高閬，蜀人也，本姓向，名良。少為郡吏，抵罪亡命，遂易姓名焉。雖眇一目，而神檢高爽，善詩。來往江湖間，深得養生之術，飲酒至數斗不亂。"[②] 據此而言，高閬實為隱者，又精養生之術，可說是道家人物。

契嵩《韓曠傳》云"韓曠，字攝生，隱士也"[③]，又云"予少時識曠於嶽麓，其人已老，嘿嘿不妄道事，然人多悅其高義而自勸"[④]。其狀韓曠之為人，則云："少年任俠，縱酒擊劍。一旦感悟，即潔身振衣，遊名山，慕道家，絕粒導引。為人沈毅寡語，悠然有遠器。甘惡衣食，所至輒閉室不交人世。雖官尊如刺史者，縱求之，未嘗有見者。或稍見，一揖遂自引，不復與語。"[⑤] 韓曠是一名隱士，不樂與世人交往，不阿諛權貴，惟貞潔自守。從思想上說，韓曠"慕道家，絕粒導引"，顯然也是道家人物。

惠洪《禪林僧寶傳·明教嵩禪師》載："（嵩）下沅湘，陟衡廬，謁神鼎諲禪師，諲與語奇之，然無所開悟。"[⑥] 神鼎諲禪師，即神鼎洪諲，為臨濟宗禪師，隱於衡山。

契嵩離開湖南後，繼續到江西一帶參訪高僧。陳舜俞《鐔津明教大師

---

① （宋）契嵩撰，鍾東、江暉點校《鐔津文集》，上海：上海古籍出版社，2016 年，第 282 頁。
② 上海師範大學古籍整理研究所編《全宋筆記》（第 8 編，9），鄭州：大象出版社，2017 年，第 331 頁。
③ （宋）契嵩撰，鍾東、江暉點校《鐔津文集》，上海：上海古籍出版社，2016 年，第 282 頁。
④ （宋）契嵩撰，鍾東、江暉點校《鐔津文集》，上海：上海古籍出版社，2016 年，第 283 頁。
⑤ （宋）契嵩撰，鍾東、江暉點校《鐔津文集》，上海：上海古籍出版社，2016 年，第 282～283 頁。
⑥ （宋）惠洪：《禪林僧寶傳》，《卍續藏經》第 137 冊，第 546 頁。

行業記》載"得法於筠州洞山之聰公"①，而《禪林僧寶傳·明教嵩禪師》亦云"游袁、筠間，受記莂於洞山聰公"②。洞山聰公，即洞山曉聰，為雲門宗禪師。契嵩如何受法於曉聰，以及他與曉聰之間的具體交流，今存文獻中皆不可考。不過，契嵩的出生地藤州，曾為南漢所統轄，而南漢政權大力支持雲門宗的發展，所以雲門宗在藤州的文化氛圍中應有一定分量。契嵩幼年出家，在成長過程中受到雲門宗思想影響，潛移默化下則與雲門宗顯然更容易親近。所以，契嵩在洪諲那裡無所開悟，而最終得法於曉聰，這與其在藤州時的成長經歷或有一定之關係。

契嵩《西山移文》云：

> 自然子，西山之有道者也。處反陌間三十年，雜老農老圃以遊，未嘗一日以語遷物。康定初，朝廷求儒於草澤，知己者將以道進於天子，自然子引去不顧。余於自然子有故也，聞且惑之，謂自然子賢者，不宜不見幾。念方當遠別，不得與語，故文以諭之③。

自然子，其人不可考，不過從契嵩的描述來看，他是儒者。但是，就其隱居行為和以"自然子"為號來看，他思想裡有隱士情懷。契嵩勸誡自然子，云"吾嘗謂隱者之道有三"④，又云"自然子固宜思之，與其道在於山林，曷若道在於天下？與其樂與猿猱麋鹿，曷若樂與君臣父子？"⑤ 顯然，自然子是一位矛盾於儒、道二家思想之間的人。契嵩在對自然子的勸誡中，是肯定儒家治世思想的。

在江西，對契嵩來說另一個重要地方是潯陽。契嵩有《送真法師歸廬山敍》《送廬隱士歸廬山》，可知其在廬山所交往者有真法師、廬隱士。二者雖不詳，但前者為佛教人物，而後者或近於道家。另外，對契嵩來說，周叔智也是位重要朋友。契嵩《周叔智哀辭》云：

---

① （宋）契嵩撰，鍾東、江暉點校《鐔津文集》，上海：上海古籍出版社，2016 年，卷首第 1 頁。
② （宋）惠洪：《禪林僧寶傳》，《卍續藏經》第 137 冊，第 546 頁。
③ （宋）契嵩撰，鍾東、江暉點校《鐔津文集》，上海：上海古籍出版社，2016 年，第 145 頁。
④ （宋）契嵩撰，鍾東、江暉點校《鐔津文集》，上海：上海古籍出版社，2016 年，第 145 頁。
⑤ （宋）契嵩撰，鍾東、江暉點校《鐔津文集》，上海：上海古籍出版社，2016 年，第 146 頁。

周叔智，名測，九江潯陽人也。少聰悟，讀書能強記，自六籍、楊、孟，洎司馬氏《史》《漢》、老、莊、列禦寇之說，與吾佛經，歷目則往往通之。商較古今，援引故事，動有典據。嘗駭坐人，率皆伏其高論。為文學《易·繫辭》，奇峭頗工。恥於奔競，造次不移其守，故名不籍甚①。

從契嵩所述來看，周叔智學兼三教而擅文章。他雖仕途不得志，但卻道德高尚。周氏早逝，對契嵩來說，是非常遺憾的。契嵩云："嗚呼！吾嘗與叔智友，凡議論，不以道相契未始發其言。交道之中正，自謂古人不至如是也。"② 可以看出，周叔智雖不是佛教徒，但契嵩對他卻頗為欽佩，認為是知己者。

契嵩在這裡講到"議論"、"以道相契"，他與周叔智之間這類交流似頗不少。其在《送真法師歸廬山敘》中云："余在潯陽，嘗與周叔智評人物，以師潔清，能以其道訓學者，叔智頗以重語相推，故與吾洎郭叔寶、裴長言數造其門，迭為歌詩以揚其美。"③ 此條所述，乃契嵩與周叔智評論真法師。

契嵩為文頗好品評人物，如《評隱》專門評論古今有名之隱士，而《論原·品論》則論及荀子、揚雄、司馬遷、班固、房玄齡、杜如晦、韓愈、柳宗元等，其所涉及者非常廣泛。錢穆《讀契嵩〈鐔津集〉》論及這一現象時說："契嵩以一僧人，而能衡量人物，注意到人品上，更見其學養之非凡。"④ 契嵩無論是品評人物的做法，還是用以品評的標準，都是儒家式的。這顯示出契嵩除有佛教思想外，儒家思想也深植於其腦海中，並作為認識人物、交往人物的判斷標準。這大概與他同周叔智等人品評人物的經歷也有關。當然，契嵩這些品評人物的行為，反過來也會加深他對儒學等的領會、認同。

契嵩在湖南與江西間的遊學共有十二年，相對於二十歲時的初出茅

---

① （宋）契嵩撰，鍾東、江暉點校《鐔津文集》，上海：上海古籍出版社，2016 年，第 271 頁。
② （宋）契嵩撰，鍾東、江暉點校《鐔津文集》，上海：上海古籍出版社，2016 年，第 271 頁。
③ （宋）契嵩撰，鍾東、江暉點校《鐔津文集》，上海：上海古籍出版社，2016 年，第 237 頁。
④ 錢穆：《中國學術思想史論叢》（五），北京：生活·讀書·新知三聯書店，2009 年，第 53 頁。

廬，其思想顯然變得更為成熟了。觀察他此階段的生活狀況，其所交往者
有佛教徒，也有道家、儒者，而其與兼通三教且善文學的周叔智最為相
契，則可看出他的思想是三教融通的。在這一點上，他與其藤州時的思想
基本一致，而他經歷了十二年訪學仍保持這種態度，則三教融通的觀念對
他來說顯然是更加堅固了。

當然，在契嵩堅持三教融通思想的過程中，他也受到儒、佛兩家學者
的批評。其《寂子解》云：

> 寂子者，學佛者也，以其所得之道寂靜奧妙，故命曰寂子。寂子
> 既治其學，又喜習儒，習儒之書甚而樂為文詞，故為學者所辯。學佛
> 者，謂寂子固多心耶，不能專純其道，何為之駁也！學儒者謂寂子非
> 實為佛者也，彼寄迹於釋氏法中耳[①]。

契嵩既治佛學，又喜儒學，甚至還樂為文詞，這使他同時遭到了來自佛徒
與儒者的批評，而理由皆是為學不專。契嵩為《寂子解》的目的正在於作
自我辯護，其中的一段話頗可注意。其云：

> 寂子竊謂此二者不知言者也，不可不告之也。因謂二客曰："吾
> 之喜儒也，蓋取其於吾道有所合而為之耳。儒所謂仁、義、禮、智、

---

① （宋）契嵩撰，鍾東、江暉點校《鐔津文集》，上海：上海古籍出版社，2016 年，第 148 頁。按：
在《寂子解》篇題下，永樂北藏本有註釋曰"蓋師少時所稱，而後更號寂子"，四部叢刊本（底本
為弘治本）、《四庫全書》本，皆如是沿襲，而邱小毛、林仲湘《鐔津文集校註》，鍾東、江暉點校
本《鐔津文集》皆無校正。觀此註，要麼少時所稱者為其他，而註中闕漏，要麼少時稱"寂子"，
而後改其他，則"後更號寂子"者為誤。此註不得正解，則將影響《寂子解》《寂子解傲》兩文創
作時間之確定。今加考證，知"寂子"為契嵩少時之號，而後改為潛子。原因有三。第一，至元
本、至大本、國家圖書館藏元殘本，皆作"蓋師少時所稱，而後更號潛子"。第二，《寂子解傲》
云"寂子初以流俗之說宜不足顧，雖朋儕規之亦未始奉教。及壯，道業且修，而其謗益甚，來相
規者益勤"（契嵩撰，鍾東、江暉點校《鐔津文集》，上海：上海古籍出版社，2016 年，第 150
頁），則契嵩為此文以抗"規者"，正是"及壯"之時。第三，契嵩今存文章中出現"潛子"而最
早者為《勸書》，其創作在皇祐二年（1050）以後，契嵩當時四十三歲，而最晚者為《題錢唐西湖
詮上人荷香亭壁》，作於熙寧二年（1069），契嵩當時六十二歲（熙寧五年，契嵩即示寂），而其間
所作其他文章中亦當多稱"潛子"，則契嵩稱"潛子"顯然時間甚長而且用到晚年，則所謂"而後更
號寂子"顯然不通。故知契嵩號"寂子"為其早年之事。

信者，與吾佛曰慈悲、曰佈施、曰恭敬、曰無我慢、曰智慧、曰不妄
言綺語，其為目雖不同，而其所以立誠修行，善世教人，豈異乎哉？
聖人之為心者，欲人皆善，使其必去罪惡也。苟同有以其道致人為
善，豈曰：'彼雖善，非由我教而所以為善，吾不善之也？'如此焉得
謂聖人耶？故吾喜儒，亦欲晞聖人之志，而與人為善也。又吾佛有以
萬行而為人也，今儒之仁、義、禮、智、信，豈非吾佛所施之萬行
乎？為吾萬行又何駁哉？"①

在這段話中，契嵩表達了他對於儒、釋關係的認識，其中有三個層次。第
一，契嵩的根本立場是主於佛而取於儒。第二，他之所以主佛而取儒，在
於兩家思想有殊途同歸之處。儘管兩家在行為上有仁、義、禮、智、信五
常與萬行的區別，但在目的上都是要立誠修行，善世教人。第三，契嵩揭
露了批評者看不到儒、釋兩家殊途同歸處的原因，認為他們滯於仁、義、
禮、智、信與慈悲、佈施、恭敬、無我慢、智慧、不妄言綺語之間的 "為
目不同"，而看不到這些名目背後所指行為的一致性。

　　契嵩此時對儒、釋關係間三個層次的認識，可說是他後來《輔教編》
等溝通儒、釋著作的基本思路。他後來的《輔教編》等著作，對於儒、釋
關係的態度始終是主於佛而取於儒，而其基本理據就是兩家思想中的殊途
同歸處，而他溝通儒、釋的主要方法就是從語言層面揭露名目背後行為的
一致性。當然，契嵩後來的儒、釋溝通思想有更全面、更深入的發展，甚
至在面對具體事件時有所改變，不過在基本思路上他始終是一以貫之的。
可以說，契嵩在湖南、江西遊歷時所面對的來自儒、釋兩家的批評，早已
為他走向溝通儒、釋的學術方向提供了動力。他急需通過溝通儒、釋來澄
清自己，從而解決困擾於自身的諸多批評。如果說，《寂子解》是契嵩以
溝通儒、釋的方法為自己所作的第一次辯護的話，那麼《輔教編》就是這
種辯護的升華。所以，在觀察契嵩的護法創作時，還應注意到其中包含著
他對早已困擾於自身的 "不能專純其道" 之批評的辯護心理。

　　此外，契嵩在《上韓相公書》中言其少時著《皇極論》，此文在契嵩

① （宋）契嵩撰，鍾東、江暉點校《鐔津文集》，上海：上海古籍出版社，2016 年，第 148～149 頁。

學術歷程中也極有影響。《皇極論》是談儒學的文章，但其中說"天下中正之謂皇極"①，又言皇極之道是"天道也，地道也，人道也，貫三才而一之"②，這便把儒學總括於"皇極"這一術語下，又把"皇極"這一術語轉化為"中正"之內涵。《皇極論》中還說道："所以五福、六極者，繫一身之皇極也；休徵、咎徵者，繫一國一天下之皇極也。"③ 這便把神秘的吉凶禍福與"皇極"聯繫了起來。契嵩後來的儒釋溝通創作，對此兩點做了極大發揮。他把儒家未徹底否定的吉凶禍福之說，與佛教的因果報應相溝通，在《原教》中用作支撐佛教因果學說的論證依據。他又作《中庸解》大談"中庸"，與"皇極"的"中正"內涵一起，最終與佛教"中道"相溝通。如果說《寂子解》確立了契嵩溝通儒、釋的一些具體角度，則《皇極論》已經將他溝通儒、釋的一些最高術語隱隱地提煉了出來。

三、稅駕錢唐

寶元元年（1038），契嵩離開潯陽，向東而至錢唐，此時他三十一歲。直至熙寧五年（1072）去世，除中間獻書京師外，他都基本活動於錢唐一帶。契嵩至錢唐後的生活，大致可分為三個階段，即護法創作時期、請以護法著作入藏時期、護法餘波時期。

先看第一階段，即護法創作時期。

初至錢唐的契嵩，與其在廣西、湖南、江西時保持著相似的生活方式，除結交當地佛、道人物，他與士大夫、儒者也多有往來。這些人物，不僅是他生活中的朋友，有的還成了他學術創作的促成因素。可以說，東南之地的排佛運動與他所交往人物的直接刺激，是契嵩走上護法道路的重要原因。

陳舜俞《鐔津明教大師行業記》云："當是時，天下之士學為古文，慕韓退之排佛而尊孔子，東南有章表民、黃聱隅、李泰伯，尤為雄傑，學者宗之。仲靈獨居，作《原教》《孝論》十餘篇，明儒釋之道一貫，以抗其說。諸君讀之，既愛其文，又畏其理之勝而莫之能奪也。"④ "當是時"，

---

① （宋）契嵩撰，鍾東、江暉點校《鐔津文集》，上海：上海古籍出版社，2016年，第69頁。
② （宋）契嵩撰，鍾東、江暉點校《鐔津文集》，上海：上海古籍出版社，2016年，第70頁。
③ （宋）契嵩撰，鍾東、江暉點校《鐔津文集》，上海：上海古籍出版社，2016年，第70頁。
④ （宋）契嵩撰，鍾東、江暉點校《鐔津文集》，上海：上海古籍出版社，2016年，卷首。

據陳氏上文可知是"慶曆中"，在這一時段，天下之士皆慕韓愈而排佛。排佛運動的領袖者，其實是歐陽修，而東南地區則以章望之（字表民）、黃晞（號聱隅）、李覯（字泰伯）為代表。契嵩的護法創作正是在此種排佛氛圍中形成的。

契嵩與黃晞交往的情況，除陳舜俞之說，已不見其他資料，具體過程如何，今已不可詳悉。就章望之與李覯而言，契嵩交往得更早的當是章望之，而其與章望之的關係也顯得更為親密。契嵩《紀復古》云："章君表民以官來錢唐，居未幾，出歐陽永叔、蔡君謨、尹師魯文示予學者。"① 章望之到錢唐，為慶曆三年，契嵩於是與之定交。章望之的到來，刺激了契嵩對古文與儒、佛關係的思考。《紀復古》《文說》是契嵩因章望之高揚古文運動而做出的回應，但他與章望之在儒、佛思想上的直接衝突卻並沒有詳細的信息，不過，在《與章潘二祕書書》中卻有隱約體現。

契嵩在《與章潘二祕書書》中云：

> 然表民謂余以文，而叔治謂余以才，而相與云爾。夫文與才皆聖賢之事，而野人豈宜與焉？如貧道始之甚愚，因以佛之聖道治之，而其識慮僅正。逮探儒之所以為，蓋務通二教聖人之心，亦欲以文輔之吾道，以從乎世俗之宜，非苟虛名於世而然也。

> 大凡恩於人而有誠者，雖窮達不敢忘其始。今得聖人之道而誠之至，其可忘乎？貧道常病夫庸僧輩寡識，吾道不修，迨乎名作德空，紛然以其末事求儒文字，欲為其飾。及其致譏也，並教道而辱之，不能曉了，然復刊之石，刻之板，誇於世俗，終日洋洋然以為其德。若此輩，尤宜擯於吾佛。貧道也，益不得於人，此豈宜舍吾道而自欲以區區之文之才而竊譽於賢者？雖死不敢也②。

這段話顯示了兩方面信息。第一，從章望之、潘叔治的角度說，他們是以"文"或"才"來認同契嵩的，而對契嵩的佛徒身份則並不那麼看重。重

---

① （宋）契嵩撰，鍾東、江暉點校《鐔津文集》，上海：上海古籍出版社，2016年，第129頁。
② （宋）契嵩撰，鍾東、江暉點校《鐔津文集》，上海：上海古籍出版社，2016年，第191~192頁。

"文"、重"才"，這是儒家思想的體現。同樣，對契嵩佛徒身份的忽視，也是儒家思想的體現。章、潘二人顯然是立足儒家思想而輕視佛教思想的。第二，從契嵩的角度來說，他强調自己的佛徒身份，並表明自己無論是學儒還是為文，其目的都在於"輔之吾道"。同時，他還批判了那些"庸僧"棄佛學而"以其末事求儒文字"的行為，這也間接地批評了儒家學者乃事於末而不知本。

歐陽修所倡導的排佛運動本就與古文運動關係密切，契嵩與章、潘關於佛、儒、文的論爭，其實正是他對古文運動、排佛運動的回應。契嵩在這封信中精煉地表達了自己主於佛、通於儒、輔以文的思想立場，這是他早已形成的貫通儒、釋思想的繼續深化，而章、潘等與他的思想碰撞則顯然起了直接的刺激作用。

另外，契嵩在《與章潘二祕書書》中還說到"若謂之寄迹，專以文字見教，則不敢聞命"①，可見契嵩認為章、潘二人以之為寄迹於佛教中者，非純佛者。契嵩在《寂子解》曾說"學儒者謂寂子非實為佛者也，彼寄迹於釋氏法中耳"，章、潘所流露出的態度正與當年批評契嵩的儒者們一致。契嵩對這種批評是耿耿於懷的。所以，應該看到的是，契嵩的護法創作既有其立於天下佛徒角度對抗排佛運動的公心，也有他立足於個人角度解決多年宿結的私意。後一種因素，使他在護法活動中顯得比當時的一些佛教徒更為積極，甚至激烈。

契嵩與李覯的交往，今存資料沒有特別詳悉的内容，祇有釋曉瑩《羅湖野録》提供了一些信息。《羅湖野録》載："明教禪師嵩公明道間從豫章西山歐陽氏昉借其家藏之書，讀於奉聖院。遂以佛五戒十善通儒之五常，著為《原教》。是時，歐陽文忠公慕韓昌黎排佛，盱江李泰伯亦其流，嵩乃攜所業三謁泰伯，以論儒釋吻合，且抗其說。泰伯愛其文之高，服其理之勝，因致書譽嵩於文忠公。"② 從這條記載來看，契嵩拜謁李覯當是在其

---

① （宋）契嵩撰，鍾東、江暉點校《鐔津文集》，上海：上海古籍出版社，2016年，第192頁。
② （宋）釋曉瑩：《羅湖野録》，《卍續藏經》第142冊，第968頁。

著成《原教》之後，而《原教》的創作在皇祐二年（1050）①。

契嵩在《原教》中詳細闡釋了他貫通儒、釋的主張，並對古文運動的精神領袖韓愈諸排佛觀點進行了批駁，可以說《原教》的創作是他護法活動的一大轉折。從此，創作和推廣護法文章，成為了他護法活動的主要方式。李覯與契嵩的交往，是在《原教》著成之後，因此他對契嵩走上護法創作的道路並沒有直接的刺激。但是，李覯與歐陽修對契嵩走上護法創作的道路而言，具有間接的影響，並且這種影響還頗為重要②。

如果說契嵩與章望之、潘叔治等儒者的交往，直接刺激了他護法創作的決心，那麼其所交往的一些佛徒與另外的士大夫儒者則為他堅持護法給予了鼓舞。

契嵩《廣原教》敘云：

> 余昔以五戒十善通儒之五常，為《原教》，急欲解當世儒者之訾佛。若吾聖人為教之大本，雖槩見而未暇盡言，意待別為書廣之。《原教》傳之七年，會丹邱長吉遺書，勸余成之。雖屬草，以所論未至，焚之，適就其書，幾得乎聖人之心③。

釋長吉看了《原教》而勸契嵩完成《廣原教》，這說明長吉關注著契嵩的護法創作。他寄給契嵩的信，今雖已不見，但不難想象其中內容必是讚賞

---

① 曉瑩之記載，於契嵩與李覯有交往這一主幹上雖與陳舜俞所說相同，但在細節上有差異。陳氏以此事發生在"慶曆間入吳中，至錢唐"後，而曉瑩之敘述，則頗顯混亂。若言"明道間"（1032—1033）著《原教》，而《原教》實成於皇祐二年（1050）；若"是時"指慶曆間（1041—1048），《原教》彼時亦尚未著成。曉瑩在這段文字後，又接著說"既而居杭之靈隱"，又似說其事在契嵩至杭以前，但契嵩至杭在寶元元年（1038）。總之，曉瑩記述很不清晰。據《旴江集·李直講年譜》，李覯康定元年（1040）應范仲淹邀曾赴越州，康定二年便歸鄉里；又載皇祐二年（1050）復應范仲淹邀赴杭州，不一年便離世。所以，契嵩與李覯交往最可能便是在此兩次時間，如果契嵩著成《原教》後三謁李覯，則此事當發生在皇祐二年。

② 契嵩在作《原教》之後的第七年，又作《廣原教》，郭尚武先生認為《廣原教》"對李覯辟佛著作《潛書》《廣潛書》系統地駁斥"。從契嵩"原教"、"廣原教"二者之名看，可能是受了李覯"潛書"、"廣潛書"這種名稱和創作思路的影響。但是，從內容看，《廣原教》基本上是對《原教》觀點與表達的解說、深化，而《原教》的觀點是針對以韓愈為主的排佛者的觀點，並非專門針對李覯。這一點可詳參本書第三章第二節。不過，《廣原教》雖然並非如郭先生所謂針對《潛書》《廣潛書》者，但說契嵩作《廣原教》受了李覯的一些影響應當是無疑的。

③ （宋）契嵩撰，鍾東、江暉點校《鐔津文集》，上海：上海古籍出版社，2016年，第23頁。

鼓舞之詞，這對契嵩繼續其護法創作當然是有益的。

契嵩《與石門月禪師》云：

> 栖居石壁，殆二年矣。雖然，自適頗樂，顧人生如夢，何足堪恃？紙衾瓦鉢外，惟圖書雜然於室中耳。流俗所尚，一無留也。近著《孝論》十二章，擬儒《孝經》，發明佛意，亦似可觀。吾雖不賢，其為僧為人，亦可謂志在《原教》而行在《孝論》也。今以相寄，蓋以公晦善於親也。所栖雖牢落，於佛法其意亦不敢怠。徐當為教門著一大典，但慮其功浩大，若果就，先當相聞①。

當時，契嵩因弘法被誣，故入石壁山隱居，而曉月寄書予以勸慰。契嵩於石壁山中著成《孝論》，又謀為《傳法正宗記》。他正欲將《孝論》寄給曉月，而《傳法正宗記》成後，也將寄之。這說明契嵩在護法文章著成之後，會寄給自己的朋友一起分享。這種方式既是護法思想的溝通，也是友誼的傳遞，這顯然有助於鼓舞契嵩的創作欲。

此外，據契嵩《上張端明書》《上呂內翰書》，可知他曾將《原教》獻於張方平和呂溱，並得到了他們的稱讚，這對契嵩同樣具有鼓舞作用。

從皇祐二年（1050）到至和三年（1056），契嵩先後完成《原教》《孝論》《壇經贊》《勸書》《廣原教》，並以五者編為《輔教編》。至此，契嵩最重要的護法文章基本完成。

再看第二階段，即契嵩請以護法著作入藏時期。

至和三年，契嵩編成《輔教編》，然後開始謀求獻書朝廷。從此，他由創作護法文章轉向了宣揚護法文章。為了實現宣揚護法文章的目的，嘉祐三年，契嵩作《上田樞密書》《上曾參政書》《上趙內翰書》《上張端明書》於田況、曾公亮、趙概、張方平，並獻上《輔教編》，皆託崔黃臣轉獻。另作《上呂內翰書》，並《輔教編》，獻給呂溱。嘉祐四年，契嵩作《上韓相公書》《上富相公書》上書韓琦、富弼，並獻《輔教編》《皇極論》，此次則由關景仁轉獻。但是，契嵩兩次作信獻書，並沒有達到預期

---

① （宋）契嵩撰，鍾東、江暉點校《鐔津文集》，上海：上海古籍出版社，2016 年，第 206 頁。

效果。於是，嘉祐六年，他親自攜書由杭州至京師，復上書於韓琦、曾公亮，請求二人助其《輔教編》《傳法正宗記》入藏。並且，他還作《萬言書上仁宗皇帝》《再書上仁宗皇帝》上書宋仁宗，終於在王素的幫助下，其《輔教編》《傳法正宗記》得以賜入大藏。此時，他宣揚護法的文章獲得了最大聲望，而他的護法事業也可算達到了巔峰。

然而，契嵩一系列的上書活動乃至親入京師的行為，實際上又與他通常的生活方式相違背。陳舜俞描述契嵩獻書前的生活狀態時，云：

> 所居一室，蕭然無長物。與人清談，靡靡至於終日。客非修潔行誼之士，不可造也。時貳卿郎公引年謝歸，最為物外之友。嘗欲同游徑山，有行色矣。公亦風邑豪預焉，冀其見仲靈而有以尊養之。仲靈知之，不肯行，使人謝公曰："從吾所好，何必求富而執鞭哉！"凡其潔清類如此[①]。

契嵩在平常生活中，雖然也與章望之、郎簡、楊蟠、强至、陳舜俞等士大夫儒者相交往，但他們之間更多的是意趣相投，很少功利成分。從契嵩的角度說，他顯然很反對有功利目的的交往。在獻書之前，契嵩與韓琦、富弼、田況等毫無聯繫，這也證明彼時的契嵩並無與這些富貴者相交往之心。但是，為宣揚護法文章，為學術的傳播，或者說為信仰的傳播，契嵩做出了轉變生活方式的決定，從而與富貴者走近。這種轉變直接影響了他至錢唐後最後階段的生活。

最後看第三階段，即契嵩護法活動所帶來的餘波。

契嵩從京師東歸後，在錢唐的生活主要有三方面。第一個方面，繼續宣揚護法文章。《輔教編》流傳後，契嵩為了使書中思想得到更清晰的闡述，又自己為之作註，至治平三年（1066）遂完成《夾註輔教編》。

第二個方面，乃是契嵩加深了與士大夫儒者的聯繫，甚至影響到他對儒學的態度。

契嵩在《萬言書上仁宗皇帝》中表白自己入京獻書的行為是"謀道不

---

① （宋）契嵩撰，鍾東、江暉點校《鐔津文集》，上海：上海古籍出版社，2016 年，卷首。

謀身，為法不為名"①，而在《上韓相公書》中也說自己"非齷齪自喜慕名
而榮身耳，誠欲推其教道以導天下之為善也"②。在另外幾封書信中，契嵩
也反復表達這種態度。這實際上是他內心矛盾的反映。不願出於功利目的
去與富貴者交往，乃是契嵩原來所堅持的信仰。但是，為達到宣揚護法的
目的，又不得不與曾經不願交往的富貴者接觸，甚至還要用推崇對方的形
式來使自己獲得認同，這無疑是對其信仰的衝擊。面對此種衝擊，當時為
求得皇帝賜書入藏，契嵩作出了妥協，但他仍然反復表達自己"謀道不謀
身，為法不為名"的信念。但是，當他因書入藏之後，"名"也隨之而來，
士大夫儒者、佛徒都爭相與之交往，而契嵩也再難回到那清靜自守的生活
方式了。契嵩東歸，在潤州時曾作《退金山茶筵》以謝金山寺為其準備之
精饌，又作《受佛日山請先狀上蔡君謨侍郎》《與通判而下眾官》《與諸山
尊宿僧官》《與諸檀越書》以回應杭州僧、俗二界請其主持淨慧禪院之事。
回杭州後，他又與兩任知府胡宿、祖無擇皆有往來。這些都說明契嵩所面
對的應酬增多了，他的生活在世俗化方面也更加深入了。

　　契嵩東歸後，隨著世俗化程度的加深，他對儒學的態度甚至都變得更
為親近了。其《又上韓相公書》云：

> 　　然閣下輔相功烈冠絕於古今者，蓋閣下善用堯、舜、禹、湯、
> 文、武、周公、孔子、孟軻、荀況之道而然也。今有人著書，深切著
> 明，以推衍彼十聖賢之道，而正乎世之治亂，其極深研幾，自謂不忝
> 乎賈誼、董仲舒之為書也。是可資乎閣下雄才遠識萬分之一二耳③。

這是契嵩從京師回返後，以其所著書獻於韓琦之事④。契嵩此時，已不像
請書入藏時有求於韓琦，他完全是自願的。就此書內容言，顯然也非宣揚
佛教理論，而是推崇儒家治道的。可以說，契嵩並未因排佛運動而疏遠儒
學，反而在與士大夫儒者的交往中，與儒學的關係越來越近了。

---

①　（宋）契嵩撰，鍾東、江暉點校《鐔津文集》，上海：上海古籍出版社，2016年，第152頁。
②　（宋）契嵩撰，鍾東、江暉點校《鐔津文集》，上海：上海古籍出版社，2016年，第168頁。
③　（宋）契嵩撰，鍾東、江暉點校《鐔津文集》，上海：上海古籍出版社，2016年，第173～174頁。
④　此所獻之書當是《論原》，詳見附錄《契嵩〈嘉祐集〉〈治平集〉以及〈論原〉考論》。

　　第三個方面，則是契嵩激化了禪宗與天台宗等佛教其他學派之矛盾。契嵩的護法創作，本是受排佛運動所刺激，因此他針對的敵人本應是排佛者。但是，他在護法創作中，卻產生了創作《傳法正宗記》的想法。《傳法正宗記》意在確立禪宗二十八祖譜系，並樹立禪宗作為佛教正宗的地位，這引起了天台宗的強烈反對。釋志磐《佛祖統紀》載："法師子昉，吳興人，賜號普照，早依淨覺。嵩明教據《禪經》作《定祖圖》，以《付法藏》斥為可焚，師作《祖說》以救之。又三年，嵩知《禪經》有不通，輒云傳寫有誤，師復作《止訛》以折之。"[1] 子昉是天台宗僧人，對契嵩以禪宗為正宗、立二十八祖之說顯然是不滿的，故與之反復辯難。

　　陳舜俞對《傳法正宗記》所引起的爭議也有記載，其云："已而浮圖之講解者，惡其有別傳之語，而恥其所宗不在所謂二十八人者，乃相與造說以非之。仲靈聞之，攘袂切齒，又益著書，博引聖賢經論、古人集錄為證，幾至數萬言。士有賢而好佛者，往往詣而訴其冤。久之，雖平生厚於仲靈者，猶恨其不能與眾人相忘於是非之間。"[2] 此時的契嵩，與杭州一帶的士大夫儒者關係越來越親密，甚至著書頌揚儒家聖賢之道而獻於韓琦，卻反而與同屬佛教的天台宗等"講解者"鬥爭起來。不得不說，這也是其生活內容與學術思想的一大轉變。

　　綜觀契嵩一生，其學術思想頗具包容性，乃主於佛，通於儒、道，旁及諸子。其思想的形成與發展，同其生活環境與交往人物頗有關係。契嵩生長於鐔津，遊歷乎湖南、江西，而止於錢唐一帶，其家庭構成與交往人物，兼有儒、釋、道三家，故其思想自少至老皆呈現出三教融通之特點，而其中貫通儒、釋又最為主要。契嵩儒、釋融通的思想，也使其受到儒、釋兩家學者批評，這使他不得不為文自辯。其至錢唐，恰逢歐陽修所領導的排佛運動興起，於是自辯之心與護法之心結合，遂創作出大量護法文章。契嵩通過上書權貴，終使其《輔教編》《傳法正宗記》得入大藏。但是，為聲名所累，契嵩與士大夫儒者的交往越加緊密，反與佛教內部的非禪宗派別矛盾加劇了。可以說，契嵩的一生，是儒、釋關係的一次絕佳體

① （宋）釋志磐撰，釋道法校注《佛祖統紀校注》，上海：上海古籍出版社，2012年，第409頁。
② （宋）契嵩撰，鍾東、江暉點校《鐔津文集》，上海：上海古籍出版社，2016年，卷首。

現，即二者雖時時對立，但又互為依存，祇不過兩家之勢此起彼伏罷了。

第二節 契嵩的性格與學術

契嵩學術的形成中，由生活環境、交往人物所帶來的諸多信息，給他提供了外部條件。一個人面對外部條件，絕非無原則地全盤接受，他必有個判斷、選擇的過程。在這一過程中，除了他所具備的知識基礎外，性格起著重要作用。契嵩性格特徵頗為鮮明，探討其性格與學術之關係是很有必要的。

最早探討契嵩性格與學術關係的，是《四庫全書總目提要》。其文云：

> 契嵩博通內典，而不自參悟其義諦，乃恃氣求勝，嘵嘵然與儒者爭。嘗作《原教》《孝論》十餘篇，明儒釋之一貫，以與當時闢佛者抗。又作《非韓》三十篇，以力詆韓愈。又作《論原》四十篇，反覆強辨，務欲援儒以入墨。以儒理論之，固為偏駁，即以彼法論之，亦嗔癡之念太重，非所謂解脫纏縛、空種種人我相者。第就文論文，則筆力雄偉，論端鋒起，實能自暢其說，亦緇徒之健於文者也①。

從這評論，可看到契嵩學術的一些特徵。第一，從學術內容說，主要為"儒釋一貫"、"援儒以入墨"，這顯示了契嵩學術廣博融通之特徵。第二，從文章風格說，其文"辨"、"筆力雄偉"、"論端鋒起"，這顯示了契嵩文章善於議論的特徵。第三，"恃氣求勝"、"詆"、"強辨"、"嗔癡之念太重"，則是對契嵩學術特徵背後的形成原因之探討，而所舉諸原因皆是契嵩的性格特徵。

四庫館臣雖然認為契嵩的學術形成與其性格有重大關係，不過說得並不細緻。本節則從契嵩作為佛徒與普通人的性格特徵兩大角度來作細緻探討。

一、佛徒性格：護法創作

契嵩的文章創作，最重要的乃是《輔教編》《傳法正宗記》。關於兩部

---

① （清）永瑢、紀昀等主編《四庫全書總目》，《景印文淵閣四庫全書》第 4 冊，第 107 頁。

著作的創作動機，契嵩自己有所說明。其在《夾註輔教編》中解釋"輔教"時云："輔者，毗也，弼也，所謂輔弼吾佛出世之教也。"① 他創作《輔教編》的目的，乃是要維護佛陀教化。

契嵩在《傳法正宗定祖圖敘》中云：

> 原夫菩提達磨，實佛氏之教之二十八祖也，與乎大迦葉，乃釋迦文如來直下之相承者也。傳之中國，年世積遠，譜牒差繆，而學者寡識，不能推詳其本真，紛然異論，古今頗爾。某平生以此為大患，適考其是非，正其宗祖。……今上大聖，特頒圖以正其宗祖。然聖人教道，必聖人乃能正之，是豈惟萬世佛氏之徒大幸也，亦天地生靈之大幸也。某固不避其僭越愚妄之誅，敢昧死引其書之舊事，推衍上聖之意，仰箋於《祖圖》，亦先所頒祖師傳法授衣之謂也②。

他認為佛教宗祖的傳承脈絡，至中國後因時遠譜亂而造成各宗派"紛然異論"，這將淆亂"聖人教道"。因此，他立志考訂是非，希圖將佛教宗祖的脈絡確定下來。所以，他創作《傳法正宗記》，其目的與創作《輔教編》相同，都是要維護佛陀教化。

維護佛陀教化，從而使世人尊重佛教、信仰佛教，這是佛徒理應承擔的責任。如此，契嵩便將其文章創作與佛徒身份緊密地結合起來，從而使文章創作成了佛徒維護佛陀教化的合理行為之一。

然而，"維護佛陀教化"是一個空洞的目標，"文章創作"也是常人即可完成的活動，而僧人身為創作者，究竟要具備哪些異於常人的條件，纔能通過"文章創作"實現"維護佛陀教化"這一特殊目標？契嵩在《廣原教》（第十六）中，實際上已涉及這一命題。其文云：

> 僧也者，以佛為姓，以如來為家，以法為身，以慧為命，以禪悅為食，故不恃俗氏，不營世家，不修形骸，不貪生，不懼死，不溺乎

---

① （宋）契嵩撰，邱小毛校譯《夾註輔教編校譯》，成都：西南交通大學出版社，2011年，第2頁。
② （宋）契嵩撰，鍾東、江暉點校《鐔津文集》，上海：上海古籍出版社，2016年，第213～214頁。

五味……其於物也，有慈，有悲，有大誓，有大惠。慈也者，常欲安
萬物；悲也者，常欲拯眾苦；誓也者，誓與天下見真諦；惠也者，惠
群生以正法……其演法也，辯說不滯。其護法也，奮不顧身。能忍人
之不可忍，能行人之不能行。其正命也，丐食而食而不為恥。其寡欲
也，糞衣綴鉢而不為貧。其無爭也，可辱而不可輕。其無怨也，可同
而不可損……其可學也，雖三藏十二部、百家異道之書，無不知也；
他方殊俗之言，無不通也。祖述其法，則有文有章也；行其中道，則
不空不有也①。

這段話中，顯示了佛徒異於常人的三方面特徵。第一，佛徒具有異於常人
的價值觀。世人往往修形骸，塋家業，貪生惡死，好口腹之欲，而佛徒則
追求如來、法、慧、禪悅，以及覺他的安萬物、拯眾苦、惠群生等。第
二，佛徒具有異於常人的活動內容。其價值觀既與眾不同，則在此價值觀
指導下的人生活動自也與常人相異。這些活動內容包括演法、護法、正
命、可學、丐食、糞衣綴鉢等。第三，佛徒具有異於常人的性格。由於佛
徒的任務是用佛教理念影響俗世之人，則兩種價值觀必然帶來衝突，這便
需要佛徒養成一種利於解決此種衝突的性格。其所講到的"常欲安萬物"、
"常欲拯眾苦"、"能忍人之不可忍，能行人之不能行"，是要求佛徒性格堅
韌，如此纔能在面對一時成功或挫折時使事業持久。其所講到的"寡欲"、
"無爭"、"無怨"，則要求佛徒性格寬容、溫和、專注，如此纔能減少不必
要的煩擾，緩和矛盾。其所講到的"奮不顧身"，則要求佛徒性格勇敢，
如此纔能堅持原則，不因個人屬害而毀傷行道事業。這三大方面緊密聯
繫，不同的價值觀必然造成佛徒異於常人的活動內容，也必然造成他們異
於常人的性格；反過來，也必須有異於常人的性格，纔能使他們的活動得
以持久進行，如此纔能使他們的價值觀得以傳播。

　　在這一段中，契嵩所論及的佛徒應具備的勇敢、堅韌、寬容、溫和、
專注等性格特徵，在他身上都有所體現。比如陳舜俞說契嵩"首常戴觀音

---

① （宋）契嵩撰，鍾東、江暉點校《鐔津文集》，上海：上海古籍出版社，2016年，第37～39頁。

之像而誦其號，日十萬聲"①，可見其信仰之堅韌。又如當歐陽修為首的士大夫排佛運動聲勢洶洶之時，其能獨振洪鐘，則勇氣必有過於人處。再如契嵩面對排佛者時"懇懇為言之"，則寬容溫和之態見於其中。契嵩作為佛徒的這些性格特徵，影響著他的護法創作。這種影響表現在三個方面，即閱讀、創作、宣傳中。

首先，從閱讀角度來看此種影響。

釋曉瑩《羅湖野錄》載："明教禪師嵩公明道間從豫章西山歐陽氏昉借其家藏之書，讀於奉聖院。"② 此事在契嵩遊歷江西時。又契嵩《與石門月禪師》中云："栖居石壁，殆二年矣。雖然，自適頗樂，顧人生如夢，何足堪恃？紙衾瓦鉢外，惟圖書雜然於室中耳。流俗所尚，一無留也。"③ 契嵩當時因演法衡山為人所陷，於是退居石壁，在這裡他不好流俗所尚，惟專注於"圖書"。從這兩件事，可看出契嵩有一種閱讀的自覺。他閱讀廣泛，除了佛教三藏，對世書中經、史、子、集同樣以寬容的態度來接觸。這種寬容、專注的態度，加上堅持不懈的努力，使他的知識廣而富，從而遠超當時的一般僧俗。這為其學術創作打下了堅實基礎。

其次，從創作角度來看此種影響。

契嵩的創作，所顯出的第一個特徵是總量大。陳舜俞《鐔津明教大師行業記》云："所著自《定祖圖》而下，謂之《嘉祐集》，又有《治平集》，凡百餘卷，總六十餘萬言。"④ 禪宗強調不立文字，契嵩與他同時和之前的禪者相比，六十餘萬言的創作，可謂是極大的量了。大量的創作，反映的是精力的大量投入。到晚年他仍要為《輔教編》作註，仍要著書與天台宗反復辯論。若無堅韌之性格，這是很難實現的。

契嵩創作顯出的第二個特徵是博通而有主次。其學術主於佛，通於儒、道、諸子，不僅所涉廣博，而且擅長融通。契嵩《傳法正宗記》乃廣參佛教著作而考訂是非，其《輔教編》則以溝通儒、釋諸子為目標，其《論原》系列則廣論儒術，至於碑、記、述、題、書、贊、傳、評之類亦

① （宋）契嵩撰，鍾東、江暉點校《鐔津文集》，上海：上海古籍出版社，2016年，卷首。
② （宋）釋曉瑩：《羅湖野錄》，《卍續藏經》第142冊，第968頁。
③ （宋）契嵩撰，鍾東、江暉點校《鐔津文集》，上海：上海古籍出版社，2016年，第206頁。
④ （宋）契嵩撰，鍾東、江暉點校《鐔津文集》，上海：上海古籍出版社，2016年，卷首。

往往涉多家之學。儘管學涉多家，但他始終堅持以佛教為主來融通他說。《寂子解》《與章潘二祕書書》中，面對佛徒或儒者以其為學不專的批評，他始終鮮明地表達其佛徒立場。也正因為主於佛學，以佛徒為根本立場，所以他才與歐陽修、章望之、李覯等的排佛運動相對抗，而其《輔教編》也仍是以佛教優越於儒、道、諸子的。能始終主於佛教立場，顯示了契嵩性格之堅韌。其對於儒、道、百家之學的吸納體現了他佛徒的寬容。但是，中間又有主次。

契嵩創作顯現出的第三個特徵是議論性強。契嵩言僧人"其演法也，辯說不滯"，辯論是演法的重要形式。契嵩的《輔教編》《非韓子》，以及探討儒術的《論原》系列，或為正論，或為駁論，都是議論文。議論文，可謂契嵩最為擅長之文體，即便是對契嵩頗為不滿的四庫館臣也不得不認同其"筆力雄偉"、"論端鋒起"，謂之為"緇徒之健於文者"。事實上，他的《傳法正宗記》儘管從文體上講不是議論文，但其創作動機為"考其是非，正其宗祖"，實際上也是要與那些淆亂宗祖之說者相辯駁的。《傳法正宗記》引起天台宗的不滿，契嵩則"攘袂切齒，又益著書，博引聖賢經論、古人集録為證，幾至數萬言"[1]。好辯之態，躍然眼前。契嵩運用這種議論文形式宣揚佛法，觀點難免針鋒相對，這也使他受到不少批評。但他始終堅持此種文章風格，則其堅韌性格所起作用便一目瞭然。

再次，從宣揚護法創作的角度來看此種影響。

契嵩著成各護法作品後，最重要的宣揚形式是出版與獻書。其《上張端明書》云："近者竊著其《廣原教》，次為三帙，曰《輔教編》，吳人模印，務欲傳之。"[2] 禪宗本強調"不立文字"，但契嵩不僅著書，並且還熱心出版，又親自為《輔教編》作註，能夠反大眾、悖宗祖而獨行其是，不可謂不勇。另外，契嵩曾將《原教》獻張方平、呂溱，更請崔黃臣、關景仁將《輔教編》轉呈朝中大臣，甚至到後來自己抱書入京以求皇帝賜書入藏。在這些活動中，皆可看到他作為佛徒，為護法而不屈不撓的精神。

---

① （宋）契嵩撰，鍾東、江暉點校《鐔津文集》，上海：上海古籍出版社，2016 年，卷首。
② （宋）契嵩撰，鍾東、江暉點校《鐔津文集》，上海：上海古籍出版社，2016 年，第 177 頁。

二、常人性格：世間文學

契嵩作為佛徒，修出世之學，但他畢竟是社會性的人，生活於塵世，故必受世間環境的影響。生活環境鑄造其性格，因此，契嵩的性格又有著與常人相同的一面。四庫館臣說他"恃氣求勝"、"詆"、"強辨"、"嗔癡之念太重"，這與契嵩所強調的僧人應"寡欲"、"無爭"、"無怨"正相違背。契嵩不僅易嗔，而且性格中還有傲誕、閒適兩種。這些性格特徵，都是一般人所常有的。這富於人情的一面，也使契嵩的文章創作更有了世間文學的特徵。

（一）嗔：為文好辯

佛教反對"嗔"，而契嵩的性格，卻有易嗔一面。四庫館臣批評契嵩的護法文章中"嗔癡之念太重"，這是就文章觀其性格。而從古人關於契嵩性格的記載與其平時的行為看，易嗔確為其鮮明特徵。蘇軾《東坡志林》云："契嵩禪師常嗔，人未嘗見其笑。"[1] 這是對契嵩易嗔的直接說明。陳舜俞《鐔津明教大師行業記》："已而浮圖之講解者，惡其有別傳之語，而恥其所宗不在所謂二十八人者，乃相與造說以非之。仲靈聞之，攘袂切齒，又益著書，博引聖賢經論、古人集録為證，幾至數萬言。"[2] "攘袂切齒"，形象地顯示了契嵩聽聞"講解者"的批評後嗔怒的表現。契嵩為"講解者"所批評，大抵在嘉祐七年（1062）以後，而蘇軾至杭則在熙寧四年（1071）。嘉祐七年，契嵩五十五歲，熙寧四年則六十四歲，以如此年齡，其性格未臻平和，反而有"攘袂切齒"的激烈表現，這顯然不合乎佛徒的修行理念。這說明其易嗔是根深蒂固的，並未因佛徒身份而徹底改變。

契嵩易嗔的性格，表現於生活中便是好與人辯。他聽聞"講解者"的批評後，第一反映便是"攘袂切齒"的嗔怒，接著便是"又益著書"而與人辯論是非。於是，文章成為了他在辯論中所採用的武器。這自然就容易使他利用議論文這種形式，以表現他所面對的爭議性問題及他個人的觀點。如《寂子解》《寂子解傲》為其少壯時所作，二文皆是與人辯論者。

---

[1]　（宋）蘇軾撰，王松齡點校《東坡志林》，北京：中華書局，1981 年，第 51 頁。

[2]　（宋）契嵩撰，鍾東、江暉點校《鐔津文集》，上海：上海古籍出版社，2016 年，卷首。

《寂子解》云："學佛者謂寂子固多心耶，不能專純其道，何為之駁也！學儒者謂寂子非實為佛者也，彼寄跡於釋氏法中耳。"①《寂子解傲》云："寂子為郝氏之隱者也，其性簡靜，不齷齪事苛禮，故為俗所謗憎，終以傲誕譏之。"② 契嵩因人批評其為學不專、為人傲誕，於是作文以反駁，這是其私人受到批評時所作的回應。他的《輔教編》《非韓子》等護法創作，則是其私人受章望之、潘叔治等"謂之寄跡"的刺激和作為佛教徒面對歐陽修等的排佛運動所作出的回應。可以看到，無論是少年時代，還是中老年時期，由於契嵩性格易嗔，故多與人爭論，也就造成了他的創作多議論文，而其議論文又具有"辨"、"論端鋒起"等特徵的情況。

契嵩易嗔而好辯，故其文章多議論文，而其議論文又常常呈現出針鋒相對之模式。其《寂子解》針對"二客"，《寂子解傲》針對"規者"，《勸書》（第一）、《刑法》針對"或曰"，《人文》則針對"辯者"，而他則往往自稱"寂子"、"潛子"、"叟"，或是針對對方觀點直接用"曰"來辯論。就其議論文來看，他的針鋒相對使文章隱隱呈現一種主客問答的模式。當然，他最為反對的還是排佛運動，故其《輔教編》逐條羅列排佛者觀點而後加以反駁。而《非韓子》則一條條羅列韓愈人格與學術的缺點，再予以毫不留情的批判。這些都是由其性格易嗔而引發出的一些文章的細微特徵。

由於契嵩易嗔、好辯而又性格堅韌，這就造成他辯論時不勝不休甚至吹毛求疵之態度。曉瑩《羅湖野錄》載："（契嵩）遂以佛五戒十善通儒之五常，著為《原教》。是時，歐陽文忠公慕韓昌黎排佛，盱江李泰伯亦其流。嵩乃攜所業三謁泰伯，以論儒釋吻合，且抗其說。泰伯愛其文之高，服其理之勝，因致書譽於文忠公。"③ 契嵩為了在論辯中取勝，不惜一次次上門與李覯辯難，李覯最終亦為其所服。陳舜俞記載契嵩與章望之、李覯等的辯論結果時云："諸君讀之，既愛其文，又畏其理之勝而莫之能奪也。"④ 據陳氏的說法，李覯等對契嵩之論不僅是"服"，甚至是"畏"了。

① （宋）契嵩撰，鍾東、江暉點校《鐔津文集》，上海：上海古籍出版社，2016 年，第 148 頁。
② （宋）契嵩撰，鍾東、江暉點校《鐔津文集》，上海：上海古籍出版社，2016 年，第 150 頁。
③ （宋）釋曉瑩：《羅湖野錄》，《卍續藏經》第 142 冊，第 968 頁。
④ （宋）契嵩撰，鍾東、江暉點校《鐔津文集》，上海：上海古籍出版社，2016 年，卷首。

然而，李覯在《答黃著作書》中云："覯排浮圖固久，於《潛書》、於《富國策》人皆見之矣。豈期年近四十，氣志益堅之時而輒渝哉？惟漢傑觀厥二記不甚熟爾。吾於此言，乃責儒者之深，非尊浮圖也。"① 李覯作為堅定的儒者，是很難接受契嵩以佛教優越於儒學之理論的，就更莫說"服"其理乃至"畏"其理了。但是，李覯雖不會"畏"其理，而"畏"其不勝不休的態度倒是可能的。契嵩在與"講解者"辯論時，那些"平生厚於仲靈者"因他辯論的"久之"而"恨其不能與眾人相忘於是非之間"，這顯然不是因其學術觀點的對錯而"恨"，乃是對其不勝不休的方式不滿。他的好友尚且如此，作為辯論對手的李覯恐怕就更難喜歡此點了。四庫館臣批評契嵩"反覆強辨"，正是指其理論不能服人而又不勝不休的態度，這可說是他護法創作的一個缺點。

（二）傲：史以直筆

《寂子解傲》云："俗謂我傲，豈非以吾特立獨行與世不相雜乎？又豈非以吾不能甘言柔顏而與世順俯仰乎？"② 當時，契嵩受人批評，稱其"傲誕"，他於是總結了自己被譏為"傲誕"的兩方面原因。其一為行為上的特立獨行，與世人疏離。其二為與人交往中在言語上的不阿諛。面對批評，契嵩做出了解釋，曰："言道德禮樂者，大要在誠，非直飾容貌而事俯仰言語也。吾惡世俗之為禮者，但貌恭而身傴偊，考其誠則萬一無有，內則自欺，外實欺人，故吾於人欲其誠信，不專在言語容貌俯仰耳。"③ 他認為自己之所以被人譏為傲誕，根本上是因為內心追求誠，故不願以不誠之言語事人。其修乎誠，而惡世俗之不誠者，故不欲與之交往。這是他特立獨行之因，也是被世人誤解而譏刺者。何以曰"誠"？正直也，公平也，不虛妄而欺人欺己也。陳舜俞云："（契嵩）與人清談，靡靡至於終日，客非修潔行誼之士，不可造也。……仲靈知之，不肯行，使人謝公曰：'從吾所好，何必求富而執鞭哉！'"④ 這皆是他"誠"的表現，立足於是非標準，直呈其所好所惡，而不願虛偽行事。

---

① （宋）李覯著，王國軒點校《李覯集》，北京：中華書局，2011年，第338頁。
② （宋）契嵩撰，鍾東、江暉點校《鐔津文集》，上海：上海古籍出版社，2016年，第150頁。
③ （宋）契嵩撰，鍾東、江暉點校《鐔津文集》，上海：上海古籍出版社，2016年，第150～151頁。
④ （宋）契嵩撰，鍾東、江暉點校《鐔津文集》，上海：上海古籍出版社，2016年，卷首。

　　契嵩之"傲"，除了追求誠的緣故，還源於他有遠大志向，以及學識淵博。惠洪《林間録》載："嵩明教初自洞山遊康山，託跡開先法席，主者以其佳少年，銳於文學，命掌書記。明教曰：'我豈為汝一盃薑杏湯耶！'因去之。"① 此為契嵩訪道江西時之事，當時契嵩年齡尚輕，但從其答語便可見其志向高遠。他對"主者"充滿了輕視，而對自己則有強烈的信心。契嵩在《與章潘二祕書書》中說："貧道常病夫庸僧輩寡識，吾道不修，迨乎名作德空，紛然以其末事求儒文字，欲為其飾。及其致譏也，並教道而辱之，不能曉了，然復刊之石，刻之板，誇於世俗，終日洋洋然以為其德。若此輩，尤宜擯於吾佛。"② 他以"庸僧"為"寡識"、"道不修"、"名作德空"，則顯然自視甚高，隱含著對自身識見、道德的強烈自信。契嵩以一種居高臨下的姿態輕視"主者"、"庸僧"，這自然容易被人視為傲誕。

　　契嵩這種性格，無論是他自辯為"誠"，還是被譏刺為"傲"，其所包含的内核都是居高臨下的審判心態和正直不欺的審判原則。這兩種心態，直接影響了他的史學創作。

　　契嵩的史學創作，最重要的是他的《傳法正宗記》。其《重上韓相公書》云：

　　　　某山林著書，討論内外經書不啻數千卷，積數十年，頗亦焦勞其神形。又不遠千里賫來而奏之者，非苟如他輩僥倖欲其私有所求耳，其實患乎本教之宗祖不明，古今學佛輩不見其大統，妄相勝負，殊失吾先聖人之意。故其拳拳懇懇，乃務正之，仰憑朝廷垂於藏中者，百世之為佛教立勝事也。庶其學者遵為定斷，又欲自效身為佛子，其微為善者也③。

此中值得注意者有兩點。第一，契嵩對"古今學佛輩"是持批判態度的，

---

① （宋）惠洪：《林間録》，《卍續藏經》第 148 册，第 614 頁。
② （宋）契嵩撰，鍾東、江暉點校《鐔津文集》，上海：上海古籍出版社，2016 年，第 192 頁。
③ （宋）契嵩撰，鍾東、江暉點校《鐔津文集》，上海：上海古籍出版社，2016 年，第 172 頁。

認為他們不見佛教大統而又妄自爭勝，以致喪失了佛陀意旨。與此相對，他認為自己是能見大統而得佛陀意旨的僧人，也是跳出私利之爭而持公正態度者。史書的創作，本身便是對歷史事件、人物進行書寫與評判，這自然要求書寫者具有一種審判的心態與審判的能力。第二，契嵩說"乃務正之"、"為定斷"，則是他正直不欺的審判原則之體現。其言"討論內外經書不啻數千卷，積數十年"，說明了他考訂宗祖的方法不是憑空的、私心的，而是直取於歷史資料。他在《傳法正宗定祖圖敘》中云："然其始亂吾宗祖、熒惑天下學者，莫若乎《付法藏傳》。正其宗祖，斷萬世之諍者，莫若乎《禪經》……若如來獨以正法眼藏密付乎大迦葉者，則見之《大涅槃經》《智度論》《禪經》與其序也。"① 這正是他以史料為基礎而考訂是非之方法的呈現。契嵩在《夾註輔教編》中云："帝所問之事，《南史》以干佛教不取，亦史筆之不直也。"② 宋文帝問何尚之修佛是否利國，何尚之以為有利。此事不載於《南史》，契嵩認為是《南史》作者不悅於佛教而有意掩蔽史料，批判其作為史臣不能直筆。由此可以看出，契嵩追求史學之"直筆"，而具體表現於文章創作中便是廣泛搜羅史料，將史料詳細直接地呈現於文章中，而使讀者人人可見，人人可自作評判，如此便自不能欺騙讀者。他在《傳法正宗記》中羅列多種材料加以比刊，顯然是這種"直筆"思想的體現。

不過，當一個人陷於先入為主的立場，而始終對異於己者持居高臨下之態度時，這便真成為"傲誕"了。契嵩始終是一個佛徒，且信仰頗為堅韌，故其雖對異於自身立場的儒、道、諸子及佛教其他派別有寬容接納的一面，但這種接納的根本原則是不能使他們高於契嵩自己的立場。這種先入為主的高低之別，自然就與其"直筆"的史學立場相悖，所以他在《傳法正宗記》《輔教編》等文章中對待不利於己的史料，採擇便有失公正。志磐《佛祖統紀》載："嵩明教據《禪經》作《定祖圖》，以《付法藏》斥為可焚，師作《祖說》以救之。又三年，嵩知《禪經》有不通，輒云傳寫

---

① （宋）契嵩撰，鍾東、江暉點校《鐔津文集》，上海：上海古籍出版社，2016年，第214頁。
② （宋）契嵩撰，邱小毛校譯《夾註輔教編校譯》，成都：西南交通大學出版社，2011年，第11頁。

有誤，師復作《止訛》以折之。"① 契嵩論斷不嚴密，在當時就受到法師子
昉指責。近現代研究契嵩者，亦對其有所批評。陳垣在《中國佛教史籍概
論》中批評道："嵩蓋工於為文，疏於考史，又往往為感情所蔽，於偽史
料既不能割愛，於前輩復肆意批評。"② 可以說，契嵩性格中的"誠"促成
了他史學創作中的"直筆"理念，但他堅執其佛教立場而居高臨下地看待
其他學說，便造成了他性格中的"傲誕"一面，這又衝擊了他的"直筆"
理念，從而造成了一種學術上的傲誕。這成了他史學創作中的缺陷。

（三）閒：詩味雅淡

契嵩在《山遊唱和詩集敘》中云：

> 然公濟與潛子輩，儒佛，其人異也，仕進與退藏又益異也。今相
> 與於此，蓋其內有所合而然也。公濟與沖晦以嗜詩合，與潛子以好山
> 水閒適合，潛子亦粗以詩與沖晦合，而沖晦又以愛山水與吾合。夫詩
> 與山水，其風味淡且靜，天下好是者幾其人哉！故吾屬得其合者嘗鮮
> 矣。適從容山中，亦以此會為難得，故脫然嗒然，終日相顧相謂，幾
> 忘其形迹，不知孰為佛乎，孰為儒乎③？

此段敘述中，契嵩表明自己"好山水閒適"，而此一性格是促成其與楊蟠
（字公濟）、釋惟晤（字沖晦）相遊唱和的重要因素。契嵩對"閒適"頗為
推崇，其在《與楚上人》中云"人生世間，閒為第一"④，可見其態度。

那麼，"閒"具體指怎樣的性格特徵呢？契嵩言"閒"，有兩意，一則
為平淡安靜，二則為散漫從容。其云"山水閒適"，又云"詩與山水，其
風味淡且靜"，可見"閒適"即"淡且靜"之意。契嵩《南軒銘》敘曰：
"客有紆餘閒散，無所用于世，得終日俯仰於其間，往往襟抱軒豁，神氣

① （宋）釋志磐撰，釋道法校註《佛祖統紀》，上海：上海古籍出版社，2012 年，第 409 頁。
② 陳垣《中國佛教史籍概論》第 120 頁。另外，張清泉《北宋契嵩的儒釋融會思想》"契嵩對韓愈的
　批判"一節中詳細分析了契嵩批評韓愈的主要觀點，也認為他的觀點"有些卻也不免為契嵩一己
　之主觀好惡所使然"（《北宋契嵩的儒釋融會思想》第 137 頁）。
③ （宋）契嵩撰，鍾東、江暉點校《鐔津文集》，上海：上海古籍出版社，2016 年，第 224 頁。
④ （宋）契嵩撰，鍾東、江暉點校《鐔津文集》，上海：上海古籍出版社，2016 年，第 211 頁。

浩然，若外天地而獨立。"① 其《山遊唱和詩集》云："自憐惠永多閒散，強接清言媿不文。"② "閒散"，散漫也；"紆餘"，從容也。契嵩雖為佛徒，但其又通於道家，與道士、隱者多有交往，故其養成了崇尚虛靜平淡、樂乎山水自然的性格特徵。

契嵩性格中的"閒"，直接影響著他外在的行為，其表現有二。一曰：遠世俗，近山水。二曰：離佛禪，好詩文。契嵩在《與楚上人》中云："人生世間，閒為第一，此事勿使俗眼視之。"③ 其《南軒銘》中云："客有紆餘閒散，無所用於世……若外天地而獨立。"④ 又其《山遊唱和詩集敘》中云："二人者，嗜山水則所好益得，嗜閒適則其情益樂，勝氣充浹而更發幽興，優遊紆餘，吟嘯自若。雖傍人視之，不知其所以為樂也；坐客接之，不知其所以為得也。獨潛子蒼顏敝履，幸其末遊，而謂之曰：'二君之樂，非俗之所樂也；二君之得，非俗之所得也；是乃潔靜逍遙乎趨競塵累之外者之事也，終之可也。'"⑤ 三處所論，皆明言其所謂"閒"非世俗所能知能得者，乃是與喧囂趨競的塵世相異道的。這一喧囂趨競之外的世界，主要就是山水之域。契嵩好山水閒適，樂於在此間與相知者遊樂，正是其"閒"的一大表現。此外，契嵩言"詩與山水，其風味淡且靜"，其以閒適之性而樂乎山水，而詩與山水同趣，故其又樂乎為詩。他與惟晤、楊蟠，一面遊樂於山水之間，一面又以詩歌相唱和，正是其閒適之性的另一表現。契嵩在《自贈》中云："漫將支遁筆，閒且賦《逍遙》。"⑥ 莊子有《逍遙遊》，呈現著道家的自然無為之趣。契嵩雖主於佛，但也頗好道家之學，與馬知章、韓曠等習道者相交好，他甚至還作有《逍遙篇》。在此詩中，《逍遙》乃指創作承載道家自然無為之趣的作品。這種文學創作，也是契嵩閒適之性的表現。從契嵩今存文章看，《武林山志》《遊南屏山記》

---

① （宋）契嵩撰，鍾東、江暉點校《鐔津文集》，上海：上海古籍出版社，2016年，第250頁。

② （宋）契嵩撰，鍾東、江暉點校《鐔津文集》，上海：上海古籍出版社，2016年，第368頁。按：由契嵩"山遊唱和詩集敘""山遊唱和詩集後敘"之名看，三人所編者名為"山遊唱和詩集"。但是，在懷悟收入《鐔津文集》後，則命為"山遊唱和詩"。本文在稱呼時，根據語境作了區別對待。

③ （宋）契嵩撰，鍾東、江暉點校《鐔津文集》，上海：上海古籍出版社，2016年，第211頁。

④ （宋）契嵩撰，鍾東、江暉點校《鐔津文集》，上海：上海古籍出版社，2016年，第250頁。

⑤ （宋）契嵩撰，鍾東、江暉點校《鐔津文集》，上海：上海古籍出版社，2016年，第225頁。

⑥ （宋）契嵩撰，鍾東、江暉點校《鐔津文集》，上海：上海古籍出版社，2016年，第357頁。

等寫景之作與《山中早行》《湖上晚歸》《浙江晚望》《汎若耶溪》《山遊唱和詩集》等詩歌一樣，承載著契嵩的閒適之趣。值得注意的是，契嵩好閒適而創作詩文，對他自己來說，是違背佛禪精神的。其在《送詩與楊公濟》中云："近緣禪關不固，習氣寧忘，因得斯謬妄，蓋適性而已，豈敢風雅可與哉！"[1] 此信乃契嵩作詩送楊蟠而附帶者，其將自己作詩行為稱為"謬妄"，認為是"禪關不固，習氣寧忘"的表現，正說明他將自己的作詩行為視為違背佛禪精神者。其云作詩乃是"適性"，正是指其好閒適的性格。契嵩云："適從容山中，亦以此會為難得，故胸然喀然，終日相顧相謂，幾忘其形跡，不知孰為佛乎，孰為儒乎？"他認為在遊覽山水和作詩（蘊於"相顧相謂"中）行為中，他們忘卻了自己的儒、佛身份。作為佛徒而忘卻其佛徒身份，也可說是在此刻與佛禪精神的疏離，這與其"禪關不固，習氣寧忘"之說是一致的。

契嵩以好閒適而遠世俗、近山水，而離佛禪、好詩文，這種性格影響著其詩文趣味，而具體的生活方式又影響著其詩文內容。懷悟《鐔津文集序》云："師常自謂：'人生世間，閒為第一。'蓋其自得閒中之趣，故其所為之詩，雖不甚豐濃華麗，而其風調高古雅淡。"[2] 懷悟準確把握了契嵩性格中好閒適一面與其某些詩文創作間的內在聯繫。他雖未做更進一步說明，但從上文分析及契嵩的詩文創作來觀察，所謂"不甚豐濃華麗"、"風調高古雅淡"，表現於內容上即是好狀山水之美而不言世俗趨競之事，表現於創作技法上則是散漫從容的平淡敘述。可以說，契嵩源於閒適之性而創作出的詩文，與其基於護法目的、易嗔性格而創作的議論文，在風格上是大相徑庭的。

三、超越時代：魏晉佛徒精神

契嵩在《寂子解》中言其被佛、儒二家學者批評為學不專，故著文以自辯。其《與章潘二祕書書》中謂二人以之為寄跡於佛氏中，故回書以顯其志。歐陽修等興排佛運動，天下佛徒默默，獨契嵩著《輔教編》以護法。此三事皆可見契嵩於儒、釋關係之態度與當時的一般佛徒有所不同。

---

[1] （宋）契嵩撰，鍾東、江暉點校《鐔津文集》，上海：上海古籍出版社，2016 年，第 205 頁。

[2] （宋）契嵩撰，鍾東、江暉點校《鐔津文集》，上海：上海古籍出版社，2016 年，第 391～392 頁。

以其不同，當世人以一般佛徒而衡量之，則其為人所譏；以其不同，當天下佛徒默默時，則其獨振洪鐘。契嵩《與章潘二祕書書》中言其常病夫庸僧輩寡識無德，遂使教道並辱，謂此輩尤宜擯除於佛徒之列。其又以學者寡識，不能詳佛教祖宗傳承，故著《傳法正宗記》以正是非，定祖統。此二事則可見契嵩於佛徒素養、佛教教義之態度與當時之一般佛徒有所不同。契嵩頗負宗教虔誠，但他易嗔、傲誕的性格，又往往為人所譏，以至於平生相厚者也對他有所不滿。契嵩作《寂子解傲》以自辯，又與“講解者”反復相辯而不止，皆可見其雖為人所譏刺、不滿，但其自身仍獨行其是。以上六事，顯示出契嵩的思想系統有不同於當時一般佛徒者，此種不同也為當時的一般儒者所不理解。契嵩好惡，與世不同，故與之相爭相辯；其與世相爭辯，則必當有所憑依。也惟有所憑依之人，纔能免於人云亦云、隨波逐流。契嵩在《寂子解傲》中謂其“特立獨行，與世不相雜”，正是他思想系統於時代而獨立的自我呈現。從契嵩言，此種獨立非不及於當時之一般佛徒、儒者，而是超越於他們之上的。

那麽，契嵩的思想系統，究竟憑什麽而超越於時代之上？從現存資料看，他作為佛徒，思想系統得以超越於當時一般佛徒、儒者，而形成其特有的學術思想、性格特徵，除了特殊的生活經歷外，最重要者乃在於他向魏晉佛徒精神的回歸。這一點，可從四個角度得到證明。

第一，契嵩對晋代慧遠尤為推崇，其遊歷江西九江時，曾作《題遠公影堂壁》，文中云：

> 其聖歟？賢邪？偉乎？大塊噫氣，六合清風，遠公之名聞也；四海秋色，神山中聳，遠公之清高也；人僧龍鳳，高揖巢、許，遠公之風軌也；白雲丹嶂，玉樹瑶草，遠公之栖處也；蒙後公而生，雖慕且恨也。瞻其遺像，稽首作禮，願以弊文題於屋壁①。

他以“聖”、“賢”、“偉”狀慧遠，認為慧遠的德行事業足以使天地萬物為之動色。他仰慕慧遠，而生不能逢，故尤感遺憾。可以說，在契嵩心裡，

①　（宋）契嵩撰，鍾東、江暉點校《鐔津文集》，上海：上海古籍出版社，2016 年，第 275 頁。

慧遠是他極為推崇的一個精神偶像。契嵩在《三高僧詩》中讚美靈徹曰"不殊惠遠殊惠休，皎然未合誰與儔"①，其視慧遠為衡量標準，亦可見其對慧遠的認同。

　　第二，契嵩對晉代支遁、道安心存嚮往。其《山遊唱和詩集後敘》云"然潛子雖固，平生長欲晞於高簡雅素如支道林、廬山遠者為方外人，患力不足及之"②，明確表明了對慧遠、支遁的嚮往。又其《自贈》云："漫將支遁筆，閒且賦《逍遙》。"③ 其《山中自怡謝所知》云："襄陽道者寧知爾，猿鶴蕭然石室間。"④ "襄陽道者"，即道安。契嵩將自己的生活比於支遁、道安，說明了他將二人視為精神偶像。

　　第三，在《山遊唱和詩集》中，契嵩、楊蟠、惟晤三人的用語顯示出對魏晉人物的推崇之意。比如，楊蟠言"後日當尋慧遠社"⑤，乃以契嵩比慧遠。契嵩言"襄陽習子不貪官，欲友幽人擬道安"⑥，說明楊蟠曾以道安比契嵩。楊蟠又有"名高寂寞存僧史，林下風流似晉人"⑦ 之句，亦是謂契嵩有晉人風度。又，契嵩有"孫綽曾陪支遁游"之句⑧，分別比擬楊蟠和惟晤；而惟晤亦有"道安獨繼襄陽踵"之句⑨，以契嵩比道安。《山遊唱和詩集》中隨處皆是道安、慧遠、支遁、何晏、孫綽、許詢、習鑿齒、謝安、謝靈運、陶淵明以及竹林七賢等人的典故，這足以說明三人具有共同的價值取向，也瞭解彼此的價值取向。就契嵩而言，無論是他自己用晉人形象來比擬楊蟠、惟晤，還是二人用晉人形象來比擬契嵩，都說明了契嵩對魏晉人物精神境界的嚮往。

　　第四，陳舜俞《鐔津明教大師行業記》云："（嵩）所居一室，蕭然無長物。與人清談，靡靡至於終日。客非修潔行誼之士，不可造也。"⑩ 可見

---

① （宋）契嵩撰，鍾東、江暉點校《鐔津文集》，上海：上海古籍出版社，2016年，第346頁。
② （宋）契嵩撰，鍾東、江暉點校《鐔津文集》，上海：上海古籍出版社，2016年，第225頁。
③ （宋）契嵩撰，鍾東、江暉點校《鐔津文集》，上海：上海古籍出版社，2016年，第357頁。
④ （宋）契嵩撰，鍾東、江暉點校《鐔津文集》，上海：上海古籍出版社，2016年，第361頁。
⑤ （宋）契嵩撰，鍾東、江暉點校《鐔津文集》，上海：上海古籍出版社，2016年，第367頁。
⑥ （宋）契嵩撰，鍾東、江暉點校《鐔津文集》，上海：上海古籍出版社，2016年，第368頁。
⑦ （宋）契嵩撰，鍾東、江暉點校《鐔津文集》，上海：上海古籍出版社，2016年，第380頁。
⑧ （宋）契嵩撰，鍾東、江暉點校《鐔津文集》，上海：上海古籍出版社，2016年，第382頁。
⑨ （宋）契嵩撰，鍾東、江暉點校《鐔津文集》，上海：上海古籍出版社，2016年，第369頁。
⑩ （宋）契嵩撰，鍾東、江暉點校《鐔津文集》，上海：上海古籍出版社，2016年，卷首。

契嵩頗好"清談"。"清談"一詞，多用於指魏晋時期崇尚老莊、好談玄理的風氣。比如，《晋書·王衍傳》謂王衍"出補元城令，終日清談，而縣務亦理"①。又如《晋書·郄超傳》謂："沙門支遁以清談著名，于時風流勝貴莫不崇敬。"② 雅尚清談，不僅是玄學家愛好，像支遁一類佛徒亦預其流焉。契嵩與人所談内容雖未必如魏晋人所談之老莊玄理，但其内容遠富貴世務而入乎形上之學則是可想見的。陳舜俞為契嵩好友，其用"清談"一詞狀其平日談論，當是他對契嵩魏晋情懷有所瞭解的背景下所作之選擇。

由上四點，可看出契嵩的思想系統與魏晋佛徒確有强烈共鳴。他對道安、慧遠、支遁等是持肯定甚至崇拜態度的，這種精神上的共鳴影響著他的生活與學術。

先看契嵩向魏晋佛徒精神的回歸對他生活内容的影響③。他在《題遠公影堂壁》中云：

> 陸修静，異教學者，而送過虎溪，是不以人而棄言也；陶淵明酖酒于酒，而與之交，蓋簡小節而取其達也。跋陁，高僧，以顯異被擯，而延且譽之，蓋重有識而矯嫉賢也；謝靈運，以心雜不取，而果殁於刑，蓋識其氣而慎其終也；盧循欲叛，而執手求舊，蓋自信道也；桓玄振威，而抗對不屈，蓋有大節也④。

此為契嵩所舉最愛遠公之六事者，認為這六事足以自勸、勸人。此六事略加分別，可總結為六種品質。第一，其言"自信其道"，是說作為佛徒，

---

① （唐）房玄齡等：《晋書》，北京：中華書局，1974 年，第 1234 頁。
② （唐）房玄齡等：《晋書》，北京：中華書局，1974 年，第 1805 頁。
③ 契嵩所推崇的道安、支遁、慧遠皆晋人，從這個角度說，稱其向晋代佛徒精神回歸似更為恰當。但是，這一批僧人，他們的學術實受玄學影響，生活態度則浸潤乎名士風流。而玄學與名士風流，皆興於魏，而流播兩晋，故歷史上常習稱"魏晋玄學"、"魏晋風度"。契嵩在精神上向這些僧人靠攏，其本質是於學術上接受玄學（主於道而融合儒的學術），而於生活上向名士風流貼近，所以他不僅推崇道安、慧遠等佛徒，也於詩歌中大用竹林七賢、習鑿齒、孫綽、許詢等魏晋間名士的典故。因此，本文稱之為"向魏晋佛徒精神的回歸"，而不用"向晋代佛徒精神的回歸"。
④ （宋）契嵩撰，鍾東、江暉點校《鐔津文集》，上海：上海古籍出版社，2016 年，第 274 頁。

應堅守佛陀教化，恒持其道德，而不為外物所動。第二，其言"對抗不屈"、"有大節"，是說縱然面對世俗力量的威壓，也要堅持正確理念，而不畏懼犧牲。第三，其言"識其氣而慎其終"，是說要有智慧，能夠見微知著。第四，其言"重有識而矯嫉賢"，是說要重賢而不嫉妒。第五，其言"不以人而棄言"，是說要善辨人、言之別。第六，其言"簡小節而取其達"，是說要善於衡量小、大之分。這六點中，一、二點都可說是強調堅持佛教價值觀，重視佛徒的"行"，其中蘊含著對勇敢、堅韌性格的肯定。第三點可說是強調對人物、事件的考察，是對"知"的重視。第四、五、六點則是強調對賢人的重視，人若為賢者，雖非佛徒，雖有小節之失，也不可廢棄其可取之處。這其中蘊含著對"無欲"、"無爭"、"無怨"等寬容、溫和之性格的肯定。

契嵩所推崇的慧遠六事，實際上包括了對自身的品德要求和與他人相處時的交往原則兩個方面，呈現出嚴於律己、寬以待人的特徵，這些品質影響著他的生活態度。契嵩在生活中非常自律，陳舜俞說他"首常戴觀音之像而頌其號，日十萬聲"①，"所居一室，蕭然無長物"。其在生活上甘於清貧，而在信仰上則非常堅定。其面對歐、李排佛運動的威壓時，能夠抗對不屈，與慧遠之抗對桓玄何其相似。其與自然子、周叔智、章望之等儒者相交好，章望之為排佛健將而契嵩仍懇懇與之論，這與慧遠之重賢又何其相似。可以說，契嵩的自律與對異教賢者的寬容，是他能夠獲得佛徒、儒者、道教徒普遍認同的重要因素。

此外，魏晉時期社會上玄學盛行，佛徒亦多預其流。當時名士，往往雅尚談玄而遠乎世物，終日清談而棄乎名教，佛徒受此影響，亦自有一種風流氣度。契嵩曾言"漫將支遁筆，閒且賦《逍遙》"。支遁在東晉以清談著名，而契嵩亦可"與人清談，靡靡至於終日"，兩者在精神上共通。契嵩《寄承天元老》云："清散年來事益閒，不論林下與人間。禪心了了非喧靜，默客何妨更往還。奇石清軒增勝趣，流泉碧座照衰顏。支形脫略時機甚，應笑歸來別買山。"②"買山"，典出《世說新語·排調》，其云："支道林因人就深公

---

① （宋）契嵩撰，鍾東、江暉點校《鐔津文集》，上海：上海古籍出版社，2016年，卷首。
② （宋）契嵩撰，鍾東、江暉點校《鐔津文集》，上海：上海古籍出版社，2016年，第361～362頁。

買印山。深公答曰：‘未聞巢、由買山而隱。’”① 支遁欲買印山而隱居，表明他具有遠世俗而樂山水的情趣。契嵩性格裡的“閒”，其表現之一正是遠世俗、近山水。可以說，他的閒趣與支遁的買山而隱，在精神上也是共通的。當然，就此詩言，契嵩在境界上更高一籌，他認為心境至乎閒散，無論何處皆有閒趣，而不必非要買山的。楊蟠稱契嵩“林下風流似晋人”，也足以說明契嵩在生活裡具有一種魏晋人的風流氣度。契嵩這種魏晋人的風流氣度和交遊方式、生活方式，自然都會間接影響其學術形成和發展。

再來看契嵩向魏晋佛徒精神的回歸對他學術內容的影響。

魏晋時代，佛教傳入中國不久，作為發展階段，當時佛徒尤為注重的是對印度佛經的譯介、解說。在《高僧傳》中，道安、慧遠、支遁都被歸為“義解”類，致力於對佛經的研究與發揮。《高僧傳》云：“安窮覽經典，鉤深致遠，其所注《波若道行》《密跡》《安般》諸經，并尋文比句，為起盡之義，乃析疑甄解，凡二十二卷。序致淵富，妙盡深旨，條貫既敘，文理會通，經義克明，自安始也。自漢魏迄晋，經來稍多，而傳經之人，名字弗說，後人追尋，莫測年代。安乃總集名目，表其時人，詮品新舊，撰為《經錄》。眾經有據，實由其功。”② 道安不僅對經典作註以闡明義理，並且還對傳入中國的佛典加以整理，辨別真偽，對佛學的傳播具有重要貢獻。慧遠是道安高足。《高僧傳》云：“（遠）所著論序銘贊詩書集為十卷，五十餘篇，見重於世焉。”③ 又《高僧傳》云：“（支遁）晚移石城山，又立棲光寺。宴坐山門，遊心禪苑，木喰澗飲，浪志無生。乃註《安般》《四禪》諸經及《即色遊玄論》《聖不辯知論》《道行旨歸》《學道誡》等。追蹤馬鳴，躡影龍樹，義應法本，不違實相。”④ 可見，慧遠、支遁與道安一樣，也都重視以文本為基礎的經典研究，並用註解、作文的形式來傳播教義。契嵩所處的時代，禪宗盛行，而禪宗強調“不立文字”，甚至否定佛經的文本價值。但是，契嵩與當時的一般禪者不同，其《廣原教》強調僧人“其可學也，雖三藏十二部、百家異道之書，無不知也；他方殊

① （南朝宋）劉義慶：《世說新語》，《景印文淵閣四庫全書》第 1035 冊，第 186 頁
② （梁）釋慧皎撰，湯用彤校註《高僧傳》，北京：中華書局，1992 年，第 179 頁。
③ （梁）釋慧皎撰，湯用彤校註《高僧傳》，北京：中華書局，1992 年，第 222 頁。
④ （梁）釋慧皎撰，湯用彤校註《高僧傳》，北京：中華書局，1992 年，第 161 頁。

俗之言，無不通也。祖述其法，則有文有章也"①。他不惟重視對佛教經律論乃至世書之學習，還大量創作闡發佛教義理的文章，甚至為自己的《輔教編》作註。契嵩對佛教文本的重視，超越了當時一般禪者的認知，這顯然與其回歸魏晉佛徒精神有關。在這種歷史回歸中，他獲得了有益的理論支撐，從而促進了自身學術的形成與發展。

　　魏晉時代的佛徒，往往與儒、道二教的學者都有所交往，反映在他們的學術上便是具有包容性。當時，玄學流行，佛教義理的闡發也因之而帶有了玄學特徵。《高僧傳》云："（慧遠）少為諸生，博宗六經，尤善《莊》《老》。性度弘偉，風覽朗拔，雖宿儒英達，莫不服其深致。"② 又云："年二十四，便就講說、常有客聽講，難實相義，往復移時，彌增疑昧。遠乃引《莊子》義為連類，於是惑者曉然。是後，安公特聽慧遠不廢俗書。"③ 又云："殷仲堪之荊州，過山展敬，與遠共臨北澗論《易》體要，移景不勌。"④ 慧遠不僅深究佛典，而且對儒家六經、玄學家的"三玄"都頗得深致，還能夠以玄學解佛學，以至於道安亦特許其不廢俗書。《高僧傳》云："遁嘗在白馬寺與劉系之等談《莊子·逍遙》篇。"⑤ 支遁善清談，為時所重，其學術也受著玄學家影響。契嵩的學術，乃主於佛，通於儒，而老、莊之學則被其設為佛、儒之橋樑。此外，他還著有《逍遙篇》《易術解》。《老》《莊》《易》皆玄學經典，謂為"三玄"，契嵩對他們的重視，與其所回歸的魏晉佛徒精神中蘊含的玄學氣息顯然也是有關聯的。

　　綜上所述，可以看到契嵩的學術特徵與他的性格有很大的對應關係，而他這些性格特徵的形成，除了個人的天資、生活環境外，與他向魏晉佛徒精神回歸有很深的聯繫。魏晉這一時代，以及生活於當時的道安、支遁、慧遠等佛徒的思想、性格、生活方式以及對待其他學說的態度，成為了契嵩審判、對抗其所處北宋時代一般佛徒、儒者之識見的強大支撐，從而造就了他儒釋一貫、三教融合的學術生涯。

---

① （宋）契嵩撰，鍾東、江暉點校《鐔津文集》，上海：上海古籍出版社，2016年，第38～39頁。
② （梁）釋慧皎撰，湯用彤校註《高僧傳》，北京：中華書局，1992年，第211頁。
③ （梁）釋慧皎撰，湯用彤校註《高僧傳》，北京：中華書局，1992年，第212頁。
④ （梁）釋慧皎撰，湯用彤校註《高僧傳》，北京：中華書局，1992年，第215頁。
⑤ （梁）釋慧皎撰，湯用彤校註《高僧傳》，北京：中華書局，1992年，第160頁。

第二章　契嵩的文學觀

契嵩在其人生歷程中，形成了他的思想系統。他關於文學的理解，往大了說，自也包含在思想系統中。不過，文學既有獨立之地位，則專門對契嵩的文學觀加以探討，便顯得必要。其中，最重要者是文學的價值，以及文章創作的技法問題。前者是支撐契嵩進行文章創作的精神驅動力，後者是保障契嵩的文章創作得以實現並達到一定水平的硬性條件。

第一節　文以輔道
——文學價值觀

契嵩對文學價值的體會，在《與章潘二祕書書》中有精煉的呈現。其文云：

> 貧道始之甚愚，因以佛之聖道治之，而其識慮僅正。逮探儒之所以為，蓋務通二教聖人之心，亦欲以文輔之吾道，以從乎世俗之宜，非苟虛名於世而然也①。

可以看到，他接觸文學、創作文學的目的，不是求名於世，乃是"以文輔之吾道"。這就是契嵩的"文以輔道"說。不過，他為何要提出"文以輔道"說，而這一說法的具體內涵又如何，則尚需詳細探討。

① （宋）契嵩撰，鍾東、江暉點校《鐔津文集》，上海：上海古籍出版社，2016 年，第 192 頁。

一、兩面受敵:"文以輔道"的提出

契嵩去世時,留下六十餘萬文字,作為禪者,這一數字是頗為龐大的。契嵩從少年時開始文學創作,到晚年仍堅持不止。無論從作品的數量,還是從時間的跨度看,這一活動都需要堅實的心理基礎。如沒有心理上的強烈追求,沒有把文學創作視為人生的重要內容,契嵩很難取得這樣的成就。那麼,是何種因素促使他在心理上對文學有如此強烈之追求?

從現存資料來看,契嵩對文學的接觸與創作,主要基於三個方面的需求。

第一,興趣所衷。契嵩在《寂子解》中云:"寂子既治其學,又喜習儒,習儒之書,甚而樂為文詞,故為學者所辯。"① 他以"習儒"、"為文詞"為修治佛學以外的活動,則顯示了他以二者不同於佛學的性質區分。因此,其所言"喜"、"樂",便不能單純地說是基於維護佛教目的而有意識接觸儒學、文學的功利行為,而應視為其興趣所驅使。契嵩在《送詩與楊公濟》中甚至以自己的作詩行為為"禪關不固"所造成"謬妄",這也說明了其詩歌創作有疏離佛道的一面,乃是其興趣使然。那麼,他對於文學的興趣始於何時呢?契嵩非生來即為佛徒,他幼年的家庭環境中儒學氛圍濃厚,他理當受過以修身、齊家、治國、平天下為目標的啟蒙教育。從儒學系統說,文學本就囊括於其中。《論語·述而》云:"子以四教:文、行、忠、信。"李充註曰:"其典籍辭義謂之文。"② 又《論語·先進》云:"文學:子游,子夏。"范甯註曰:"文學,謂善先王典文。"③ 孔門四科,"文"為其一,其所謂"文"、"文學"也就是前代諸文獻。孔子以《詩》《書》《禮》《樂》《易》《春秋》教弟子,所以六經實"文學"之代表。後代文論家、創作者,皆以六經為文學極致,如劉勰《文心雕龍》便立《宗經》以推崇。契嵩幼受儒學,而文學又括於儒學之中,因此他接受文學的熏陶實際上還早於對佛學的接受。其對於文學的興趣種子,便也早早地埋下了。

---

① (宋)契嵩撰,鍾東、江曛點校《鐔津文集》,上海:上海古籍出版社,2016年,第148頁。
② (魏)何晏集解,(梁)黃侃義疏《論語集解義疏》,四庫全書景印本,第195冊,第402頁。
③ (魏)何晏集解,(梁)黃侃義疏《論語集解義疏》,四庫全書景印本,第195冊,第435頁。

第二，交遊所需。契嵩七歲出家，但他的交遊對象卻並非都是佛徒。其在藤州交往的馬知章，在衡山交往的高闓、韓曠，在江西交往的周叔智，以及初到杭州交往的王仲寧、郎簡等，或為道士，或為儒者。契嵩在與他們的交遊中，文學是重要媒介。

《陸蟾傳》云：

> 予少時遊衡山，會隱者高闓，謂予曰："昔陸先生，子之邑人也。方國初時，廖氏家以詩盛，而四方詩人慕廖氏者來衡山頗眾，獨先生陸某詩多警句，雖慕廖融，亦相推高。然生不止能詩而已矣，頗知王霸大略，亦俟有所遭遇。故其言詩見志，如前詩後句云'待到滄溟日，為濤更好看'，而常幅巾布衣，好秉高節，所至閉戶自處，不肯與常人交接。"①

高闓是一位隱者，契嵩與之交往，其間談到詩人陸蟾。高氏對陸蟾的詩頗為推許。契嵩與高闓交遊，他們言談間涉及詩歌便顯得自然而然。

契嵩在《韓曠傳》中云："始予謂曠木訥少文，及遊洪井，視其屬辭彬彬可觀。聞其平生愈詳，益信其有德而有言也。"② 其《周叔智哀辭》謂周叔智"為文學《易·繫辭》，奇峭頗工"③。這同樣說明，他與韓曠、周叔智的交遊中，有對於文學的探討。此外，初到杭州的契嵩曾作《送王仲寧秘丞謂敘》《郎侍郎致仕》，分別予以王仲寧、郎簡，也說明他們之間以文章相往來。以上所舉諸事中，契嵩所談、所作之文章，都不涉及佛學，故其創作也就非為傳其佛道，而是用於尋常交遊。契嵩所交遊的對象，多有儒者、文士，文學在他們的生活中是重要內容，契嵩要融入其中，則接觸文學、創作文學是必不可少的。

第三，傳道所用。契嵩《廣原教·敘》云："吾所以為二書者，蓋欲發明先聖設教之大統，以論夫世儒之不知佛者，故其言欲文，其理欲簡，

---

① （宋）契嵩撰，鍾東、江暉點校《鐔津文集》，上海：上海古籍出版社，2016年，第282頁。
② （宋）契嵩撰，鍾東、江暉點校《鐔津文集》，上海：上海古籍出版社，2016年，第283頁。
③ （宋）契嵩撰，鍾東、江暉點校《鐔津文集》，上海：上海古籍出版社，2016年，第271頁。

其勢不可枝辭蔓説。"① 此為契嵩明其作《原教》《廣原教》之意。其《非韓子》（第三十）云"夫文者，所以傳道也"②，加上《與章潘二祕書書》所云"亦欲以文輔之吾道，以從乎世俗之宜"③，都可看出契嵩將"文"視為傳道工具。契嵩以傳播教義為使命，而其所欲傳播的對象，於佛徒外，便有儒者、文士等。他們樂乎文辭，契嵩於是投其所好，借文章以傳其道，這就是他所謂的"從乎世俗之宜"。

契嵩對文學雖有以上三方面需求，但在一般人看來，創作文章並不符合他的禪者身份，因此他的創作行為反給他帶來了困擾。他在《寂子解》中言其"樂為文詞"，被人批評為"不專純其道"。在《與章潘二祕書書》中，他因二人稱其"文"、"才"而不滿他們以之為"寄迹"。這些批評的出現，乃根源於當時"不立文字"的禪風。

釋印順《中國禪宗史》云：

> 尊教與慢教，就是立言說與不立言說，教禪一致或教禪別行。這原是老問題：達摩以四卷《楞伽》授慧可，是《續僧傳》所說的。道信依《楞伽經》及《文殊說波若經》，制"入道安心要方便"；神秀"方便通經"，廣引大乘經論來成立自宗，都表示了禪是不離教的。然《唐中嶽沙門釋法如行狀》說："天竺相承，本無文字。入此門者，惟意相傳。"並引《禪經序》說："斯人不可以名部分，別有宗明矣。"張說的《荊州玉泉寺大通禪師碑》、杜朏的《傳法寶紀》，都說到不立文字，惟意相傳（心傳），表示了離教而別有宗的立場④。

從印順的研究中，可看出自達磨到慧能，他們雖不像義解者那樣註經著論，但仍具有尊經、尊教的事實。不過，他們尊經、尊教的行為相對於義解者的註經著論，關注焦點和表現方式顯然有頗大差異。禪者重自悟，不汲汲於經論中的批閱翻檢，故"慢教"、"不立言說"之風也就蘊於其中而

---

① （宋）契嵩撰，鍾東、江暉點校《鐔津文集》，上海：上海古籍出版社，2016 年，第 24 頁。
② （宋）契嵩撰，鍾東、江暉點校《鐔津文集》，上海：上海古籍出版社，2016 年，第 344 頁。
③ （宋）契嵩撰，鍾東、江暉點校《鐔津文集》，上海：上海古籍出版社，2016 年，第 192 頁。
④ 釋印順：《中國禪宗史》，揚州：廣陵書社，2008 年，第 215 頁。

漸漸興起。

印順又云：

> 　　洪州、石頭門下，傾向於"不立言說"（不立文字）。不是說不可
> 以立，祇怕你不能言下悟入，而所說所立引起副作用，反增執見。百
> 丈就對靈祐說："不辭與汝道，久後喪吾兒孫。"這樣發展起來，就超
> 佛，進一步越祖，從教意（佛法大意）到祖意（祖師西來意），進而
> 連祖意也不立。專在日常生活，當前事物，一般語言，用反詰、暗
> 示、警覺……去誘發學人的自悟，終於形成別有一格的禪語禪偈。這
> 是傾向於"不立言說"而逐漸形成，並非起初就是那樣的[①]。

達磨至慧能，雖也用《楞伽經》《金剛經》教化僧眾，但他們對佛教三藏
的態度確實已大不同於義解者。此種傾向，終於使"慢教"、"不立言說"、
"不立文字"這一類觀念流行起來，洪州道一、石頭希遷以後，這種風氣
更為氾濫，甚至發展到超佛越祖的地步。

　　"不立文字"禪風的盛行，不僅在禪宗內部，其影響已波及社會其他
群體。禪宗內部固然以此衡量禪者，社會上儒者、文士也以之為標準來評
判禪者。契嵩處於此種時代氛圍中，故其對文學的接觸和創作行為也就面
臨著來自禪宗內部和社會儒者、文士的批評壓力。面對這種壓力，他不得
不為自己的行為尋找合理依據，"文以輔道"遂成其所高揚之口號。

　　還需注意的是，契嵩的文學接觸和創作行為乃基於三種需求，但他所
高揚的口號卻祇有"文以輔道"，他何以不從"興趣所衷"、"交遊所需"
兩個角度來高揚文學的價值？這絕非偶然，而是有深層原因的。佛教以自
身為出世間教，而以儒學為世間教，文學既被儒學所統領，則自然屬世間
教，是囿於"情"而未達於"性"的。比如，陸機"詩緣情而綺靡"的說
法，就明確標示了文學中"情"的重要地位。契嵩的立場是禪者，也承認
文學與佛道相背離的一面，所以他雖用力於詩歌創作，但在心態上也認為
那是"禪關不固，習氣寧忘"的"謬妄"。正是這種立場，致使契嵩不敢

---

① 　釋印順：《中國禪宗史》，揚州：廣陵書社，2008 年，第 219~220 頁。

過度張揚為興趣或交遊而作文的價值觀，而是選擇了"文以輔道"這樣一個更高尚而又更具闡釋空間的理論依據。

二、移花接木："文以輔道"的重構

契嵩的"文以輔道"說，非是獨創，而是有歷史淵源的。在中國文化中，每一派學說都有自己的"道"，也都一定程度地運用"文"這一工具來承載、傳播其"道"。這儘管是各學派都有的事實，但在理論上宣揚"文"、"道"聯繫而影響最深廣的無疑是儒學。春秋戰國時，諸子都重視對"道"的探求，儒家亦如是。孔子曰："朝聞道，夕死可矣！""志於道，據於德，依於仁，遊於藝。""道不同，不相為謀。"① 這些都顯示了孔子對"道"的重視。孔子以《詩》《書》等教弟子，以"文"為四科之一，則其對文章之重視由此可見。《尚書》云"詩言志，歌永言，聲依永，律和聲"②，以詩為言"志"者。孔子以《詩》教弟子，實根源於此種理據。詩既言"志"，而孔子又強調"志於道"，所以孔子的片言隻語中實際上也隱含了"詩"對於"道"的承載和傳遞作用。"詩"為"文"之部分，故"文"對於"道"具有承載和傳遞作用，實亦呼之欲出了。

孔子作為思想家、政治家，其所關注的焦點在道，其對文、道關係的論說畢竟還是隱約、簡單的。時光流轉，文學越加發展，文論家們欲依託於道而鞏固文的地位，於是致力於文、道關係的建構。其中，劉勰的做法可堪代表。《文心雕龍·原道》云：

> 文之為德也大矣，與天地並生者，何哉？夫玄黃色雜，方圓體分，日月疊璧，以垂麗天之象；山川煥綺，以鋪理地之形；此蓋道之文也。仰觀吐曜，俯察含章，高卑定位，故兩儀既生矣；惟人參之，性靈所鍾，是謂三才，為五行之秀，實天地之心。心生而言立，言立而文明，自然之道也。傍及萬品，動植皆文，龍鳳以藻繪呈瑞，虎豹以炳蔚凝姿；雲霞雕色，有踰畫工之妙；草木賁華，無待錦匠之奇。夫豈外飾，蓋自然耳。至於林籟結響，調如竽瑟；泉石激韻，和若球

---

① （魏）何晏註，（宋）邢昺疏《論語註疏》，北京：北京大學出版社，2000 年，第 54、94、248 頁。
② （漢）孔安國傳，（唐）孔穎達疏《尚書正義》，北京：北京大學出版社，2000 年，第 95 頁。

鍠。故形立則章成矣，聲發則文生矣。夫以無識之物，鬱然有彩；有心之器，其無文歟①！

在這段論述中有三點值得注意。第一，"文"的範圍擴充。劉勰把通常所言的文獻、文章之"文"，與天地之文、動植之文、無識者之文聯繫起來，強調他們之間的同一性。第二，宇宙生成論的引入。《易·繫辭上》云："是故易有太極，是生兩儀。"②《易·繫辭下》云："有天道焉，有人道焉，有地道焉。兼三才而兩之，故六。六者非它也，三才之道也。"③《老子》云："道生一，一生二，二生三，三生萬物。"④ 劉勰繼承傳統的宇宙生成論，將"文"置於生成理論中。其以"道"為至高者、至本者，將宇宙間天地、人、萬物皆視為由道所生成者。天地、人、萬物各有文采，故"文"實為"道"所演化者。這樣一來，劉勰就將文、道關係哲學化了。第三，文學價值的確立。劉勰將"文"哲學化，使之與"道"聯繫起來，目的是為提升"文"的地位。道為天地、人、萬物之根本，三者都由道生成。人之生也，然後有"言"，"言"立然後有"文"，"文"在根本上也是由道生成的，此即所謂"自然之道"。道的生成作用，既被公認為至理，則劉勰將"文"構建成"自然之道"的成果，於是"文"也就具有了合法地位。

劉勰《原道》又云："故知道沿聖以垂文，聖因文而明道，旁通而無滯，日用而不匱。"⑤ "道沿聖以垂文"，正是從"文"的來處提升其地位。它既為"道"所生，而人應遵"道"而不應悖"道"，則人理當重"文"、作"文"，而不應排斥、否定之。"聖因文而明道"，則是從"文"的去處提升其地位。"文"由"道"所生成，則自然是"道"的體現，是"道"的承載者，反過來說，人們則可通過"文"來瞭解"道"。"道沿聖以垂文"強調了"文"的產生所具有的必然性，它可說是"聖因文而明道"的

---

① （南朝梁）劉勰著，詹鍈義證《文心雕龍義證》，上海：上海古籍出版社，1989年，第2～10頁。
② （魏）王弼註，（唐）孔穎達疏《周易正義》，北京：北京大學出版社，2000年，第340頁。
③ （魏）王弼註，（唐）孔穎達疏《周易正義》，北京：北京大學出版社，2000年，第375頁。
④ 朱謙之：《老子校釋》，北京：中華書局，1984年，第174頁。
⑤ （南朝梁）劉勰著，詹鍈義證《文心雕龍義證》，上海：上海古籍出版社，1989年，第28頁。

前提。

　　劉勰將文、道關係哲學化，是受了傳統道家，或者說當時玄學的影響，不過他對於"道"、"文"的內涵解說顯然又偏於儒家。其曰"道沿聖以垂文，聖因文而明道"，而《原道》中所舉之"文"則重在六經，所舉之聖則堯舜、三王、孔子，而老、莊不預其列，此皆可為證。其《徵聖》《宗經》的內容亦多為儒家所常道者，也可見劉勰所謂"道"在內涵上偏於儒家。

　　六朝文學重辭彩，文論家們亦提升"文"的地位。久之，在文、道關係中，道的地位反而弱化了。於是，有識之士振臂而呼，乃欲正本救偏，重固道之地位，韓柳古文運動遂應運而生。於是韓愈在理論上提出"文以明道"。其《爭臣論》云："君子居其位，則思死其官；未得位，則思修其辭以明其道。我將以明道也，非以為直而加人也。"[1] 又《題歐陽生哀辭後》云："愈之為古文，豈獨取其句讀不類於今者邪？思古人而不得見，學古道則欲兼通其辭，通其辭者本志於古道者也。"[2] 韓氏的文、道關係包括兩個方面：第一，作為讀者，藉文以學道；第二，作為作者，藉文以傳道。無論哪種，其前提皆是文具有載道的功能，道能夠通過文來傳承。藉文以傳道與劉勰的"聖因文而明道"其意相同，而藉文以學道則是暗示於"聖因文而明道"中的。若人不能藉文以學道，則聖人又如何能因文而明道呢？所以，韓愈的文、道關係與劉勰所構建的邏輯是具有一致性的。不過，他沒有講到劉勰所構建的道至於文的生成過程，因此他雖認同"文以明道"的合理性，卻並未解釋為什麼"文以明道"是合理的。

　　當然，韓愈所言的道乃是儒家的道。其《原道》曰：

　　　博愛之謂仁，行而宜之之謂義；由是而之焉之謂道，足乎已無待於外之謂德。仁與義，為定名；道與德，為虛位。故道有君子、小人，而德有凶、有吉。老子之小仁義，非毀之也，其見者小也。坐井

---

① （唐）韓愈著，馬其昶校注，馬茂元整理《韓昌黎文集校注》，上海：上海古籍出版社，2014年，第126頁。
② （唐）韓愈著，馬其昶校注，馬茂元整理《韓昌黎文集校注》，上海：上海古籍出版社，2014年，第340頁。

而觀天，曰天小者，非天小也；彼以煦煦為仁，孑孑為義，其小之也
則宜。其所謂道，道其所道，非吾所謂道也；其所謂德，德其所德；
非吾所謂德也。凡吾所謂道德云者，合仁與義言之也，天下之公言
也；老子之所謂道德云者，去仁與義言之也，一人之私言也。周道
衰，孔子沒，火於秦，黃老於漢，佛於晉魏梁隋之間，其言道德仁義
者，不入於楊，則入於墨；不入於墨，則入於老；不入於老，則入於
佛。入於彼，必出於此。入者主之，出者奴之；入者附之，出者汙
之。噫！後之人其欲聞仁義道德之說，孰從而聽之①？

韓愈明確表示，其所言的"道"為儒家之道，是堯、舜、禹、湯、文、
武、周公、孔、孟之道，其實在內容則是儒家之"仁與義"。更具體地說，
是儒家指導個人修身、社會相處、國家治理的整套措施。值得注意的是，
韓愈所言的"道"鮮明地呈現出排他性，排斥佛教、道家（道教）。他認
為老子所言是"坐井而觀天"，意指其能見小，不知大。所以，更準確地
說，韓愈列舉佛、老之害而加以排斥，倒並非以他們為毫無所得而作徹底
否定，實是要爭奪三教中的主導權。從三教各自的理論系統來說，他認同
儒學的合理性，而以佛、老多有荒誕之說。

在契嵩之前，佛教內部並沒有專門的、廣泛流行於社會的、以"文"
與"道"為術語的文章創作理論，所以契嵩的"文以輔道"實是從儒者的
文、道關係論中借來的。契嵩對儒學頗有瞭解，對韓愈更有深入研究，其
《非韓子》有專門針對《原道》的批判。所以，他對韓愈的"文以明道"
說當然是知道的。他甚至借用韓愈的"文以明道"來批判古文運動中重文
輕道的情況。其《文說》云：

　　章表民始至自京師，謂京師士人高歐陽永叔之文，翕然皆慕而為
之，坐客悅聽。客有一生遽曰："文興則天下治也。"潛子謂客曰：
"歐陽氏之文，言文耳；天下治，在乎人文之興。人文資言文發揮，

---

① （唐）韓愈著，馬其昶校注，馬茂元整理《韓昌黎文集校注》，上海：上海古籍出版社，2014 年，
第 15 頁。

而言文藉人文為其根本。仁、義、禮、智、信，人文也；章句文字，言文也。文章得本，則其所出自正，猶孟子曰'取之左右逢其原'。歐陽氏之文，大率在仁信禮義之本也。諸子當慕永叔之根本可也，胡屑屑徒模擬詞章體勢而已矣。"①

契嵩針對某些作古文者"文興則天下治"的觀點，進行反駁。他認為文有人文、言文之別，前者即仁、義、禮、智、信，而後者僅是章句文字。從治理天下說，人文是關鍵，世人以仁、義、禮、智、信律己，天下方纔易治，若徒以模擬辭章為治天下之術，則本末顛倒。契嵩在此段文字中，前言"歐陽氏之文，言文耳"，後復言"歐陽氏之文，大率在仁信禮義之本也"，看似矛盾，實是說歐陽修的文章雖在形式上是言文，但這些言文所承載的乃是人文。仁、義、禮、智、信是儒家之道的具體呈現，所以契嵩在這裡實是借用了"文以明道"說，認同了文所具有的價值，但也肯定了道的根本地位。由於他所針對的是古文運動參與者，故其所論之道偏在儒學，而非指向佛教之道②。

契嵩的文章創作兩面受敵，為儒者、佛徒所批評，其利用儒學傳統裡尤其是韓愈所主張的文、道關係來支撐自己的創作活動，可以抵禦來自儒者的壓力。這是他高揚"文以輔道"說的重要動機。但他畢竟是佛徒，其文學活動已受到其他佛徒的批評，而復用儒者的文、道關係來做理論支撐，無疑更易招致非難。因此，對契嵩來說，他還必須對儒者的文、道觀

---

① （宋）契嵩撰，鍾東、江暉點校《鐔津文集》，上海：上海古籍出版社，2016年，第130頁。

② 邱小毛針對《文說》中人文、言文的區別，認為"既然他（按：指契嵩）認為儒家的仁、義、禮、智、信與佛教的慈悲、佈施、恭敬、無我慢、智慧、不妄言綺語，'其為目雖不同'，其實質卻並不相異，由此我們可知其所說的'人文'，不但包括儒家之道，也包括佛老之道，乃'天下之道之所存也'"。契嵩在《寂子解》中曾將儒家仁、義等與佛教慈悲諸道相溝通，邱氏遂據此認為契嵩《文說》中之"人文"乃包括了佛老之道。從契嵩學術思想言，他所推崇的道自然是佛教為主的道，但是就此篇文章具體分析此處所言之道實不必牽扯於佛教之道。原因有三，第一，《文說》中，他沒有提到任何佛教信息；第二，契嵩"人文"、"言文"之別，乃是要反駁重文輕道的認識，是要明確文為工具、道為根本的地位關係，並不是與儒者爭論道的內涵應主於儒還是主於佛的問題，無論道主哪家，並不影響道本文末的地位；第三，佛教的道，根本上是出世的，是在人、天之上的，而"人文"畢竟還是屬於人的，從佛教理論系統說，佛教的道可以包括"人文"，若說"人文"可包括佛教的出世理論似乎就不大合適了。

加以改造，使符合佛教的行為標準。

契嵩對儒者文、道觀的改造，主要是從兩個方面來實現的。

第一個方面，通過對六祖慧能的語言觀的闡釋來對抗"不立文字"的禪風。其《壇經贊》云：

> 《涅槃》曰"始從鹿野苑，終至跋提河，中間五十年，未曾說一字"者，示法非文字也，防以文字而求其所謂也。曰"依法不依人"者，以法真而人假也。曰"依義不依語"者，以義實而語假也。曰"依智而不依識"者，以智至而識妄也。曰"依了義經，不依不了義經"者，以了義經盡理也。而菩薩所謂"即是宣說《大涅槃》"者，謂自說與經同也。聖人所謂"四人出世，護持正法，應當證知"者，應當證知，故至人推本以證其末也；自說與經同，故至人說經如經也；依義，依了義經，故至人顯說而合義也、合經也；依法，依智，故至人密說，變之通之而不苟滯也；示法非文字，故至人之宗尚乎默傳也。聖人如春，淘淘而發之也；至人如秋，濯濯而成之也。聖人命之，而至人効之也。至人，固聖人之門之奇德殊勳者也。
>
> 夫至人者，始起於微，自謂不識世俗文字。及其成至也，方一席之說而顯道救世，與乎大聖人之云為者，若合符契也。固其玄德上智，生而知之，將自表其法而示其不識乎①？

此段文字中，"至人"指慧能，"聖人"指釋迦牟尼，契嵩是在談論慧能對釋迦牟尼的繼承與發展問題。契嵩認為釋迦牟尼"如春"，乃"發之"者，而慧能"如秋"，乃"成之"者，對佛門有"奇德殊勳"。這一溯源行為中，契嵩於根本上明確了慧能與釋迦牟尼之同，實際上也就明確了禪宗與釋迦牟尼在根本上相同，他是在宣揚禪宗的正宗地位。在確保了根本之同，也就是所求之佛道為一的前提下，其所存在的差異便不過是教化方式上的，乃屬於細枝末節。關於慧能的傳教方式，契嵩對"說"做了強調解釋。他認為慧能之"說"乃是"與經同"、"說經如經"。"說"，本就是語

---

① （宋）契嵩撰，鍾東、江暉點校《鐔津文集》，上海：上海古籍出版社，2016年，第66～67頁。

言，"經"亦是語言的文字化，所以契嵩在這一解釋中實際上隱藏了"語言"、"文字"對於佛道的承載作用。其又分慧能之"說"為"顯說"、"密說"，對"顯說"的肯定，便隱含了對道一、希遷以後過度強調"心傳"而"慢教"、輕視"顯說"（利用佛經、語言、文字）的禪風批評。對於"未曾說一字"，契嵩認為釋迦牟尼是在區別文能傳法而不等於法的性質，而他之所以"中間五十年，未曾說一字"，是為了防止學佛者誤入歧途，而非否定文字所具有的輔教作用。對於慧能不識文字之事，契嵩也要作辯解，認為慧能"玄德上智，生而知之"，則不可能不識文字，而其"自謂不識世俗文字"不過是如釋迦牟尼般，為了告誡學佛者"法非文字"這一道理而故作不識罷了。如此，契嵩便憑著對釋迦牟尼、慧能的重新闡釋批判了當時"不立文字"的禪風，而重新樹立起了"文"的輔道價值。

第二個方面，通過對魏晉佛徒精神的高揚，來對抗禪宗"不立文字"的禪風。禪宗盛行以前，佛教重"譯經"、"義解"，都重視佛教三藏。比如，上一章已經論到契嵩所推崇的道安、慧遠、支遁等，都有關於佛理的著述。不僅如此，慧遠、支遁還通達道家、儒學，又擅長文章創作。魏晉時代的佛學發展，是中國佛教史上的重要階段，道安、慧遠、支遁等則是當時閃耀的明星。契嵩借助於他們的的歷史影響力，以他們接觸文學並致力創作的事實來對抗"不立文字"的禪風，從而號召佛徒對文章創作的回歸，這是很聰明的方式。

契嵩通過以上兩個方面的努力，重新樹立起文章對佛教教義傳播的價值。在這一過程中，他自然也就改造了儒家文、道關係中"道"的內涵，從而把佛教五戒、十善、萬行、涅槃、空、實、中道一類思想納入其中了。這不僅有利於抵禦佛徒對其施加的壓力，而且有利於重新號召起佛徒對文章創作的肯定，這是頗具歷史意義的。

三、安比文句："文以輔道"的利用

契嵩借用儒家的文、道關係理論，重塑了"文以輔道"的內涵，從而為自己的文學活動找到了依據。對禪者來說，他們終日修道，則對"道"自然熟悉得多。但他們久浸"不立文字"一類觀念中，"文"是什麼，則成了一個相對陌生的問題。因此，"文"的構成形式如何，這些形式如何運用，則成了"文以輔道"理念下更為具體的問題。

《廣原教》云："祖述其法，則有文有章也。"契嵩自註曰：

> 祖宗佛之教法而演述之，即是論，通弟子所造，如舍利弗造《集
> 異門足論》二十卷，目連造《法蘊足論》二十卷，皆玄奘所譯，此例
> 是也。凡撰述論議，皆有奇文華章，灼然可觀。如西竺則馬鳴、龍
> 猛，此方則慧遠、僧肇，其著述最為其有文章者，此例是也。然佛教
> 貴於文章，自《涅槃經》云："示現知其威儀禮節，能解一切文章技
> 藝。"又《華嚴經》云："淵才雅思文中王。"《本行經》云："安比文
> 句。"如此之云甚眾，益明佛教貴用其文章，非自馬鳴等始也①。

佛陀弟子要傳播佛道，則離不開造論作文，此所謂"撰述論議"。這是肯
定語言、文字的傳道意義。不僅如此，契嵩認為一般的撰述論議尚有不
足，還要使著述具有高超的藝術水平，即"有文有章"。他所提到的關涉
"文"、"章"的詞彙有"奇"、"華"、"灼然"、"技藝"、"淵才雅思"、"安
比文句"，他們反映在文章創作中便是對一個個文學技巧的運用。由此可
見，契嵩對文學的認識，除了有"文以輔道"這樣的抽象原則外，也深入
到文章創作中的具象層面了。

"奇"、"華"、"灼然"、"淵才雅思"，主要是由文章內容來呈現的，要
實現這些目標，就要求作者在內容層面去運用技巧。但"安比文句"，則
是語言結構層面的問題。"句"是句子，在語言結構中，是相對於字、詞、
段、篇、集諸單位而言的。字以成詞，詞以成句，句以成段，段以成篇，
篇以成集，較小的單位通過組合而形成更高的層次，這便是文章的語言構
成形式。作為文學創作者，其創作的過程便是由字到篇、集的構建過程。
因此，一個文學家的創作能力便基於他對這些語言單位的認識水平和運用
水平。契嵩雖未由"安比文句"作更詳細的闡發，但從其文學創作實踐和
對自身文章的一些註釋中，可以看出他對文章的語言結構有比較細膩、深
刻的體會。這可分成三個層次來看。

第一個層次是字、詞、句、段的角度。契嵩《原教》註"原"字云：

---

① （宋）契嵩撰，邱小毛校譯《夾註輔教編校譯》，成都：西南交通大學出版社，2011年，第92頁。

"原者，本也……《大宋韻》釋文曰：'篆文省作原，後之人加水。'吾適用此'原'本字以命題者，特欲推本先聖設教之所以然也。"① 此其從表義角度而選字。又其註"噫！人情莫不專己而略人，是此而非彼"云："噫字，蓋原教者再嗟歎也。"② 此其從達情角度而用字。其《廣原教》"修多羅藏者，何謂也？合理也、經也"註曰："'合理也'者，謂其契會合同乎真正至理也。'經也'者，謂其契合乎經典也；不重言'合經'，文欲略耳。"③ 其以"合理也，合經也"為"合理也、經也"，則是省略用詞。《廣原教》"緣者，近也；因者，遠也。夫天下知以變化自然為乎神道者，是見其然而不見其所以然也。然者，顯也；所以然者，幽也。是故聖人推其所以然者，以盡神道之幽明也；推其遠而略其近者，以驗人道之因果也；聖人其與天下之終始乎"，其註云："推辨其因之遠者，以驗效此人道之因果也。下文不論近者，蓋以近者是今夫婦之緣，目擊可見，故不復言也。"④ 其論及遠者，而不論及近者，蓋以作為近者的夫婦之緣易於識見，故省略之。此亦為契嵩省略文句。《廣原教》第十五篇開端云："教謂佈施，何謂也？"其註云："'教謂佈施，何謂也'者，欲發下解之之詞也，下皆仿此。"⑤ 其所謂"下皆仿此"者，乃指《廣原教》第十六篇的"教必尊僧，何謂也"⑥，第十七篇的"以世法籍僧，何謂也"⑦，第十八篇的"教謂住持者何謂也"⑧ 等。這些句子，為文章開篇之語，亦領起一段之首，他們先聲奪人，有凝練主旨的功效。字、詞、句、段，是構成一篇完整文章的有機單位。契嵩善於通過對他們的分解、組合來實現文章創作的精益求精。這些細微處的鍛煉，顯示了契嵩作為文學家的精深之功。

---

① （宋）契嵩撰，邱小毛校譯《夾註輔教編校譯》，成都：西南交通大學出版社，2011 年，第 2 頁。
② （宋）契嵩撰，邱小毛校譯《夾註輔教編校譯》，成都：西南交通大學出版社，2011 年，第 21 頁。
③ （宋）契嵩撰，邱小毛校譯《夾註輔教編校譯》，成都：西南交通大學出版社，2011 年，第 69～70 頁。按：由於《夾註輔教編校譯》中除註釋外，同時有《輔教編》正文，故此種情況下，所引正文、注釋皆標《夾註輔教編校譯》中頁碼，不復另引鍾東、江暉之《鐔津文集》。
④ （宋）契嵩撰，邱小毛校譯《夾註輔教編校譯》，成都：西南交通大學出版社，2011 年，第 84～85 頁。
⑤ （宋）契嵩撰，邱小毛校譯《夾註輔教編校譯》，成都：西南交通大學出版社，2011 年，第 85 頁。
⑥ （宋）契嵩撰，鍾東、江暉點校《鐔津文集》，上海：上海古籍出版社，2016 年，第 37 頁。
⑦ （宋）契嵩撰，鍾東、江暉點校《鐔津文集》，上海：上海古籍出版社，2016 年，第 39 頁。
⑧ （宋）契嵩撰，鍾東、江暉點校《鐔津文集》，上海：上海古籍出版社，2016 年，第 40 頁。

第二個層次是篇的角度。一篇文章有主旨，有文體，一個文學創作者是否善於把控這兩個角度，是其大局觀的一種體現。契嵩《廣原教》第十五、十六、十七、十八篇開端即云："……，何謂也?"他鮮明地提出主旨，然後全篇承之而不斷鋪展深入，反映了他善於把握主旨、謀篇佈局的能力。另一方面，契嵩注重對文體的考量。其《孝論》為論體，其註曰："論者，議也，理也，綸也。言語發議，故曰議也；含蘊萬理，故曰理也；可以經綸世務，故曰綸也。此等出儒者之說者也。又論者，梵語阿毗達磨，此翻云對法……今《孝論》蓋融會三教為孝之道，故兼用世儒之說，乃有其議者之義也。其宗本吾佛之經，故皆用佛教無對、無比法與其論議、近說、宗論者也。"[①] 其《壇經贊》為贊體，其註曰："贊者，吾推述《壇經》之辭而名之曰贊也。鄭玄嘗以孔子《尚書序》不即分散，避其序名，故謂之贊；班固《漢書》評品之詞，謂之贊者。吾意亦爾，但其義與班、鄭稍異耳。贊訓佐也、明也、告也，謂佐輔發明《壇經》之道，告示於眾也而贊。……吾所以贊《壇經》者，誠以大鑒之道本是凡、聖、有情、無情平等之妙法耳，適用贊告，正稱其法大通平等，以示告於世，乃其宜也。"[②] 契嵩在這兩處自註中，說明了自己對於論體、贊體的性質認識，表明了自己用此體裁的緣故。這反映了契嵩的文體意識。今存《鐔津文集》中，契嵩作品所涉文體有論、詩、書、序、贊、記、傳、表、啟、銘、志、題、述等，名目頗多，功用各異，可見契嵩是善於分別文體並加以利用的。

第三個層次是集的角度。契嵩在世時，就自編了《輔教編》《山遊唱和詩集》《嘉祐集》《治平集》，甚至《廣原教》《論原》《非韓子》《傳法正宗記》其實也是文集，由此可見他有很強的文集意識。其《勸書》敘云："余五書出，未踰月，客有踵門而謂曰：'僕粗聞大道，適視若《廣原教》可謂涉道之深矣；《勸書》者蓋其警世之漸也。大凡學者，必先淺而後深，欲其不煩而易就也。'……客曰：'僕固欲公擢《勸書》於前，而排《廣

---

① （宋）契嵩撰，邱小毛校譯《夾註輔教編校譯》，成都：西南交通大學出版社，2011 年，第 113 頁。

② （宋）契嵩撰，邱小毛校譯《夾註輔教編校譯》，成都：西南交通大學出版社，2011 年，第 136～137 頁。

教》於後，使夫觀之者先後有序，沿淺而及奧，不亦善乎?'余然之矣，而客又請之曰:'若五書，雖各有其目也，未若統而名之，俾其流百世而不相離，不亦益善乎?'……即為其命工移易乎二説，增為三帙，總五書而名之曰《輔教編》。"① 這是契嵩初次編集，從其編集標準可以看到包括按主旨分類和按淺深排序兩個標準。又其《答王正仲祕書書》云:"所謂文集，此雖近成一書，僅五千言，蓋發明吾道。以正仲方專儒，恐未違於此，不敢輒通。秋杪如成《嘉祐集》，當首請於下執事者。"② 可見《嘉祐集》內容與佛學較遠，而近於儒術。這顯示了契嵩在文集編纂中對主旨的分別意識。文集的編纂，反映了契嵩對文學的宏觀把控能力。

契嵩對文章從字、詞、句、段、篇、集諸層次的認識和運用，顯示了他文學觀中細密精緻與宏闊深沉的兩面。基於這種文學觀，他的文學品評能力和創作能力，對於一般的儒者、佛徒而言都顯得高妙出群。他有不少涉及文學品評的文章，如《武陵集敍》《原宗集敍》，也受人之請而為文，如《杭州武林天竺寺故大法師慈雲式公行業曲記》《秀州資聖禪院故和尚懃公塔銘並敍》《山遊唱和詩集敍》《山遊唱和詩集後敍》等。這些作品的產生，一定程度上反映了當時佛徒、儒者對其文學品評和創作能力的認同。

契嵩努力重塑語言文字對佛教的意義，其自我文學修養與創作亦為他積累了頗高的社會聲望。這使他在面對歐、李排佛運動時，發出了護佛者的最強音。歐、李排佛時，天下佛徒默默，獨契嵩能振臂而呼，除了性格、社會地位等因素外，這其中的關鍵，實在於護佛的形式上。準確地說，其他佛徒非不護佛，而是不善以文章護佛;天下亦非獨契嵩有護佛之心，而在於天下惟契嵩善以文章護佛。其他佛徒，囿於"不立文字"的禪風，投鼠忌器，故不能以文章張其聲勢。而契嵩以"文以輔道"的重構理論，解放了語言文字對佛教傳承的工具意義。他依憑"文以輔道"為指導，堅持創作，廣為推介，終成為護佛的標誌人物，並在佛教史上留下了濃墨重彩的一筆。當然，他的"文以輔道"說畢竟改造了"道"的內涵，

---

① （宋）契嵩撰，鍾東、江暉點校《鐔津文集》，上海:上海古籍出版社，2016年，第12～13頁。
② （宋）契嵩撰，鍾東、江暉點校《鐔津文集》，上海:上海古籍出版社，2016年，第196頁。

這自不能為儒者接受，故後世如林希逸、張自烈、岳正及四庫館臣等，基於儒學立場，對其文章也就多有批評了。

第二節　由勢而巧
——文學修辭觀

契嵩在當時"不立文字"禪風流行的情況下，重塑了"文以輔道"的理論。其中的"道"自是以佛教教義為核心內容的，而"文"則包括了字、詞、句、段、篇、集諸語言單位。但是，就"文"而言，僅對諸語言單位有所瞭解，還並不足以成為優秀的作者。優秀的作者，必有其文章風格方面的追求，而塑造文章風格的手段便是修辭。契嵩有不少涉及文學修辭的論說，其中比較重要的是"奇文"、"華章"、"勢"、"巧"諸觀念。

一、奇文華章：修辭的價值體認

契嵩《廣原教》云："祖述其法，則有文有章也。"其具體解釋曰：

> 祖宗佛之教法而演述之，即是論，通弟子所造，如舍利弗造《集異門足論》二十卷，目連造《法蘊足論》二十卷，皆玄奘所譯，此例是也。凡撰述論議，皆有奇文華章，灼然可觀。如西竺則馬鳴、龍猛，此方則慧遠、僧肇，其著述最為其有文章者，此例是也。然佛教貴於文章，自《涅槃經》云："示現知其威儀禮節，能解一切文章技藝。"又《華嚴經》云："淵才雅思文中王。"《本行經》云："安比文句。"如此之云甚眾，益明佛教貴用其文章，非自馬鳴等始也①。

"法"為佛之教法，所承載的即是佛教之道；"安比文句"，是講道以語言來傳遞時，最終會體現於字、詞、句、段、篇、集的組合中。遵從於佛教之道而發作文之想，這是開始；使道得以化入語言的一字一句中，這是完成。從開始到完成的過程中，還有個複雜的"演述"階段。這一階段除了對佛法的衍生發揮外，所涉及的觀念還有"奇"、"華"、"技藝"、"淵才"、

---

① （宋）契嵩撰，邱小毛校譯《夾註輔教編校譯》，成都：西南交通大學出版社，2011年，第92頁。

"雅思"。這些觀念所反映的便是契嵩所追求的文學風格，這些風格的實現便是通過修辭達到的。

修辭之於語言，其意義在於使修辭之後的作品超越於一般的語言表述之上，從而具有更精緻、深刻、豐富的表達效果，這些表達效果有助於刺激讀者的審美心理並進而促使他們接觸、親近、領悟文章中所承載的道。這種修辭之後、具有了一定風格的作品，也就是契嵩所言的"文"、"章"。

相對於一般禪者的"不立文字"，契嵩重構"文以輔道"理論，解放了語言文字對佛教的工具意義。但他何以不將"文"泛指一切語言形式，而是要強調為一種具有"奇"、"華"、"技藝"、"淵才"、"雅思"等風格的"文"呢？這裡面實是蘊藏著深層原因的。

契嵩在《與章潘二祕書書》中云："如貧道始之甚愚，因以佛之聖道治之，而其識慮僅正。逮探儒之所以為，蓋務通二教聖人之心，亦欲以文輔之吾道，以從乎世俗之宜，非苟虛名於世而然也。"① 其所以著文，一個重要原因是符合"世俗之宜"。其所云"世俗"，在所指上是有偏重的。契嵩《廣原教·敘》云："吾所以為二書者，蓋欲發明先聖設教之大統，以諭夫世儒之不知佛者，故其言欲文、其理欲簡、其勢不可枝辭蔓說。"② 《與關彥長祕書書》云："始潛子之書既出，而搢紳先生之徒，第稱之其文，善吾粗能讀百氏之書耳。"③《答茹祕校書》云："愚本庸陋，自度無以處心，因求聖人之說，以之為善。既治吾道，復探儒術，兩有所得，則竊用文詞發之。而當世賢豪不以其僭竊狂斐相拒，尚以為可語，引之與遊。"④ 從此三處信息，可看出契嵩所謂"世俗"實際上是偏重於"世儒"、"搢紳先生"、"當世賢豪"的，他們不是普通百姓，也非初通文墨者，而是有較高文化修養的儒者文士。他們因其較高的文化修養，故對文章的欣賞便不僅僅是語言層面的達意，還具有藝術層面的更高要求，也就是契嵩所言之"宜"。

那麼，這個"宜"又具體指什麼呢？契嵩《與章潘二祕書書》云：

① （宋）契嵩撰，鍾東、江暉點校《鐔津文集》，上海：上海古籍出版社，2016年，第192頁。
② （宋）契嵩撰，鍾東、江暉點校《鐔津文集》，上海：上海古籍出版社，2016年，第24頁。
③ （宋）契嵩撰，鍾東、江暉點校《鐔津文集》，上海：上海古籍出版社，2016年，第188頁。
④ （宋）契嵩撰，鍾東、江暉點校《鐔津文集》，上海：上海古籍出版社，2016年，第189頁。

"然表民謂余以文,而叔治謂余以才,而相與云爾。夫文與才,皆聖賢之事,而野人豈宜與焉。"①《與關彥長祕書書》云:"始潛子之書既出,而搢紳先生之徒,第稱之其文,善吾粗能讀百氏之書耳。"②《上歐陽侍郎書》云:"閣下不即斥去,引之與語,温然乃以其讀書為文而見問。此特大君子與人為善,誘之欲其至之耳。其放浪世外,務以愚自全,所謂文章經術、辨治亂、評人物,固非其所能也。"③儒者文士們對契嵩文章的欣賞,一個重要角度是"文"、"才"。"文"與契嵩所強調的"奇文"、"華章"相應,而"才"則與其強調的"淵才"、"雅思"相應。"淵才"、"雅思"除包括佛教角度的文化知識外,從儒者文士的角度說則重在"文章經術、辨治亂、評人物"、"百氏之書"。

"世儒"、"搢紳先生"、"當世賢豪"對文章的重文、重才,除受傳統的文學觀影響外,亦有其時代性。《宋史·文苑傳》云:

> 自古創業垂統之君,即其一時之好尚,而一代之規橅,可以豫知矣。藝祖革命,首用文吏而奪武臣之權,宋之尚文,端本乎此。太宗、真宗其在藩邸,已有好學之名,作其即位,彌文日增。自時厥後,子孫相承,上之為人君者,無不典學;下之為人臣者,自宰相以至令錄,無不擢科,海內文士彬彬輩出焉④。

宋太祖趙匡胤以兵變得皇位,又鑒乎晚唐五代藩鎮割據之弊,故其立國則抑武而崇文。祖宗立法於前,子孫效之於後,宋代君主遂尤重文化。上行而下效,宋代儒者文士其於文化之看重,於是便特為顯著。這種對文化的推崇態度,表現於政治上,便是將之制度化。科舉制度的完善,又反過來影響社會的崇文風尚。儒者文士的崇文態度,乃與國家政策有緊密關係,因此他們所崇之文自然就是偏重於以治世為目標、強調仁義禮智信的"文章經術"了。這是宋代文化的大勢所趨,契嵩亦不能逆其潮流,所以他祇

---

① (宋)契嵩撰,鍾東、江暉點校《鐔津文集》,上海:上海古籍出版社,2016 年,第 191~192 頁。
② (宋)契嵩撰,鍾東、江暉點校《鐔津文集》,上海:上海古籍出版社,2016 年,第 188 頁。
③ (宋)契嵩撰,鍾東、江暉點校《鐔津文集》,上海:上海古籍出版社,2016 年,第 183 頁。
④ (元)脫脫等:《宋史》,北京:中華書局,1977 年,第 12997 頁。

能從"世俗之宜"，希圖按著儒者文士的趣味，通過修辭以實現"奇文"、"華章"、"淵才"、"雅思"諸風格。

"奇文"、"華章"、"淵才"、"雅思"諸術語，是易於理解的。如利用他人較少瞭解的知識便可稱"奇"，廣泛利用各種學派之思想、各種典籍之材料便可稱"淵"，摒棄通俗言辭而多用經典中話語便可稱"雅"，稱"華"。在這幾個表示風格的術語外，契嵩還有兩個關涉修辭的術語值得注意，即"勢"、"巧"。

二、勢：修辭的深入領會

契嵩《廣原教·敘》云："吾所以為二書者，蓋欲發明先聖設教之大統，以諭夫世儒之不知佛者，故其言欲文、其理欲簡、其勢不可枝辭蔓説。"[1] 他在這裡講到了三個文章因素"言"、"理"、"勢"，在"言"則追求"文"，在"理"則追求"簡"，在"勢"則追求"不可枝辭蔓説"。他不僅用"勢"來規範自己的創作，也以之為標準評價他人的文章。其在《文說》中云："歐陽氏之文，大率在仁信禮義之本也。諸子當慕永叔之根本可也，胡屑屑徒模擬詞章體勢而已矣。"[2] 這是契嵩對古文運動的追慕者所給予的忠告，其中"仁信禮義之本"是屬於"理"的內容，而"詞章體勢"便與"言"、"勢"大體相當了。又其《書李翰林集後》云："邇世說李白清才逸氣，但謫仙人耳，此豈必然耶？觀其詩，體勢才思如山聳海振，巍巍浩浩，不可窮極。苟當時得預聖人之刪，可參二《雅》，宜與《國風》傳之於無窮，而《離騷》《子虛》不足相比。"[3] 契嵩用"體勢"評價李白的詩，並將"體勢"與"才思"並列，作出了"如山聳海振，巍巍浩浩，不可窮極"的論斷。然後，他又據此進一步肯定李白，認為李白若生逢其時，其創作必能越《離騷》《子虛》而比肩二《雅》與《國風》。這可說是至高的評價了，從中也透露出"體勢才思"在文章創作中的重要地位。

那麼，"勢"、"體勢"的內涵究竟指什麼？這一點，契嵩自己沒有詳

---

① （宋）契嵩撰，鍾東、江暉點校《鐔津文集》，上海：上海古籍出版社，2016 年，第 24 頁。
② （宋）契嵩撰，鍾東、江暉點校《鐔津文集》，上海：上海古籍出版社，2016 年，第 130 頁。
③ （宋）契嵩撰，鍾東、江暉點校《鐔津文集》，上海：上海古籍出版社，2016 年，第 278 頁。

細論述，因此有必要作一些歷史追溯。

劉勰《文心雕龍》有《定勢》篇，乃是專門就文章的"勢"所作的論述。其曰：

> 夫情致異區，文變殊術，莫不因情立體，即體成勢也。勢者，乘利而為制也。如機發矢直，澗曲湍迴，自然之趣也。圓者規體，其勢也自轉；方者矩形，其勢也自安。文章體勢，如斯而已。是以模經為式者，自入典雅之懿；效騷命篇者，必歸豔逸之華；綜意淺切者，類乏醞藉；斷辭辨約者，率乖繁縟。譬激水不漪，槁木無陰，自然之勢也①。

此中有"即體成勢"、"文章體勢"之語，可知"勢"為依賴"體"而形成的一種文學形式，"勢"實即"體勢"之簡稱。作為文論術語的"勢"，具很強的抽象性，劉勰於是用自然界的形象來做比擬。其曰"矢直"、"湍迴"，則"直"為"矢"之勢，"迴"為"湍"之勢；其曰"激水不漪"、"槁木無陰"，是謂"激水"無"漪"之勢，"槁木"無"陰"之勢，是知水緩則其勢也漪，木盛則其勢也陰。這些"勢"是自然事物的一種狀態。《辭海》中釋"勢"，其中一個義項為"形勢"②，指的正是這種可以眼觀的物理狀態。值得注意者，自然事物的"勢"，並不等於此事物的全體結構，比如"迴"為"湍"之勢，乃形容湍流的一種整體性運動軌跡，而不指向這湍流有多大水量、有多深、速度如何等。知此，文論中的"體"與"勢"，關係纔顯得分明，"體"如矢、如湍、如水、如木，而"勢"則為直、為迴、為漪、為陰，"體"顯得具體，"勢"顯得抽象，"勢"需藉"體"方能呈現。就劉勰在此段中所涉的文章之"體"與"勢"而言，"經"為體，則"典雅"為勢，"騷"為體，則"豔逸"為勢，而"綜意淺切"之體則其勢乏乎"醞藉"，"斷辭辨約"之體則其勢乖乎"繁縟"。"典

---

① （南朝梁）劉勰著，詹鍈義證《文心雕龍義證》，上海：上海古籍出版社，1989年，第1113～1117頁。

② 辭海編輯委員會編《辭海》，上海：上海辭書出版社，1999年，第1358頁。

雅"、"豔逸"、"醞藉"、"繁縟"實際上也屬於風格,不難看出,"勢"與
"風格"内涵有重疊部分。

還當注意者,矢、湍、水、木這些自然事物,區分他們的標準比較固
定,依據於構成他們的物理元素,因此不同的人皆可精確區分其是否為
矢、湍、水、木,而不易產生分歧。但是,直、迴、漪、陰則不一樣,他
們的判定標準受人主觀影響頗大。是否要平角纔為直?是否要三百六十度
纔為迴?怎樣的波動程度纔為漪?怎樣的繁茂程度纔為陰?這對不同的人
來說是存在差異的。尤其在尋常判斷而非科學精析時,這種主觀上的認知
就顯得更為隨意。從這個角度說,"體"與"勢"的分別也是如此,"體"
無論作為文體還是字、詞、句、段、篇、集角度的語言單位,如經、騷,
都容易判斷,而作為"勢"的"典雅"、"豔逸"、"醞藉"、"繁縟"就頗易
因人們的主觀感受之不同而產生分歧了。

"勢"在内涵上雖與"風格"有重疊,但它還有更深層次的意義,即
它還指蘊藏在各種風格背後的更抽象的藝術形式,這種形式需要藉助各種
風格來呈現。劉勰曰:

> 然淵乎文者,並總羣勢。奇正雖反,必兼解以俱通;剛柔雖殊,
> 必隨時而適用。若愛典而惡華,則兼通之理偏;似夏人爭弓矢,執一
> 不可以獨射也。若雅鄭而共篇,則總一之勢離,是楚人鬻矛譽楯,兩
> 難得而俱售也[1]。

可以看出,"奇"、"正"與"剛"、"柔"皆為勢。若將他們與"典雅"、
"豔逸"、"醞藉"、"繁縟"等風格相比,便可發現他們更為抽象。比如,
塑造一個典雅的人,可從他行走的正式、話語的莊重、穿著的得體(包
括服飾的搭配、形制、色彩)諸角度進行。不難看出,典雅這種風格的
塑造,利用了視覺、聽覺角度諸種元素的配合,其元素包含豐富,而相
互配合關係複雜。但是,"奇"、"正"與"剛"、"柔"的塑造,卻可用更
為單純、抽象的形式表現出來。比如,一條直線與一條波浪線,前者就

---

[1] (南朝梁)劉勰著,詹鍈義證《文心雕龍義證》,上海:上海古籍出版社,1989年,第1120頁。

會顯得"正"，後者就會顯得"奇"；而一個正方形與一個圓形，前者就會顯得"剛"，後者就會顯得"柔"。可見，"奇"、"正"與"剛"、"柔"之勢，可深入到單純的線條、幾何圖形之抽象層面，而不需依賴色彩、聲音、氣味等複雜元素來組成更複雜的形式。相對而言，"典雅"、"豔逸"、"醖藉"、"繁縟"等風格則很難用單一的線條、幾何圖形來呈現。所以說，"勢"是人們在風格背後找到的更為抽象之藝術形式，它代表著人們對文學作品的觀察深入到比風格更為抽象的層面。在這一更抽象的層面，即使不同的風格間也有了更多的融合可能，而不再像其表面呈現出來的那樣壁壘森嚴。這必然引領人們在對文學作品的欣賞中獲得更深刻、豐富的審美體驗。

吳建民《中國古代"文勢"論》中曾用一些比較現代的話語來描述這種審美體驗，此處不妨借之作一些闡發。其文云：

> 文學作品的"勢"一般指受作品體制規範制約、在表現作品內容時所體現出來的具有一定動態感的格局態勢。"文勢"的特徵在於具有動態感、力量感和生命感，能誘動引發欣賞者的藝術思維活動和審美情趣，有著獨特的藝術功效，因而為古代文學家和理論家所重視①。

吳氏認為文學作品的"勢"具有"動態感"、"力量感"、"生命感"，"動態"、"力量"、"生命"是"勢"所呈現出來的一種藝術效果，而"感"字則反映了這種效果是由文學欣賞者在主觀情感上體驗到的。其所言的三種效果中，"生命"其實是"動態"、"力量"的一種複合，因為"生命"的表現正可說是"動態"與"力量"。那麼，"動態"、"力量"又呈現為怎樣的形式？"動態"即是運動的狀態，要呈現運動的狀態，除了使事物的實體在我們眼前運動外，還可通過抽象其運動軌跡來呈現。運動軌跡的抽象，表現出來便是線性的。任何一條線，無論是直線還是曲線，都能夠直觀呈現事物的運動軌跡。並且，無論多麼複雜的事物，如人、動物、機器，他們的運動軌跡都可抽象為線性的。"力量"則是質量輕重的呈現，

---

① 吳建民：《中國古代"文勢"論》，《學術論壇》，2012 年第 3 期。

它同樣可通過抽象為線條或圖形來呈現。力量的呈現，可通過比較體積來實現，因此，祇要抽象出兩個體積上有大小之別的圖形，就可呈現出力量的輕重對比來。此外，力量的呈現，還可通過事物的動向來實現，此時祇要用標了方向的箭頭符號就很容易反映出來。

　　"勢"所具有的這種高度抽象性，可至於用線條、圖形來呈現的程度，這在古人的說法裡也可察見。如劉勰《文心雕龍·詮賦》云："延壽《靈光》，含飛動之勢。"[1] 王延壽的《靈光殿賦》，作為一個內容豐富的複合體，要給人一種"飛動"之感，即便從色彩、聲音、氣味諸角度也難以呈現，必要在色彩、聲音、氣味後面找到一種更抽象的形式來實現，這種形式祇能是超越於色彩、聲音、氣味之上的純粹的線條、圖形。又如，朱熹曰："讀書須看他文勢語脈。"[2] 他將"文勢"和"語脈"對舉，可見二者在抽象程度上的對應。"脈"乃是線性結構，對應可知，他所言的"勢"是相同層面上的線性結構。相對於"勢"所深入到的抽象程度，"典雅"、"豔逸"、"醞藉"、"繁縟"等風格就顯得具體得多、直觀得多，它們的呈現常常利用色彩、聲音、氣味等元素，這些都是人們尋常便能見能感的。"勢"因其超越於色彩、聲音、氣味之上的線性、幾何圖形的高度抽象性，也就具有了比風格層面的"典雅"、"豔逸"、"醞藉"、"繁縟"更深刻的藝術感染力，而"飛動"、"奇正"、"剛柔"、"動態感"、"力量感"、"生命感"就更能觸動人們的靈魂。

　　那麼，面對語言形式的文章，如何去抽象出線條、幾何圖形那種程度的形式呢？有三種角度。第一，從自然實體層面去抽象。語言用以承載思想，人的思想用以描述世界，而世界則是由自然事物、人類社會構成的。無論是自然的物，還是人，就其靜態而言，都是諸物理元素構成的實體。人具備將自然界的實體抽象為線條、幾何圖形的能力，如此一來，文學創作者或讀者就能夠以語言為媒介聯想其所指向的實體，進而去抽象語言所描述的那個實體世界。比如，讀者面對語言形式的"山"，就可按著對自然中山的形象加以抽象，從而形成線條或幾何圖形式的山。當然，實體的

---

[1] （南朝梁）劉勰著，詹鍈義證《文心雕龍義證》，上海：上海古籍出版社，1989 年，第 289 頁。
[2] （宋）黎靖德編《朱子語類》，四庫全書景印本，第 700 冊，第 157 頁。

物，其運動狀態也很容易抽象為線條、幾何圖形。將實體的物，抽象出靜態構成與動態運行，就能呈現出它的某些氣質了。至於色彩、聲音、氣味等元素，則可根據色彩淺深、聲音大小、氣味濃淡抽象其程度差異，而形成線條。一篇文章描述的對象如何，涉及的色彩、聲音、氣味、行為動作如何，是判斷"典雅"、"豔逸"、"醞藉"、"繁縟"等風格的重要標準。勢的抽象，乃直接針對實體的物、色彩、聲音、氣味、行為動作等進行，顯然要比"典雅"、"豔逸"等風格更依賴於實體的物、色彩、聲音等。第二，從思想層面去抽象。人往往會將所擁有的知識（即"思想"）進行分類，如儒釋道，如經史子集，針對這樣的類，人具有將之抽象為區域的能力，即每一個類都可視為佔據了一片區域。每一片區域都能抽象為一個幾何圖形的面，而面的大小和多少其實就反映了一個人知識的"廣"、"博"或"狹"、"偏"等特徵。像"醞藉"、"繁縟"等風格乃是依據文章所涉具體知識的多少來判斷的，而勢則是對具體知識進行再抽象，又顯得更深一層。第三，從情感層面去抽象。風格往往依據於語言所描述的具體對象的諸元素或者思維層面的諸多具體知識來判定，而勢則對那些具體元素、知識進行更深一層的抽象，從而成為線條或幾何圖形的形式。事實上，這些風格與勢都還會歸於一個共同的地方，即情感的接受。無論是"典雅"、"豔逸"，或者線條、幾何圖形，他們都將會給人的情感以刺激，形成不同的刺激強度。在這種情感刺激的層面，他們獲得了統一，所區別的祇是量的差異。這樣一來，他們又共同形成了一條情感強度的線條。這條線同樣是一種勢。

　　勢的高度抽象性，對於文學作者和讀者而言，具有重要意義。能夠深入到高度抽象的線條、幾何圖形的層面去體會藝術品，將使人獲得更深層的情緒感染。不僅如此，當其深入到線條、幾何圖形的藝術體會層面後，便能夠立足於這些最抽象的形式上發揮想象力，從而解放自己的思想與情感，將能夠為這些抽象出來的線條、幾何圖形賦予新的意義。這個時候他們不再是被動地接受原作者所賦予作品的思想、情感，而是使自己具有了創造的主動性，從而藉助那一件藝術品而熔鑄自己的思想與情感。

　　瞭解了"勢"的內涵及其在作者與讀者間的相互作用後，就能更深入地瞭解契嵩關於奇文、華章、淵才、雅思、勢、體勢的談論。

首先，契嵩所言的勢、體勢是同一個東西，勢為簡稱。而奇文、華章、淵才、雅思是風格問題。奇文、華章與"豔逸"、"繁縟"大體相應，而淵才與"醞藉"、雅思與"典雅"亦基本相應。在"豔逸"、"繁縟"、"醞藉"、"典雅"背後還有更深層次的勢，而在勢的層面這些風格有進一步調配的可能。因此，契嵩所言的奇文、華章、淵才、雅思與勢不是截然不同的術語，而是息息相關的術語，勢是更深層的藝術形式。

其次，契嵩對文章的勢有深刻的領會。他評價李白的詩曰："觀其詩，體勢才思如山聳海振，巍巍浩浩，不可窮極。"[①] "才思"者，即契嵩所言的"淵才"、"雅思"，是思想系統中那些比較具體的關於世界的認識，構成"詩"中比較表層的內容。"體勢"則是隱藏在一篇文章的"才思"之後的抽象藝術形式。"體勢"藉助"才思"而得以具象化地呈現出來，在此處二者是一體的。所以，"如山聳海振，巍巍浩浩，不可窮極"究竟是偏指"體勢"還是"才思"並沒有什麼矛盾，甚至可以說是在形容李白的"詩"。但是，"如山聳海振，巍巍浩浩，不可窮極"用來直接形容"詩"就很難使人理解，二者沒有直接對應的比擬關係。同樣，用之來形容"才思"也有所不明。"才思"是靜態的詞，可以言其多，言其廣，卻很難想象靜態的"才思"呈現出"山聳海振"的動態感來。所以，"如山聳海振，巍巍浩浩，不可窮極"祇有在"體勢"的層面纔能實現比擬的對應。"體勢"是對"詩"中諸具體內容，包括"才思"在內，進行高度抽象而形成的線條和幾何圖形。線條的起伏可以使人想象為群山的聳立與海浪的振蕩，幾何圖形所具有的面性結構，也可使人想象為群山的鋪展與大海的廣遠。"巍巍"可以形容山聳海振的高度，而"浩浩"則可以形容群山鋪陳、大海廣遠的無涯，"不可窮極"則是對這種高度與廣度的進一步誇張。如此一來，契嵩通過"體勢"這一極度抽象的藝術形式，就成了溝通"詩"、"才思"與"山聳海振"這兩類具體形式間的橋樑，使讀者獲得了更深刻的藝術感染。契嵩能夠從李白的詩歌語言中抽象出"體勢"來，並為這"體勢"賦予新的意義，將讀者引之於"山聳海振"的藝術想象中，這足以顯出他對"勢"的深刻見解。

---

① （宋）契嵩撰，鍾東、江暉點校《鐔津文集》，上海：上海古籍出版社，2016 年，第 278 頁。

最後，契嵩將他對勢的領悟轉化至文章的具體寫作中。契嵩曰："吾所以為二書者，蓋欲發明先聖設教之大統，以諭夫世儒之不知佛者，故其言欲文、其理欲簡、其勢不可枝辭蔓說。"[①] 在這一表述中，"勢"是文章之體勢，"辭"、"說"則是文章的承載形式。"辭"、"說"的所指是作者的思想系統，更具體些說是描述物體的諸結構、描述事件的諸過程，以及描述人物的語言、行為、穿著等，總之是更為具體的内容。至於"枝"和"蔓"則是比擬的說法，他們本指草木的枝蔓，這時用來作"辭"、"說"的喻體，也就是說，文章的某些"辭"、"說"正如草木的枝蔓。"枝"、"蔓"的相對面乃是草木的主幹，則"勢"就相當於文章的主幹。契嵩的這種比擬與他對李白詩歌體勢的比擬相類，都顯示出他對"勢"的深刻見解。此處還需注意的是，契嵩關於主幹、枝蔓的對比，顯示了他將"勢"看做地位高於"辭"、"說"的修辭對象，也就是說，"辭"、"說"的修辭要主導於文章的"勢"。這一點可說是契嵩文學修辭的至高原則。

三、巧：修辭的細化操作

契嵩以勢為最深層的藝術形式，比之更直觀者，是奇文、華章、淵才、雅思等風格，而比風格更為直觀的是瑣細的辭、說，這是契嵩修辭觀中一個明顯的遞進順序。文章的欣賞，是從語言形式的辭、說中抽象出奇、文、淵、雅等風格來感受，又從這些風格背後抽象出勢來領會。文章的創作卻與之相反，它是一個將抽象的勢以及奇、文、淵、雅等風格藉助語言形式的辭、說展現出來的過程。因此，文章的創作實是一個越加細化的修辭過程。

在這一細化的修辭過程中，契嵩強調另一個修辭術語——巧。他所強調的"巧"，有兩個方面的思想來源，一是佛學角度的，一是文學角度的。

先來看佛學角度的淵源。

契嵩《廣原教》云："夫聖人博說之、約說之、直示之、巧示之，皆所以正人心而與人信也。"其自註曰："聖人，佛也，其所設教，或廣博說法，或約略說法，或直截以法呈示之，或巧曲以法呈示之。佛之所以如此

---

① （宋）契嵩撰，鍾東、江暉點校《鐔津文集》，上海：上海古籍出版社，2016 年，第 24 頁。

施設，並所以欲推證一切物之心性，而待人自信解也。"① 佛陀傳道，所面對的乃是尚未信解佛道之人。這些人各有其知識深淺，各有其迷悟程度，佛陀不可能一概而論，而必須因材施教。於是，就有了"博說"、"約說"、"直示"、"巧示"等區別。此處的"巧"，意為"巧曲"，與"直"相對，如譬喻、反問、誇張等方式皆是。又《中庸解》（第四）云："叟曰：'吾雖與子終日云云，而子猶頑而不曉，將無可奈何乎！子接吾語而不以心通，仍以事責我耶，我雖巧說，亦何以逃於多言之誅乎！'"② 這是契嵩批評與之爭論者不能心通其意，而惟以事相責，意指對方冥頑固執，則自己雖善巧說，也不能引之於達道。此處的"巧"乃巧妙之意，與"拙"相對，它比"巧曲"之"巧"範圍更大，可以說包括了"博說"、"約說"、"直示"、"巧示"等更具體的方式。

契嵩所言"巧說"，與佛教的"善巧"緊密相關。《新編佛學大辭典》釋"善巧"曰："善良巧妙之方便也。"③ 佛教所謂"方便"，乃是指針對不同對象、不同環境，靈活運用教法。這種應機制宜的"靈活"，也就是"巧妙"之所指。方便，是佛教的重要理念，又譯作"權"。契嵩對此理念有深切體悟。其《廣原教》云：

> 夫教也者，聖人乘時應機、不思議之大用也。是故其機大者頓之，其機小者漸之。漸也者，言乎權也；頓也者，言乎實也。實者謂之大乘，權者謂之小乘。聖人以大小衍攬乎羣機，而幽明盡矣。預頓而聞漸，預漸而聞頓，是又聖人之妙乎天人，而天人不測也。聖人示權，所以趨實也；聖人顯實，所以藉權也。故權實、偏圓而未始不相顧。
>
> 權也者，有顯權，有冥權。聖人顯權之，則為淺教、為小道，與夫信者，為其小息之所也；聖人冥權之，則為異道、為他教、為與善惡同其事，與夫不信者，預為其得道之遠緣也。顯權可見，而冥權不

---

① （宋）契嵩撰，邱小毛校譯《夾註輔教編校譯》，成都：西南交通大學出版社，2011 年，第 69 頁。

② （宋）契嵩撰，鍾東、江暉點校《鐔津文集》，上海：上海古籍出版社，2016 年，第 76 頁。

③ 《新編佛學大辭典》（丁福保《佛學大辭典》、法雲《翻譯名義集》合輯本），河北省佛教協會虛雲印經功德藏印行，第 1036 頁。

測也。實也者，至實也，至實則物我一也。物我一，故聖人以羣生而成之也。語夫聖人之權也，則周天下之善，徧百家之道，其救世濟物之大權乎？語夫聖人之實也，則磅礡法界，與萬物皆極其天下窮理盡性之大道乎①？

契嵩認為，佛陀設教，以"權"為重要方略，依據宜說宜度之機，遂有漸教、頓教與大乘、小乘。機小者，說漸教，為小乘，此皆為"權"。機大者，說頓教，為大乘，此皆為"實"。"權"與"實"，不是矛盾對立的，而是相輔相成的，目標皆在於引人至於佛道。在他的認知中，"權"可謂佛陀教法的半壁江山了。他又說到"權"的主要作用範圍，乃在於"周天下之善，徧百家之道"、"救世濟物"，也即說"權"指向世間，是以世間之眾善、百家之道相資以作用於世人，從而達到"救世濟物"之目標。

佛教的方便理念對契嵩的文學創作有極大影響，表現為兩個層面。第一個層面，是樹立"文以輔道"的文學價值觀。佛陀所重之方便，是針對世人的應機制宜之法，而文章是儒者文士重要的交流形式，所以方便教法中理當盡量利用它。從這個層面，契嵩確立了佛徒進行文學創作的佛教理據。第二個層面，是樹立了體勢、奇文、華章、淵才、雅思、不可枝辭蔓說等修辭觀。契嵩強調其作文乃"從乎世俗之宜"，是要迎合世儒、搢紳先生、當世賢豪們的趣味。正是在這個目標下，他確立了學習儒者文士作文之法的策略。如契嵩的護法文章，何以是古文，而非駢文？這便是為迎合韓、柳以來的古文運動，便於與排佛者相溝通。又如其文章中除佛教知識外，何以大量引用儒家五經、道家《老》《莊》、諸子百家之言說？這也是為了便於與儒者文士相溝通。這些從文章整體風貌到具體細節上所顯示出的特徵，都與其方便理念息息相關。這個層面的方便，也就是契嵩修辭觀中的"巧"了。

再來看文學角度的淵源。

契嵩《原教》云："使萬物而浮沉於生死者，情為其累也。"其自註曰：

---

① （宋）契嵩撰，鍾東、江暉點校《鐔津文集》，上海：上海古籍出版社，2016年，第24～25頁。

使令萬物出浮於生、入沒於死者，實由情妄為其緣累耳。《釋訓》
曰："緣生為累也。"浮沉與生死互者，文欲巧耳。《繫辭》曰："原始
反終，故知死生之說。"此其例也①。

《繫辭》之意，乃言聖人如能考萬物之始，便可知其所以生，能察萬物之
終，便可知其所以死。雖然"生"對應"始"，"死"對應"終"，卻並未
表示為"原始知生，反終知死"這一形式，而是表示為"原始反終，故知
死生之說"。同樣，他也未用"浮於生、沉於死"這種表達，而是用了
"浮沉於生死"的形式。從達意的角度說，"浮於生、沉於死"比"浮沉於
生死"更為明晰，但從藝術審美角度說，後者的交錯表達更具新奇感。契
嵩把這種超越於一般表達之上的新奇形式，視為一種"巧"。

又，《原教》云："謂佛言大也誕邪？世固有遊心，凌空而往，雖四隅
上下育然，曷嘗有涯？方之佛謂其世界無窮，何不然乎？"其自註曰："四
隅則東南、東北、西南、西北之四角也，文欲巧故，但舉四偏之方，則四
正自然具矣，表包有十方之義也。"② 此處的"巧"，是一種隱含的表達法，
其雖未言及四正之方，但其舉四偏之方便已隱含其意。他在這裡用隱含的
表達法，而不全舉出來，是為求省略，從而達到語言簡潔流暢之目的。

契嵩在此兩處所言的"巧"，是極具體的修辭法，與中國傳統文學理
論中關於細節的修辭觀有較深的關係。劉勰《文心雕龍》中有大量關於
"巧"的論說。如《徵聖》云："然則志足而言文，情信而辭巧，迺含章之
玉牒，秉文之金科矣。"③ 又《詮賦》云："原夫登高之旨，蓋覩物興情。
情以物興，故義以明雅；物以情觀，故詞必巧麗。"④ 兩處論述皆以"巧"
狀"辭"（"詞"），是把"巧"細化到"辭"的層面來加以強調的。又《明
詩》有"纖密之巧"，《詮賦》有"奇巧"、"綺巧"，《雜文》有"博雅之
巧"，《諧讔》有"小巧"，《諸子》有"密理之巧"，《檄移》有"密巧"，

① （宋）契嵩撰，邱小毛校譯《夾註輔教編校譯》，成都：西南交通大學出版社，2011 年，第 5 頁。
② （宋）契嵩撰，邱小毛校譯《夾註輔教編校譯》，成都：西南交通大學出版社，2011 年，第 24 頁。
③ （南朝梁）劉勰著，詹鍈義證《文心雕龍義證》，上海：上海古籍出版社，1989 年，第 37 頁。
④ （南朝梁）劉勰著，詹鍈義證《文心雕龍義證》，上海：上海古籍出版社，1989 年，第 304 頁。

《議對》有"不以繁縟為巧",《定勢》有"巧艷"、"詭巧"、"以意新得巧",《麗辭》有"精巧",《隱秀》有"以卓絕為巧"、"雕削取巧",《附會》有"細巧"、"偏善之巧"等,這些關於"巧"的分類非常細緻,從而使"巧"的内涵豐富而又具體。尤可注意的是,劉勰論"巧",不是空洞地談,而是結合具體的文體,結合"神思"、"體性"、"風骨"、"定勢"、"熔裁"、"章句"等風格、語言問題來談論,這就將"巧"的理念融入修辭觀的方方面面去了,從而既有整體的考量又有細節的分析,既有抽象的思考又有具象的斟酌。

契嵩所言之"巧"既有來自佛學的淵源,也有來自中國傳統文學理論的淵源。前者使他的創作在接受儒、道、諸子("周天下之善,徧百家之道")等思想時得到了理論支撐,從而形成了博贍、典雅、富於才力等風格。後者則使他在具體創作中變得精益求精,在細節處理中富於藝術性。契嵩前一方面的風格特徵,古來論及較多,本書後面還將詳細說到,故此處先不論。至於後一方面,其關於細節方面的修辭,前人論之甚少,有必要在此做些說明。

先來看契嵩結合文勢所作的一些細節方面的修辭。第一種情況是不關詞義,僅從文勢角度來修辭。

《原教》云:"情習有薄者焉,有篤者焉;機器有大者焉,有小者焉。聖人宜之,故陳其法為五乘者,為三藏者。"其自註曰:"常式三藏在上,五乘次之,今先乘而次藏者,蓋欲順其上機器大小文勢耳。"[①] 其意指三藏是為機大者所陳之法,五乘中則有為機小者所陳之法,按佛教一般的排列邏輯,三藏應在五乘之上,但此處為順應文勢,遂以五乘在先以接"有小者焉"。

《原教》云:"然與五乘者,皆統之於三藏,舉其大者,則五乘首之。其一曰人乘,次二曰天乘,次三曰聲聞乘,次四曰緣覺乘,次五曰菩薩乘。後之三乘云者,蓋導其徒超然之出世者也,使其大潔情汙,直趣乎真際,神而通之,世不可得而窺之。前之二乘云者,以世情膠甚,而其欲不可輒去,就其情而制之。"其自註曰:"上解後三乘而下釋前二乘,文勢欲

---

① (宋)契嵩撰,邱小毛校譯《夾註輔教編校譯》,成都:西南交通大學出版社,2011年,第6頁。

連前而起後故。"① 又《原教》云："曰人乘者，五戒之謂也。一曰不殺
……曰天乘者，廣於五戒，謂之十善也……十曰不癡，謂不昧善惡。然謂
兼脩其十者，報之所以生天也；脩前五者，資之所以為人也。"其自註曰：
"十善當在五戒之後，今先解十善者，亦欲躡前之文勢耳。"② 又《廣原教》
云："惟心之謂道，闡道之謂教。教也者，聖人之垂跡也；道也者，眾生
之大本也。"其自註曰："始先道而次教，今卻先教而次道者，其文勢欲躡
前而起後。"③ 這三處所言順序安排，與上一條中"三藏"、"五乘"的排列
標準一樣，都是要順"文勢"。契嵩未從語義角度考慮順序，也沒依佛、
儒二教所習慣的排列法去安置，而是以文勢為依據來排列，這是其作為文
學家之審美趣味的體現。

比較兩種表達，當契嵩用"三藏→五乘→五乘→三藏"、"前二乘→後
三乘→後三乘→前二乘"、"五戒→十善→十善→五戒"、"道→教→教→
道"的形式，而不用"三藏→五乘……三藏→五乘"、"前二乘→後三乘
……前二乘→後三乘"、"五戒→十善……五戒→十善"、"道→教……道→
教"的形式時，兩者的優劣顯而易見。前者顯得連貫，有迴環之美，後者
則斷裂為兩節，前後重複而呆板。兩種表達，在意義上完全一致，他們也
都可抽象出線性結構來。但是，前一種線性結構顯然更具藝術感染力，這
便是從文勢角度進行的修辭，它是超越於語義層面之上的更抽象的審美。
在契嵩的文章中，這種依據文勢而排列字、詞、句順序的情況非常普遍。
他有時也把這種修辭稱為"文便"、"語便"、"文義便"④。

第二種是雖關詞義，卻偏重於從文勢角度來修辭。

《廣原教》云："緣者，近也；因者，遠也。夫天下知以變化自然為乎
神道者，是見其然而不見其所以然也。然者，顯也；所以然者，幽也。是
故聖人推其所以然者，以盡神道之幽明也；推其遠而略其近者，以驗人道

---

① （宋）契嵩撰，邱小毛校譯《夾註輔教編校譯》，成都：西南交通大學出版社，2011 年，第 6～7
頁。
② （宋）契嵩撰，邱小毛校譯《夾註輔教編校譯》，成都：西南交通大學出版社，2011 年，第 8～10
頁。
③ （宋）契嵩撰，邱小毛校譯《夾註輔教編校譯》，成都：西南交通大學出版社，2011 年，第 53 頁。
④ （宋）契嵩撰，邱小毛校譯《夾註輔教編校譯》，成都：西南交通大學出版社，2011 年，第 61、
71、149 頁。

之因果也；聖人其與天下之終始乎？"其註云："推辨其因之遠者，以驗效此人道之因果也。下文不論近者，蓋以近者是今夫婦之緣，目擊可見，故不復言也。"① 契嵩對"遠"者進行了解釋說明，而因為作為"近"者的夫婦之緣是易於識見的，於是就做了省略。

《廣原教》云："其於物也，有慈，有悲，有大誓，有大惠。慈也者，常欲安萬物；悲也者，常欲拯衆苦；誓也者，誓與天下見真諦；惠也者，惠羣生以正法。"其自註曰："其臨於一切物也，有大慈，有大悲（即四無量心也），有大誓願（即四弘願也），有大惠施（即六波羅蜜之一也）……以上四無量心、四弘願、六波羅蜜，不一一備舉法數者，文欲略故耳。然四無量心以慈悲為先，四弘願於一切願中為勝，法施以一切施中為勝，又僧為法施主，今說僧功德，故於六度中獨舉法施。然如此撮略，亦按佛說，非恣胸臆自耳……《輔教》中凡有略取法數名言者，皆是此例也。"②這是講僧人功德本有四無量心、四弘願、六波羅蜜等，而此處祇舉慈、悲、大誓、大惠，是為了追求文章的省略。並且，契嵩指出其《輔教編》中此類用法不止一處。

以上這兩處省略現象，與第一種情況中的順序置換不大一樣。第一種情況中依據文勢而調整字、詞、句的順序，在語義層面基本沒有影響。因此，契嵩通過調整次序來達到順應文勢之目的，完全是一種額外增加的審美效果。但是，這兩處的省略影響了語義表達。契嵩在自註中將省略的内容又作了一定的補充說明，正表現了其省略關涉著語義呈現，祇是影響較小而已。可以想象，他若非在文學性的論文中涉及此内容，而是在對經典的註疏中涉及它，他的處理方式恐怕便不會再憚於繁瑣了。契嵩所云"其勢不可枝辭蔓說"，實際上就是這種情況。可見，當辭說所承載的語義與文勢發生衝突時，祇要對語義的破壞較小，他就會偏向於保持文勢的順暢。

第三種是不關文勢，而純粹從語義角度進行修辭。

---

① （宋）契嵩撰，邱小毛校譯《夾註輔教編校譯》，成都：西南交通大學出版社，2011 年，第 84～85 頁。

② （宋）契嵩撰，邱小毛校譯《夾註輔教編校譯》，成都：西南交通大學出版社，2011 年，第 89～90 頁。

《原教》云："萬物有性情，古今有死生。"其自註云："死生，乃無常之法耳，世間著此無常，乃謂之死生也。今從世先死次生，蓋謬彼有漏世間，執著情見而著此無常也。"① 佛教慣言"生死"，而世間常言"死生"，契嵩用"死生"而不用"生死"，目的在於顯出世人執著情見之謬。《廣原教》云："毗尼藏者，何謂也？戒也，律也。"其自註曰："夫毗尼也者，梵語也，此土翻為律，律謂法也。今解先戒而次律者，蓋取《涅槃》《菩薩處胎》等諸經所云戒律藏者，用其語便耳……有以律是能詮之文，戒是所詮之行，今亦可用行為本，用文為跡，尊本以行其跡而教人，故先戒而次律也。"② 這是說其"戒也，律也"的先後排列，蘊含著以戒為本、以行為跡的價值順序在內。

《廣原教》云："僧也者，以佛為姓，以如來為家，以法為身，以慧為命，以禪悅為食。故不恃俗氏，不營世家，不修形骸，不貪生，不懼死，不溺乎五味。"其自註曰："以故不恃怙俗間姓氏……今言'不恃俗氏'而略'姓'者，以出家亦用佛為姓，故不言姓也。"③ 佛教修出世間學，而"姓"所代表的血緣倫理與"氏"所代表的社會功利都應避棄。但是，佛徒雖然出家，但也以"釋"為姓，為避免引起混淆，故將"不恃怙俗間姓氏"略為"不恃俗氏"。《廣原教》云："慎之乎，慎之乎，難其人乎！"其自註曰："既古今難於其人，而今而後，宜更慎擇之乎？再叮嚀，謂此任誠難為其人乎？"④ 這是說，重複"慎之乎"，意在強調這種難度之確然。《廣原教》云："聖人見乎五帝三王之後，而不見乎五帝三王之先，何謂也？"其自註曰："先五次三者，欲順帝王之次第耳，亦猶《史記》帝王本紀，先五帝而後三代，此其例也。"⑤ 這是說，一般的習慣常先"三"而後

---

① （宋）契嵩撰，邱小毛校譯《夾註輔教編校譯》，成都：西南交通大學出版社，2011 年，第 4 頁。
② （宋）契嵩撰，邱小毛校譯《夾註輔教編校譯》，成都：西南交通大學出版社，2011 年，第 70～71 頁。
③ （宋）契嵩撰，邱小毛校譯《夾註輔教編校譯》，成都：西南交通大學出版社，2011 年，第 88～89 頁。
④ （宋）契嵩撰，邱小毛校譯《夾註輔教編校譯》，成都：西南交通大學出版社，2011 年，第 100～101 頁。
⑤ （宋）契嵩撰，邱小毛校譯《夾註輔教編校譯》，成都：西南交通大學出版社，2011 年，第 108 頁。

"五"，但此處卻反之，其目的在於呈現出先五帝而後三王的時代順序。

綜上分析，可以看出契嵩對於修辭的價值、目標有非常明確而深刻的體會。他意識到文章之修辭不僅是藝術問題，而且關涉他與儒者文士交往、傳道的問題。在修辭所欲達到的藝術目標上，他不僅意識到文章應樹立起風格，而且體會到在風格之上有更深層的藝術形式——"勢"，這使他對修辭目標的認識高出一般人。此外，從他追求"巧"而對文章細節進行的諸多有益處理來看，他的修辭觀不僅是理論的，而且是善於實踐的。

第三章　寓志輔教
——契嵩的議論文創作

　　在文學視域中，思想系統內的知識積累以及對文學價值、修辭法的體認，雖能在一定程度上反映作者的表達能力，但這並不代表其文學創作的實績。正如優秀的思想家、文學評論家，未必是優秀的文學創作者一樣，考察文學家的創作水平，最終還得看他如何將表達能力具化為一篇篇文章。所以，這一創作的具體過程，尤有研究的必要。契嵩提倡"文以輔道"，又在《論原·人文》中云："言文者，聖賢之志之所寓也。"① 道的教化，方式多樣，而文章創作是其中重要的一種。文章的形式多種多樣，對契嵩而言，他最喜歡並擅長的是議論文，而其議論文中最重要的是《論原》與《輔教編》。

第一節　世間教
——以《論原》為中心

　　契嵩在《夾註輔教編》中註"教"時云："教有世間教，有出世間教，其教字雖同，而為義則異。夫世教，謂今儒道二教也。"② 他又云："若吾佛教者，乃大聖人出世之教也。"③ 則契嵩之學，實可以世間教、出世間教為分野。佛為出世間教，儒、道為世間教。他雖未言及諸子，據理而推，實亦為世間教。

---

① （宋）契嵩撰，鍾東、江暉點校《鐔津文集》，上海：上海古籍出版社，2016 年，第 103 頁。
② （宋）契嵩撰，邱小毛校譯《夾註輔教編校譯》，成都：西南交通大學出版社，2011 年，第 2 頁。
③ （宋）契嵩撰，邱小毛校譯《夾註輔教編校譯》，成都：西南交通大學出版社，2011 年，第 3 頁。

契嵩論世間教，在今《鐔津文集》中處處可見，但其《輔教編》意在溝通，故不惟論及世間教，更涉出世間教，而《論原》則專論世間教。《論原》內今存文章四十篇，其中《評讓》為少時所作，而《問兵》當不早於皇祐二年（1050），所以《論原》中諸篇的創作時間跨度頗大。至於《論原》的編纂成集，當是契嵩所自為，時間在契嵩從京師返回吳地後的嘉祐末、治平初，編成之後曾獻於韓琦。

契嵩獻書時，並有《又上韓相公書》，其中云：

> 然閣下輔相功烈冠絕於古今者，蓋閣下善用堯、舜、禹、湯、文、武、周公、孔子、孟軻、荀況之道而然也。今有人著書深切著明，以推衍彼十聖賢之道，而正乎世之治亂。其極深研幾，自謂不忝乎賈誼、董仲舒之為書也，是可資乎閣下雄才遠識萬分之一二耳。伏念某放浪世外其跡與世雖異，輒著其書，慮俗無知，娭而忽之故祕之自謂"潛子"，不敢顯其名也。今閣下至公，與天下之人而為善也，不區域其華野顯晦者，天下服之。乃不遠千里寓其書而投之，苟有可觀，其說不妄，萬一果有所資贊，則某也少報閣下之嘉德，而得以展其微效也①。

此段顯示了三方面信息：第一，有意獻書韓琦，乃欲報其德，希望對之有所幫助；第二，《論原》乃發揮儒家十聖賢之道，其思想歸依儒學；第三，契嵩對此作頗為自負，認為不下於賈誼、董仲舒之為書。這三條信息中，第二條可謂契嵩對《論原》內容所作總結，我們也以此為基礎來分析《論原》中的思想。

一、依情製則，引則入政：世間教的基本立場

《論原》中有《禮樂》一篇，其文曰：

> 禮，王道之始也；樂，王道之終也。非禮無以舉行，非樂無以著成。故禮樂者，王道所以倚而生成者也。禮者因人情而制中，王者因

---

① （宋）契嵩撰，鍾東、江暉點校《鐔津文集》，上海：上海古籍出版社，2016年，第173～174頁。

禮而為政，政乃因禮樂而明效①。

這段論述，可謂契嵩關於世間教的基本立場，從中可見出契嵩關於社會結構的基本區分，以及建立於此基本區分上的治世理想。其對社會的基本區分有兩個核心：一為治者，即人、王；二為治法，即禮、樂、政。"人"乃社會存在之基礎，所謂治世，關鍵在治人，此"人"包括一切人，皆是待治的對象。"人"的另一義是與"君"對舉，指民，為被治理者，而"君"則為治理者。自古以來，君的類型多樣，有帝、王、霸，契嵩在此處推崇"王"。禮、樂、政則是治法，治世的目的即治人，從而使人們以理想的方式存在，要使這理想的方式實現，則需利用治法。禮、樂、政皆是治法，但他們在內涵上有分別。"政"是中性詞，不同的君推行不同的"政"，故有帝政、王政、霸政，契嵩在此推崇王政。推崇王政，關涉著契嵩對治者與治法間關係的認識。他認為"禮者因人情而制中"，即"禮"的確立，基於"人情"這一人類的基本特徵，禮是有益的規範，依據"中"的原則而設立。此雖僅說到"禮"，其實"樂"的設立邏輯亦如是。基於人情，遵循"中"的原則而設立的禮、樂，遂具有了正義性、崇高性，成為了理想的治法。把這種理想的治法上升為國家制度，便成了王政。這就是"王者因禮而為政"，此處實是舉"禮"而代"禮"、"樂"。禮、樂既是王政的核心內容，王者據禮、樂治世，則反過來人們便可就禮、樂的推行程度來考察王政是否真正實現。可見，禮、樂不是"政"那樣的中性詞，而帶有褒義色彩，反映了契嵩的價值取向。禮、樂、政雖同為治法，禮、樂又皆為理想治法，但他們仍各有偏重。"非禮無以舉行，非樂無以著成"，"禮"具有更具體地規範人們行為的價值，是促成王政的前提，而"樂"則偏於頌美王政以彰顯之、鞏固之。除褒貶取向不同，禮、樂與政的另一區別，則在於禮、樂更為普遍、廣泛，並不都具有國家制度的保障，而政則為國家制度所衛護。

契嵩在《禮樂》中先總舉世間法基本立場，接著對治者、治法的性質及關係做了進一步解說。其文曰：

---

① （宋）契嵩撰，鍾東、江暉點校《鐔津文集》，上海：上海古籍出版社，2016 年，第 79 頁。

> 人情莫不厚生，而禮教之養；人情莫不棄死，而禮正之喪；人情
> 莫不有男女，而禮宜之匹；人情莫不有親疏，而禮適之義；人情莫不
> 用喜怒，而禮理之當；人情莫不懷貨利，而禮以之節。夫禮舉則情稱
> 物也，物得理則王政行也，王政行則其人樂而其氣和也[1]。

治法依據人的基本特徵而設立，這種基本特徵稱為"人情"，即人的好惡、
人的需求。人的好惡，在此列舉了五方面，即生死、男女、親疏、貨利、
喜怒。男女指夫婦，親疏則包括父子、兄弟、師弟子、朋友等社會關係。
貨利不僅指向人基本的生活物資，也指向作為社會地位標誌的經濟狀況。
至於喜怒，則反映了人在生活中所面對的其他各方面需求。也就是說，
"人情"實際上是人作為個體或群體的存在形式所產生的需求，人以獲得
諸需求的滿足為生活理想。治法的設立，目標正在於滿足人們的這些需
求。但是，不同的個體與個體、個體與群體、群體與群體間，又必然會因
需求矛盾而衝突，遂破壞人類社會的和睦。因此，"人情"又必須節制，
從而達到一種相對平衡的理想狀態。這種節制的理想標準就是"中"，它
代表著平衡、無衝突。在契嵩看來，"禮"、"樂"實現了節制，是理想的
行為。他所謂的"教之養"是教人以生養的節制原則，"正之喪"是教人
以面對死亡的節制原則，"宜之匹"是教人以夫婦間的節制原則，"適之
義"是教人以親疏間的節制原則，至於"當"、"節"更是直接呈現了節制
之意。在這裡，"中"是正、宜、義、當、節的代表性術語，他們的基本
內涵是"節制的理想原則"，作為理想的行為標準，他們的核心要求是
"節制"。至於喪禮、夫婦之禮、父子之禮、兄弟之禮、師弟子之禮等，則
是"中"等理想原則的現實化、具體化。在契嵩看來，儒家禮、樂是對
"中"等理想原則實現得最好的治法，因此他認為祇要將儒家禮、樂上升
為國家政策，便能實現"情稱物"、"物得理"、"其人樂而其氣和"等人與
自然、人與人之間共處的理想狀態。此種政策便是王政，此種國家便是
王國。

---

[1] （宋）契嵩撰，鍾東、江暉點校《鐔津文集》，上海：上海古籍出版社，2016 年，第 79 頁。

《禮樂》又云：

> 樂者，所以接人心而達和氣也。宮、商、角、徵、羽五者，樂之音也；金、石、絲、竹、匏、土、革、木八者，樂之器也。音與器，一主於樂也。音雖合變，非得於樂，則音而已矣。是故王者待樂而紀其成政也，聖人待樂以形其盛德也[1]。

此處"人心"與"人情"意同，"和氣"即令人心和睦，"和"與"中"意同，皆指節制的理想原則。樂與禮一樣，是治法之部分。禮以節制人處理其父子、夫婦、兄弟、師弟子、朋友等關係及面對貨利、生死等問題時的取向，而樂則節制宮、商、角、徵、羽五音與金、石、絲、竹、匏、土、革、木八器的運用。人對音樂的需求，是"人情"之一，是人的的精神追求之一，還具有頌美功能。契嵩在此強調音樂的頌美功能，希求通過節制音樂的曲律，將之與王政的推行相結合，從而產生促進與穩固王政的作用。

契嵩在對禮、樂各自的性質和功能進行分析後，又特別強調禮樂與王政的結合問題。其文曰：

> 人君者，禮樂之所出者也；人民者，禮樂之所適也。所出不以誠，則所適以飾虛；所出不以躬，則所適不相勸。是故禮貴乎上行，樂貴乎下效也。夫宗廟之禮所以教孝也，朝覲之禮所以教忠也，享燕之禮所以教敬也，酢醻之禮所以教讓也，鄉飲之禮所以教序也，講教之禮所以教養也，軍旅之禮所以教和也，婚聘之禮所以教順也，斬衰哭泣之禮所以教哀也。夫教者教於禮也，禮者會於政也。政以發樂，樂以發音，音以發義，故聖人治成而作樂也，因音以盛德也，因宮音之沈重廣大以示其聖，因商音之剛屬以示其斷，因角音之和緩以示其仁，因徵音之勁急以示其智，因羽音之柔潤以示其敬。律呂正也，以示其陰陽和也；八風四氣順也，以示其萬物遂也。猶恐人之未睹，故舞而象之，欲其見也；恐人之未悉，故詩以言之，欲其知也。感而化

---

[1] （宋）契嵩撰，鍾東、江暉點校《鐔津文集》，上海：上海古籍出版社，2016年，第80頁。

之，則移風易俗存乎是矣，是先王作樂之方者也[①]。

君是禮樂之所出者，是將禮樂上升為國家制度並加以保障的治理者。民是禮樂之所適者，是接受禮樂的規範，使個人生活得以禮樂化的被治理者。在對作為治法的禮樂加以制定、修正、推行、保障的全過程中，君為絕對主導。可見，契嵩的世間教，是君權為核心的理論體系。君為禮樂推行的主導者，故其在全過程中必須起表率作用，這種作用具體而言即"誠"、"躬"，惟上行纔能下效，民於禮樂纔能避免"飾虛"、"不相勸"。可見，在契嵩眼中，禮樂得以推行，其理想方式為上行下效。接著，他對禮的功能，也就是各種禮所承載的諸種理想原則再次進行了強調。這些理想原則，包括孝、忠、敬、讓、序、養（養的理想原則）、和、順、哀（哀的理想原則），分別對應著宗廟之禮、朝覲之禮、享燕之禮、酢醻之禮、鄉飲之禮、講教之禮、軍旅之禮、婚聘之禮、斬衰哭泣之禮，可以說將人們生活的主要方面皆規範了。禮的有益，使它不僅成為"教"的主要內容，最終還要"會於政"，以國家制度來保障。禮上升為政，促成社會進步，對此進步加以頌美，便可使禮進一步深入人心。那麼，樂所頌美的社會進步為何？從儒學說，禮制推行而成社會風尚，便是社會之進步，故樂對社會進步的頌美，本質上仍是頌美諸理想原則。契嵩又舉聖、斷、仁、智、敬等理想原則，分別對應沉重廣大之宮音、剛屬之商音、和緩之角音、勁急之徵音、柔潤之羽音。其間有"敬"，論禮時亦講到"敬"，不難看出聖、斷、仁、智與中、孝、忠、敬在內涵上具有一致性，核心皆為強調節制，其不同處則在於描述不同的行為。人的行為、社會的制度，祇要符合此種節制的理想原則，就會是聖的、斷的、仁的、智的、中的、孝的……人的行為、社會的制度一旦實現此種節制的理想原則，社會便可"移風易俗"，從而成為理想社會。

從契嵩依情制則、引則入政的基本立場，可見其世間教有兩大基本邏輯：第一，依據人的基本需求提煉出節制的理想原則；第二，將抽象的理想原則政教化，通過國家權力保障其推廣於社會的各個角落、人們生活的各個

---

① （宋）契嵩撰，鍾東、江暉點校《鐔津文集》，上海：上海古籍出版社，2016年，第80～81頁。

方面。《論原》今存四十篇，彼此不呈現出嚴密的邏輯聯繫，但若據上述兩大邏輯，便可對此四十篇大略分類。第一類，即四十篇之首的《禮樂》，是對依情制則、引則入政的基本立場之闡發。第二類包括《公私》《說命》《皇問》《評讓》《問霸》《巽說》《人文》《性德》《存心》《福解》《評隱》《九流》《四端》《君子》《品論》《解譏》《問交》《師道》《道德》《治心》，主要提煉了節制的理想原則，或重新定義前人所涉及的某些理想原則。第三類包括《大政》《至政》《賞罰》《教化》《刑法》《論信》《問兵》《喻用》《物宜》《善惡》《性情》《中正》《明分》《察勢》《刑勢》《知人》《風俗》《仁孝》《問經》，主要分析保障諸理想原則得以推行之條件，並對那些忽視或破壞保障條件者加以批判，以期促進社會進步。

二、崇儒尊道：世間教的邏輯系統

契嵩在《論原》中主要從兩個邏輯來具體探討世間治理：第一個是理想原則的提煉；第二個是理想原則的政教化。

（一）理想原則的提煉

理想原則的提煉，依據“依情制則”之邏輯，即根據人的需求提煉相應的理想原則。因此，根據人的類別區分，契嵩大體從兩個角度提煉理想原則。

第一個角度，針對一切人而提煉出普遍性的理想原則，不論個體、群體與貧窮、富貴，都當遵循。

《公私》云：

> 公道者，導眾也；私道者，自蹈也。公私者，殊出而共趨也。所謂共趨者，趨乎義也。公不以義裁，則無以同天下；私不以義處，則無以保厥躬。義也者，二道之闔闢也，公私之所以翕張也。是故君子言乎公則專乎公道也，言乎私則全乎私道也。不叛公而資私，不效私而亂公，故率人而人從，守己而己得[1]。

此段話的邏輯，先以人為根本起點，人的立場有公私之分，即人有個體與

---

[1] （宋）契嵩撰，鍾東、江暉點校《鐔津文集》，上海：上海古籍出版社，2016 年，第 89~90 頁。

群體之別。個體與群體各有其需求，契嵩認為二者皆應遵"義"。所以，"義"既為個體處理其需求時所需遵循的理想原則，也是群體處理其需求時所需遵循的理想原則。遵循此理想原則，則公者能同天下，私者能保其身；反之，則各得其害。若個體需求與群體需求產生衝突，其理想原則為"不叛公而資私，不效私而亂公"。遵循此理想原則，則公者能得團結，私者能守其利。

契嵩對個體與群體間關係有更明確的說明，其云："夫公私也者，存乎大也，則國家朝廷之謂公也，百姓編戶之謂私也；存乎小也，眾人之謂公也，一身之謂私也。苟得義焉，雖其小者亦可尊也。苟不義焉，雖其大者亦可卑也。"① 國家朝廷與百姓之間為公私之別，眾人與個人之間也是公私之別，無論哪種都要遵"義"，遵之則朝廷、百姓有福，反之皆害。

又《說命》云：

> 物皆在命，不知命則事失其所也，故人貴盡理而造命。命也者，天人之交也，故曰有天命焉，有人命焉。天命者，天之所鍾也；人命者，人之所授也。夫天也者，三極之始也。聖人重其始，故總曰天命。
>
> 天命至矣，人命必矣。至之，雖幽明其有效也；必之，雖貴賤其有定也。貴賤有定，故不可曲求於天也。曲求於天，則廢乎人道也。幽明有效，故不可苟恃乎人也，苟恃乎人，則逆乎天道也。是故古之人有所為者不敢欺天命也，有所守者不敢越人命也②。

人之"有所為"、"有所守"，指人各有需求。有的人，為得其需求，便"曲求於天"，如祭祀鬼神者。有的人，則"苟恃乎人"，如利用手中權力、暴力者。前者悖"人道"，未做好人之當為者；後者悖"天道"，未按天命而行事。所以，"天道"、"人道"為契嵩所倡之理想原則，此兩大原則無論對"幽明"（隱的、顯的）還是"貴賤"（富貴者、貧賤者）都具約

---

① （宋）契嵩撰，鍾東、江暉點校《鐔津文集》，上海：上海古籍出版社，2016年，第90頁。
② （宋）契嵩撰，鍾東、江暉點校《鐔津文集》，上海：上海古籍出版社，2016年，第93頁。

束力。

"天道"、"人道"具體為何？契嵩云：

> 何謂天道乎？天道，適順者也。何謂人道乎？人道，修教者也。
> 故古之人德合天道而天命屬之，德臻人道而人命安之。《春秋》先春
> 而次王，此聖人顯王者之尊天命也；以正次王，此聖人明文王法天而
> 合乎天道也。故得天命者謂之正統也，廢人道者謂之亂倫也。
>
> 曰："正統曷詳哉？吾子盡云也。"曰："昔者民阨洪水，天下病
> 之。禹以勤勞，援天下於既溺，功德合乎天，而天命歸之，故謂正統
> 也。夏之末也，民不勝其虐，天下苦之。以湯至仁，而天命歸之，故
> 為人統也。殷之末也如夏，文王以至德懷民，故天命將歸，而武王承
> 之，故為天統也。秦也，隋也，而人苦其敝，漢唐始以寬仁振。五季
> 偽亂也，吾宋以神武平，故天命皆歸焉。"①

天道的核心為"適順"，即順應天命。人道的核心是"修教"，即推行教
化。行此二者，則天命、人命將歸之。順應天命、推行教化，從契嵩所舉
禹、湯、文王的例子看，實即"勤勞"、"仁"、"德"、"寬仁"、"神武"等
理想原則。故契嵩面對人"有所為"、"有所守"之需求，所提煉的行為的
理想原則實際上仍是要遵循德、仁、寬、勤等。

又《性德》云：

> 性，生人者之自得者也；命，生人者之得於天者也；德，能正其
> 生人者也；藝，能資其生人者也。然性命有厚薄，而德藝有大小也。
> 性命者，生所雖得而未嘗全得，其厚薄者也；德藝者，人所宜能而未
> 必全能，其大小者也。古之人厚其性而薄其命，有也，而古人不惑；
> 古之人達於藝而窮於德，有也，而古人不亂。故曰：聖賢無全德，君
> 子無全能。有其內而無其外，聖賢之所以無全德也；能於德而不能於
> 藝，君子之所以無全能也。

---

① （宋）契嵩撰，鍾東、江暉點校《鐔津文集》，上海：上海古籍出版社，2016年，第93～94頁。

　　德，上也；藝，下也。君子修其上而正其下也，故其不必工於百
　工而尊於百工也。性，內也；命，外也。聖賢正其性而任其命，故其
　窮之不憂而通之不疑也①。

人之在世，有性、命、德、藝，往往欲得性命之厚而不願其薄，欲取德藝
之大而不願其小。契嵩認為性命不能全得、德藝不可全能，是為必然，故
對待四者之理想原則，第一便是不可求全責備，不可因之而"惑"，因之
而"亂"。這四者雖皆不可求全，但性質仍有差異。性、德、藝，為人以
自修而可進步者，故對待此三者的第二個理想原則便是修行，雖不能求其
全，但可通過修行而由薄及厚，由小及大。至於命，則得於天，人對之無
法強求，故對待命的理想原則是"任其命"，不可因不同人之命有窮通而
自憂自疑。命雖不可強求，但性、德、藝皆可修行，三者間誰先誰後？此
即契嵩第三條理想原則。他認為德重於藝，故對待二者的理想原則是修德
以導藝，而不必多求於藝而失德。

　　性、德、藝具體為何？《性德》又云：

　　夫德也者，總仁義忠孝之謂也；性也者，原道德思慮之謂也。仁
　義忠孝修，而足以推於人矣。君子之學，學其正也，何必多乎？道德
　思慮明，而足以安其生矣。聖賢之盡，盡其生也，何必皆乎？是故聖
　賢之世，而占相卜祝者無所張其巧也；君子之前，而孫吳申商者無所
　夸其法也②。

性，在內涵上指道、德、思慮，而德又總稱仁、義、忠、孝，則性與德遂
連為一體，本質上仍為儒家的道、德、仁、義等原則。契嵩認為君子若學
得道、德、思慮、仁、義、忠、孝等，則足以安其生、盡其生，而占、
相、卜、祝之巧，孫、吳、申、韓之法便不足為用。可見占、相、卜、祝
之術及孫、吳、申、韓之法，都被契嵩視為藝。

---

① （宋）契嵩撰，鍾東、江暉點校《鐔津文集》，上海：上海古籍出版社，2016年，第103～104頁。
② （宋）契嵩撰，鍾東、江暉點校《鐔津文集》，上海：上海古籍出版社，2016年，第104頁。

又《四端》云：

> 道而不極，非道也；才而不效，徒才也；發而不時，逆理也；為而不宜，失義也。是故事貴合宜，智貴識時，器貴適用，法貴折中。中也者，道義之端也；用也者，器效之端也；時也者，動靜之端也，宜也者，事制之端也。四端者，君子之道之至者也。善學者不得其端，不盡也；善為者不得其端，不舉也。是故古之聖賢學道而有道，興事而濟事，存其端而已①。

此段中術語略顯混亂，提及"道"需"極"、"才"需"效"、"發"需合乎"理"、"為"需合乎"義"，則"極"、"效"、"理"、"義"皆為理想原則。此方面繼而做了具體解釋。"道"實總"道義"，所謂"極"，即指合乎"中"的理想原則。"才"即指"器效"，所謂"效"就是合乎"用"的理想原則。"發"即指"動靜"，即人的一動一靜要合乎"時"的理想原則。"為"即指"事制"，即人在做事立制時要合乎"宜"的理想原則。可見，極、效、理、義、中、用、時、宜，皆是人在學習經驗與實踐活動中應遵循的理想原則，但它們具體如何，契嵩未再做解釋。

契嵩還對歷史與生活中人所常見的幾類活動做了理想原則提煉。《評隱》云：

> 文王、太伯，其同道者哉？文王始之事紂，其隱德焉；泰伯終之遜吳，其隱名焉。君子之出處語黙也，皆所以訓也。文王、太伯之同道，同其作訓也。故曰：世亂隱德，世治隱名。隱名者，所以警其爭名者也；隱德者，所以遠其害德者也。遠害者，聖人之時也；警爭者，聖人之化也。化以感人，其聖人之至德也；時以教人，其聖人之大義也。微大義，則後世之君臣，安得以其道全也？微至德，則後世之昭穆，安得以其禮序也②？

---

① （宋）契嵩撰，鍾東、江暉點校《鐔津文集》，上海：上海古籍出版社，2016 年，第 114～115 頁。
② （宋）契嵩撰，鍾東、江暉點校《鐔津文集》，上海：上海古籍出版社，2016 年，第 107～108 頁。

隱，是自古而有的現象，為君子所常面對之問題，雖文王、泰伯，亦曾隱
之。契嵩認為如文王、泰伯，就其所隱的形式言，前者隱德，後者隱名，但
他們又有共同的理想原則，即"同其作訓"，即為世人做標準。世事變化，
故不同時代君子之為隱，也須根據不同的時代要求。故從根本上說，契嵩所
謂隱的理想原則，即其所常言的"時"。隱德是欲教人遠害，隱名是要導人
不爭，此動機又被契嵩視為合乎"至德"、"至義"兩大理想原則。合此兩大
原則，便是合乎"道"之全、"禮"之序這兩大理想原則。所以，說到底，
契嵩於隱所提出的理想原則，根本上仍是道、德、義、禮。

《問交》云：

> 曰："以人從道，則君子擇交；以道從人，則君子汎交。以道汎
> 交，廣其道也；以人擇交，審其道也。傳曰：'汎愛眾，而親仁。'言
> 汎交而推其道也。《繫辭》曰：'定其交而後求。'言詳道而從其交也。
> 必有道而後汎交，道不充己而為汎交，交必混也，故君子不為混交。
> 必正道而後擇交，道不正己而為擇交，交必徒也，君子不為徒交。"①

人皆有交往之心，交往則需有交往之理想原則。若混交、徒交，則違背交
往之理想原則。契嵩將理想交往分成兩類，即"以道汎交"、"以人擇交"。
前者講君子通過廣交於人，而將其"道"傳遞於人；後者講君子通過擇別
賢愚，從而向賢聖者學習，以學得他們的"道"。因此，契嵩所講交往的
理想原則實即合道。

"道"具體何指？契嵩繼續論述曰：

> 夫古今人有以勢交者，有以利交者，有以氣交者，有以名交者。
> 以名交則無誠；以氣交則或同惡；以利交，利散則絕；以勢交，勢去
> 則解……孟子曰："友者友其德也。"君子之交，相與以義，相正以
> 德，故君子之交久而益善，小人之交久而益欺。君子寧語市道，而不

---

① （宋）契嵩撰，鍾東、江暉點校《鐔津文集》，上海：上海古籍出版社，2016 年，第 125 頁。

言小人之交者①。

契嵩先批判勢交、利交、氣交、名交，以四者各有弊端。名交違背"誠"，氣交可使人同趨於惡。勢交、利交，則不能持久。此四種交往乃與以"道"相交者為對比，故"道"的內涵自然與勢、利、氣、名相異。契嵩引孟子語，認為朋友之交當"友其德"，其解釋為相交當遵義、德，故知其所謂以"道"相交，實即以德、義為交往之理想原則。而以道、德、義為原則的交往，則能避免勢交、利交、氣交、名交弊端，也就能"誠"、同趨於"善"、持久。所以，道、德、義、誠、善實又被連為一體。

又《師道》云：

> 君子不以非師而師人，不以非師而師於人，故君子教尊而道正也。師者，標道也；標者，表方也。標不正則使人失其嚮，師不正則使人失其志。堯師於君疇，舜師於務成昭，禹師於西王國，湯師於成子伯，文王師於時子思，武王師於郭叔。而孔子師七十二子，子夏師諸侯，子思師孟軻，孟子、荀卿皆師其徒。堯、舜、禹、湯、文、武善師於人，而後世嗣帝王者稽之也。孔子、子夏、子思諸子善師人，而後世踐聖賢者稽之也②。

此論師弟子間行為的理想原則。以人為師，為人之師，應當避免"非師"，而遵循相應的理想原則。此理想原則之核心即"道"，更具體些，即"方"，即教人以正確的行為方式。契嵩未對"道"、"方"再作更具體的闡述，但其所舉堯、舜、禹、湯、文、武、孔子、子夏、子思、孟子、荀卿，或為儒家聖賢，或為儒家所推崇之聖賢，便可知其"道"、"方"，仍是儒家的德、義、仁、孝、忠、勇等。

第二個角度，契嵩從君、民分別作為統治者或被統治者之不同性質而提煉行為的理想原則，而他所主要關注者則是作為統治者的君和官僚

① （宋）契嵩撰，鍾東、江暉點校《鐔津文集》，上海：上海古籍出版社，2016 年，第 126 頁。
② （宋）契嵩撰，鍾東、江暉點校《鐔津文集》，上海：上海古籍出版社，2016 年，第 126～127 頁。

階層。

《皇問》云：

> 或者問曰："今稱皇者而不列其道真，學士固疑之而罔辯。雖然，
> 百家雜出，君子謂非所信也。是果有然？是果無邪？吾子至學，不謬
> 聖人，必能引決為我明之也。"曰："是何云乎？皇道豈無有耶？特乃
> 不見耳。夫皇道者，簡大無為，不可得而言之也，縣縣默默，合體乎
> 元極。元也者，四德之冠也，但他在五始之本也。體而存之，聖人之
> 所以化也；推而作之，聖人之所以教也。教也者，五帝之謂也；化也
> 者，三皇之謂也。善推教化，則皇、帝之道皎如也。古語云：'德合
> 元者皇，德合天者帝，與仁義合者王。'孰曰皇無道真乎？"①

君為國家統治者，契嵩在此分出皇、帝、王三種理想君主，三種君主各有
其治國手段，皇所用者稱"化"，帝所用者稱"教"。契嵩未言王所用者何
稱，但就其所指向的"與仁義合者"，可知即為儒家所常言的禮樂刑政。
皇之化民，其所遵理想原則，稱為"合元"；帝之教民，其所遵理想原則，
稱為"合天"；王之治民，其所遵理想原則，則稱為"合仁與義"。契嵩於
此未解釋何為"合天"，但他在《說命》裡講到"天道"，"合天"實即
"合天道"，而"天道"具體為世間之行為準則，仍舊是德、仁、寬、勤一
類儒家理想原則。至於"合元"，契嵩以"元"為四德之冠、五始之本，
意在推崇"元"的至上地位。

那麼，"元"的具體內涵如何？《皇問》中又云：

> 老子、莊生亦頗論皇道，而學士嘗以為聖人之書雜其所出而鄙
> 之，此亦非詳也。夫皇道也，以《易》言之，則文王、周公其先德
> 也，彼老莊也又何能始之乎②？

---

① （宋）契嵩撰，鍾東、江暉點校《鐔津文集》，上海：上海古籍出版社，2016年，第95頁。
② （宋）契嵩撰，鍾東、江暉點校《鐔津文集》，上海：上海古籍出版社，2016年，第96頁。

契嵩以老、莊所論者屬皇道。他雖把老、莊之說統一於《易》，認為文王、周公已先論皇道，但就其本質言實是肯定老、莊之論乃"合元"之最高治世理論。此點在《問兵》中也可顯示，其云：

> 夫兵，逆事也，無已，則君子用之。是故聖人尚德而不尚兵，所以明兵者不可專造天下也。穀梁子曰："被甲嬰冑，非所以興國也，則以誅暴亂也。"文中子曰："亡國戰兵，霸國戰智，王國戰仁義，帝國戰德，皇國戰無為。"聖王無以尚，可以仁義為，故曰仁義而已矣。孤慮詐力之兵而君子不與，吾其與乎①？

此段雖為論兵，但足以看出契嵩所區分之不同君主所採取的最高行為準則。皇者主"無為"，帝者主"德"，王者主"仁義"，霸者主"智"，亡國之君方主於"兵"（暴力）。此論述不僅顯出"合元"的核心即"無為"，為老、莊的理想原則，還可看到契嵩在皇、帝、王外，尚有霸這一設定。

霸，作為君主，其治國主要策略為何？《問霸》云：

> 王尚德，霸尚功。夫王有權，王者以權而行德也；霸有權，霸者以權而取功也。取功故其權未必不私也，行德故其權未必不公也。故公者為權，而私者為詐也。王有信，誠信也；霸有信，假信也。假信，故愈久而愈渝；誠信，故愈久而愈信②。

德與功，為王、霸所追求的不同理想原則。正因二者所遵核心原則不同，故其具體治法中遂有差異。二者皆有權，但王以權行德，而霸以權取功，行德者能以公為先，而求功者易陷私慾。二者亦同有信，但行德者信為誠實，而求功者則信為虛假。在契嵩看來，王尚德故能遵循儒家整套治世的理想原則，而霸以功為先，則易破壞儒家理想原則。所以，契嵩云："霸

---

① （宋）契嵩撰，鍾東、江暉點校《鐔津文集》，上海：上海古籍出版社，2016年，第98頁。
② （宋）契嵩撰，鍾東、江暉點校《鐔津文集》，上海：上海古籍出版社，2016年，第100頁。

非古也，亂王政自桓文始也。"① 其對霸有所批判。

契嵩區分皇、帝、王、霸、亡國之君五者，亡國之君自不必論，而對霸亦多有批判。契嵩顯然以皇高於帝，帝高於王，則其所常道者何以是王？此又遵循何種原則來區分？《皇問》云：

> 曰："如此也，孔子盍推而廣之？而祖述則何獨尊乎堯舜文武而已矣？"曰："夫聖人之云為者，必以其時之所宜也；苟非其宜，雖堯舜必不能徒為也。故曰：'孔子，聖之時者也。'言其能以時為而為之也。昔者孔子處周之衰世，因酌後世之時必也益薄且偽，因不稱以簡大之道化，是故推至乎禮樂政刑者也。蓋以合乎後世之時，為治之宜也。然禮樂大造，莫造乎堯舜者也；刑政大備，莫備乎文武者也。此孔子所以推尊乎堯舜文武者也。故皇道者聖人存而不推也，王道者聖人推而不讓也。《易》曰：'包犧氏沒，神農氏作，堯、舜垂衣裳而天下治。'此聖人現皇道而存之者也。《禮》曰：'大道之行也，與三代之英，丘未之逮也，而有志焉。'此聖人歎皇道而不得行之也。"②

人或疑契嵩既舉王道之上更有帝道、皇道，何以以孔子之聖而祇推王道。契嵩認為，此為"時"之問題，不同時代治世有不同的理想原則。從絕對角度說，皇道、帝道高於王道，但在相對層面，孔子所面對者乃"周之衰世"，社會"益薄且偽"。在此種時代，兼具禮樂刑政之王道更能發揮作用，而在達於王道後，方可追求更高境界。至於孔子於皇道，雖無詳細論說，但在《禮》中也曾留下少量相關話語。當然，"時"作為判定何時行王道、帝道、皇道的根本原則，其具體所指，契嵩卻又論之甚少。

王，為當前時代最理想君主，其所行治國法即是王道，而在具體治國中還有何種更具體的理想原則？

首先是重權。《評讓》云：

---

① （宋）契嵩撰，鍾東、江暉點校《鐔津文集》，上海：上海古籍出版社，2016 年，第 100 頁。
② （宋）契嵩撰，鍾東、江暉點校《鐔津文集》，上海：上海古籍出版社，2016 年，第 95～96 頁。

　　世所謂讓者宜有輕重，而學者混一而論之，於禮無別，則後世何以取法乎？若夫天子以其天下讓，諸侯以其國讓，卿大夫以爵位讓，士庶以名利讓，是皆有所以而讓之者也。其所以讓之得其正，則其禮可取也；所以讓之不得其正，則其禮何所取乎[①]？

世間多有相讓之事，是知人情多相讓之意。不同的人，所讓東西不同，士庶往往以名利讓，而天子、諸侯、卿大夫等統治階級，所讓者往往為權位。契嵩認為，讓須合"正"。

　　何以謂"正"？契嵩論曰：

　　夫讓也，有以時而讓者，有以義而讓者，有以名而讓者，有以勢而讓者，有以苟而讓者。以時讓者仁，以義讓者勸，以名讓者矯，以勢讓者窮，以苟讓者亂。魯之隱公，其苟讓者也；漢之孝平，其勢讓者也；吳季札、曹子臧其名讓者也；太伯、伯夷，其義讓者也；堯、舜，其時讓者也[②]。

此所舉諸人，所讓者皆君位，是將君權讓與他人。但不同之人，讓位之因不同，而效果亦不同。以時、義、名讓者，契嵩肯定之；而以勢讓、苟讓者，契嵩批判之。可見前三者為權位相讓中契嵩所認同的理想原則。

　　但是，時、義、名三種讓中，又以誰為先？契嵩云：

　　堯之時大同，其時可讓，故遜于賢而天下戴其仁也。故曰：以時讓者仁。禹之世浸異，其時不可讓于人，故其子承之，而天下亦戴其仁也……如堯非其時，則豈肯以天下讓于他人乎？使禹得堯之時，而天下豈及其子乎？所謂堯、舜、禹，其奮於萬世之上者，正以其時而為之者也。堯舜禹，其聖之時者也。嗚呼！後世者其人自私，甚乎禹之時也，而傳授者

---

① （宋）契嵩撰，鍾東、江暉點校《鐔津文集》，上海：上海古籍出版社，2016 年，第 98 頁。
② （宋）契嵩撰，鍾東、江暉點校《鐔津文集》，上海：上海古籍出版社，2016 年，第 98～99 頁。

不能本禹，曰："吾慕堯、舜，為之禪讓。"是亦妄矣，其知時乎①？

堯舜固有禪讓之舉，但在契嵩看來，其禪讓並非絕對的效法對象。堯舜禪讓，之所以得天下戴其仁，乃在於當時為"大同"之世，故其禪讓於賢者而無害。至禹的時代，已非"大同"之世，故其不禪讓於賢者，而傳君位於其子，天下亦戴其仁。所以，契嵩論君權禪讓，強調"時"的原則。在此原則下，契嵩認為三代以下至於宋代，"其人自私"，故不能再行禪讓，這實則肯定了君權家傳制度。所以，契嵩對君權傳承，其理想原則表面是"時"，甚至高揚堯舜傳賢的禪讓制度，但其託言世道不純，而真正肯定了君權家傳為理想原則。君權家傳制度，為契嵩所推崇的王政之核心。

其次，重文武之道。契嵩已肯定王政之核心是王，其權力傳遞的理想原則為家傳，則進一步須論述者便是王在處理國家政教事務時的理想原則。《人文》云：

> 曰："何謂人文乎？"曰："文武，王之道也。文武相濟，以貴人道，故曰人文也。文者，德也；武者，刑也。德以致大業，刑以扶盛德。德其至也，刑其次也。會文武者，所以以文總之，故曰人文也。夫聖人以盛德教天下，而天下保其德也；示大刑，所以約之也，既正則停刑而達德也。德也者，待刑而輔之也；刑也者，待德而忘之也。是故文武皆得，則其政和而其民安；刑德皆斁，則其政失而其民散。此君子所以見天下之成敗也。"②

三王之道，為王道，用於政，便稱王政。王政關鍵是文、武，文為德，武為刑。王者處理德、刑關係，其理想原則便是二者相濟而以德為先。刑為不得已而用之者，達到約束百姓的效果後，便要導民於德之境界。

另外，統治者除君為核心外，其更龐大的群體是官僚。故官僚階層在國家政治活動中應具何種素養，應以何種理想原則處理事務亦同樣重要。

① （宋）契嵩撰，鍾東、江暉點校《鐔津文集》，上海：上海古籍出版社，2016年，第99～100頁。
② （宋）契嵩撰，鍾東、江暉點校《鐔津文集》，上海：上海古籍出版社，2016年，第102頁。

《品論》云：

> 唐史以房、杜方蕭、曹，然房、杜文雅有餘，蕭、曹王佐不足。
> 德則房、杜至之矣，觀房則半才，視杜則純道。君子曰："杜益賢
> 也。"姚崇、宋璟，其不逮丙、魏乎？姚、宋道不勝才，而魏則猒兵，
> 丙則知相。燕公文過始興，而公正不及。大將軍光，不若狄梁公之終
> 無私也。袁安之寬厚，則婁相近之，正與仁則異施。房琯、顏真卿方
> 之李固、陳蕃，其世道雖異，而守忠持正一也。汾陽王省武而尚信，
> 仁人也。段太尉忠勇相顧，義人也。晋公終始不伐，仁人也①。

此段所評者，皆漢、唐名臣，從契嵩的評價角度，不難看出其對官僚之
行為所提出的理想原則。這些理想原則，包括文雅、王佐、德、才、道、
公正、無私、寬厚、仁、忠、信、仁、勇、義、不伐等，皆儒家所常用
術語。可見契嵩所認同的官僚階層的活動原則，亦以儒學所要求者為
理想。

契嵩提煉了如此眾多的理想原則，這些理想原則間邏輯關係如何，他
論述甚少。不過，從他的一些說法來看，這些原則的提煉大致遵循著三大
標準。

第一，為功利性標準。《福解》專論此。其文曰：

> 世之曰福，專利而言之者也；吾之曰福，專道而言之者也。利、
> 道故，而判福為兩端焉。利福者，嘗多有也；道福者，嘗寡有也。
> 多，謂眾人也；寡，謂聖賢也。故曰：聖賢之福，聖賢之所得也；眾
> 人之福，眾人之所得也。聖賢所得而聖賢樂之，眾人所得而眾人欲
> 之。欲之，故天下競利也；樂之，故天下安性也。是故世之人無樂之
> 者不為樂也，有欲之者非為安也②。

---

① （宋）契嵩撰，鍾東、江暉點校《鐔津文集》，上海：上海古籍出版社，2016年，第121頁。
② （宋）契嵩撰，鍾東、江暉點校《鐔津文集》，上海：上海古籍出版社，2016年，第106～107頁。

人皆有需求，基於此需求而促使自身行動，行動遂有所獲，此收穫便稱為
"福"。契嵩分"福"為兩種，修道而得"道福"，專利而得"利福"。道，
是道德仁義等。利，是勢位財貨等。

"道福"、"利福"之關係，契嵩論曰："得聖賢之得，謂之重也；得眾
人之得，謂之輕也。重所重，所以率天下敦道也；輕所輕，所以教天下薄
利也。"① 又曰："夫聖賢之福，福之本也；眾人之福，福之末也。脩本以
來末者，古人有之，舜其是也；以末而行本者，古人有之，周公其是
也。"② 契嵩顯然重"道福"而輕"利福"，但他畢竟承認"利福"之存在
價值。勢位財貨為人類生存發展的基本需求，不可缺少。儘管道德家輕視
之，但也不得不承認其現實性、必然性。故舜、周公治理天下，"利福"
亦為其不可缺少之追求。

第二，為精神超越性標準。《福解》中所言"道福"不同於勢位財貨
的生存需求，乃是一種精神滿足。"樂之，故天下安性也"，"道福"的價
值定位，是使人"樂"、"安"，皆為精神愉悅。契嵩曰："齊侯、楚子，其
富貴天下不逮也，及其以之與侯相爭相殺也，雖曰福之，其實禍之。顏
回、原憲，其貧賤天下之至也，及其樂道全德而後世慕其美名也，雖曰極
之，其實福之。"③ 勢位財貨，固然可使情感得一時滿足，但其為眾人爭奪
之對象，故易招禍患。道德仁義，不致紛爭，而能帶來內心安寧，帶來精
神上超越於物質束縛之滿足感，故其具有更高價值。《論原》中《存心》
《治心》討論內心修行之方法、目的，實際上正是基於對精神超越性這一
價值的肯定之上。

第三，為神聖性標準。契嵩的世間教所確立的最高理想原則為天道、
天命。如前文已涉《說命》中"夫天也者，三極之始也，聖人重其始，故
總曰天命"、"天命至矣"、"苟恃乎人則逆乎天道也"、"古之人有所為者不
敢欺天命也"、"以正次王，此聖人明文王法天而合乎天道也"、"得天命
者，謂之正統也"。又如《大政》中"誠也者，天道也；公也者，人道也。

---

① （宋）契嵩撰，鍾東、江暉點校《鐔津文集》，上海：上海古籍出版社，2016年，第107頁。
② （宋）契嵩撰，鍾東、江暉點校《鐔津文集》，上海：上海古籍出版社，2016年，第107頁。
③ （宋）契嵩撰，鍾東、江暉點校《鐔津文集》，上海：上海古籍出版社，2016年，第107頁。

聖人修天道而以正乎人道也"①。天命、天道，其意同。契嵩推高天命、天道，認為自帝王至於百姓，其行為都應合上天意旨。若人遵天而行，則能成就其事，盛大其業，若人悖天而行，則必遭失敗。此為對神秘、神力之崇拜。此種崇拜雖亦作用於人的精神而使人得精神滿足，但其與精神超越性有所不同。在精神超越性上做人生之追求者，乃自知此種追求全在於自我調控其精神世界，其效果亦惟作用於自身精神。所以，精神超越性的追求，是人類自我肯定的反映，是對人類力量的信任，故其對神佛誇誕之說具有自動的抵抗性。而在神聖性上作人生之追求者，乃以宗教儀式打動神靈，希求神靈以外力助自身獲得精神滿足、勢位財貨乃至死後幸福等。它反映著人類對自我力量的否定，這種自我否定使其面對神靈時顯得卑微、怯懦，甘心獻出自己所擁有的物質和精神財富，故其最易被假借神靈之名者利用。當然，宗教徒並不將自己在神靈前的卑微以及對神靈的奉獻，視為難以接受之事，而是視為當然之事，甚至認為是榮耀。

（二）理想原則的政教化

《說命》云："《春秋》先春而次王，此聖人顯王者之尊天命也；以正次王，此聖人明文王法天而合乎天道也。"② 可見，依人情而制則，乃由聖人來實現。聖人超越凡俗，為智慧者，甚至被神化為上天在世間的應命者，故其承擔著順天命而立治世原則的使命，同時還須肩負起推廣此理想原則的使命。聖人畢竟為少數，而所要治理的對象則為數眾多，代代不窮，因此欲使治世的理想原則得以推廣，必須藉助國家權力來保障，並確保國家領導階層成為維護此理想原則的中堅。

契嵩的世間教，除樹立以儒學為主的治世理想原則外，另一重要的工作即探討如何將理想原則上升為國家制度。

首先，契嵩強調將儒學為主的治世理想原則與君權緊密結合。《大政》云：

　　大政，言其大公也。大公之道在乎天，則君子不苟能也，小人不

①　（宋）契嵩撰，鍾東、江暉點校《鐔津文集》，上海：上海古籍出版社，2016 年，第 81 頁。
②　（宋）契嵩撰，鍾東、江暉點校《鐔津文集》，上海：上海古籍出版社，2016 年，第 93 頁。

苟爭也。德裕君則君之，德裕臣則臣之，何必苟能？得其生則生之，得其死則死之，何必苟爭？世無苟且，則法無所閒也；人無爭奪，則兵無所起也，堯舜之所以揖讓治也①。

“大公之道”為一條理想原則，其乃合乎天者，施之於政，則其政便可成“大政”這一理想境界。君主若能持“大公之道”而施“大政”，則刑法、軍隊便無設立必要，此為至高的治世理想。在契嵩看來，堯、舜實現了此種理想境界。

何為“大公”？君主應如何行之？《大政》云：

> 大公者何？推至誠而與天下同適也。聖人大誠，故其所為則大公也。誠以道，則以道傳天下也；誠以正，則以正用其人也。誠為大，則範法乎天地也；誠為小，則察微乎神妙也。故能道成而不私其位也，政成而不有其功也，育萬物而不顯其仁也，周萬物而不遺其智也。故聖人大有為而無累也，大無為而化淳也②。

君主欲做到“大公”，內心須“誠”，要與天下人同心。在施政時，惟誠心一致，其所推之“道”、“正”纔不致表裏不一，事業方能成就。治理天下取得成績後，還當繼續保持誠心，即不居公、不貪戀勢位，纔不會破壞大公之道。因此，君主惟始終以誠心推大公之道，大公之道纔不致變質。

君主推大公之道，在施政時，最重要者即傳位與任人。《大政》云：

> 堯命四正，其人稱也，物所以遂其時焉，民所以得其死生焉。舜命九官、四岳、十二牧，其人當也，故其政亦臻也，教亦顯也。堯有子曰朱，舜有子曰均，二子道不足以在位也，迺以天下之賢人也，故授之舜也，授之禹也。蓋以天下為公，而天下之人之民孰為有苟私而爭也③？

---

① （宋）契嵩撰，鍾東、江暉點校《鐔津文集》，上海：上海古籍出版社，2016 年，第 81 頁。
② （宋）契嵩撰，鍾東、江暉點校《鐔津文集》，上海：上海古籍出版社，2016 年，第 81 頁。
③ （宋）契嵩撰，鍾東、江暉點校《鐔津文集》，上海：上海古籍出版社，2016 年，第 82 頁。

堯、舜於君位、官位，皆堅持大公之道，不以私心而傳子，不任親近之人，乃堅持任賢。這使治世的理想原則與權力得以保持健康結合，不致私慾與權力相結合而破壞諸理想原則。

又《至政》云：

> 至政者，言其至義也……夫權可以扶義，其權雖重，必行也；義可以行權，其義雖輕，必舉也。權不以義會，甚之則終賊；義不以權扶，失之則必亂。故古之擅大政者，必有其權也；操大柄者，必濟其政也。湯、武運大權，其所以扶斯義也；周昭、徐偃亡大權，故斯義所以愆也[①]。

《大政》要求君主以"誠"推廣理想原則，為精神層面的強調。《至政》則強調君主對"權"的掌控，強調用權力來鞏固君主地位，如此君主方能推行其治世理想原則。湯、武王執大權而扶大義，故大義得以推廣，天下得以安定。而周昭王、徐偃王心存大義，而喪其大權，最終不僅未使大義推行天下，反而自取其禍。故治世的理想原則欲得推行，關鍵便需君主具備內"誠"、外"權"兩方面條件。

其次，契嵩強調將儒學為主的治世理想原則與官員選拔制度緊密結合。《察勢》云：

> 兼金百鎰，借盜而監守，雖未亡金，其鄰人固以疑矣。臨赤子於不測之淵，雖未溺子，其父母固以憂矣。然其勢既當憂且疑也，而人不得不憂疑也。夫威權者，天下之利器也，其重豈直乎百鎰之金乎？而委之于佞倖不肖之人。佞倖豈直盜乎？而昔君子不疑。百萬師旅，其性命之眾豈直乎一赤子之生乎？而暴之於戎狄之鄙。戎狄豈直乎不測之淵乎？而昔君子不憂。然往古其國亂且亡者，曷嘗不因乎可疑而不疑者耶？可憂而不憂者邪？往古能存其國者，亦曷嘗不因乎疑可

---

① （宋）契嵩撰，鍾東、江暉點校《鐔津文集》，上海：上海古籍出版社，2016年，第82～83頁。

疑、憂可憂者邪①?

君主掌天下權勢，但治理天下終不能衹憑其一人之力，而必須選官任人，使官員輔佐君主而治天下。君主將權勢賦予官員，則官員便具權勢。天下百姓持望於為官員者，若權勢賦予不得其人，則百姓見其危殆而必生疑慮，如此則政令難行，而國將危亡。因此，君主須慎於任官，不可置權勢於危殆之境，"必得仁人而後恩加，必得義人而後信行"，君主選官，需用仁人、義人。

又如《喻用》云："君子用則其政善，小人用則其政惡也……古之善用人者，用君子必先，而小人必後。君子先用，善得以而制惡也；小人後使，惡得以而遷善也。禮不容小人加乎君子，不使不肖高於其賢，所以隆善而沮惡也。"②《知人》云："知賢不如養賢，養賢不如教賢，教賢不如用賢，用賢不如成賢。"③君子，賢人，皆操守自持、奉行儒家道德仁義之人，選人而用君子、賢者，實即將儒學治世原則與官員選拔制度相結合，乃用權力保障儒學理想原則之推廣。

其次，契嵩強調將儒學為主的治世理想原則與國家教育制度緊密結合。《教化》云：

> 禮義者，教之所存也；習尚者，化之所效也。非所存則其教不至也，非所效則其化不正也。是故善教者必持厥禮義也，慎化者必防其習尚也。天下不可無教也，百姓不可不化也，為天下百姓上者，教化其可亡乎！教化，風也；民，飛物也。風其高下，則物從之浮沉也。聖人慮人之流惡而不返，故謹於教化者也……

> 後世則不爾也。不治所教，而欲其所化也，可乎？政不正而責人違義，教不中而責人犯禮，是亦惑矣？禮也者，中也；義也者，正也。上不中正，而下必欺邪焉。教化之感，蓋其勢之自然也，猶影響之從形聲也。諺曰：形端影直，響順聲和。及其不直也，不順也，責

---

① （宋）契嵩撰，鍾東、江暉點校《鐔津文集》，上海：上海古籍出版社，2016年，第118頁。
② （宋）契嵩撰，鍾東、江暉點校《鐔津文集》，上海：上海古籍出版社，2016年，第109頁。
③ （宋）契嵩撰，鍾東、江暉點校《鐔津文集》，上海：上海古籍出版社，2016年，第120頁。

形聲邪？責影響邪？是故君子入國，觀其俗尚，而後議其政治也①。

契嵩從兩個角度肯定教育的意義。第一，從教育的内容言，其傳播道德禮義之學，然後百姓纔能瞭解到行為的理想原則，從而改造自身思想。第二，從教育與刑法關係的角度說，教育乃引導作用，形式上柔和，刑法為強力制止作用，形式上激烈，二者應當配合。若不先引導百姓在思想層面瞭解行為的理想原則，而一味"責人違義"、"責人犯禮"，則徒然激化矛盾，實不利於國家治理。

其次，契嵩强調將儒學為主的治世理想原則與國家刑法制度緊密結合。《賞罰》云：

> 王政者，所以正善惡也。天下之善不可不賞也，天下之惡不可不罰也。賞罰中，所以為政也。賞也者，近乎恩也；罰也者，近乎威也。孰有喜而不欲推其恩耶，怒而不欲加其威耶？故曰：非至公高明之人，不可授之以賞罰之權也②。

契嵩於《至政》中論君主時，便分內誠、外權兩面，儘管內修道德之誠宜當為先，但掌控權力加以保障亦為必要。用權力推廣王政，實即順道德仁義則賞之，悖道德仁義則罰之。如此，便以強制力量使不服教化者得以節制，而使諸理想原則的推廣得以保障。

最後，契嵩還將治世的理想原則與祭祀制度結合起來。《明分》云：

> 萬物有數，大小有分。以數知變化之故，以分見天地之理。是故君子於天道無所惑焉，於人道無所疑焉。氣凝而生，生則有飲食；氣散而死，死則與土靡，是人道之分也。穹窿無窮，日月星辰而已，餘物不容，是天道之分也。載山振水，資生金石草木，是地道之分也。人數極，雖天地不能重之；天地變，雖人不能與之，是又天地之定分也③。

---

① （宋）契嵩撰，鍾東、江暉點校《鐔津文集》，上海：上海古籍出版社，2016 年，第 85～86 頁。
② （宋）契嵩撰，鍾東、江暉點校《鐔津文集》，上海：上海古籍出版社，2016 年，第 84 頁。
③ （宋）契嵩撰，鍾東、江暉點校《鐔津文集》，上海：上海古籍出版社，2016 年，第 117 頁。

契嵩認為天、地、人各有定分，彼此不能超越。人事之極變，雖天地亦不能增加作用；而天地之變，人亦不能參與其中。基於此種道理，其對世間淫祀遂有批評。其文曰：

> 今曰天可升，海可入，黃金可以巧成，嚙雲氣，與神遇而不死，是焉知變化之故而見天地之理乎？雖庸人亦謂其不然也。而齊威、燕昭、秦王、漢武紛綸趨之，留連而忘返，亂巡狩之制，繆祭祀之禮，孰謂是四人主者聰明聖智度越於庸人乎？天道大公也，人道大同也。同者同其死生也，公者公其與人相絕也。苟其公眾人而私一人，孰謂天乎？苟其同形生而獨不死，豈謂人乎？是故聖人皆罕語天道，蓋不以天而惑人者也；嘗正祭祀，蓋不以人而瀆神道者也[1]。

天、地、人既各有其分，而彼此不能相與，則如齊威王、燕昭王、秦始皇、漢武帝為求長生而淫祀、尋仙之舉便自然無益。不僅如此，此淫祀行為，既破壞祭祀之禮，且破費資財、惑亂民心，將不利於國家發展。所以，契嵩強調祭祀也當以道德仁義來規範。

三、聖賢之道：世間教的思想淵源

契嵩稱其作《論原》，為發揮堯、舜、禹、湯、文、武、周公、孔子、孟軻、荀況之道。就此十聖賢言，孔、孟、荀實為確立儒家理論之大師。契嵩又以《論原》比賈誼、董仲舒，可見其有以二者為參考或超越對象之意。故今以孔、孟、荀、賈、董五者為對比，分三個角度考察契嵩世間教學說之淵源及其優缺點。

（一）性情論

契嵩世間教之根本立場，在於依情制則、引則入政，即其"禮者因人情而制中，王者因禮而為政"的論述。其中，"人情"即人的情感，指人的需求、人的好惡分別。其表現為人之心理活動，便是以人的心靈為出發點，面對不同外部對象，產生情感上的好惡分別。人求其所好，棄其所惡，故人的

---

① （宋）契嵩撰，鍾東、江暉點校《鐔津文集》，上海：上海古籍出版社，2016年，第117~118頁。

需求便由此區分，人的理想便由此區分，人的品行亦由此區分。

"人情"之探討，在儒家頗為久遠，被分為"性"與"情"兩部分。孔子論人，雖處處涉及人情，以不同好惡區別君子、小人，但以"性"、"情"為哲學術語而論述處卻甚少。《論語》云："子貢曰：夫子之文章可得而聞也，夫子之言性與天道，不可得而聞也已矣。"① 可知，孔子甚少討論"性"與"天道"。又《論語》云："子曰：性相近也，習相遠也。"② 孔子認為人天資相近，人有區別乃後天習尚所造成。此處之"性"，是區分善惡，還是單純說自然稟賦？似乎並不清晰。故於孔子言，"性"還不是其學術系統中之常見術語。

至孟子、荀子，遂以善、惡狀"性"，孟子曰"性善"，荀子曰"性惡"。《孟子·滕文公章句上》云："滕文公為世子，將之楚，過宋而見孟子。孟子道性善，言必稱堯、舜。"③ 性善，已為孟子重要之哲學術語。又《孟子·告子章句上》云：

公都子曰："告子曰：'性無善無不善也。'或曰：'性可以為善，可以為不善。是故文、武興則民好善，幽、厲興則民好暴。'或曰：'有性善，有性不善。是故以堯為君而有象，以瞽瞍為父而有舜，以紂為兄之子且以為君，而有微子啟、王子比干。'今曰性善，然則彼皆非歟？"孟子曰："乃若其情，則可以為善矣，乃所謂善也。若夫為不善，非才之罪也。惻隱之心，人皆有之。羞惡之心，人皆有之。恭敬之心，人皆有之。是非之心，人皆有之。惻隱之心，仁也。羞惡之心，義也。恭敬之心，禮也。是非之心，智也。仁、義、禮、智，非由外鑠我也，我固有之也，弗思耳矣。故曰：求則得之，舍則失之。或相倍蓰，而無算者，不能盡其才者也。詩曰：'天生蒸民，有物有則。民之秉彝，好是懿德。'孔子曰：'為此詩者，其知道乎！故有物必有則，民之秉彝也，故好是懿德。'"④

① （魏）何晏註，（宋）邢昺疏《論語註疏》，北京：北京大學出版社，2000 年，第 67 頁。
② （魏）何晏註，（宋）邢昺疏《論語註疏》，北京：北京大學出版社，2000 年，第 265 頁。
③ （漢）趙岐註，孫奭疏《孟子註疏》，北京：北京大學出版社，2000 年，第 153 頁。
④ （漢）趙岐註，孫奭疏《孟子註疏》，北京：北京大學出版社，2000 年，第 353～354 頁。

公都子所舉告子等所言之"性"，實則意同於"人情"，指代人全部情感，它本不必用善惡來區分，若必要區分則包含善、惡兩面。所以，告子所謂"性"，是一種渾同表達，此表達法實則拒絕將人之善惡追根至人的天資稟賦上。如此便更加強調後天學習對人的區分作用。孟子則不僅講"性"，還對舉了"情"這一術語，其"性"、"情"兩部分的總和方為"人情"，故孟子不再為渾同表示法，而是析論。他以"性"為"才"（即材，本質），以之為善，而"情"（非本質）則既可為善，也可為不善。不過，孟子雖暗示"性"為主、"情"為次的邏輯關係，但缺少詳細論說。又如"性"何以為主、"情"何以為次？"情"是否由"性"生出？"性"既是善，何以至"情"則又有不善？此等問題，他皆乏說明。所以，孟子做此析論，不過是想將人類社會之善惡區分追根至人的天資稟賦上，從而強調人天生具有善意，使人對自我修行而達於善的境界增加更多信心。說到底，孟子是將社會上善惡對立之矛盾轉移到天資稟賦的角度，從而緩解衝突罷了。

荀子與孟子不同，稱"性惡"。《荀子‧性惡篇》云："今人之性，生而有好利焉，順是故爭奪生，而辭讓亡焉。生而有疾惡焉，順是故殘賊生，而忠信亡焉。生而有耳目之欲，有好聲色焉，順是故淫亂生，而禮義文理亡焉。"[1] 又《荀子‧正名篇》云："生之所以然者謂之性。性之和所生，精合感應，不事而自然，謂之性。性之好、惡、喜、怒、哀、樂，謂之情。情然而心為之擇謂之慮。心慮而能為之動，謂之偽。"[2] 荀子亦用"性"、"情"二術語，但他對"人情"的劃分卻並不僅此兩部分，而包括"性"、"情"、"慮"、"偽"四部分。荀子的劃分顯得比孟子更清晰。在孟子處，"性"、"情"是否為源流關係，無明確說明，荀子則明確判為源與流。並且，他不僅以"情"為流，還分出"慮"、"偽"兩部分。此三部分相合，範圍纔與孟子的"情"相當。不過，荀子既以"性"有"好"、"疾惡"，又稱"性之好惡……謂之情"，可見他所謂"性"、"情"本已相混

---

① （清）王先謙撰，沈嘯寰、王星賢點校《荀子集解》，北京：中華書局，1988 年，第 513 頁。
② （清）王先謙撰，沈嘯寰、王星賢點校《荀子集解》，北京：中華書局，1988 年，第 487 頁。

亂。《荀子・性惡篇》又云："人之性惡，其善者僞也。"① 但他卻並不講
"情"、"慮"是善是惡。荀子何以混淆"性"、"情"，而又對"情"、"慮"
之善惡不加關心？這非他疏忽、不嚴謹，乃因其並不重要，其真正目的乃
將善惡區分聯繫到人之天資稟賦上，從而加強說服的力度。荀子以"性"
惡"僞"善，所以重"僞"抑"性"；孟子以"性"善"情"惡，故重
"性"抑"情"。但在根本目標上二人皆求揚善抑惡，祇是方法不同。他們
為論證各自或重內或重外之方法的合理性，於是反推並設置"性善"、"性
惡"兩種理論。性善、性惡，對他們而言實如到達河岸所利用之舟船，若
能到岸，這舟船之大小、新舊，並不重要。

　　董仲舒對"性"、"情"也有專門論述。據馮友蘭考察，董仲舒所謂
"性"有廣、狹二義。馮氏云：

　　　　董仲舒所謂性，似有廣狹二義。就其廣義言，則"如其生之自然
　　之資謂之性；性者，質也"。（《深察名號》，《繁露》，卷十，頁六）依
　　此義，則情亦係人之"生之自然之資"，亦在人之"質"中。故曰：
　　"天地之所生謂之性情，性情相與為一瞑，情亦性也。"（《深察名號》，
　　《繁露》，卷十，頁十）就其狹義言，則性與情對，為人"質"中之
　　陽；情與性對，為人"質"中之陰②。

從中可見，董仲舒對性、情的邏輯設置，包括兩個角度。第一，廣義角
度，他以人情別為性、情二部分，又以性、情各有質（性、情之質，又合
稱為性）與表現兩部分，性、情的表現分別以性、情之質為根本。荀子亦
將人情內部分出源流、本末的層次，但他以性為情之本、源，而董仲舒則
以二者為並列關係。第二，狹義角度，性、情為對舉，董仲舒分別比以
陽、陰二氣，二者關係上又顯示出性作為陽氣的主導地位。此種性對情的
主導地位，則與荀、孟一致。

　　董仲舒也將性、情與善、惡區分相聯繫。《春秋繁露・實性》云："善

---

① （清）王先謙撰，沈嘯寰、王星賢點校《荀子集解》，北京：中華書局，1988 年，第 513 頁。
② 馮友蘭：《中國哲學史》（下），重慶：重慶出版社，2009 年，第 19 頁。

如米，性如禾。禾雖出米，而禾未可謂米也。性雖出善，而性未可謂善也。米與善，人之繼天而成於外也，非在天所為之內也。天所為，有所至而止。止之內，謂之天。止之外，謂之王教。王教在性外，而性不得不遂。故曰性有善質，而未能為善也。"[1] 此處之性，即性、情之質。董氏認為性、情之質各具善惡種子，此作為質的善惡種子表現出來便是人之善惡行為。要使人最終在行為上實現善，單純具備種子並不够，還需外部王教來規範引導。

何以曰善？董仲舒亦自有見解。《春秋繁露·深察名號》云："性有善端，動之愛父母，善於禽獸，則謂之善。此孟子之善。循三綱五紀，通八端之禮，忠信而博愛，敦厚而好禮，乃可謂善。此聖人之善也。……孟子下質於禽獸之所為，故曰性已善；吾上質於聖人之所為，故謂性未善。"[2] 董氏將善進行程度劃分，認為孟子所言性善乃基於以禽獸為標準的低程度善，而他自己所指的卻是以聖人行為為標準的高程度善。因標準不同，故孟子曰性善，而董氏則認為性未善。正以性之未善，故需利用王教將人性情中的善質引發出來，以培養成聖人式的高程度善。

對比孟子、荀子、董仲舒三者關於性、情的論述，可見其邏輯同中有異。第一，他們設置內（先天、本、源）與外（後天、末、流）諸邏輯區分，力圖將對社會的治理方法，追源至人的內在屬性上，以為根據人的內在屬性而提出對治方法，則社會治理將更見成效。性、情正是他們找到的內在屬性，但關於性、情二者關係，他們的認知卻有分歧。或以情生於性，或以性、情並列。第二，他們認為人的社會行為具善惡區分，根本上乃因人內在屬性裡已有善惡之別。但究竟是性善情惡，還是性惡偽善，還是性情皆具善惡，則意見又各有不同。

契嵩的性情論，對儒家性情論多有繼承，表現為兩個方面。第一，契嵩亦將社會的治理方法推源至人的內在屬性上，其"依情制則"的根本立場正是基於此種邏輯。性、情正是他繼承儒者觀點而承認的人之兩種內在屬性。《原教》云："萬物有性情，古今有死生。然而死生性情，未始不相

---

① （清）蘇輿撰，鍾哲點校《春秋繁露義證》，北京：中華書局，1992 年，第 302 頁。
② （清）蘇輿撰，鍾哲點校《春秋繁露義證》，北京：中華書局，1992 年，第 295～297 頁。

因而有之。死固因於生，生固因於情，情固因於性。使萬物而浮沉於生死者，情為其累也……情也者，發於性，皆情也。"①《廣原教》云："情出乎性"，"聖人不自嗣其嗣，舉性本而與天下嗣之"②。從這些論述看，性、情雖皆為人之內在屬性，但關係上有主次之分。契嵩主張性為本、情為末，認為情從性中產生。與孟子相比，他繼承了將人情分為性、情兩部分之設定，而在以性為主、情為次的設定上，則更為堅定與明晰。與荀子相比，他繼承情生於性的設定，而拋棄"慮"、"偽"兩術語。與董仲舒相比，他並未採用董氏所特有的將性、情各分為質與表現兩部分的邏輯設定。第二，契嵩亦將人的社會行為所具有之善惡區分，追源至人的內在屬性。《中庸解》（第四）云："善惡，情也，非性也。情有善惡而性無善惡者，何也？性靜也，情動也，善惡之形見於動者也。孟子之言'犬之性猶牛之性，牛之性猶人之性'者，孟氏其指，性之所欲也，宜其不同也。吾之所言者性也，彼二子之所言者情也。情則孰不異乎？性則孰不同乎？"③《品論》云："荀子之言近辯也，盡善而未盡美，當性惡、禪讓，過其言也。"④孟子言性善，荀子言性惡，韓愈則又認為性有上下之別，契嵩對三者皆反對。在契嵩看來，孟、荀、韓所謂的性，實則為情，善惡是情的區分，卻非性的特質。當然，其性無善惡而情分善惡的設定，與董仲舒以性、情各有善惡之質的設定也不相同。故契嵩將善惡區分與人內在屬性相聯繫的做法，雖繼承了儒者邏輯，但他認為善惡屬情而性無善惡的設定，則又與孟、荀皆大異。

（二）天道論

契嵩立足人情，目的在於提煉出順應人情之優點、對治人情之弊端的行為的理想原則。他所提煉出的理想原則，可分為四類。第一，如道（天道、地道、人道）、聖、德、仁、義、信、誠、孝、忠、敬、讓、智、勇、寬、公、勤、才等。第二，如中、正、宜、當、節、和、序、順、斷、極、效、用、理、時等。第三，如元、無為、不伐等。第四，如權、勢、

① （宋）契嵩撰，鍾東、江暉點校《鐔津文集》，上海：上海古籍出版社，2016年，第1頁。
② （宋）契嵩撰，鍾東、江暉點校《鐔津文集》，上海：上海古籍出版社，2016年，第27、36頁。
③ （宋）契嵩撰，鍾東、江暉點校《鐔津文集》，上海：上海古籍出版社，2016年，第76～77頁。
④ （宋）契嵩撰，鍾東、江暉點校《鐔津文集》，上海：上海古籍出版社，2016年，第121頁。

刑法等。其中，第一、二兩類最具儒家特點，但各自又有不同。第一類是最為代表儒家治世理想原則的專用術語，而第二類雖也為儒家所常用，但這些詞皆為常用語。這兩類詞，反映著契嵩對儒家治世學說的繼承。其中，道為諸理想原則中地位最高者，而在天道、地道、人道中，天道又居首位。

天道，即天之道，指天的活動原則。與天道相當的另一術語，即天命或命。關於天道，孔子已有涉及。孔子云："予所否者，天厭之，天厭之！""天生德於予，桓魋其如予何！""不怨天，不尤人，下學而上達，知我者其天乎！"[①] 天具有"厭"的情感特徵，又具有"知"的判斷能力，故其為超自然者。而"桓魋其如予何"則反映天具有保佑善人之意志與力量，為凡人所不能超越者。孔子又云："死生有命，富貴在天。""道之將行也與，命也；道之將廢也與，命也。"[②] 天於人世具決定作用，不僅決定個人死生、富貴，也決定著道在世間之行運，即決定著社會是否能健康發展。因此，孔子云："君子有三畏：畏天命，畏大人，畏聖人之言。小人不知天命而不畏也，狎大人，侮聖人之言。""不知命，無以為君子也。"[③] 是否知天命、畏天命，已成為判斷君子、小人的重要標準。

孔子所言天與人，二者間還顯示不出生成關係，更多強調的乃人要尊天，依天道而行人事。至孟子，則強調天人之間具一種生成關係。孟子曰："耳目之官，不思而蔽於物，物交物，則引之而已矣。心之官則思，思則得之，不思則不得也。此天之所與我者，先立乎其大者，則其小者弗能奪也。此為大人而已。"[④] 其認為心、耳、目三者皆為天所予人者，人以立心為先，還是先耳目之欲，是人之成為大人、小人之關鍵。心之所以貴於耳目，乃在於人皆有惻隱之心、羞惡之心、恭敬之心、是非之心，而惻隱之心即仁，羞惡之心即義，恭敬之心即禮，是非之心即智。也即是說，儒家所樹立的以仁義禮智為代表之整套治世的理想原則，不僅是聖人效法

---

① （魏）何晏註，（宋）邢昺疏《論語註疏》，北京：北京大學出版社，2000 年，第 90、103、225 頁。
② （魏）何晏註，（宋）邢昺疏《論語註疏》，北京：北京大學出版社，2000 年，第 179、226 頁。
③ （魏）何晏註，（宋）邢昺疏《論語註疏》，北京：北京大學出版社，2000 年，第 259、308 頁。
④ （漢）趙岐註，孫奭疏《孟子註疏》，北京：北京大學出版社，2000 年，第 369~370 頁。

於天而得者，亦本由天灌注到人心中去者。此即孟子性善論。心性，遂成為天人之間的聯結點，乃人向天靠攏的關鍵環節。故孟子曰："盡其心者，知其性也。知其性則知天矣。存其心，養其性，所以事天也。殀壽不貳，脩身以俟之，所以立命也。"[1] 相對於孔子知天命的說法，孟子將知天、事天、立命的具體做法和背後的原理都論述得更為明晰。

孟子將天人關係做出更為緊密的聯結，其目的在於強調心性作為天人聯結點的重要意義。此種天人關係顯然還比較宏觀。至董仲舒立天人感應論，天人間的聯繫遂更為細密。《春秋繁露·人副天數》云：

> 天地之精所以生物者，莫貴於人。人受命乎天也，故超然有以倚。物疢疾莫能為仁義，唯人獨能為仁義；物疢疾莫能偶天地，唯人獨能偶天地。人有三百六十節，偶天之數也；形體骨肉，偶地之厚也；上有耳目聰明，日月之象也；體有空竅理脈，川谷之象也；心有哀樂喜怒，神氣之類也。觀人之體一，何高物之甚而類於天也[2]。

董氏認為人受命於天，為天地精氣所生，比其他物類高貴聰明。與孟子相比，董氏所認為的人天關係已不僅僅是在心性上聯結，甚至骨肉耳目亦皆象天地而成。也即是說，他將人之身體特徵、行為活動與天地為首的自然界設置了一種對應邏輯。依據此種邏輯，人與天地遂具有一種感應關係。

《春秋繁露·同類相動》云：

> 今平地注水，去燥就濕，均薪施火，去濕就燥。百物其去所與異，而從其所與同，故氣同則會，聲比則應，其驗皦然也。試調琴瑟而錯之，鼓其宮則他宮應之，鼓其商而他商應之，五音比而自鳴，非有神，其數然也。美事召美類，惡事召惡類，類之相應而起也。如馬鳴則馬應之，牛鳴則牛應之。帝王之將興也，其美祥亦先見；其將亡也，妖孽亦先見。物故以類相召也，故以龍致雨，以扇逐暑，軍之所

---

① （漢）趙岐註，孫奭疏《孟子註疏》，北京：北京大學出版社，2000 年，第 412 頁。

② （清）蘇輿撰，鍾哲點校《春秋繁露義證》，北京：中華書局，1992 年，第 347~348 頁。

　　　　處以荊楚。美惡皆有從來，以為命，莫知其處所①。

人為天地之精所生，與天地為同類，故能相感相應。個人與社會的變化，
都能於天象地理中先得徵兆，故人能參天象地理而反思人事，並據此而對
治之。董氏的天人感應論，顯然比孟子純以心性聯結於天的理論要細密得
多。此種細密所帶來的影響是使個人修養、社會治理不再僅僅落腳於對心
性的考察，而是擴大為對整個自然界中各種祥妖現象的觀察上，這種變化
顯得更為外在和神秘。

　　儒者所樹立的人天關係，乃基於三種邏輯。第一種邏輯是師弟子間的
學習關係，即值得自己學習之對象總應是比自己更高級的存在。天之於
人，第一個特徵就是更為優越，它代表真理與道德，此即天道，故人需以
天為師，即人道乃學於天道。第二個特徵是相類，相類纔具溝通學習之基
礎。孟子以人之心性類於天，董仲舒以人之心性與身體皆類於天。為解釋
此種相類的必然性，他們都引入了類似父子血緣的關係，孟子以心性為人
之得於天者，而董仲舒則以人為天地之精氣所生。此可謂第二種邏輯。第
三種邏輯是君臣間的統治關係。孔子認為天對人之不善者將厭棄，而對善
者卻能保佑，天之厭棄與保佑皆非人力所能抗衡。此種居高臨下的賞善罰
惡形式，無疑是君王對於臣民的一種統治方式。董仲舒的天人感應論，實
則也基於此種君臣邏輯，吉徵、咎徵正是上天針對人事運行好壞所作的賞
罰。基於此種君臣關係，人道從於天道就不惟是自由的學習，還是具有強
制力的服從。

　　契嵩論天道，亦首先認同天人間的師弟子關係。《勸書》（第二）云：
"父子、夫婦，天常也。"②《論原·大政》云："誠也者，天道也；公也者，
人道也；聖人修天道而以正乎人道也。"③ 契嵩將父子夫婦之倫常以及誠、
公之品德視為天所具有的準則，並明確表明以天道正人道的觀點。顯然，
天是比人更為優越之存在。至於天人相類，具有父子血緣般關係的設定，
他也有所取。《中庸解》（第三）云："人以天地之數而生，合之性靈者也。

———————————

① （清）蘇輿撰，鍾哲點校《春秋繁露義證》，北京：中華書局，1992年，第351~352頁。
② （宋）契嵩撰，鍾東、江暉點校《鐔津文集》，上海：上海古籍出版社，2016年，第17頁。
③ （宋）契嵩撰，鍾東、江暉點校《鐔津文集》，上海：上海古籍出版社，2016年，第81頁。

性，乃素有之理也；情，感而有之也。聖人以人之性，皆有乎恩愛、感激、知別、思慮、徇從之情也，故以其教因而充之。恩愛可以成人也，感激可以成義也，知別可以成禮也，思慮可以成智也，徇從可以成信也。"①此顯然與孟子性善論一脈相承。《論原·說命》云："天命者，大命也；人命者，稟天而成形，亦大命也。交大命者，貴以正氣會。會之不得其正也，雖成其人，非善人也；雖成其形，非美形也。故天也常乘正而命人，故人也常持正而乘天。"②《論原·名分》云："氣凝而生，生則有飲食；氣散而死，死則與土靡。是人道之分也。"③ 這種人稟於天而由氣生的觀念顯然與董仲舒一致。

契嵩論天道，亦認同天人間的君臣關係。《論原·說命》云："古之人德合天道而天命屬之"，"（禹）功德合乎天，而天命歸之"④。《論原·中正》云："不勞心、不役力而其教化行者，鬼神助之，天地祐之。"⑤ 天具情感、意志，能判斷人的善惡，從而助祐之。又《論原·存心》云："休徵者，所以應其善政之所感也；咎徵者，所以應其惡政之所感也。五福者，善人所存，吉之驗也；六極者，惡人所存，凶之驗也。天人相與，未嘗暧也。吁，豈天為之，人實召之。夫政者，示天下之同之者也，萬民之所由也。政之善惡，民所以而從之者也。故驗之雨暘燠寒風五者，示天下之同之者也。人者，一身之自也。人之善惡，身所以而振之者也。驗之福極者，示一身之自之者也。"⑥ 休徵、咎徵，正是天根據人之善惡，所作出的具體賞罰。可見，契嵩承認天為具有意志、情感，且對人世具有賞罰權力的統治者。

（三）法勢論

契嵩據人情而提煉治世的理想原則，但欲使諸理想原則成為全社會共同的發展目標，則需推廣者與推廣方法。此即引則入政的問題。契嵩曾論

① （宋）契嵩撰，鍾東、江暉點校《鐔津文集》，上海：上海古籍出版社，2016 年，第 75 頁。
② （宋）契嵩撰，鍾東、江暉點校《鐔津文集》，上海：上海古籍出版社，2016 年，第 94 頁。
③ （宋）契嵩撰，鍾東、江暉點校《鐔津文集》，上海：上海古籍出版社，2016 年，第 117 頁。
④ （宋）契嵩撰，鍾東、江暉點校《鐔津文集》，上海：上海古籍出版社，2016 年，第 93、93 頁。
⑤ （宋）契嵩撰，鍾東、江暉點校《鐔津文集》，上海：上海古籍出版社，2016 年，第 117 頁。
⑥ （宋）契嵩撰，鍾東、江暉點校《鐔津文集》，上海：上海古籍出版社，2016 年，第 106 頁。

及五種政權形態，即皇國、帝國、王國、霸國、亡國，他們各有不同的治世理想，採用不同的政治制度。其中，王、霸之論則為儒者所常議者。

孔子云："周監於二代，郁郁乎文哉，吾從周。"① 周之禮法文章，尤過於夏、商二代，故孔子推崇之。其又云："管仲相桓公，霸諸侯，一匡天下，民到於今受其賜。微管仲，吾其被髮左衽矣。"② 此雖是讚美管仲者，但其中也透露出對齊桓公尊王攘夷之認同。其又云："晋文公譎而不正，齊桓公正而不譎。"③ 孔子雖認同齊桓公尊王攘夷，但對晋文公召天子而使諸侯朝之的行為卻頗不滿。可見，孔子從根本上推崇王者，認同霸者的前提便在於其是否尊王。孔子云："道之以政，齊之以刑，民免而無恥。導之以德，齊之以禮，有恥且格。"④ 就其政治觀言，以德為理想，以禮為措施，正可作王政註腳。

孟子云："以力假仁者霸，霸必有大國。以德行仁者王，王不待大，湯以七十里，文王以百里。以力服人者，非心服也，力不贍也。以德服人者，中心悅而誠服也，如七十子之服孔子也。"⑤ 又云："仲尼之徒，無道桓、文之事者。"⑥ 孟子重王輕霸，其論王繼承孔子思想，認為王道核心是仁政、德政，亦即禮樂之政。而其所謂霸道，則是在目標上重功（即求國之大），在措施上重力而假仁，實近於孔子所批評的"導之以政，齊之以刑"。

荀子亦先王後霸，但其所論又自有特點。《荀子·王霸篇》云："用國者，義立而王，信立而霸，權謀立而亡。"⑦ 他分出王國、霸國、亡國，各有不同政治理想與施行措施。何以為立義？荀子解釋云："之所與為之者之人，則舉義士也；之所以為佈陳於國家刑法者，則舉義法也；主之所極然帥羣臣而首鄉之者，則舉義志也。"⑧ 此謂為君者，其志必合於義，其用人必用義士，其設法必用義法，可見其所謂王道與孔子的重德、重禮及孟

---

① （魏）何晏註，（宋）邢昺疏《論語註疏》，北京：北京大學出版社，2000年，第39頁。
② （魏）何晏註，（宋）邢昺疏《論語註疏》，北京：北京大學出版社，2000年，第218頁。
③ （魏）何晏註，（宋）邢昺疏《論語註疏》，北京：北京大學出版社，2000年，第215頁。
④ （魏）何晏註，（宋）邢昺疏《論語註疏》，北京：北京大學出版社，2000年，第16頁。
⑤ （漢）趙岐註，孫奭疏《孟子註疏》，北京：北京大學出版社，2000年，第105頁。
⑥ （漢）趙岐註，孫奭疏《孟子註疏》，北京：北京大學出版社，2000年，第23頁。
⑦ （清）王先謙撰，沈嘯寰、王星賢點校《荀子集解》，北京：中華書局，1988年，第239頁。
⑧ （清）王先謙撰，沈嘯寰、王星賢點校《荀子集解》，北京：中華書局，1988年，第240頁。

子的重仁精神相一致。何以為立信？荀子曰：“德雖未至也，義雖未濟也，然而天下之理略奏矣，刑賞已諾信乎天下矣，臣下曉然皆知其可要也。政令已陳，雖覯利敗，不欺其民；約結已定，雖覯利敗，不欺其與。如是，則兵勁城固，敵國畏之，國一綦明，與國信之，雖在僻陋之國，威動天下，五伯是也。”① 霸者於治國原則方面，於德義未足，但基本的方針也大略可觀，袛要能信守其政令、盟誓，不因功利而自毀，亦能兵強國威。孟子批評霸者“假仁”，實際就是無信，認為其所憑藉者為強力，可見荀、孟對霸的認知大不相同。還需注意者，荀子論及王者要舉“義法”，而霸者要重“刑賞”、“政令”、“兵勁城固”、“敵國畏之”。相比於孔孟的重禮樂而輕刑政，他顯然提高了國家體制中刑法政令之地位。《荀子·彊國篇》云：“人君者，隆禮尊賢而王，重法愛民而霸。”② 他把“重法”視為霸區別於王的一個顯著特徵。刑政法令背後，實際是強調權勢、暴力的保障作用。

契嵩論王霸，其先王後霸之處與孔孟荀相同，而其對刑法政令的重視則取乎荀子。其《論原》中如《至政》《賞罰》《刑法》《察勢》《刑勢》諸篇，都用力探討以權勢、刑法保障賞罰的重要性。其具體觀點，如“權可以扶義”、“古之擅大政者，必有其權也”、“非至公高明之人，不可授之以賞罰之權也”、“威權者，天下之利器也”③，都顯示出他與荀子一樣，比孔孟更重視權勢、暴力在國家運行中之作用。

綜觀契嵩的世間教學說，可以得出以下六點結論。第一，其學說始終圍繞著“人”這一主體，所欲解決的是“人”所面對的問題，所欲樹立的是“人”的理想世界。從這一根本立場看，契嵩的世間教學說值得肯定。第二，契嵩分析“人”所面對的問題包括生死、男女、親疏、貨利、喜怒五個角度，實際上涉及了人的生存權利、經濟權利、社會活動權利三大方面，看到了當時人們的幾種主要需求。這也值得肯定。第三，契嵩將“人”分為統治者（君主、官僚）和被統治者（百姓）兩個主要階層，抓

---

① （清）王先謙撰，沈嘯寰、王星賢點校《荀子集解》，北京：中華書局，1988年，第342頁。
② （清）王先謙撰，沈嘯寰、王星賢點校《荀子集解》，北京：中華書局，1988年，第345頁。
③ （宋）契嵩撰，鍾東、江暉點校《鐔津文集》，上海：上海古籍出版社，2016年，第83、83、84、118頁。

住了社會的主要矛盾。第四，契嵩所欲樹立的理想世界是一種君主、官僚、百姓自上而下進行主導的社會模式，其所推崇的社會運行規範是君主、官僚、百姓自上而下的信從道、德、仁、義等具有節制性的理想的行為原則。這一理想的社會模式儘管是契嵩融合儒家諸大師學說（甚至暗中吸納了道家、法家的一些思想）而形成的，但它沒有多少自己的突破，基本上可說是陳詞濫調。正由於其學說乃承襲於儒學，故亦帶著儒學的缺陷，即他無法解決作為最下層而又最廣大的百姓在缺乏自我力量作保障時如何追求和保護自我的生存、經濟、社會活動等權利，亦無法解決君主、官僚在掌握政治、經濟、軍事、文化諸方面優勢的情況下如何強有力監督其是否遵從儒家理想原則。第五，契嵩的世間教學說內容豐富，且具有較嚴密的邏輯性。如其從"人情"而分出生死、男女、親疏、貨利、喜怒五方面，又從人的角度細化為君、臣、民，將君又劃分為皇、帝、王、霸、亡國之君，並從事的角度細化出君權禪讓、官員選拔、國家教育、祭祀制度以及生活中所面對的方方面面。又如其所提煉出的道、德、仁、義、信、誠一系列理想原則，雖對彼此的關係論述不詳，但也隱隱歸於功利性、精神超越性、神聖性三方面的判斷標準。這些都顯示了契嵩世間教學說既包含廣泛，又兼顧整體、局部關係的邏輯性。第六，契嵩的世間教學說也有籠統不清的一面，且流於空泛，現實性不足。契嵩的文章多為理論層面的探討，多舉歷史人物的話語、歷史事件來作為自己觀點的支撐，而對於當時的宋朝君主、官僚、百姓所面臨的現實問題，契嵩缺乏論述。契嵩對道、德、仁、義諸原則的肯定，實際上基於功利性、精神超越性、神聖性三個方面的考量，但契嵩頗為機械地強調精神超越性、神聖性而輕視功利性，缺乏具體問題具體分析的精神，故其所謂道、德、仁、義者實亦缺乏具體問題中的具體內涵；即便以其所機械支持的道、德、仁、義諸原則而言，如何具體落實於北宋的政治、經濟、軍事、文化諸領域中，也是其不曾論及的。

第二節　世間、出世間教溝通
——以《輔教編》為中心

契嵩論世間、出世間教之溝通，以《輔教編》為代表。其著《輔教編》之因由，在他獻書諸權貴時所附書信中多有論及。如《上曾參政書》云：

> 今論者以文而排佛，謂無益於治世，此亦世之君子不知深理，不達遠體，不見佛教之所以然也。愚以此為其憂，恐論者不已，後生末學習而為之，不惟虧於國家教化之助，亦乃損其陰德之祜。山中嘗竊著書，推明佛法要旨，將以諭勸學者。而自念幽獨，無其勢力，終不遂其事，傳其書於天下。非有高明特達、大雅清勝君子，則不能成其志業，故輒欲幸閣下同以此道，稱之於聖賢，布之於君子也①。

此論述涉及三個層面。第一，指出矛盾雙方即儒者與佛徒，表現為儒者排佛，佛徒居於弱勢地位。而契嵩欲護持佛教。第二，指出儒者排佛之核心原因，在於佛教"無益於治世"。而契嵩則將反駁其說，申述佛教之"深理"、"遠體"、"所以然"，即"推明佛法要旨"。第三，指出雙方行為之影響，契嵩認為儒者排佛將貽誤後學而虧國家教化、損個人陰德，而其著書護教則近可"諭勸學者"，遠可有益國政。

三個層面的論說，反映了《輔教編》所面對的讀者主要是儒者中的排佛者，也反映了他論述的角度主要在"治世"、"教化"，可知《輔教編》溝通世間、出世間教處乃落足於世間教，而非出世間教上。亦即《輔教編》之內容重在發揮佛教教義中治世部分，而非引申儒學中之出世部分。我們可據此觀察其溝通之學。

一、《輔教編》的結構及佛教基礎教義

在分析《輔教編》內溝通世間、出世間教具體觀點前，有必要先瞭解

---

① （宋）契嵩撰，鍾東、江暉點校《鐔津文集》，上海：上海古籍出版社，2016年，第180頁。

此書的文本結構。今存《鐔津文集》中《輔教編》所收《真諦無聖論》實為懷悟附入，故契嵩所自編《輔教編》中原為五書。此五者關係，契嵩曾有論說。其《勸書序》云：

> 余五書出，未踰月，客有踵門而謂曰："僕粗聞大道，適視若《廣原教》，可謂涉道之深矣；《勸書》者，蓋其警世之漸也。大凡學者，必先淺而後深，欲其不煩而易就也。若今先《廣教》而後《勸書》，僕不識其何謂也？"曰："此吾無他義例，第以茲《原教》《廣原教》相因而作，故以其相次而列之耳。"客曰："僕固欲公擢《勸書》於前而排《廣教》於後，使夫觀之者先後有序，沿淺而及奧，不亦善乎？"余然之矣，而客又請之曰："若五書雖各有其目也，未若統而名之，俾其流百世而不相離，不亦益善乎？"余從而謝其客，曰："今夫搢紳先生厭吾道者殷矣，而子獨好以助之，子可謂篤道而公於為善矣。"即為其命工移易乎二說，增為三帙，總五書而名之曰《輔教編》①。

這段論述所談及者，最重要者即《廣原教》的位次問題。按契嵩原來的順序，《廣原教》緊跟《原教》，理由是二者"相因而作"。在創作時間上，《原教》後依次為《孝論》《壇經贊》《勸書》《廣原教》，可見《廣原教》並非因時間緊續而排在《原教》之後。那麼，何謂"相因而作"？

契嵩《廣原教》敘云：

> 余昔以五戒十善通儒之五常，為《原教》，急欲解當世儒者之訾佛。若吾聖人為教之大本，雖概見而未暇盡言，意待別為書廣之。《原教》傳之七年，會丹邱長吉遺書，勸余成之。雖屬草，以所論未至，焚之，適就其書，幾得乎聖人之心②。

契嵩作《原教》時，欲求急速，所以"未暇盡言"，而"意待別為書廣

---

① （宋）契嵩撰，鍾東、江暉點校《鐔津文集》，上海：上海古籍出版社，2016年，第12頁。
② （宋）契嵩撰，鍾東、江暉點校《鐔津文集》，上海：上海古籍出版社，2016年，第23頁。

之"。所以，《廣原教》於《原教》正是盡其未盡之言，達其未盡之意。

事實上，《原教》在契嵩貫通世間、出世間教的學說中具有綱領地位，從內容上說，不惟《廣原教》是在盡《原教》未盡之言，另如《孝論》《勸書》《非韓子》等皆有發揮《原教》者。故《廣原教》緊接於《原教》之後，實有更深刻原因。今考《廣原教》二十五篇，其內容基本在《原教》中可找到對應處。今以《原教》順序而觀《廣原教》諸篇，對比之，如下：（1）"原教"為篇目，《廣原教》第一、二篇應之。第一篇論教、道關係，教分權、實，聖人設教。第二篇則論佛教小乘、大乘之修法。（2）《原教》以"萬物有性情，古今有死生"開端，鋪陳以論性情與死生之關係，《廣原教》第三、四、五、六、七篇應之。第三篇論心，第四篇論性、情，第五篇論心具感應故有因果，有因果而人陷生死流轉，第六篇論因果與善惡相應，第七篇論人應正其心而向乎道。此部分解釋佛教關於人流轉生死之因和脫離生死之法的基礎理論。（3）《原教》云"與五乘者，皆統之於三藏"①，以解佛教具體教法層次；《廣原教》第八篇應之，解經、律、論、人天乘、菩薩乘、四輪、三界、六道諸基本術語。（4）《原教》云"是豈知其所適之遠近，所步之多少也"②，以論佛教高遠，《廣原教》第九篇應之。（5）《原教》云"聖人為教而恢張異疑"③，《廣原教》第十篇應之，以論佛教之守實而用名、跡。（6）《原教》云"神理冥眇"④，《廣原教》第十一篇應之，以論佛教之妙道。（7）《原教》云"佛行情而不情"⑤，《廣原教》第十二篇應之，論佛教設教之權變。（8）《原教》云"豈有為人弟者不悌其兄……為人君者而不仁其民"⑥，《廣原教》第十三篇應之，以論五戒、十善有益王教。（9）《原教》云"制其外者，非以人道設教……感其內者，非以神道設教"⑦，《廣原教》第十四篇應之，以論佛教先神道而次人道。（9）《原教》舉排佛者謂佛徒"子輩雜然盈乎天下，不籍四民，

---

① （宋）契嵩撰，鍾東、江暉點校《鐔津文集》，上海：上海古籍出版社，2016年，第2頁。
② （宋）契嵩撰，鍾東、江暉點校《鐔津文集》，上海：上海古籍出版社，2016年，第3頁。
③ （宋）契嵩撰，鍾東、江暉點校《鐔津文集》，上海：上海古籍出版社，2016年，第3頁。
④ （宋）契嵩撰，鍾東、江暉點校《鐔津文集》，上海：上海古籍出版社，2016年，第4頁。
⑤ （宋）契嵩撰，鍾東、江暉點校《鐔津文集》，上海：上海古籍出版社，2016年，第4頁。
⑥ （宋）契嵩撰，鍾東、江暉點校《鐔津文集》，上海：上海古籍出版社，2016年，第5頁。
⑦ （宋）契嵩撰，鍾東、江暉點校《鐔津文集》，上海：上海古籍出版社，2016年，第7頁。

徒張其佈施、報應以衣食於人，不為困天下亦已幸矣，又何能補治其世而致福於君親乎"[①]，《廣原教》第十五至十九篇應之，分別論及佈施、教必尊僧、以世法籍僧、立主持、置僧正諸原理。(10)《原教》舉排佛者"詾詾然誕佛，謂其説之不典"[②]，《廣原教》第二十篇應之，以論世所謂佛教之荒誕者非空說。(11)《原教》舉排佛者謂"佛止言性，性則《易》與《中庸》云矣，而無用佛為"[③]，《廣原教》第二十一、二十二篇應之。第二十一篇論佛教之言性，乃聯繫因、果、修、證諸理，認為優於儒者之言性。第二十二篇則深入論說佛道，謂佛之尊在於覺，將以其所覺者拯群生。(12)《原教》舉排佛者謂"佛，西方聖人也，其法宜夷而不宜中國"[④]，《廣原教》第二十三篇應之，論不可以佛為夷而排道。(13)《原教》舉排佛者之問"辨教之說，皆張於方今，教之孰為優乎"[⑤]，《廣原教》第二十四篇應之，論如何比較儒者排佛之書與佛教之書。(14)《原教》總結云"諸教也亦猶同水以涉，而厲揭有深淺"[⑥]，《廣原教》第二十五篇應之，論三教可以一。

《廣原教》與《原教》這種對應關係，對於理解它內在的邏輯很有意義。《廣原教》既是以《原教》為對象隨文解釋其中之未盡言處，則其二十五篇至少反映出兩個特徵。第一，就每一單篇說，其內在邏輯是連貫的。但是，由於《原教》中為合邏輯論證，於是有些問題貫穿全文，有些又反復言及。這造成《廣原教》在與之對應而作發揮時，往往將這些問題結合到一起，甚至結合了契嵩在其他地方的相關問題。比如，《原教》中提到排佛者謂"佛，西方聖人也，其法宜夷而不宜中國"，而《勸書》第三中排佛者則謂"三代時人，未有夫佛法之說"，皆論佛法是否與中國歷史、文化相適應之問題，其性質同一，故契嵩於《廣原教》第二十三篇中將此兩方面結合討論。第二，就二十五篇來說，由於是隨文解釋，故有些

① (宋)契嵩撰，鍾東、江暉點校《鐔津文集》，上海：上海古籍出版社，2016年，第9頁。
② (宋)契嵩撰，鍾東、江暉點校《鐔津文集》，上海：上海古籍出版社，2016年，第8頁。
③ (宋)契嵩撰，鍾東、江暉點校《鐔津文集》，上海：上海古籍出版社，2016年，第9頁。
④ (宋)契嵩撰，鍾東、江暉點校《鐔津文集》，上海：上海古籍出版社，2016年，第9頁。
⑤ (宋)契嵩撰，鍾東、江暉點校《鐔津文集》，上海：上海古籍出版社，2016年，第11頁。
⑥ (宋)契嵩撰，鍾東、江暉點校《鐔津文集》，上海：上海古籍出版社，2016年，第12頁。

問題單篇便已說清，有些問題卻用了連續數篇來說，但就二十五篇整體來說，各篇之間沒有嚴格的邏輯聯繫。由此可見，《廣原教》的解讀，宜配合《原教》而進行。

另外，就契嵩所言"由淺而及深"的編排原則，可知其以《原教》《勸書》《廣原教》《孝論》《壇經贊》為思想逐漸深邃者。這種"深"，並非說諸書中有比《原教》所論佛教境界更高者，而是說將《原教》中某些思想發揮得更詳密。可見，契嵩溝通世間、出世間教之學說，以《輔教編》為核心，而《輔教編》又以《原教》為核心。

《輔教編》為溝通世間、出世間教學說者，在瞭解其溝通思想前，還有必要對其中的佛教基本教義略作說明。張清泉《北宋契嵩的儒釋融會思想》有專門總結，其內容包括四輪、三界、六道、四生、三藏、五乘、五戒十善、四諦、十二因緣、六度萬行①。這些基本教義構成了佛教的世界觀和價值觀。

從世界觀說，四輪，指風輪、水輪、金輪、地輪，四者依次而生，遂成就有形之世界。世界之中又分為三，曰欲界、色界、無色界，即三界。自欲界至無色界，內又各分層次，遂形成有層級之金字塔結構，居上者代表優越性。三界之中，所居處者即為有情眾生，此有情眾生有兩角度之劃分。一則四生，即胎生、卵生、濕生、化生四種形成方式；一則六道，即地獄、畜生、餓鬼、修羅、人、天六種生命形態，亦依次形成生命的金字塔結構，居上者代表優越性。優越性的區分，也就形成價值區分，有情眾生的通常目標就是成為更優越的生命形態，居處在更優越的三界層級中。

佛的出現，第一種意義便是引導有情眾生成為更優越的生命形態，居處至更優越的三界層級中。所謂引導，便是教，佛於是設教而導眾生，此眾生之中當然又集中於人。所謂教，則使人知、使人行而已。使人知者，知三界、生命之金字塔結構，使人畏懼落後，使人嚮往高明，從而刺激人們努力。使人行者，行達於更高生命形態、更高世界層級之法。此種修行

①　詳見張清泉《北宋契嵩的儒釋融會思想》第二章第一節"佛教基本教義思想"。從佛學系統說，其基本教義是支撐其上層理論的根據，而從韓愈以來的排佛運動說，其所針對的也往往是佛教的基本教義，所以為便於分析契嵩與排佛者間的論辯情況，總結其文章中的佛教基本教義就很有必要。故此處亦不憚重複，又贅言之。

法，自然為佛所發現者。佛見眾生作為生命形態而流轉，乃一漫長之過程，即緣起法，亦即十二因緣法。若眾生能明此緣起法，並依其原則而止其不當為，行其所當為，則可至於更高之層次。然而，在六道中追求更高之生命形態，於三界中追求更高之層級，畢竟還不夠理想。佛提出更高見解，認為有脫六道之更高存在形態、離三界之更高居處層級，此為佛出現的第二種意義，也是其最高意義，導眾生至於最高理想。欲達此最高理想，亦必先明緣起法，並依其原則而修解脫之行。

佛所見於有情眾生可追求之更高生命形態或更高存在形態，便是五乘之所至，分別為人、天、聲聞聖者、緣覺聖者、菩薩，前兩者尚在世間，而後三者乃可脫出世間。五乘所分別修行之法便是五戒、十善、四諦法、十二因緣法、六度萬行。佛以其導引眾生之法，說與眾生，傳於世間，世稱之為經。依佛之經義，而制眾生修行之規範，此稱為律。經義久傳而不明，佛弟子遂以文辭闡發之，此稱為論。經、律、論，合稱三藏，實佛教導引眾生之文獻。

以上所述，為契嵩溝通世間、出世間教主要文本，及其所認同的佛教基礎教義。加之在上一節已論述了契嵩的世間教學說，至此便可論其溝通之學。

二、儒釋理論衝突

契嵩著《輔教編》以溝通世間、出世間教，一個重要原因便在於以歐陽修、李覯等為首的排佛運動之刺激。故《輔教編》中頗多引用排佛者觀點而加以駁斥者，今先對此次排佛運動中排佛者觀點與契嵩的護法觀點作一比較總結。

（一）世界觀衝突

從儒者角度說，人的生存與發展依賴於一個外部環境，而從佛教角度說，有情眾生的生存與發展也依賴於一個外部環境。儒者把此外部環境，限定為天地之間的部分，常稱曰"天下"。而佛教將此外部環境描述為三界。對比來講，佛教所描述的外部環境比儒者所持者大得多，也層次分明得多。此遂為排佛者所疑。

《原教》云：

世不探佛理而詳之，徒訩訩然誕佛，謂其説之不典。佛之見出於人遠矣，烏可以己不見而方人之見？謂佛之言多劫也誕耶？世固有積月而成歲，積歲而成世，又安知其積世而不成劫邪？苟以其事遠，耳目不接，而謂之不然，則六藝所道上世之事，今非承其傳而孰親視之？此可謂誕乎？謂佛言大也誕邪？世固有遊心凌空而往，雖四隅上下窅然，曷嘗有涯？方之佛，謂其世界無窮，何不然乎[①]？

排佛者對佛教關於時間和空間無限的觀念提出質疑，以之為荒誕之説。從契嵩言語中可以看到，排佛者質疑佛教世界觀所持依據是“耳目不接”。以耳目諸感官所獲經驗為依據來判定是非，是一種重實踐的認識法。契嵩的反駁，則立足於三個角度。第一，不經實踐的無節制推理。關於時間，他無限往前、往後推移，這使排佛者無法對之證偽。關於空間，他則利用人夢中神遊而不見涯際來證明現實世界的無窮。第二，在方法論上否定排佛者以耳目所接為標準的認識法。他提出的反駁是六藝之書所載上古之事亦非儒者親見，固亦不足為憑。第三，高揚佛之能力，强調其“出於人遠矣”，謂人不可以己之不見而否定佛之所見。考察此三條理由，第一條時間推理，排佛者固不能證偽，契嵩亦無法驗其為實；而以夢證空間無窮，則更是緣木求魚。第二條雖反駁了以耳目所接為標準的經驗論，但這祇能説明經驗論具有局限，卻不能否定其實踐意義。契嵩欲樹立文獻的價值，目的不過是在此基礎上使佛經中所載世界觀得到肯定，但他避開了文獻記載有真有偽、文獻本身亦有真偽之别這一問題。即便六藝所載為真，也不能證明佛經所載亦真。第三條則純然是情感上的强調，並無對佛之認識能力遠高於人的證明。

《廣原教》第二十篇是關於此問題的發揮，其文云：“有形必無形，無形出有形。故至神之道，不可以有尋，不可以無測；不可以動失，不可以静得。”[②] 儒者以耳目相接來質疑佛教世界觀，正是從其有形來驗其是，從其無形來疑其非，而契嵩於此則完全否定了經驗論。但是，他自己並未提

① （宋）契嵩撰，鍾東、江暉點校《鐔津文集》，上海：上海古籍出版社，2016年，第8頁。
② （宋）契嵩撰，鍾東、江暉點校《鐔津文集》，上海：上海古籍出版社，2016年，第41頁。

出一個優越於此種經驗論的認識法來。

（二）生命觀衝突

從儒者角度說，世間生命，不同物類在性質上是有區別的，即各物類間不具備思想存在形態（即靈魂、神等）上的來世今生。孔子不語怪力亂神，儒者對其生之前、死之後是否有靈魂流轉的問題是以規避為主的。但佛教則暢談六道、三世之說，此遂為排佛者所疑。

《原教》云：

> 曰：「佛之道其治三世，非耳目之所接，子何以而明之？」曰：「吾謂人死而其神不死，此其驗矣。神之在人，猶火之在薪也，前薪雖與火相爐，今所以火者曷嘗爐乎？」曰：「神理冥眇，其形既謝，而孰能御其所適果為人邪？果為飛潛異類乎？」曰：「斯可通也。苟以其情習之業推之，則其報也不差。子豈不聞《洪範》五福、六極之謂乎？五福者，謂人以其心合乎皇極，而天用是五者應以嚮勸之；六極者，謂人不以其心合乎皇極，而天用是六者應以威沮之。夫其形存，而善惡之應已然；其神往，則善惡之報豈不然乎？佛經曰：『一切諸法，以意生形。』此之謂也。」①

排佛者認為，作為生命形態，由不可獨立的思想（神）、物質身體（形）兩部分構成，思想依存於身體，固身體既無則思想不存，也就無所謂來世為人還是飛潛異類（即其他五道的生命形態）了。排佛者得出此種認識，仍是利用以耳目所接為判斷標準的經驗論，人存在於現實中，為耳目可接者，而所謂過去世、未來世則耳目不能感知。契嵩仍是利用不經實踐的無節制推理法來反駁。其理由有二。第一，契嵩以薪火為喻，薪盡可以火傳，則人之物質形態雖謝而思想可作為獨立存在形態延續至來世。來世既有，過去世自然就有。第二，契嵩認為可以從善惡報應之說來證明來世是否存在。報應的產生主要即在於思想存在形態（心）是否合乎皇極（善惡即皇極之標準）。在現在世，報應既作用於思想存在形態，則其死後思想

---

① （宋）契嵩撰，鍾東、江暉點校《鐔津文集》，上海：上海古籍出版社，2016 年，第 4 頁。

存在形態又可延續，則當然亦受到報應。報應既存在，則作為其結果的六道輪迴自然也就存在了。看契嵩的推理，薪火之傳固不能推出形滅神存，而報應之說亦乏實踐。即便其所據報應之說為真，他推出死後淪為六道也不可得，因為其不能證明何以是六道而不是三道、三十道。

又《原教》云：“謂佛言化也誕邪？世固有夢中而夢者，方其夢時，而其所遇事與身世，與適夢，或其同，或其異，莫不類之。夢之中既夢，又安知其死之中不有化邪？”①此以人夢中復作夢，比人死後淪於六道，此與用薪火關係比形神者同謬，彼此性質不同，又焉能作對比推理？由此可見契嵩之推理，實非科學之推理法。

佛教雖以人、天二道高於其他四道，但二者都還不是最理想的存在形態，他們所樹立的理想的存在形態是超脫生命形態的束縛，而達於寂滅解脫的存在形態。這種存在形態中，最高者即是佛。排佛者對此種存在形態是否真實是質疑的。《原教》云：

　　曰：“謂佛道絕情，而所為也如此，豈非情乎？佛亦有情邪？”曰：“形象者舉有情，佛獨無情邪？佛行情而不情耳。”曰：“佛之為者，既類夫仁義，而仁義烏得不謂之情乎？”曰：“仁者何？惠愛之謂也；義者何？適宜之謂也。宜與愛，皆起於性而形乎用，非情何乎？就其情而言之，則仁義乃情之善者也。情而為之，而其勢近權；不情而為之，而其勢近理。性相同也，情相異也。異焉而天下鮮不競，同焉而天下鮮不安。聖人欲引之其所安，所以推性而同羣生；聖人欲息之其所競，所以推懷而在萬物謂物。”②

佛教既認為佛為最高理想之存在形態，則必要論證其具體能力。人作為生命形態，其存在方式便是思維與行動，人先思維之，然後行為之，思想指導著行動。佛作為更高理想的存在形態，分別而言之，便是在思維能力和行為能力上遠高於人，而達到了至高境界。佛教把人與佛之間此種差距的

---

① （宋）契嵩撰，鍾東、江暉點校《鐔津文集》，上海：上海古籍出版社，2016年，第8～9頁。
② （宋）契嵩撰，鍾東、江暉點校《鐔津文集》，上海：上海古籍出版社，2016年，第4～5頁。

產生，歸結於兩個原因。第一，人之思想未覺，未能知曉、求取出世之路，而戀戀於世間。第二，世間有諸多誘惑，致使人思想蒙蔽。前者為內因，後者為外因，佛教強調內因作用。佛教將人此種思想未覺，受外因誘惑蒙蔽之狀態稱為"情溺"。因為人之思想陷於情溺，故致生死流轉不息，人生之苦因此不止。佛之高於人，正在於此處分疆，其能脫出情溺，而使思想覺悟，故能超脫生死。此種思想覺悟之狀態，佛教稱為佛性或心的覺悟。排佛者就此而提出質疑，佛既絕情，何以又來往世間，所行為者多與世人相同？契嵩謂佛教五戒十善等與儒者五常仁義相通，排佛者便以此反詰之，其所行為既是類於儒者，而儒者為沉溺世情者，則佛又何以無情？契嵩提出的反駁是，佛行情而不情，將佛的內心思想與具體行為絕對區分開，認為佛具備此種能力。而其內心不情，但又要行情，原因則在於此為權變之法，亦即佛教之方便，之所以要行此權變之法，則完全是為了導世人至於安樂。契嵩此種反駁，實際上仍是在否定耳目所接的實踐意義。他在人的思想和行為間設置了一個絕對隔離的狀態，在這個隔離狀態中，行為是人耳目能接者，而思想是難以驗證的，也就是說，佛究竟是不情而行情還是有情而行情，是難以證偽的。

（三）實踐論衝突

儒者依據重實踐的經驗論而獲得其關於世界形態、生命形態的認識，於是提煉出規範人行為的理想原則，以期藉此引導人與社會達到理想境界。佛教則依據佛超越眾生的認識能力而獲得關於世界形態、生命形態的認識，於是提煉出規範人行為的理想原則，以期藉此引導人類達到理想境界。契嵩以佛教為出世間教，而將儒者之教判為世間教。但無論是儒者的世間教還是佛徒的出世間教，都在於導人至於理想境界，不管雙方所描繪的理想境界如何美好，終究要由人這一作用對象來實現。所以，從被引導者——人這一角度來說，兩種理想境界誰更具有實踐意義，儒釋兩家是存在著爭執的。此主要表現為四個方面。

第一，政治方面。《原教》云：

　　昔者聖人之將化也，以其法付之王，付之臣，付之長者有力之人，非其私己而苟尊於人也，蓋欲因其道而為道，因其善而為善。佛之經，固亦多方矣，後世之徒不能以宜而授人，致其信者過信。令君有佞善，輒欲捐國，為奴隸之下；俗有淺悟，遽欲棄業，專勝僧之高。此非謂用佛心而為道也。經豈不曰："諸佛隨宜說法，意趣難解。"故為佛者，不止緇其服、剪其髮而已矣①。

排佛者批判佛教的一個重要角度是認為佛教擾亂政治，為官者、為帝王者一旦佞佛，則無心政務，荒廢國事。此種荒誕之君，尤以梁武帝為甚。契嵩予以反駁。首先，他在理論上肯定佛教並不與世間政權（王、臣、長者為代表）相對立，佛反而將教法付與世間政權而使之為外護，以強調二者間的統一性。然後，他把梁武帝此類荒誕舉動歸罪於"後世之徒"，認為是後世佛徒不善傳教，以致信者過信。這種將罪過推給佛徒而不歸於佛法的方式，可謂棄車保帥。

然而，在隨後的著述中，契嵩對梁武帝的態度卻發生了轉變。《非韓子》（第一）云：

> 梁武之事，吾《原教》雖順俗稍評之，而未始劇論。如較其捨身，於俗則過，於道則德，非爾人情輒知，唯天地神明乃知之耳。故當梁武捨身之際，而地為之振，此特非常之事，而史臣不書，而後世益不識知梁天子幽勝之意也。其發志固不同庸凡之所為，未可以奴視之也②。

又《非韓子》（第二十五）云：

> （韓愈）指梁武、侯景之事，謂其事佛求福，迺更得禍，以激動其君也。當南北朝時，獨梁居江表，垂五十年，時稍小康，天子壽八十六歲，其為福亦至矣。……自古亂臣竊發，雖天地神祇而無如之

---

① （宋）契嵩撰，鍾東、江暉點校《鐔津文集》，上海：上海古籍出版社，2016年，第8頁。
② （宋）契嵩撰，鍾東、江暉點校《鐔津文集》，上海：上海古籍出版社，2016年，第293頁。

何，豈梁必免耶^①？

契嵩在此時對梁武帝捐身事佛行為，已不再如《原教》中視為"信者過
信"、"侫善"的荒誕行為，而是頗為肯定了。他將行為的評價標準分作兩
個層面，一為俗之層面，一為道之層面。從俗言，梁武捐身有過，此《原
教》所以批評之也。從道言，梁武事佛有德，而天地神明知之。但是，這
兩個角度的區分，以契嵩的論說又顯得自相矛盾。既謂其從俗論則有過，
但"垂五十年"、"時稍小康"、"天子壽八十六歲"諸福又完全是俗之判斷
標準。既於俗言有此利人利己之福，則其過又在何處？此外，從道言，梁
武有德，但其論據是"天地神明乃知之"、"地為之振"，而以人之識見則
不能知。人之識見既不能知天地神明之事，那麼契嵩難道不仍是人？則又
何以能知天地神明之想法？天地神明既知之，地為之振？其有此等神力，
則如何又說"亂臣竊發，雖天地神祇而無如之何"，豈非天地神明又忽然
變得毫無力量？

由於排佛者對佛教的質疑，最不滿處便在其擾亂政治，故契嵩對此之
辯駁發揮尤多。《勸書》（第二）乃專門論此，其云：

> 今曰"佛為害於中國"，斯言甚矣，君子何未之思也？大凡害事，
> 無大小者，不誅於人必誅於天，鮮得久存於世也。今佛法入中國，垂
> 千年矣，果為害，則天人安能久容之如此也？若其三廢於中國而三益
> 起之，是亦可疑其必有大合乎天人者也……夫大道亦恐其有所至於常
> 情耳，不然則天厭之久矣^②。

契嵩從歷史發展角度加以辯駁，認為佛教如果真的為害中國，早應受天懲
罰而被社會所淘汰了。此辯駁中，其利用天道理論，用天來支撐其說，自
然也難以證偽。其利用社會未曾淘汰佛教，而證明佛教有益，則具有論證
效力，表明了佛教對社會有一定價值。不過，從論證的角度說，證明佛教

---

① （宋）契嵩撰，鍾東、江暉點校《鐔津文集》，上海：上海古籍出版社，2016年，第337頁。
② （宋）契嵩撰，鍾東、江暉點校《鐔津文集》，上海：上海古籍出版社，2016年，第17頁。

有益，並不表示它就無害，當其利弊互生時，量的限定纔是關鍵，此卻為契嵩所未論。

《勸書》（第二）又云：

> 若古之聖賢之人，事於佛而相贊之者繁乎！此不可悉數，姑以唐而明其大略。夫為天下而至於王道者，孰與太宗？當玄奘出其眾經而太宗父子文之曰《大唐聖教序》。相天下而最賢者，孰與房、杜、姚、宋邪？……自太宗逮乎元德秀者，皆其君臣之甚聖賢者也。借使佛之法不正而善惑，亦烏能必惑乎如此之聖賢邪？至乃儒者、文者，若隋之文中子，若唐之元結、李華、梁肅，若權文公，若裴相國休，若柳子厚、李元賓，此八君子者，但不詬佛為不賢耳，不可謂其盡不知古今治亂成敗，與其邪正之是非也。而八君子亦未始謂佛為非是而不推之。如此諸君，益宜思之[1]。

契嵩推唐朝為善治，而上舉太宗，中舉房玄齡、杜如晦、姚崇、宋璟諸賢相，下舉王通、元結等儒者文士，述彼等知古今治亂成敗、邪正是非而並不排佛，甚至親近佛教，以之為例，從而證明佛教於中國治亂亦有其利。

又《萬言書上仁宗皇帝》中云：

> 昔唐明皇初引釋老之徒，以無為見性，遂自清淨從事於熏修。故開元之間，天下大治，三十年蔚有貞觀之風，而天子之壽七十八歲，享國四十五載。是庸知非因佛法助其道德如此也歟？梁武帝齋戒修潔過於高僧，亦享垂五十年，而江表小康，其壽特出於長壽，此亦佛法助治之驗也。使唐不溢情，梁不過卑，知人任人，其為德皆慎始終也，豈不盡善盡美乎[2]？

契嵩舉唐玄宗、梁武帝親近任用佛老之徒為例，認為二帝能長壽，國家能

---

① （宋）契嵩撰，鍾東、江暉點校《鐔津文集》，上海：上海古籍出版社，2016年，第18頁。
② （宋）契嵩撰，鍾東、江暉點校《鐔津文集》，上海：上海古籍出版社，2016年，第154～155頁。

治安，乃因佛老之力。而二帝未得善其終，反是因為沒有完全得佛法之妙所導致。他將兩朝安定之功皆歸乎佛老，而不言儒者之功及社會本身之力量，這不惟要證明佛教有益，簡直欲證明國家無佛老而不可了。

第二，道德倫理方面。《原教》云：

> 今曰："佛西方聖人也，其法宜夷而不宜中國。"斯亦先儒未之思也。聖人者，蓋大有道者之稱也，豈有大有道而不得曰聖人，亦安有聖人之道而所至不可行乎？苟以其人所出於夷而然也，若舜東夷之人，文王西夷之人，而其道相接紹行于中國，可夷其人而拒其道乎？況佛之所出非夷也①。

排佛者認為佛為西方夷人，其所立法既講權變，則其所立法自也根據於夷人之風俗。中國風俗既與夷人異，則其法自也不宜於中國。又其夷人之文明，不如中國之文明，則中國何必用夷人之法。契嵩則認為佛為聖人，其法不惟高於印度文明，亦高於中國文明，故可用於中國。其以舜、文王為比，意在指明論佛之法，當以道論，而不可從其出生論。

契嵩在《廣原教》（第二十三）中又云："傳謂彼一天下，其所統者若中國之所謂其天下者，殆有百數。而中國者，以吾聖人非出中國而夷之，豈其所見之未博乎？"②此處"傳"，契嵩舉例如《珠林》《法苑》《高僧傳》③，謂佛教典籍中多記載中天竺方為天下之中國，若儒家所謂中國倒反是偏僻之地。此論證實是不認同儒者的文明高低論。

儒者指佛法不宜中國，極端者為文明高低論，平心者則為文明差異論。《原教》云：

> 曰："男有室，女有家，全其髮膚，以奉父母之遺體，人倫之道也。而子輩反此，自為其修，超然欲高天下。然修之又幾何哉？混然

---

① （宋）契嵩撰，鍾東、江暉點校《鐔津文集》，上海：上海古籍出版社，2016年，第9頁。
② （宋）契嵩撰，鍾東、江暉點校《鐔津文集》，上海：上海古籍出版社，2016年，第45頁。
③ 在《夾註輔教編》相應位置，契嵩有自註。見（宋）契嵩撰，邱小毛校譯《夾註輔教編校譯》，成都：西南交通大學出版社，2011年，第107頁。

何足辨之。"

曰："為佛者，齋戒修心，義利不取，雖名亦忘，至之遂通於神明，其為德也，抑亦至矣。推其道於人，則無物不欲善之，其為道抑亦大矣。以道報恩，何恩不報？以德嗣德，何德不嗣？己雖不娶，而以其德資父母；形雖外毀，而以其道濟乎親。泰伯豈不虧形邪？而聖人德之。伯夷、叔齊豈不娶，長往於山林乎？而聖人賢之。孟子則推之曰：'伯夷，聖之清者也。'不聞以虧形不娶而少之。子獨過吾徒耶？夫世之不軌道久矣，雖賢父兄如堯、舜、周公，尚不能必制其子弟。今去佛世愈遠，教亦將季，烏得無邪人寄我以偷安邪？雖法將如之何？大林中固有不材之木，大畝中固有不實之苗，直之可也，不可以人廢道。"[1]

中國文明，自漢以降，儒家道德倫理在規範社會生活方面佔主導地位。此道德倫理中處國則忠、居家則孝，可謂要中之要。儒家之孝，重子嗣傳承，重保全髮膚，此兩點與佛徒出家、剃髮之行大相徑庭。契嵩用重道來對抗重形，他以子嗣傳承、髮膚保存為外在形跡，就內在說，佛教修心立德，能使父母得死後之福，故其報恩反勝於儒者強調行跡。他又舉伯夷、叔齊逃家毀形，雖於行跡說不合儒家之禮，但於道德說反為孟子所讚揚。事實上，二者於此之衝突本有量的區別，排佛者批判不婚不嫁、不全髮膚，是不讚同此種行為普遍化，一旦其行為普遍，所影響的就不僅僅是禮儀形式，而是人類存亡的問題。孟子讚同伯夷、叔齊，乃是從權變角度言，並不鼓勵其成為普遍追求。而佛教的理論，既以出世為最高理想，以生死為苦痛，則自然引導人不婚不嫁，將使之成為普遍行為。契嵩雖予以反駁，但他以孟子之權變作為佛教將引人普遍出家的理論作支撐，顯然是力量不足的。

第三，經濟方面。《原教》云：

曰："而何甚不厭邪？子輩雜然盈乎天下，不籍四民，徒張其佈施報應以衣食於人，不為困天下亦已幸矣，又何能補治其世，而致福

---

[1]　（宋）契嵩撰，鍾東、江暉點校《鐔津文集》，上海：上海古籍出版社，2016年，第11頁。

於君親乎？"

曰："固哉！居，吾語汝。汝亦知先王之門，論德義而不計工力邪？夫先王之制民也，恐世敝民混而易亂，遂為之防，故四其民，使各屬其屬，豈謂禁民不得以利而與人為惠？若今佛者，默則誠，語則善，所至則以其道勸人舍惡而趨善。其一衣食待人之餘，非黷也。苟不能然，自其人之罪，豈佛之法謬乎？《孟子》曰：'於此有人焉：入則孝，出則悌；守先王之道，以待後之學者；而不得食於子。子何尊梓匠、輪輿而輕為仁義者哉？'儒豈不然邪？

"堯舜已前，其民未四，當此其人豈盡農且工？未聞其食用之不足；周平之世，井田之制尚舉，而民已匱且敝；及秦廢王制，而天下益擾。當是時也，佛老皆未之作，豈亦其教加於四民而為癠然耶？人生天地中，其食用恐素有分。子亦為世之憂太過，為人之計太約。

"報應者，儒言休證、咎證，積善有慶，積惡有殃，亦已明矣。若布施之云者，佛以其人欲有所施惠，必出於善心，心之果善，方乎休證，則可不應之，孰為虛張耶？夫舍惠，誠人情之難能也。斯苟能其難能，其為善也，不亦至乎？《語》曰：'如有博施於民而能濟眾，何如？可謂仁乎？'子曰：'何事於仁，必也聖乎！堯舜其猶病諸！'蓋言聖人難之，亦恐其未能為也。

"佛必以是而勸之者，意亦釋人貪悋而廓其善心耳。世宜視其與人為施者公私如何哉，不當傲其所以為施也。禮，將有事於天地鬼神，雖一日祭，必數日齋。'蓋欲人誠其心而潔其身也，所以祈必有福於世。今佛者，其為心則長誠，齋戒則終身，比其修齋戒之數日，福亦至矣，豈盡無所資乎？"[1]

排佛者從社會結構角度觀察，認為佛徒不在四民之列。四民之制，在排佛者看來實現了社會中物質與精神方面供需的平衡，而佛徒的出現則打破了此種平衡的供需結構。一方面，佛徒所從事的活動，張報應之說，乃屬精神供給方面，而負擔物質供給的農不僅沒有增加，反因為被佛教引以出家

---

[1] （宋）契嵩撰，鍾東、江暉點校《鐔津文集》，上海：上海古籍出版社，2016年，第9～10頁。

而使人員減少，於是負責精神供給者增多，負擔物質供給者減少。另一方面，佛徒所張佈施之說，引誘百姓以財貨佈施僧侶、寺廟，佛徒財富增長而百姓財富流失。此兩種原因，遂造成社會經濟衰退，百姓陷入貧窮。

　　契嵩從兩方面對此種批評作出反駁。第一是義利之辨。他舉儒者之邏輯，認為論德義不計工力，實際是貶低物質供給作用，而張精神供給之價值。排佛者從物質供需角度批評佈施、報應之說的弊端，契嵩則從精神供給角度張揚之，認為其能引人至於善，並因之而獲福報。第二是物質供需與制度關係之辨。其舉堯舜以前，無四民之制，百姓未貧，而周平王時有井田制而百姓反貧，至秦廢王制，天下更擾。故契嵩認為四民之制與百姓貧窮並無關係，況周秦之際佛老未興，則當時天下之衰亦無關佛教。至於百姓何以有貧蔽，契嵩則歸之於"其食用恐素有分"，乃以人之貧富決於天命。所以，契嵩根本不相信經濟制度對經濟發展具有影響力，這顯然是荒謬的。

　　第四，教育方面。《原教》云：

　　　　或曰："佛止言性，性則《易》與《中庸》云矣，而無用佛為。"是又不然。如吾佛之言性，與世書一也，是聖人同其性矣。同者却之，而異者何以處之？水多得其同，則深為河海；土多得其同，則積為山嶽；大人多得其同，則廣為道德。嗚呼！余烏能多得其同人，同誠其心，同齋戒其身，同推德于人，以福吾親，以資吾君之康天下也[①]。

儒家頗重教育，儒家經典為國家教育的核心讀本，官私之學皆習之。排佛者認為佛止言性，而儒家有同類著作《易》《中庸》，則不必復用佛教之書，蓋用其書則必然造成對儒家經典地位之衝擊，從而削弱儒學影響。契嵩反駁之，認為二者既然同功，則何以拒絕之，如果拒絕有同功之效者，則與之相異之書將何以處之？又二者同功，則可互為助力，以推揚闡發，利乎王教，何樂而不為？契嵩這一反駁，抓住了儒者中某些自大自私者的邏輯漏洞，其反駁有一定道理。

　　當然，契嵩也並不認為"佛止言性"，其《廣原教》（第二十一）就此

---

① （宋）契嵩撰，鍾東、江暉點校《鐔津文集》，上海：上海古籍出版社，2016年，第9頁。

闡發佛教言性之高於諸子百家所言之處。其總結云："百家者言性，而不事乎因焉、果焉、修焉、證焉，其於性也果效白乎？諸子務性而不求乎因也、果也、修也、證也，其於性果能至之乎？是故吾之聖人道性，必先夫因果修證者也。"① 他認為佛教將性與因、果、修、證聯繫闡發，乃高於諸子百家，所以佛教之典有《易》《中庸》所不可代替的價值。

（四）儒釋衝突實質

儒釋衝突，其實質是雙方理論在真與用兩個方面的矛盾。從真這一方面說，儒、釋兩家的理論，有兩個層面的衝突。第一，儒、釋兩家皆是基於世界形態、生命形態從而樹立起理想的境界，並用此理想境界來引導人的存在與發展。所以，他們都必須描述出一個真實的世界形態、生命形態來。一旦此兩大基礎荒謬而非真實，則其所樹立之理想境界便不足以成為引導人生存與發展之方向，而其所描繪之達到方法亦不足以成為人所應從者。因此，佛教要維護其理論，必須在其世界觀、生命觀是否為真這一最直接的問題上作出證明。排佛者質疑佛教世界觀為誕、生命觀為謬，真可謂抓住了其理論中最直接的問題。

第二，世界觀、生命觀的獲得，總要依據於一種可靠的認識方法，排佛者強調"耳目所接"，正是一種重實踐的經驗論。這種經驗論，有其局限，當其面對耳目之外的遙遠距離，則其不能予以判定。尤其於個體而言，若一味依據個人經驗而排斥別人的認識，則更易陷入狹隘。但是，這種經驗論，人人都可學習、體會，這種方法具有普遍意義。且若能基於群體經驗而加以總結，則其結論便能彌補個人狹隘，從而將實踐所具有的價值發揮到最大。儒者的世界觀限於天地之間、生命觀集中於人，其中雖也有神秘性部分，但孔子"不語怪力亂神"的思想使其神秘性部分受到限制，而其重實踐的經驗論部分則得以發揮出來。所以，儒者的世界觀、生命觀與佛教比，雖不如其言之遠大與層次豐富，卻是從實踐中獲得，並可不斷為實踐所檢驗。

相對地，佛教的世界觀、生命觀以佛的陳述為主要形式而進行呈現，其發現亦依據於佛超越眾生的認識能力。因此，佛教的世界觀、生命觀是

---

① （宋）契嵩撰，鍾東、江暉點校《鐔津文集》，上海：上海古籍出版社，2016年，第43頁。

否真實，首先就需要判定佛那種超越眾生的認識能力是否真實。但是，佛所具有的認識能力卻與儒者重實踐的經驗論大不相同。佛被描述為超脫於世間，是非人的存在形態，其認識能力與人有天壤之別。佛是否基於實踐方法來提升其認識能力？他從最低層次的認識能力到其最高層次的認識能力間的量變過程是怎樣的？這些都缺乏有力的論說。佛教既描述其成佛之路是可復制的，則其認識能力的提升過程必具普遍性。因此，佛教若要維護佛所具有的超越眾生的認識能力的真實性，則祇須將此種具有普遍性的認識能力提升過程及其所用的認識方法展示出來，鼓勵人們去質疑與證實，質疑者便無話可說。排佛者質疑佛是否真的"絕情"，本質上就是質疑其是否具有非人的認識方法和能力，祇要他的認識方法還是基於人的認識方法，則其方法與能力，便可利用人類認識方法的普遍性加以證明。排佛者對於佛認識能力的質疑，可以說擊中了佛教理論的最根本之處。

　　面對排佛者關於佛教世界觀、生命觀是否真實這一最直接層面的質疑，契嵩無法做出直接的證明。他既不能領著質疑者遍覽三界、六道，也不能使諸天神佛顯於人前。他祇能用夢來證明三界無涯，用薪火來證明形神關係，用強調佛超越眾生的認識能力來證明其世界觀、生命觀之真實。面對排佛者關於佛認識能力這一根本層面上的質疑，契嵩亦無法作出令人信服的證明，他祇是強調佛具有的超脫於人的"絕情而行情"的能力，強調佛與人之間的天壤之別。但是，他的推理似是而非，用不同性質之物作推理，固然已謬，而將推理過程無限延長而不檢驗其中間是否有不可成立者，則謬之又謬也。至於他反復強調佛具有超越眾生的認識能力，或是用佛教記述來證明之，說到底都不過是信佛者的自說自話罷了。世人面對一種觀念，往往先疑之，然後證之，證之繼能信之，然後纔能行之。世人所疑於佛教者，在其三界、六道、佛不能使人直接得見而證之，在其所宣揚之認識能力不能使人普遍證之。其說若能以階梯形式層層證實，則人必信而不疑，此常人可知之理。然而，佛既欲教化世人信其道而修之，卻不能抓住世人最根本的思維過程來設計教化方法，反一味強調或誘導人必先信之、行之，而反對人質疑之，真可謂反其道而行也，則其如何能稱為有超越眾生之認識能力？佛教不能就此而自證，契嵩亦不能就此而自證，故其著文反駁，雖洋洋灑灑，終不過是緣木求魚。

　　儒釋衝突的另一個方面，體現在用上。所謂用，實可分為兩種，一則標榜的目標因其標榜的方法而實現，比如佛教標榜以其修行法可以成佛，而人依其法遂真得以成佛；二則用其標榜的方法未能達到其標榜的目標，卻實現了另外的價值，比如人依修佛之法雖不能成佛，但人因以這虛幻的目標為真實，故使之精神得以有所寄託，從而能逃避或是克服生活中一些災難。前一種用具有必然性，後一種用則具有偶然性。教化者若能以前一種用教人，則被教化者不僅能受其用，並且能知其法，整個過程是真誠的。教化者若以後一種用教人，則被教化者雖能受其用，卻並不能知其法，此教化過程便具有欺騙性。無論是儒家還是佛教，他們各自都標榜了一個理想的世界及達到其理想世界的一系列方法，要判斷他們的理想和方法對整個社會是否有用，根據用的兩種分類來說，是不能夠單純通過證明其所宣揚的方法是否達到其目標來實現的。但是，從以上兩種用的分類來判斷，卻可以將儒、釋兩家中諸理想和方法間是否一一相印、是否對教化對象具有欺騙性加以總結出來。畢竟，以具有欺騙性、偶然性的理想和方法教人，被教化者雖能得一時之利，而其一旦陷入對虛幻理想和偶然成功的深信不疑中，則極易因之受害。可見，第一種用是持續的、穩定的，第二種用則是暫時的、不穩定的。排佛者對佛教世界觀、生命觀的質疑，在用的層面正是要使人分清兩種用，使人不要因佛教所具有的第二種用（比如說精神安慰，甚至短時間穩定社會、繁榮文化、帶動經濟）而盲從它，從而陷入對其欺騙性的忽視、對其偶然性的貪戀中，以致最終因小失大，養成大禍。排佛者從佛教是否能持續穩定地產生效用這一角度來質疑佛教，抓住了佛教的根本之弊，而排佛者顯然是重視第一種用的。

　　更具體些說，儒家根據其所認識的世界形態、生命形態來總結人的需求，從而提煉出能夠滿足人之需求的行為的理想原則，然後將這些理想原則藉助政教形式推廣於全社會，使人們規範其行為，最終達到儒家所描繪的理想境界——王國。這種邏輯，於儒家而言，契嵩在《論原》中已有呈現，即“依情制則，引則入政”。佛教亦基於類似邏輯，但其作為基礎的世界形態為三界、生命形態為六道、超脫六道之聖者，故其所總結出來的行為的理想原則便分世間教和出世間教，而其所教化之對象也不限於人而已。超脫三界之外，不落六道之中，是佛教的最高理想，是出世間教的目標。而世間教還有保持於人趣、上升為天趣和淪落修羅、畜生、餓鬼、地獄之別。因此，人的行為的理想原則就分出了兩個層次，即出世間教（聲聞乘、緣覺乘、菩薩乘）的理想原則和世間教（天乘、人乘）的理想原則，人乘的理想原則在其中為最落後者。儒、釋兩家皆欲導人至於理想境界，則人誰不希望至於最高之理想境界？儒家以存在於天地之間、做有益于天下的人為最高理想，則必須要求人們居家處國，將其精力奉獻國家政治、倫理道德、經濟、教育諸方面。但佛教以脫離天地之間、成佛為最高理想，則信佛之人必然要受此目標引導而去家去國，將其精力最終從國家政治、倫理道德、經濟、教育諸方面剝離出來，這就必然衝擊國家政治、道德倫理、經濟、教育諸方面的穩定和持續發展。這種矛盾的爆發乃早晚之事，而其爆發的條件則是佛教理論的影響不斷上升、佛教徒的數量不斷增加，一旦到達社會所能承受的臨界點，則內不崩潰，亦必受外擾。

排佛者在用的層面質疑佛教對個人以至於國家在政治、倫理道德、經濟、教育諸方面是否有用，實際上是從佛教是否能持續穩定地促進發展這一角度說的。契嵩的反駁，並沒有從佛教的作用是否具有持續穩定性這一角度來論說，而始終停留在尋求個案或是以個案機械累積的方式來證明佛教的作用，這種反駁是避重就輕的。

三、從儒釋衝突到世間、出世間教溝通

排佛者對佛教的質疑，從真之方面言，以佛教之世界觀、生命觀為荒誕，以佛所具有的超越眾生之認識能力為不實。契嵩的反駁，或斥責儒者重實踐的經驗論不可靠，或以似是而非的推理來維護佛教世界觀、生命觀，或不斷強調佛的認識能力超越眾生故為人所不能識。所以，契嵩在此一方面對排佛者的質疑可謂全盤拒絕。從用之方面言，排佛者質疑佛教之出世間教於長遠觀，必將衝擊國家在政治、倫理道德、經濟、文化諸方面的穩定和持續發展，從而使個人與國家因小失大，受其大患。契嵩的反駁，或將佛教造成的禍患推責於不肖佛徒、資鈍信眾，或不斷於歷史中尋求佛教有利國家、個人之處。所以，契嵩在此一方面對排佛者的質疑除了尋找幾個替罪羊外，對佛教的出世間教仍是堅決維護的。在這場論爭中，契嵩固不願投降於排佛者，而排佛者更不會因其反駁之語而投降，但佛教處於弱勢地位，故契嵩又不得不尋求佛教以外的其他力量來支持佛教以抵抗排佛者，於是契嵩用力於

世間教、出世間教之溝通。其溝通亦分為三大方面。

（一）世界觀溝通

儒者雖不言三界，卻涉及天地，佛教三界觀中亦涉天地，故契嵩在此處加以溝通。其《夾註輔教編》註"三界"云：

> 曰欲界也者，言一欲界也。此一欲界，凡統六天及四下洲。一曰是天王天，此一天居須彌山腹。二曰忉利天，此一天在須彌山頂，此天又有三十三天。此四天王、忉利二天，乃單修上品十善者得生其間也。三曰夜摩天，四曰兜率天，五曰化樂天，六曰他化自在天。此上四天空居耳，修上品十善兼坐禪而未得定者，得生其間也。四洲即四天下也，名數見下文，乃四天王所統攝也。曰色界也者，言二色界也，此二色界凡統一十八天……其四禪占九天，一曰無雲，二曰福生，三曰廣果（此上三天乃凡夫住處，所修上品十善坐禪者得生其間也），四曰無想者（乃外道所居之處也），五曰無煩，六曰無熱，七曰善見，八曰善現，九曰色究竟（此上五天乃第三果聖人所居之處也）……此三界者，乃是一切有情之類，隨其善惡業緣，果報所依之境也。若觀察乎此三界，則天地上下二境，與其四方六合，內未為必有，外未為必無，此可詳審自知而不足以置疑也[1]。

又其註"地獄"云：

> 地獄者，梵欲捺落迦，又云泥犁，此翻苦具，而言地獄者，此處在地之下故也。謂八寒八熱之大獄，各有眷屬無數，其中受苦者，隨其作業，各有輕重劫數等，其中最重，一日之中八萬四千生死，經劫無量。作上品五逆十惡者，感此道身[2]。

---

① （宋）契嵩撰，邱小毛校譯《夾註輔教編校譯》，成都：西南交通大學出版社，2011年，第72～73頁。
② （宋）契嵩撰，邱小毛校譯《夾註輔教編校譯》，成都：西南交通大學出版社，2011年，第73頁。

天、地本是無生命之物，並不帶有人的意志，它們既不為人而生，也不根據人的意志來區別層級。佛教按其四輪成世界的教義，世界本應沒有自我意志，更不能為著人間善惡、修行程度來成立由地獄到無色界的優越性劃分。但是，佛教的三界設定裡，地獄至於諸天界，又確實與人的善惡、修行程度緊密聯繫著。人若不行善而行惡，則將被地獄的強制力束縛於其中；人若行善或修行未達到一定程度，則將被諸天界的強制力阻礙其進入。所以，佛教內部的天地是隱藏著自我的情感、判斷力，及超越眾生的強制力的。這種天地所具有的意志，實際上本是佛教教義中的自我矛盾，故佛教並不強調之。故佛教的天地，更偏向於自然性。

與佛教不同，儒家頗重天道，認為天具有情感與判斷力，具有超越人類的強制力，故能判斷世間善惡是非，並用其強制力予以獎懲。說到底，這本是將人的意志藉助天予以闡發、推廣，故在儒學中天被神聖化了，尤其是董仲舒的天人感應論，更將天之神聖性進行了突出。契嵩遂將佛教天地中暗含的意志性與儒家的天道論作了溝通。其於《原教》中云："然其教之作於中國也，必有以世數相宜而來，應人心相感而至。不然，何人以其法修之，天地應之，鬼神效之?"① 其《勸書》中云："世俗以其法事於天地，而天地應之"，"蓋推其大誠與天地萬物同，而天人鬼神自然相感而然也"，"大凡害事，無大小者，不誅於人，必誅於天，鮮得久存於世也。今佛法入中國，垂千年矣，果為害，則天人安能久容之如此也"，"今佛導人割常情而務其修潔者，蓋反常而合道也，夫大道亦恐其有所至於常情耳，不然則天厭之久矣"②。其《廣原教》云："修吾聖人之法，則天地應之，舉吾聖人之言，則鬼神順之，天地與聖人同心，鬼神與聖人同靈，蓋以其類相感而然也。"③ 這些論述強調佛法合乎天道，故能廣佈天下，若其不合天道而有害，則早已為天所懲戒。此中顯示出天高於佛，天道高於佛法之地位。這顯然是契嵩將儒家之天與佛教之天進行了溝通。契嵩在《輔教編》《論原》中皆大講天道，可以說，重天道是契嵩學術中極重要之理論。可是，按佛教教義，修佛法本

---

① （宋）契嵩撰，鍾東、江暉點校《鐔津文集》，上海：上海古籍出版社，2016年，第7頁。
② （宋）契嵩撰，鍾東、江暉點校《鐔津文集》，上海：上海古籍出版社，2016年，第14、14、17、17頁。
③ （宋）契嵩撰，鍾東、江暉點校《鐔津文集》，上海：上海古籍出版社，2016年，第32頁。

欲超脫三界，而此時卻為天道所統領。契嵩這種溝通雖能在反駁排佛者時，令其難以自辯，卻違背了佛教教義而降低了佛、佛法之地位。

（二）生命觀溝通

儒者雖不講六道，但也有將生命形態神秘化之傾向，契嵩遂由此而進行溝通。《萬言書上仁宗皇帝》云：

> 抑又聞佛者，其人神靈睿知，古云："大不測人也。"死生變化自若，而死生不能變化。蓋其所得之道大妙，妙乎天地鬼神，而天地鬼神嘉之。其為聖人也，亦與世之所謂聖人異也。范曄《西域論》曰："靈聖之所降集，賢聖之所挺生。"裴休亦曰："知佛為大聖人，其教有不可思議之事。"是二者始知佛之所以為聖人也。故其為法為言，乃能感天地而懷鬼神幽冥，要其法，欽其言，而古人嘗發於巫覡卜祝，接於夢寐者，固亦多矣。河海方波濤洶湧，其舟欲沒，人之欲溺，及投佛之經，則波清水平，民得無害。民欲暘，若以其法而禱之天地，而天地暘民；欲雨，若以其法而禱之，鮮不之效。然其遺風餘法，與天下為福為祥而如此，此又人耳目之所常接者也，與陛下禋天地、祀社稷、禱乎百神而與民為福者，何以異乎①？

巫覡卜祝，由來久矣，儒家學說亦有承襲者，故其中有祭祀之法，以期趨福避兇。此種行為成立之邏輯前提，便是天地神鬼具有思想、情感，從而能判斷善惡、喜惡，故天地神鬼為高於人之生命形態。儒家既有此種觀念，故佛教認為有高於人之天（神）、佛教聖者，有低於人之餓鬼、地獄，也就並非無稽之談。

又《勸書》（第二）云：

> 舊說羊祜前為李氏之子，崔咸乃盧老後身，若斯之類，古今頗有，諸君故亦嘗聞之也。以此而推之，則諸君之賢豪，出當治世，是

---

① （宋）契嵩撰，鍾東、江曦點校《鐔津文集》，上海：上海古籍出版社，2016 年，第 156 頁。

亦乘昔之神明而致然也，又烏知其昔不以佛之法而治乎神明邪①?

《晉書·羊祜傳》載羊祜為鄰人李氏之子再生，《唐書·文苑傳》載崔咸為盧老之投胎，這些說法雖可能本就是受佛教思想影響而後有的傳說，但畢竟不是佛教典籍所載，而為史傳所記。佛教六道說，除了劃分生命形態之優越性外，另一個特徵正是諸種生命形態間具有神秘的流轉關係。世書史傳中既載有再生、投胎之類，故佛教六道說亦非自說自話也。契嵩藉世書史傳中的記載來證明其六道說，故又使排佛者難以自辯。

（三）實踐論溝通

排佛者對佛教的質疑，除了其世界觀、生命觀是否為真之外，最終則落足於用的角度，遂有從政治、倫理道德、經濟、教育方面進行之批判。也就是說，排佛者認為佛教依據其世界觀、生命觀所提煉出的引導人們現實行為的諸多理想原則是存在危害的。儒家亦有一套引導人們現實行為的理想原則，契嵩遂力圖溝通這兩大理想原則之系統。此分為對普遍性原則和特殊性原則兩種溝通。

第一種溝通，是針對普遍性原則。儒家理想原則的提煉，其基本立場為"依情制則"，"情"即人情，別為性與情。自孔子至於孟子、荀子、董仲舒都涉及對性情之探討，從而樹立起將社會善惡與人內在屬性聯繫而觀的理念，而孟子則尤為注重性的地位，將之視為人天溝通之關鍵。性為溝通人天之關鍵，實即說它在天道與人道之間架起橋樑，故欲通天道，必先修性，惟修性者方能將天道引於人道，從而指導人們的現實行為。契嵩於是將儒家重性、重天道思想與佛教心性學說、中道觀溝通起來。其《中庸解》（第一）云：

> 或曰："《中庸》與《禮記》，疑若異焉。夫《禮》者，所以序等差而紀制度也。《中庸》者，乃正乎性命之說而已，與諸禮經不亦異乎？"叟從而辯之曰："子豈不知夫中庸乎！夫中庸者，蓋禮之極而仁義之原也。禮、樂、刑、政、仁、義、智、信，其八者一於中庸者

① （宋）契嵩撰，鍾東、江暉點校《鐔津文集》，上海：上海古籍出版社，2016年，第19頁。

也。人失於中，性接於物，而喜、怒、哀、懼、愛、惡生焉，嗜欲發焉。有聖人者，懼其天理將滅而人倫不紀也，故為之禮、樂、刑、政，以節其喜、怒、哀、懼、愛、惡、嗜欲也；為之仁、義、智、信，以廣其教道也。"①

《中庸》是儒者的性命之書，乃討論人之內在屬性，而《禮》則為規範社會之外在行為者。契嵩認為二者雖有內外之別，但中庸實為禮、樂、刑、政、仁、義、智、信諸外在行為原則之根本，具有統領地位。

然而，在孔子、孟子、董仲舒等所闡述的儒家諸理想原則中，天道纔是居統領地位者，而非中庸。故契嵩又將天道與中庸統一起來。他所作之第一步是將天道與皇極統一。這種統一在其少年所著之《皇極論》中便已完成。其文云："或曰：'皇極何道也？'曰：'天道也，地道也，人道也，貫三才而一之。'"② 在這裡，天道與皇極幾乎同義，甚至皇極還高於天道。這種統一在其著《原教》時仍加利用。《原教》云："五福者，謂人以其心合乎皇極，而天用是五者應以嚮勸之；六極者，謂人不以其心合乎皇極，而天用是六者應以威沮之。"③ 可見，將皇極與天道統一，是契嵩長期堅持的做法。

契嵩統一天道與中庸之第二步，乃將皇極與中庸相統一。其《皇極論》已云"天下中正之謂皇極"④，而《中庸解》（第三）中仍利用之。其文云：

> 或問："《洪範》曰：'皇建其有極。'說者云'大立其有中'者也。斯則與子所謂中庸之道異乎？同邪？"
>
> 曰："與夫皇極大同而小異也。同者，以其同趨乎治體也；異者，以其異乎教、道也。皇極，教也；中庸，道也。道也者，出萬物也，入萬物也，故以道為中也。其《中庸》曰：'喜怒哀樂之未發謂之中，發而測或作無皆中節謂之和。中也者，天下之大本也；和也者，天下

① （宋）契嵩撰，鍾東、江暉點校《鐔津文集》，上海：上海古籍出版社，2016年，第72～73頁。
② （宋）契嵩撰，鍾東、江暉點校《鐔津文集》，上海：上海古籍出版社，2016年，第70頁。
③ （宋）契嵩撰，鍾東、江暉點校《鐔津文集》，上海：上海古籍出版社，2016年，第4頁。
④ （宋）契嵩撰，鍾東、江暉點校《鐔津文集》，上海：上海古籍出版社，2016年，第69頁。

之達道也。致中和，天地位焉。'此不亦出入萬物乎？教也者，正萬物、直萬物也，故以教為中也。其《洪範》曰：'無偏無陂，遵王之義；無有作好，遵王之道；無有作惡，遵王之路。無偏無黨，王道蕩蕩；無黨無偏，王道平平；無反無側，王道正直。會其有極，歸其有極。'此不亦正直萬物乎？夫《中庸》之於《洪範》，其相為表裏也，猶人之有乎心焉。人而無心，則曷以形生哉？心而無人，亦曷以施其思慮之為哉？"[①]

契嵩以皇極、中庸之核心精神皆是"中"，但二者稍異，其以皇極為教，可以規範人與萬物之行為，而以中庸為道，處在更抽象之地位，二者具有體用之別、內外之分。但是，二者終歸是統一的。

契嵩將儒家重心性、重天道的思想統一於中庸之下，最終目的仍是為了和佛教心性學說、中道觀統一起來。其在《中庸解》（第五）最後結篇時云："曰：'子能中庸乎？'曰：'吾之不肖，豈敢也！抑亦嘗學於吾之道，以中庸幾於吾道，故竊而言之，豈敢謂能中庸乎！'"[②] 人問契嵩達於中庸否，契嵩雖為謙辭，卻強調"中庸幾於吾道"，認為中庸與佛道有相近者。《萬言書上仁宗皇帝》云："夫王道者，皇極也；皇極者，中道之謂也。而佛之道亦曰中道，是豈不然哉然？而適中與正，不偏不邪，雖大略與儒同，及其推物理而窮神極妙，則與世相萬矣。"[③] 可見，契嵩所謂"中庸幾於吾道"，正是以中庸溝通於佛教中道，且契嵩認為佛教中道比儒者所論還要高出一籌。契嵩將佛教中道與儒家中庸、皇極、天道溝通起來，實際上就是將他們所統領的禮、樂、刑、政、仁、義、智、信等儒家諸普遍性理想原則皆溝通了起來。

第二種溝通，是針對具體行為的特殊性原則，主要為政治、倫理道德方面。

先看政治方面。《原教》云：

---

① （宋）契嵩撰，鍾東、江暉點校《鐔津文集》，上海：上海古籍出版社，2016 年，第 74～75 頁。
② （宋）契嵩撰，鍾東、江暉點校《鐔津文集》，上海：上海古籍出版社，2016 年，第 78 頁。
③ （宋）契嵩撰，鍾東、江暉點校《鐔津文集》，上海：上海古籍出版社，2016 年，第 152 頁。

　　昔宋文帝謂其臣何尚之曰："適見顏延之、宗炳著論，發明佛法，甚為名理，並是開獎人意。若使率土之濱，皆感此化，朕則垂拱坐致太平矣，夫復何事！"尚之因進曰："夫百家之鄉，十人持五戒，即十人淳謹；千室之邑，百人修十善，則百人和睦；持此風教，以周寰區，編戶億千，則仁人百萬。夫能行一善，則去一惡，去一惡，則息一刑。一刑息於家，萬刑息於國，則陛下之言'坐致太平'是也。"斯言得之矣①。

國家乃由更小的社會單位一層層構築，最終細分為個人。因此，每一層中皆有淳謹仁人，則社會能够穩定。契嵩引宋文帝、何尚之對話，以為佛教五戒十善之類若能成為社會風教之標準，則國家必安定不亂。

　　基於此種治國之利，契嵩遂用佛教五戒、十善與儒家治國原則溝通。《原教》云：

　　　　夫中國之內，四夷八蠻之外，其人聞佛之言"為善有福，為惡有罪"，而鮮不惻然收其惡心，歡然舉其善意，守其說，拳拳不敢失之。若嚮之所謂五戒、十善云者，里巷何嘗不相化而為之！自鄉之邑，自邑之州，自州之國，朝廷之士，天子之宮掖，其修之至也，不殺必仁，不盜必廉，不淫必正，不妄必信，不醉不亂，不綺語必誠，不兩舌不讒，不惡口不辱，不恚不雠，不嫉不爭，不癡不昧。有一於此，足以誠於身而加於人，況五戒十善之全也？豈有為人弟者而不悌其兄，為人子者而不孝其親，為人室者而不敬其夫，為人友者而不以善相致，為人臣者而不忠其君，為人君者而不仁其民？是天下之無有也②。

契嵩在《論原》中有專門針對君、官僚階層作為統治者而提出的執政的理想原則。其中如仁、正、信，分別對應不殺、不淫、不妄。另如無私則與廉應，無為、不伐則與不爭、不雠應。剩下的不亂、誠、不饞、不辱、不

---

① （宋）契嵩撰，鍾東、江暉點校《鐔津文集》，上海：上海古籍出版社，2016 年，第 3 頁。
② （宋）契嵩撰，鍾東、江暉點校《鐔津文集》，上海：上海古籍出版社，2016 年，第 5 頁。

昧對於規範統治者內部相處及面對百姓亦可起團結作用。契嵩通過此種溝通，增強了佛教有利國家政治的說服力，對排佛者的批評有一定抵抗作用。

再看倫理道德方面。此主要指契嵩作《孝論》，溝通佛教義理與儒家之孝。《孝論·明孝章第一》云：

> 二三子祝髮，方事於吾道，逮其父母命之，以佛子辭而不往。吾嘗語之曰："佛子情可正，而親不可遺也。子亦聞吾先聖人其始振也，為大戒，即曰'孝名為戒'，蓋以孝而為戒之端也。子與戒而欲亡孝，非戒也。夫孝也者，大戒之所先也。戒也者，眾善之所以生也。為善微戒，善何生邪？為戒微孝，戒何自邪？故經曰：'使我疾成於無上正真之道者，由孝德也。'"①

排佛者一個重要的指責正是佛教導人出家，不顧親情，而使家庭分離，故契嵩專就此種佛徒發論而曰"佛子情可正，而親不可遺"。這一方面說明契嵩或迫於壓力，或出於真心，終也接受了排佛者對佛徒的此種批評。故其作《孝論》多有說服佛徒之意，從而在內容上將儒家之孝納入佛教理論。另一方面，也表明這種溝通意在調和矛盾，使佛徒既要正其情，亦要愛其親，而非單方面否定佛教出家或是否定儒家之孝。這一點可說是其貫穿《孝論》的基本態度。

《孝論·孝本章第二》云：

> 天下之有為者莫盛於生也，吾資父母以生，故先於父母也。天下之明德者莫善於教也，吾資師以教，故先於師也。天下之妙事者莫妙於道也，吾資道以用，故先於道也。
>
> 夫道也者，神用之本也；師也者，教誥之本也；父母也者，形生之本也。是三本者，天下之大本也。白刃可冒也，飲食可無也，此不可忘也。吾之前聖也，後聖也，其成道樹教，未始不先此三本者也。

---

① （宋）契嵩撰，鍾東、江暉點校《鐔津文集》，上海：上海古籍出版社，2016年，第49頁。

大戒曰："孝順父母師僧，孝順至道之法。"不其然哉！不其然哉①！

契嵩用類比之法，將父母、師、道相對比，佛教既講尊師、崇佛，而原因乃在於師、佛導信眾於道，使之獲益。而父母生其形，則可謂與之以最基本之益，故從知恩圖報角度言，父母與師、道一樣應該受到尊重、愛戴，故佛徒於父母亦當孝。這一論述是在學理上將儒家之孝與佛教尊師重佛思想溝通起來，從而為倡導佛徒在行為上重孝提供了理論支撐。

《孝論·原孝章第三》云：

> 孝有可見也，有不可見也。不可見者，孝之理也；可見者，孝之行也。理也者，孝之所以出也；行也者，孝之所以形容也。脩其形容而其中不脩，則事父母不篤，惠人不誠。脩其中而形容亦脩，豈惟事父母而惠人，是亦振天地而感鬼神也。天地與孝同理也，鬼神與孝同靈也，故天地鬼神不可以不孝求，不可以詐孝欺②。

契嵩在學理上溝通佛儒之孝後，便在行為層面上加以展開，其將孝行分為可見之理和不可見之行，根本目的是將孝抽象化、神秘化。儒家對佛徒不孝之批評，是具體到生活的一舉一動中的，而佛徒顯然無法在出家的情況下保持對父母的親密接觸與關照，故契嵩祇能從抽象層面、神秘層面講孝，從而通過偷換術語內涵把佛徒行為納入孝的體系中。其後《評孝章第四》闡述子女為孝則當使父母不當於來世淪為異類，而飲食亦要考慮不可食上世之父母，故應戒肉。《必孝章第五》講述佛教修道度世，本在慈愛世人，則父母更不可遺。《廣孝章第六》強調儒家之孝在人，而更需用佛教之孝及於神道。《戒孝章第七》論述孝父母則當使父母得其福，而福之大莫過於佛教修道所得，從而將佛教修五善十戒等內容納入為父母修福內。《德報章第九》論述孝父母當報之以德，而修德莫過於佛教，故孝父母尤當學佛。此數章之展開，皆從抽象層面、神秘層面誇大佛教修行之功

① （宋）契嵩撰，鍾東、江暉點校《鐔津文集》，上海：上海古籍出版社，2016年，第49～50頁。
② （宋）契嵩撰，鍾東、江暉點校《鐔津文集》，上海：上海古籍出版社，2016年，第50頁。

用，再把這效力轉移到父母頭上，其於滿足父母現實生活、心理需求方面，可說並無作用。《孝論》最後的《孝略章第十》《孝行章第十一》《終孝章第十三》則討論佛徒在現實層面也要注意適當供養、侍奉父母，滿足父母生活與心理之需求。不過，佛徒出家而居於寺廟，其於侍奉父母角度終究是遠水難解近渴的。

綜觀契嵩的世間、出世間教溝通學說，可以得出以下五點結論。第一，契嵩的溝通之學主要針對於排佛者對佛教質疑之處而構建，排佛者質疑佛教世界觀、生命觀之真實性，並認為佛教學說在實踐中對國家政治、倫理道德、經濟、教育等具有不利影響，故契嵩溝通之學的重心也在這三大方面，而對佛教紛繁不一的修行方法則涉及者少。第二，排佛者利用重實踐的經驗論質疑佛教所謂三界、三世、六道、佛等皆為誇誕而不可信者，而契嵩則攻擊經驗論不可靠，並用無節制、乏實踐之推理以及情感上的強調佛之偉大來維護佛教之世界觀、生命觀。第三，排佛者從實踐論角度批判佛教以其誇誕之說誘引為君、為官者喪其本職，誘引百姓棄其土地、錢財，造成國家政治、倫理道德、經濟、教育諸方面之混亂，而佛徒乃自得其利。契嵩則從神聖性角度強調佛教於國家、個人有陰德，亦能助國家安治、個人長壽，又從神聖性、精神超越性角度貶低功利性（主要是經濟發展）之意義，並從根本上否定經濟制度對經濟發展之作用，而將人生貧富歸於天命。第四，契嵩對佛教世界觀、生命觀之真謬問題，不是通過實踐來解決，而力圖通過古人文本之異同來證明其真，這顯然是緣木求魚。第五，契嵩對佛教在社會發展中之作用，不是通過比對其在神聖性、精神超越性、功利性三角度之成果來檢驗，而是強調神聖性、精神超越性而貶低功利性，同時又不能在量的層面考察佛教對社會各階層之作用，顯示出契嵩思維的片面性和粗疏之局限。總之，契嵩由於處在被動應戰的論辯地位，而佛教學說在世界觀、生命觀方面又確實頗多誇誕荒謬者，所以其辯論的很多觀點並不在理，遂難以使人信服。但是，他也指出了排佛者言論中一些漏洞與不足，並從實踐論角度找到了佛教於個人、社會、國家所具有的一些價值，也可看出他的智慧之處。

第三節　强辨而善辯
——"宗論"的修辭之功

　　契嵩的議論文中，大量地蘊含著他的世間教學說及其溝通之學，這反映著他思想系統的水平。作者的思想表達在文章中，便是文章的主題，而在議論文中便是"論點"。從前面的探討，可以看到他的學術思想具有廣博、豐富之特徵，且具一定邏輯性，不少論點也頗有價值，可顯出他的智慧。但是，他在世界觀、生命觀方面頗多錯謬，於實踐論角度也有偏頗之處，還有一些論點僅是陳詞濫調，所以局限性很大。這就是說，契嵩議論文中的論點並不都是合理的。不過，契嵩雖在《輔教編》內對佛教世界觀、生命觀中誇誕錯謬者堅決讚同，但在《論原·明分》《與周感之員外書》中對鬼神一類卻有所懷疑①。可見，他對自身論點的不合理性是有所自知的。契嵩既自知其論點有不合理處，何以在《輔教編》中態度那麼堅決？這實是有所不得已的。

　　這種不得已與當時的排佛運動有關。排佛運動的興起，並不僅僅由儒、釋兩家在純理論層面的衝突造成，而主要是歐陽修等欲限制當時佛徒隊伍的發展以求得國家財政增長的緣故。因此，排佛運動一旦壯大，則當時的佛教徒將面臨著經濟地位、社會地位、生活方式諸方面的轉變，很可能遭受巨大苦難。所以，契嵩的護法活動，一開始便帶著保護佛教徒之經濟地位、社會地位、生活方式之使命。對他來說，與排佛者的辯論祇能勝，不能敗。如此，他就不可能完全客觀地與排佛者作是非之辨，而是要

---

① 契嵩在《論原·明分》中說："今曰天可升，海可入，黃金可以巧成，噏雲氣，與神遇而不死，是焉知變化之故而見天地之理乎？"（《鐔津文集》第 117 頁）可見他對神仙方術之類是不大相信的。而他在《與周感之員外書》中說："苟如他邦之地神靈清淑，能使人今曰葬之，明曰子孫便乃將相，若孝子孫豈肯違父母之訓而爲子孫計邪？況萬萬無此效也"，"爲此說者，蓋陰陽家妄張禍福以鼓動世俗，而世俗汲汲於富貴，不顧修德，紛紛然樂從其說，望如其志，不亦惑乎？"（《鐔津文集》第 194、195 頁）周感之喪父，欲擇風水佳地葬之。契嵩批判了風水之說，認爲他們妄張禍福。事實上，陰陽家的風水說、道教的神仙方術，都基於超自然的世界觀、生命觀，與佛教基本教義有同趣者。佛教甚至把神仙納入他們的天趣，契嵩在《傳法正宗記》中便描述了一些仙人的存在。但是，他在與周感之的信中，卻對這種超自然世界觀、生命觀有批判，所以他對這些理論也未必那麼相信。

揚長避短，甚至顛倒是非。要達到這種目的，文章創作就必須善用修辭，以使一般讀者信其經過修辭之後的利於佛教的論點，從而對排佛者形成打擊。今從其諸議論文來看，他最重要的修辭方法就是"宗論"。

一、"宗論"釋義

"宗論"為何？契嵩於《夾註輔教編》註"孝論"時云：

> 論者，議也，理也，綸也。言語發義，故曰議也；含蘊萬理，故曰理也；可以經綸世務，故曰綸也。此等出儒者之說者也。又論者，梵語阿毗達磨，此翻云對法，亦云無對法；又梵語阿毗曇，此云無比法，謂佛與其弟子眾聖人，分別法相，其智慧無有比並者也。對法者，謂分別之智慧為能對，四諦之法為所對也，故云對法，亦曰無對法，蓋無比之謂也。然此分別之智慧，其為論者又含四種之義。如梵語摩怛哩迦，此云本母，取其出生之義也；梵語奢薩怛囉，此亦云議論，謂議詳空有，論量假實；梵語烏波你舍，此云近說，謂略說經中要義不次第故；梵語阿毗達磨，此則前所云對法，義亦如前也。又有二論，皆攝前四焉。一謂宗論，即宗大小乘經所造也；二謂釋論，謂造論解釋大小乘經也。
>
> 今《孝論》蓋融會三教為孝之道，故兼用世儒之說，乃有其議者之義也。其宗本吾佛之經，故皆用佛教無對、無比法與其論議、近說、宗論者也。夫所謂無比者，在吾所宗諸佛菩薩分別之說，其智慧固不可比並也。若余微小之智，其所說安敢預乎無比耶？能對者，雖此小智，亦預分別三教孝道之淺深遠近也。所對者，其勉人孝順，近則其所免離王法不孝刑戮之苦，遠則其所免離三塗冥罰之苦，是苦諦也。既行孝順所斷其五逆十惡不孝聚集之種者，是集諦也。既依法孝順三尊一切，則已斷其苦、集，見清淨寂滅之理，是滅諦也。正理以修，近則人天聲聞之道，遠則佛無上涅槃之道，是道諦也。切欲顯明佛有大孝，與彼世教無異，以解謗讟，以廣人天孝道，是近說略取其要義也。其餘三種之義，吾論皆具之，可見《孝論》始終宗本聖賢經

論，是亦宗論也①。

此註分作兩段，第一段乃契嵩詳論其對於"論"之認識，第二段則具體敘
說其《孝論》中所用論法。先看第一段中之云"論"者。契嵩將"論"分
作兩大角度來解釋，一為儒者之說，一為佛教之說。從儒者之說，其解釋
涉及三個角度。第一，論的內容是"萬理"、"義"，也即說論是針對世界、
生命以及一切自然事物而說明他們的形態、運動等問題的，故所謂世間、
出世間教也都包含在內。第二，論的功能是"經綸世務"，從大了說，對
世界、生命等一切自然事物的認識都可說有用於世務，不過從歷史角度
說，此"世務"又限定為特定時空內政治、經濟、文化、軍事等具體活
動。第三，論的呈現形式是"言語"，而不是藉助其他什麼形式。

從佛教角度說，契嵩將古人的各種定義和翻譯都集中起來，然後進行
溝通。第一種定義，是將"論"分為宗論與釋論。所謂宗論，是指遵從佛
教大小乘經典之思想而立說為文。所謂釋論，是指為文以解說大小乘經
典。可見，釋論實則與註疏之作用相近，乃在文體形式不一耳，對大小乘
經典的文獻形式有更多依賴。而宗論實是對大小乘經典中所蘊含之道理加
以運用，對大小乘經典的文獻形態依賴甚少，故可用儒道之術語來呈現佛
教之思想。第二種定義，是立足於"分別之智慧"，而將論分出本母、議
論、近說、對法四義。所謂"分別之智慧"，即是"佛與其弟子眾聖人，
分別法相"的"智慧"，也即是佛教所宣揚的其對世界、生命以及一切自
然事物的認識，即其所謂出世間法者。所謂本母、議論、近說、對法四
義，其實也是三個角度。第一，議論、對法二者，皆是從內容角度而立
名。議論者，見其內容為"空有"、"假實"；對法者，見其內容為以佛之
分別智慧對觀四諦之法。第二，本母，是從功能角度立名。其曰"出生之
義"，據《新編佛學大辭典》釋云："本母者，取出生之義，以集諸經之義
而議論之，出生別趣之義理故也。"② 也即說，"出生"謂生成新義，即學

<hr />

① (宋) 契嵩撰，鍾東、江暉點校《鐔津文集》，上海：上海古籍出版社，2016年，第113~114頁。
② 《新編佛學大辭典》(丁福保《佛學大辭典》、法雲《翻譯名義集》合輯本)，河北省佛教協會虛雲
印經功德藏印行，第424頁。

者通過參合諸經各自所說而發現文後隱藏之新義。所以，本母實是指明議論具有引申前人舊說而生新義之功能。第三，近說，是從呈現形式角度立名。其云"略說經中要義不次第故"，即曰議論可擺脫諸經中語言段落等本來順序而提煉概要，甚至顛倒次序。關於對法，契嵩又羅列了無對法、無比法兩種異譯，前者未解說，後者云"無有比並"，實是從推崇、讚美之角度立名。比較宗論、釋論，他們有共同立場，即宗佛教大小乘經典，本質上就是宗佛教之道，即佛教之出世間法，而宗論在運用中比釋論具有更靈活的表現形式。契嵩又說宗論、釋論乃含攝本母、議論、近說、對法四義，實即含攝了分別智慧、空有、假實、四諦等內容，以及引申、概說、顛倒次序等方法。而契嵩以"無有比並"推崇佛教智慧則進一步顯示了他宗主於佛教學說的堅定立場。

　　第二段乃契嵩言其著《孝論》所用之論法。其云"宗本吾佛之經，故皆用佛教無對、無比法與其論議、近說、宗論者也"，顯示了其根本立足之點。而對於儒者之所謂論者，契嵩則取其"言語發義"之"議"，而捨其"含蘊萬理"、"經綸世務"，蓋儒者所謂"萬理"實有與佛教頗相悖者，而佛教亦本是要導人棄於"世務"者。所以，他雖取"言語發義"，除了其論借"言語"以呈現外，其所謂"義"實亦指合於佛教之說者。其最後云"可見《孝論》始終宗本聖賢經論，是亦宗論也"，則見其為《孝論》之方法皆歸攝於"宗論"，而此種契嵩所推崇之論法也自然被其運用於其他議論文中了。

　　綜觀契嵩對"論"的分析，其別儒、佛兩派而歸之於佛教立場，足見其先入為主之局限。其既已先入為主而推崇佛教智慧乃"無有比並"，便可知其諸議論文章絕非出於公正比勘排佛者之觀點（以及一切悖於佛教之學說與現實）而重斷佛教學說之真謬、有用無用，而是要以佛教學說為依據來批判異於其說者了。至於佛教謬妄之處、世說真實之理，他便必然要採取措施以掩飾顛倒了。所以，如何發揚佛教學說中之真理，掩飾佛教之謬妄處、世說之真實處，而使讀者為之感動而不致懷疑其學說，則最見其對文學修辭之運用能力。契嵩既以"宗論"為其論議之法，則其議論文所具有的風格也就來自"宗論"。其具體而言，可分作"宗聖賢"、"宗盛世"、"宗常理"三種模式。

　　二、宗聖賢

　　契嵩言其"宗論"之所宗，其實質是"宗大小乘經"，而大小乘經所蘊

含的智慧及其所獲得之推崇，皆源於佛的神聖地位。所以，宗論的本質，實
是宗佛，表現於文章議論中即是利用佛的影響力來支撐其論點。契嵩把這種
宗佛的模式加以引申，於是他亦宗道家老子、莊周，亦宗儒家孔、孟等所謂
十聖人。不惟如此，契嵩還對三教聖賢之地位排出了高低位次。

先看契嵩對孔子、老子地位的論定。其《勸書》（第一）云：

> 韓子，賢人也，臨事制變，當自有權道。方其讓老氏，則曰：
> "其見小也，坐井觀天，曰天小者，非天罪也。"又曰："聖人無常師，
> 萇弘、師襄、老聃、郯子之徒，其賢不及孔子。孔子：'三人行，則
> 必有我師。'"是亦謂孔子而師老聃也，與夫《曾子問》、司馬遷所謂
> 孔子問禮於老聃類也。然老子固薄禮者也，豈專言禮乎？是亦在其道
> 也。驗太史公之書，則孔子聞道於老子詳矣①。

在這段論說中，契嵩意欲證明者，乃孔子曾師於老子，以排定二者為師弟
子關係，以建構起"孔子聞道於老子"的學術傳承系統。然《曾子問》
《史記》皆載孔子問禮於老子，這並不能證明二者間具有嚴格意義的學術
親傳關係，但此答案顯然不能滿足契嵩之意，故其必欲將此次問禮深推於
"豈專言禮乎？是亦在其道也"以證明之。這正可看出其對排定孔、老師
弟子關係之迫切心情。

又《非韓子》（第一）云：

> 儒有附韓子者曰："孔子但學禮於老聃氏耳，非學其道也。"曰：
> "不然，禮亦道也。《樂記》曰：'大禮與天地同節。'又曰：'中正無邪，
> 禮之質也。'《禮運》曰：'禮必本於太一。'夫中正、太一，禮之質本
> 也；儀制上下，禮之文末也。苟聖人但學文末，而不究乎質本，何為聖
> 人耶？唯聖人固能文質本末備知而審舉之也。學者徒知《曾子問》孔子
> 學禮於老聃之淺者耳，而不知《史記》老聃傳孔子問禮之深明者也。"②

---

① （宋）契嵩撰，鍾東、江暉點校《鐔津文集》，上海：上海古籍出版社，2016年，第15頁。
② （宋）契嵩撰，鍾東、江暉點校《鐔津文集》，上海：上海古籍出版社，2016年，第294頁。

這是儒者對孔子究竟是問禮於老子還是學道於老子之質疑，顯然儒者並不認同以問禮之事來證明孔子傳老子之道的理論。契嵩又以《樂記》《禮運》中某些與道家術語類似的表達來證明之。此亦可見契嵩對排定孔、老師弟子關係的重視。

契嵩之所以要排定老子為師、孔子為弟子的關係，除拔高老子地位外，另一目的則在拔高老、莊學說之地位。其《夾註輔教編》云：

世教者，先儒論教化曰："在黃帝、顓頊、地譽、帝堯、帝舜五帝之道則為教也，在伏羲、神農、燧人（亦謂祝融，亦謂黃帝）三皇之道則為化也。"《白虎通》曰……先儒以如此之義，故謂三皇為化也。《白虎通》又曰："帝者，諦也，象可承也。"謂黃帝始作制度，得其中和，萬世常存。又云："《易》曰：'上古結繩而治，後世聖人易之以書契，百官以理，萬民以察。'而後世聖人者，謂黃帝以來之五常也。"又曰："教者，效也。上為之，下效之。"《舜典》命契作司徒曰："敬數五教，在寬。"故謂在五帝為教也。其後周公旦廣於司徒五教，乃為儒教。又其後世，孔子以周末王道凌遲、禮義廢壞，憫道德之不行，自衛反魯，知必無用於世，乃追定五經。以人情有五性，懷五常，不能自成，是以象天五常之道，著經而明之，教人以成其德也。故經解曰："溫柔敦厚，《詩》教也；疏通知遠，《書》教也；廣博易良，《樂》教也；潔淨精微，《易》教也；恭儉莊敬，《禮》教也；屬辭比事，《春秋》教也。"

夫道教與儒同源，一出於三皇五帝之道也。《老子》曰："聖人處無為之事，行不言之教。"曰："王侯得一為天下正。"《莊子》曰："得吾道者，上為皇而下為王。"較《易》（三皇之書，三墳者）所謂"《易》無思也，無為也"，"天下之動正夫一"，未始異也。老子出於皇道而言教者，唐玄宗註云："寄以明教耳。"始司馬遷《史記》分儒家為六家，以老子為道家，班固《藝文志》因之，謂："道家者流，合於堯之克讓，《易》之謙謙。"然不若司馬氏曰"道家無為，又曰無不為"，"乃合大道，混混冥冥，光耀天下"，正與《易‧繫辭》所謂

"《易》無思也，無為也，寂然不動，感而遂通天下之故"合也。較班子之論，不及太史公深且悉矣。後世之者，如張綱、陸修靜諸子，以天神昇仙羽化祭醮之說，傅會老之道，廣之以為經，而道教益與儒異矣。吾唯推老子之道本，故謂與儒同其源也①。

這段論述是契嵩綜合其《原教》《非韓子》中孔、老關係而加以深入後作出的總結。契嵩排定了三種道，分別為皇道、帝道、王道，其地位逐次下降。儒、道兩家雖"同源"，"一出於三皇五帝之道"，但二者發展軌跡不一。於儒家言，在三皇、五帝之後，周公"廣於司徒五教，乃為儒教"，則周公實為創儒教者。孔子則僅是憫王道、禮義之廢壞而追定五經者，其道既止王道，甚至為儒教至聖的地位也被動搖。於道家言，老子則為源皇道、帝道而創教者，其道為皇、帝之道而高於王道，則其地位隱然在孔子之上了。當然，契嵩認為道家因張綱、陸修靜等傅會，遂為後世道教，此則為其所批評者。

再來看契嵩對佛與老子、孔子地位的論定。其《勸書》（第二）云："列禦寇稱孔子嘗曰：'丘聞西方之有大聖人，不治而不亂，不言而自信，不化而自行，蕩蕩乎民無能名焉。'使列子妄言即已，如其稍誠，則聖人固不可侮也。"②此所引列禦寇說，乃出《列子》，其全文曰：

> 商太宰見孔子曰："丘聖者歟？"孔子曰："聖則丘何敢然，則丘博學多識者也。"商太宰曰："三王聖者歟？"孔子曰："三王善任智勇者，聖則丘弗知。"曰："五帝聖者歟？"孔子曰："五帝善任仁義者，聖則丘弗知。"曰："三皇聖者歟？"孔子曰："三皇善任因時者，聖則丘弗知。"商太宰大駭曰："然則孰者為聖？"孔子動容有間，曰："西方之人，有聖者焉，不治而不亂，不言而自信，不化而自行，蕩蕩乎民無能名焉。丘疑其為聖，弗知真為聖歟，真不聖歟？"商太宰嘿然心計曰："孔丘欺我哉！"③

---

① （宋）契嵩撰，邱小毛校譯《夾註輔教編校譯》，成都：西南交通大學出版社，2011年，第2～3頁。
② （宋）契嵩撰，鍾東、江暉點校《鐔津文集》，上海：上海古籍出版社，2016年，第20頁。
③ 楊伯峻：《列子集釋》，北京：中華書局，2013年，第125～127頁。

列子借孔子之口而論"聖"，於是有王、帝、皇、西方聖人之層級設定。
列子本於道家，其所謂西方聖人實為道家聖人之理想形象，借孔子之口，
不過欲貶低儒學而已。莊、列之書本多浮說、誇飾之辭，不合於史，契嵩
故作不知，合己則取，乃偷換"西方聖人"而以之指佛，遂降皇、帝、王
之地位，而老子、孔子亦隨之而降焉。契嵩雖謂"列子妄言即已"，實際
上他堅執其說而不移，其作《傳法正宗記》於考訂釋迦牟尼世代時便是引
《列子》中商太宰問孔子事，以及周穆王時西方有化人東來作為依據的。

又《夾註輔教編·廣原教第一》註"冥權"時云：

> 此權或為異道之師，以化正彼道之類，或為他教之主，用他教法以
> 利於世。如《立天地經》云寶應聲聞菩薩示號伏羲，《清淨法行經》說
> 摩訶迦葉應生震旦，示名老子，又云光淨童子，名字仲尼，此等是也[1]。

契嵩此註所引應化之事，出隋智顗《維摩詰經玄疏》，卻誤稱《立天地經》
之名[2]，而《清淨法行經》在《歷代法寶記》則被目為"蕪穢者"[3]。他不
考事實，僅取己意，正可見其拔高佛教而貶低孔、老之態度。又摩訶迦葉
為禪宗初祖，師於釋迦牟尼，而契嵩既倡禪宗為佛教正宗，則顯然又以老

---

① （宋）契嵩撰，邱小毛校譯《夾註輔教編校譯》，成都：西南交通大學出版社，2011年，第56頁。
② 智顗《維摩詰經玄疏》（《大正新修大藏經》，第38冊，第523頁上）："問曰：'諸論天人所有經書
依何而造？'答曰：'法身菩薩住諸三昧，生人天中，為天人師，造論作諸經書。如《金光明經》
云"五神通人作神仙之論，諸梵天王說出欲論，釋提桓因種種善論"，亦是初番悉檀之方便也。故
《造立天地經》云："寶應聲聞菩薩示號伏犧，以上皇之道來化此國。"又《清淨法行經》說："摩
訶迦葉應生振旦，示名老子，設無為之教，外以治國，修神仙之術，內以治身。"彼經又云："光
淨童子名曰仲尼，為赴機緣，亦遊此土。文行誠信，定禮刪詩，垂裕後昆，種種諸教。"此即世界
悉檀也。官人以德，賞延於世，即為人悉檀也；叛而伐之，刑故無小，即是對治悉檀；政在清靜，
道合天心，人王無上，即是世間第一義悉檀。'"檢索佛典，除契嵩與智顗此處外，無"立天地經"
四字連用者，循智顗文義，其書名當為"造立天地經"，即佛教常言之《天地經》。其書或有稱為
"造天地經"者，但未見有稱"立天地經"者。此段中，問者詢諸經依何而"造"，而契嵩舉名正
脫去"造立"之"造"，當是誤解二者為一。此種誤解，正可見其所說內容從智顗來。又智顗答問
者以"方便"之說，而契嵩亦舉伏犧、老子、仲尼以應"冥權"，其邏輯一致，也可見契嵩此論從
智顗來。
③ （隋）費長房：《歷代三寶記》，《大正新修大藏經》（49冊），第55頁下。

子高於孔子了。如此，契嵩便樹立起佛高於老、老高於孔的地位排行，且以三者而具有學說之高低了。

佛、老子、孔子分別為三教之尊，則其於三教弟子自然有號召與威懾作用。契嵩宗此三者而排定位次，正是要利用其號召與威懾作用以支撐己說，以反駁他說。哲人其萎，留下的祇是文獻上記載的言、行，故契嵩在《再書上仁宗皇帝》中言其著《傳法正宗記》而排西天二十八祖之說，"其所證據明文皆出乎大經大論"①；在《又上韓相公書》中言其著《論原》乃"推衍彼十聖賢之道"（指堯、舜、禹、湯、文、武、周公、孔、孟、荀）②；而在《萬言書上仁宗皇帝》中言其著《輔教編》等溝通之文，乃"皆造端於儒，而廣推效於佛"③，實皆通過其所宗聖賢之言行而發揚其學說。具體之例，如《孝論・明孝章第一》云：

> 二三子祝髮，方事於吾道，逮其父母命之，以佛子辭而不往。吾嘗語之曰："佛子情可正，而親不可遺也。子亦聞吾先聖人其始振也，為大戒，即曰'孝名為戒'，蓋以孝而為戒之端也。子與戒而欲亡孝，非戒也。夫孝也者，大戒之所先也。戒也者，眾善之所以生也。為善微戒，善何生邪？為戒微孝，戒何自邪？故經曰：'使我疾成於無上正真之道者，由孝德也。'"④

此處"大戒"指《梵網經》，中云"孝名為戒"，契嵩遂藉此而發揚其佛教之所謂孝者，以溝通儒家孝道。其用《梵網經》而藉佛之威勢，則佛弟子自然或因信仰而受其號召，或因畏懼而被動接受，則其說便易推廣。

又《非韓子》（第一）云：

> 或曰："韓子先仁義而次道德者，蓋專人事，而欲別異乎佛老虛無之道德耳。"曰："昔聖人作《易》以正乎天道人事，而虛無者最為

---

① （宋）契嵩撰，鍾東、江曀點校《鐔津文集》，上海：上海古籍出版社，2016 年，第 167 頁。
② （宋）契嵩撰，鍾東、江曀點校《鐔津文集》，上海：上海古籍出版社，2016 年，第 173 頁。
③ （宋）契嵩撰，鍾東、江曀點校《鐔津文集》，上海：上海古籍出版社，2016 年，第 160 頁。
④ （宋）契嵩撰，鍾東、江曀點校《鐔津文集》，上海：上海古籍出版社，2016 年，第 49 頁。

其元。苟異虛無之道，則十翼、六十四卦，乃非儒者之書；伏羲、文王、孔子，治《易》之九聖人，亦非儒者之師宗也。孔子非儒宗師，可乎？果爾，則韓子未始讀《易》。《易》尤為儒之大經，不知《易》而謂聖賢之儒，吾不信也。"①

支持韓愈者，認為韓愈以佛老之所謂仁義者多虛無之說，而以儒者之仁義專在人事，而契嵩則以《易》為宗，舉其虛無之道而駁斥其說，其意正在威懾之也。

三教聖賢眾多，而其人亦逝，故其言語最易為人所利用，尋章摘句，推衍引申，遂致孔、老之學終成佛陀之助。契嵩為文求博，而終歸於佛陀之道，背後邏輯正在此"宗聖賢"之法，其亦頗奏凱功。然而，三教之學終有大異之處，三教聖賢能號召、威懾其本教徒眾，對於他教弟子影響力便大減。所以，契嵩《寂子解》《與章潘二祕書書》中言其受詆於儒釋之徒，而陳舜俞謂其被義學者非議，此可見修辭之功終難蔽事理之異。

三、宗盛世

排佛者批判佛教的一個重要角度是從國家層面認為其無益於治，故論證佛教有益國家則為契嵩所留意者，遂有"宗盛世"之論法。

契嵩對三皇以來的朝代興衰，有其評判。他以三皇、五帝、三王之政，分別為皇道、帝道、王道，又以春秋五霸之時為霸道，逐次而下降其位。對自秦以來諸朝代，契嵩也有評判。其《論原·大政》云："賊帝道者，自秦始也；亂讓德者，自漢始也。"②《論原·問霸》云："漢氏曰'吾家雜以王霸而治天下'，暫厚而終薄，少讓而多諍。"③ 可見，契嵩對秦、漢都是有批判的，認為他們未至於王道。又其《論原·刑法》云：

> 漢文帝修縣默，為之政，務於寬厚，恥語人之過失，化行而世無告訐之俗。命張釋之為廷尉，欲其持法甚輕，於是刑罰大省，歲卒斷

① （宋）契嵩撰，鍾東、江暉點校《鐔津文集》，上海：上海古籍出版社，2016 年，第 290 頁。
② （宋）契嵩撰，鍾東、江暉點校《鐔津文集》，上海：上海古籍出版社，2016 年，第 82 頁。
③ （宋）契嵩撰，鍾東、江暉點校《鐔津文集》，上海：上海古籍出版社，2016 年，第 101 頁。

獄四百，天下有刑錯之風。唐太宗平世禍亂，欲以文治天下，引房
喬、杜如晦諸儒輔相，力興王道，天下遂大治。貞觀三十年，民家外
戶不閉，嶺表行旅而不裹糧，歲卒斷獄不過三十人，肆之還家，而其
人應期畢至。當是時也，天下亦幾乎刑錯之風。然漢、唐二世各接乎
秦、隋舊俗，其民也豈唯雅善乎？而其教治之如此也，豈非在其道而
不在其時乎？古語曰："治天下，顧其力行何如耳。"①

這段話，一方面表達了對"秦、隋舊俗"之批判，一方面則讚揚了漢、唐
二世。漢之所以得其治，契嵩以為在漢文帝"修縣默"，這實是黃老之學，
是承於三皇五帝之道者。而唐之雅善，則在於太宗"引房喬、杜如晦諸儒
輔相，力興王道"，是儒學之作用。

在另外的地方，契嵩又對唐代作了進一步推崇。其作《唐太宗
述》云：

> 自古稱禹、湯、文、武，所以為禹、湯、文、武者，正以其由仁
> 義之道而王天下也，如後世以仁義而為王者，猶禹、湯、文、武也。
> 吾讀《唐書》，得太宗之事如所述者不可勝舉，原其所歸皆趨仁義，
> 要其與禹、湯異者，亡也。當時論者謂太宗大度類漢高、神武同魏
> 武。夫漢高寡文德，而魏武不及霸道，惡可與太宗擬論乎？惜哉！欲
> 用周禮治，而房、魏輩不能贊成之。如使王通未喪，唐得用之，則卜
> 年卜世，何翅乎三百一十六也？《孟子》曰："五百年必有王者興，其
> 間必有名世者。"太宗之作，真王者也，而不偶文中子，可歎也哉②！

契嵩將唐太宗譽為"真王者"，乃承禹、湯、文、武之王道，而歸於仁義，
並以太宗高於漢高祖、魏武帝，可見契嵩對唐太宗確是極為推崇的。

契嵩之宗盛世，或有其出於真誠的推崇，但另一重要動機在於可利用此
盛世而抑排佛者之口、揚佛教之有益。漢、唐為盛世，國運隆盛而天下大

---

① （宋）契嵩撰，鍾東、江曄點校《鐔津文集》，上海：上海古籍出版社，2016 年，第 89 頁。
② （宋）契嵩撰，鍾東、江曄點校《鐔津文集》，上海：上海古籍出版社，2016 年，第 137 頁。

治，為歷代所共崇者。契嵩尊此盛世，一個重要動機還在於維護佛教。韓愈排佛，乃將老子亦加批判，謂二者不利治國。然漢用黃老之學，唐興佛教之制，契嵩抓住此盛世之中不排佛老而用其學，故能止排佛者之口。不惟如此，契嵩在《萬言書上仁宗皇帝》中云："但佛心大公，天下之道善而已矣，不必已出者好之，非已出者惡之。然聖人者必神而為之，而二帝三皇庸知其非佛者之變乎？佛者非二帝三皇之本耶？"[①] 這是要用佛教應化之浮說，來搶二帝三皇的功業了。又排佛者常以梁武帝佞佛而亂國政來批判佛教，而契嵩則必欲為梁武翻案，謂其以佛教而獲陰德，乃至使江左得以小康數十載。契嵩必欲反古說而拔高梁武，用浮言而搶二帝三皇之功業，正見其證明佛教有益國家政治之迫切，則知其所以宗漢唐盛世，不過是要借盛世之威風張揚其佛教旗幟罷了。事實上，佛教於推動社會發展，當然有其價值，惟其過度則將生弊端。排佛者不言其益而一味否定之，固已不當，但契嵩不能有理有節以還擊，乃興浮說而變是非，則也容易授人以柄。

　　四、宗常理

　　排佛者對佛教的批判是多層面的，其所指向的佛教世界觀、生命觀的謬誤以及對國家政治、倫理道德、經濟、教育所具有的弊端等，畢竟還是現象層面的。契嵩對這些質疑雖基本都予以了否定，但是為何佛教之世界觀、生命觀被疑為謬誤，又為何佛教之活動被視為有害社會？契嵩不得不對此做出解釋，以期達到維護佛教學說及社會活動之目的。由此，契嵩便利用了諸多"常理"來對排佛者的質疑作以辯解。此種常理主要有心、力邏輯，道、跡邏輯，權、實邏輯。

　　（一）心、力邏輯

　　先秦儒家若孔、孟者，皆有重心性一面，心性學說涉及頗廣，而其中則有涉及認識論者。《論語》載："子路從而後，遇丈人以杖荷蓧，子路問曰：'子見夫子乎？'丈人曰：'四體不勤，五穀不分，孰為夫子！'"[②] 丈人謂孔子四體不勤、五穀不分，可見在當時人眼中，儒者是輕於力耕、遠於五穀的。《孟子》云："或勞心，或勞力。勞心者治人，勞力者治於人。治

---

① （宋）契嵩撰，鍾東、江暉點校《鐔津文集》，上海：上海古籍出版社，2016 年，第 152 頁。
② （魏）何晏註，（宋）邢昺疏《論語註疏》，北京：北京大學出版社，2000 年，第 286 頁。

於人者食人，治人者食於人。天下之通義也。"① 孟子此說，亦見其重於
"勞心"，輕於"勞力"。"勞力"是針對事物進行的實踐活動，它是"勞
心"者運用其心智時必須採集的標本，也是對"勞心"所獲理論加以檢驗
的重要工序。儒者既輕於力耕，遠於五穀，不重"勞力"而崇"勞心"，
在認識論上就很容陷入脫離現實而多空想的思維邏輯中。但是，孔、孟這
種重心輕力的思想在後世又大行其道，為一般學者之精神信仰。契嵩於是
利用了這種邏輯。

契嵩在與人辯駁而涉及認識論爭議時，強調一種"心通"。《中庸解》
（第四）云：

> 或曰："吾嘗聞人之性有上下，猶手足焉，不可移也。故孔子曰
> '唯上智與下愚不移'，韓子曰'上焉者，善焉而已矣；下焉者，惡焉
> 而已矣'，孟子曰'然則犬之性猶牛之性，牛之性猶人之性'，而與子
> 之謂性者疑若無賢、不肖也，無人之與畜也，混然為一，不辨其上下
> 焉。而足可加於首，首可置於足，顛之倒之，豈見其不移者也？子何
> 以異於聖賢之說耶？"叟曰："吾雖與子終日云云，而子猶頑而不曉，
> 將無可奈何乎！子接吾語而不以心通，仍以事責我耶？我雖巧説，亦
> 何以逃於多言之誅乎！仲尼曰'唯上智與下愚不移'者，蓋言人有
> 才、不才，其分定矣。才而明者其為上矣，不才而昧者其為下矣。豈
> 曰其性有上下哉？故其先曰'性相近也，習相遠也'，而'上智與下
> 愚不移'次之。苟以性有上下而不移也，則飲食男女之性唯在於智
> 者，而愚者不得有之；如皆有之，則不可謂其性定於上下也。"②

人或以性有上、下之別，有牛、人之別而質疑契嵩之性無區別的觀點。而
其所依據者乃是孔、孟、韓愈之說。契嵩首先把質疑者利用前人文獻而說
明性有區別的認識法稱作"以事"，而責其不能"心通"。然後，他對孔子
之說進行了解釋。在《論語》中這兩句表述是相承而列的，其文云："子

---

① （漢）趙岐註，孫奭疏《孟子註疏》，北京：北京大學出版社，2000 年，第 173 頁。
② （宋）契嵩撰，鍾東、江暉點校《鐔津文集》，上海：上海古籍出版社，2016 年，第 76 頁。

曰：性相近也習相遠也。子曰：唯上知與下愚不移。"① 《論語》乃集録孔子之語，這兩句話是否是孔子所說之上下句本不可考。所以，前句之言性，與後句之言上知、下愚是否有邏輯聯繫，本是難以考證的。不過，質疑者顯然將兩句整合而以二者為相連貫之語境，遂以為性有上下。契嵩反其說，乃分離兩句之邏輯，認為各說一事。但他又認為這種上下句排列具有一種主次關係，則"性相近也"便反成其性無區別觀點的證據了。可以看到，契嵩並不去嚴格考察《論語》所集孔子話語上下句間是否真有邏輯關係，進而再判定性有無區別這一論題，而祇求將邏輯解釋得更合自己的說法。所以，他所謂"心通"實際上就是力圖跳過文獻的真實狀態（即"事"）而作有利於自己觀點的闡釋。這便是他那種無節制的推理法。在這一爭論中，排佛者肆意組合《論語》中兩句話而進行闡釋，實際上也是一種"心通"。契嵩是以彼之矛攻彼之盾。

又如《廣原教》（第一）云：

> 聖人者，聖人之聖者也，以非死生而示死示生，與人同然而莫覩其所以然，豈古神靈叡智博大盛備之聖人乎？故其為教，有神道也，有人道也，有常德也，有奇德也，不可以一概求，不以世道擬議，得在於心通，失在於跡較②。

這是對佛的讚美，以其為聖中之聖。對於佛的偉大，契嵩謂為"莫覩其所以然"，這是否定人具有以"覩"的方式而得以認識佛的可能性。其曰"不可以一槩求"，是強調佛的變化性、靈活性，於是認為人不能祇抓住某一現象來否定佛。其曰"不以世道擬議"，是強調佛為出世者，其法為出世法，故不能用世人的認識法來判斷他，自然也就否定了人們以實踐為標準進行的質疑了。又其曰"得在於心通，失在於跡較"，其所謂"跡較"與上所云"以事責"同，即不能根據現象來認識佛、否定佛，而是要講求"心通"。

"跡較"、"以事責"包括了人利用眼、耳、鼻、舌等感官系統接觸外

① （魏）何晏註，（宋）邢昺疏《論語註疏》，北京：北京大學出版社，2000 年，第 265 頁。
② （宋）契嵩撰，鍾東、江暉點校《鐔津文集》，上海：上海古籍出版社，2016 年，第 25 頁。

界現象以獲得知識，以及將心靈中所推理、想象者外化以求得證實這兩個方面，可說是人類認識活動的關鍵環節。這兩個方面的利用是糾正一切空想、荒誕之思維最有力的武器。佛教以其空想、荒誕，最懼者正在此種重實證的經驗論，故契嵩要對此大加責難而強調所謂"心通"。但"心通"為何高於"跡較"、"以事責"，契嵩當然不會真去從認識論的優越性角度加以嚴格比較，他的目的不過是藉助這種常理來抵抑質疑者，並利用其"心通"的難以證偽來對諸聖賢的言行、諸盛世的興起之因作利於佛教的闡釋罷了。

（二）道、跡邏輯

人或以心、或以力而認識世界，並據其所認識之世界而構建理想，遂形成其世界觀、生命觀等。老子云："道生一，一生二，二生三，三生萬物。"[1] 孔子云："志於道，據於德，依於仁，遊於藝。"[2] 無論道家、儒家，其世界觀都認為世界之形態乃分為道與其他事物，根據世界的形態遂成就二家對理想世界的構建原則，即重道而輕物、藝等。這種對世界形態的基本區分方式以及對理想世界的基本構建原則，遂為契嵩議論中所利用。

契嵩無論在自我的正論中，還是與人的駁論中，都常講到道、跡之邏輯。其《廣原教》（第一）云：

　　惟心之謂道，闡道之謂教。教也者，聖人之垂迹也；道也者，眾生之大本也。甚乎羣生之繆其本也久矣！聖人不作而萬物終昧，聖人所以與萬物大明也。心無有外，道無不中，故物無不預道。聖人不私道，不棄物，道之所存，聖人皆與。是故其為教也，通幽通明，通世出世，無不通也。通者，統也。統以正之，欲其必與聖人同德。廣大靈明，莫至乎道；神德妙用，莫至乎心。徇妄縛業，莫甚乎迷本；流蕩諸趣，莫甚乎死生。知眾生之過患，莫善乎聖人；與萬物正本，莫善乎設教。正固明，明固妙，妙固其道凝焉。是故教者，聖人明道救

---

① 朱謙之：《老子校釋》，北京：中華書局，1984年，第174頁。
② （魏）何晏註，（宋）邢昺疏《論語註疏》，北京：北京大學出版社，2000年，第94頁。

世之大端也①。

這段文字主要包括三大邏輯角度，一曰世界觀角度，二曰生命觀角度，三曰實踐論角度。從世界觀角度說，涉及三對術語。第一，道與物，二者關係近於本質與現象，所謂"物無不預道"者是講現象之後皆有本質存在。第二，道與教，二者關係重在內容與形式之別，即教是利用一定形式（如語言、動作）而表現道的。第三，道與跡，二者關係亦重在內容與形式之別，跡比教顯得中性、形式更廣泛而已。可見，道被設定為一個具有多重屬性的術語。無論本質與現象，還是內容與形式，作為對立統一的矛盾，二者是不可分離的。但無論是儒家還是道家抑或契嵩，都是單方面強調道之地位，讚之為"本"、"妙"，將其視為理想世界構建中的最高追求的。從生命觀角度說，這涉及兩對術語。第一，聖人與群生。他們的直接區別就是對世界、生命等的認識程度之高低，群生之認識多有謬誤，而聖人之認識則達於真理。具體些，便是他們分清了道與物、教、跡之區別，並看到了道的重要性。第二，心與力。心是生命的構成部分，其作用在於認識。聖人與群生之區別，直接說是對道、跡區分的程度，更深層地說是在認識論上他們的方法不同，聖人乃重"勞心"、"心通"，群生則溺於"勞力"、"跡較"、"以事責"。所以，世界觀、生命觀與認識論是具有對應邏輯的，心對應道，而力（眼、耳、鼻、舌等感官）對應跡、物、教。從實踐論角度說，涉及的術語有"闡道"、"垂迹"、"正本"、"明道救世"。清楚地認識世界、生命而知道之為理想，群生纔能脫離其苦，但道並不主動、直接地拯救群生，於是聖人便成為了承擔此種使命者。因其由上臨下的智慧、拯救群生的高尚，於是聖人就理當被社會尊重、推崇，而聖人的工作就是用跡以明道，而使人得智慧、離痛苦。比較此三大邏輯，他們實是被統一到一塊兒而加以對應的。基於此三大邏輯，契嵩致力於強調佛教聖人具有比儒、道之聖人更清楚之認識、更高明之認識法、更博厚之救世心，遂將儒、釋、道三家之中於世界觀、生命觀、實踐論方面的本質之別，轉為了程度差異。而對於學者言，要去統計三個龐大系統中誰認識得

---

① （宋）契嵩撰，鍾東、江暉點校《鐔津文集》，上海：上海古籍出版社，2016年，第24頁。

更清楚、誰的方法更高明、誰更博愛，這幾乎是難以完成的任務。無法做出精確統計，則排佛者便也難以說服一般人了，如此佛教便易於安身了。

重道輕跡，内有重本質輕現象、重内容輕形式兩種邏輯。道、跡關係又對應心、力關係，心代表抽象認識，力代表著感官直覺與實踐。所以，重道輕跡與重心輕力，都顯示出對玄虛形式、精神形式、抽象活動的重視。從功利性、精神超越性、神聖性三者而言，就是重後兩者而輕前者。契嵩在議論文中常以之為依據。如排佛者疑梁武帝佞佛而滅身喪國，契嵩則謂梁武得“幽勝之意”①；排佛者疑出家不能養父母而孝之，契嵩則謂出家人能“以道報恩”，“以德嗣德”，“諭今父母則必於其道，唯恐其更生而陷神乎異類也。故其追父母於既往，則逮乎七世；為父母慮其未然，則逮乎更生”②；排佛者疑佛教不利於國家經濟，契嵩則謂“先王之門，論德義而不較工力”，“人生天地中，其食用恐素有分”③。儒道傳統思想都包含著功利性、精神超越性，且重視後者。契嵩則利用此邏輯，強調佛教亦是重精神超越性，則不當以功利性而否定之。又儒、釋思想中皆含神聖性内容，儒家雖然有“不語怪力亂神”之訓而抑制神聖性，但並沒有完全否定、拋棄，且保留著祭祀等内容。契嵩遂利用這種對神聖性有抑制而未否定的邏輯漏洞，而支撐起佛教諸神異内容並發揚之。如此，一般之學者尚要因之而啞口，就更莫論一般百姓了。

（三）權、實邏輯

三教聖人出類拔萃，以其高於常人的認識方法而獲得了對世界、生命之體悟，也清楚理想之境界所在，則聖人們利用其所掌握之知識以改造世界、改造平常人之思想便勢在必行。這就是實踐論的問題。那麼，當以怎樣的立場、怎樣的方法來實踐？老子曰：“以正治國，以奇用兵，以無為取天下。”④ 孔子曰：“邦有道，危言危行；邦無道，危行言遜。”⑤ 可見，

---

① （宋）契嵩撰，鍾東、江暉點校《鐔津文集》，上海：上海古籍出版社，2016 年，第 293 頁。
② （宋）契嵩撰，鍾東、江暉點校《鐔津文集》，上海：上海古籍出版社，2016 年，第 11、11、51 頁。
③ （宋）契嵩撰，鍾東、江暉點校《鐔津文集》，上海：上海古籍出版社，2016 年，第 9、10 頁。
④ 朱謙之：《老子校釋》，北京：中華書局，1984 年，第 229～230 頁。
⑤ （魏）何晏註，（宋）邢昺疏《論語註疏》，北京：北京大學出版社，2000 年，第 207 頁。

孔、老皆有依據不同對象而採取不同應對措施的思想，即今之所謂具體問題具體分析。孟子曰：“孔子，聖之時者也。”[①] 此亦讚美孔子能因時、因地、因人而制宜也。契嵩亦讚同此觀點，其於《論原·皇問》云：

> 夫聖人之云為者，必以其時之所宜也；苟非其宜，雖堯舜必不能徒為也。故曰“孔子，聖之時者也”，言其能以時為而為之也。昔者孔子處周之衰世，因酌後世之時必也益薄且偽，因不稱以簡大之道化，是故推至乎禮樂政刑者也。蓋以合乎後世之時，為治之宜也[②]。

契嵩高揚皇道，而孔子為聖人，何以推王道而不推皇道？契嵩欲調和此矛盾，故以“時”而解說，其以孔子所處時代不適於皇道之施行，而非孔子不知或反對皇道。由於“時”之邏輯又是儒者所認同並以此來讚美孔子之聖的，故儒者亦難於反駁之。

“時”這一原則，用佛教術語而言，相應的便是“方便”或“權”。契嵩遂張揚其權、實邏輯。其《廣原教》（第一）云：

> 權也者，有顯權，有冥權。聖人顯權之，則為淺教，為小道，與夫信者為其小息之所也。聖人冥權之，則為異道，為他教，為與善惡同其事，與夫不信者預為其得道之遠緣也。顯權可見，而冥權不測也。實也者，至實也，至實則物我一也。物我一，故聖人以羣生而成之也。語夫聖人之權也，則周天下之善，徧百家之道，其救世濟物之大權乎？語夫聖人之實也，則磅礴法界，與萬物皆極，其天下窮理盡性之大道乎[③]？

聖人能認清世界、生命之形態，而知有道、跡之別，而知道為至高之理想、跡為中途之迷障。人之達於道，便是得其實；溺於跡，便是陷乎迷。聖人以

---

① （漢）趙岐註，孫奭疏《孟子註疏》，北京：北京大學出版社，2000 年，第 316 頁。
② （宋）契嵩撰，鍾東、江暉點校《鐔津文集》，上海：上海古籍出版社，2016 年，第 95 頁。
③ （宋）契嵩撰，鍾東、江暉點校《鐔津文集》，上海：上海古籍出版社，2016 年，第 25 頁。

道直接導引世人，這是實教；因世人溺於跡而藉跡以初步導引之，這便是權教。權教內又分顯權、冥權。顯權是佛教之聲聞、緣覺之小乘，而冥權便是藉助異道、他教、百家之言行而導引不信佛教者了。所以，聖人導世以分實、權、顯權、冥權，反映的皆是因時、因地、因人、因事制宜的思想。契嵩用這種孔老皆讚同的邏輯基礎，反而把儒、道兩家之地位降低了。

權、實邏輯中對權之實用價值的肯定，成為了契嵩反駁排佛者的重要依據。如排佛者質疑佛教講仁義之說，便與儒家同為"有情"而非"絕情"，契嵩則謂佛是"行情而不情"，即認為就其實言則佛絕情，而就其權言則佛藉助了有情之形態；如排佛者質疑佛教對梁武帝等之國家政治造成危害，契嵩曾反駁稱"佛之經，固亦多方矣，後世之徒不能以宜而授人，致其信者過信"，乃將責任歸之為傳教佛徒之不善用權，以致出現危害。此反駁便使信於此種邏輯的一般學者難以反駁了。

契嵩的文學創作以議論文為最著，古來對他文章的評價，也基本集中於此。今結合古人之說，對其議論文特徵作一總結。第一，善辯，強辯。所謂"辯"，辯的是理。推崇契嵩者，如惠洪、懷悟，稱其善辯，是肯定其所論之理高妙。從契嵩的學術思想看，他繼承了佛教對世界形態、生命形態的認識，所以他這些論點自然是錯謬的。但他從歷史發展的事實中，看到佛教對於個人、社會所產生的一些有益影響，這是他的智慧。從論辯策略說，他能够揚長避短，抓住排佛者的邏輯漏洞予以反制，這同樣顯示了他的智慧之處。所以，從這些角度看，說他善辯是有道理的。但是，四庫館臣說他強辨，並非都是門戶之見。他否定"耳目所接"一類重實踐的經驗論，而採用一種無節制的推理法；他固執於佛教的世界觀、生命觀，信仰神秘性力量，甚至否定經濟制度對於經濟發展的作用。這些都體現著他思維的局限。他以這些錯謬思維而反復與人辯論，則稱之"強辨"並不為過。第二，博通，才思瞻蔚，典雅。契嵩的議論文，其思想含攝儒、釋、道三家，所針對之問題上至國家政治，下及個人好惡，自古至今，林林總總。而他廣引文獻，或內或外，或經或史，也極為豐富。所以，稱其博通多才，可謂確然。當然，不喜契嵩者便稱此種博通為不專其道。又其文中多引儒家經典中言語、事跡，避免道聽途說之事、低俗鄙薄之語，故可謂其典雅。第三，筆力雄健。吳澄稱其議論文"筆力橫放"，"戢戢如武庫兵”，“縱橫雄放，莫或能嬰其鋒”。這些說法，實際上與契嵩論李白詩一樣，是看到了“博通”、“才思瞻蔚”、“典雅”等風格後更深層的體勢特徵。契嵩的學術思想，雖頗多荒謬之處，但這些錯謬也往往是當時人所不能免的。他在與排佛者辯論時，常常能抓住對方漏洞予以反駁，縱不能成就新說，但足以攻破舊說，這便形成了一種說服力。他在呈現觀點時，不是直白展出，而是引三教聖賢之語、漢唐盛世之跡，以及當時被奉為圭臬的一些邏輯，進行自證，這又使他的觀點獲得了諸多威懾力、號召力。三教聖賢，就仿佛他手中寶劍，劍鋒所指，對手先以心忌。第四，辭理流暢。吳澄謂其文“汹汹如春江濤”，四庫館臣說他“實能自暢其說”，都是從體勢層面言的，展現了契嵩議論文中的一種動態力量。契嵩在文中表達的諸多觀點、運用的諸多材料，不是零散的，而是富於邏輯性的。他的《論原》四十篇有其皈依，《輔教編》內相互配合，至如《原教》《禮樂》等單篇文章的思路也都能層層遞進，這便使他的文章給人以流暢之感。加之其才思瞻蔚、筆力雄健，善用排比、對偶，並精簡語言，整齊語序，其文章便自然似長河大江，濤濤洶洶，使人讀來頓感氣脈一貫，而覺酣暢淋漓了。第五，語言晦澀。雖然其論辯思路清晰，善從語法角度整齊語序，使文章在排比、對偶等修辭下顯得理通辭暢，但其文中儒、釋、道三教術語過於繁多，而這些術語本身便抽象、空洞，故使讀者在閱讀中莫可捉摸，而生晦澀之感。

第四章　史以信俗
——契嵩的傳記文創作

　　契嵩學兼三教而善辨理，出為文字，便是其議論體。不惟如此，契嵩文章中尚大量引史事為據，其所著《傳法正宗記》，更是一部傳記體佛教史。他曾以《輔教編》《傳法正宗記》獻朝廷，而為韓琦所讚賞。《重上韓相公書》云："閣下面獎，特比之史筆。"① 韓琦以"史筆"稱之，則其史傳等傳記文自有值得研究處。

第一節　契嵩的史學觀

　　契嵩家庭中有儒、釋兩種思想，故其自幼便接觸以儒為主之世書，又其《寂子解》云"寂子既治其學，又喜習儒，甚而樂為文詞，故為學者所辯"②，可知他出家之後亦未自足於佛典之內。世書者，經史子集也，史為一大宗，習儒為文者，必有所接觸。就契嵩文章觀之，其於史籍實頗多留意。契嵩既於史籍頗多留意，則其史學觀自也於接觸中逐漸形成。這種形成，主要受世書史學和佛書史學影響。

一、世書史學發微

　　契嵩所接觸的史籍，第一類為世書中的史學著作，其最要者為《尚書》《春秋》《史記》《漢書》《舊唐書》。

　　契嵩在《論原·問經》中對《尚書》《春秋》的內容、功能和地位曾作過論述。其文曰：

---

① （宋）契嵩撰，鍾東、江暉點校《鐔津文集》，上海：上海古籍出版社，2016年，第171頁。
② （宋）契嵩撰，鍾東、江暉點校《鐔津文集》，上海：上海古籍出版社，2016年，第148頁。

　　夫五經之治，猶五行之成陰陽也，苟一失則乾坤之道繆矣。乃今
尊二經而捨乎《詩》《書》《禮》，則治道不亦缺如？《禮》者，皇極之
形容也；《詩》者，教化之效也；《書》者，事業之存也；《易》者，
天人之極也；《春秋》者，賞罰之衡也。故善言《春秋》者必根乎賞
罰，善言《易》者必本乎天人，善言《書》者必稽乎事業，善言
《詩》者必推於教化，善言《禮》者必宗其皇極。夫知皇極，可與舉
帝王之制度也；知教化，可與語移風易俗；知事業，可與議聖賢之所
為；知天人，可與畢萬物之始終；知賞罰，可與辨善惡之故也。是故
君子捨《禮》則偏，捨《詩》則濫，捨《書》則妄，捨《易》則惑，
捨《春秋》則亂。五者之於君子之如此也，《詩》《書》《禮》其可
遺乎①？

　　《漢書·藝文志》云：“古之王者世有史官，君舉必書，所以慎言行、昭法
式也。左史記言，右史記事，事為《春秋》，言為《尚書》，帝王靡不同
之。”② 可見，漢代之後雖立《尚書》《春秋》以為經，但其創作之初，實
為史官所著之史。契嵩此段論述，乃統說五經地位，以五者為互相配合而
缺一不可者。就具體而觀之，其所論又涉及兩書內容與功能。從內容說，
《尚書》所載為王者事業，即王者治理天下所欲達到的理想境界。而《春
秋》所載，則是對天子至於諸侯、卿大夫之行為進行是非衡量，以定賞罰
尺度。從功能上說，《春秋》的運用是立足於賞罰尺度以指導政治運行，
通過揚善懲惡以促進社會健康發展，而《尚書》之運用則是藉助對王者事
業的考察來理解聖王賢士的治國之法，最終目的仍是要促進國家政治、道
德、經濟、教育等健康發展。

　　《尚書》《春秋》之外，契嵩對《史記》《漢書》亦頗為重視。他於
《論原·品論》云：“太史公言雖博而道有歸，班氏則未至也，宜乎世所謂

---

① （宋）契嵩撰，鍾東、江暉點校《鐔津文集》，上海：上海古籍出版社，2016 年，第 124 頁。
② （漢）班固：《漢書》，北京：中華書局，1962 年，第 1715 頁。

固不如遷之良史也。"① 契嵩以班、馬並舉，可見其以二者地位相當。不過，在馬、班之中，他又尤重司馬遷，蓋以其"道有歸"也。

契嵩對班固論說甚少，但他對司馬遷之評價，則頗有值得闡發處。《史記‧太史公自序》云：

> 上大夫壺遂曰："昔孔子何為而作《春秋》哉？"太史公曰："余聞董生曰：'周道衰廢，孔子為魯司寇，諸侯害之，大夫壅之。孔子知言之不用，道之不行也，是非二百四十二年之中，以為天下儀表，貶天子，退諸侯，討大夫，以達王事而已矣。'子曰：'我欲載之空言，不如見之於行事之深切著明也。'夫《春秋》，上明三王之道，下辨人事之紀，別嫌疑，明是非，定猶豫，善善惡惡，賢賢賤不肖，存亡國，繼絕世，補敝起廢，王道之大者也。《易》著天地陰陽四時五行，故長於變；《禮》經紀人倫，故長於行；《書》記先王之事，故長於政；《詩》記山川谿谷禽獸草木牝牡雌雄，故長於風；《樂》樂所以立，故長於和；《春秋》辯是非，故長於治人。是故《禮》以節人，《樂》以發和，《書》以道事，《詩》以達意，《易》以道化，《春秋》以道義。撥亂世反之正，莫近於《春秋》。《春秋》文成數萬，其指數千，萬物之散聚皆在《春秋》。《春秋》之中，弒君三十六，亡國五十二，諸侯奔走不得保其社稷者不可勝數。察其所以，皆失其本已。故《易》曰'失之豪釐，差以千里'。故曰'臣弒君，子弒父，非一旦一夕之故也，其漸久矣'。故有國者不可以不知《春秋》，前有讒而弗見，後有賊而不知。為人臣者不可以不知《春秋》，守經事而不知其宜，遭變事而不知其權。為人君父而不通於《春秋》之義者，必蒙首惡之名。為人臣子而不通於《春秋》之義者，必陷篡弒之誅，死罪之名。其實皆以為善，為之不知其義，被之空言而不敢辭。夫不通禮義之旨，至於君不君、臣不臣、父不父、子不子。君不君則犯，臣不臣則誅，父不父則無道，子不子則不孝。此四行者，天下之大過也。以天下之大過予之，則受而弗敢辭。故《春秋》者，禮義之大宗也。夫

---

① （宋）契嵩撰，鍾東、江暉點校《鐔津文集》，上海：上海古籍出版社，2016年，第121頁。

　　禮禁未然之前，法施已然之後；法之所為用者易見，而禮之所為禁者
難知。"①

　　司馬遷此段論述，雖終始於《春秋》，亦涉及《尚書》及其他四部經典。
就其以六經相提並論言，司馬遷實亦以六者居同等地位，不過以六者各有
偏重而已。對比契嵩《論原·問經》所述，契嵩以五經為"五行之成陰
陽"，視五者地位相同，這與司馬遷可謂一致。就《春秋》《尚書》之內
容、功能言，他與司馬遷實亦相近。契嵩以《春秋》為"賞罰之衡"，"知
賞罰，可與辨善惡之故也"，而司馬遷謂《春秋》"上明三王之道，下辨人
事之紀，別嫌疑，明是非，定猶豫，善善惡惡，賢賢賤不肖"，"長於治
人"，二者認識一致，不過語有詳略而已。若《春秋》不行，契嵩謂天下
將"亂"，而司馬遷謂"不通禮義之旨，至於君不君、臣不臣、父不父、
子不子"，都看到《春秋》對於限定君臣、父子等政治秩序、社會倫常方
面之意義。又契嵩以《尚書》為"事業之存"，"知事業，可與議聖賢之所
為"，而司馬遷謂"《書》記先王之事，故長於政"，聖王賢臣所行為者自
然便在國家政事，所以契嵩對《尚書》的看法與司馬遷也基本相當。另
外，契嵩以《易》論"天人之極"，《禮》為"皇極之形容"，《詩》為"教
化之效"，而司馬遷謂《易》"著天地陰陽四時"，《禮》"經紀人倫"（契嵩
以"皇極"為大中之道，而"形容"便自然是此中道之外化，即對君臣、
父子、夫婦、兄弟等行為之規範，故其與"經紀人倫"實同），《詩》"記
山川谿谷禽獸草木牝牡雌雄，故長於風"（《毛詩正義》云"風，風也，教
也，風以動之，教以化之"②，司馬遷、契嵩二氏實皆強調"教化"），可見
二者對此三經之認識亦相近似。細加對比，不難發現，不僅對五經地位、
內容、功能之認識，契嵩與司馬遷所論頗近，其鋪陳推進的論述方式與司
馬遷也頗近似，所以契嵩《論原·問經》中關於五經之觀點，很可能受了

---

① （漢）司馬遷：《史記》，北京：中華書局，1959 年，第 3297～3298 頁。
② （漢）毛亨傳，（漢）鄭玄箋，（唐）孔穎達疏《毛詩正義》，北京：北京大學出版社，2000 年，第
　6 頁。

司馬遷這一段論述的啟發①。

《史記·太史公自序》又云：

> 余聞之先人曰："伏羲至純厚，作《易》《八卦》。堯舜之盛，《尚書》載之，禮樂作焉。湯武之隆，詩人歌之。《春秋》采善貶惡，推三代之德，褒周室，非獨刺譏而已也。"漢興以來，至明天子，獲符瑞，封禪，改正朔，易服色，受命於穆清，澤流罔極，海外殊俗，重譯款塞，請来獻見者，不可勝道。臣下百官力誦聖德，猶不能宣盡其意。且士賢能而不用，有國者之恥；主上明聖而德不布聞，有司之過也。且余嘗掌其官，廢明聖盛德不載，滅功臣世家賢大夫之業不述，墮先人所言，罪莫大焉②。

司馬遷在此處表達了《春秋》在"刺譏"之外的另一創作目的，即推揚三代盛德，褒美周室。而他作《史記》，乃以《春秋》為學習對象，故其著史的第二個目的正在於述漢代之盛德，載功臣世家賢大夫之事業。

綜上司馬遷兩段論說，可以發現《春秋》有一核心宗旨，即"上明三王之道"。三王之道，在儒學系統中即是王道，是儒家治世所推崇之理想境界。圍繞"明三王之道"，《春秋》因此而展開，即所謂"下辨人事之紀，別嫌疑，明是非，定猶豫，善善惡惡，賢賢賤不肖，存亡國，繼絕世"，也就是對天子至於諸侯、卿大夫之行為進行價值判斷，善則褒美之，惡則譏刺之。此為《春秋》中具體的書寫。司馬遷既以《春秋》為效法對

---

① 張清泉云："《史記·滑稽列傳》云：'孔子曰：六藝於治一也，禮以節人，樂以發和，書以道事，詩以達意，易以神化，春秋以義。'（卷一二六）司馬遷引孔子之言以論'六藝於治一也'之旨，而契嵩論'五經之治'（闕《樂》），大體來說亦本於前說而略加發揮……凡諸論述，皆可以見其言而有據，並能推陳出新也。"（《北宋契嵩的儒釋融會思想》第142頁）在《滑稽列傳》中，司馬遷雖引了孔子這一段話，實際上並未展開論述。所以，張氏說司馬遷"引孔子之言以論'六藝於治一也'之旨"，是比較籠統其意的。故他說契嵩"亦本於前說而略加發揮"，實是認為契嵩論五經之一段話乃直接發揮孔子之語，這便把文獻關係及學術淵源弄偏差了，也就顯不出契嵩與司馬遷之關係了。契嵩之論，雖其遠源可說是孔子那一段話，而更直接的來處卻是司馬遷《太史公自序》中的相關論述，兩者之間不僅旨意相近，更重要的是論述模式相近，這便可看出他對司馬遷的學習了。

② （漢）司馬遷：《史記》，北京：中華書局，1959年，第3299頁。

象，則其《史記》自然亦是按著"上明三王之道，下辨人事之紀"的模式而展開。如此可知，契嵩所讚同的司馬遷之"言雖博而道有歸"，正是指其在《史記》中雖所載史事眾多而能皆歸於王道，能以王道標準正確判斷歷代君臣之品格及所為事業。

事實上，契嵩推崇司馬遷，還不僅僅是推崇其判斷歷史是非能歸於三王之道，還在於司馬遷對道家的體認。契嵩《非韓子》（第一）云：

> 司馬遷謂老子之道約而易操，事少而功多。儒者或不然，譏其"先黃老而後六經"是亦不知其意也。太史公之書，孔子即為之世家，老子即為列傳，此豈尊老氏之謂耶？蓋以老氏之道乃儒之本也，所以先之者，正欲尊其本耳，非苟先其人也。子長之言微且遠矣[①]！

此處"儒者"即指班固，其《漢書·司馬遷傳》曾批評司馬遷"論大道則先黃老而後六經"[②]，故契嵩為之辨正。就契嵩所辯觀之，班固所批評處正是契嵩所激賞處，蓋契嵩認為司馬遷以老子之道為儒者之本。契嵩在溝通世間教、出世間教時於儒釋之間加一老子，以老子之道為橋樑來溝通儒釋，正是將老子之道視為儒學之本的。司馬遷對老子、孔子關係的書寫，為契嵩的溝通理論提供了支撐，故契嵩對之激賞不已。而契嵩將佛老關係描述得更緊密，並將孔子置於二者之下，卻又是與韓愈所倡的排佛老思潮緊密相關的，祇因契嵩力圖將佛老團結起來以對抗排佛者。因此，契嵩對司馬遷在《史記》中所體現出的"道有歸"，乃不僅僅停留於三王之道，而是暗示著向老子所代表的皇道皈依，而契嵩對老子皇道的推尊，實又意圖將佛道樹立為至高地位。

契嵩《鐔津文集》中也常常引用劉昫《舊唐書》。其中，除涉及唐朝史事而引之者外，則為涉及史家價值觀者。如《上曾參政書》云："某嘗謂佛教之為善世也，固其廣大悉備矣……後世益薄。而其亂遂少，孰知非

---

① （宋）契嵩撰，鍾東、江暉點校《鐔津文集》，上海：上海古籍出版社，2016年，第292頁。
② （漢）班固：《漢書》，北京：中華書局，1962年，第2738頁。

因佛教陰助而然也？故《唐書》曰：'雖謂異方之教，無損為理之源。'"① 又《萬言書上仁宗皇帝》中云："某又聞佛之法以興善止惡為其大端。此又最益陛下之教化者也……雖其趨習之端與儒不同，至於入善成治，則與夫詩書禮義所致者何異乎？所謂最益陛下之教化者，此其是也。《唐書》曰：'雖其異方之教，無損理原。'蓋此之謂也。"② 此條所引，出《舊唐書·宣宗本紀》，原文為"雖云異方之教，無損致理之源"③。唐宣宗登基翌年，變武宗滅佛之策而對佛教予以恢復，此固為契嵩所樂聞見者。而其所謂"無損致理之源"，也正與契嵩所强調的佛教與儒、道間道同跡異的觀點一致。此外，在《非韓子》中，契嵩云"韓子為《鱷魚文》，與魚而告之，世謂鱷魚因之而逝，吾以為不然……《唐書》雖稱之，亦史氏之不辨也"；"劉昫《唐書》謂韓輩抵排佛老，於道未弘，誠不私也，史臣之是非不謬也矣"；"劉昫《唐書》謂韓子其性偏僻剛訐，又曰'於道不弘'。吾考其書，驗其所為，誠然耳。欲韓如古之聖賢，從容中道，固其不逮也，宜乎識者謂韓子第文詞人耳"④。此三條議論，可看出契嵩認為史家應當"辨""是非不謬"。這與其從司馬遷論述中所得者一致。至於"辨""是非不謬"之標準，則顯然是"中道"，故以此為標準，其認為劉昫評韓愈"於道不弘"為誠然，而劉昫稱美韓愈作《鱷魚文》為"不辨"。"中道"，在契嵩的學術系統中，實是指被其溝通了儒家中庸、皇極之後的佛教中道。所以，契嵩對《舊唐書》及劉昫的認同，最根本的原因實在於其中有暗助於佛道者。契嵩在《傳法正宗記·宗證傳》中將劉昫列於其中，亦足見契嵩對劉昫之好感。

二、佛書史學發微

契嵩所接觸的史籍，第二類為佛書中的史學著作，其論及者有吉迦夜、曇曜《付法藏因緣傳》、智炬《寶林傳》，以及道宣《續高僧傳》。

契嵩欲樹立禪宗自迦葉至慧能三十三祖之說，所面對的最大障礙為

① （宋）契嵩撰，鍾東、江暉點校《鐔津文集》，上海：上海古籍出版社，2016 年，第 179 頁。
② （宋）契嵩撰，鍾東、江暉點校《鐔津文集》，上海：上海古籍出版社，2016 年，第 155 頁。
③ （後晉）劉昫等：《舊唐書》，北京：中華書局，1975 年，第 617 頁。
④ （宋）契嵩撰，鍾東、江暉點校《鐔津文集》，上海：上海古籍出版社，2016 年，第 327、330、344 頁。

《付法藏因緣傳》，而他最為依賴者則為《寶林傳》，故其對二書論述為多。

《傳法正宗論》云：

> 隋唐來，達磨之宗大勸，而義學者疑之，頗執《付法藏傳》以相發難，謂《傳》所列但二十四世，至師子祖而已矣。以達磨所承者，非出於師子尊者。其所謂二十八祖者，蓋後之人曲說。禪者或引《寶林傳》證之。然《寶林》亦禪者之書而難家益不取。如此呶呶，雖累世無以驗正。吾嘗病之，因探二傳，竊欲質其是非。及觀所謂《付法藏傳》者，蓋作於後魏，出於真君毀佛之後，梵僧吉迦夜所譯。視其各傳品目，而祖代若有次第。及考其文，則師資授受與其所出國土姓氏，殊無本末。其稍詳者，乃其旋採三藏諸部，非其素爾也。大凡欲為書，序人世數，前後必以其祖禰父子親相承襲為之效；又其人之姓族州土與其事之所以然，皆不失端倪，使後世取信，乃謂之史傳。今其書則謂之傳其事則不詳，若其序彌遮迦多、佛陀難提、比羅長老至於婆修槃陀、摩拏羅、鶴勒那、夜奢與師子羅漢者七祖師，皆無其師弟子親相付受之義。而佛陀難提、鶴勒那與師子三祖最缺。前傳既不見所授，而後之傳但曰"次付"、"次有"、"復有某比丘"云云。付受果不分明詳備。又何足為之傳而示信於後世耶[1]？

契嵩見義學者以《付法藏傳》非難禪宗傳承，遂對《付法藏傳》予以質疑。在此質疑中，可見其對佛教史傳創作的三條意見。第一，傳中涉及僧人世數，應序其師弟子親相付受關係。第二，傳中涉及僧人生平，應詳序其姓族州土及所歷重要事件。第三，表明作史傳之基本原則，乃在於"使後世取信"。就契嵩"祖禰父子"之說而觀之，其於史傳創作的認識受世書史傳傳統影響。另外，契嵩"因探二傳，竊欲質其是非"之說，顯示了其史學創作中通過史料對比，然後判斷是非的分析方法。

契嵩論《寶林傳》則云：

---

① （宋）契嵩：《傳法正宗記》，《大正新修大藏經》第 51 冊，第 773 頁下。

　　若《寶林傳》，其所載諸祖之傳受相承、名氏異同與其所出之國土者，大體與他書同。果是也，吾有取焉。但其枝細他緣，張皇過當，或煩重，事理相反，或錯悮差舛，殆不可按。是必所承西僧泛傳不審，而傳之者不能裁之，吾適略而不取也。亦禪者朴略，學識不臻，乃輒文之迂疏倒錯，累乎先聖真迹不盡信於世，其雖欲張之而反更馳之①。

契嵩取《寶林傳》二十八祖之說，乃基於將之與他書印證之後。就其書之內容，契嵩實頗有批評。總括而言，謂其於細枝末節者過當；細說則或煩重，或事理相反，或錯誤差舛。就其批評而反觀，則知契嵩追求史傳創作之精煉、事理貫通、敘事準確。此外，從契嵩的論說中，還可看到兩點：第一，史傳創作之條件，乃基於學識才華；第二，史傳創作對傳播先聖真跡有重要意義，善為史傳則能有效傳播先聖真跡，否則將產生反效果，這可說是其"文以輔道"觀在史學領域中之反映。

　　對於道宣《續高僧傳》，契嵩則頗為不滿。《傳法正宗記》云：

　　　　或曰："《續僧傳》以壁觀、四行為達磨之道，是乎？非耶？"曰："'壁觀婆羅門'者，蓋出於流俗之語也。四行之說，豈達磨道之極耶？……其傳者自可較其實而筆之，安得輒從流俗而不求聖人之宗？斯豈謂善為傳乎？"②

在契嵩看來，將達磨之道單純限定為壁觀四行，是對達磨的貶低。據《佛祖統紀》載，當時天台宗有法師子昉與契嵩辯論，其批評契嵩道："據僧祐《三藏記》傳律祖承五十三人，最後名達摩多羅，而智炬取為梁朝達磨。殊不知僧祐所記，乃載小乘弘律之人。炬、嵩既尊禪為大乘，何得反用小乘律人為之祖耶？"③ 可見，以達磨為禪宗東來初祖，遇到的一大挑戰

① （宋）契嵩：《傳法正宗記》，《大正新修大藏經》第 51 冊，第 775 頁下。
② （宋）契嵩：《傳法正宗記》，《大正新修大藏經》第 51 冊，第 743 頁下～744 頁上。
③ （宋）釋志磐撰，釋道法校註《佛祖統紀》，上海：上海古籍出版社，2012 年，第 410 頁。

即是作為小乘律人的達磨如何能被尊為大乘之禪宗祖師的問題。基於此挑戰，故契嵩要強調達磨之道不惟壁觀、四行，而是有其大乘精義未發罷了。契嵩將其所遇到的達磨為小乘之挑戰，歸罪於道宣《續僧傳》未能闡明達磨大乘之道，而信從流俗之言。這背後反映了契嵩在史傳創作中強調闡發傳主所具之道的理念。

契嵩又云：

> 初，宣律師以達磨預之習禪高僧，而降之已甚，復不列其承法師宗者，蒙嘗患其不公。而吾宗贊寧僧錄，繼宣為傳，論習禪科，尊達磨之宗，及考寧所撰《鷲峰聖賢錄》，蓋亦傍乎《寶林》《付法傳》而傳，非有異聞，其所斷浮泛，終不能深推大經大論，而驗實佛意，使後世學者益以相疑，是亦二古之短也[1]。

此亦批評道宣將達磨僅列入《續僧傳·習禪》之做法，認為道宣貶低達磨。契嵩不惟批評道宣，連贊寧亦加以批評，其原因也在於贊寧未能對達磨之道深加闡發與讚美。

三、契嵩的著史目的與方法之矛盾

就契嵩針對世書和佛書中史籍所發論議而言，可見其史學觀分為著史目的和方法兩個方面。從著史目的言，契嵩強調對道的弘揚，道為一派學說之核心理念，是其學派基於對世界、生命之認識而提煉出的達到其理想境界的行為原則。在儒家，其為三王之道。在契嵩而言，則王道之上尚有帝道、皇道，更有佛道。著史者弘揚其道，實是宣揚其世界理想、生命理想以及達到理想境界之行為原則。具體表現在史學著作中，便是"別嫌疑，明是非，定猶豫，善善惡惡，賢賢賤不肖"等，蓋其辨明是非善惡之標準正是其學派之所謂道者。

從著史方法言，契嵩認同敘事以明道，其所謂"《書》者，事業之存也"、"傳其事"，皆是言史以敘事。敘事之法，則更具體為四。第一，傳事需真。其批評《寶林傳》"錯悮差舛"，便是謂其傳事不真。第二，傳事

---

[1] （宋）契嵩：《傳法正宗記》，《大正新修大藏經》第 51 冊，第 783 頁中。

需直。其批評《南史》不載宋文帝問何尚之佛教作用之事，而謂之"亦史筆之不直也"，可知其強調敘事當直。第三，傳事需通。其批評《寶林傳》"事理相反"，便是謂其邏輯混淆、事理不通。第四，傳事需精。其批評《付法藏傳》敘人世數等"不詳"，又批評《寶林傳》"枝細他緣"之"煩重"，可見其強調敘事宜詳者不應略，當略者不可煩。契嵩認為敘事能達於真、直、通、精四者，其史方能"示信於後世"，後人信其事，方能信其史中所弘之道。

契嵩在《再書上仁宗皇帝》中云：

> 臣嘗謂能仁氏之垂教，必以禪為其宗而佛為其祖。祖者乃其教之大範，宗者乃其教之大統。大統不明，則天下學佛者不得一其所詣；大範不正，則不得質其所證。夫古今三學輩，競以其所學相勝者，蓋由宗不明、祖不正而為其患矣。然非其祖宗素不明不正也，特後世為書者之誤傳耳。又後世學佛者，不能盡考經論而校正之，乃有束教者不知佛之微旨妙在乎言外，語禪者不諒佛之所詮槩見乎教內，雖一圓顱方服之屬，而紛然自相是非，如此者古今何嘗稍息[①]？

此段為契嵩述其作《傳法正宗記》之由。在契嵩看來，釋迦牟尼垂教，必然以佛為祖而以禪為宗，故禪宗為佛教之大統大範。佛教印度之傳，年代久遠，實為難以詳證者，而契嵩乃堅信禪宗為正統，這是他處在禪宗立場而產生的先入為主之觀念。禪宗既為佛教正統，則釋迦牟尼之道自然盡在禪宗，故維護禪宗之正統便是弘揚佛道。契嵩認為，佛教久傳而宗派相爭、教義互競，根由便在於未能確定禪宗正統地位。而禪宗正統地位之所以出現爭議，則原因又在於古之為書者傳寫之誤。因此，契嵩認為要確立禪宗正統地位而弘揚佛道，就必須對古之為書者加以正誤。這可說是契嵩著史以弘道觀念在其實際創作中的展現。

契嵩《再書上仁宗皇帝》又云：

---

① （宋）契嵩撰，鍾東、江暉點校《鐔津文集》，上海：上海古籍出版社，2016年，第165～166頁。

臣自不知量，平生竊欲推一其宗祖，與天下學佛輩息諍釋疑，使百世知其學有所統也。山中嘗力探大藏，或經或傳，校驗其所謂禪宗者，推正其所謂佛祖者。其所見之書果繆，雖古書必斥之；其所見之書果詳，雖古書必取之。又其所出佛祖年世事跡之差訛者，若《傳燈》之類，皆以眾家傳記，以其累代長曆，校之修之，編成其書，垂十餘萬言，命曰《傳法正宗記》①。

此段所述，為契嵩著史的方法，是契嵩對史料的處理原則。這原則最核心者便是以大藏中經傳互校，即以佛典校佛典。這可說是契嵩著史時求傳事之真的體現。

通過對契嵩史學觀的總結，及考察他對自己作《傳法正宗記》目的、方法的說明，都可看出他在著史目的上追求弘道，在著史方法上追求存真，二者具有一貫性。也正因為契嵩持此兩條理念，遂致使其史學觀內含矛盾。

契嵩著史的目標乃是弘道，先賢基於對世界、生命之認識而構建理想境界，而道正是到達理想境界的方法，它規範著人們的行為。所以，道實是歷史的反映，反映著歷史的世界觀、生命觀、理想境界。先賢所獲對世界、生命的認識，有的真實，有的虛妄，故其所樹立之理想境界便有合理與不合理之部分，而其所提煉出之所謂道，實亦有真實、虛妄、合理、不合理之部分。先賢之道並非是絕對真實與合理者，故真實的歷史就並不完全按著先賢所謂之道運行，而人們基於先賢所謂之道判斷或指導人事亦必將有錯誤、不合理之情況。但是，著史以弘道這一目標，恰好基於道具有絕對真實、合理之性質這一先入為主的邏輯前提，故其在歷史書寫中也就必然會遇上道與史不合的情況。

契嵩著史的方法追求真、直、通、精。追求真，意味著所探討之事結果本身尚不分明，代表著對歷史的懷疑，故其方法便是基於先賢所謂之道並不絕對真實、合理這一邏輯前提。所以，著史以求真就必然會出現史不合道之情況。道不合史而必求弘道，則必然要修改史事以就其道，則如何

---

① （宋）契嵩撰，鍾東、江曛點校《鐔津文集》，上海：上海古籍出版社，2016 年，第 166 頁。

能做到真、直、通、精？史不合道而必求真、直、通、精，則必然挑戰先
賢之道，將使先賢之道為人所批評，則焉能達到弘道之目標？

就契嵩著《傳法正宗記》，或是在《輔教編》等文章中引史事以議論
而言，他都先入為主地要弘揚佛教之道，而佛教之道虛妄、不合理之處甚
多，則其焉能對史事以真、直、通、精之標準加以書寫？由此可見，契嵩
的史學觀中早已潛藏了矛盾，進而給他的史學評論與創作埋下了自相矛盾
的種子。

第二節　契嵩的傳記文

契嵩得益於世書與佛典中史學相關內容之接觸，而形成了他的史學
觀。這種史學觀不僅促使他在《輔教編》一類議論文中引史料為據，更重
要的是指導他創作傳記文章。前一種情況，其史料引證，不過是論理目標
下的輔助性質。而後一種情況，則使他的敘事能力成為了整篇文章的核心
要素，從而形成了另一種文章風格，這是很值得研究的。契嵩的傳記文
章，最重要者為《傳法正宗記》，次則為少量零散之篇。

一、《傳法正宗記》體例析論

契嵩在《傳法正宗論》（第一）中云：

> 夫著書以垂法於無窮，固亦聖賢之盛事也，安可妄為後世之徒好
> 欲自名，竊取古人之物而竟為其說？如此者何限？吾嘗為之太息。雖
> 不能高文慷慨，皆欲剗眾煩雜，使大聖人之道廓然也。適以禪律諸家
> 之書探其事實，修而正之。其理不當而其言冗偽者則削之，其舊雖見
> 而不甚備者，則採其所遺以廣之。斷自釋迦如來至此第六祖大鑒禪
> 師，總三十四聖者。如來則為之表，次聖則為之傳，及大鑒之後，法
> 既廣傳，則為《分家略傳》。諸祖或橫出其徒者，則為《旁出傳》。其
> 人有論議正宗得其實者，則為之《宗證傳》。與其前後所著之論凡四
> 十餘篇，並其《祖圖》勒為十二卷，命曰《傳法正宗記》[①]。

---

① （宋）契嵩：《傳法正宗記》，《大正新修大藏經》第 51 冊，第 775 頁下～776 頁上。

這段論述是對契嵩《傳法正宗記》的創作宗旨和內部體例的概括。其作《傳法正宗記》最高目的乃是"使大聖人之道廓然"，是他"文以輔道"觀的呈現。更具體地說，契嵩以佛道不明，歸因於"後世佛徒"根據自己好惡（即僧人各據其宗派立場）妄取古人之說，互相攻擊，遂使佛教正統不明，遂致佛法大義為眾所雜。所以，僧人各有立場雖是根本原因，但諸派爭執之形式則最終呈現為對佛教相關文本的取用上。契嵩想要平息爭執，但他並未從統一各派立場角度直擊根本，而是從統一文本、重塑經典的角度來做文獻考訂。《傳法正宗記》正是其考訂禪律文本，而重新樹立起的記載佛教傳法脈絡的一部史學文獻。

契嵩著《傳法正宗記》的宗旨，以及他面臨著的諸派相爭之現實局面，決定了這部史學著作的體例。其分為"表"、"傳"、"論"、"序"、"評"五體，並附以《祖圖》，"傳"又以所敘對象之不同，而分為"傳"（述次聖）、"分家略傳"、"旁出傳"、"宗證傳"四部分。可以看到，契嵩在《傳法正宗記》內所作區分頗為複雜。那麼，他的整體邏輯究竟如何？

先來看"論"。今《傳法正宗論》存四篇。其中第一篇為契嵩作《傳法正宗記》之理論基礎，意在解決禪宗西天二十八祖說所遇之理論障礙。禪宗西天二十八祖說，所遇最大挑戰便是義學者執《付法藏傳》而言西天傳法至二十四世師子尊者而絕。契嵩遂於此提出反駁。其文曰：

> 大凡欲為書，序人世數，前後必以其祖禰父子親相承襲為之效；又其人之姓族州土與其事之所以然，皆不失端倪，使後世取信，乃謂之"史傳"。今其書則謂之傳其事則不詳，若其序彌遮迦多、佛陀難提、比羅長老至於婆修槃陀、摩拏羅、鶴勒那、夜奢與師子羅漢者七祖師，皆無其師弟子親相付受之義。而佛陀難提、鶴勒那與師子三祖最缺。前傳既不見所授，而後之傳但曰"次付"、"次有"、"復有某比丘"云云，付受果不分明詳備，又何足為之傳而示信於後世耶[1]？

---

[1]　（宋）契嵩：《傳法正宗記》，《大正新修大藏經》第 51 冊，第 773 頁下。

這是從文章體例角度對《付法藏傳》加以質疑。契嵩認為著"史傳"者當詳敘傳主之姓族州土、平生大事，而尤其應詳敘師弟子傳授之經過。但是，《付法藏傳》則不然，於彌遮迦多等祖師授受經歷為闕如，因此契嵩懷疑《付法藏傳》並非一部嚴肅可信的傳法史書。

契嵩又曰：

> 其傳師子比丘，謂罽賓國王邪見，因以利劍斬之。頭中無血，唯乳流出，相付法人於此便絕。吾謂此說大不然也，嘗試評之。如其為《迦葉傳》曰："佛垂滅度，告大迦葉云：'我將涅槃，以此深法用囑累汝，汝當於後敬順我意，廣宣流佈，無令斷絕。'"然則後世者，既承佛而為之祖，可令其法絕乎？又《掬多傳》謂其意欲涅槃，特以提多迦未誕，待其生，付法方化。其傳迦那提婆，謂以法勝外道，遂為外道弟子所害。提婆乃忍死，說其夙報，以法付羅睺羅方絕。今師子既如掬多提婆為之祖，豈獨便死而不顧法耶？夫承如來作出世之大祖，非聖人不可預焉。今師子預之，是必聖人也。安有聖人而不知死於夙報？知其死，又奚肯不預命而正傳其法，使之相襲為後世之師祖耶？縱其傳法相承之緣止此，聖人亦當預知以告其絕。苟不知其死而失傳失告，又何足列於祖而傳之乎？與之作傳，固宜思之。假令梵本素爾，自可疑之，當留其闕以待來者，烏得信筆遽為是說，起後世諍端以屈先聖？可不懼乎①！

在此段中，契嵩從佛理角度來反駁《付法藏傳》師子尊者絕法統之說。佛教塑造其理想的存在形態以佛為最高，而菩薩、羅漢亦預聖者之流，他們具有超越於人的認識能力和行為能力。因其超人的認識能力，故佛教宣揚其聖者能知過去、未來，遂能自知死生之際；因其超人的行為能力，故佛教宣揚其聖者具有伏魔降鬼、搬山運海的神通。此實佛教之基本教義。據此基本教義，則師子尊者既被前代聖者選為法統，自然必為聖者，既為聖者，自能預知死際，則當預先傳法或告以法統是否當絕。而從《付法藏

---

① （宋）契嵩：《傳法正宗記》，《大正新修大藏經》第 51 冊，第 773 頁下～774 頁上。

傳》說，其既已列師子尊者為祖師，卻又言其不能預先傳法或告以法統是否當絕，反被殺而死，則顯然否定了師子尊者具有聖者之資格，故《付法藏傳》之記錄自相矛盾。契嵩的反駁從根本上說，是利用佛教基本教義中之荒誕設定來以矛攻盾，這於知其荒誕者言自無論證之效力，但對立足於同樣基本教義的《付法藏傳》來說卻實在是有口難辯的。

以上之反駁，是契嵩針對《付法藏傳》而論其文獻之不可信、師子尊者絕法統之說不足憑。接著，契嵩便從西天二十八祖說之合理性角度來加以論證。其文曰：

> 《傳燈錄》曰，昔唐河南尹李常者，嘗得三祖璨師舍利。一日飯沙門，落之，因問西域三藏僧犍那曰：「天竺禪門祖師幾何？」犍那曰：「自大迦葉至乎般若多羅，凡有二十七祖。若敘師子尊者傍出達磨達之四世，自二十二人，總有四十九祖。若自七佛至此璨大師，不括橫枝凡三十七世。」常復問席間耆德曰：「余嘗視祖圖，或引五十餘祖。至於支派差殊，宗族不定，或但空有其名者，此何以驗之？」適有六祖弟子號智本禪師者，對曰：「此因後魏毀教，其時有僧曇曜，於倉黃中單錄乎諸祖名目，持之亡於山野。會文成帝復教，前後更三十年。當孝文帝之世，曇曜遂進為僧統，乃出其所錄，諸沙門因之為書，命曰《付法藏傳》。其所差逸不備，蓋自曇曜逃難已來而致然也。」以吾前之所指，其無本末者，驗今智本之說，誠類採拾殘墜所成之書。又其品目曰「某付某」，果所謂單錄，非其元全本者也。
>
> 若《寶林傳》者，雖其文字鄙俗，序致煩亂，不類學者著書。然其事有本末，世數名氏亦有所以。雖欲竊取之，及原其所由，或指世書，則時所無有，或指釋部，又非藏經目錄所存。雖有稍合藏中之云者，亦非他宗之為。余常疑其無證，不敢輒論。會於南屏藏中，適得古書號《出三藏記》者，凡十有五卷，乃梁高僧僧祐之所為也。其篇曰《薩婆多部相承傳目錄記》，祐自序其端，云：「唯薩婆多部，偏行於齊土，蓋源起天竺，流化罽賓，前聖後賢，重明疊耀。自大迦葉至乎達磨多羅，凡歷二卷，總百餘名。」從而推之，有曰婆羅多羅者，與乎二十五祖婆舍斯多之別名同也。有曰弗若蜜多者，與乎二十六祖

不如蜜多同其名也。有曰不若多羅者，與乎二十七祖般若多羅同其名也。有曰達磨多羅者，與乎二十八祖菩提達磨法俗合名同也。其他祖同者，若曰掬多堀，或上字同而下異，或下字異而上同，或本名反而別名合者，如"商那和修"曰"舍那婆斯"之類是也。此蓋前後所譯梵僧，其方言各異而然也。唯婆舍而下，四祖師其同之尤詳。其第一卷目錄所列，凡五十三人，而此四祖最相聯屬。而達磨處其末，此似示其最後世之付受者也。其所列員數之多者，蓋祐公前後所得諸家之目錄，不較其同異，一皆書之。雜以阿難、師子尊者所傍出諸徒，故其繁也。如祐序曰："先傳同異，並錄以廣聞，後賢未絕，制傳以補闕。"然其大略與《寶林傳》《傳燈錄》同也。若祐公者，以德高當時，推為律師，學而有識，而人至於今稱之。然其人長於齊而老於梁，所聞必詳，今其為書亦可信矣。以之驗師子比丘雖死而其法果有所傳，婆舍而下四祖其相承不謬，不亦大明乎？《傳燈》所載誠有據也[1]。

《景德傳燈錄》中李常問西天祖師之數，鞬那答"二十七祖"，也就否定了師子尊者絕法統之說。此二十七祖加上般若多羅後之菩提達磨，便足二十八之數。這是對西天二十八祖說的支持證據。李常問其所見祖圖何以有五十餘祖，智本認為是《付法藏傳》成書倉促遂致差異不備。此說法看似回答了李常之問，但內中卻有漏洞。第一，佛教既言其重祖宗傳承，何以連其直承法統之祖宗名、數亦不能熟悉，以致遭難之際尚要倉皇抄錄？第二，縱佛徒不肖，不能全記其傳法祖宗之名、數，然以常理推，人雖易忘排列於中間之人物，但於首尾則最易熟知，蓋首位者有開創之功，而末尾者最切於己。而曇曜竟不能記其最近之祖師，而重編之時亦無僧人知之而加以提醒，豈非太不合理？事實上，智本所說，不止於此，其後尚有文曰："又經一十三年，帝令國子博士黃元真與北天竺三藏佛陀扇多、吉弗煙等，重究梵文，甄別宗旨，次序師承，得無謬也。"[2] 從這話看，智本實

---

[1] （宋）契嵩：《傳法正宗記》，《大正新修大藏經》第 51 冊，第 774 頁上～774 頁下。
[2] （宋）釋道原：《景德傳燈錄》，《大正新修大藏經》第 51 冊，第 222 頁上～222 頁中。

非批判《付法藏傳》而加以否定者，倒是肯定曇曜有保存之功。智本之意，曇曜倉皇以致不備，但佛陀扇多、吉弗煙後來重究梵文，終成"無謬"。所以，智本敘《付法藏傳》經過，實非欲否定其書，更非歸罪曇曜、吉弗煙等，實有讚揚之意。智本謂《付法藏傳》最終"甄別宗旨"、"次序師承"、"無謬"，其說與契嵩攻擊此書付受不明、不足取信於後世、"謬書可焚"者乃相背離。尤甚者，智本謂佛陀扇多、吉弗煙曾"重究梵文"，這便與契嵩攻擊此書時所云"假令梵本素爾，自可疑之，當留其闕以待來者，烏得信筆遽為是說，起後世諍端以屈先聖"有根本矛盾了。智本既謂《付法藏傳》曾重訂乎"梵文"，則正是表明"梵本素爾"而非"信筆遽為是說"，則契嵩從文獻性質上對《付法藏傳》的否定便站不住腳。是以，契嵩遂刪掉智本後半句話，反引其說而為己正。契嵩常謂處事宜誠，史家應直，而見不利於己之證據，便斷章取義，亦可謂行與言悖也。

契嵩既以《景德傳燈錄》為己證，然其畢竟為後世禪者之書，故契嵩又欲引《寶林傳》為證。然《寶林傳》問題頗多，契嵩又欲強引之，故又用僧祐《薩婆多部相承傳目錄記》中所載者為證。禪宗西天二十八祖之說，關鍵即在師子尊者之後是否有四祖，而僧祐所記中又並無與此四者姓名全同者，契嵩於是強合之，而將姓名不合處歸因於祖師有法名、俗名乃至別名，或是歸因於翻譯者方言各異，此雖使反對者難以證偽，但終究也難令人信服。又僧祐所記其實並無法統傳承之序，而所記高僧亦不止禪宗二十八祖之數，此本是契嵩所批評《付法藏傳》之"傳其事則不詳"、"付受果不分明詳備"者，而其欲堅己說，便又自反其義了。

當然，契嵩自認為已證明《付法藏傳》之謬，而《寶林傳》為可信，便進一步據《寶林傳》等重敘祖事。其文曰：

> 吾考始譯斯事者，前傳皆曰初由中天竺國沙門號支疆梁樓。嘗往罽賓國，於其國之象白山，會達磨達比丘。其人老壽，出於常數，乃師子祖傍出之徒。支疆因以師子之後其法興衰問之，達磨達曰："如來之法傳大迦葉，以至吾師子大師。然吾師知自必遇害，未死預以法正付我同學南天竺沙門婆舍斯多，亦名婆羅多那，復授衣為信，即遣之，其國其人方大為佛事於彼。"支疆曰："然我識其人也。"支疆遂

以前魏陳留王曹奐之世至於洛邑，初館白馬寺。時魏室方危，奐憂之，數從問其興亡，支疆皆以隱語答之。因會沙門曇諦、康僧鎧輩，譯出眾經及諸祖付受事跡，傳於中國。以此驗知，中國先有祖事，非權輿於付法藏傳耳……

又云：有罽賓沙門那連耶舍者，以東魏孝靜之世至鄴，而專務翻譯。及高氏更魏稱齊，乃益翻眾經。初與處士萬天懿譯出《尊勝菩薩無量門陀羅尼經》。因謂天懿曰："西土二十七祖，亦尊此經。"復指達磨其所承於般若多羅，謂此土繼其後者法當大傳，乃以識記之。復出已譯祖事，與天懿正之。而楊衒之《名系集》亦云，耶舍嘗會此東僧曇啟者於西天竺，共譯祖事為漢文。譯成而耶舍先持之東來，然與支疆之所譯者，未嘗異也。夫自七佛至乎二十五祖婆舍斯多者，其出於支疆之所譯也。益至乎二十七祖與二十八祖達磨多羅西域傳授之事蹟者，蓋出於耶舍之所譯也。

推《寶林》《傳燈》二書，至於曇曜其始單錄之者，其本皆承述於支疆、耶舍二家之說也，但後世人人筆削異耳。……若《出三藏記》者，蓋別得其傳於齊梁之間耳。僧祐曰："薩婆多部源起於天竺，而流化於罽賓。"罽賓國者，蓋師子祖所化之地，亦其遇害於此，祐之言詳也。又曰："此部偏行於齊土者。"祐，齊人也，是必西人先達磨東來，而傳之於齊，祐於其國遂得之為書，但亡其譯人之名耳。不然，則祐何從而傳耶？苟謂震旦禪者為之，而祐之時何嘗稍有達磨之徒耶？又何出乎薩婆多部，而律者書之乎？大凡辯事，必以理推，必以跡驗，而然後議其當否。反是，雖有神明如蓍龜，將如之何①？

支疆梁樓問達磨達之事，出《寶林傳》。那連耶舍答萬天懿之事，則出《祖堂集》。契嵩引此二次答問乃欲證明西天二十八祖之說早於《付法藏傳》，而最早翻譯此說的支疆梁樓、那連耶舍也非禪宗弟子。所以，《出三藏記》《付法藏傳》《寶林傳》《景德傳燈錄》都論及此事，實為同一事件在不同時代之記載，如此則《付法藏傳》便不足為唯一標準，而《出三藏

---

① （宋）契嵩：《傳法正宗記》，《大正新修大藏經》第 51 冊，第 774 頁下～775 頁中。

記》《寶林傳》《景德傳燈錄》中二十八祖之事便可憑信。

從此篇之"論"可以看到，契嵩要樹立禪宗西天二十八祖之說，面臨兩大問題。第一，迦葉以下，至師子尊者，其後法統是否斷絕？第二，禪宗西天二十八祖，其姓名、事跡、傳授等具體情況如何？第一條是根本問題，但即便第一條成立，若西天二十八祖之名目、事跡各異，亦將另起爭端，惹人懷疑，則其法統傳承亦難以讓人信為正宗。契嵩造論以斥《付法藏傳》，其理雖多難通之處，然《付法藏傳》本亦難信，而契嵩又善引大經大論，層層推進，其詞嚴氣盛，亦足以惑人。故於一般學者，便易為其所動，何況禪宗門徒在心理上早已偏向於他。所以，就《傳法正宗記》整體而言，其所立"論"體實為其書之理論根本，於全書內容有提綱挈領之意義。

再來看"表"、"傳"。契嵩自認在理上已攻破《付法藏傳》，則《付法藏傳》所記祖師之荒謬處自要糾正，故重述祖宗事跡以成新作而代替《付法藏傳》便勢在必行。這便是"表"、"傳"設立之根由。"傳"何以又分為述次聖之"傳"以及"分家略傳"、"旁出傳"、"宗證傳"？前三者的分別，固然基於佛教發展中分合興滅之事實，而另一重要原因在於樹立正統與旁出之地位。此思想當然並非契嵩提出，而是禪宗早已有者。"宗證傳"則是契嵩所特立者，蓋契嵩攻擊《付法藏傳》而確立西天二十八祖之說時，覺出引前人證詞大有裨益，能堅定一般學者的信念。所以，"宗證傳"的設立，實是契嵩論辯邏輯在史傳創作中之體現，其源於引支疆梁樓、那連耶舍之事。

何以立"表"？《傳法正宗記》所謂"表"，實僅《始祖釋迦如來表》一篇，以敘釋迦牟尼降生至於涅槃之事跡。契嵩云：

> 若如來之生與滅，及其出家成道，或當周昭王、穆王之年。然周自武王至厲王，皆無年數，及宣王方有之。舊譜乃曰：昭王九年，二十七年，三十三年，穆王之三十六年，或者頗不以為然。吾嘗辨之，故考太史公《三代世表》，視其敘曰："余讀諜記，黃帝以來皆有年數。稽其曆譜諜終始五德之傳，古文咸不同，乖異。夫子之弗論次其年月，豈虛哉！"以此驗，三代已前非實無年數，蓋太史公用孔子為《尚書》之志，故不書其年，乃作《世表》，疑則傳疑。及後世學者之

賢若皇甫謐輩，復推而正之。故為釋氏之舊譜者，因之以書。此可詳也，孰謂不然①？

釋迦牟尼之生滅，舊說紛紜，面對此種情況，契嵩遂學司馬遷之法，不書其年，而祇敘帝王世代，可使疑則傳疑。可見，契嵩有意學著史名家，這也正與其推崇司馬遷之態度相契合。契嵩以釋迦牟尼比遠代帝王，又用司馬遷之法稱之為 "表"，但其做法卻頗有缺點。司馬遷雖以五帝、三代之際為難考，於是作表，但其《三代世表》實為統計帝王名目，然後排列秩序而成之表格。但他又另作《五帝本紀》《夏本紀》《殷本紀》《周本紀》以敘五帝、三代之歷史，此皆敘事風格之文體，與表格大不相同。契嵩所謂《始祖釋迦如來表》，在文體上仍是敘事風格的傳體，而非表格，這顯然是名不符實的。其雖謂學於司馬遷，實未能契其真意。

何以作 "序"？《傳法正宗記》中序凡四篇，分別見於《正宗分家略傳》《旁出略傳》《宗證略傳》《傳法正宗定祖圖》前，乃是輔助說明其傳、圖相關信息的。

何以作 "評"？自釋慧皎作《高僧傳》，於 "譯經"、"義解"、"神異"、"習禪"、"明律"、"亡身"、"誦經"、"興福"、"經師"、"唱導" 十門之後設 "論" 以統一門之大概，唐之釋道宣《續高僧傳》、宋之釋贊寧《宋高僧傳》多繼承其體例而於一門之後設 "論" 體。此體例當源於《史記》諸篇之末的 "太史公曰"、《漢書》諸篇之後的 "贊曰"，而為慧皎等所發揮。契嵩本推崇司馬遷、班固，而於佛教史傳也多留意，故承前賢而設 "評"。其 "評" 不同於慧皎論一門發展之大概，也不同於班、馬評諸篇之人物、事件，而是對傳中人物、事件所涉爭議加以考證，故其評中對義學者所懷疑之禪宗祖統問題尤多辨析。

何以作 "圖"？《景德傳燈錄》中載李常曾見祖圖，契嵩亦言宋仁宗曾頒《祖師授法穿衣之圖》，所以他作《傳法正宗定祖圖》亦可謂由來有自。就配圖之作用言，它能給人明白曉暢之感，圖是異於文字而又可與文字相配合的一種承載形式。這對於宣揚禪宗祖師授受之事跡，是有益的。

---

① （宋）契嵩：《傳法正宗記》，《大正新修大藏經》第 51 冊，第 718 頁中。

綜上關於"論"、"表"、"傳"、"序"、"評"、"圖"六種體式的分析，可以看到"論"是支撐"表"、"傳"、"序"、"評"、"圖"所承載內容的理論基礎，而"表"、"傳"、"序"、"評"、"圖"正是承載其"論"中之理念的，"序"、"評"亦是輔助於"表"、"傳"、"圖"的。他們的關係層次有別，但諸層之間又互相配合，沒有誰是孤立的。這顯示了契嵩對《傳法正宗記》內在邏輯的細密思考。並且，他在創作"表"、"評"時，雖是繼承前人，但也融入了他的創新。

二、《傳法正宗記》表、傳析論

《傳法正宗記》所載祖師自釋迦牟尼至慧能，計三十四名。契嵩計《正宗分家略傳》為"一千三百有四人"①，《旁出略傳》為"二百有五人"②，《宗證略傳》為"十家"③，則總計一千五百五十三人。如何在九卷之中完成對如此眾多人物之記載？這顯然是契嵩所需思慮處，亦為後世學者所最可研究處。契嵩諸文，可別為集、篇、段、句、詞、字諸層級，在集的層次契嵩所立諸體例可見其思慮細密。現在則論其篇以下之敘事法。

（一）詳略區分法

契嵩所計禪宗相關人物凡一千五百五十三人，自不能人人詳敘詳評，故其首先須做的，便是區分詳略。其《正宗分家略傳》序云：

> 正宗至第六祖大鑒禪師，其法益廣，師弟子不復一一相傳，故後世得各以為家。然承其家之風以為學者，又後世愈繁。然周於天下，其事之本末已詳於《傳燈》《廣燈》二錄、《宋高僧傳》，吾不復列之，此而書者蓋次其所出之世系耳。故《分家傳》起自大鑒，而終於智達，凡一千三百有四人也④。

又《旁出略傳》序曰：

---

① （宋）契嵩：《傳法正宗記》，《大正新修大藏經》第 51 冊，第 749 頁上。
② （宋）契嵩：《傳法正宗記》，《大正新修大藏經》第 51 冊，第 763 頁下。
③ （宋）契嵩：《傳法正宗記》，《大正新修大藏經》第 51 冊，第 766 頁中。
④ （宋）契嵩：《傳法正宗記》，《大正新修大藏經》第 51 冊，第 749 頁上。

　　旁出善知識者，已載於他書，此復見之，蓋以其皆出於正宗，的
庶雖異，其法一也。周封同姓之國，以貴其宗。親親之義，則文武成
康為正。方之大迦葉直下之相承者，亦可知矣。其傳起於末田底，而
止乎益州神會禪師者，凡二百有五人①。

無論是六祖慧能以下的一千三百零四位禪師，還是旁出之二百零五人，事
實上於其他文獻中都有更詳細的介紹。所以，對禪宗分家之情況，契嵩衹
是依據《景德傳燈錄》《天聖廣燈錄》《宋高僧傳》錄諸禪師之世系而已，
他既不敘禪師之事業，也不考定相關爭議。而旁出者，契嵩也衹是錄其名
字世代而已。如此，契嵩便可把《傳法正宗記》的重心放在三十四名祖師
和宗證十家之上。契嵩這種詳略區分，是有益的。蓋禪宗與義學者所爭處
在西天二十八祖上，至於東土禪宗之發展既為歷史之事實，又為他書所多
載，故契嵩不必大費筆墨重複之。而他以載錄世系的方式將眾禪師加以聯
屬，反而能夠起提綱挈領之作用，從而與諸僧傳、燈錄相輔而行。

　　除在三十四祖師、宗證十家與分家禪師、旁出善知識對比時，契嵩採
用詳略法加以區分，對諸祖師也區分詳略。禪宗在祖師問題上所遇挑戰，
其實主要集中於三個地方。第一，禪宗何以能成為佛教諸派之正統？這就
需要對釋迦牟尼傳法於迦葉事件加以詳敘。第二，師子尊者之死，是否代
表西天法統之斷絕？這就需要對師子尊者傳法過程加以詳敘。第三，菩提
達磨作為東土初祖，他是否屬於大乘？這就需要對菩提達磨的事業加以詳
敘。從契嵩對諸祖師的敘述來看，他也確實是對這幾位祖師倍加留心的，
這有利於凸顯其《傳法正宗論》中的理念。

　　（二）典型塑造法

　　佛教在歷史發展中，雖弟子眾多、宗派林立而祖師不絕，但他們有一
個共同理想，便是成佛。所以，佛是佛教之偶像，祖師、弟子都不過是佛
形象的部分呈現。契嵩在《始祖釋迦牟尼表》後評曰：

　　　　曰：他書之端，必列七佛，而此無之，豈七佛之偈非其舊譯乎？

---

① （宋）契嵩：《傳法正宗記》，《大正新修大藏經》第 51 冊，第 763 頁下。

曰：不然，夫正宗者，必以親相師承，為其效也，故此斷自釋迦如來
已降，吾所以不復列之耳。吾考其《寶林》《傳燈》諸家之傳記，皆
祖述乎前魏支疆梁樓與東魏之那連耶舍此二梵僧之所譯也。或其首列
乎七佛之偈者，蓋亦出於支疆、耶舍之二譯耳，豈謂非其舊本耶？然
《寶林傳》其端不列七佛，猶吾書之意也[1]。

契嵩批評《付法藏傳》時提到兩個理由：第一，不列祖師親相授受之事；
第二，對傳主姓名州土、平生事業敘述不詳。契嵩以此而認為《付法藏
傳》不足取信於人，其欲正偏，自不能重複其轍。過去七佛，授受之跡不
明，而釋迦牟尼之外，事業也不詳盡，故契嵩以釋迦牟尼為祖師之首，稱
為"始祖"。釋迦牟尼既為七佛中唯一書寫之佛，則其地位之高、形象之
偉便自然而成迦葉以下禪宗祖師之典型者。契嵩對釋迦牟尼形象之塑造是
特為重視的。

契嵩對釋迦牟尼平生的敘述，乃抓住四個階段，即降生、成道、度
世、涅槃。在這四階段中，契嵩注重對釋迦牟尼超人般認識能力和行為能
力的塑造。先看釋迦牟尼降生。其文曰：

天地更始，而閻浮洲方有王者興，曰"大人"。大人者沒，後王因
之，繼作而不已，古今殆不可勝數。然其聖神而有異德者，謂之轉輪
王；德不至者，謂之粟散王。既德有大小，而其所治亦從之降殺，自四
天下減之至於三二，至於一天下，至於列國。其所謂王者，雖更萬億之
世，而釋氏一姓相襲不絕。益後世有王者曰大善生，大善生出懿師摩，
懿師摩出憂羅陀，憂羅陀出瞿羅，瞿羅出尼浮羅，尼浮羅出師子頰，師
子頰出淨飯，然此七世皆王，獨懿師摩、淨飯號為聖王。如來即出於淨
飯聖王者也，生於中天竺國，釋迦其姓也，牟尼尊稱也。

始，如來以往世會然燈佛於蓮華大城，因布發席其所履以至敬然
燈，遂受之記曰："汝後成佛如我，其號釋迦牟尼。"後之更劫無數，聖
人皆積修勝德，逮迦葉佛世，乃以菩薩成道，上生於睹史陀天，應其補

---

① （宋）契嵩：《傳法正宗記》，《大正新修大藏經》第51冊，第718頁下。

處，號護明大士，說法天上，以度天眾。及其應運適至，乃會天人，議所下生，眾未有所定。大士乃自以迦毗羅國處閻浮提之中白淨飯王者，其家世世帝王，聖德之至，真轉輪族，宜因之以生。於是示天衰相，將欲下化。然天眾皆泣，願更留之，大士乃為說往生成佛之意，以釋其攀緣。大士即捐天壽，示乘白象從日中降神於其母右脅。淨飯之后摩耶氏，是夕遽白王曰："令我潔身，請奉八關齋法。"王從之。尋夢大士以所乘入其右脅而止。諸天慕為其屬，同時生於人間者無限。

其始在孕，則母體大寧，自得禪樂。及其將生，摩耶乃意往園苑，如宮監者即嚴寶輦，王復廣詔侍衛以從之。至園之無憂樹下，其花方妍，後欲取之舉手，而聖子乃自其右脅而誕，神龍即澍水以澡之，地發金蓮以承之。聖子乃四方各蹈七步，以手上下指之曰："四維上下，唯我最尊。"如內謁者以喜入奏，王聞，以其無數貴屬偕至視之，乃不勝大慶。是時也，天神地祇皆見而祝之曰："願大士速成正覺。"王尋持之與謁天廟，天像起為之致禮。還宮，大集賢者，為其名之。眾乃上號曰薩婆悉達。及慕相者，而仙人阿私陀應召。方見聖子，遽禮其足而泣曰："此三界之至尊也，年至十九當為轉輪王，不爾則出家成佛，度人無量，恨吾老矣，不能見之。"王以仙人之言憂之，益謹寶守。稍長，當命師傳教以世書，聖子乃以其法問之，而師皆不能對。至於世所有藝，天文地理射御百工之事，皆不待教而能之①。

契嵩對釋迦牟尼降生分作三種視角、兩個階段進行塑造。這三種視角分別是降生者釋迦牟尼、得子者淨飯王夫婦，及旁觀者天眾、仙人等。兩個階段，則是過去世、現在世。從降生條件說，這絕非偶然發生，而是從過去世便開始聚攏諸因素的。釋迦牟尼受記於然燈，則其降生為必然之事。釋迦牟尼降生，意在成佛，而其之所以能成佛，又在於經無數劫而累修盛德。淨飯王夫婦之所以能得聖子，也絕非偶然，而是其祖上以來累世有盛德而為聖王之故。從細節角度說，摩耶氏潔身修齋，也是發生條件。可見，契嵩對降生條件的描述將佛教過現未生命觀、六道輪迴觀、善惡報應

---

① （宋）契嵩：《傳法正宗記》，《大正新修大藏經》第 51 冊，第 716 頁中～717 頁上。

觀等基本教義融合了起來，賦予釋迦牟尼誕生以深刻的內涵。對現在世降生過程的敘述，契嵩亦刻意經營。釋迦牟尼降生母胎時，其母便得異夢；既孕其身，便得禪樂。其出生非如人之分娩，而是由脅自誕，既誕之後便能行走說話，且自稱最尊。其稍長，便能問倒師傅，世間學問技藝皆不教而能。這些非同尋常的生長經歷，都反映出這是一個神聖而尊貴的生命。旁觀這個生命從產生到成長過程的，乃是天眾與仙人。在過去世，天眾已仰慕釋迦牟尼，眷戀不捨而又隨之下世。天神地祇祝其生，天像為之起立致禮，仙人對之仰慕，以不能見其成佛而自歎，連神龍、大地都為之致敬。這一視角顯然極大地渲染了釋迦牟尼神聖與尊崇的地位，從而將之塑造成一個高於天人萬物的至尊者。在這一塑造過程中，契嵩始終圍繞著一個邏輯，即重德重智。德為累世修行而得者，故其本於行為，這行為是經了無數劫的，則此種堅持顯然超於常人，而如出生便能行走、說話，顯然也是從超凡的行為能力角度進行的刻畫。至於不學而能，則自是從超凡的認識能力角度進行的刻畫。

對釋迦牟尼成道階段的敘述，涉及棄王位、妻子而偷出王城，發大願證無上菩提，學外道而無果，聽父意而不還，受牧牛氏乳糜、於畢鉢樹下成佛諸事。釋迦牟尼在成道過程中能夠分別世間誘惑、外道邪見而加以抵制、離棄，能夠追求無上菩提而不屈不撓，這顯然是對其超凡的認識能力和行為能力的有力刻畫。

對釋迦牟尼度世階段的敘述，記載了鹿野苑談四諦法，竹林精舍說法，歸化父母之國，說法天上、人間、龍宮、他方等，其間穿插著收憍陳如、優樓迦葉、舍利弗、目犍連為弟子諸事。這個過程顯示出一種佛法所至、外道必化而有情皈依的趨勢。這是對佛法威力的高揚，也是對釋迦牟尼無上認識能力與行為能力的推崇。

最後是對涅槃階段的塑造，也可說這是最重要的階段。契嵩其文曰：

> 其後以化期將近，乃命摩訶迦葉曰："吾以清淨法眼、涅槃妙心、實相無相微妙正法，今付於汝，汝當護持。"並敕阿難副貳傳化，無令斷絕。而說偈曰："法本法無法，無法法亦法。今付無法時，法法何曾法。"偈已復謂大迦葉曰："吾將金縷僧伽梨衣，亦付於汝，汝其

轉授補處慈氏佛，俟其出世。宜謹守之。"大迦葉聞命，禮足稱善，敬奉佛敕。

一旦，果往拘尸那城娑羅雙樹之間，告其大眾，欲般涅槃。會長者純陀懇獻供養，如來因之復大說法，而後度須跋陀羅。已而，歷諸三昧，起其座，裹僧伽梨，示紫金光體，囑累大眾，遂右脅而臥，泊然大寂。其時四部弟子、億萬人天哀號追慕，動大千界。天花大雨，而其地皆震。及內之金棺，待大迦葉，而世火不能燃。迦葉適至，其足自棺雙出，慰其哀慕。既而金棺自舉，周尸那城，卻下以三昧火燔，然自焚爐，已而舍利光燭天地。其會天者、人者、神者、龍者，皆分去塔之①。

釋迦牟尼的涅槃階段，是圍繞著付法來敘述的。從釋迦牟尼的視角，其具有預知生死的認識能力，故在將化之時，便付法摩訶迦葉，而後告別大眾，從容涅槃。從摩訶迦葉的視角，他是受法者，其特殊地位也通過釋迦牟尼化寂之後待其歸來而雙足出棺事件來加以凸顯。這就將佛教法統傳承的過程作了起伏而細膩的呈現，在天、人、神、龍的渲染中，既顯得莊重神異，又顯得自然而然，使人不自覺地被其故事所吸引，而把迦葉得佛法精妙、開禪宗正統的理念植入自己的腦海。

契嵩的典型塑造，具體而言則分成抽象法和渲染法兩種。他先從諸佛諸聖中抽象出釋迦牟尼這一最具代表性的形象，又從這一形象之眾多特徵中抽象出超凡的認識能力和行為能力這兩個方面，并通過降生、成道、度世、涅槃四個階段來加以呈現。這一模式被推廣於其後禪宗諸祖師的敘述之中，他們雖各有詳略，但都不離開這兩個方面、四個階段。在四個階段中，契嵩最重視的則是涅槃階段中的傳法過程，因為這是最關《傳法正宗記》創作目標的地方。

抽象法，在於從眾多形象、事件中抽離出普遍特徵，這一點很容易破壞形象的生動性、事件的曲折性。於是，契嵩利用渲染法來刻畫人物形象和事件發展。如其塑造釋迦牟尼降生，並不單純地描述為一次簡單的人間

---

① （宋）契嵩：《傳法正宗記》，《大正新修大藏經》第 51 冊，第 717 頁下～718 頁上。

生育，而是遠溯至然燈佛之受記、淨飯王之累世盛德，又在降生過程中隨時呈現著天眾、神仙之傾慕，有力地刻畫了釋迦牟尼的神聖與尊崇。比較《付法藏傳》《寶林傳》《景德傳燈録》，在釋迦牟尼降生之事上，《付法藏傳》不敘降生而從成道說起，《景德傳燈録》則承《寶林傳》而敘曰："（釋迦牟尼佛）姓刹利。父净饭天，母大清净妙。位登补处，生兜率天上，名曰胜善天人，亦名护明大士。度诸天众，说补处行，亦于十方界中现身说法。《普耀经》云：'佛初生刹利王家，放大智光明照十方世界，地涌金莲华自然捧双足，东西及南北各行于七步，分手指天地作师子吼声："上下及四维，无能尊我者。"'即周昭王二十四年甲寅岁四月八日也。"[1] 可以看出，就故事的生動性而言，《景德傳燈録》所載與契嵩所敘實相去甚遠。而契嵩所敘能達到此種效果，正在於他善用渲染法，這顯出了契嵩精粹的藝術表現能力。

（三）互見法

司馬遷著《史記》，往往以一事而於數處加以涉及，然詳略各別，互為表裡，後世謂之"互見法"。契嵩在諸傳創作中便採用了此法。

契嵩載師子尊者法統傳承時，便在前後三傳中敘及此事。他在《天竺第二十三祖鶴勒那大士傳》中敘曰：

> 時其徒或從而問曰："師以無我所修行，而得此宿命，是必知我之眾有無福業，願聞其說。"大士即指東北謂之曰："見此乎？"眾曰："不見。"曰："此麤相尚不能見，況其微妙功德耶？"師子前之曰："我適見矣。"大士曰："汝何見耶？"曰："我見異氣皎如白虹，貫乎天地，復有黑氣五路橫布其前，類忉利天梯。"大士曰："汝見是氣，知其應乎？"曰："所應未之知也，唯師言之。"大士曰："我滅之後五十年末，難興於北天竺，汝當知之。"師子因告曰："我將遊方，敢請教於尊者。"大士曰："吾今老矣，涅槃即至，此如來大法眼藏悉以付汝。汝往他國，然其國有難，而累在汝躬，慎早付受，無令斷絕。聽吾偈曰：'認得心性時，可說不思議。了了無可得，得時不說知。'"

---

[1] （宋）釋道原：《景德傳燈録》，《大正新修大藏經》第 51 冊，第 205 頁中。

付法已。大士即騰身太虛。作一十八變。復其座寂然遷化①。

選擇法統而傳大法眼藏，在契嵩看來是每一位祖師至為重要的任務，所以對每位祖師的敘述中，契嵩都將其付法過程作詳細敘述、精緻刻畫。契嵩從鶴勒那自述其修行成就，而引出眾弟子問未來福業，進而引出鶴勒那與師子尊者的應答。鶴勒那以望氣問諸弟子，獨師子尊者能見異氣，既顯出了師子尊者所獨具的法統資格，又把福業問題集中到了師子尊者之上，從而通過鶴勒那的預言說明師子尊者遇害乃必然之事，而師子尊者亦早已知之，故暗示了師子尊者在遇害之前已付囑法統。

在《天竺第二十四祖師子尊者傳》中，契嵩對此事復加展開。其文曰：

> 未幾，其國有一長者子曰斯多，年僅二十，其左手常若握物，而未始輒開。一夕，其父夢神人令送師子醫之。父明日遂攜子從尊者求驗其夢，然先自心計，果得此子病癒，當恣之出家。而尊者方患久於是國而其法未得所傳，一朝而長者父子偕至，以其手與夢聞於尊者，禮之，願即受其出家。……於是尊者即為剃度，會聖眾，與受具戒，謂之曰："汝之前身出家已號婆舍。而今復然。宜以兼之。即名婆舍斯多。適觀此國。將加難於我。然我衰老。豈更苟免。而我所傳如來之大法眼。今以付汝。汝宜奉之。即去自務傳化。或遇疑者即持我僧伽梨衣為之信驗。聽吾偈曰：'正說知見時，知見俱是心。當心即知見，知見即於今。'"婆舍斯多奉命，即日去之。
>
> 居無何，其國果有兄弟二人者，兄曰"魔目多"，弟曰"都落遮"，相與隱山，學外道法。一旦，都落遮所學先成，謂其兄曰："我將竊入王宮，作法殺王，以奪其國。"兄曰："汝無誤事，致累吾族。"及落遮入宮，遂易其徒皆為僧形，計其事集則自顯，不爾則歸罪沙門。既作其法，無效，為國擒之。兵者果以沙門奏之。王大怒曰："我素重佛，其人何以為此大逆。"遂斥教盡誅沙門，尊者即謂其眾

---

① （宋）契嵩：《傳法正宗記》，《大正新修大藏經》第 51 冊，第 734 頁中～734 頁下。

曰："王今不利我等，汝宜遠避。"其徒欲奉尊者隱之，尊者曰："吾見蘊空，復何逃乎！"其王彌羅崛果仗劍毅然詣尊者而問曰："師得無相法耶？"曰："得。"王曰："既得，生死有懼乎？"答曰："已離生死，何有懼也。"王曰："不懼，可施我頭耶？"曰："身非我有，豈況於頭？"王即斬之。尊者首墜，其白乳湧高丈許。然王之右臂即截然自絕，尋病七日而死[1]。

此處詳細敘述了師子尊者付法婆舍斯多和遇難被殺之事，這就應證了鶴勒那的預言。不過，《天竺第二十三祖鶴勒那大士傳》主要塑造的是鶴勒那而非師子尊者，故彼處略而此處詳。在這兩件事中，契嵩用"尊者方患久於是國而其法未得所傳"顯示了師子尊者始終謹遵師命而尋找法統，塑造了師子尊者對待法統傳承的嚴肅精神。而師子尊者面對生死而從容應對的場面，則塑造了他作為聖者的超凡形象。兩者相合，凸顯出師子尊者與前代祖師一樣具有超凡的認識能力和行為能力，他也就不可能死於倉促之中而使禪宗法統斷絕了。

在《天竺第二十五祖婆舍斯多尊者傳》中，契嵩對此事復有補充。其文曰：

> 然其國先有咒師曰"靈通"者，王所信重，及此乃嫉斯多……咒者因讒之，謂其王曰："婆舍斯多非師子弟子，豈有道耶？請王試之。"王從其言……一日，果召尊者，御正殿而問之曰："我國不容邪法，師之所學，乃是何宗？"斯多對曰："我所學者，佛法之正宗也。"王曰："佛滅已過於千歲，而汝安得之？"尊者曰："自釋迦如來傳法，更二十四世至於吾師師子，我適所得，蓋承於師子比丘也。"王曰："師子戮死，安得以法相傳？果爾，亦何以為信？"尊者曰："吾師授我傳法僧伽梨在焉，即進於王。"王初不然，遂命焚而驗之，火方熾，遽有異光自其衣而發，掩於世火，祥雲覆之，天香馥鬱，及燼而僧伽

---

[1]　（宋）契嵩：《傳法正宗記》，《大正新修大藏經》第 51 冊，第 735 頁上～735 頁下。

黎如故。王大信乃盡禮於尊者。其僧伽梨衣，王即請之①。

此傳主要塑造婆舍斯多。對婆舍斯多祖師形象的成功塑造，自然也有助於說明師子尊者絕非倉促而死，而是嚴格選擇了法統。婆舍斯多與國王的對話，呈現了師子尊者為佛法正統的事實，而其中對僧伽梨火燒應驗的描述，則與師子尊者付法婆舍斯多時所預言之"或遇疑者即持我僧伽梨衣為之信驗"相應。這又是對師子尊者超凡認識能力的塑造，進一步說明了師子尊者不可能使法統斷絕的觀念。

《傳法正宗記》內前後傳之間利用互見法者甚多。這種方法有益於呈現祖師之間法統傳承過程，並加深讀者關於法統代代相承、不曾斷絕的印象。不過，這種互見法並不是由契嵩首先引入佛教史傳中的。《寶林傳》已經形成前後互見的傳法敘述模式，《景德傳燈錄》（敘祖師部分）對《寶林傳》內容中前後互見者雖多有刪削，但尚有少量保存，而《傳法正宗記》則在沿襲了《景德傳燈錄》敘事主幹之基礎上，將互見部分又作了豐富。所以，從文學技巧角度說，這種互見法並未顯示出契嵩的獨創性，它是契嵩對前人的學習與發揮。

（四）熔鑄法

契嵩《傳法正宗記》大量承襲《景德傳燈錄》（敘祖師部分），而《景德傳燈錄》雖承襲《寶林傳》頗多，但也多有刪削。如記師子尊者被殺後之事，其曰："太子光首歎曰：'我父何故自取其禍？'時有象白山仙人者，深明因果，即為光首廣宣宿因，解其疑網。遂以師子尊者報體而建塔焉。"② 敘述頗為簡單。契嵩則將《寶林傳》相關部分重新採入，敘曰：

> 其太子曰光首者憂之，大募方士，圖為父悔謝。俄有仙者自象白山至，謂光首曰："此夙對不必憂也。"太子前之曰："願聞夙事。"仙者曰："前今數世，汝父嘗生此國為白衣者，然其為人賢善，好重佛道。一日糾眾為無遮齋時，師子前身亦為白衣，來與其會。當時，師

---

① （宋）契嵩：《傳法正宗記》，《大正新修大藏經》第 51 冊，第 736 頁中～736 頁下。

② （宋）釋道原：《景德傳燈錄》，《大正新修大藏經》第 51 冊，第 215 頁上。

子聰明，有辯博，凡與人論，未始輒屈。是日，乃以佛法發問汝父白衣，其白衣雖應對中理，而師子白衣心欲勝之，輒橫發難。勢既紛紜，其義遂屈，以故憤恨，尋竊使持毒藥以斃汝父白衣。雖其先歷多世，而冥數未至，事故不作。今其緣業相會，汝父王所以橫殺師子。"太子其憂稍解，後乃塔師子比丘遺骸①。

這一故事的採入，解釋了師子尊者被殺之因，將往世夙對融入其中，反而宣揚了過未現三世教義，使故事變得更為深邃。當其將師子被害解釋為往世仇怨後，也使鶴勒那預言師子遇害有了更多可信度，從而支持了師子尊者法統未絕的說法。

當然，像《始祖釋迦如來表》第一部分中對淨飯王世代的介紹、對釋迦牟尼受記、為護明大士的介紹，也是契嵩採集其他典籍之材料而融入者，對於豐富釋迦牟尼形象頗有助益。這類採補材料之作法，《寶林傳》《景德傳燈錄》亦多有之，然他們在採入之後，還往往在正文中標明來處，如《寶林傳》中有"復案《普曜經》云"、"《付法傳》云"、"《涅槃經》云"之類②，《景德傳燈錄》繼承此種方式，但契嵩將這些經名皆刪去，而惟將經中內容融入，這種方式使事件的敘述更為凝練、明晰。

綜觀契嵩《傳法正宗記》中諸傳內容，大量篇幅乃承襲於《寶林傳》《景德傳燈錄》。不過，從整體構思說，它與二書差異頗大。其作為一部文集，宗旨明確，乃欲樹禪宗為正統，明三十四祖傳法之軌跡，故內中體式雖多，然彼此配合，頗能相互支撐。此足見契嵩思慮周密之特點。就其諸篇寫作言，其能區分詳略、抓住典型、前後互見、熔鑄貫通，故能使文章主幹如江河直下，奔騰不絕，三十四祖事跡累累如珠玉之相貫，不蔓不枝，正得其體勢之妙。然而，就表、傳諸篇而言，藝術水準極不平衡。除《始祖釋迦牟尼表》波瀾起伏、層層渲染而具小說、傳奇之精彩外，其後諸祖描述形象乾枯、事跡雷同、語言淺直，雖敘事清晰而殊乏風致。不過，《傳法正宗記》之作本非求文采之妙，乃欲傳禪宗正統，其所針對者

① （宋）契嵩：《傳法正宗記》，《大正新修大藏經》第 51 冊，第 735 頁下。
② （唐）釋智炬：《雙峰山曹侯溪寶林傳》，《中華大藏經》第 73 冊，第 601、605、606 頁。

多為文化普通之僧徒或信眾，故其書提綱挈領、敘事清晰、語言淺直、主題鮮明之特徵反使之與《寶林傳》《景德傳燈錄》區別開來。《傳法正宗記》得入大藏，與《景德傳燈錄》並流後世，而後世禪者多信其正統之說，亦當與其書之特徵有莫大關係。

三、其他人物傳記析論

契嵩著《傳法正宗記》，其中雖多為人物傳記，然所述者不惟西天祖師去之已遠、事跡渺茫，東土祖師亦多不詳之跡。且其居佛教立場，多神異之說，又意在樹禪宗正統，故其志向實非為文。就其效果言，雖名曰"史傳"，內容倒近傳奇，加之大量承襲《寶林傳》《景德傳燈錄》，實不易展現作者之人物傳記創作思想。契嵩所存傳記今尚有《陸蟾傳》《韓曠傳》，細細讀之，亦可更見其相關創作理念。

《陸蟾傳》文曰：

> 陸蟾，藤州鐔津人也，以能詩名於楚越間。其《瀑布詠》則曰："靈源人莫測，千尺挂雲端。嶽色染不得，神功裁亦難。夏噴猶鳥凝，秋濺斗牛寒。待到滄溟日，為濤更好看。"此詩人尤稱之。客死於攸縣之司空山。
>
> 予少時遊衡山，會隱者高閌謂予曰："昔陸先生，子之邑人也。方國初時，廖氏家以詩盛，而四方詩人慕廖氏者來衡山頗眾，獨先生陸某詩多警句，雖慕廖融，亦相推高。然生不止能詩而已矣，頗知王霸大略，亦俟有所遭遇，故其言詩見志，如前詩後句云'待到滄溟日，為濤更好看'，而常幅巾布衣，好秉高節，所至閉户自處，不肯與常人交接。"
>
> 余聞其風，且歎之曰："陸生，逸人也，能以詩高出流輩，是亦賢矣。而負道守節，不為阿世苟合，而欲自有所遭遇。雖孔孟尚不得其志，而生也不亦難乎？然天下如陸生從死於丘壑者何限？"[1]

此篇為陸蟾作傳。陸蟾其人傳於後世資料甚少。據《詩話總龜》引《雅言·

---

① （宋）契嵩撰，鍾東、江暉點校《鐔津文集》，上海：上海古籍出版社，2016 年，第 281～282 頁。

雜載》云："陸蟾，寓居潭州攸縣司空山，好神仙事，多辟穀累月……雍熙中，服藥卒。"[1] 除有數詩流傳外，其生平信息甚簡，不過由此所引可見其思想當偏於道家。契嵩敘陸蟾事跡甚簡，或為信息不足之故，但他描述陸蟾思想，則言其能詩，其詩多警句而於其中見志，又言他知王霸之略，而毫無涉及其道家思想，這顯然是契嵩揀擇材料而有意將之從儒者角度加以塑造。契嵩塑造陸蟾形象，抓住了德與才兩個角度。從德之角度說，他強調陸蟾"負道守節，不為阿世苟合"；從才之角度說，他強調陸蟾"能以詩高出流輩"、"賢"。這很符合儒家對人的評判標準。可見，契嵩的思想頗具包容性，在傳記創作中並不一味站在佛教立場，對儒者也頗相推崇。

從敘事法角度說，契嵩作此傳並非以詳細的事件來展示人物生平，也非以動作神態來塑造人物形象，而是選擇典型的詩、典型的事來呈現其德與才，這種方式與他《傳法正宗記》中用的典型塑造法一致。這種方法考驗的是創作者選材之目光。就此文而言，契嵩以簡短的篇幅清晰地呈現出一個有德有才而又不得其志的人物形象，可說是成功的。

《韓曠傳》文曰：

> 韓曠，字攝生，隱士也，或曰即五代韓通之後也。宋初，其家破，曠方嬰兒，人竊匿且育之。稍知其家世，亦遂自匿亡於楊越間，欻然長大。少年任俠，縱酒擊劍。一旦感悟，即潔身振衣，遊名山，慕道家，絕粒導引。為人沈毅寡語，悠然有遠器，甘惡衣食，所至輒閉室，不交人世。雖官尊如刺史者，縱求之，未嘗有見者。或稍見，一揖，遂自引不復與語。
>
> 予少時識曠於嶽麓，其人已老，嘿嘿不妄道事，然人多悅其高義而自勸。始予謂曠木訥少文，及遊洪井，視其屬辭，彬彬可觀。聞其平生愈詳，益信其有德而有言也。竟死於湘潭間[2]。

此篇是為韓曠作傳。韓曠其人為五代韓通之後。據《續資治通鑒長編》

① （宋）阮閱編，周本淳校點《詩話總龜》（前集），北京：人民文學出版社，1987年，第180頁。
② （宋）契嵩撰，鍾東、江暉點校《鐔津文集》，上海：上海古籍出版社，2016年，第282～283頁。

載："（宋太祖）乃整軍自仁和門入，秋毫無所犯。先遣客省使大名潘美見執政諭意，又遣楚昭輔慰安家人。殿前都點檢公署在左掖門内，時方閉關設守備，及昭輔至，石守信開關納之。宰相早朝未退，聞變，范質下殿執王溥手曰：'倉卒遣將，吾輩之罪也。'爪入溥手，幾出血，溥噤不能對。天平節度使、同平章事、侍衛馬步軍副都指揮使在京巡檢太原韓通自内庭惶遽奔歸，將率衆備禦。散員都指揮使蜀人王彥昇遇通於路，躍馬逐之，至其第，第門不及掩，遂殺之，並其妻子諸將。"① 韓通為北周大臣，宋太祖兵變入京，諸大臣瞠目其後，而韓通獨欲領兵守備，雖失敗被殺，實忠義之臣。韓曠為忠良之後，與宋室實有大仇，方嬰兒時，其父被殺，為人竊匿養育，故其命運實有悲劇色彩。但是，韓曠雖命運悲慘，然其長大之後並未消沉怯懦，反能於悲慘之中養任俠之氣，重名節，植高德，不忘道事，其精神頗可令人感動。

契嵩親見韓曠，而"聞其平生愈詳"，則韓曠事跡絕不止此區區二百四十字。然而，契嵩又確實僅用二百四十字便將韓曠生平敘出，成功塑造其"有德而有言"之精神境界。契嵩善於揀擇，可見一斑。而在這二百四十字中，不惟展示了韓曠生平之波瀾，且以一種反差的對比展示其幼年悲慘與成長之偉大，正可見契嵩善於編織材料，使材料組合富於張力。當然，此篇文章契嵩不是立足於佛教角度的，亦可見其思想之包容性。

以上兩篇人物傳記，可見契嵩在塑造人物形象時，其價值評判標準是寬容的，樂於從儒學價值觀來推崇人物。從敘事法角度說，契嵩的人物傳記重視精神塑造，不求事跡之鋪陳，而好提煉人物之典型思想、典型事跡，然後以巧妙之技熔鑄材料，往往能成功塑造動人形象。其語言簡練、質樸，不刻意求艱求澀。《陸蟾傳》《韓曠傳》雖僅兩篇，其藝術水平與《傳法正宗記》表、傳相比，實有過之者。

---

① （宋）李燾：《續資治通鑒長編》（第 2 册），北京：中華書局，1979 年，第 3～4 頁。

第五章　禪關不固
——契嵩的詩歌創作

　　契嵩尚道，其議論文、傳記文創作都刻意表現此種嚴肅主題。但是，他作為社會中的一員，日常也需要衣食住行，也有常人所具有的普通情感，這促使他用文學來表現人生中的普通內容。契嵩曾謂其作詩為"禪關不固"[①]，正是用詩這種體式來呈現其尋常生活與情感。今則探幽抉隱，期見其詩人之心。

第一節　詩學李白

　　陳舜俞曾謂契嵩"世間經書章句，不學而能"，可見契嵩作文作詩，直接師承並不明朗。歷來對契嵩的研究，也未有探討其詩學淵源的。今考察其詩歌，實有學習李白一面，詳論之如下。

一、《書李翰林集後》析論
　　契嵩曾作《書李翰林集後》，對李白其人其文加以評說。其文曰：

　　余讀《李翰林集》，見其樂府詩百餘篇，其意尊國家、正人倫，卓然有周詩之風，非徒吟咏情性、呫囁苟自適而已。白當唐有天下第五世時，天子意甚聲色，庶政稍解，姦邪輩得入，竊弄大柄。會祿山賊兵犯闕而明皇幸蜀，白閔天子失守，輕棄宗廟，故作《遠別離》以刺之。至於作《蜀道難》，以刺諸侯之强横；作《梁甫吟》，傷懷忠而不見用；作《天馬歌》，哀棄賢才而不錄其功；作《行路難》，惡讒而

---

① （宋）契嵩撰，鍾東、江暉點校《鐔津文集》，上海：上海古籍出版社，2016 年，第 205 頁。

不得盡其臣節；作《猛虎行》，憤胡虜亂夏而思安王室；作《陽春歌》，以誡淫樂不節；作《烏栖曲》，以刺好色不好德；作《戰城南》，以刺窮兵不休；如此者不可悉說。及放去，猶作《秋浦吟》，冀悟人主。意不果望，終棄於江湖間，遂紆餘輕世，劇飲大醉，寓意於道士法，故其游覽贈送諸詩，雜以神仙之說。

夫性之所作，志之所之，小人則以言，君子則以詩。由言、詩以求其志，則君子、小人可以盡之。若白之詩也如是，而其性之與志豈小賢哉？脫當時始終其人，盡其才而用之，使立功業，安知其果不能也？邇世說李白清才逸氣，但謫仙人耳，此豈必然耶？觀其詩，體勢才思如山聳海振，巍巍浩浩，不可窮極。苟當時得預聖人之刪，可參二《雅》，宜與《國風》傳之於無窮，而《離騷》《子虛》不足相比①。

契嵩以《李翰林集》為本，主要考察兩類詩，一類為樂府詩，一類為遊覽贈送詩。對樂府詩，契嵩分析其"刺"。其以李白作《遠別離》為刺玄宗避蜀，作《蜀道難》刺諸侯強橫，作《梁甫吟》《天馬歌》《行路難》刺忠賢之臣不得見用，則所刺對象包括了封建時代的整個統治階層。其又以李白作《猛虎行》乃憤胡虜亂夏，作《陽春歌》刺淫樂不節，作《烏栖曲》刺好色不好德，作《戰城南》刺窮兵不休，則所刺對象包括了封建時代國家道德、軍事、風俗、民族方面的問題。這就將李白詩歌的內涵與儒家治世理想緊緊地聯繫起來。對遊覽贈送詩，契嵩未過多分析其內涵，祇是承認裡面"雜以神仙之說"。不過，他認為李白之所以有這樣的作品，乃因其不為玄宗所用，故其儒家治世理想不得其行，遂祇能紆餘輕世、劇飲大醉而寓意於道士法。這說法顯是有意維護李白。契嵩通過對李白兩類詩歌的解釋，呈現出了李白的人格，即他是個心懷儒家治世理想、忠於君王、關心唐朝前途的賢士。李白又是個不得志之人，為讒所惡，被放而還，最終流落江湖，寄情於醉酒、神仙之說中，其人生有一種悲劇性。

在對李白詩歌作了詳細分析，並對其忠貞形象作了一定塑造後，契嵩遂由詩及人，對李白的人格進行分析。在契嵩看來，言語、詩歌以顯作者

---

① （宋）契嵩撰，鍾東、江暉點校《鐔津文集》，上海：上海古籍出版社，2016年，第277～278頁。

之性，李白之詩既忠君愛國，則其人必非小賢而已。當時若能為君所用，則其必能成就功業。然後，契嵩又讚美了李白的詩歌，認為其詩可與二《雅》、《國風》相參，雖《離騷》《子虛》亦不足比。

通觀契嵩此論，實有令人深思處。第一，其何以衹分析李白樂府詩與遊覽贈送詩？第二，其所謂"邇世說李白清才逸氣，但謫仙人耳"，顯然針對貶抑李白者。那麼，他所針對的是誰？

要弄清這兩大問題，則先須對唐宋間批評李白的代表人物及其觀點作一考察。李白天賦才情，文章驚世，生前身後推崇者眾多。但中唐元稹、白居易卻對李白有所貶抑。

元稹《唐故工部員外郎杜君墓係銘》云：

> 至於子美，蓋所謂上薄《風》《騷》，下該沈、宋，古傍蘇、李，氣奪曹、劉，掩顏、謝之孤高，雜徐、庾之流麗，盡得古今之體勢，而兼昔人之所獨專矣。使仲尼考鍛其旨要，尚不知貴其多乎哉！苟以為能所不能，無可不可，則詩人以來未有如子美者。時山東人李白亦以奇文取稱，時人謂之李、杜，予觀其壯浪縱恣，擺去拘束，模寫物象，及樂府歌詩，誠亦差肩於子美矣。至若鋪陳終始，排比聲韻，大或千言，次猶數百，詞氣豪邁，而風調清深，屬對律切，而脫棄凡近，則李尚不能歷其藩翰，況堂奧乎[1]！

元稹意在推揚杜甫，故對李白有所貶抑。元稹之說可分為三層理解。第一，認為杜甫之詩得《風》《騷》至於徐、庾之善，所謂集大成者也。第二，認為杜甫之詩多合《詩經》旨要，故雖孔子重生而刪詩，亦將以杜甫之多詩為貴。第三，將李、杜作對比，認為李白詩歌壯浪縱恣、擺去拘束、模寫物象等方面以及樂府作品能與杜甫相比擬，而在鋪陳終始、排比聲韻等方面乃有所不及。

又白居易《與元九書》云：

① （唐）元稹著，周相録校注《元稹集校注》，上海：上海古籍出版社，2011 年，第 1361 頁。

唐興二百年，其間詩人不可勝數，所可舉者，陳子昂有《感遇》詩二十首，鮑魴有《感興》詩十五首。又詩之豪者，世稱李、杜，李之作才已奇矣，人不逮矣。索其風雅比興，十無一焉。杜詩最多，可傳者千餘篇，至於貫穿今古、覼縷格律、盡工盡善，又過於李。然撮其《新安》《石濠》《潼關吏》，《蘆子關》《花門》之章，"朱門酒肉臭，路有凍死骨"之句，亦不過三四十。杜尚如此，況不逮杜者乎①？

白居易此處評詩，主要以《詩經》"風雅比興"作標準。故其所稱道者，有陳子昂《感遇》、鮑魴《感興》以及杜甫《新安吏》《石濠吏》等具有諷刺精神之作品。他在對李、杜的評價中，讚賞杜甫"貫穿今古"、"盡工盡善"，與元稹相類。但他對杜甫也還並不完全滿意，這又與元稹略有不同。

元、白這兩處評論，雖涉及李白，倒並非專就李白而評價。但是，他們雖非專評李白，但在觀點上卻頗為一致，這根源於他們有共同的詩學標準，即皆高揚《風》《雅》諷刺精神。元、白秉承此種詩學精神，在中唐倡新樂府運動。白居易《新樂府詩序》介紹此種詩歌之特徵云："其辭質而徑，欲見之者易諭也。其言直而切，欲聞之者深誠也。其事核而實，使采之者傳信也。其體順而肆，可以播於樂章歌曲。總而言之，為君、為臣、為民、為物、為事而作，不為文而作也。"② 可見，此種詩在價值取向上歸於儒學，而非佛老之學；在具體內容上表現君、臣、民的現實生活與需求，而非虛幻玄秘的成仙成佛，或是個人的吟風弄月；在藝術技巧上但求質樸直切，不求騁才雕飾。顯然，元、白對李白的貶抑，集中於李白詩歌在價值取向和內容上符合前兩種標準者不多。他們雖未從藝術技巧角度批評李白之詩不具備質樸直切之特徵，但也未予多少肯定，反倒強調其不及杜甫。

比對元、白之說，可發現《書李翰林集後》幾乎是針對二人的批評角度來進行反駁的，原因有四。第一，李白之詩，最著者乃在其《古風》五十九首，契嵩一字未及，而大論其樂府詩，正是因為元、白貶抑李白乃欲

---

① （唐）白居易著，謝思煒校注《白居易文集校注》，北京：中華書局，2011 年，第 323 頁。
② （唐）白居易著，謝思煒校注《白居易詩集校注》，北京：中華書局，2006 年，第 267 頁。

為新樂府運動張目。第二，契嵩謂李白遊覽贈送諸詩中"劇飲大醉，寓意於道士法"、"雜以神仙之說"，所指者正是元稹"壯浪縱恣、擺去拘束、模寫物象"諸特徵，而契嵩謂李白之所以如此，乃因其儒家理想不得實現而放浪其跡。第三，白居易謂李白"才已奇矣，人不逮矣"，而契嵩則批評了"邇世說李白清才逸氣，但謫仙人耳"之觀點，而認為李白忠君愛國，非"小賢"而已，若盡其用，必能建立功業。第四，元稹謂杜甫"上薄《風》《騷》"，契嵩則謂李白"可參二《雅》，宜與《國風》傳之於無窮，而《離騷》《子虛》不足相比"；元稹假設仲尼考杜甫之詩而將貴其多，契嵩則用"當時得預聖人之刪"來對應；元稹謂杜甫之詩"盡得古今之體勢"，而契嵩則謂李白之詩"體勢才思如山聳海振"。可以看到，契嵩所論之角度不僅與元、白批評李白處針鋒相對，甚至採用的邏輯和某些用語都是一致的。此足可證明契嵩作《書李翰林集後》正是針對元、白之說而為李白作辯護的。由此看來，契嵩對李白絕非泛泛之讚美，而是深有敬愛之心的。

二、《感遇》《古意》與李白詩比較

契嵩對李白深相推愛，故對李白詩亦頗有學習者，其《感遇》（九首）、《古意》（五首）皆五言古風，與李白詩淵源頗深。今將此兩組詩與李白詩加以比較，關係便可明見。

先看《感遇》。《感遇》（其二）云：

> 仙人白玉京，去去何縹緲。瓊樓十二層，玲瓏汎雲表。銀湟月為波，萬頃即池沼。秋來宮殿光，逗落人間曉。空際時澄明，烟霞眇青鳥。可見不可到，所思空杳杳①。

此詩思天上仙人。其謂仙人住於白玉京上，其去人間渺遠，飄飄然不可到。瓊樓高聳，玲瓏華麗，有萬頃碧波，月光浮泛。秋天來時，其上宮殿之光芒，落於人間而成拂曉。我望著天空，見上面澄明透徹，煙霞冉冉，有青鳥浮飛。可惜，我雖能遠看，卻不能到達，雖思念深沉，終杳杳成

① （宋）契嵩撰，鍾東、江暉點校《鐔津文集》，上海：上海古籍出版社，2016年，第351頁。

空。此詩有出塵之意，嚮往神仙境界。其一、二兩聯顯然化用李白《經亂離後，天恩流夜郎，憶舊遊書懷，贈江夏韋太守良宰》中"天上白玉京，十二樓五城"之句①。

又，《感遇》（其三）云：

> 悠哉楊執戟，識遠才絕奇。初提草《玄》筆，頗為人所嗤。卓卓孔孟道，謝爾平嶮巇。玉鑑含幽光，千載方葳蕤。寄語曠懷士，未達休嗟咨。心期道自貴，俗態勢焉隨。青山保長往，白日貞可窺。高標謝松柏，孤芳操弗移②。

此詩詠揚雄。其謂揚雄有遠識奇才，然其著《太玄》，因人所不知而反遭嗤笑。孔孟之道，本卓然寬敞，然在揚雄之時已然凋落而嶮巇難通。揚雄傳孔孟之道，雖一時受嗤，但如玉鑑幽光，雖千載而必葳蕤。所以，曠達之士，無需因一時不遇而嗟咨哀歎，祇要心向於道，便自然高貴，俗人褒貶又何必為之在意？看青山常在，白日高懸，雖落魄之士也應如松柏高潔，也應如孤芳不移。

契嵩此詩與李白《古風》（其八）頗可比較，其詩云：

> 咸陽二三月，宮柳黃金枝。綠幘誰家子，賣珠輕薄兒。日暮醉酒歸，白馬驕且馳。意氣人所仰，冶游方及時。子雲不曉事，晚獻《長楊》辭。賦達身已老，草《玄》鬢若絲。投閣良可歎，但為此輩嗤③。

此詩讚美風流豪邁的輕薄兒。其述揚雄生平，謂其用心作賦以求干進，但當獻賦而達時，其人已老；晚年又用力於《太玄》，垂老蒼蒼，最終卻因政治鬥爭而欲投閣自盡。對於追求年少風流、意氣豪邁的輕薄兒來說，揚雄的追求祇會被他們所嗤笑。契嵩《感遇》（其三）顯是針對李白關於揚

---

① （唐）李白著，（清）王琦注《李太白全集》，北京：中華書局，2015年，第667頁。
② （宋）契嵩撰，鍾東、江暉點校《鐔津文集》，上海：上海古籍出版社，2016年，第351頁。
③ （唐）李白著，（清）王琦注《李太白全集》，北京：中華書局，2015年，第119頁。

雄的論說而進行辯駁，李白從"意氣"、"冶游"角度誇美輕薄兒，他便從"道"的角度肯定揚雄。當然，李白詩中實有諷諫意味，看似批評揚雄，實則為他這般不遇者嗟咨。契嵩亦體會到此一層深意，故將對揚雄的討論升華到士之遇不遇的高度，李白言"賦達身已老"，他便講"未達休嗟咨"，看似反駁，卻正相互發揮。這不妨說是兩人的一次古今對話。此外，在語言角度，契嵩"初提草《玄》筆，頗為人所嗤"顯然化用李白"草《玄》鬢若絲"、"頗為人所嗤"兩句。

又，《感遇》（其四）云：

> 天威不到處，干戈動邊鄙。將軍奮威猛，英雄勢隨起。紛紛出榆關，肅肅秋色裏。白馬冒黃雲，清霜屬嚴旨。少壯羽林兒，務能莫多喜。好武匪君心，用兵不得已。寄言飛將軍，妙略應無比。志在報君恩，豈為黃金死。丈夫身許國，慷慨當如此。寧教太史書，輕笑魯連子[①]。

此詩讚美許身疆場、愛國報君者。詩謂邊境被外族侵犯，軍隊出征。但是作者重心不在強調戰爭之激烈與勝敗，而是分析戰爭的性質。此戰為守護邊疆，具有正義性，故雖起戰爭，而非君王好武，是以勸誡參軍者不要矜能喜殺，不要一味爭功，當思報效君恩。詩中隱隱對魯仲連式持高節而不仕者進行了批判，而宣揚大丈夫當慷慨報國、留名青史的處世精神。

契嵩此詩與李白《塞下曲》（六首）頗有精神一致者。其一、二兩聯與《塞下曲》（其五）"塞虜乘秋下，天兵出漢家。將軍分虎竹，戰士臥龍沙"[②]邏輯頗近，皆謂外敵入侵，軍隊出征，而緊接著呈現"將軍"、"英雄"（戰士）出征之狀態。其三、四聯對遠征軍隊的精神氣質和對塞外景色的描述，則與《塞下曲》（其三）"駿馬如風飆，鳴鞭出渭橋"[③]及《塞下曲》（其四）"白馬黃金塞，雲砂繞夢思"頗近[④]，善用典型意象"白馬"

---

① （宋）契嵩撰，鍾東、江暉點校《鐔津文集》，上海：上海古籍出版社，2016年，第351頁。
② （唐）李白著，（清）王琦注《李太白全集》，北京：中華書局，2015年，第243頁。
③ （唐）李白著，（清）王琦注《李太白全集》，北京：中華書局，2015年，第341頁。
④ （唐）李白著，（清）王琦注《李太白全集》，北京：中華書局，2015年，第342頁。

（駿馬）、“榆關”（渭橋）來呈現出征戰士的昂揚精神，又用塞外特有景狀
“黃雲”（雲砂、黃金塞）來描摹其蕭殺陰沉之氣，並通過顏色（白、黃）
對比來形成視覺衝突，以加深讀者印象。其五、六聯對戰爭具有批判性，
此與《塞下曲》（其四）“那堪愁苦節，遠憶邊城兒”、“無時獨不見，淚流
空自知”① 及《塞下曲》（其五）“玉關殊未入，少婦莫長嗟”② 精神一致，
強調戰爭雖不可喜，又不得不為的無奈。其七、八聯表達戰士願跟著將軍
報效君恩的心意，這與《塞下曲》（其六）“烽火動沙漠，連照甘泉雲。漢
皇按劍起，還召李將軍”③ 以及《塞下曲》（其二）“橫戈從百戰，直為銜
恩甚”④ 所用典故和戰士心態一致。最後兩聯描述建功立業、留名青史的
願望。此與《塞下曲》（其三）“功成畫麟閣，獨有霍嫖姚”⑤、《塞下曲》
（其六）“橫行負勇氣，一戰靜妖氛”⑥ 精神一致。此外，李白《白馬篇》
末云：“歸來使酒氣，未肯拜蕭曹。羞入原憲室，荒徑隱蓬蒿。”⑦ 這種積
極建功的精神與語言呈現的方式就更與契嵩末兩聯相似了。

又，《感遇》（其六）云：

> 冠盖何處客，凌雲意氣驕。旦旦趨雙闕，衝衝過渭橋。金珂雲外
> 響，畫燭夜中燒。縹緲行天路，升騰在玉霄。如何區宇內，頓與人間
> 遙。長拂羅裳去，明光殿下朝。一俯復一仰，榮多憂亦饒。白髮領邊
> 長，朱顏鏡裏凋。豈知松檜下，幽人長寂寥。萬事淡無慮，恣臥時長
> 謠。浩蕩天地間，孰問犧黃堯。臨風一清嘯，胡為王子喬⑧。

此詩看淡世間榮辱，有思仙之意。其謂榮貴者，意氣高傲，晝夜行樂，一旦
感悟，便覺世間雖樂亦多憂慮，掩不住時光流逝，華顏衰老；然後指出隱世

---

① （唐）李白著，（清）王琦注《李太白全集》，北京：中華書局，2015 年，第 342、342 頁。
② （唐）李白著，（清）王琦注《李太白全集》，北京：中華書局，2015 年，第 343 頁。
③ （唐）李白著，（清）王琦注《李太白全集》，北京：中華書局，2015 年，第 344 頁。
④ （唐）李白著，（清）王琦注《李太白全集》，北京：中華書局，2015 年，第 342 頁。
⑤ （唐）李白著，（清）王琦注《李太白全集》，北京：中華書局，2015 年，第 341 頁。
⑥ （唐）李白著，（清）王琦注《李太白全集》，北京：中華書局，2015 年，第 344 頁。
⑦ （唐）李白著，（清）王琦注《李太白全集》，北京：中華書局，2015 年，第 333～334 頁。
⑧ （宋）契嵩撰，鍾東、江暉點校《鐔津文集》，上海：上海古籍出版社，2016 年，第 352 頁。

幽人恬淡靜默，不問世間榮華功業，而日日臨風清嘯，悠遊如王子喬。

契嵩此詩與李白詩句多有相類者，文句對比如下：

契嵩《感遇》（其六）	李白相關詩句	李白詩句出處
冠盖何處客	路逢鬥雞者， 冠盖何輝赫。	《古風》（其二十四）
凌雲意氣驕	白馬驕且馳， 意氣人所仰。	《古風》（其八）
衝衝過渭橋	駿馬如風飆， 鳴鞭出渭橋。	《塞下曲》（其三）
晝燭夜中燒	三萬六千日， 夜夜當秉燭。	《古風》（其二十三）
縹緲行天路， 升騰在玉霄。	霓裳曳廣帶， 飄拂昇天行。	《古風》（其一十九）
長拂羅裳去， 明光殿下朝。	朝遊明光宮， 暮入閶闔關。	《酬崔五郎中》
白髮領邊長， 朱顏鏡裏凋。	徒霜鏡中髮， 羞彼鶴上人。	《古風》（其四）
	白髮三千丈， 緣愁似箇長。 不知明鏡裏， 何處得秋霜。	《秋浦歌》（其十五）
豈知松檜下， 幽人長寂寥。	我宿五松下， 寂寥無所歡。	《宿五松山下荀媼家》
浩蕩天地間， 孰問犧黃堯。	堯舜之事不足驚， 自餘囂囂直可輕。	《懷仙歌》

通過比較，不難發現《感遇》（其六）在詞語、意象方面與李白詩句多相類似，而又集中在《古風》（五十九首）中。故其所營造出的整體意境，便有李白筆下的仙意。

再看《古意》（其一），詩云：

> 風吹一點雲，散漫為春雨。灑余松柏林，青蔥枝可取。持此歲寒操，手中空楚楚。幽谷無人來，日暮意誰與[①]？

此詩為作者自詠。其謂天空風吹雲動，化為春雨，灑落在自己所處松柏林中，而使松柏枝葉青青蔥蔥；自己手持松柏枝，雖秉持高節而特異於人，但突然成空，無人得知；自己隱在幽谷，無有知音，日暮之時，誰人能與談玄論道？詩中描述了一個清淨的"松柏林"，"松柏"象徵歲寒不移的高尚節操，故讚賞高節隱士常用此語。在契嵩詩中以"松柏林"與"余"相映襯，將環境的幽靜出塵與隱者的寂寥心境融合，塑造出一個鮮明的俗外世界，給人身臨其境之感。

契嵩此詩的塑造方式，在李白詩中亦常可見到。李白《謁老君廟》云："先君懷聖德，靈廟肅神心。草合人蹤斷，塵濃鳥跡深。流沙丹竈滅，關路紫烟沈。獨傷千載後，空餘松柏林。"[②] 此詩雖無"余"來與"松柏林"相映襯，但其"靈廟"卻具有"余"之作用，所表現出的同樣是一種空虛落寞之感。又《古風》（其三十八）云："孤蘭生幽園，眾草共蕪没。雖照陽春暉，復悲高秋月。飛霜早淅瀝，綠豔恐休歇。若無清風吹，香氣為誰發？"[③] 此詩中"孤蘭"與"幽園"的對比，正與"余"與"松柏林"相當，都顯出一種出塵之孤高。而末尾"若無清風吹，香氣為誰發"的發問和"幽谷無人來，日暮意誰與"亦相當，其所呈現出的落寞心境可謂輝映。此外，李白《古風》（其二十六）云："碧荷生幽泉，朝日艷且鮮。秋花冒綠水，密葉羅青烟。秀色空絕世，馨香誰為傳？"[④] 詩以"碧荷"與"幽泉"相映襯，而塑造出的空無知音的落寞感也與契嵩詩極為相似。

事實上，除了以上所舉諸詩中所顯與李白詩歌緊密關聯處外，契嵩《感遇》《古意》中還有不少詞語、典故、意象見於李白《古風》中。今列

---

① （宋）契嵩撰，鍾東、江暉點校《鐔津文集》，上海：上海古籍出版社，2016年，第348頁。
② （唐）李白著，（清）王琦注《李太白全集》，北京：中華書局，2015年，第1139頁。
③ （唐）李白著，（清）王琦注《李太白全集》，北京：中華書局，2015年，第164頁。
④ （唐）李白著，（清）王琦注《李太白全集》，北京：中華書局，2015年，第148頁。

表如下：

契嵩詩出處	契嵩詩句	李白相關詩句	李白詩出處
《感遇》 （其五）	曾聞太古人，未見曦輪駐。	玄風變太古，道喪無時還。	《古風》 （其三十）
《感遇》 （其五）	安知穆天子，龍馬神為御。 萬里速乘風，又向瑤臺去。	周穆八荒意……西海宴王母。	《古風》 （其四十三）
《感遇》 （其九）	悠然嚴子陵，遠大寥廓器。 故人貴為君，白駒要不至。 耽閑戀渌潭，高超弄芳餌。 青山汎白雲，萬古寄高意。	松柏本孤直，難為桃李顏。 昭昭嚴子陵，垂釣滄波間。 身將客星隱，心與浮雲閒。 長揖萬乘君，還歸富春山。	《古風》 （其十二）
《古意》 （其三）	雲中見雙鳥，高飛揭日月。 毛羽貴文章，翱翔異鷹鵑。	搖裔雙白鷗，鳴飛滄江流。 宜與海人狎，豈伊雲鶴儔。	《古風》 （其四十二）
《古意》 （其四）	堪笑浮雲高，凌虛翳日星。	浮雲蔽紫闥，白日難回光。	《古風》 （其三十七）
《古意》 （其四）	寧作蘭蕙幽，草中自芳馨。	羣沙穢明珠，衆草凌孤芳。 孤蘭生幽園，衆草共蕪沒。	《古風》 （其三十七） 《古風》 （其三十八）
《古意》 （其五）	窮品偶真叟，授我一卷書。	我來逢真人，長跪問寶訣。 粲然啟玉齒，授以鍊藥説。	《古風》 （其五）

綜上對契嵩《感遇》《古意》之詩意、詞語、典故、意象的分析，可發現兩組詩與李白《塞下曲》（六首）、《古風》（五十九首）等有明顯淵源。事實上，契嵩在其他作品中運用典故之處甚少，而《感遇》中大談思仙之意，頌揚報國殺敵，也與其僧人身份頗不相契。但此種思想與其所營造的意境卻與李白之詩極為相似。由此觀之，契嵩這兩組詩實刻意學李。儘管他在利用李白詩句時顯示了相當程度的自我發揮，但模擬的痕跡仍然明顯。

三、學李詩的藝術特徵

契嵩雖學李白，然今存詩作比較明顯呈現出李白詩風格者，祇有《感遇》《古意》《遊龍山訪道士李仙師》《早秋吟》。此四者中所顯出的藝術特徵，主要有三點。

第一，善於利用自然、人文之意象，結合環境塑造，構建起引人入勝的藝術世界。契嵩學李詩所構建的藝術世界有三種形式：一曰歷史世界，二曰仙人世界，三曰幽人世界。

先看歷史世界的構建。這集中體現於《感遇》（其四）中。此詩在上文中已詳細分析，其與李白《塞下曲》（六首）頗有淵源。今觀其詩，可發現詩中有一漢代歷史世界。“寄言飛將軍”，用李廣典，則其君自為漢武帝。“少壯羽林兒”，《漢書·百官公卿表》云：“羽林，掌送從、次期門，武帝太初元年初置，名曰建章營騎，後更名羽林騎。”[1] 此“羽林兒”亦指漢武帝軍隊。“紛紛出榆關”，此“榆關”指榆塞。《漢書·韓安國傳》云：“蒙恬為秦侵胡，辟數千里，以河為竟，累石為城，樹榆為塞，匈奴不敢飲馬於河。置烽燧然後敢牧馬。”[2] 所以，“榆關”為抗擊匈奴之前線，故此詩所謂“干戈動邊鄙”乃言匈奴來犯，以漢武帝攻逐匈奴為背景，以漢皇、將軍、戰士、關隘、塞外肅殺景象為元素，塑造出漢代歷史世界，從而呈現現實世界關於戰爭、功業、苦難等主題。這是李白詩中最為常見者，如《白馬篇》“發憤去函谷，從軍向臨洮。叱咤經百戰，匈奴盡奔逃。歸來使酒氣，未肯拜蕭曹”[3]，《塞上曲》“大漢無中策，匈奴犯渭橋。五原秋草綠，胡馬一何驕”[4]，《送族弟綰從軍安西》“漢家兵馬乘北風，鼓行而西破犬戎。爾隨漢將出門去，剪虜若草收奇功。君王按劍望邊色，旄頭已落胡天空。匈奴繫頸數應盡，明年應入蒲桃宮”[5] 等皆是。契嵩作為僧人本是修寂滅之道、講不殺不怒者，而此詩中高揚儒家忠君、建功等理念，除了因契嵩思想中有儒家成分及性情中有易嗔豪爽特徵外，更多應是由模擬李白而造成的。

再看仙人世界的構建。此類主要有《感遇》第一、二、五首以及《遊龍山訪道士李仙師》。《感遇》（其一）云：“海水晦夜清，秋色涵蓬壺。有

---

① （漢）班固：《漢書》，北京：中華書局，1962年，第727頁。

② （漢）班固：《漢書》，北京：中華書局，1962年，第2401頁。

③ （唐）李白著，（清）王琦注《李太白全集》，北京：中華書局，2015年，第333～334頁。

④ （唐）李白著，（清）王琦注《李太白全集》，北京：中華書局，2015年，第347頁。

⑤ （唐）李白著，（清）王琦注《李太白全集》，北京：中華書局，2015年，第952頁。

叟雙龍公，鐵網羅珊瑚。風雲浩容與，悵恨何所圖？欲問天上人，可換明月無？"① 此詩首聯描繪海外仙山蓬萊之景，海水渺渺，在夜色下清清冷冷，映著秋光，顯出非同俗世的超脫。第二聯，一面想象海水中有鐵網遍羅珊瑚以渲染蓬萊之景，一面點出主人公雙龍公形象。第三聯描述雙龍公在仙島之上，夜色之下，悵望天空風雲浩渺。最後以雙龍公角度問出"欲問天上人，可換明月無？"這一問看似雙龍公之問，實則為作者之問。然而作者大寫蓬萊仙島之景，卻並不是嚮往其地，甚至不嚮往飛天成仙，而是希望換回"明月"，所以，"明月"在這裡便極具象徵意義。其象徵意義，不指向成仙一類求得長生的外化目標，而是與之相反的內在需求，是精神空寂之餘對知音的嚮往。此詩看似簡單，一句道理也未直說，卻利用環境與形象的塑造表達出無窮餘味。其最後一聯尤為衝擊讀者情感世界，使全詩意境大開，真可謂警句也。《感遇》（其二）前文已做分析，其詩用"白玉京"、"瓊樓"、"月"、"銀湟"、"青鳥"諸意象構築起一個縹緲出塵之仙人世界，從而激發讀者對於仙人的無限嚮往。《感遇》（其五）云："安知穆天子，龍馬神為御。萬里速乘風，又向瑤臺去。超遙侶神仙，此理當何故。"② 此詩用周穆王遇西王母典，表達對神仙的嚮往。至於嚮往神仙何種特質，則其開篇"蒼茫天地間，流光一何遽"便已點出。人面對浩瀚天地，已見其渺小，復見時光易逝，則越感微茫，但人於此又無可奈何，故對神仙便尤多期望。《遊龍山訪道士李仙師》並非真正寫仙人世界，而是對李道士及其所居環境進行仙化描繪。其詩云："知與仙家近，逸思泠然清。須臾轉幽谷，紫府芝田平。仙童走腳報，松子來門迎。接袂語且笑，所歡非俗情。丹臉人未老，道貌天已成。開筵羅玉粒，盤餐饍紫英。"③ 詩人以自身視角的轉換不斷呈現李仙師所處環境，每一描述都使人不自覺被帶入其中，於是當李仙師出場時便自然吸引了讀者關注，而見其非同常俗的形貌，更覺其仙氣飄飄。此種呈現方式，將契嵩對李仙師的朋友之情、尊敬之意，於不言之中，暗示殆盡。

　　再看幽人世界的構建。此类诗有《古意》（五首），《感遇》第三、六、

---

① （宋）契嵩撰，鍾東、江暉點校《鐔津文集》，上海：上海古籍出版社，2016 年，第 350 頁。
② （宋）契嵩撰，鍾東、江暉點校《鐔津文集》，上海：上海古籍出版社，2016 年，第 352 頁。
③ （宋）契嵩撰，鍾東、江暉點校《鐔津文集》，上海：上海古籍出版社，2016 年，第 350 頁。

七、八、九首，以及《早秋吟》。在這類詩中，"幽人"是寂寥之人，但其之所以寂寥，原因又各有不同，而解幽之法，契嵩也各有呈現。《早秋吟》云：

> 山家昨夜房櫳冷，梧桐一葉飄金井。長天如水净藏雲，明月含暉變秋景。桂枝花拆風飄飄，誰在高樓吹玉簫。人間不見槎升漢，天上將看鵲作橋。年少征人在何處，白露霑衣未歸去。海畔今無漂母家，江南誰與王孫遇。徘徊月下空長吟，吾徒自古難知音。欲上高臺問明月，明月何不照人心①？

此詩描述居於山中的作者清晨遙思昨夜之景。昨夜天氣清冷，梧桐落葉輕飄。長天明淨，秋月含暉，呈現出一幅冷清幽寂的山中夜景。"高樓吹玉簫"，乃用蕭史、弄玉之典②，而"槎升漢"、"鵲作橋"③ 則用牛郎織女之典。此二典皆言男女之情，而道相思之意。征人不歸，則亦思婦之情。而"漂母"、"王孫"④ 為韓信典，乃言遊子無依之意。此四聯所描述場景與情感，皆作者對山外思人幽夜難眠之景的遙想，頓覺意境開闊，聯通了山中與山外。末兩聯作者又回歸自身，其在月下徘徊，自憐無有知音，雖欲向明月傾訴，而明月亦不能照我之心。此詩尤顯孤寂，然終其全篇，作者也未明言其因何而孤寂，因何難眠，但正因不明其因，恰留下無窮意蘊，使

---

① （宋）契嵩撰，鍾東、江暉點校《鐔津文集》，上海：上海古籍出版社，2016年，第354頁。

② 劉向《列仙傳》（《景印文淵閣四庫全書》第1058冊，第497頁）云："蕭史者，秦穆公時人也。善吹簫，能致孔雀、白鶴於庭。穆公有女，字弄玉，好之，公遂以女妻焉。日教弄玉作鳳鳴，居數年，吹似鳳聲，鳳凰來止其屋。公為作鳳臺，夫婦止其上，不下數年。一旦，皆隨鳳凰飛去，故秦人為作鳳女祠於雍宮中，時有簫聲而已。"

③ （晋）張華《博物志》（《景印文淵閣四庫全書》第1047冊，第608頁）云："舊說天河與海通，近世有人居海渚者，每年八月有浮槎去來，不失期，人有奇志，立飛閣於槎上，多齎糧、乘槎而去。十餘月，至一處，有城郭狀，屋舍甚嚴，遙望宮中有織婦，見一丈夫牽牛渚次飲之。牽牛人乃驚問曰：'何由至此？'此人為說來意，並問此是何處。答曰：'君還至蜀都，訪嚴君平，則知之。'竟不上岸，因還如期。後至蜀，問君平，君平曰：'某年某月，有客星犯牽牛宿。'計年月，正此人到天河時也。"

④ 《史記·淮陰侯列傳》（司馬遷《史記》，北京：中華書局，1959年，2609頁）云："信釣於城下，諸母漂，有一母見信飢，飯信，竟漂數十日。信喜，謂漂母曰：'吾必有以重報母。'母怒曰：'大丈夫不能自食，吾哀王孫而進食，豈望報乎？'"

讀者亦隨之而情感深陷。在此詩中，作者衹刻畫其幽人之思，並未言解脫之法。

又《感遇》（其七）云：“空虛澄遠煙，霽色含秋景。思君每盤桓，駐目千峰頂。明月初團圞，可照美人影。美人來不來，雲霞渺林嶺。”[1] 此詩抒男女之情，描述了一位思念心中美人的男子形象。作者以秋色中空虛渺遠的茫茫山野為整體環境，把思念之男子置於千峰之頂而展其遙望之廣遠、登山之堅韌，便見出思念之刻骨銘心。然後筆鋒一轉，作者以男子的視角，看著明月團圞，聯想到美人身影，顯得溫馨又情真意切。在久等之餘，男子自會焦慮，於是“美人來不來”便自然問出，但其所能見者卻衹能是遠處雲煙環繞中的幽林。作者沒點出美人之來，故其等待便未結束，表示希望還在；作者亦未點出美人一定會來，則這等待便可能毫無意義。作者通過對環境的描述和男子的塑造，呈現出一個深情等待心中女子的可愛形象，雖寥寥數語，卻顯出男子心境的往復轉變。最後一聯不下斷語的收尾，更用這思念與等待緊緊抓住了讀者之心，使讀者也為這男子既懷著希望，也懷著焦慮。此詩與上一首相比，雖點出了幽人之所以幽的原因，卻仍未涉及解脫之法。

《古意》（五首）和《感遇》第三、六、八、九首，則對幽人之所以幽，以及解脫之法作了呈現。其中《感遇》其三、其九與《古意》（其二）構思相近，皆通過對歷史人物的詠歎來呈現作者思想。《感遇》（其三）詠揚雄雖懷孔孟之道，卻貧窘不達，而詩末云“青山保長往，白日貞可窺。高標謝松柏，孤芳操弗移”[2]，明確指出要懷其道、守其節，悠遊於青山之間。《感遇》（其九）則通過嚴光與漢光武帝同學卻不卑事王侯的史事而讚美其高節，並對婁護一類附庸權勢者進行批判。最後一聯云“不如歸去來，乘風拂長袂”[3]，則顯出以陶淵明隱居自守為榜樣的人生指向。《古意》（其二）以“君莫笑支許，寂寞非愚懵。君莫輕嵇阮，山林有清興”[4] 開

① （宋）契嵩撰，鍾東、江暉點校《鐔津文集》，上海：上海古籍出版社，2016年，第352頁。
② （宋）契嵩撰，鍾東、江暉點校《鐔津文集》，上海：上海古籍出版社，2016年，第351頁。
③ （宋）契嵩撰，鍾東、江暉點校《鐔津文集》，上海：上海古籍出版社，2016年，第353頁。
④ （宋）契嵩撰，鍾東、江暉點校《鐔津文集》，上海：上海古籍出版社，2016年，第348頁。

端，以"但謝區中緣，甘心棲石磴"、"不如省爾誠，自言還自贈"① 為最終指向，都呈現出雖因懷道而幽，但仍將守道自持的意志。《感遇》其六、其八與《古意》其一、其四、其五構思相近，並非通過對歷史人物的詠歎來直說幽人之幽，而是通過塑造山林環境來呈現幽人形象，並最終點出將自守其道的價值取向。如《感遇》（其六）云"臨風一清嘯，孰為王子喬"②，《感遇》（其八）云"六合無知音，青山有歸路"③，《古意》（其一）云"持此歲寒操，手中空楚楚"④，《古意》（其四）云"嗟余亦羨此，岑寂養頹齡"⑤，《古意》（其五）云"學必先正己，自治乃及餘"⑥。這些語句都呈現了作者甘於幽寂、願潛心於道的精神指歸。此外，《古意》（其三）云："雲中見雙鳥，高飛揭日月。毛羽賁文章，翺翔異鷹鶻。倏然邈千里，竟不顧林樾。春風漫飄颻，勁翮更超忽。陌上遊俠子，窺爾徒倉卒。雖有金彈丸，睥睨不敢發。因知奇異資，自保長超越。回視黃雀羣，胡為戀塵埒。"⑦ 此詩運用《莊子·逍遙遊》典與李白《少年子》中的少年形象⑧，以"雙鳥"來象喻超脫塵世、高傲絕倫的得道者，從而展現了作者"自保長超越"的人生目標。

第二，適當運用語典、事典來增加詩歌的典雅氣息。如前文所涉及的魯仲連、韓信、李廣、揚雄、嚴光、嵇康、阮籍、支遁、許詢諸歷史典故，周穆王、王子喬、牛郎織女等神話典故，以及大量化用李白詩歌中的語言，從而構建起一個個既富文化氣息又帶著縹緲仙意的藝術世界。

第三，語言清新質樸，不作艱澀之語。契嵩運用典故，雖使詞彙理解略增難度，但除此之外，生僻詞彙甚少，而在句法層面，則往往成分完整，跳躍性小，故其詩歌語義流暢，易於理解。如"欲問天上人，可換明

---

① （宋）契嵩撰，鍾東、江暉點校《鐔津文集》，上海：上海古籍出版社，2016年，第348、349頁。
② （宋）契嵩撰，鍾東、江暉點校《鐔津文集》，上海：上海古籍出版社，2016年，第352頁。
③ （宋）契嵩撰，鍾東、江暉點校《鐔津文集》，上海：上海古籍出版社，2016年，第353頁。
④ （宋）契嵩撰，鍾東、江暉點校《鐔津文集》，上海：上海古籍出版社，2016年，第348頁。
⑤ （宋）契嵩撰，鍾東、江暉點校《鐔津文集》，上海：上海古籍出版社，2016年，第349頁。
⑥ （宋）契嵩撰，鍾東、江暉點校《鐔津文集》，上海：上海古籍出版社，2016年，第349頁。
⑦ （宋）契嵩撰，鍾東、江暉點校《鐔津文集》，上海：上海古籍出版社，2016年，第349頁。
⑧ 《少年子》（李白著，王琦註《李太白全集》，北京：中華書局，2015年，第403頁）："青雲少年子，挾彈章臺左。鞍馬四邊開，突如流星過。金丸落飛鳥，夜入瓊樓臥。夷齊是何人，獨守西山餓。"

月無"、"瓊樓十二層"、"可見不可到"、"好武匪君心，用兵不得已"、"美人來不來"等，幾如白話，而此種淺白表達在契嵩學李詩中頗多。李白詩風，實亦流暢自然，甚少艱澀生僻之語，契嵩學李當有所承繼。

第二節　契嵩的閒淡詩風

契嵩今存詩歌，如《感遇》《古意》般明顯呈現出學李風格者，是較少部分。所以，要深入瞭解其詩歌創作，很有必要對其詩風做全面考察。

一、寫志舒懷與閒趣：契嵩的詩風判分

古來讚美契嵩詩歌者不少，然多為籠統之說。對其詩風論而較詳者，惟懷悟與王士禎而已。懷悟《鐔津文集序》云：

> 然師常自謂："人生世間，閒為第一。"蓋其自得閒中之趣，故其所為之詩，雖不甚豐濃華麗，而其風調高古雅淡。至其寫志舒懷，有邁世凌雲之風，亦可想見其人也[①]。

懷悟之論，顯以契嵩詩有兩類，一則"得閒中之趣"者，可稱閒淡詩，其詩風為"不甚豐濃華麗"、"風調高古雅淡"；二則"寫志舒懷"者，可稱寫志舒懷詩，其詩風為"有邁世凌雲之風"。此論雖簡而有力，卻也略而未詳，故須細作解說。何以謂"閒"？就其為文學批評術語說，至少可有三義。第一，與正事無關的。這是從詩歌主題角度而言的，其對立者為"寫志舒懷"。志者，志於道。契嵩《輔教編》《論原》《傳法正宗記》便是呈現其道者，故其所謂"閒為第一"有與道相遠之意。契嵩言其作詩為"禪關不固"，正見他以寫詩（嚴謹地說，是某些時候作詩）為不關佛道者。不惟不關佛道，連道家仙人之道、儒家聖人之道也是不關的，故其詩"得閒中之趣"者，在內容上便表現為與佛道修行、儒家治齊等主題相離，而意在表現其作為平常人的山野生活。山野生活，不過與草木花鳥、飛禽走獸及漁樵僧道、隱士幽人打交道，內容簡單，故其所呈現內容自不是塵

---

① （宋）契嵩撰，鍾東、江暉點校《鐔津文集》，上海：上海古籍出版社，2016 年，第 391～392 頁。

世中色彩斑斕者，懷悟"不甚豐濃華麗"、"雅淡"之語便可與此相契。第二，疏散、不急促的。這是從詩歌內容的呈現方式說的。同類事物連續出現，便予人以密集緊迫之感，而與"閒"相悖。是以，詩歌創作中當典故、意象以及同類詞彙、句子、音節較高密度連續出現時，便也算不得"閒"。漢魏以前，詩歌典故尚少，而句法、音律亦非唐宋般嚴整板滯，故"高古"二字便可指向此特點。第三，舒緩、不緊張的。這是從詩歌所呈現情感氛圍之角度說的。詩歌所呈現之情感為過度興奮或抑鬱者，便予人以緊張而並不舒緩之感，此亦非"閒"，懷悟評價中"淡"字亦可涵蓋此特點。值得注意者，懷悟所言"閒"，雖可指向以上三義，但契嵩諸詩究竟僅指向某一義，還是共指三義，則需在具體分析中考察。與閒淡詩相對者，是寫志舒懷詩，其"有邁世凌雲之風"。這一風格，從主題之言道角度說，可謂契嵩之道高於常俗，而從呈現出的情感氛圍言，"邁世凌雲"便有種豪邁興奮情緒，與"閒"相異。當然，由於懷悟將契嵩詩僅分作兩類，則與閒淡詩風格相異者，在他那裡當皆算作寫志舒懷詩了。

依照以上對閒淡詩與寫志舒懷詩的分析，則上一節中所論《感遇》《古意》《早秋吟》之特徵與閒淡詩差異較大。第一，言佛教修行、言儒家報國、言道教思仙諸主題；第二，典故、意象排佈較多；第三，其所構建之歷史世界、仙人世界，情感氛圍顯得豪邁，而其所構建之幽人世界，情感氛圍比較壓抑。所以，它們都可算是寫志舒懷詩。

王士禎《居易錄》評契嵩云：

> 其詩亦多秀句，如"習忍如幽草，觀身類片雲"、"桑柘雨中綠，人煙關外疏"、"天岸日將出，田家雞更啼"、"好山沿岸去，驟雨落花來"、"雲迷飛鳥道，雨出古龍湫"、"明月出已滿，白雲歸未多"，皆佳[①]。

王氏認為契嵩詩多"秀句"，而他所舉六句，分別出自契嵩《次韻奉酬》（楊蟠作《寄東山禪師》，契嵩奉酬之）、《送客還北關道中作》、《山中早行》、

---

① （清）永瑢、紀昀等主編《景印文淵閣四庫全書》第 869 冊，第 510～511 頁。

《汎若耶溪》、《題徑山寺》、《羣賢宿山賦得暮雲巖下宿》，此六首皆非前所舉學李詩中寫志者。何以謂"秀"？其為詞常有如秀氣、清秀、俊秀者，予人以內斂、乾淨、柔美、不俗之感。從此處所舉六聯來看，其所言"草"、"雲"、"桑柘"、"雨"、"明月"等皆自然之景，而與"人煙"疏離，此所以為不俗，而其與懷悟所言閒淡詩之不關道、呈現山野生活之主題一致。又其狀"草"用"幽"，狀"雲"用"片"、"迷"、"未多"，狀天色用"日將出"，則顯出內斂、朦朧、舒緩之感，此與懷悟所言"不甚豐濃華麗"、"雅淡"實為一致。所以，王士禛與懷悟所用之術語不同，而其所指向的詩風實際是一致的。王士禛所言之多秀句者，實在懷悟之閒淡詩內。

　　綜合懷悟、王士禛之論，結合契嵩詩作情況，可將其詩分為兩類。一為寫志舒懷詩，主要有《感遇》（九首）、《古意》（五首）、《早秋吟》、《三高僧詩》、《送章表民祕書》、《戒題》、《遣興三絕》（其二）。二則為閒淡詩，本文於寫志舒懷詩外基本皆算作此類。值得注意者，此一大類中，其詩並非同時符合閒淡詩三個特徵，有的甚至與某一特徵略有相悖，將在具體分析中呈現。

　　二、人間未見：契嵩的獨得之趣

　　閒之第一義，是與正事無關，表現為沒有與道相關的人、事來約束自己的行動，故閒趣之得，首先是契嵩自我所獨得者。其《山中早梅》云："亭亭映晚景，皎皎出林端。小圃連雲淡，孤芳冒雪寒。人間殊未見，物外最先看。但欲方瓊玉，寧將勝牡丹。"[1] 此詩詠梅，為五律。首聯直寫梅之情狀，其在晚景之中亭亭直立，在林木之端晶潔可愛。頷聯繼續渲染，謂梅圃連雲，清清淡淡，孤芳冒雪，兢兢戰戰。兩聯寫罷，將初出之梅的柔與美、點與銳展現得恰到好處，使人頓生憐愛。頸聯點出此梅之所以早生者，蓋其生在山中，而山外溫度不宜，故尚未綻放其蕊。此聯也暗示著作者先於人得的欣喜，連帶著山中生活也多了幾分勝趣。尾聯讚美早梅，比之以瓊玉、牡丹，是以清雅而勝富貴也，則不惟以梅之早生而愛之，更以其淡雅之本質而愛之了。

　　《山中早梅》為詠物者，此類詩今存者僅此一篇，而另外道其獨得之

---

① （宋）契嵩撰，鍾東、江暉點校《鐔津文集》，上海：上海古籍出版社，2016 年，第 356 頁。

閒者則多為即事成篇。此種即事成篇者，呈現出強烈時間意識的頗多，如
《早起》《山中早行》《湖上晚歸》《浙江晚望》《山舍晚春》《山亭晚春》
《夏日無雨》《元日》《寒食日雨中》。

先看寫"早"者。《早起》云："天窗月過星疏渺，檐際冥分雲窈窕。
山家深處勿雞啼，時有寒鴉來報曉。"① 此為七絕，寫早起之景。作者早
起，從天窗而見明月移過，眾星寥落，又見屋檐割開幽暗，雲煙若隱若
現。這一描寫將作者所居之室，與室外浩渺天空形成映襯，有擴大意境之
效。作者又云山因太深，無有人家，故亦無雞啼。然到天明之際，自有寒
鴉報曉。此為從聲音角度描述山中世界，突出了幽邃與安靜之氛圍。而
"寒鴉"二字，頗有深趣。一方面，它代替雞啼，為作者報曉，具有了俗
世家庭之溫暖。但另一方面，它畢竟不是報曉之雞，而是深山特有之鳥，
增添了全詩的出塵意境。可是，一個"寒"字，又隱隱地帶著孤寂、淒清
之感，顯出世外之人內心淺淺的憂鬱。

《山中早行》云："前山經夜雨，獨往步春泥。天岸日將出，田家雞更
啼。孤烟行處起，曠野望中低。猶喜逢樵客，相將過數溪。"② 此詩為五律。
作者於夜雨之後，清晨出門感受春天之色。"春泥"二字，既顯出腳下的鬆
軟，也映出內心的舒緩。緩步之中，但見天邊朝陽欲出，耳中有田家雞啼，
頗顯生機盎然之狀。接著，作者移動眼界，隨炊煙而上望，又從曠野而低
徊，於是在靜態之中將動態的轉移顯示了出來。上下的張望，既擴大了觀察
的空間，也使人感受到作者活躍的心情。最後寫遇上山中樵客，相攜度過一
條條溪流，則使詩中人情意味顯現出來。樵客固非僧徒，但也絕非塵世名利
之客，二者欣喜相攜之景，顯得自然而然，既如鄰人的平淡，深味之，又覺
真誠與溫暖，這個時候哪還管什麼道與非道、僧或是俗呢？

再看寫"晚"者。《湖上晚歸》云："人間薄遊罷，歸興尋舊隱。春岸
行未窮，夕陽看欲盡。嵐光山際淡，天影水邊近。自憐幽趣真，清吟更長
引。"③ 此為五律。作者從山外遊罷，便思歸於舊隱之居。開篇直說，以

---

① （宋）契嵩撰，鍾東、江暉點校《鐔津文集》，上海：上海古籍出版社，2016年，第364頁。
② （宋）契嵩撰，鍾東、江暉點校《鐔津文集》，上海：上海古籍出版社，2016年，第358頁。
③ （宋）契嵩撰，鍾東、江暉點校《鐔津文集》，上海：上海古籍出版社，2016年，第358頁。

"薄"字點出山外之遊本非有心者，而"歸興"則對比可見作者對山中環境之戀愛。頷聯言其行走在春天的河岸上，覺得河岸悠遠無窮；而面對夕陽，則希望看到它的光彩最後也逝去了。"未窮"、"欲盡"二語頗能見作者內心情感。他對山中春岸是永不覺其長，對夕陽是永不覺其久。他對春岸、夕陽久久依戀，恰與人間的"薄遊"形成對比，彰顯出歸來的喜悅之情。頸聯繼續描述山中景色，山際煙雲在光輝下氤氳，水邊霞影在波光裡蕩漾，一遠一近、一靜一動，頓使空間擴大，而意境亦隨之拓展。最後，作者明示己心，愛山中之幽趣，願日日清引長吟。他內心的剖白，說得毫無保留，卻使人感到絕無半分做作，乃欲隨之共赴山林。

《浙江晚望》云："暮色看無際，秋空水混天。片帆飛鳥外，新月落潮邊。隔越山形小，吞吳地勢偏。幾人來往老，早晚渡頭船。"[1] 此為五律。開篇以"暮色"、"看"點題，即"晚望"也。而此聯所塑造的暮色無際、水天相混的秋日之景，則顯得意境頗寬、氣勢頗弘。頷聯急轉，帆隱帆現，飛鳥隨之；潮生潮落，新月墜之。弘大的空間塑造，忽而轉入對細膩景狀的描述，二者相映，頗有反差之美，而鳥與帆飛，月隨潮落，又頗有渾融之趣。作者眼光復隨浙江遠去，但見近越地而諸山變小，包吳地而地勢已偏，既將空間塑造拓展得越遠，也引出了對浙江更遠處的遐思。尾聯自問，有多少人在浙江的碼頭上乘船來往，而日日年年，慢慢老去？此聯由寫景回歸論人，情感顯得憂鬱。在塑造自然景物之弘大、浙江流動之不息後，而對比以人之渺小、日復一日之變老，雖未直言，自傷之意頓顯。

再看寫季節、節氣者。《夏日無雨》云："山中苦無雨，日日望雲霓。小暑復大暑，深溪成淺溪。泉枯連井底，地熱亢蔬畦。無以問天意，空思水鳥啼。"[2] 此為五律。開篇直抒胸臆，山中久久無雨，故日日望雲霓之來。然後寫天熱之影響，天氣日日增熱，山中深溪則不斷變淺，泉水枯竭見底，土地炙熱而烘烤蔬畦。尾聯表達對天意之不解，隱含不滿之意，但又祇能寄希望於水鳥啼叫，帶來大雨。此詩寫得極質樸，事件也極簡單，情感也極直白，無雕琢之工，有閒淡之趣。

---

① （宋）契嵩撰，鍾東、江暉點校《鐔津文集》，上海：上海古籍出版社，2016年，第355頁。

② （宋）契嵩撰，鍾東、江暉點校《鐔津文集》，上海：上海古籍出版社，2016年，第357頁。

　　《元日》云：“暗裏春催曙色明，百雞迎曉報新聲。宿寒尚在龍蛇蟄，歲歷初傳日月迎。蓂葉四時今始發，梅花一旦占先榮。山家也祝堯天壽，漫學牛山報太平。”① 此為七律。首聯、頷聯寫春色初現，宿寒尚在，百雞報曉，新曆見傳，一派熱鬧迎新之象。頸聯轉入寫景，蓂葉始發，梅花先榮，用自然景物來狀新春之氣象。此中“蓂”與尾聯“堯”為一典。據《大戴禮記注》云：“蓂莢，堯時俠階而生，以記朔也。”② 蓂葉之發，有“記朔”之用，既應了“元日”主題，又隱以當下比“堯”之時代，具有頌聖之用。尾聯“牛山”用典，出《韓詩外傳》。其云：“齊景公遊於牛山之上，而北望齊曰：‘美哉國乎，鬱鬱泰山，使古而無死者，則寡人將去此而何之！’俯而泣沾襟。國子、高子曰：‘然臣賴君之賜，疏食惡肉可得而食也，駑馬柴車可得而乘也，且猶不欲死，況君乎？’俯泣。晏子曰：‘樂哉，今日嬰之遊也。見怯君一，而諛臣二，使古而無死者，則太公至今猶存，吾君方今將被蓑笠而立乎畎畝之中。惟事之恤，何暇念死乎？’景公慙而舉觴自罰，因罰二臣。”③ 齊景公遊牛山，見國家壯美，故因己之不能免於死而悲泣。國子、高子順君上之意而言人皆不欲死，而晏子則反駁之。最後，景公自覺慚愧。這典故對景公本是批評，而責高子、國子之阿諛，遂顯晏子之忠直。契嵩用此典而變其意，言自己也如高子、國子般以國家繁榮、百姓安樂而願天子長壽。因他反用原典，故其對高子、國子之行為乃稱“漫學”。此典之用，從山中安樂聯繫到國家太平，雖頌揚天子，但非阿諛之辭，蓋其身在山中，不入仕途，故其頌揚之辭應出於真心，亦可見契嵩在元日裏心情愉快。此外，從山中安樂聯繫到國家太平，於全詩言，也顯現了思想深度之拓展。

　　契嵩即事成篇之作，還有一些時間意識較弱的詩。如《題徑山寺》《書南山六合寺》《書毛有章園亭》《還南屏山即事》《入石壁山》《遊大慈山書晝上人壁》《汎若耶溪》是遊歷之作，《著書罷思南還，復會客自番禺來，因賦此詩》《讀書》《洗筆》是描述讀書寫作之生活，《自贈》《戒題》

---

① （宋）契嵩撰，鍾東、江暉點校《鐔津文集》，上海：上海古籍出版社，2016 年，第 362 頁。
② （漢）戴德：《大戴禮記》，《景印文淵閣四庫全書》第 128 冊，第 488 頁。
③ 屈守元：《韓詩外傳箋疏》，成都：巴蜀書社，2011 年，第 444 頁。

《送客還北關道中作》《對喜鵲》則講述生活中一些零散之事。

　　先看遊歷之作。《題徑山寺》云："翠拔羣山外，連天勢未休。雲迷飛鳥道，雨出古龍湫。僧在深雲定，香和杳靄浮。人間遊不到，臺殿自清秋。"[1]　此為五律。首聯、頷聯寫徑山寺外部環境，謂其所處之峰在群山之中而蒼然獨翠，形勢高聳，連天不盡。煙雲朦朧，内有飛鳥之道；驟雨旦出，中藏古龍之潭。如此環境塑造，便將徑山寺高、深、奇之特徵顯示出來。頸聯轉入寫寺中人、物，僧徒在深雲搖蕩之中毫不動心，燭香在霧靄裡起起伏伏。一靜一動中，便將佛寺的神聖呈現了出來。尾聯點出主旨，表面看似言徑山寺為常人所不易到，實際又暗示了佛教的修行、妙樂為俗人所不能得。

　　《還南屏山即事》云："歲晚歸來石室寒，松蘿岑寂自盤桓。但知林下一年過，不見人間萬事難。《招隱》有詩題石記，《解嘲》無說與時看。此心已共空生合，身似浮雲不必觀。"[2]　此為七律，寫由外歸南屏山而即事。首聯寫久出歸來，見舊居之石室已帶著寒意，而室旁松蘿亦靜靜獨立，呈現出初歸之時對舊居既熟悉又陌生之感，略帶淒涼意。頷聯寫隱居山林，時光易逝，而人間艱難則不可見矣。既顯出對俗世的疏離，又隱含著關切之心，可作者因年老力衰，雖見人間之難，卻又無能為力，隱隱透著種不能兼濟天下、惟取獨善其身的無奈感。頸聯謂自己反復感受《招隱》《解嘲》之意味。古來寫《招隱詩》者有陸機、左思，故此處具指不明，但顯然以隱士自比。《解嘲》為揚雄所作，言時世澆薄，願自隱而不出，契嵩引此，似有不得志之感。尾聯點出主旨。"空生"者，即須菩提，為釋迦牟尼弟子，善解真空之義。契嵩自謂已與須菩提一般見真空之義，故看淡世事，無欲無求。由此詩來看，契嵩此次從外歸來，當是遭遇挫折，故内心頗顯蕭索。

　　再看與著書、讀書相關者。《著書罷思南還，復會客自番禺來，因賦此詩》云："平昔著書今粗畢，南還終欲隱羅浮。初春況遇故鄉子，終夜更誇

---

① （宋）契嵩撰，鍾東、江暉點校《鐔津文集》，上海：上海古籍出版社，2016 年，第 355 頁。
② （宋）契嵩撰，鍾東、江暉點校《鐔津文集》，上海：上海古籍出版社，2016 年，第 361 頁。

滄海遊。但貴羊城風物好，豈辭梅嶺路歧修。應須相與葛洪輩，抗跡山林送白頭。"① 此為七律，作於治平三年。契嵩以《輔教編》《傳法正宗記》獻朝廷後，歸來復為《輔教編》做註，此處所言"著書罷"即指自註完畢，故其心中愉悅。首聯謂著書結束，遂有歸於家鄉、隱居羅浮山之意。頷聯謂初春時曾遇故鄉來人，終夜相談，當時已有至廣州泛海遊覽之意。頸聯復言喜愛羊城（即廣州）風土人情，而無懼梅嶺（即大庾嶺）之道遠路歧。尾聯直陳心意，願像葛洪等求仙之士，終老羅浮山中。此詩之中，契嵩用"羅浮"、"滄海"、"羊城"、"梅嶺"、"葛洪"等典型人文意象，狀家鄉之貌，給人空間縱橫、氣象疏闊之感。而"終夜"、"更誇"、"但貴"、"豈辭"等，則或以反問語氣，或用程度強調，將契嵩之情感波瀾鼓蕩得起起伏伏。

《讀書》云："讀書老何為？更讀聊遮眼。此意雖等閒，高情寄無限。錯磨千古心，翻覆幾忘飯。不知白雲去，春靜山中晚。"② 此為五古。"遮眼"，據《景德傳燈錄·澧州藥山惟儼禪師》載："師看經，有僧問：'和尚尋常不許人看經，為什麼却自看？'師曰：'我只圖遮眼。'"③ 首聯自問自答，問年老何必讀書，然後借惟儼"遮眼"之說相答。頷聯繼續引申，認為"遮眼"之說看似尋常，內中卻頗見高情。何種高情呢？契嵩認為在讀書中自己能不斷琢磨內心，得其妙處，幾可忘飯。而且此"忘"不僅忘飯，亦忘時，故不知外界白雲消散、山靜時晚。這種"忘"帶有禪意，在契嵩筆下，讀書之樂與修行、禪意結合了起來。

再看零散者。《對喜鵲》云："靜臥時驚鵲喜多，須臾果有故人過。山中明度還無事，問爾綿蠻更語麼。"④ 此為七絕。詩謂靜臥之時，聞喜鵲多鳴，心中驚異或有喜事將至，須臾剛過，果有故人來訪。故人來訪之後，欣喜之餘，更覺光陰日逝而終日無聊，遂問喜鵲綿蠻之聲中是否還有其他喜事。這一問，看似僅問喜鵲啼叫什麼，實是作者對"故人過"一類喜事之期待的體現，而其之所以期待喜事，恰又反映了他內心的孤寂。作者通過聞喜鵲之聲到問喜鵲之意的遞進，呈現了一幅活潑、有趣的場景。詩雖

---

① （宋）契嵩撰，鍾東、江暉點校《鐔津文集》，上海：上海古籍出版社，2016年，第362～363頁。
② （宋）契嵩撰，鍾東、江暉點校《鐔津文集》，上海：上海古籍出版社，2016年，第360頁。
③ （宋）釋道原：《景德傳燈錄》，《大正新修大藏經》第51冊，第312頁中。
④ （宋）契嵩撰，鍾東、江暉點校《鐔津文集》，上海：上海古籍出版社，2016年，第364頁。

短小，語雖淺切，但所抒情感卻真摯動人。

三、林下之風：契嵩的唱和逸興

契嵩的閒，除了自處時的獨享者，亦有與朋友同賞者。此類詩有《懷越中兼示山陰諸明士》《羣賢宿山賦得暮雲嵓下宿》《郎侍郎致仕》《季春寄友生》《寄懷泐潭山月禪師》《次韻無訾赴承天再命》《送盧隱士歸廬山》《山中自怡謝所知》《寄承天元老》《冷泉獨賞寄冲晦上人》《寄晤冲晦》《山遊唱和詩集》。其中《山遊唱和詩集》為契嵩與楊蟠、惟晤等遊覽唱和之作，最能代表契嵩與友同享的逸興。

《山遊唱和詩集》合收三人共六十四篇詩①。此次唱和可分為三個階段，分別為相約、遊覽、餘興，故其詩亦可據此而分為三部分。第一部分為相約之作，包括契嵩《山中值雪》及楊蟠、惟晤之唱和，楊蟠《約冲晦宿東山禪寺精舍先寄》、惟晤《將訪永安東山禪師先寄》及契嵩分別唱和之，共計七篇。

此次山遊起於契嵩邀約。他作《山中值雪》，所附書簡云："歲暮值雪，山齋焚香獨坐，命童取雪烹茗。因思'柳絮隨風起'之句，遂取《謝道蘊傳》讀之，見其神情散朗，故有林下風氣，益發幽興，乃為詩，兼簡居士公濟，彼上人冲晦。"② 其云"獨坐"、"神情散朗"、"幽興"，正見其於山中飛雪時獨得之閒趣。由此獨得者，而思"林下風氣"、"兼簡居士公濟，彼上人冲晦"，正見其欲將獨得之趣而與友人共享。

《山中值雪》云："簾外驚風幽鳥歸，窗間獨坐事還稀。初看歷日新年近，喜見山林驟雪飛。但憶故人能有詠，寧懷久客此無衣。鮑昭湯老能乘興，城郭何如在翠微。"③ 此為七律。首聯敘其獨坐窗下，見簾外風起，幽鳥歸林，而自己亦閒散無事。"事還稀"，正見其生活之閒。頷聯敘其見新年將近，山林中驟雪紛飛，心生喜意。頸聯由己思友，謂此時心中所念者惟與舊友吟詠之事，而不再憂思自己久客杭州，生活窘困。此種對比，將作者內心喜而忘憂、樂見良友的情緒直白表達出來。尾聯以鮑照喻楊蟠，

---

① 《山遊唱和詩》今所存諸版本中皆為六十九首，中有五首非契嵩等人編集時所收。詳見附錄《〈鐔津文集〉的形成、演變與集內註釋歸屬之考辨》。
② （宋）契嵩撰，鍾東、江暉點校《鐔津文集》，上海：上海古籍出版社，2016 年，第 366 頁。
③ （宋）契嵩撰，鍾東、江暉點校《鐔津文集》，上海：上海古籍出版社，2016 年，第 366～367 頁。

以湯休喻惟晤，讚譽二者善詩，期待他們乘興到來。契嵩在此詩中跨越僧俗之分，不論道事，惟期以友論詩、以詩會友，正可見他作為普通人的情感需求。

楊蟠為之次韻云："零落東山老佛師，古來獨往似君稀。雪邊氣候春將破，林下神情句欲飛。後日當尋慧遠社，何人更贈大顛衣。一篇感發渾閒事，須脫青衫動少微。"① 首聯與契嵩照應，謂契嵩離別故鄉，零落杭越，而其特立獨行則古來少比。既有同情之心，又有讚美之意，正可見楊蟠之友情。頷聯遙想，謂契嵩在冬雪之中，悠然如竹林七賢，作詩寄情，瀟灑出塵，又是一層讚美之意。頸聯以慧遠、大顛喻契嵩。慧遠為契嵩所推崇者，而大顛則為廣東僧人，是契嵩故鄉所近者，以此二者比契嵩，足見楊蟠之體貼。此聯表達願應契嵩之邀而相與同遊之意，贈衣之言則與"久客此無衣"相應，有寬慰契嵩之意。尾聯自評其詩，謂為"閒事"，以言單純作詩不能滿足自己的嚮往之情，故自促當動身速行。此詩語言直率，少有雕琢，貴在與契嵩詩處處相應，而用典遣詞頗能從契嵩角度考慮其感受，足以見朋友真情。

惟晤亦為此詩次韻，其詩云："雪滿西山春未歸，泉聲凍咽鳥聲稀。靜觀眼境人間渺，驅逐詩魔天外飛。一飽每將松作飯，大寒重換紙為衣。我憐詩是君家事，更約論心極細微。"② 首聯與契嵩照應，謂雪滿西山而春未歸來，泉聲嗚咽，鳥鳴稀疏，一派寂寥淒清之景。頷聯遙想契嵩在窗下獨覽美景、作詩遣興之狀。頸聯敘契嵩生活窘困，以松作飯，以紙衣驅寒，展現出同情之意。尾聯前半句用杜甫"詩是吾家事"之典，以讚美契嵩好作詩、善作詩，後半句則用"論心極細微"讚美契嵩佛法精深。全詩有同情，有讚美，可見惟晤對契嵩的朋友之心。

楊蟠、惟晤到訪之前，先各自作詩以寄。楊蟠詩中云"先憑報信春枝破，預想分題雪屋寒。林下不諳人世苦，笑將雙鬢與君看"③，一面遙想三人分題作詩之趣，一面遙想見面後告訴契嵩自己的俗世之苦。而契嵩則回

---

① （宋）契嵩撰，鍾東、江曉點校《鐔津文集》，上海：上海古籍出版社，2016 年，第 367 頁。

② （宋）契嵩撰，鍾東、江曉點校《鐔津文集》，上海：上海古籍出版社，2016 年，第 367 頁。

③ （宋）契嵩撰，鍾東、江曉點校《鐔津文集》，上海：上海古籍出版社，2016 年，第 367 頁。

之云"初論浮世慚年老，久對清規苦夜寒。空感知音何以報，但誇山水富君看"①，亦一面自訴年老之憂、夜寒之苦，一面表達要以山水享知音的心意。又惟晤詩中云"月裏禪餘怯論文"。他雖自謙為"怯"，但"月裏"一語已顯出他徹夜暢談的打算。這些都足以看出三人間真摯的友誼，以及對此次相約而遊的期待。

此次山遊的第二階段是三人相見後的正式遊覽，包括初宿永安寺、次遊靈隱寺、次遊天竺寺。契嵩起唱者有《嘉公濟冲晦見訪》《同公濟冲晦宿靈隱夜晴》《南澗傍遊戲呈公濟冲晦》《同公濟冲晦遊天竺兼簡呈伯周禪老》，楊蟠起唱者有《宿永安方丈書呈東山禪師》《遊靈隱遇雨呈普慈及二詩翁》《早過天竺呈明智及同遊二老》《遊天竺上寺呈東山仲靈冲晦》《宿天竺再贈東山禪師與冲晦》《宿天竺寺賦聞泉呈二老》，加上和酬之作，合三十篇。這些詩遇事則寫，有情則發，將遊覽之愉悅、朋友之相契顯露無疑。今舉兩例。

契嵩《同公濟冲晦宿靈隱夜晴》云："不睡還烹北苑茶，寒風落盡適來花。夜深雨過山形出，天靜雲空月色佳。且喜僧窗晴似畫，莫論人世事如麻。況陪支許皆能賦，豈厭留詩在碧紗。"② 三人遊靈隱寺時遇雨，於是夜宿於此，契嵩遂作詩。此詩包括兩部分內容。第一，自然環境及景物描寫。深山之中，雨停之後，山形清晰，雲靜月白，一片清幽之狀。第二，三人活動的描述。他們或烹茶斟飲，或討論世事，或乘興作詩，全無遇雨滯留的焦慮。作者在浩渺深邃的自然環境中，對比以人物的悠閒舉止，頓使讀者在遠觀中又仿佛身臨其境，既覺得景物美，也覺得人親切。

又《南澗傍遊戲呈公濟冲晦》云："相引朝來碧澗傍，山林雪盡水流長。未應驚鳥下苔岸，先共觀魚跨石梁。日淡沙寒鷗自聚，歲闌春入草含芳。鮑昭湯老須同詠，何必人間萬事忙。"③ 此詩同樣包括自然環境和人物活動兩方面的描寫。三人相攜而至碧澗，在雪化之後，流水愈豐愈長。眾鳥悠遊苔岸，游魚來去水底，三人遠觀而不敢臨近，生怕驚擾他們。陽光淡薄、岸沙清寒，鷗鳥自來相聚；寒冬已盡，春風初來，青草漸開花蕊。這一派美好的

---

① （宋）契嵩撰，鍾東、江暉點校《鐔津文集》，上海：上海古籍出版社，2016 年，第 368 頁。
② （宋）契嵩撰，鍾東、江暉點校《鐔津文集》，上海：上海古籍出版社，2016 年，第 371 頁。
③ （宋）契嵩撰，鍾東、江暉點校《鐔津文集》，上海：上海古籍出版社，2016 年，第 373 頁。

景狀，怎不使人乘興同詠？此時此刻，世間萬事，哪比得一時之閒？楊蟠和酬時云"更欲窮源情未已，知君嗔我索歸忙"①，而惟晤則云"臘去春歸山愈好，喜君共無塵事忙"②，可知契嵩"何必人間萬事忙"實對楊蟠而說。楊蟠索歸，契嵩則嗔之，而惟晤則為自己作為僧人的閒散而竊喜。三人之憂、嗔、喜毫不掩飾，於言語間自然道出，氣氛何其輕快活躍？

此次山遊的第三階段是楊蟠、惟晤歸去之後的繼續唱和。契嵩起唱者有《送公濟冲晦出山兼簡駐泊寄李思文》《連得公濟出山道中見示二篇，鄙思枯涸，奉和不暇，且乞罷唱》《公濟冲晦出山次日奉寄》等，加上楊蟠、惟晤起唱者，以及三人的和酬之作，合二十七篇。這些詩流露出對此次山遊的難忘，彼此訴相思之情、讚美之意。

契嵩《送公濟冲晦出山兼簡駐泊寄李思文》云："幾日山遊霰雪稀，相隨野老亦忘機。始憐洞裏雲堪臥，又憶人間歲杪歸。夜落梅花應滿路，風含春色自吹衣。憑君為語王孫道，音信終須寄鳥飛。"③ 契嵩回顧數日遊覽，認為楊蟠、惟晤皆與自己一樣忘卻機心，而得閒散之樂。他想象二人出山之景，謂其在夜色中梅花滿路，春風吹衣，情調悠揚，意趣無窮，並希望二人將此閒趣告於李思文，希望三人都能寄來音信。楊蟠回應此詩云："野老且憑雲送客，家人應笑雨霑衣。君詩兼簡佳公子，祇恐囊傾一夜飛。"④ 此語充滿了朋友間調侃之意，玩笑契嵩以雲送客，而自己回家說不得會雨濕衣服而被家人笑話；又調侃契嵩祇想著李思文，而自己說不得會把信給弄丟。真情真性，歡愉戲謔，朋友之誼頓顯。

又契嵩《連得公濟出山道中見示二篇，鄙思枯涸，奉和不暇，且乞罷唱》云："詩篇留落野人窗，又得虞卿璧一雙。怪似蛟龍出古水，清如日月浸秋江。賡吟何止夸山澤，變雅終須繫國邦。為報詩家驍將道，雪闌休唱已心降。"⑤ 首聯用典，據《史記·虞卿列傳》載："虞卿者，遊說之士也，躡蹻檐簦，說趙孝成王。一見，賜黃金百鎰，白璧一雙；再見，為趙

① （宋）契嵩撰，鍾東、江暉點校《鐔津文集》，上海：上海古籍出版社，2016年，第374頁。
② （宋）契嵩撰，鍾東、江暉點校《鐔津文集》，上海：上海古籍出版社，2016年，第374頁。
③ （宋）契嵩撰，鍾東、江暉點校《鐔津文集》，上海：上海古籍出版社，2016年，第378頁。
④ （宋）契嵩撰，鍾東、江暉點校《鐔津文集》，上海：上海古籍出版社，2016年，第378頁。
⑤ （宋）契嵩撰，鍾東、江暉點校《鐔津文集》，上海：上海古籍出版社，2016年，第380～381頁。

上卿，故號為虞卿。"① 楊蟠見寄二詩，契嵩遂以虞卿雙璧喻之，深為讚美。接著以"怪"、"清"二語評其詩歌之妙。然後勸誡，謂楊蟠既已歸城，則不應再久戀山遊之事，而當專注政務。最後乞罷賡唱。此詩既可看出彼此對山遊的難忘，而契嵩的勸誡則又顯出了作為直友的殷切。

綜上關於契嵩閒淡詩的分析，可看到此類詩在主題上多表現尋常生活，或寫冬去春來之景色變化，或寫朝明夜暗之人事起伏，或賞風賞月，或吟霜吟雪，或抒一人之獨趣，或道友朋之相與，而基本無專論道德或國家大政者。諸詩情感舒緩閒淡，甚少哀厲之聲、怨憤之態。儘管其詩中也涉及僧徒、儒士，偶有禪心禪意，也不過因這些本是契嵩尋常生活之部分，詩中實甚少深入闡發。他的閒淡詩也甚少用典，語言直白淺切，給人以自然與親切之感。

契嵩的閒淡詩與他學於李白的《感遇》《古意》等寫志舒懷詩相比，風格有所差異。其寫志舒懷詩在主題上或言佛，或言道，或言儒，比閒淡詩所寫尋常山野生活相對要嚴肅許多；所營造出的歷史世界、仙人世界、幽人世界，意境也與閒淡詩所營造的山野自然之境不同，前者更具有人文氣息，在情感上也更為濃郁深沉。不過，在語言運用方面，兩類詩都有淺切直白之特點。而在典故方面，寫志舒懷詩雖比閒淡詩多，但與同時代人相比仍是較少用典者。此外，若將契嵩的詩歌與其散文（尤其是議論文）比較，可發現他在議論文中大談哲學政治、好引大經大論、愛辯論、辭鋒尖銳雄勁等做派幾乎不見於詩歌創作中。可以說，在契嵩身上，他的散文創作與詩歌創作，呈現了一種各司其職的態勢②。

---

① （漢）司馬遷：《史記》，北京：中華書局，1959 年，第 2370 頁。
② 契嵩文章體裁眾多，有論、詩、書、序、讚、記、傳、表、啟、銘、志、題、述等，就數量而言，論、書、序、傳、詩五體篇數較多。但其書多為交遊來往、因事而作者，思想性、文學性都不論。而其序，則或為贈人歌詩而貫於首者，或為人文集、詩集所作讚譽、闡發之詞，在呈現其交遊生活的同時，少量呈現著文學理念。這兩種文體，雖數量眾多，但從文學角度說，卻並非契嵩所用力處，而更多地反映著文學對他的實用意義。所以，本書主要研究他論、傳、詩三種體裁。至如其他諸體則散見各處，或取其思想，或擇其事件，或說其技法，而不復專門討論。

第六章　契嵩與北宋中期以前的文學語境

　　通過前五章之研究，契嵩的表達能力，及其將表達能力具化為一篇篇文章的過程，都已有較為清晰的呈現。也就是說，契嵩文學的整體面貌已基本清楚。不過，一個人的文學創作絕不會是孤立現象，除了受自身因素之影響，必還受同時代文學活動的助推。若以契嵩自身因素比水，則其時代因素如風，二者相遇，則風助水勢，水形風聲，從而構成一煙波浩渺之整體環境。由此水風關係而考之，則既可使契嵩之研究不孤，也有助於觀察其所處時代的文學狀態。契嵩的文學活動主要在北宋仁宗一朝，彼時文學界乃有古文運動和詩歌變革兩股颶風，契嵩的詩文創作也正是在此二者間漸成其形貌的。

第一節　契嵩與古文運動

　　唐興古文運動，韓、柳出而文風振，然經晚唐頹弊、五代亂離，至宋初則文章格調又趨卑弱。於是，柳開、王禹偁等有識之士追蹤韓、柳，復倡古文。又經穆修、尹洙、石介等推波助瀾，至歐陽修主盟文壇，古文聲勢可謂傾於天下。然而，北宋古文運動，其復興過程又高舉尊儒排佛之旗幟，所以它亦是一場思想變革運動。契嵩生平，多作古文，此與古文家文風追求可謂一致。然而，契嵩身為佛徒，又與古文家之排佛目的互為對立。此種矛盾立場，使契嵩與古文運動呈現一種若即若離之關係，這深刻影響著他的文學活動。詳論之如下。

一、亦敵亦友：契嵩與古文家關係

　　契嵩出生於廣西藤州，地處偏遠，文化落後。他七歲出家，十四歲而受具戒，身為佛徒，故無科舉壓力而學時文。又其年少出家，遂不似世間學子長期受教於學校，故其作文之法不受師長牢籠。相對來說，他的文學之路具有更大程度的不確定性，其個人好尚所驅使的自我選擇將具有決定性影響。考契嵩人生經歷，與唐宋古文家頗多關聯。

首先，契嵩在少年時代已對韓愈、柳宗元有所瞭解。他所出生之藤州，與柳宗元貶謫之柳州極近。柳宗元在當地文化中頗具符號意義，所以契嵩在少年時當已對韓、柳所領導的古文運動有所認知。其《論原·品論》云：“柳子厚之文，文之豪也。剟其繁則至矣，《正符》詩尤至也。”① 可見，他對柳宗元頗為讚賞。不過，韓愈對其影響應當更大。契嵩《非韓子》（第九）云：“韓子為《對禹問》，謂禹雖以天下傳之子，而其賢非不及乎堯舜傳賢之賢也。予少時著《評讓》，初亦取韓子所謂禹傳子之說。其後審思之，即考虞夏之書，竟不復見禹傳賢傳子之說。”② 可見契嵩少時便已讀過《對禹問》，並對韓愈禹傳子之說信而不疑，甚至採入文章內。《論原·至政》亦云：“是故禹、湯、文、武、周公此五聖人者，謹大政故不苟擅大權也，行大權故不苟讓大位也，征有扈也，放夏桀也，殄葛也，伐紂也，攝天下、誅管蔡也，以家傳天下而天下之人從而服之而不有怨也。蓋其政至矣。”③ 契嵩在此仍用韓愈之說，可見他對韓愈頗信服。在此重接觸韓、柳，並對韓愈之說確信不疑的情況下，契嵩接受古文運動之理念，學習古文創作當是自然而然的。他今存文章，少時所作之《論原·評讓》《寂子解》《寂子解傲》皆古文形式，正可證此。契嵩後來居江西、杭州等地所作文章，亦基本為古文形式，可見他於古文創作是終身貫之的。由此觀之，韓愈對少年時期的契嵩來說，幾可謂其古文創作路上的精神導師，促使他喜好古文、創作古文。祇不過因受排佛運動刺激，促使他將批判矛頭指向韓愈，甚至專門著《非韓子》予以攻擊。

其次，契嵩至杭州後與當地著名古文家多有交往。當時，東南一帶慕韓愈古文而尊儒排佛者甚多，而最著者為章望之、黃晞、李覯。

---

① （宋）契嵩撰，鍾東、江暉點校《鐔津文集》，上海：上海古籍出版社，2016 年，第 122 頁。
② （宋）契嵩撰，鍾東、江暉點校《鐔津文集》，上海：上海古籍出版社，2016 年，第 314 頁。
③ （宋）契嵩撰，鍾東、江暉點校《鐔津文集》，上海：上海古籍出版社，2016 年，第 83 頁。

契嵩在三人中與章望之交往最多、最深。其《紀復古》云："章君表民以官來錢塘，居未幾，出歐陽永叔、蔡君謨、尹師魯文示予學者。"[①] 章望之，《宋史·文苑傳》有其事跡。慶曆三年，他由伯父章得象之故蔭為祕書省校書郎，監杭州茶庫。慶曆三年，正是范仲淹、富弼主持新政之際，歐陽修、蔡襄亦預其間。歐陽修倡古文，藉此政治改革之機，使古文之風更為盛壯。所以，章望之持歐陽修、蔡襄、尹洙古文推揚於錢唐學者，影響自不可忽。契嵩也因此而作《紀復古》《文說》，其中對古文運動基本持肯定態度。

契嵩與章望之的交流，還不止於此。其《與章表民祕書書》云："某讀所示書，究其意義所歸，凡三數日方窺見其徵，浩乎若瞰河海而莫知其源，邈乎如望星辰而未得其故，猶彌彰而令人驚愕，疑今世之無有也。"[②] 又云："十篇之文皆善，而《議禹辯》《命解》尤善，視乎世之謂為文者，蔑如也。苟發之未已，將大發之，掀天地，揭日月，則韓也、孟也，不謂無其徒矣。"[③] 可見，二人間多有文章往來。從契嵩將章氏歸於韓愈、孟子之徒，而韓、孟又為古文家所推崇這一情況來看，章氏學術之取向、文章之所慕是顯明的。而契嵩對章氏其文大加讚歎，可看出他對章氏尊儒而慕古文的行為也是肯定的。

不過，契嵩對章望之也有不滿。其《與章潘二祕書書》云："然表民謂余以文，而叔治謂余以才，而相與云爾。夫文與才皆聖賢之事，而野人豈宜與焉？"[④] 又云："苟謂其未至也，宜以僧德勉之，不然則已。若謂之寄跡，專以文字見教，則不敢聞命。弊名恐污盛集，幸為削之。"[⑤] "弊名恐污盛集，幸為削之"所指之事不詳，但大體可猜測當是章、潘二人編文集而欲收契嵩之作，但契嵩回絕了。從此信中，可看到章、潘二人讚賞契嵩文章，但對契嵩的佛道缺乏興致，甚或有所貶低，故謂契嵩為"寄跡"。也正是因為這種思想上的衝突，契嵩拒絕了章、潘二人收其文章入集的請求。

① （宋）契嵩撰，鍾東、江暉點校《鐔津文集》，上海：上海古籍出版社，2016年，第128頁。
② （宋）契嵩撰，鍾東、江暉點校《鐔津文集》，上海：上海古籍出版社，2016年，第190頁。
③ （宋）契嵩撰，鍾東、江暉點校《鐔津文集》，上海：上海古籍出版社，2016年，第191頁。
④ （宋）契嵩撰，鍾東、江暉點校《鐔津文集》，上海：上海古籍出版社，2016年，第191~192頁。
⑤ （宋）契嵩撰，鍾東、江暉點校《鐔津文集》，上海：上海古籍出版社，2016年，第192頁。

由契嵩與章望之的交往來看，他們有契合面，也有對立面。在文學方面，他與章望之彼此欣賞。《宋史·文苑傳》載章望之"喜問學，志氣宏放，為文辯博，長於議論"[①]，風格與契嵩頗相類，這應是二者相契的一個原因。在思想方面，章氏謂契嵩"寄跡"，對佛教有所貶抑，而契嵩亦對此不滿。但是，契嵩《送章表民祕書》云"愛君為人性疏達，不以其教交相訾"、"朝廷若問平津策，賢良第一非君誰"[②]，可見章望之對佛教並不"交相訾"，他的那種貶抑應是輕微的。而契嵩讚美章望之身為儒者的"賢良"，則他們雖立場有所不同，基本上仍是友好和諧的。

契嵩今存文章，無與黃晞、李覯直接往來者。曉瑩《羅湖野錄》載："明教禪師嵩公，明道間從豫章西山歐陽氏昉借其家藏之書，讀於奉聖院。遂以佛五戒十善通儒之五常，著為《原教》。是時，歐陽文忠公慕韓昌黎排佛，盱江李泰伯亦其流。嵩乃攜所業三謁泰伯，以論儒釋吻合，且抗其說。泰伯愛其文之高，服其理之勝，因致書譽於文忠公。"[③] 李覯是當時著名的儒者，曾著《潛書》《廣潛書》《富國策》，中多排佛之論，所以契嵩與之反復抗論。他們間思想的交流應是比較深入的。

其次，契嵩在杭時，身邊還有一群欣賞其古文而不大出名的文士、年輕學子。契嵩《與關彥長祕書書》云："辱彥長關侯得潛子《輔教》之說，喜與己合，遺書論大公之道百餘言，迺相稱太多"，"始潛子之書既出，而搢紳先生之徒第稱之其文，善吾粗能讀百氏之書耳。獨彥長謂我存心於大公、其書勤且至矣"[④]。契嵩《輔教編》出，人或祇稱其文，而關景仁則善其大公之道，故契嵩喜而回信。又《答茹祕校書》云："近辱示手筆，稱美甚盛，謙謙以未相識為恨。愚何人也，當此大惠……不待相識，固信祕校識度卓卓，遠出時輩，而宜吾傾懷盡心相與語之。況又辱書推道與文，屈節肯相愛慕，雖盛有道德如古高世之僧，亦宜大進其說，以廣祕書之志。況吾區區，當此寧可默默自祕耶？"[⑤] 茹氏其人不詳，曾讀及《原教》，

---

① （元）脫脫等：《宋史》，北京：中華書局，1977年，第13097頁。
② （宋）契嵩撰，鍾東、江暉點校《鐔津文集》，上海：上海古籍出版社，2016年，第348、348頁。
③ （宋）釋曉瑩：《羅湖野錄》，《卍續藏經》第142冊，第968頁。
④ （宋）契嵩撰，鍾東、江暉點校《鐔津文集》，上海：上海古籍出版社，2016年，第187、188頁。
⑤ （宋）契嵩撰，鍾東、江暉點校《鐔津文集》，上海：上海古籍出版社，2016年，第189頁。

遂對契嵩"推道與文"，契嵩於是回信。此外，契嵩曾準備將《嘉祐集》寄與王存，以合王存"專儒"之趣味。據《宋史·王存傳》載："（存）幼善讀書，年十二，辭親從師於江西，五年始歸。時學者方尚雕篆，獨為古文數十篇，鄉老先生見之，自以為不及。"① 可見王存也是頗善古文創作的。從契嵩與關景仁、茹祕校、王存的交往看，他對不大出名或比自己年輕的學子，也是很熱情的。

再次，契嵩與歐陽修也有交往。契嵩《上歐陽侍郎書》云："若某者，山林幽鄙之人，無狀。今以其書奏之天子，因而得幸下風，閣下不即斥去，引之與語，溫然乃以其讀書為文而見問。此特大君子與人為善，誘之欲其至之耳。其放浪世外，務以愚自全，所謂文章經術、辨治亂、評人物，固非其所能也。適乃得踐閣下之門，辱閣下雅問，顧平生慚愧，何以副閣下之見待耶？"② 此為契嵩嘉祐六年至京師後作，當時歐陽修曾予接見，並以"讀書為文"而問之，具體所問，便是"文章經術、辨治亂、評人物"之類。契嵩在此書中讚美歐陽修"文章絕世，探經術，辨治亂，評人物，是是非非，必公必當"，可見他對歐公是極為推崇的。因此，他繼又向歐公獻書，其文云："其山林之說，有曰新撰《武林山志》一卷。其性命之書，有曰《輔教編》印者一部三冊，謹隨贄獻。"③ 契嵩曾上書田況、曾公亮、趙概、張方平、呂溱、韓琦、富弼等，並獻其《輔教編》，卻並未上書歐陽修，這應是契嵩覺得歐陽修為排佛領袖而不可能玉成其事之故。所以，入京前，他對歐陽修顯然心存芥蒂，而在受歐陽修接見後便對其頗為推崇，並獻書於他，可見兩人的會面應是比較愉快的。

最後，契嵩從京師歸吳後，與蔡襄、祖無擇、蘇軾有所交往。契嵩《受佛日山請先狀上蔡君謨侍郎》云："然而教法衰弊，緇仵隳怠，斯蓋侍郎念西聖付託之意，特欲振起頹風，曲采庸聲，授以師位。詞疏婉雅，弘獎勤重，惟恐不勝所舉，塵累高明，且媿且幸。"④ 蔡襄對契嵩顯然是比較尊重的。蘇軾《東坡志林》云："契嵩禪師常瞋，人未嘗見其笑。海月慧

---

① （元）脫脫等：《宋史》，北京：中華書局，1977 年，第 10871 頁。
② （宋）契嵩撰，鍾東、江暉點校《鐔津文集》，上海：上海古籍出版社，2016 年，第 183 頁。
③ （宋）契嵩撰，鍾東、江暉點校《鐔津文集》，上海：上海古籍出版社，2016 年，第 183 頁。
④ （宋）契嵩撰，鍾東、江暉點校《鐔津文集》，上海：上海古籍出版社，2016 年，第 196 頁。

禪師常喜，人未嘗見其怒。予在錢塘，親見二人皆趺坐而化。嵩既茶毗，火不能壞，益薪熾火，有終能不壞者五。海月比葬，面如生，且微笑，乃知二人以嗔喜作佛事也。世人視身如金玉，不旋踵為糞土，至人反是。予以是知一切法以愛故壞，以捨故常在，豈不然哉！"① 蘇軾稱契嵩為"至人"，並因其人而有所感悟，則蘇軾對契嵩顯然是很推崇的。

此外，契嵩在杭州還與一些古文家有間接聯繫。其《勸書》（第三）云："昔尹待制師魯死於南陽，其神不亂，士君子皆善師魯死得其正，吾亦然之也。及會朱從事炎於錢唐，聞其所以然益詳。"② 朱炎其人屢為范仲淹幕僚，而尹洙亦與范仲淹、歐陽修等相善，所以契嵩與朱炎的接觸，對於瞭解尹洙、歐陽修等古文大家都是有益的。又文瑩《湘山野錄》載："又歐陽公頃謫滁州……公尤不喜浮圖，文瑩頃持蘇子美書薦謁之。迨還吳，蒙詩見送，有'孤閑竺乾格，平淡少陵才'及有'林間著書就，應寄日邊來'之句，人皆怪之。"③ 文瑩為契嵩之友，而其所交蘇舜卿、歐陽修皆當時著名古文家，則契嵩對他們自也更易瞭解。

從以上分析來看，契嵩與古文家的關係有四個特點。第一，契嵩所瞭解的古文家，有異代者，有同代者，有親相接觸者，有間接關聯者，有文學史上極著名者，也有成就一般者，顯得多樣化。第二，契嵩一生中的不同時期，幾乎都與古文家有所接觸，所以古文家對他的影響可說是終身的。第三，契嵩所交往的古文家，多數與歐陽修有接觸，甚至很親近。第四，契嵩所關聯或交往的古文家，在思想上有堅決排佛者，也有對佛教寬和者，但在現實生活中，契嵩與古文家的相處還是比較愉快的。總體來看，契嵩與古文家關係緊密，有分歧也有契合，與其說是敵人，毋寧說是有矛盾的朋友。

二、知己知彼：契嵩對古文運動的理解

契嵩於佛學外，又好儒學，樂文辭，這為他瞭解兼具儒學復興、文學改革目標的古文運動提供了正面動機。古文運動所具有的排佛性質，則為

---

① （宋）蘇軾撰，王松齡點校《東坡志林》，北京：中華書局，1981 年，第 51 頁。

② （宋）契嵩撰，鍾東、江暉點校《鐔津文集》，上海：上海古籍出版社，2016 年，第 21 頁。

③ （宋）釋文瑩撰，鄭世剛、楊立揚點校《湘山野錄・續錄・玉壺清話》，北京：中華書局，1984 年，第 15 頁。

具有護佛之心的契嵩瞭解這一運動提供了反面動機。而他從小便開始接觸
韓、柳，學習韓愈的古文創作，後來又直接或間接地接觸了當時眾多古文
家，這些經歷為他深入理解古文運動提供了必要條件。因此，契嵩對古文
運動相當熟悉，瞭解其中的兩大理論方向。

首先，契嵩對古文運動的道統觀非常瞭解。韓愈在《原道》中云：
"斯吾所謂道也，非向所謂老與佛之道也。堯以是傳之舜，舜以是傳之禹，
禹以是傳之湯，湯以是傳之文、武、周公，文、武、周公傳之孔子，孔子
傳之孟軻，軻之死，不得其傳焉。荀與楊也，擇焉而不精，語焉而不
詳。"① 韓氏提出儒家道統說，并認為其傳承順序為堯、舜、禹、湯、文
王、武王、周公、孔子、孟軻，他貶低荀子、揚雄，又排斥佛、老之道。
這成為北宋古文家道統觀的基礎。

有一部分北宋古文家好談道統，如柳開、孫復、石介、李覯，他們眼
中的道統即是文統。柳開《東郊野夫傳》云："野夫略不動意，益堅古心，
惟談孔、孟、荀、揚、王、韓以為企跡。"② 孫復《信道堂記》云："吾之
所為道者，堯、舜、禹、湯、文、武、周公、孔子之道也，孟軻、荀卿、
揚雄、王通、韓愈之道也。"③ 石介《尊韓》云："道始於伏羲而終成於孔
子……噫！伏羲氏、神農氏、黃帝氏、少昊氏、顓頊氏、高辛氏、唐堯
氏、虞舜氏、禹、湯、文、武、周公、孔子者十有四聖人，孔子為聖人之
至。噫！孟軻氏、荀況氏、揚雄氏、王通氏、韓愈氏五賢人，吏部為賢人
而卓。"④ 李覯《禮論》（第七）云："或人敢問：'禮之所興，自於何聖？'
曰：'揚子雲謂"法始於伏羲而成乎堯"。今觀《易·繫辭》，其制器取象，
信自伏羲、神農、黃帝以來也。禮本之興，其在三皇可知矣……及夫堯、
舜繼禪，禹成其功，成湯、文、武蕑其禍難，周公坐而修之，孔子著之於
冊，七十子之徒奉之以為教，而後禮、樂、刑、政之物，仁、義、智、信

① （唐）韓愈著，馬其昶校注，馬茂元整理《韓昌黎文集校注》，上海：上海古籍出版社，2014 年，
第 20 頁。
② 曾棗莊、劉琳主編《全宋文》第 6 冊，上海：上海辭書出版社，2006 年，第 392 頁。
③ 曾棗莊、劉琳主編《全宋文》第 19 冊，上海：上海辭書出版社，2006 年，第 313 頁。
④ （宋）石介著，陳植鍔點校《徂徠石先生文集》，北京：中華書局，1984 年，第 79 頁。

之用，囊括而無遺矣。'"① 而李覯門人陳次公為之作墓誌銘曰："余侍先生，得堯、舜、禹、湯、文、武、周公、孔子之事甚詳，皆本《書》《詩》，非諸子之緒言也。"② 可見柳開、孫復、石介、李覯基於韓愈之說，或在堯、舜以前加三皇、三帝，或在孟子以後添荀、揚、王、韓，然後據此道統而發揚各自之學。此外，談道統者還有提升賈誼、董仲舒地位的傾向。孫復《答張洞書》云："至於始終仁義、不叛不雜者，惟董仲舒、揚雄、王通、韓愈而已。"③ 石介《上趙先生書》云："後進耳所習聞聲名赫奕、位望顯盛者唯是，不知前人有孟軻、楊雄、董仲舒、司馬相如、賈誼、韓吏部、柳宗元之才之雄也。"④ 祖無擇《李泰伯退居類稿序》云："孔子沒千有餘祀，斯文衰敝，其間作者孟軻、荀卿、賈誼、董仲舒、揚雄、王通之徒，異代相望而不能興衰捄敝者，位不得而志不行也。苟得位以行其志，則三代之風，吾知其必復。"⑤ 在他們那裡，董仲舒、賈誼基本已與孟子、王通等相提並論了。

　　此種道統觀，契嵩是瞭解並繼承了的。其《文中子碑》云："堯、舜，得聖人之道者也；禹、湯、文、武、周公，得聖人之才者也；兼斯二者，得於聖人，孔子仲尼者也，故曰夫子賢於堯舜遠矣。仲尼沒百餘年，而有孟軻氏作，雖不及仲尼，而啟乎仲尼者也。孟軻沒而有荀卿子作，荀卿歿而揚子雲繼之。荀與揚，贊乎仲尼者也。教專而道不一，孟氏為次焉。去仲尼千餘年，而生於陳隋之間，號文中子者，初以十二策探時主志，視不可與為，乃卷而懷之，歸於汾北，大振其教，雷一動而四海尋其聲來者三千之徒，肖乎仲尼者也。"⑥ 這一道統觀與柳開、孫復、石介自堯舜到王通的順序一模一樣。又《論原·皇問》云："教也者，五帝之謂也；化也者，三皇之謂也；善推教化則皇帝之道皎如也。古語云：'德合元者皇，德合天者帝，與仁義合者王。'孰曰皇無道真乎？"⑦ 這便是在堯舜之前加三皇、

① （宋）李覯著，王國軒點校《李覯集》，北京：中華書局，2011年，第21頁。
② （宋）李覯著，王國軒點校《李覯集》，北京：中華書局，2011年，第513頁。
③ 曾棗莊、劉琳主編《全宋文》第19冊，上海：上海辭書出版社，2006年，第294頁。
④ （宋）石介著，陳植鍔點校《徂徠石先生文集》，北京：中華書局，1984年，第137頁。
⑤ 曾棗莊、劉琳主編《全宋文》第43冊，上海：上海辭書出版社，2006年，第312頁。
⑥ （宋）契嵩撰，鍾東、江暉點校《鐔津文集》，上海：上海古籍出版社，2016年，第252頁。
⑦ （宋）契嵩撰，鍾東、江暉點校《鐔津文集》，上海：上海古籍出版社，2016年，第95頁。

三帝。此外，契嵩作《論原》而獻書韓琦，則曰："然閣下輔相功烈，冠絕於古今者，蓋閣下善用堯、舜、禹、湯、文、武、周公、孔子、孟軻、荀況之道而然也，今有人著書，深切著明，以推衍彼十聖賢之道，而正乎世之治亂，其極深研幾，自謂不忝乎賈誼、董仲舒之為書也。"① 而《送林野夫秀才歸潮陽叙》云："吾聞天生賢者，故以待天工，使輔相天地之道，是賢者宜壽且顯於位可也。則顏淵夭，伯牛疾，孟軻轗軻，荀況、揚雄落莫於時，賈誼、董仲舒數輩相望而不幸，不知運物者反何意邪？"② 這便又如孫復、石介、祖無擇之抬高賈誼、董仲舒地位。至於契嵩為何言道統而不及韓愈，當是他因韓愈排佛而作了有意摒除。

然後，契嵩對古文家的另一文統觀也很瞭解。韓愈《進學解》中借學生之口而說出了自己的作文之法，其文曰："沈浸醲郁，含英咀華，作為文章，其書滿家。上規姚、姒，渾渾無涯；《周誥》《殷盤》，佶屈聱牙；《春秋》謹嚴，《左氏》浮誇；《易》奇而法，《詩》正而葩；下逮《莊》《騷》，太史所錄；子雲、相如，同工異曲。先生之於文。可謂閎其中而肆其外矣。"③ 韓氏所立道統中人，固被視為善於文者，但在具體創作中，他所取法的對象則廣泛得多，絕非局限於彼九聖賢而已，此可謂其文統觀。這一文統觀與道統觀之具有傳承關係不同，它實是一個具有開放性的經典作家群，其中甚至納入了道統觀中所排斥的"老"派之《莊子》。此種"肆其外"的思想使這一經典作家群具有了進一步擴大的可能性。作文畢竟不等同於弘道，韓愈在道統觀外另立一文統觀自有其價值，這種思想對北宋古文家也有影響。柳開、孫復、石介等好言道統，但石介《上趙先生書》中云"不知前人有孟軻、楊雄、董仲舒、司馬相如、賈誼、韓吏部、柳宗元之才之雄也"④，顯然也承認文章創作還應有更廣泛的取法對象。

事實上，繼承韓愈這種文統觀并作更多發揮的，應該還是王禹偁、穆修、歐陽修等，他們對道統的興趣並不濃厚，更多是就文論文而取可效法

---

①　(宋) 契嵩撰，鍾東、江暉點校《鐔津文集》，上海：上海古籍出版社，2016 年，第 173～174 頁。

②　(宋) 契嵩撰，鍾東、江暉點校《鐔津文集》，上海：上海古籍出版社，2016 年，第 235～236 頁。

③　(唐) 韓愈著，馬其昶校注，馬茂元整理《韓昌黎文集校注》，上海：上海古籍出版社，2014 年，第 51 頁。

④　(宋) 石介著，陳植鍔點校《徂徠石先生文集》，北京：中華書局，1984 年，第 137 頁。

者。王禹偁《贈朱嚴》云：“誰憐所好還同我，韓柳文章李杜詩。”① 又《答鄭褒書》云：“今攜文而來者，吾悉曰韓、柳也；贄賦而來者，悉曰裴、李也；齎詩而來者，悉曰陳、杜也，復加禮焉，謗則彌矣。”② 又《寄題陝府南溪兼簡孫何兄弟》云：“篇章取李杜，講貫本姬孔。古文閱韓柳，時策開晁董。”③ 可見王氏細緻到根據不同文體來確立經典作家。穆修《唐柳先生文集後序》云：“唐之文章，初未去周、隋、五代之氣，中間稱得李、杜，其才始用為勝，而號雄謞詩，道未極其渾備。至韓、柳氏起，然後能大吐古人之風，其言與仁義相華實而不雜。”④ 歐陽修《代人上王樞密求先集序書》云：“君子之所學也，言以載事，而文以飾言，事信言文，乃能表見於後世。《詩》《書》《易》《春秋》，皆善載事而尤文者，故其傳尤遠。荀卿、孟軻之徒亦善為言，然其道有至有不至，故其書或傳或不傳，猶繫於時之好惡而興廢之。其次，楚有大夫者，善文其謳歌以傳。漢之盛時，有賈誼、董仲舒、司馬相如、揚雄，能文其文辭以傳。”⑤ 而蘇軾《六一居士集敘》云：“士無賢不肖不謀而同曰：‘歐陽子，今之韓愈也。’……乃次而論之曰：‘歐陽子論大道似韓愈，論事似陸贄，記事似司馬遷，詩賦似李白。’此非余言也，天下之言也。”⑥ 可見穆、歐二氏也都是根據文章形式的不同而樹立取法對象。歐陽修主盟文壇後，其文統觀自然有極大影響，加之稍後的蘇軾、王安石兩大巨匠甚至出入佛、老，這種具有開放性的文統觀就更為古文家所認同了。

　　文統觀的單獨提出，與道統觀之間是有矛盾的，而文統觀本身的開放性又會帶來判斷標準上的差異，這就必然造成不同古文家在取法對象上的爭執。柳開《東郊野夫傳》云：“或問退之、子厚優劣，野夫曰：‘文近而道不同。’或人不諭，野夫曰：‘吾祖多釋氏，於以不迨韓也。’”⑦ 這便涉

① （宋）王禹偁：《小畜集》，《景印文淵閣四庫全書》第 1086 冊，第 104 頁。
② （宋）王禹偁：《小畜集》，《景印文淵閣四庫全書》第 1086 冊，第 174 頁。
③ （宋）王禹偁：《小畜集》，《景印文淵閣四庫全書》第 1086 冊，第 20 頁。
④ 曾棗莊、劉琳主編《全宋文》第 16 冊，上海：上海辭書出版社，2006 年，第 31 頁。
⑤ （宋）歐陽修著，洪本健校箋《歐陽修詩文集校箋》，上海：上海古籍出版社，2009 年，第 1777～1778 頁。
⑥ （宋）蘇軾撰，張志烈等校注《蘇軾全集校注》（第 11 冊），石家莊：河北人民出版社，2010 年，第 979 頁。
⑦ 曾棗莊、劉琳主編《全宋文》第 6 冊，上海：上海辭書出版社，2006 年，第 392 頁。

及韓、柳對比命題，而柳開貶柳宗元。但穆修整理刻售柳宗元集，而謂之"真配《韓》之鉅文"①，對柳宗元便很認同。柳開《東郊野夫傳》又云："或曰：'子於司馬氏、班氏、范氏三家何如也？'對曰：'司馬氏疏略而該辨，泛亂而宏遠；班氏辭雅而典正，奇簡而採摘；下乎范氏，不迨二家也，多俗氣矣。'"② 這就涉及了班、馬對比的命題。柳開以二者各有特點，未做高低之別。又柳開、石介等文風近於皇甫湜、樊宗師、孫樵之怪、奇，而王禹偁、歐陽修則尚平易。歐陽修《讀李翱文》云："恨翱不生於今，不得與之交，又恨予不得生翱時，與翱上下其論也。"③ 李翱文尚平易，反對怪奇。這實際又涉及韓門弟子對比的命題。

契嵩對韓愈至於北宋古文家所另提的文統觀顯然很瞭解，並對這一文統觀帶來的爭議也很清楚。其《論原·品論》云："荀子之言近辯也，盡善而未盡美，當性惡、禪讓，過其言也。揚子之言能言也，自謂窮理而盡性，洎其遇亂而投閣，則與乎子路、曾子之所處死異矣哉。太史公言雖博而道有歸，班氏則未至也，宜乎世所謂固不如遷之良史也。賈傅抗王制而正漢法，美夫宜無有加者焉。三表五餌之術，班固論其疎矣，誠疎也。董膠西之對策，美哉，得正而合極，所謂王者之佐，非為過也。《繁露》之言，則有可取也，有可舍也。相如之文麗，義寡而詞繁，詞人之文也。王充之言，立異也。桓寬之言，趨公也。韓吏部之文，文之傑也，其為《原鬼》《讀墨》，何為也？柳子厚之文，文之豪也，剟其繁則至矣，《正符》詩尤至也。李習之之文平，考其《復命》之說，宜有所疑也。陳子昂之文不若李華，華之文不若梁肅，肅之文，君子或有所取也。李元賓之文，詞人之文也。皇甫湜之文，文詞之簡者也。"④ 這段品評，所涉對象有四個特徵。第一，契嵩所品評角度或曰"言"，或曰"文"，正可見其所論皆文士，而非以之為純粹思想家考察。第二，契嵩所論範圍起於荀子而不及於孟子之前，其下則止於李翱、皇甫湜二韓門高弟，正可見其不涉及孟子以

① 曾棗莊、劉琳主編《全宋文》第16冊，上海：上海辭書出版社，2006年，第31頁。
② 曾棗莊、劉琳主編《全宋文》第6冊，上海：上海辭書出版社，2006年，第392頁。
③ （宋）歐陽修著，洪本健校箋《歐陽修詩文集校箋》，上海：上海古籍出版社，2009年，第1911頁。
④ （宋）契嵩撰，鍾東、江暉點校《鐔津文集》，上海：上海古籍出版社，2016年，第121~122頁。

上之道統中人物。這是因為孟子以上道統中人物，無論作為道統繼承者還是文統中經典作家皆無異議，而荀子以下人物則自韓愈眼中便有爭議。第三，荀、揚、賈、董之地位，史遷、班固之高低，韓、柳之齊同，李翱、皇甫湜之分歧，基本皆是北宋古文運動中所探討命題。第四，陳子昂、李華、梁肅、李觀，或為古文運動之先聲，或為古文運動之前驅，雖非北宋道統觀、文統觀中爭議人物，而實與韓柳古文運動息息相關。所以，據此四者，足可看出契嵩此一段論說正是針對北宋古文運動中的文統觀而發。當然，他有出於自身角度的評價標準，而非隨古文家們亦步亦趨。

三、入室操戈：契嵩對古文運動的用與反

契嵩瞭解古文運動中道統觀和文統觀兩種理念，他對支持兩種理念的古文家陣營自然也比較熟悉，像他所交往的以歐陽修為中心的古文家群體就多是偏於文統觀者。因此，契嵩對古文運動具有居高臨下式的全局把握能力，這對他觀察古文運動的優缺點極為有利，而他也正是利用古文運動之優缺點而確立其古文創作之表達策略的。這分為三個方面。

首先，契嵩針對道統觀確立了自己融通三教學說時"宗論"的論辯思路。古文家道統觀的提出對復興儒學和古文都頗具價值，道統中人物皆古來儒家聖賢，具有極強的文化號召力。而道統中人物地位高而爭議少，古文運動初期高揚道統具有旗幟鮮明與減少爭議兩個優勢，這有利於指引古文運動的方向，並實現了古文家內部的團結。道統的樹立，雖以人物為偶像，但它也輻射於時代及文獻。武帝三王之時，《詩》《書》六經之文自不必說，北宋古文家們更是有意用增入道統或文統中的人物來輻射其時代與文獻。

於時代言，便是漢唐盛世崇拜。石介《上趙先生書》云："又豈知不能勝茲萬百千人之衆，革茲百數十年之弊，使有宋之文赫然為盛，與大漢相視，鉅唐同風哉？"[①] 又《唐鑑序》云："湯以桀為鑑，故不敢為桀之行，而湯德克明，隆祀六百。周以紂為鑑，故不敢為紂之惡，而周道至盛，傳世三十。漢以秦為鑑，故不敢為秦之無道，而漢業盛茂，延祐四百年。唐

---

① （宋）石介著，陳植鍔點校《徂徠石先生文集》，北京：中華書局，1984 年，第 139 頁。

以隋為鑑。故不敢為隋之暴亂。而唐室攸乂，永光十八葉。"① 在古文家群體中，雖有時也批評漢唐，但以之為盛世卻也是共同的。觀古文家所增揚、王、韓三人，以及提升地位的賈、董二人，除王通外，要麼屬漢，要麼屬唐。而王通雖在隋代，但道統觀中則看重其對唐人之影響。如柳開《補亡先生傳》云："隋之時，王仲淹於河汾間，務繼孔子，以續六經，大出於世，實為聖人矣。是以門弟子佐唐用王霸之道，貞觀稱理首，永十八君之祚，尚非其董恒輩之曾及也。於乎，知聖人之道者，成聖人之業矣！"② 這是用杜淹之說，認為王通於唐興有大功③。其說正可見此。事實上，文統觀中所論班、馬、李、杜也都不出漢唐範圍。這種將道統、文統中人物對應於漢唐的行為，其目的仍是為了加強古文運動理論的號召力。

於文獻言，便是提升荀子、揚雄、王通、韓愈等人著作之地位，而成新的經典崇拜。如柳開《答臧丙第一書》云："先師夫子之書，吾子皆常得而觀之耳。厥後寖微，楊、墨交亂，聖人之道復將墜矣……故孟軻氏出而佐之，辭而闢之，聖人之道復存焉。孟軻氏之書，吾子又常得而觀之耳……揚雄氏之書，吾子又常得而觀之耳……王通氏之書，吾子又常得而觀之耳。韓愈氏之書，吾子亦常得而觀之耳。夫數子之書，皆明先師夫子之道者也，豈徒虛言哉！"④ 道統人物既已作古，真正能影響後人的必是其言辭著作，所以古文運動中為道統、文統增加或附著人物，一大目的也是要利用其著作。於是，《荀子》中強國強兵的外王之道，韓愈《原道》中的尊儒排佛思想，李翱《復性書》中尊《中庸》的心性學說，自然就成了北宋古文家們常常討論之問題。

古文家以道統觀為中心，輻射至漢唐盛世崇拜，提升荀、揚、王、韓等著作之地位，一方面固是為了鞏固道統地位，而另一方面則為了拓展儒

---

① （宋）石介著，陳植鍔點校《徂徠石先生文集》，北京：中華書局，1984 年，第 210 頁。
② 曾棗莊、劉琳主編《全宋文》第 6 冊，上海：上海辭書出版社，2006 年，第 396 頁。
③ 杜淹《文中子世家》（張沛撰《中說校註》，北京：中華書局，2013 年，第 268 頁）云："（王通）乃續《詩》《書》，正《禮》《樂》，修《元經》，讚《易》道，九年而六經大就。門人自遠而至，河南董常、太山姚義、京兆杜淹、趙郡李靖、南陽程元、扶風竇威、河東薛收、中山賈瓊、清河房玄齡、鉅鹿魏徵、太原溫大雅、潁川陳叔達等，咸稱師北面，受王佐之道焉。如往來受業者，不可勝數，蓋千餘人。隋季，文中子之教興於河汾，雍雍如也。"房、魏、李等於興唐有大功，而皆受教於王通，於是王通漸為古文家納入道統。
④ 曾棗莊、劉琳主編《全宋文》第 6 冊，上海：上海辭書出版社，2006 年，第 295 頁。

學境界，使儒學能夠服務於北宋王朝在政治、經濟、軍事、文化諸領域求得強盛的願望。他們這種策略頗為成功，使他們在朝在野都逐漸取得了認同。

這種成功的策略，契嵩是認同的，並以之為取法對象，從而形成了自己宗聖賢、宗盛世、宗常理的論議思路。他作《論原》，便自言乃推衍堯、舜至於荀子的十聖賢之道。他又說"自謂不忝乎賈誼、董仲舒之為書"①，其實《論原》雖與董仲舒偶有一二可比照者，但與賈誼則基本無關。可見，他是要從根本上利用古文家的道統觀來提升其學說之影響力，至於其學說是否真符合道統觀精神則是次要的。契嵩的《輔教編》及一般書、序之作中，也多藉此道統而立言。契嵩之學，意在貫通三教，道統觀既如此具有號召力，他便以承續與改造的方式來加以利用。其"宗聖賢"法，在孔子上加老子、在老子上又加佛陀，實即改造道統。與此相應，"宗盛世"法中，在三王之世上崇五帝、三皇，實即改造盛世論。當他加老子、佛陀於道統上後，則二家之文獻便自然為取法典籍了。這便增加了他融通三教的可利用材料。

其次，契嵩利用道統觀、文統觀兩種思想的矛盾，確立了以彼之矛攻彼之盾的反排佛論辯思路。道統觀、文統觀的提出，雖然推動著古文運動的發展，但此種做法也有缺點，契嵩則利用這種缺點對古文家的排佛活動加以反制。這可分為五點。

第一，道統不等於道，故古文家內部有熱衷宣揚道統者，有志於重塑道之內涵者。柳開、石介等熱衷道統，而道統的樹立具有神化傾向，從而使道的內涵走向了神秘性、不可知論。歐陽修對此頗為不滿，其《與張秀才第二書》云："孔子之言道，曰'道不遠人'……孟軻之言道，豈不爲道？而其事乃世人之甚易知而近者，蓋切於事實而已。今學者不探本之，乃樂誕者之言，思混沌於古初，以無形爲至道者，無有高下遠近。使賢者能之，愚者可勉，而至無過不及，而一本乎大中，故能亘萬世，可行而不變也。今以謂不足爲而務高遠之爲勝，以廣誕者無用之說，是非學者之所

---

① （宋）契嵩撰，鍾東、江暉點校《鐔津文集》，上海：上海古籍出版社，2016年，第174～175頁。

盡心也。宜少下其高而近其遠，以及乎中，則庶乎至矣。”[①] 歐陽修顯然反對將道神秘化、不可知化，而强調“切於事實”。這是一種重實踐的經驗論。這種區別，造成排佛思想中的兩種傾向。一則利用佛、老不在道統中而排斥之，這是以儒家聖賢為偶像，利用偶像崇拜來抵抗佛、老；二則植根當下實踐來確定道之内涵，並用這種重實踐的經驗論來否定佛、老荒誕之處。這兩種思想是互相矛盾的。前者旗幟鮮明，更容易被一般學者所理解，容易在一般學者中形成號召力。而後者儘管更合理，卻是少數學者的重塑，當道一旦進入學者自我闡釋的局面後，就容易像春秋戰國時代各道其道而造成力量分散。所以，柳開一派之影響不可低估。可是，真正能擊中佛教思想之缺陷的是重實踐的經驗論。契嵩利用了兩派之矛盾和力量差距，當歐陽修一派排佛者用“耳目所接”、“跡較”的方式質疑佛老世界觀、生命觀荒誕時，契嵩便用柳開一派的遠追五帝三皇為道統、堯舜之事渺遠來反擊，並提出“心通”之説。此所謂以古文家之道統攻其道。

第二，道統中人物雖然不多，但彼此間仍有思想相異者，孟子重心性的内化傾向，與荀子兼取霸道的外化傾向就具有矛盾性。荀、揚、王、韓被北宋古文家納入道統，並提升賈、董地位，本是為了滿足當時振興政治、經濟、軍事、文化諸領域之目的的。但是，道統人物的增加，也必然增加新的經典崇拜，從而造成諸經典内部思想的衝突。面對柳開一派利用道統排佛的活動，契嵩就利用道統的不穩定性和新舊經典的内部矛盾進行了反駁。契嵩在孔子之上加老子、佛陀，實際上就是利用其不穩定性。而他對王通的極力推揚，並著《書文中子傳後》《文中子碑》大發其賢，甚至以之越孟子而與孔子比肩，稱為“肖乎仲尼者”[②]，最重要的原因不過是想要利用“文中子曰‘觀《皇極讜議》，知三教可以一矣’”[③] 這句話罷了。此所謂以古文家之道統攻其道統。

第三，道統觀、文統觀之輻射，遂有漢唐盛世崇拜及新經典崇拜。但是，漢唐時代的複雜性及新經典内部思想的多樣性，使之具有了更大的闡

---

① （宋）歐陽修著，洪本健校箋《歐陽修詩文集校箋》，上海：上海古籍出版社，2009 年，第 1759～1761 頁。

② （宋）契嵩撰，鍾東、江暉點校《鐔津文集》，上海：上海古籍出版社，2016 年，第 252 頁。

③ （宋）契嵩撰，鍾東、江暉點校《鐔津文集》，上海：上海古籍出版社，2016 年，第 47 頁。

釋空間。當排佛者以三代惟四民、梁武帝佞佛敗國、夷狄之教不合於中國等為依據從政治、經濟、倫理、文化角度攻擊佛教的社會危害時，契嵩便高舉漢用老、唐用佛之現象來反擊。此所謂以古文家之盛世崇拜攻其衰世學說。

第四，道統觀雖由韓愈提出，並在北宋古文家中流行，但古文運動之始卻不起自韓愈，而諸古文家對佛教態度不一，有人很溫和甚至信奉，並不都是排佛派。契嵩《勸書》（第二）中云：“至乃儒者、文者，若隋之文中子，若唐之元結、李華、梁肅，若權文公、若裴相國休，若柳子厚、李元賓，此八君子者但不訴佛為不賢耳，不可謂其盡不知古今治亂成敗，與其邪正之是非也。而八君子亦未始謂佛為非是而不推之。”① 其所舉唐之七人，元結、李華、梁肅、權德輿為韓柳古文運動前驅，而柳宗元、李觀為韓愈同時而齊驅之古文家，裴休則為當時名相，他們皆具對抗韓愈之地位②。此七人中，除裴休與古文家關係不明，其他六人皆古文運動之重要人物。契嵩在此處不舉更為信佛的文學家白居易來作例證，而選此六人，顯是從古文運動史角度來總結的。北宋古文家往往追蹤韓愈，而少言韓愈之前的古文家，此可見契嵩對古文運動發展史的瞭解甚至還在一般古文家之上。他以此七人之不排佛來對抗韓愈，則可謂以古文運動之源攻其流。

第五，古文運動中的排佛思想起自韓愈，故契嵩對其攻擊尤厲。他著《非韓子》攻擊韓愈學悖經史，未弘於道，不深心性之學，又攻擊其德行有虧、不善著文，最終而定其“第文詞人耳”。韓愈排佛老，乃將二者排出道統之外，並貶低其著作，契嵩則用其法而反之，根本目的亦是要將其排出道統，貶低其著作，貶低其排佛思想，從而動搖北宋排佛者的理論根基。此可謂以韓愈之排佛法攻韓愈之道統地位。

最後，契嵩立足文統觀，發揮而成自己的文章風貌。文統觀的開放

---

① （宋）契嵩撰，鍾東、江暉點校《鐔津文集》，上海：上海古籍出版社，2016 年，第 18 頁。

② 關於元結、李華、梁肅為古文運動前驅之探討，可參何寄澎《北宋的古文運動》（上海：上海古籍出版社，2911 年）第六章 “與唐代古文運動的比較”，以及李丹《唐代前古文運動研究》（北京：中國社會科學出版社，2012 年）第二章 “前古文家的譜系意識兼前古文運動的分期”。至於權德輿在古文運動中之地位，則可參嚴國榮《權德輿與古文運動》（《唐都學刊》，1998 年第 4 期），王紅霞、王朝源《試論權德輿的古文創作》（《西南民族大學學報》，2003 年第 11 期）。

性，使古文家内部取法各有不同，大體有柳開、石介一派，王禹偁、尹
洙、歐陽修等一派。他們皆尊韓、柳古文，但又另有所取。前者取法揚
雄、樊宗師、皇甫湜等而成奥、澀、奇、怪之特點，後者或取於《春秋》、
班、馬，故能簡而雅正、典而平易。

契嵩的文風兼有兩派。他倡"奇文華章"，而表現於創作中便是廣引
三教之語，多說死生神鬼。意別於常，語出於儒，這既使其文章具有
"博"、"奥"之特點，同時也具有了"奇"之特點。從詞法上說，契嵩常
用普通詞指代佛教術語之意。如《廣原教》（第一）"惟心之謂道"，其自
註云："心即紇利陁耶四種心之幹粟陁耶心也，梵語幹粟陁耶，此云堅實
心，亦云貞實心，即真實心也。"① 如《廣原教》（第三）"心必至"，其自
註云："心，謂如來藏心也，此之藏心染淨相混，具凡聖所到之二至也。"②
又如《廣原教》（第一）"實也者，至實也"，其自註云："此實也者，非是
常常之事實也，乃是真如不妄不變一心極實最勝之實諦也。"③ 普通詞既有
普通義，而又被用於指專門義，作者若無明確說明，自然會影響讀者理
解。從句法上說，契嵩亦偶有不當省略。如《廣原教》（第二十）"有形必
無形，無形出有形"，其自註云："凡有形相者，必以無形相者為其本質，
是從無而出有。"④ 從其註看，原句上下應是因果式，而其省略連詞，使人
難明其意。而前半句又省略"以……為本"之相關表達，同樣使人莫名奇
妙。這種詞法、句法帶來的問題，就是"澀"。正因這博、奥、奇、澀之
特點，契嵩纔又為《輔教編》作註。

不過，契嵩的文章雖然有博、奥、奇、澀之特點，但四者也要分開來
看。三教思想本有大不同者，尤其在現實層面多有齟齬，契嵩要融通三
教，自難在現實層面著力，便不得不把融通之處引向抽象領域，從而通過
對抽象術語的闡釋，將佛教思想偷置其中。這就必然造成其文章中多三教
抽象術語的情況，而他欲偷換思想，自要說得玄乎難明。所以，其文章中

---

① （宋）契嵩撰，邱小毛校譯《夾註輔教編校譯》，成都：西南交通大學出版社，2011年，第53頁。
② （宋）契嵩撰，邱小毛校譯《夾註輔教編校譯》，成都：西南交通大學出版社，2011年，第60頁。
③ （宋）契嵩撰，邱小毛校譯《夾註輔教編校譯》，成都：西南交通大學出版社，2011年，第56頁。
④ （宋）契嵩撰，邱小毛校譯《夾註輔教編校譯》，成都：西南交通大學出版社，2011年，第101頁。

有博、奧、奇之特點，很大程度是因為融通三教這種行為本身具有的複雜性所造成的。至於澀，則是詞法、句法的不當造成的，這本是可避免的。不過，這種缺點在契嵩文章中畢竟是少量的。

事實上，契嵩在文風的追求上，本心裡當更近於王禹偁、尹洙、歐陽修等的平易、簡雅。契嵩《論原・品論》云"相如之文麗，義寡而詞繁，詞人之文也"，"柳子厚之文，文之豪也，剔其繁則至矣"，"李習之之文平，考其《復命》之說，宜有所疑也"，可見他反對"繁"，而肯定"平"。反對"繁"，則心在簡；肯定"平"，則意在曉暢。事實上，契嵩的議論文雖因融通三教之任務煩雜以及不當的語法利用而有奧、澀之弊，但整體上仍是平易的。其議論文雖往往長篇大論，但相對於他所欲呈現的繁多內容而言，文字仍是較簡練的。契嵩著史頗受《春秋》、班、馬之影響，這與尹洙、歐陽修同趣。所以他的《傳法正宗記》《陸蟾傳》《韓曠傳》在敘事、用語上就頗有曉暢、平易、簡練之特點。另外，契嵩之文雖有"奇"之特點，但並不有心求"怪"。蘇軾曾說石介所讚美之杜默有"學海波中老龍，夫子門前大蟲"之句，頗有以俗為奇而終至於怪的缺點，但契嵩為文，於儒則取十聖賢之言，於道則取老、莊之辭，於佛則用大經大論，雖在儒者角度，老、莊、佛陀之語多不經，但從契嵩角度則實在既典又雅。

通過將契嵩置於古文運動來觀察，可以發現契嵩一生與古文家交流頗多，而且在與古文家的交流、對抗中，增進了他對古文運動的瞭解。這使他深刻把握住了古文運動的儒學目標、文學目標，以及這場運動內部所蘊藏的矛盾，從而形成了他自己的古文面貌。儘管他對古文運動中排佛一面頗為不滿，甚至專門著文反駁，但他的學術核心仍是儒釋一貫、三教融通。這與蘇軾、王安石一類古文家亦儒亦佛的思想是相近的。所以，契嵩完全可視為北宋古文運動之特殊一員。

第二節　契嵩與詩歌變革

《風》《騷》以降，漢魏六朝的詩人們循其波而蕩其流，至唐代而成中國詩歌一大高峰。天寶之末，安史亂生，唐肅宗雖重拾山河，但國家氣運已然轉衰，詩人精神也不復盛世豪邁。中晚唐時期，詩人們各奮才力，韓、孟，元、白，賈島、姚合，自振英聲，而杜牧、李商隱也飛其瓊響。
至於五代，大抵承襲而已。北宋立國，詩壇多五代舊人，所以風格尚處在
中晚唐及五代的慣性影響中。但另一方面，新的時代，詩人們自有其新精
神，自有其新追求，所以詩壇又蘊含著變革的動力。契嵩的詩歌創作正處
在此種時代背景中，今就此考察其詩歌淵源與地位。

一、合之道：契嵩的詩人群體意識

對於詩歌，契嵩有些個人的特殊見解。他在《山遊唱和詩集敘》
中云：

> 然公濟與潛子輩，儒佛，其人異也，仕進與退藏又益異也。今相
> 與於此，蓋其內有所合而然也。公濟與冲晦以嗜詩合，與潛子以好山
> 水閒適合，潛子亦粗以詩與冲晦合，而冲晦又以愛山水與吾合。夫詩
> 與山水，其風味淡且靜，天下好是者幾其人哉！故吾屬得其合者嘗鮮
> 矣。適從容山中，亦以此會為難得，故胎然嗒然，終日相顧相謂，幾
> 忘其形迹，不知孰為佛乎，孰為儒乎？晋之時，王、謝、許子以樂山
> 水友支道林。唐之時，白公隱廬阜，亦引四釋子為方外之交。其意豈
> 不然哉？合之道其可忽乎？雲與龍貴以氣合，風與虎貴以聲合，聖與
> 賢貴以時合，君與臣貴以道合，學者貴以聖人之道合，百工貴以其事
> 合，昆蟲貴以其類合。不相合，雖道如仲尼、伯夷，亦無所容於世
> 也，天下烏得不重其所合乎[①]？

此段所敘，顯出了詩人間的一種群體意識，即"合之道"。契嵩重"合"，
認為自然物類、社會人群各因一定特徵而相合，如此纔得以容於世。這些
可使人相合之特徵，有道、聖人之道、時、事，而使物類相合者有氣、
聲、類。契嵩認為自己與楊蟠、惟晤之相合，則在三人皆"嗜詩"、"好山
水"，所以詩、山水對他們而言皆是溝通媒介。這種媒介與道、聖人之道、
時、事等並不相同。由此可見，契嵩是將詩置於社會群體中來看待其價值
的，而這種價值不同於其議論文、傳記文的論道論德、辨別是非，而是要

---

① （宋）契嵩撰，鍾東、江暉點校《鐔津文集》，上海：上海古籍出版社，2016 年，第 224 頁。

促進人與人之間的相合。

契嵩重"合"，其前提是世間有"異"。從他的立場看，儒、釋、道三教之異所帶來的人與人之間的矛盾，顯然是一個既現實又具有深遠影響的問題。面對此種問題，契嵩自然希望有一個解決方案。但是，三教之異，是"道"的矛盾，絕非一朝一夕能夠解決，而三教弟子間朝夕面對著交往問題，所以他提出了重"合"的策略。他舉東晉時王羲之、謝安、許詢與支遁的相友，以及唐時白居易與湊、滿、朗、晦四僧為方外交之事，正是要以史為鑒，讓人看到他們處三教之別而又如何相合。

要促進三教弟子相合，自要有更具體的方法。三教既因道而矛盾，則這種相合之法便應盡量與道相遠，否則反容易激化衝突。所以，契嵩提出以詩與山水來作為溝通媒介。那麼詩與山水如何發揮其作用呢？白居易《廬山草堂記》云："噫！凡人豐一屋，華一簣，而起居其間，尚不免有驕矜之態；今我為是物主，物至致知，各以類至，又安得不外適內和，體寧心恬哉？昔永、遠、宗、雷輩十八人，同入此山，老死不返；去我千載，我知其心以是哉！"[1] 在白氏看來，此種山野之遊，能使他感到"外適內和"、"體寧心恬"。可見，山野閒淡之風能夠使人忘卻三教之別，消解諸種煩惱，從而達到一種平和狀態。從這段話還可看到，白居易與諸僧交往，乃效仿東晉慧永、慧遠、宗炳、雷次宗等之故事。契嵩《題遠公影堂壁》云："陶淵明，酖湎於酒而與之交，蓋簡小節而取其達也。"[2] 此為契嵩所愛慧遠六事之一，顯示了他對慧遠、陶淵明相友的讚賞。這與白居易是一致的。比較契嵩所讚賞的王、謝、許與支遁之交往，慧遠、宗炳、雷次宗、陶淵明之交往，以及白居易與諸僧之交往，無不有三教身份之別，但又相友相合。其中支遁、慧遠、白居易等無不擅詩，而他們亦往往"樂山水"。由此可見，在契嵩看來，在三教之徒的交往中，詩與山水可以起到消解矛盾而使彼此心平氣和的作用。而二者之所以可產生此種效果，正在於他們"風味淡且靜"，"閒適"。詩的風格多樣，絕不可能僅此一種面貌，而契嵩如此說，祇能說明他是如此來要求詩歌創作的。這自然便決定

---

[1] （唐）白居易著，謝思煒校注《白居易文集校注》，北京：中華書局，2011 年，第 255 頁。

[2] （宋）契嵩撰，鍾東、江暉點校《鐔津文集》，上海：上海古籍出版社，2016 年，第 274 頁。

了契嵩詩歌以閒淡為主的風格。

從以上分析可以看到契嵩對詩歌創作的兩點重要認識。第一，他認為應把詩放在三教矛盾的背景下衡量和發揮其價值。基於此種思想，他對支遁、王羲之、謝安、許詢之群體，慧遠、宗炳、雷次宗、陸修靜、陶淵明之群體，白居易、湊、滿、朗、晦之群體，便頗為推許，十分看重這些群體間的以詩會友。並且，他也據此而肯定僧人作詩，並以此作為評價標準。他在《三高僧詩》中，言皎然"造化雖移神不遷，晝公作詩心亦然。上跨騷雅下沈宋，俊思縱橫道自全"，"縉紳先生魯公輩，早躡清遊慕方外"①，言靈澈"三十能詩名已出，名在詩流心在律。不殊惠遠殊惠休，皎然未合誰與儔。白雲蕭散何悠悠，忽入闕中訪包李"②，高度讚美二人能詩，以及與縉紳先生間的詩友之交。契嵩與楊蟠、惟晤、章望之、郎簡、強至、郭祥正等儒釋之徒的詩歌唱酬，也正是這種思想的實踐。第二，他認為三教由道之異，故而產生了衝突，而要用詩促進三教之徒相合，則其內容應與道相疏離，而追求"風味淡且靜"、"閒適"的風格。從他的創作實踐來看，其詩歌確實有一種閒淡之風。

二、相合而相類：契嵩閒淡詩風與白體、晚唐體之比較

契嵩作詩，主要是為了促成三教之徒的相合，並且他自己也把這種思想加以實踐，結交了不少儒者、詩僧。如此，無論從主動接受還是被動影響的角度看，他的創作都應與其當時或之前的詩壇有所關聯。

關於宋初詩壇的情況，元代方回有一段精彩的總結。其《送羅壽可詩序》云：

> 詩學晚唐，不自四靈始。宋剗五代舊習，詩有白體、崑體、晚唐體。白體如李文正、徐常侍昆仲、王元之、王漢謀。崑體則有楊劉《西崑集》傳世，二宋、張乖崖、錢僖公、丁崖州皆是。晚唐體則九僧最逼真，寇萊公、魯三交、林和靖、魏仲先父子、潘逍遙、趙清獻

① （宋）契嵩撰，鍾東、江暉點校《鐔津文集》，上海：上海古籍出版社，2016 年，第 345～346、346 頁。

② （宋）契嵩撰，鍾東、江暉點校《鐔津文集》，上海：上海古籍出版社，2016 年，第 346 頁。

之父，凡數十家，深涵茂育，氣極勢盛①。

由此論說，可見宋初詩壇有白體、崑體、晚唐體三種潮流。所謂"白體"，
自是宗白居易，其代表人物有李昉、徐鉉、王禹偁、王奇等。關於"白
體"的内涵，學界研究已頗多，如張海鷗《宋初詩壇"白體"辨》總結了
三層意義。其一，"學白居易作唱和詩，切磋詩藝，休閒解頤"。其二，
"效白詩淺切隨意，不求典實的作法"。其三，"效其曠放達觀、樂天知足
的生活態度，以及借詩談佛、道義理"②。這三個層次，第一層涉及對詩歌
功能的定位以及"唱和"，實即作為彼此交往的一種溝通媒介。這種功能
的定位自會影響詩歌之内容，如"休閒解頤"，則其詩歌所呈現的内容自
會偏於生活化，在情感上偏於閒趣。第三層也是對詩歌内容的概括，包括
曠達、知足，以及佛道的一些義理。這兩個層次，歸結於詩歌内容角度，
實集中於生活化、閒適之特徵。白居易《與元九書》云："又或退公獨處，
或移病閒居，知足保和、吟翫情性者一百首，謂之閒適詩。"③可見，白體
中一大部分創作，正是學習白居易而作的閒適詩。第二層所談的則是詩歌
的表現手法，包括少用典故、語言淺切等，這也是白居易閒適詩的藝術
特徵。

　　將契嵩的閒淡詩歌與宋初三體進行比較，與白體無疑最為相契。從内
容說，契嵩主要表現自己的山野生活，與三教之道、歷史之成敗、現實之
興衰保持疏離。如其《早起》《山中早行》《湖上晚歸》《浙江晚望》《汎若
耶溪》《夏日無雨》《元日》《寒食日雨中》等，不過是描寫早晚間行走坐
臥的生活，或所看到的日出月落、風生水起等日常景象，皆瑣屑，無關大
雅，而多含閒適悠遊之趣味。至如與楊蟠、惟晤、強至等人的唱和之作，
也仍是呈現朋友間的山水之遊，或朋友間的關懷之意，並未因楊蟠、強至
等的儒者身份，而使詩歌成為論道的載體。從表現手法說，契嵩的閒淡詩
所取物象多為山、水、風、月、煙、霞、雨、雪等自然之景，甚少抽象術
語，給人以直觀的體驗。契嵩亦少用典故，一詩之中，多者不過二三，甚

①　（元）方回：《桐江續集》，景印文淵閣四庫全書，第 1193 冊，第 662 頁。

②　參張海鷗：《宋初詩壇"白體"辨》，《中山大學學報》，2000 年第 6 期。

③　（唐）白居易著，謝思煒校注《白居易文集校注》，北京：中華書局，2011 年，第 326 頁。

至全篇無典。從語言層面說，契嵩之詩詞法、句法完整，較少省略或強作
語序調整的情況，聯與聯之間邏輯清晰，又基本不用奇僻之詞，故讀來直
白淺切。由以上三大方面，可以看出，契嵩的閒淡詩歌與白體詩頗為
同趣。

　　契嵩閒淡詩歌與白體詩之相契，絕非偶然。白體詩人不管在學白居易
時有多少同異，但推崇白居易則是一致的。在此一點上，契嵩與白體詩人
相同。除前所引《山遊唱和詩集敘》中推崇白居易與四釋子交往之事外，
他在《與陳令舉賢良》中云：“知令舉至官，甚善，不以遷謫介意，公餘
揭牖對雲而坐，道情清勝，乃下視塵俗，超然自樂，雖白樂天九江之時，
何以過之？”① 雖是讚美陳舜俞，亦可見其以白居易為標準，而讚美其謫居
九江時亦“道情清勝”，“超然自樂”。又其《非韓子》（第十）云：“昔孫
叔敖相楚，三進三黜而無喜慍之色；白居易斥潯陽，不以遷謫介其意。二
子如此，蓋亦以中庸而自處也。韓子既勇於言事，方降為郡吏，乃舉動躁
妄，矜夸嗟咨，不能少安，不及孫子、白樂天也遠矣。”② 這也是讚美白居
易謫居九江時，能以中庸自處。白居易貶謫九江，是他思想轉折的關鍵時
期，其閒適詩創作正是在這一時期凸顯出來的。契嵩對白居易貶謫九江之
事如此關注，對其在九江所作所為如此推崇，當與白居易的閒適心態與閒
適詩有緊密關係。由此一點，加上其詩歌與白體詩在風格上的一致，則契
嵩實可視為白體詩人之一員。

　　值得注意的是，契嵩的閒淡詩歌雖與白體詩有風格相契的一面，但也
有與晚唐體近似處。晚唐體的代表詩人，在方回的總結中，首先是九僧，
然後是寇準、林逋、魏野、潘閬等。這是一個宗法賈島、姚合的詩歌體
派。晚唐體的詩歌風格，學者研究頗多，如薛磊《論“晚唐體”》總結為
五點：一、刻意苦吟；二、冥搜物象；三、工巧精緻；四、長於五律；
五、清雅有味③。

---

① （宋）契嵩撰，鍾東、江暉點校《鐔津文集》，上海：上海古籍出版社，2016 年，第 202 頁。
② （宋）契嵩撰，鍾東、江暉點校《鐔津文集》，上海：上海古籍出版社，2016 年，第 318 頁。
③ 薛磊：《論“晚唐體”》，《西北師範大學學報》，2001 年第 2 期。按：晚唐體為宋初詩壇之一派，
　則對之研究者亦眾，治文學而及於宋初詩壇者，自都有其認識。故薛氏此篇自非研究晚唐體之最
　早、最詳者，不過此文將晚唐體幾個主要特徵都予羅列，故本文取之，亦可免於繁複引用。

最早將契嵩與晚唐體隱隱聯繫起來的是王士禎。其《居易錄》中曾有"秀句"之評，共三處。其一云：

《宋高僧詩》前後二集，錢唐陳起宗之編，多近體五言，予按前集即《六一詩話》所謂九僧詩也……大抵九僧詩規橅大曆十子，稍窘邊幅，若"河分岡勢斷，春入燒痕青"，自是佳句。而輕薄子有司空曙、劉長卿之嘲，非篤論也。今摘其秀句列於左方。希晝："捲幕知來客，懸燈見宿禽"、"千峰臨積水，秋勢遠相依。路在深雲裏，人思絕頂歸"、"故國寒潮潤，春城夜夢長。會茶多野客，啼竹半沙禽"、"春齋山藥遍，夜舶海書通"、"微陽生遠道，殘雪下中宵"、"秋聲動羣木，暮色起千山"；保暹："城中無舊識，門外是他山"、"高樹下殘照，寒潮平遠山"、"野禪依樹遠，中飯傍泉清"、"懸厓乘雪度，飛瀑過雲看"、"山影到平地，湖光生四鄰"、"半空山遠近，寒日水東西"、"深院無人語，長松滴雨聲"；文兆："吳楚十年客，蒹葭一夜風"、"諸峰微下雪，一路獨行僧"、"一徑杉松老，三更雨雪深"；行肇："列樹無殘陰，積水有異光"、"達士絃性直，佞人膠辭柔。靳尚一言巧，靈均千古愁"、"野宿清溪深，月在諸峰頂"、"遙山去意長，大江歸夢直"、"心絃世寡聽，意鑑古亦稀"、"春通三徑晚，家別九江遙"、"宿館荷香接，吟亭島色圍"；簡長："朱絃愁零落，古意空徘徊"、"藉茲徘徊芳，強起寂寞遊"、"落日懸秋樹，寒蕪上廢城"、"寄禪依鳥道，絕食過漁村。楚雪粘餅凍，江沙澱衲昏"；惟鳳："林泉歸計晚，雨雪向春多"、"客路逢人少，家書入閩稀"、"靜臥侵仙掌，微吟隔楚波"；惠崇："河冰堅渡馬，塞雪密藏鵰"、"獨鶴窺朝講，鄰僧聽夜琴"、"海帆通夜市，山雨遍春耕"、"三年不下獄，衣屨古苔侵"、"水煙常似暝，林雪乍如春"、"五月無青草，潭渦流斷冰"、"夕景孤嶼明，暗蟲四鄰響"；宇昭："白道沿嵩直，青蕪夾渭長"、"試泉尋寺遠，買鶴到家遲"；懷古："算程芳草盡，去國故人稀"、"遠水去無極，離人來幾時"、"白髮有先後，青山無古今"。中間惟行肇詩學孟東野，但全體微弱耳①。

綜觀王士禎所言九僧之"秀句"，大抵有三個特徵。第一，詩句所取象多
自然之景，在天如深雲、風、微陽、殘照、落日、月、殘雪、雨雪、塞
雪、山雨、寒潮、秋聲、暮色、獨鶴、沙禽，在地如多峰、絕頂、遠山、
懸厓、山影、遙山、積水、泉、飛瀑、湖光、清溪、大江、河冰、海帆、
羣木、長松、杉松、列樹、殘陰、寒蕪、青蕪，這些物象與熱鬧的人文社
會相去甚遠。而諸自然物象，又多用深、絕、遠、遙、懸、微、殘、獨、
寒一類極冷厲的形容詞，而甚少程度中和、色彩明麗之定語，遂構成一清
幽的自然環境。但諸自然景物的遙遠、殘獨，又給人以難以親近之感，蘊
含一種悲涼情緒。第二，詩句中也涉及人文社會，如來客、野客、十年
客、客路、離人、無舊識、無人語、人少、故人稀、獨行僧、鄰僧、白
髮、故國、漁村、寺、懸燈、海書、家書、思、夜夢、愁歸夢、愁零落、
空徘徊、去意、寂寞遊，其中的人或為客、或處離途，或為僧、或所遇為
僧，其生活狀態則是去故國、少舊識、經漁村、駐山寺，惟以家書通親
戚，而心靈則始終處在思、愁、徘徊、寂寞諸狀態中，幾乎無一點歡聲笑
語，看不出任何人間的溫情。故其人文社會事物的選擇實與其自然之景相
映襯，渲染出一種幽清的環境、淒涼的心情。第三，所取物象直觀易曉，
典故甚少，詞法、句法完整，少抽象術語，呈現出直白淺切之語言特徵。
第四，所選之句基本為近體五言中的頷聯或頸聯，對仗精工，是一詩中鍛
造之處。此外，應注意的是，王士禎認為九僧詩"規橅大曆十子"，而非
賈島、姚合，且認為九僧之詩"全體微弱"，即以其有句無篇，整體境界
不足。

　　王士禎《居易錄》中評"秀句"，其二云：

　　　　（契嵩）其詩亦多秀句，如"習忍如幽草，觀身類片雲"、"桑柘
　　雨中綠，人煙關外疏"、"天岸日將出，田家難更啼"、"好山沿岸去，
　　驟雨落花來"、"雲迷飛鳥道，雨出古龍湫"、"明月出已滿，白雲歸未

---

① （清）王士禎：《居易錄》，《景印文淵閣四庫全書》第 869 冊，第 482～484 頁。

多”，皆佳①。

其三云：

> 會稽釋子元璟，字借山，平湖人，投詩為贄，頗有秀句。如“相
> 思若鷗鳥，咫尺隔風烟”、“鄰衲司吟卷，門生致酒錢”、“風曳鵝黃
> 淺，寒吹鴨綠平。坐看春牒子，吟到閭閻城”、“清鐘來木末，白鳥落
> 風湍”、“人家收柏子，楓樹著霜花”、“晚菘分竹圃，秋水遠籬根”、
> “烟中多翡翠，花裏又鉤輈”、“一笛破寒渚，千帆湊夕陽”、“懶呼猿
> 引客，閒許鹿參禪”、“試看青菡萏，倒浸碧玻瓈”、“卜築精籃似淨
> 名，愛君三絶擅平生”、“桑條綠滿門前徑，客到幽禽啼數聲”、“瘦策
> 衝泥訪鐵厓，銅坑小喫雨前茶”、“無端攪亂春愁客，屋角一枝山杏
> 花”、“玉削群峰抱一村，甘泉如乳出雲根”、“負薪伐竹扶犁叟，多是
> 楊家十葉孫”②。

以王士禎所舉契嵩、元璟秀句與九僧詩相比，可發現有同有異。第一，從
取象角度說，契嵩、元璟也多用自然物象，所營造的環境也具清幽之感。
不過，對這些物象的形容，元璟與九僧更近，也偶用寒、幽、愁一類情緒
低沉的定語，但與九僧所用深、絶、遠、遙、懸、微、殘、獨、寒等所呈
現之淒清孤涼情緒相去甚遠，而契嵩諸句則更少此種情緒了。至於九僧詩
中所取的客、僧等人文社會之事物，也是元璟更近之，而契嵩則僅“人煙
關外疏”一語。詩中所呈現的情緒，元璟、契嵩的詩句也是閒適遠多於淒
清。第二，從語言角度說，契嵩、元璟諸句同樣具有直白淺切之特點。第
三，所舉諸句，元璟雖有七言或古體，但仍多是近體五言中的對仗之句，
而契嵩諸句則全是五律中之對仗處。

　　綜合王士禎三處關於“秀句”的論說，可發現其“秀句”之特徵，實
與晚唐體近似，九僧之秀句完全合乎刻意苦吟、冥搜物象、工巧精緻、長

---

① （清）王士禎：《居易錄》，《景印文淵閣四庫全書》第 869 冊，第 510～511 頁。
② （清）王士禎：《居易錄》，《景印文淵閣四庫全書》第 869 冊，第 516 頁。

於五律、清雅有味諸特徵，而契嵩、元璟之秀句則除 "刻意苦吟" 所具有的苦澀淒清之情緒外，與其他幾個特徵也相合。王士禎所舉契嵩諸秀句，分別出自其《次韻奉酬》（楊蟠作《寄東山禪師》，契嵩奉酬之）、《送客還北關道中作》、《山中早行》、《汎若耶溪》、《題徑山寺》、《羣賢宿山賦得暮雲巖下宿》，皆其閒淡詩歌。循此而觀契嵩所有閒淡詩，可發現多為近體詩，精於對仗，也具有取象自然之景、少用典故及抽象術語、語言直白淺切之特徵。王士禎在《居易錄》中評 "秀句" 一共祇三處，而其言契嵩 "亦多秀句"，"亦" 字顯然是比較於前卷所出現之九僧秀句而言的，而九僧詩實屬賈島、姚合所領起的晚唐體，所以王士禎已隱隱在契嵩與晚唐體間建起了橋樑。

晚唐體和白體有同有異，在少典故、少抽象術語、詞法與句法完整、語言淺切直白方面，它們是一致的。但是，白體和晚唐體各自的創作人群、代表者，在身份上頗有不同。白居易在思想上雖參佛、道二教，但畢竟以儒學為主，畢竟是時居高位的士大夫，所以其詩題材豐富，有大量關心國家政教、百姓疾苦的諷喻詩，而不僅僅為閒適詩。又因其為士大夫，他的生活狀態、居處環境，畢竟還是以城鎮為主的家庭生活，而不同於居處山野的寺院生活。所以，即便其閒適詩，在表現生活化內容時，所取物象也要比居於山野的僧徒廣泛得多。另外，在體裁上，白居易的閒適詩更為多樣，既有近體，也有大量五、七言古體。據《蔡寬夫詩話》云："國初沿襲五代之餘，士大夫皆宗白樂天詩。"[1] 則北宋以來的白體詩人，主要是士大夫，而其代表詩人如徐鉉、李昉、王禹偁更是朝廷重臣，所以白體詩人題材較廣，並不局限於閒適詩。即便他們學閒適詩，在具體內容、選取物象方面，也會比僧人圍繞山野生活而創作廣泛得多。晚唐體詩人則與白體詩人不同，其中多有僧侶、寒士、隱者[2]，如其代表詩人九僧為佛徒，而林逋、魏野則為隱士。他們在思想上與佛、道二教關係更密切，在生活上更接近山野環境。

契嵩在思想上雖主於佛，但他受儒、道二家浸染極深，加上其自足於

---

① 郭紹虞：《宋詩話輯佚》，北京：中華書局，1980 年，第 398 頁。
② 參李貴：《中唐至北宋的典範選擇與詩歌因革》，上海：復旦大學出版社，2012 年，第 72 頁。

精神超越的心態以及好閒淡的個性特徵，使其與白體詩人有了更多相契之處。但他畢竟是僧人，無論內心如何自足、閒適，其生活環境畢竟以山野為中心，這自然會限定他詩歌的內容與表現手法，故其詩歌與晚唐體又有了相合一面。不過，晚唐體畢竟以"苦吟"為首要特徵，而閒適詩是白體的主要部分，所以契嵩可算是白體詩人，而又兼有晚唐體風格。

三、應時詩人：契嵩的學李與類杜

契嵩的詩歌，除閒淡詩外，還有寫志舒懷詩，其中《感遇》《古意》等學於李白。這與宋詩新變是息息相關的。

在宋初，無論是白體還是晚唐體，皆承五代流風而來。至真宗、仁宗朝，國家經濟、文化等得以發展，士人遂有意革新。先是楊億、劉筠等宗李商隱而成西崑體，天下靡然成風，至歐陽修出，不僅把古文運動推向高潮，亦在詩歌領域倡導宋調。方回《送羅壽可詩序》在講了宋初三體後，接著即說："歐陽公出焉，一變為李太白、韓昌黎之詩，蘇子美二難相為頡頏，梅聖俞則唐體之出類者也。晚唐於是退舍。"[1] 由此可見歐陽修、蘇舜欽、蘇舜元、梅堯臣在宋詩轉折中的關鍵作用。

梁崑《宋詩派別論》把歐陽修、蘇舜欽、梅堯臣為代表的這一詩派稱為"昌黎派"。由於此派作者皆古文家，故認為其詩又可稱為"古文詩體"。至於此派宗尚，則是"以昌黎為宗主，以太白為副，而無效杜甫者"[2]。不過後來學者之研究，意見則略有不同，如呂肖奐《宋詩體派論》稱這一群體為"新變派"，其宗法對象則是"除對韓孟詩派的共同愛好外，歐陽修喜好李白的飄逸奔放，而梅堯臣對阮籍、陶淵明、王維、韋應物等人的平淡風格更為鍾情，蘇舜欽宗尚杜甫"[3]。又如馬東瑤《論北宋慶曆詩人對杜詩的發現與繼承》認為歐陽修、蘇舜欽、梅堯臣等也受杜甫之影響[4]。由此觀之，這一群體通過學習韓愈、李白、杜甫而推動宋詩的新變，是無疑的。

值得注意的是，這一倡導詩歌新變的群體中，歐陽修、蘇舜欽、梅堯

---

① （元）方回：《桐江續集》，景印文淵閣四庫全書，第 1193 冊，第 662 頁。
② 參梁崑：《宋詩派別論》，太原：山西人民出版社，2014 年，第 39、47 頁。
③ 呂肖奐：《宋詩體派論》，成都：四川民族出版社，2002 年，第 49 頁。
④ 馬東瑤：《論北宋慶曆詩人對杜詩的發現與繼承》，《杜甫研究學刊》，2001 年第 1 期。

臣雖然成就皆高，但由於政治地位、文學整體成就之影響，"首領終當推歐陽修"①。而歐陽修雖有學韓愈、李白、杜甫之事實，但他卻是以學李白而自命的。歐陽修《贈王介甫》云"翰林風月三千首，吏部文章二百年"②，此推崇李白之詩與韓愈之文。而其《李白杜甫詩優劣說》云"杜甫於白得其一節，而精強過之，至於天才自放非甫可到也"③，則尊李而貶杜。後人之研究，認為歐陽修學韓愈更多，但這是經全面、細緻考察後得出的結論。對於與歐陽修同時之詩人言，他們是缺乏這種精確考察之條件的。如此，非親近之人便更易受歐陽修口頭自命之說影響。蘇軾《六一居士集敘》云："歐陽子論大道似韓愈……詩賦似李白，此非余言也，天下之言也。"④ 可見，包括蘇軾在內的天下詩人都認為歐陽修詩是學李白的。如此，李白在當時於一般詩人之影響也就可知了。

歐陽修推尊李白，而以之為"天才自放"，此"放"即是雄放、豪邁之詩風。劉攽《中山詩話》云："歐公亦不甚喜杜詩，謂韓吏部絕倫……然於李白而甚賞愛，將由李白超趠飛揚為感動也。"⑤ 可見歐陽修所學李白之"超趠飛揚"，也就是李白的豪雄俊逸之風。呂肖奐《宋詩體派論》云："（歐陽修的）'格'主要是指包含著健舉向上之力量、包含著雄傑之氣的風格，一種決不平淡而顯示出'奇、險、怪、勁、豪、硬'的風格。這種'格'是歐陽修以及新變派扭轉宋初詩壇的主要法寶。"⑥ 則歐陽修學之於李白的豪雄俊逸，在宋詩新變中是起著重要作用的。如此，學李白豪雄俊逸之風者，便自然可算作預於當時詩壇之潮流者。

契嵩在《書李翰林集後》中推崇李白，而其詩歌《感遇》《古意》等又學李白，而"有邁世凌雲之風"，可見他與此新變潮流相合。這種相合並非偶然，當是他響應詩壇革新潮流而成就的。這可以從兩個方面看出

---

① 梁崑：《宋詩派別論》，太原：山西人民出版社，2014 年，第 39 頁。
② （宋）歐陽修著，洪本健校箋《歐陽修詩文集校箋》，上海：上海古籍出版社，2009 年，第 1475 頁。
③ （宋）歐陽修：《歐陽修全集》，北京：中國書店出版社，1986 年，第 1044 頁。
④ （宋）蘇軾撰，張志烈等校注《蘇軾全集校注》第 11 冊，石家莊：河北人民出版社，2010 年，第 979 頁。
⑤ （清）何文煥：《歷代詩話》，北京：中華書局，1981 年，第 288 頁。
⑥ 呂肖奐：《宋詩體派論》，成都：四川民族出版社，2002 年，第 74 頁。

來。第一，歐陽修為首的新變派是古文家這一群體，而契嵩亦是古文家，他對古文家群體有非常深刻之瞭解，這為他瞭解其詩歌理論提供了條件。契嵩《送郭公甫朝奉詩敘》云：“郭子俊爽，天才逸發，少年則能作歌，聲累千百言……雖梅聖俞、章表民以為李太白復生，以詩張之四海九州，學輩未識郭子者何限？”① 郭公甫，即郭祥正，是北宋學李白的代表人物，被梅堯臣稱為“李白後身”。從契嵩對此事的敘說，可看出他對當時詩壇動態之熟悉。而梅堯臣是新變派中的核心人物，亦可見契嵩對此派情況的關注。第二，除了在詩風上，契嵩與歐陽修一樣皆學李白之豪雄俊逸，在體裁運用上他也與新變派一致。呂肖奐《宋詩體派論》講新變派的創作特徵時說：“新變派還以文為詩，以求詩體的新變。與白體、西崑體多寫七律，晚唐體專攻五律不同，新變派最初以古體詩為新變的武器進行創作。”② 契嵩的詩歌創作，以閒淡詩為主，此類詩主於白體而兼晚唐體之風格，在體裁上基本為五七言近體。但契嵩今存之學李詩《感遇》《古意》《游龍山訪道士李仙師》《早秋吟》則全是五言古風。這種一致當非偶然。由此觀之，契嵩學李當是對歐陽修所領導的詩歌新變潮流的響應。

　　歐陽修等人的詩歌新變，還有學習杜甫之一面。契嵩今存文章中雖未見其議論杜甫之語，但他的朋友卻曾將之與杜甫類比。契嵩作《山中值雪》，惟晤為之次韻，有語曰“我憐詩是君家事，更約論心極細微”③，用杜甫“詩是吾家事”之典，隱有以契嵩比杜甫之意。若這種用典，尚不足以說明契嵩與杜甫之關係，則文瑩《湘山野錄》中謂其“詩類老杜”④ 便顯得直截了當了。

　　杜甫為集大成的詩人，其詩題材豐富，體裁多樣，澤惠後人無窮，而後之作者與之有某些相似，實是非常自然的。所以，要在契嵩詩中找到某些類杜之處，也未必不能。但是，杜甫之詩主於家國情懷，風格沉鬱頓挫，契嵩詩的主要風格畢竟與之差異甚大。這在作為契嵩朋友而又善詩的

① （宋）契嵩撰，鍾東、江暉點校《鐔津文集》，上海：上海古籍出版社，2016 年，第 230 頁。
② 呂肖奐：《宋詩體派論》，成都：四川民族出版社，2002 年，第 54 頁。。
③ （宋）契嵩撰，鍾東、江暉點校《鐔津文集》，上海：上海古籍出版社，2016 年，第 367 頁。
④ （宋）釋文瑩撰，鄭世剛、楊立揚點校《湘山野錄·續錄·玉壺清話》，北京：中華書局，1984 年，第 50 頁。

文瑩來說，應是不難看出的。基於此，而文瑩仍以契嵩"類杜"，則若非契嵩所遺佚的詩歌中確有類杜者，便是文瑩想將之置於宋詩新變的潮流中。無論哪一種情況，都說明在文瑩眼中，契嵩的詩歌創作是響應了宋詩新變這一歷史潮流的。文瑩與契嵩同時，又為契嵩之友，他以其所見所聞而做出的判斷，當具有一定的參考價值。

　　契嵩在《論原·四端》中云："發而不時，逆理也"，"時也者，動靜之端也"①。在他的思想中，能否順應時勢，是判斷一個人賢否的重要標準。從契嵩學李、類杜的情況來看，他是順應了宋詩新變之潮流的，可說是一位應時之詩人。

————————

① （宋）契嵩撰，鍾東、江暉點校《鐔津文集》，上海：上海古籍出版社，2016年，第115頁。

附　論

《鐔津文集》國內外版本考論

摘要：北宋高僧契嵩之《鐔津文集》，其傳於今者版本頗多，但如至元本、至大本，其原書皆在日本，故國內親見者甚少，而難以有效利用。國內則又有國家圖書館藏殘本一部，學者多徑稱至大本，而祝尚書則認為是翻刻於至大本。另又有學者覓得日本國會圖書館藏日本南北朝時代刊本一部，而學界則或稱之"覆元刊本"，或稱之"覆宋刊本"。今考日本南北朝時代刊本，其末有釋曇噩跋文，可知此日本版本之原刻本乃釋祖奎主持而編成於元"至正甲辰"者，故知此日本南北朝刊本實為"覆元刊本"。又考國家圖書館藏殘本，其集前序跋與至大本並不一致，可知其實非至大本。再以之比祖奎本，可知此殘本當成於至大本與祖奎本之間。

關鍵詞：《鐔津文集》；契嵩；至大本；日本南北朝時代刊本

一、國內外《鐔津文集》版本之年限爭議

契嵩（1007—1072）是北宋雲門宗高僧，善詩文，他曾著《輔教編》反抗當時以歐陽修、李覯等為代表的排佛運動，歐陽修曾見其文而歎賞曰："不意僧中有此郎耶。"[①] 契嵩有文集傳世。南宋紹興四年，釋懷悟搜羅其文而編成《鐔津文集》。此集後為《四庫全書》收錄，這在一定程度上反映了他文學創作的影響力。

---

① （宋）釋惠洪：《石門文字禪》，《景印文淵閣四庫全書》，第 1116 冊，第 455 頁。

《鐔津文集》成集已久，故流傳過程中形成之版本眾多。對這些版本作系統梳理而最早者，是祝尚書《宋人別集敘錄》。書中談到《鐔津文集》之版本，有日本米澤文庫所藏元至元十九年宋刻重修本、日本內閣文庫所藏元至大二年本、國家圖書館所藏翻刻至大本之元殘本、湖南省圖書館所藏明永樂本，另有相對易見的明弘治本、清四庫全書本。

關於諸版本形貌，祝氏考論頗詳，而對他們之間的差異，也有所論述。但其中也有引起爭議者。如國家圖書館所藏殘本，祝氏稱"當即翻刻至大本"①，而《宋集珍本叢刊》在收錄此版本時，吳洪澤作提要，則稱"或即至大刻本，惜闕卷十八至卷尾，難以斷定"②。其後邱小毛《夾註輔教編校譯》稱"是本當即《經眼錄》所記至大本無疑"③，林仲湘、邱小毛《鐔津文集校註》稱"據此可推知日本內閣文庫所藏元至大二年刻本與我國家圖書館所藏二十卷本實為同一本"④，二人稍後所出《〈鐔津文集〉的成書與國家圖書館藏元刊殘本考》一文仍持此說。另外，紀雪娟點校《鐔津文集》亦云"日本內閣文庫今猶藏有至大二年刻本……今國家圖書館亦藏有此元刊本"⑤，可見也是以此殘本為至大本。從學界研究來看，此殘本為至大本幾成定論，這是否正確呢？

在祝尚書《宋人別集敘錄》所敘《鐔津文集》諸版本外，《域外漢籍珍本文庫》（第3輯，集部）又收有"日本國會圖書館藏日本南北朝時代覆元刊本（五山版）"⑥，但是同為《域外漢籍珍本文庫》編纂出版委員會稍後出版的《日本五山版漢籍善本集刊》收錄此一版本時則又稱為"日本國會圖書館藏日本南北朝時期覆宋刊本"⑦，其後紀雪娟以此為底本點校《鐔津文集》亦稱之"覆宋刊本"⑧。如此，判其原刻本為宋本，可謂主流。

① 祝尚書：《宋人別集敘錄》，北京：中華書局，1999年，第183頁。
② 四川大學古籍所編《宋集珍本叢刊·鐔津文集》（第4冊），北京：線裝書局，2004年，卷首。
③ （宋）契嵩著，邱小毛校譯《夾註輔教編校譯》，成都：西南交通大學出版社，2011年，第5頁。
④ （宋）契嵩著，林仲湘、邱小毛校註《鐔津文集校註》，成都：巴蜀書社，2014年，第443頁。
⑤ （宋）契嵩撰，紀雪娟點校《鐔津文集》，重慶：西南師範大學出版社，2016年，第4頁。
⑥ 《域外漢籍珍本文庫》編纂出版委員會編《域外漢籍珍本文庫·鐔津文集》（第3輯，集部），重慶：西南師範大學出版社，北京：人民出版社，2012年，卷首。
⑦ 《域外漢籍珍本文庫》編纂出版委員會編《日本五山版漢籍善本集刊·鐔津文集》，重慶：西南師範大學出版社，北京：人民出版社，2012年，卷首。
⑧ （宋）契嵩撰，紀雪娟點校《鐔津文集》，重慶：西南師範大學出版社，2016年，第5頁。

這又是否正確呢？

　　版本之準確，對於相關學術的展開是非常重要的。《鐔津文集》今有三種整理本，林仲湘、邱小毛《鐔津文集校註》，以四部叢刊三編本（影印於弘治本）為底本，以國家圖書館藏殘本為對校本；紀雪娟點校《鐔津文集》以日本南北朝時代刊本為底本，以國家圖書館藏殘本為重要參校本；祇有鍾東、江暉點校本《鐔津文集》未利用這兩種版本。由此來看，弄清這兩個版本的年限，是非常有必要的。本文之研究，即欲澄清這一問題。

二、日本南北朝時代刊本《鐔津文集》之原刻本辨年

　　日本南北朝時代刊本《鐔津文集》是覆宋刊本還是覆元刊本，其實是很容易判斷的，蓋此本末尾之跋已有明確時間。今據《域外漢籍珍本文庫》（第3輯，集部）觀此跋文，如圖一、圖二：

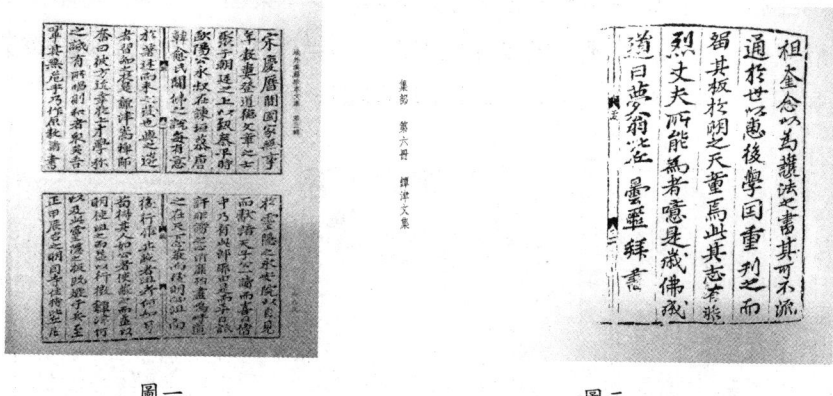

圖一　　　　　　　　　　　　　　　　圖二

　　可以看到，此跋文為"夢翁比丘曇噩"所書，而此集重刊則是"至正甲辰台之明因寺住持比丘尼祖奎"所為。曇噩，據《補續高僧傳·夢堂噩公傳》，字無夢，自號西庵，慈溪王氏子。祖申，舉進士於宋。父祿，任於元。曇噩於洪武六年示寂，年八十九①。比丘尼祖奎不詳，住持台州明因寺，其念《鐔津文集》為護法之書，欲其流傳，是以重刊。而"至正"，為元順帝年號，"至正甲辰"即公元1364年，四年之後即元亡入明。所

---

① （明）釋明河撰：《補續高僧傳》，續藏經第134冊，卷十四。

以，日本南北朝時代刊本《鐔津文集》既以祖奎重刊者為底本，則自然應
屬“覆元刊本”。

但是，日本南北朝時代刊本《鐔津文集》為何又會被誤為覆宋刊本
呢？蓋其原刻本祖奎本（按：日本南北朝時代刊本《鐔津文集》乃按祖奎
本而覆刻，故下文所稱祖奎本，其形貌皆照此日本覆刻本為說）乃以至元
本為底本，而至元本又為宋刻重修本[1]。

至元本《鐔津文集》，國內尚無公開出版者，學界見之者甚少。筆者手
中有一影印本，觀其形貌，與祝尚書《宋人別集敘錄》所述者一致。祝氏述
其形貌特徵有四。一、每半頁十行，每行十八字，白口，單邊，有界，版心
署“嵩幾”及頁數。見圖三（字跡雖不甚明，仍可辨“嵩”字。“幾”指卷
數，字亦可見）。二、卷首有總目錄。見圖四。三、卷一首行“鐔津文集卷
第一”，第二行“藤州鐔津沙門契嵩撰”，卷一並有陳舜俞撰《明教大師行業
記》。見圖五（祝氏“藤州鐔津沙門契嵩撰”少“東山”二字，當是漏寫）。
四、卷末有至元十九年壬午仲夏住東禪大藏等覺禪寺住持比丘子成撰跋文一
篇。見圖六。由這些特徵來看，此影印本當即至元本。

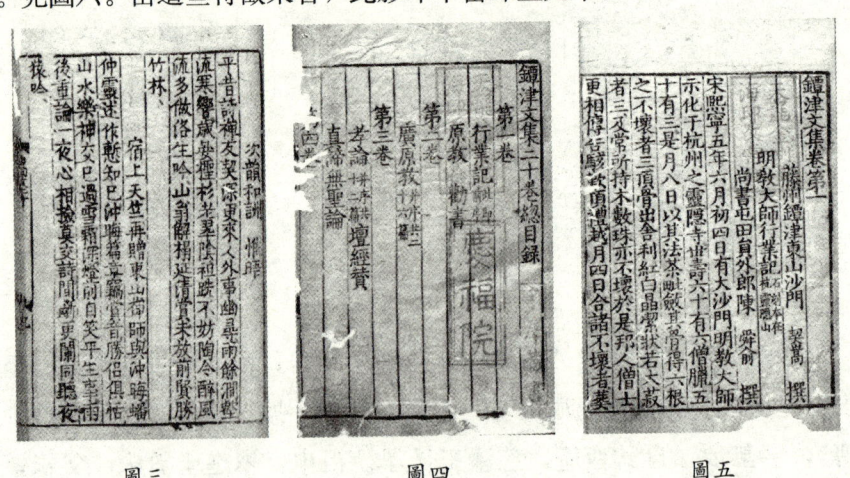

圖三　　　　　　　　　　圖四　　　　　　　　　　圖五

---

① 至元本之形貌特徵，及其為宋刻重修本之理由，祝尚書有詳細論述（見《宋人別集敘錄》第182
頁）。

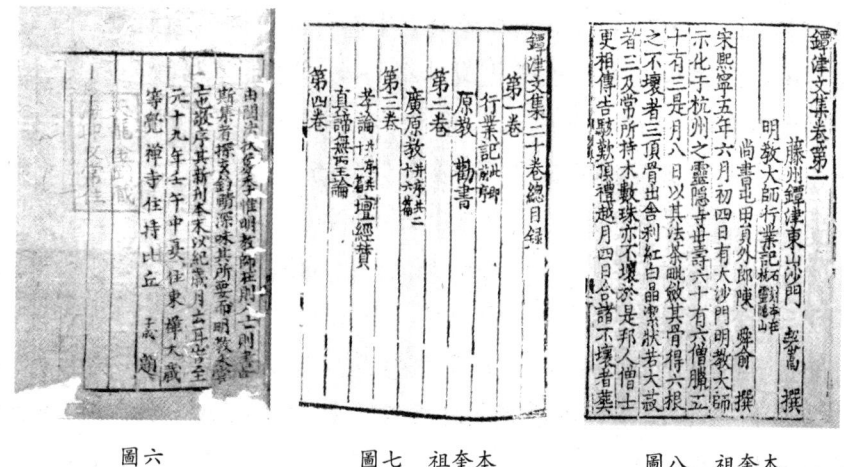

　　　圖六　　　　　　　圖七　祖奎本　　　　　　圖八　祖奎本

　　比較祖奎本與至元本，則有三大方面之同。第一，兩個版本目録文字相同（如圖七比圖四），而與另外兩個具有代表性的版本至大本（關於至大本情況，詳見第三部分）、永樂北藏本不同。可以看到，祖奎本、至元本皆稱“鐔津文集二十卷總目録”，而永樂北藏本稱“鐔津文集總目録”；祖奎本、至元本皆以“第一卷”包囊“行業記”，並註曰“此即前序”，而至大本、永樂北藏本則以“行業記”標在“第一卷”之前，前者註曰“即前敘”，後者註為“此即陳舜俞撰序”。當然，小字註釋差異並不止於此。

　　圖九　至大本

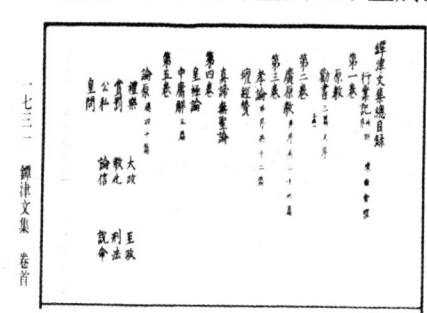

　　圖十　永樂北藏本

　　第二，兩個版本版式方面有相同處，皆為每半頁十行，每行十八字，而頁内文字於每行内位置皆同。而這與元代另一版本至大本的每半頁十二行、二十四字不同，與永樂北藏本也不同。

　　第三，兩個版本分卷相同，文集正文之篇目相同，而與至大本、永

樂北藏本不同。祖奎本、至元本皆分二十卷，除了陳舜俞所撰《行業記》
都在卷首，而與至大本、永樂北藏本不同外，內部分卷也有差異。祖奎
本、至元本在卷十五"非韓上"、卷十六"非韓中"、卷十七"非韓下"
之後為卷十八"碑記銘表辭"，其後為契嵩的"古律詩"、"《山遊唱和
詩》"。此與至大本相同，而與永樂北藏本不同。永樂北藏本在三卷"非
韓"後即為"古律詩"、"《山遊唱和詩》"。而將前三種版本中"碑記銘
表辭"部分歸在卷十二、十三中。又，至元本、祖奎本第二十卷中所收
經人修葺了的惠洪《嘉祐序》，被釋宗慧置換為惠洪原文（如圖十一、圖
十二、圖十三），而至大本則刪去了此文（如圖十四），永樂北藏本又將
之換為經人修葺之文。

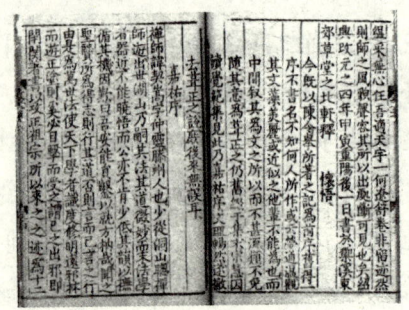

圖十一　至元本

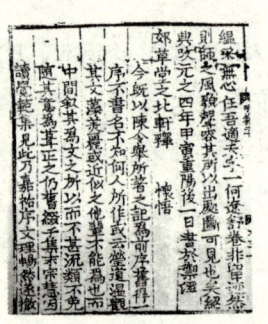

圖十二　祖奎本

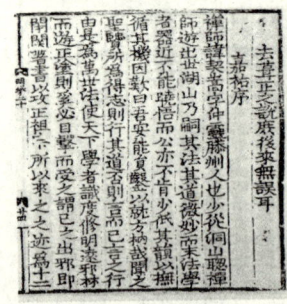

圖十三　祖奎本

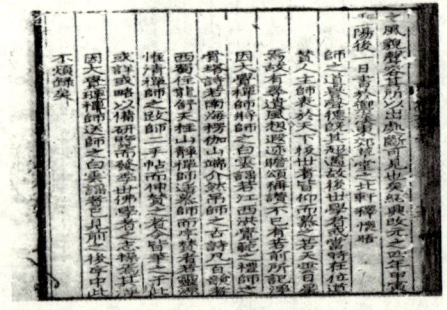

圖十四　至大本

　　以上三大方面，包含了古籍的主要內容及形式。他們的相同足以說明
兩者間的緊密聯繫。但是，他們之間畢竟有異。在文集內容上，至元本集
前無序跋，惟集末有釋子成題識一篇，而祖奎本則集前有釋明本、李之
全、釋德洪（即惠洪）等人序跋，集後則有曇噩跋文。並且，祖奎本末卷

還收錄了居簡《贊明教禪師五種不壞並引》、永中所拾契嵩佚文《豫章西山奉聖院感應觀音事實記》。此為至元本所無。在版式方面，至元本為白口，版心署"嵩幾"及頁數，而祖奎本則為細黑口，版心則署有"鐔津序"、"輔教序"以及"明教一"至於"明教二十"等。這種差異說明，祖奎本雖以至元本為底本，但它確也是經過了整理的新版本，故而它不是宋本，而日本南北朝時代刊本《鐔津文集》便不能徑稱為"覆宋刊本"。

三、國家圖書館藏殘本《鐔津文集》版本辨年

國家圖書館所藏殘本《鐔津文集》，除祝尚書外，學者多認為是至大本。關於至大本，國內論及《鐔津文集》之學者如祝尚書、吳洪澤、林仲湘、邱小毛、紀雪娟，實際上都沒見到其書，而最早進行描述的是傅增湘，祝尚書正是據之而考證此殘本的。祝氏其文曰：

> 日本內閣文庫今猶藏有元至大二年（一三〇九）刻本，傅增湘《經眼錄》卷一三記之曰：
>
> 《鐔津文集》二十卷，宋釋契嵩撰。元刊本，中版式，十二行二十四字，細黑口，左右雙闌。每卷後列捐賞助刊人姓名一行或數行。前屏山居士李之全（按："全"，元釋正傳刊本作"仝"）序，次高安沙門釋德洪序，卷尾有至大己酉（二年）比丘永中重刊此集疏，又法珊跋，又林之奇跋，又至大仰山比丘希陵跋。永中跋錄後：
>
> 《鐔津集》諸方板行已久，惟傳之未廣，因細其字畫，重新鋟梓。工食之費，荷好事者助以成之，其名銜具題各卷之末。惟冀義天開朗，性海宏深，庶有補於見聞，抑普資於教化者矣。至大己酉孟春，吳城西幻住庵比丘永中謹志。
>
> 按：此書寫刻工麗方整，極似宋刊。然考《經籍訪古志》，求古樓宋刊本為十行十八字，與此版式固不同也。
>
> 《日本漢籍錄》謂"此本卷十五至卷十七，為日本室町時期人所補寫"。又永中跋稱"諸方板行已久"，則是集宋刊似非止一種①。

---

① 祝尚書：《宋人別集敘錄》，北京：中華書局，1999年，第182～183頁。

可以看到，傅增湘詳細描述了至大本的版式，前後序跋，並錄有永中跋文，而從《日本漢籍錄》可以看到此至大本卷十五至卷十七，為後人補寫。國家圖書館所藏殘本自然不涉及補寫文字面貌，但傅增湘所列信息卻仍可作為判斷此本之依據。

國家圖書館所藏殘本今所存者為前十七卷，闕後三卷，故考證角度，祇能利用集前序跋和文集版式兩個方面。祝尚書云："觀其版式與至大本同，又有李之仝（或作'全'），當即翻刻至大本。"① 他認為版式相同，但卻說是翻刻本，而不直接判為至大本，大抵是因為集前序跋與傅增湘所說有異，而其又未曾親見至大本之故。他描述國家圖書館殘本時說"前有李之仝序，釋德洪題識及序"②，又拿不准是"李之仝"還是"李之全"，故而判為翻刻本，並認為此本為"元刊一部，乃元釋正傳、彌滿等刻"③。

另外，對此元殘本作詳細考證的，是邱小毛、林仲湘《〈鐔津文集〉的成書與國家圖書館藏元刊殘本考》一文。其辭云：

> 今檢元殘本，李之仝序前尚有《重刊鐔津文集疏並序》（以下簡稱《疏並序》），題下署"幻住沙門［釋］明□撰"。考所謂"幻住沙門"，實乃元代禪門宗匠釋明本（1263～1323）。"（明本）雖不主持禪宗寺院，但每至一處，求學者慕名而至，自然而成一修行道場。從元貞二年（1296）到大德六年（1303），是明本庵居修行階段。"對其庵居之庵，明本喜以"幻住"命名，如弁山幻住庵平江幻住庵、西天目山幻住庵，等等，對此明本在其為弁山、平江二庵所作庵記中曾詳細說明緣由。明本"依幻而住三十載"，稱其法門為"大幻法門"，名其家訓為《幻住家訓》，對人每自稱"幻人"，與人問答則自謂"幻曰"，而人亦稱其為"幻住庵主"、"幻住頭陀"。故所謂"幻住沙門"，在有元一代可謂明本專有稱號。又，《藏園群書經眼錄》記至大本後有"吳城西幻住庵比丘永中"重刊疏及"仰山比丘希陵"跋，考"吳城

---

① 祝尚書：《宋人別集敘錄》，北京：中華書局，1999年，第183頁。
② 祝尚書：《宋人別集敘錄》，北京：中華書局，1999年，第183頁。
③ 祝尚書：《宋人別集敘錄》，北京：中華書局，1999年，第183頁。

西幻住庵"實即平江幻住庵，此庵由明本於大德四年（1300）創立，未幾即將庵務交與嗣法弟子永中，而仰山希陵則與明本為法門叔侄，二人交遊甚勤。合勘以上，庶可斷定《疏並序》的作者當即釋明本其人①。

此元殘本前有一《重刊鐔津文集疏並序》，祝尚書誤為李之仝作，邱、林二氏考而得其為幻住庵主釋明本所作。又據傅增湘《藏園群書經眼録》所記，《鐔津文集》後有釋永中之疏、釋希陵之跋，而此二人一為明本嗣法弟子，一為明本法侄，更斷定此文為明本所作。

在此考證基礎上，邱、林二氏曰："元殘本前既有明本《疏並序》，則其卷尾雖闕，亦可斷定是本即傅增湘《經眼録》所記元至大本。《經眼録》記至大本前有李之仝序，後有永中重刊疏、希陵跋，然亦不記明本《疏並序》，則未知其故。"② 二人又論曰："合勘明本、永中重刊疏，則知此次重刊乃由師徒二人發起，眾人捐貲助刊。今檢元殘本，各卷後所列捐貲助刊人，主要為'吳城'、'吳中'、'吳門'眾寺僧尼，據此益見其刊刻乃由明本、永中主其事，是本當即傅增湘《經眼録》所記至大本無疑。"③ 他們顯然也未曾見到至大本其書，也僅是據傅增湘所記推測。既見有明本所作《重刊鐔津文集疏並序》，又以此序參永中重刊疏，結合此殘本每卷後所録捐貲助刊者皆幻住庵所在吳地人，故推定此殘本即是至大本。至於此本與傅增湘所記不合者，如未及明本《重刊鐔津文集疏並序》，他們反認為是傅氏失載。

很明顯，無論是祝尚書還是林仲湘、邱小毛，都看到了國家圖書館藏殘本與傅增湘所載至大本之有同有異，但前者重視其異，故謹慎謂之非一本，後者偏重其同，故謂二者皆至大本。

---

① 邱小毛、林仲湘：《〈鐔津文集〉的成書與國家圖書館藏元刊殘本考》，《古籍整理研究學刊》，2012年第 2 期。
② 邱小毛、林仲湘：《〈鐔津文集〉的成書與國家圖書館藏元刊殘本考》，《古籍整理研究學刊》，2012年第 2 期。
③ 邱小毛、林仲湘：《〈鐔津文集〉的成書與國家圖書館藏元刊殘本考》，《古籍整理研究學刊》，2012年第 2 期。

不得不說，謹慎是必要的。忽視傅增湘作為文獻學家的嚴謹，而謂之失載，實在是欠妥的。傅氏所載並無疏漏，真正的至大本就是他所載形貌。筆者手中有一影印本，觀其形貌當為日本內閣文庫所藏至大本。其例證有四，如下。

第一，此本序跋，集前依次為李之仝序（圖十五）、德洪序（圖十六），集後為永中重刊疏（圖十七）、法珊跋（圖十八）、林之奇跋（圖十九）、希陵跋（圖二十）。其篇目及其次序與傅增湘所說無異。

第二，此本所錄永中跋文內容為"鐔津集諸方板行已久……吳城西幻住庵比丘永中謹志"（圖十七），與傅增湘所載者完全一致。

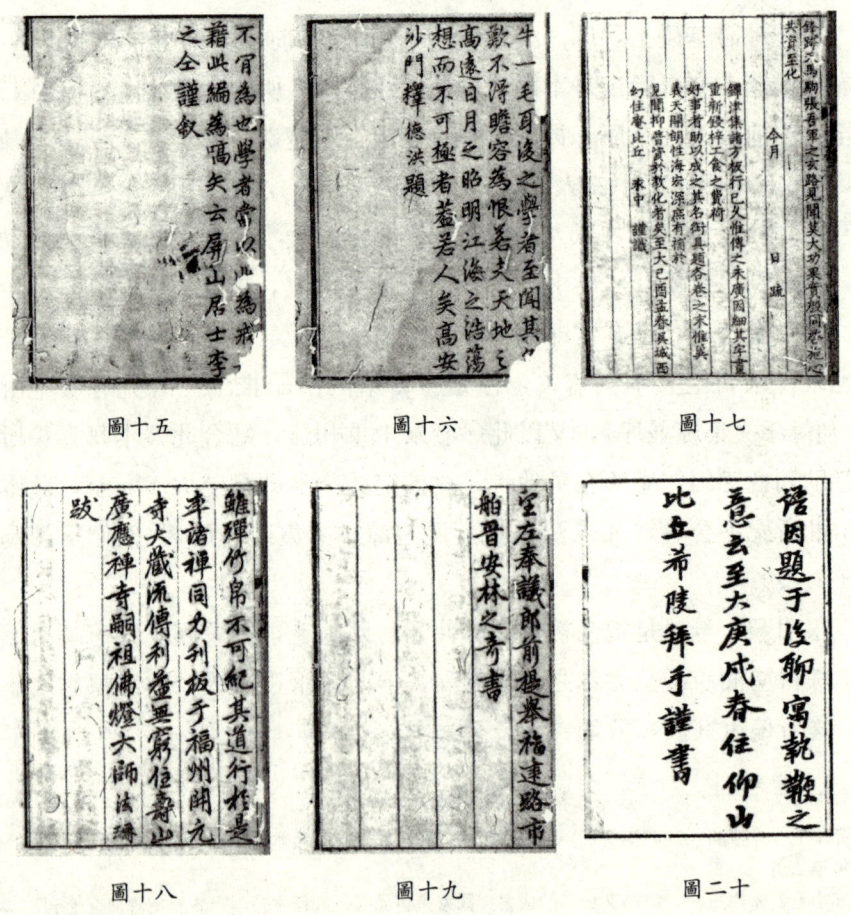

圖十五　　　　　　圖十六　　　　　　圖十七

圖十八　　　　　　圖十九　　　　　　圖二十

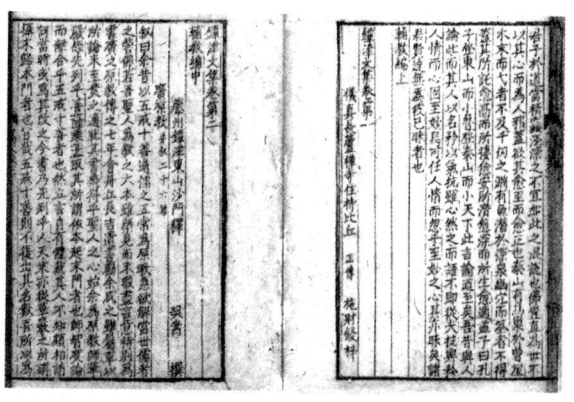

圖二十一

第三，傅增湘說至大本版式為"中版式，十二行二十四字，細黑口，左右雙闌。每卷後列捐貲助刊人姓名一行或數行"。此版本與其說一致，如圖二十一。

第四，據《日本漢籍錄》，日本內閣文庫所藏至大本卷十五至卷十七為日本室町時期人所補寫，則筆記自然不同，而此本與其說一致。如圖二十二、圖二十三。

| 圖二十二 | 圖二十三 | 圖二十四 |

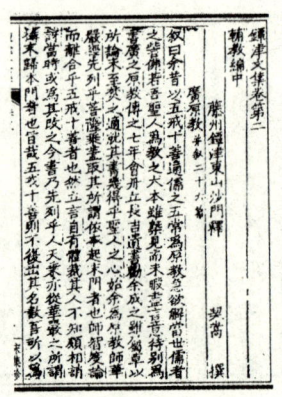

圖二十五

　　筆者手中之本，既為至大本，據此，則可與國家圖書館藏之殘本《鐔津文集》相較，從而斷其性質與年限。

　　由於國家圖書館藏殘本《鐔津文集》闕卷十八至卷二十，而日本內閣文庫所藏至大本卷十五至卷十七又為後來補寫，故兩者之比較，便在前十七卷所涉之內容。通過對比，可以發現，二者之間有同有異。

　　從同的方面說，殘本《鐔津文集》與日本內閣文庫藏至大本相比，版式相同，目錄、正文之文字完全一致。如圖二十四之與圖九，圖二十五之與圖二十一。這些一致，與至元本、祖奎本、永樂北藏本、弘治本、四庫本相比，卻並不存在。

　　從異的方面說，殘本《鐔津文集》與日本內閣文庫藏至大本相比，其集前序跋之篇目不同。殘本《鐔津文集》前所收序跋分別為明本《重刊鐔津集疏並序》（圖二十六）、李之仝《輔教編敘》（圖二十七、圖二十八）、德洪《題輔教編》（圖二十九）、德洪《嘉祐序》（圖三十、圖三十一）、佚名之文（即"皆世傳鐔津集所無者……"，圖三十二），而至大本集前祇有李之仝《輔教編敘》、德洪《題輔教編》兩文。

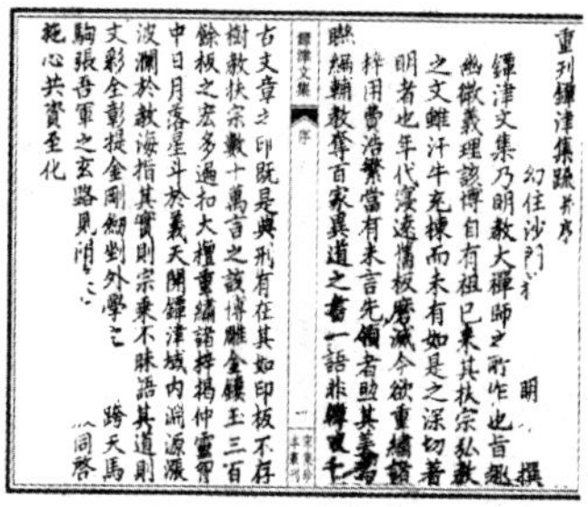

圖二十六

圖二十七

圖二十八

圖二十九

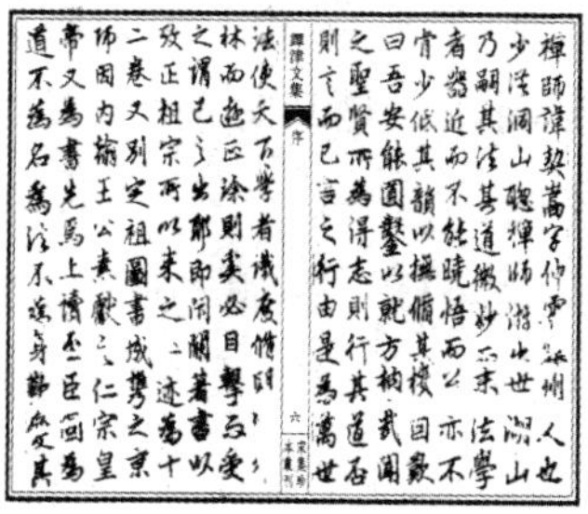

圖三十

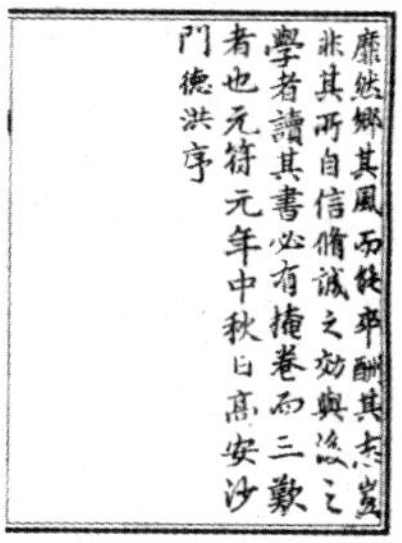

圖三十一

圖三十二

　　值得注意的是，明本《重刊鐔津集疏並序》、佚名之文雖不在至大本集前，卻也可在集中找到痕跡，如圖三十三、圖三十四、圖三十五。

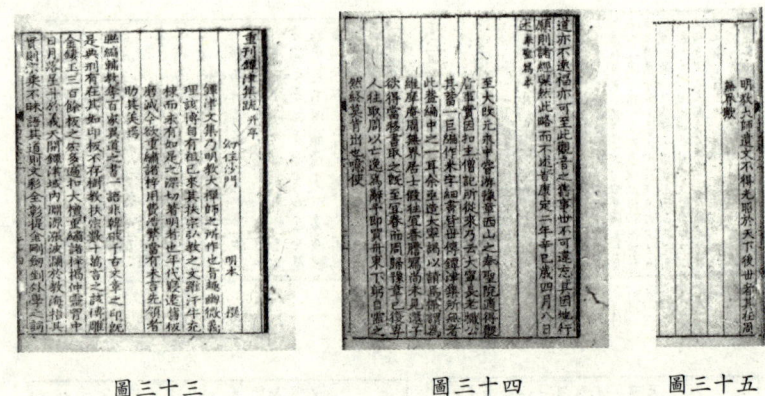

圖三十三　　　　　　　圖三十四　　　　圖三十五

可以看到，殘本因闕而佚名之文，實際上是永中為《豫章西山奉聖院感應觀音事實記》所作文後說明，並非《鐔津文集》序跋。而殘本中明本《重刊鐔津集疏並序》與永中所作《豫章西山奉聖院感應觀音事實記》文後說明，其版式、文字排列與至大本亦並不相同。

除此之外，殘本《鐔津文集》前所收德洪《嘉祐序》則無論在至大本前後序跋還是正文中都找不到任何痕跡。

由以上同異方面之比較，可以得出結論，這個版本與至大本有關係，尤其是目錄、正文所涉文字、版式幾乎完全相同，但是其集前序跋與至大本相異，可見它並非至大本（至少集前序跋不是）。

那麼，國家圖書館殘本《鐔津文集》究竟是怎樣一個版本呢？此殘本今所見卷首總目錄、前十四卷正文與日本內閣文庫所藏至大本完全一致。若以此為基礎推理，則其第十五卷至二十卷正文，應當也是至大本形貌。若是如此，則此殘本之第二十卷理當是收有明本《重刊鐔津集疏並序》與永中所作《豫章西山奉聖院感應觀音事實記》文後說明的，如此則其在集前復錄此二文，不就重複了嗎？尤其是永中所作文後說明，並非《鐔津文集》序跋，而是附在《豫章西山奉聖院感應觀音事實記》文後的，二者本不應分割，則此一段說明文字，又怎麼就被割裂到了集前，而成為類似序跋的文字呢？從這種亂象來看，此殘本《鐔津文集》頗像是被人將至大本正文與一些序跋文字淆亂放在了一起，而現代學者又將此種淆亂之態視為一個重新編纂的版本。但是，情況似乎又並非如此，此殘本集前四篇序跋與永中說明文字被如此收錄在一起，並以此序排列，在《鐔津文集》其他版本中也是有的，這一版本便是祖奎本。

祖奎本《鐔津文集》集前序跋，其篇目與國家圖書館藏殘本《鐔津文集》可以說完全一致，亦先後為明本《重刊鐔津集疏並序》（圖三十六）、李之仝《輔教編敘》（圖三十七、圖三十八）、德洪《題輔教編》（圖三十九）、德洪《嘉祐序》（圖四十、圖四十一）、永中《豫章西山奉聖院感應觀音事實記》文後說明（圖四十一、圖四十二）。

重刊鐔津集疏并序
幻住沙門釋明本撰
鐔津文集乃明教大禪師之所作也旨趣
幽微義理該博自有祖已來其扶宗弘教
之文雖汗牛充棟而未有如是之深切著
明者也年代寖遠舊板磨滅今欲重繡諸
梓用費浩繁當有未言先領者毋其美焉
編輔教奪百家異道之書一語排韓破千
古文章之印既是典刑有在如印板不存
樹教扶宗數十萬言之該博際金鏤玉三百
餘板之宏多遍扣大檀重繡諸梓揭仲靈
中日月落星斗於義天開鐔津域內淵源
波瀾於教海指其實則宗乘不昧論其道則
文彩全彰提金剛劍斷外學之詞鋒跨天馬
駒蹴吾軍之玄路見明莫大功果實叢同登
悲心共資聖化

圖三十六

娑婆教體本在音聞震旦根機
亦多明敏故大聖人嘗以種種
文身句義具方便智隨宜說法
諸佛弟子莫不皆得無礙辯才
大解脫門所以摧伏外道扶護
宗乘不得不爾蓋亦哀憫世智
辯聰為第一障能造無間業者
決是利根衆生故也以崔浩之
博學而行真君之事以李德裕
之高才而下會昌之詔雖像季
以來佛法浸微亦坐其徒不能
發明之耳西方之書名字音聲
與東夏不同諸儒多以為異端
盡力而攻之欲其破滅當宋仁
廟時歐陽脩作書論習之於上
石守道作怪說和之於下非
嵩禪師出輔教一編吾恐德士
著冠不待於天永之世也嘗讀
此書略舉佛語之一二合於孔
老之言者微加訓釋文而不李

圖三十七

不肖為也學者當以此為戒毋
藉此編為嚆矢云昇山居士李
之仝謹敘

圖三十八

嗚呼正法明哉先佛垂告封文
孰偽更相是非聖智圓融凡情
守隙否極則泰挺生英特則
永安禪師其人也握管驅風懸
河瀉辯推慈悲於教義會孔墨
以泌流巍巍乎冠冠乎寔當世
不可得也凡所著集雖不該傳
其在四方好事者之所錄殆九
牛一毛耳後之學者至聞其名
歎不得瞻容爲恨若夫天地之
高遠日月之昭明江海之浩蕩
想而不可極者蓋若人矣高安
沙門釋德洪題

圖三十九

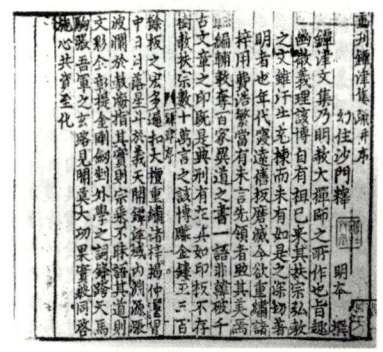

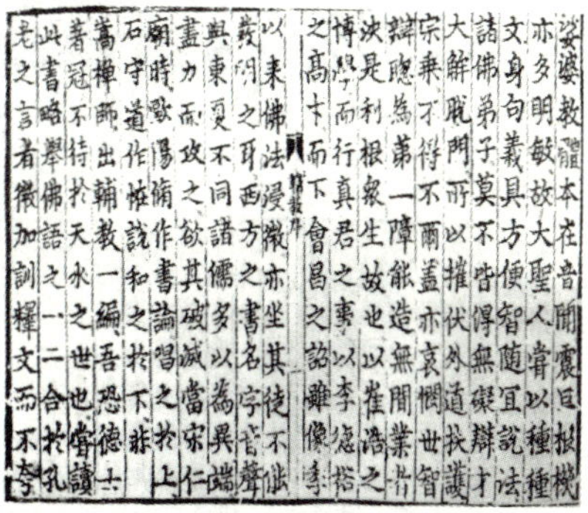

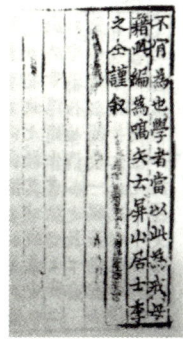

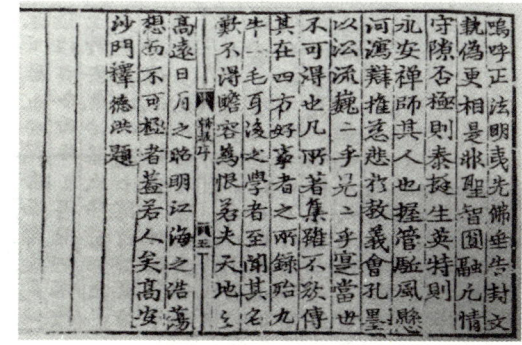

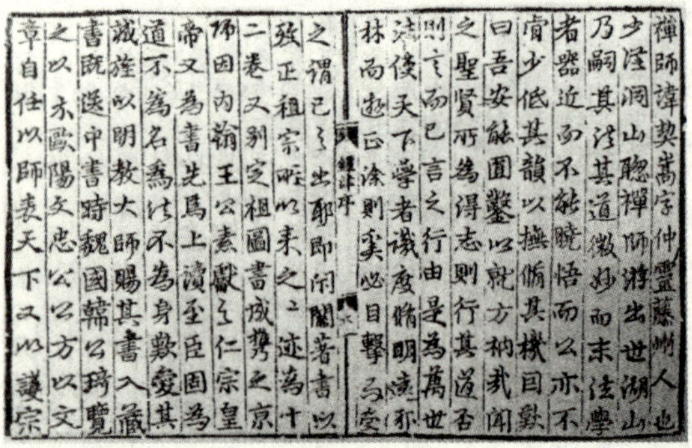

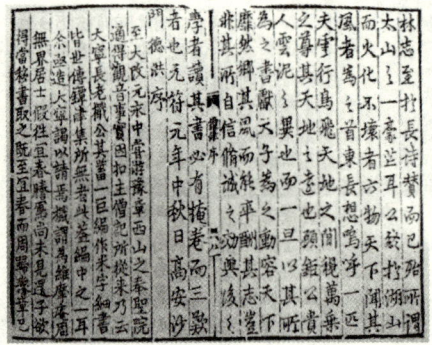

禪師諱契嵩字仲靈藤州人也
少從洞山聰禪師游出世湖山
乃嗣其法其道微妙而未法學
者器近而不能曉悟而公亦不
肯少低其韻以撫循其機曰歎
曰吾安能圓鑿以就方枘哉聞
之聖賢所為得志則行其道否
則言之而已言之行由是為萬世
法使天下學者識度皆明曉邪
林而趣正塗則吾必目擊而受
之謂已之出耶即所聞著書以
致正祖宗所以來之之迹為十
二卷又別定祖圖書成攜之京
師因內翰王公素獻之仁宗皇
帝又為書先焉上讀至臣固為
道不為名為法不為身歎愛其
誠旌以明教大師賜其書入藏
書既送中書時魏國韓公琦覽
之以示歐陽文忠公以方以文
章自任以師表天下又以護宗

圖四十

林志至於長詩贊而已殆所謂
太山之一毫芒耳公欽於湖山
而火化不壞者六物天下聞其
風者為之首東長想嚮守一匹
夫重行鳥飛天地之間視萬乘
之尊其天地之道也頭鈕公貴
人雲泥之異也而一旦以其所
為之書獻天子為之動容天下
靡然鄉其風而終平酬其志豈
非其所自信脩誠之効與後之
學者讀其書必有撫卷而三歎
者也元符元年中秋日高安沙
門德洪序
至大改元戊申嘗游豫章西山之奉聖院
適得觀音寶因知主僧祀所從來乃云
大寧長老職公其當一巨編作米字細書
皆世傳鐔津集所無者與蓋編中之一耳
余既造大寧謁以請焉職謂為維摩庵
無界居士假往豆春樓寓尚未見還予欲
得當移書取之既至豆春而周羈業章已

圖四十一

幾專人往取冏以亡逸為辭予即買舟東
下躬自需之然終莫肯出也噫使
明教大師遺文不得光昭於天下後世者
其在周無界歟

圖四十二

娑婆教體本在音聞震旦根機
亦多明敏故大聖人嘗以種種
文身句義具方便智隨宜說法
諸佛弟子莫不皆得無礙辯才
大解脫門所以摧伏外道扶護
宗乘不得不爾蓋亦哀憫世智
辯聰為第一障能造無間業
決是利根眾生故也

圖四十三

嗚呼正法明夷先佛垂告封文
執偽更相是非聖智圓融凡情
守濫否極則泰挺生英特則
永安禪師其人也握管馳風懸
河瀉辯推慈悲於教義會孔墨
以汎流巍巍乎晃晃乎寔當世
不可得也凡所著集誰不欲傳
其在四方好事者之所錄

圖四十四

除篇目及順序一致，分別對比祖奎本相應諸篇（圖二十六至圖三十二），還可發現它們在文字排列上是完全一致的，每一篇文章有多少行，每一行文字有多少字，以及每一行文字的內容皆相同。所不同者，衹在於

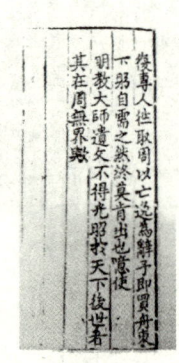

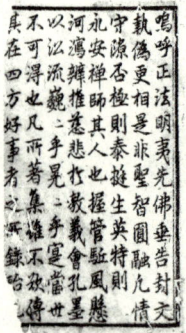

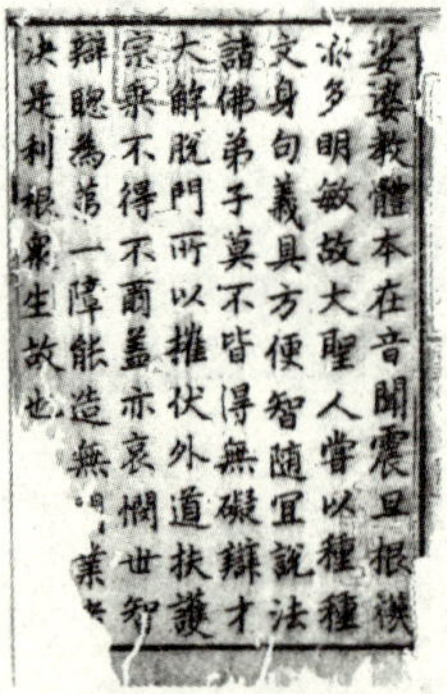

祖奎本為每半頁十行，而殘本《鐔津文集》則每半頁八行，以致在頁上有所錯位而已。由此來看，兩個版本之集前序跋，必是一方承襲了另一方。

　　那麼，究竟誰在前，誰在後？若殘本在前，則其為元刊本；若在後，則其便應是明刊本了。從祖奎本面貌看，其後出頗有可能，原因有二。第一，祖奎本除未收至元本末子柔題識外，幾乎全部復刻至元本。而集末部分，則又吸納了至大本（或源出至大本之版本）內容，將至大本始有的居簡《贊明教禪師五種不壞並引》、永中所尋得的《豫章西山奉聖院感應觀音事實記》收入其中。此兩大部分，未見有重新編纂之跡，則其集前序跋依循前人，便為可能。第二，祖奎本復刻至元本，故集末收有惠洪《嘉祐序》（此序曾經人修葺，後宗慧重又換為《嘉祐序》原文，至大本即用此原文），但是，其集前序跋中所收惠洪第二篇序，正是《嘉祐序》，如此便前後重複。若此集前序跋，為祖奎本始編，不當前後重複，致一集之中兩文重出。今既重出，則宜為兩部分承襲於不同對象所造成。又，從國家圖書館藏殘本《鐔津文集》面貌來看，則其先出亦很可能，原因有二。第一，此殘本中所收李之仝《輔教編敘》（圖二十七）、德洪《題輔教編》（圖二十九），分別對應至大本文字（圖四十三、圖四十四），可發現他們在筆跡上是完全一樣的，而與祖奎本則並不同。如果殘本是以祖奎本為對象而書寫，筆跡不可能會與至大本所收者完全一致，這說明殘本兩文乃直接從至大本來。第二，至大本在目錄上雖有"後敘二篇"，但在正文中實際上祇有懷悟《鐔津文集序》，既未收惠洪《嘉祐序》原文，也未收經人所修葺者。其集中既無《嘉祐序》，則其於集前收此文，便顯得合情合理。所以，從兩個版本之情況來看，殘本《鐔津文集》之刊刻當在至大本與祖奎本之間①。

---

① 然而，這並不能排除是明本的可能。因為在至大本所收李之仝《輔教編敘》首列文字中有"音聞震旦"四字（圖四十三），而在殘本的對應位置字跡卻有闕，"音"、"震"、"旦"三字皆可復而對應之，但第二字卻大異，就其字形看應是"悳"，其與"聞"字形態相去甚遠。由其義推測，當是"聽"字。而由"聞"變為"聽"，其原因最可能是避諱。元人避諱寬鬆，則其為明人更具可能，而明惠帝名"允炆"，則"聞"避為"聽"是可能的。如此，則此殘本當是明惠帝時版本。可惜，關於惠帝避諱情況不清晰，而此條又依於漫漶之文，無他據，今且存疑於此，以資探討。

《鐔津文集》"又序" 考論

摘要：今傳《鐔津文集》末有"又序"一篇，古人疑為文瑩作，現當代學者多逕稱惠洪《嘉祐序》。今從文獻角度予以對比，"又序"除與今傳《嘉祐序》對應部分外，另有兩段文字。此兩段文字與"又序"中其他部分相互照應，且"又序"與《鐔津文集序》亦前後照應，可知"又序"實為懷悟以《嘉祐序》為基礎進行的改定。其中，"今既以"一段則為懷悟自註。據"又序"性質而推敲，可知今傳《嘉祐序》謂韓琦曾陪同契嵩見歐陽修或不實，更可推知《鐔津文集》在懷悟編纂時的一些原始狀態。

關鍵詞：契嵩；《鐔津文集》；《嘉祐序》

一、《鐔津文集》"又序" 的爭議

懷悟搜羅契嵩文章，編成《鐔津文集》，集末除懷悟所自作後敘一篇外，尚有一篇"又序"。關於此序，國家圖書館藏元殘本於目錄上未標明作者，而明永樂北藏本於目錄上已題為"瑩道溫作"，而現當代學者在認知上則發生了變化。

陳垣《中國佛教史籍概論》云："附錄又有無名序一篇，永樂、弘治兩次刊本，均疑為著《湘山野錄》之瑩道溫作，而不知即《文字禪》二十三之《嘉祐集序》，亦可見明代僧徒之陋也。"[①] 瑩道溫，即釋文瑩。陳氏認為"又序"即惠洪《嘉祐序》，而明人誤之，乃以之為文瑩所作。

錢穆《讀契嵩〈鐔津集〉》云："懷悟之序曰……又曰：'仁宗皇帝讀其書，至臣固為道不為名，為法不為身，歎愛久之，旌以明教大師之號。'又曰：'師雖古今內外之書無所不讀，至於所著書，乃廣明外教皇極中庸之道，安危治亂之略，王霸刑名賞罰之權，而終導之無為寂默之道。'"[②] 其所引兩條文字為"又序"中語，而稱之為"懷悟之序"，不知此為籠統

---

① 陳垣：《中國佛教史籍概論》，北京：中華書局，1962 年，第 113 頁。

② 錢穆：《中國學術思想史論叢》，北京：生活·讀書·新知三聯書店，2009 年，第 32～33 頁。

之說，還是有確然的判定，惜其未作詳細說明。

　　張清泉《北宋契嵩的儒釋融會思想》在參考陳垣、陳士強關於此問題的研究後，得出結論說：“大體來說，此序為石門惠洪所作，應屬無疑，祇是其文字內容則宜參校二本，互為讎對補正，如此或可更見其原貌。”① 隨後，他在談到《論原》時又說：“惠洪曾說：‘其明聖賢出處之際，性命、道德之原，典雅詳正，汪洋浩渺，尤為博贍，總號之為《論原》。’”② 此處的“惠洪說”實際上是“又序”中的文字，而不在今傳《嘉祐序》（按：本文指《文淵閣四庫全書》中《文字禪》所收者）中，顯然張氏所謂“互為讎對補正”是將兩序完全放在同等地位上的。也就是說，他沒有考慮此段文字是惠洪本有而為今傳《嘉祐序》所遺失，還是惠洪本無而為“又序”所增。

　　曾棗莊校點惠洪《嘉祐序》③，有註云：“《鐔津文集》卷二二所收序詩贊題中有一篇《又序》，內容幾與《嘉祐序》完全相同，且更完整，前人謂‘不知何人所作’，疑即惠洪所作。”④ 可見，曾氏偏於將《又序》歸之惠洪。曾氏認為此《又序》比今傳《嘉祐序》“更完整”，故其校點《嘉祐序》時，所改易之五處皆以《又序》為標準，顯然是強調《又序》比今傳《嘉祐序》更具文獻價值。

　　林仲湘、邱小毛《鐔津文集校註》亦以“又序”為惠洪作，其在《上歐陽侍郎書》後有註釋曰：“惠洪《嘉祐集序》：‘（契嵩）因風俗山川之勝，欲拋擲才力，以收其景趣也，乃作《武林山志》。’”⑤ 此所引文字實出“又序”，而今傳《嘉祐序》則作“因風俗山川之勝，欲以拋擲其才力，以收景趣，乃作《武林志》”⑥。可見，邱小毛、林仲湘與張清泉觀點一致，亦將“又序”與今傳《嘉祐序》等價齊觀，而未能別二者之先後。

① 　張清泉：《北宋契嵩的儒釋融會思想》，臺北：文津出版社，1998 年，第 62～63 頁。
② 　張清泉：《北宋契嵩的儒釋融會思想》，臺北：文津出版社，1998 年，第 66 頁。按：陳士強也是將此談“論原”之內容視為惠洪所說。（見陳士強《大藏經總目提要·文史藏二》，上海：上海古籍出版社，2008 年，第 381 頁。）
③ 　《全宋文》第 141 冊第 57 頁云“以上曾棗莊校點”，其中“以上”即指惠洪文章部分。
④ 　曾棗莊、劉琳主編《全宋文》第 140 冊，上海：上海辭書出版社，2006 年，第 117 頁。
⑤ 　（宋）契嵩撰，林仲湘、邱小毛校註《鐔津文集校註》，成都：巴蜀書社，2011 年，第 206 頁。
⑥ 　（宋）惠洪：《石門文字禪》，《景印文淵閣四庫全書》，第 1116 冊，第 455 頁。

就前賢研究而言，《鐔津文集》之"又序"乃本源於惠洪《嘉祐序》已斷然無疑。但是，今傳《嘉祐序》與《鐔津文集》之"又序"誰更接近惠洪原作？二者為何有那麼大的文字差異？這種差異由誰造成呢？它們又是否可以等價齊觀，從而將彼此的文字互相引用而皆視為惠洪所說呢？本文意在辨清這些問題。

二、"又序"與今傳《嘉祐序》文獻析論

今先將兩序分為段落加以文獻對比，以觀察二者間的聯繫與區別。其中（1）表示今傳《嘉祐序》，（2）表示"又序"。

先看第一段。

（1）禪師諱契嵩……其道微妙，而末法學者器近而不能曉悟，而公亦不肯少低其韻，以俯循其機。因歎曰："吾安能圓鑿以就方枘哉？聞之聖賢所為，得志則行其道，否則言而已。言之行，由是為萬世法，使天下學者識度修明，遠邪林而遊正塗，則奚必目擊而受之，謂己之出邪？"即閉關著書，以攻正祖宗所以來之之跡，為十二卷。又別定祖圖。書成，攜之京師，因內翰王公素獻之仁宗皇帝，又為書先焉。上讀至"呂固為道不為名，為法不為身"，歎愛其誠，旌以明教大師，賜其書入藏。書既送中書，時魏國韓公琦覽之，以示歐陽文忠公。公方以文章自任，以師表天下，又以護宗，不喜吾道。見其文，謂魏公曰："不意僧中有此郎邪！黎明當一識之。"公同往見，文忠與語終日，遂大喜。由是公名振海內。遂買舟東下，居永安精舍，而歸老焉[①]。

（2）師自東來……然其所履之道高妙幽遠，而末路學者器近不能曉悟，而師終亦不肯少低其韻以撫循其機，因而歎曰："吾安能圓鑿以就方柄哉！聞聖賢所謂'得志則行其道，否則行其言而已'。言之行猶足為萬世法，使天下後世學者識度修明，遠邪見而遊正途，則奚必目擊而授之，謂從己出耶？"因卻關著書，以考正其祖宗所以來之之跡，為十二卷，《輔教編》三卷，又列《定祖圖》一面。書成，攜

---

① （宋）惠洪：《石門文字禪》，《景印文淵閣四庫全書》第 1116 冊，第 454～455 頁。

之京師，因內翰王公素獻之於仁宗皇帝，又為書以先之。上讀其書至"臣固為道不為名，為法不為身"歎愛久之，旌以"明教大師"之號，賜其書入藏。書既送中書，時魏國韓公琦覽之，以示歐陽文忠公修。公以文章自任，以師表天下，又以護宗不喜吾教，及見其文，乃謂魏公曰："不意僧中有此郎也，黎明當一識之！"師聞，因往見之。文忠與語終日，遂大稱賞其學贍道明，由是師之聲德益振寰宇。事竟，遂買舟東下，終老於山林①。

兩序第一段，皆述契嵩平生志向及所歷大事，如著書、獻書，與韓琦、歐陽修之交往等，其事一致，而言語也大多相同，字數也基本相當。承襲之跡，顯而易見。值得注意者，今傳《嘉祐序》稱契嵩皆為"公"，而"又序"則為"師"，此種分別貫穿於各自文中，下文所舉部分皆可明見。

再看第二段。

（1）公雖於古今內外之書無所不讀，至於安危治亂之略，當世同人少見其比。而痛以律自律其身，其學端誠，為歸宿之地，而慕梁惠約之為人，以其學校其所為，未見少差。其考正命分，於賢聖出處之際，尤為詳正。觀學者循奇巧，而不知本也，乃作《壇經贊》。亡孝背義，又循養其欲也，乃作孝篇十二章。士大夫不顧名實，多是己非他，乃作《輔教編》。學者苟合自輕，不貴尚以修德也，乃《題遠公影堂》。記其所慕也，乃作《茨堂序》。因風俗山川之勝，欲以拋擲其才力，以收景趣，乃作《武林志》。至於長詩贊而已，殆所謂太山之一毫芒耳。公終於湖山，而火化不壞者六物。天下聞其風者，為之首東長想。嗚呼②！

（2）師雖古今內外之書無所不讀，至於所著書，乃廣明外教皇極、中庸之道，安危治亂之略，王霸、刑名、賞罰之權，而終導之歸於無為寂默之道。當世聞人，少見其比肩焉。而痛以內教自律，其身

---

① （宋）契嵩撰，鍾東、江暉點校《鐔津文集》，上海：上海古籍出版社，2016年，第393～394頁。
② （宋）惠洪：《石門文字禪》，《景印文淵閣四庫全書》第1116冊，第455頁。

端，以儉素誠德為宿歸之地，而慕梁惠約之為人也。其所蘊至道淵密，然以其所學較其所為，而未見少差焉。所著書，觀當世士大夫不顧名實，而是己非他也，乃作《輔教編》；學者亡孝背義，循養其所欲也，乃作《孝論》；尚綺飾辭章，而不知道本也，乃作《壇經贊》；苟合自輕，而不自上以德也，乃《題遠公影堂文》。志其所慕，以風末世之華侈也，乃作《山茨堂序》；因風俗山川之勝，欲拋擲才力以收其景趣也，乃作《武林山志》。其明聖賢出處之際，性命、道德之原，典雅詳正，汪洋浩渺，尤為博贍，總號之為《論原》。其如詩、書、序、贊、記、傳、表、啟、銘、志、題、述，評辯是是非非，所謂太山之毫芒耳。及後終於湖山，而火化不壞者六物。天下聞其風，莫不東首而長想。嗚呼①！

兩序第二段皆論契嵩著述，所涉及文章基本相當，文字趨同者頗多，可見二者間承襲之跡。但是，兩序差異亦不小。第一，"又序"比今傳《嘉祐序》字數多出近二分之一，除了在論及契嵩文章時增加了一些修飾語外，還多出了一部分信息，如"廣明外教皇極、中庸……王霸、刑名、賞罰之權，而終導之歸於無為寂默之道"、"其明聖賢……總號之為'論原'"、"其如……書、序……記、傳、表、啟、銘、志、題、述，評辯是是非非"皆為多出者。第二，論契嵩文章時順序不同，今傳《嘉祐序》為《壇經贊》《孝論》《輔教編》《題遠公影堂》《茨堂序》《武林志》，而"又序"則為《輔教編》《孝論》《壇經贊》《題遠公影堂文》《山茨堂序》《武林山志》。

再看第三段。

(1) 一匹夫雲行鳥飛天地之間，視萬乘之尊，其天地之遠也。顧巨公貴人，雲泥之異也。而一旦以其所為之書獻，天子為之動容，天下靡然向其風，而卒能酬其志。豈非其所自信修誠之效歟？後之學者

---

① （宋）契嵩撰，鍾東、江暉點校《鐔津文集》，上海：上海古籍出版社，2016年，第394~395頁。

讀其書，必有掩卷而三歎者也。元符元年中秋日高安某序①。

（2）師雲行鳥飛於天地之間，視萬乘之尊，其勢天壤之遼也；顧王公貴人，雲泥之異也。一旦以其所為之書獻之，天子為之動容，天下靡然向風，而使其乃宗乃祖、吾佛無上妙道明白於萬世，而卒酬其抱道輔教之志，非其自信修誠之效歟？後之學者讀其書，必有掩卷而三歎者也。嗚呼②！

此部分乃對契嵩作總結性評價，對他十分推崇。兩序內容與用語都基本一致。所不同者，《嘉祐序》末有落款，標明了創作時間與作者信息，而"又序"卻沒有。

《嘉祐序》雖到此即結束，"又序"後面卻還有文字，如下：

①師之道譽聲德既其超邁，故後世學者，或當時在位，道贊人主、師表於天下後世者，皆仰而慕之，若天雲日星焉。故有尋遺風、想遐跡，瞻頌稱讚不已。有若前所紀淨因大覺璉禪師將師之《白雲謠》。若江西洪覺範之禮師之骨塔詩，若南海楞伽山端介然吊師之古詩凡百韻者，西蜀住龍舒天柱山靜禪師遙慕師之道譽聲德而序贊者，若靈源惟清禪師之跋師二手帖而伸贊之者，今皆筆之於此，或詳或略，以備研覽，而發季世佛學者之志操焉。其淨因大覺璉禪師送師之《白雲謠》者，已見前之後序中，此不煩錄矣。

②今既以陳令舉所著之記為前敘，舊得一敘，不書名，不知何人所作，或云瑩道溫。觀其文藻美麗，或近似之，他輩不能為也。而中間敘其為文之所以而不甚流類，不免隨為葺正之，仍舊綴於集末云③。

這兩小段文字，曾棗莊將之分為兩段，以之為單獨文章，而命名為《鐔津文集後記》④。林仲湘、邱小毛《鐔津文集校註》將之合為一段，視為"又

---

① （宋）惠洪：《石門文字禪》，《景印文淵閣四庫全書》第 1116 冊，第 455 頁。
② （宋）契嵩撰，鍾東、江暉點校《鐔津文集》，上海：上海古籍出版社，2016 年，第 395 頁。
③ （宋）契嵩撰，鍾東、江暉點校《鐔津文集》，上海：上海古籍出版社，2016 年，第 395～396 頁。
④ 曾棗莊、劉琳主編《全宋文》第 185 冊，上海：上海辭書出版社，2006 年，第 363～364 頁。

序"正文；而鍾東、江暉點校的《鐔津文集》將①視為正文，以②為小字，視為註文。誰是誰非呢？若皆為正文，其作者為誰呢？若第二段為註文，則又為誰所註呢？

今考永樂北藏本《鐔津文集》，末卷所收"又序"外諸師序贊，正文皆頂格而書，文內不分段。不頂格書寫而有分段者，則分為"序＋正文"與"序＋正文＋文後註"兩種形式。比如，所收修靜《贊明教大師》為"序＋正文"式，序與正文分成兩部分，序比正文低一格，各自內部不再分段。守端《吊嵩禪師詩》則分成序、正文、文後註三部分，其序與正文，書寫形式與《贊明教大師》同，而文後註比正文則低兩格。不過，因為文後註與正文之間有"南海楞伽山守端拜題"這一落款，故其作為文後註便易於判斷。對比而觀之，"又序"分為三部分，"禪師諱契嵩……嗚呼"為第一部分，此與今傳《嘉祐序》相對應，但今傳《嘉祐序》有"元符元年中秋日高安某序"的落款，而"又序"無。此部分頂格而書，文內不分段，與其他序贊正文的書寫形式一致。其後，"師之道"領起第二部分，書寫則比第一部分低一格，此與《贊明教大師》《吊嵩禪師詩》正文前的序的書寫形式一致。最後，"今既以"則領起第三部分，書寫上比第二部分低一格，而比第一部分則低兩格，形式與《吊嵩禪師詩》的文後註一致。由"又序"的書寫形式來看，"今既以"部分當為文後註，而"師之道"部分既不能簡單地視為正文，也不能同於文後註①。

進一步分析"又序"最後兩小段文字，可有更多發現。首先，從語氣角度說，①與其前文字一脈相承，如"師之道譽聲德既其超邁，故後世學者……"顯為承上啟下之句。"既其超邁"乃前文所敘契嵩生平事件與成就者，而"故後世學者"則引出下文懷璉、惠洪、守端、修靜等。並且，①中亦稱契嵩為"師"，與第一部分中稱呼一致。這種連貫性，顯示了①與其前之文字在創作時是一氣呵成的，非由另外作者另起爐灶。又，①中"今皆筆之於此"與②中"今既以陳令舉所著之記為前敘"皆曰"今"，時態上保持一致，並且相關行為也並不衝突，可見這些行為出於同一主體。

---

① 永樂北藏本《鐔津文集》末卷諸序讚書寫情況，見《中華大藏經》第 79 冊，第 937～943 頁。

然後，從内容角度說，②顯現出與“又序”第一部分的照應，並且①、②也都顯現出與懷悟的《鐔津文集序》相互照應。比如，一、“舊得一敘，不書名，不知何人所作”，這顯然是指其得惠洪《嘉祐序》而不知其名與作者，這就解釋了他的“又序”為何與《嘉祐序》相似的原因。二、“中間敘其為文之所以而不甚流類，不免隨為葺正之”，則顯示了其對《嘉祐序》有“葺正”，而重點針對的便是中間論述契嵩文章的部分，這就解釋了“又序”為何又與《嘉祐序》頗有差異而中間論契嵩文章處差異尤多之原因。三、“有若前所紀淨因大覺璉禪師將師之《白雲謠》”，“其淨因大覺璉禪師送師之《白雲謠》者，已見前之後序中，此不煩録矣”，其所言“前之後序”，即指《鐔津文集序》中已全文載録《白雲謠》[①]。四、“今既以陳令舉所著之記為前敘”，此事為懷悟所為[②]，則“舊得一敘”而“隨為葺正”者自然就是懷悟。五、從懷悟《鐔津文集序》中也看出對“又序”的關照，其中有“故後敘謂：‘因風俗山川之勝，欲抛擲才力，以收其景趣也，乃作《武林山志》。’”[③]“後敘”二字說明懷悟在《鐔津文集序》之後還安排有“後敘”，而其所引“後敘”中之文字也正是“又序”中的文字。

上舉語氣角度的連貫性、内容角度的照應性足以說明“又序”中三大部分同出一人之手，為懷悟所作。第一部分是懷悟以惠洪《嘉祐序》為基礎所進行的“葺正”，①作為第二部分是懷悟對後人憑弔契嵩的情況所作的補充。①於《嘉祐序》而言，當然不是正文，但對於“又序”而言，實際上是正文，懷悟為表分别，故另起一段。②是懷悟對自己得到《嘉祐序》並作修改這一事件的說明，已非述契嵩之事或加以評價，彼此性質不同。並且，①已講明接下來是要附録惠洪等所作憑弔文章，②若為正文而夾在中間，實是破壞連貫性。所以，②為懷悟自註文字。

---

① 懷悟《鐔津文集序》云：“大覺璉禪師賦《白雲謠》以將師之行，云：‘白雲人間來，不染飛埃色。遙爍太陽輝，萬態情何極。嗟嗟輕肥子，見擬垂天翼。圖南誠有機，去當六月息。寧知絪緼采，無心任吾適。天宇一何遼，舒卷非留跡。’”（契嵩撰，鍾東、江暉點校《鐔津文集》，上海：上海古籍出版社，2016年，第393頁。）

② 懷悟《鐔津文集序》云：“今以令舉所撰《行業記》標之為卷首。”（契嵩撰，鍾東、江暉點校《鐔津文集》，上海：上海古籍出版社，2016年，第391頁。）

③ （宋）契嵩撰，鍾東、江暉點校《鐔津文集》，上海：上海古籍出版社，2016年，第392頁。

　　林仲湘、邱小毛以①、②合為一段，視為"又序"正文，且又以"又序"中語混為惠洪所說，實未能弄清這兩小段文字真實作者與性質。鍾東、江暉對①、②性質的判定是正確的，但沒有涉及作者歸屬。曾棗莊對①、②作者的歸屬是正確的，但其將兩小段文字單獨作為一篇文章，在性質的判斷上出現了誤差，遂造成其將《又序》歸於惠洪而以之比今傳《嘉祐序》更具文獻價值的判斷。這成果離目標實在是祇有一步之遙了①。

　　那麼，惠洪《嘉祐序》何以被疑為文瑩所作？懷悟言其得惠洪之序，但其序"不書名，不知何人所作"。從惠洪作《嘉祐序》的元符元年到《鐔津文集》編成的紹興四年，其間僅三十六年，中間又經金人侵略的亂世，懷悟不能得惠洪《嘉祐序》更準確的信息實為正常。文瑩為契嵩之友，其《湘山野錄》中亦載契嵩之事而褒揚之。懷悟所言之"或云"之人，既見其序中評契嵩不以儒者詆呵之姿態，而予以極高之讚揚，且有言曰"（歐陽修）又以護宗不喜吾道"，故以之為佛徒所作之序；又見其所敘契嵩事頗詳，又"文藻美麗"，從而推測為與契嵩相友而又善文章的文瑩所作，確在情理之中。懷悟對文瑩所作之說，近於接受，但畢竟沒有下斷語。

　　此外，懷悟"又序"以《嘉祐序》為基礎，故二者相似度高，遂有互相參考之價值。但是，懷悟畢竟作了葺正，也就自然而然地將他對契嵩的認知帶入了其中。懷悟所言"皇極、中庸"、"《論原》"諸信息便是惠洪序所未點明者，而他以之為重點做了更多說明。其又見惠洪所論契嵩諸文章次序不甚規整，乃重新排列。所以，兩序的差別之處不可混為一談。

三、"又序"考辨的推進

　　"又序"性質的澄清，有三個方面的意義。

　　首先，有助於我們釐定之前研究者關於"又序"的一些不確切的說法。永樂北藏本、弘治本將"又序"徑題為"瑩道溫作"固然不對，而陳

---

① 《全宋文》收懷悟文章時，將①、②合為一文，並命名為《鐔津文集後記》，這是不恰當的。兩段固非一文，而①也不應與"又序"前半部分割裂，宜以"又序"收為懷悟之文，而②則不應納入其中。

垣、張清泉、陳士強、邱小毛、林仲湘將之視為惠洪《嘉祐序》也都是不精確的。今傳《嘉祐序》文字雖偶有訛誤，然句意連貫、篇幅完整，更好地保留了惠洪原作的形態，而"又序"則經懷悟有意識地修葺，融入了他的思想。在探索、還原惠洪關於契嵩的意見時，今傳《嘉祐序》顯然是第一位的文獻，"又序"祇能作為輔助。張清泉、陳士強、邱小毛、林仲湘在引用"又序"時，將引文完全等價於惠洪說，這就造成了把懷悟的語言及思想混淆為惠洪原意的情況。

　　其次，有助於我們通過"又序"去校正今傳《嘉祐序》，從而把握惠洪原意，從而厘定契嵩與歐陽修交往的一些事實。林仲湘、邱小毛《鐔津文集校註》在《重上韓相公書》後有一處註云：

　　　　惠洪《石門文字禪》卷二十三《嘉祐集序》云："書既送中書，時魏國韓公琦覽之，以示歐陽文忠公。公方以文章自任，以師表天下，又以護宗，不喜吾道。見其文，謂魏公曰：'不意僧中有此郎邪！黎明當一識之。'公同往見，文忠與語終日，遂大喜。"釋曇秀《人天寶鑒》所述亦據《嘉祐集序》，謂"魏公同往見，文忠與語終日，遂大喜"。按，《嘉祐集序》所述"公共同往見"，契嵩上韓琦書並無提及，恐非事實。是序又見於本書卷二十二，其中"公共同往見，文忠與語終日，遂大喜"數語，本書作"師聞，因往見之。文忠與語終日，遂大稱賞其學贍道明"。此當為事情本真①。

邱、林所欲辨者，乃契嵩之見歐公而韓琦是否陪同。邱、林將此事分為兩派：今傳《嘉祐序》曰"公同往見"，而《人天寶鑒》則曰"魏公同往見"，據此則韓琦參與了陪同；另一派則是"又序"所言"師聞，因往見之"，則韓琦未曾陪同。邱、林則據契嵩上韓琦書而未提及陪同之事，認為"又序"之說更可信。

　　要弄清韓琦是否曾陪同契嵩去見歐陽修，有必要先把今傳《嘉祐序》、《人天寶鑒》、"又序"的相關文字厘清。今傳《嘉祐序》曰"公同往見"，

---

① （宋）契嵩撰，林仲湘、邱小毛校註《鐔津文集校註》，成都：巴蜀書社，2011 年，第 193 頁。

《人天寶鑒》曰"魏公同往見"，而"又序"曰"師聞，因往見之"，三者間文字是有差異的。今傳《嘉祐序》雖因久傳而文字難免有訛誤者，但畢竟非人有意改造。《人天寶鑒》述契嵩事，則糅合了陳舜俞《鐔津明教大事行業記》、惠洪《禪林僧寶傳》《嘉祐序》而改造而成①。至於懷悟的"又序"，也是依據《嘉祐序》作了修葺的。所以，後兩者的說法在利用時就尤當加以辨析。第一，先需弄清今傳《嘉祐序》所言"公"究竟指誰？從今傳《嘉祐序》全文來看，惠洪稱契嵩皆曰"公"，又稱韓琦"魏國韓公"、"魏公"，稱歐陽修"文忠公"、"公"，所以"公同往見"中的"公"可能有三種指向。不過，因為是去見歐陽修，故其必非歐公。剩下二者，《人天寶鑒》疑為韓琦，故改"公"為"魏公"，而懷悟認為指契嵩，遂改為"師"。第二，"同往見"中的"同"是否有訛誤？《人天寶鑒》、今傳《嘉祐序》皆作"同"②，而元殘本《鐔津文集》前所收《嘉祐序》亦作"同"，但是從懷悟"又序"來看，懷悟所見《嘉祐序》中很可能寫作"公聞往見"，其遂改為"師聞，因往見之"③。

從版本流傳的角度說，《嘉祐序》原文為"公聞往見"，而訛為"公同往見"是很有可能的。今傳《嘉祐序》中有"當世同人少見其比"，在元殘本《鐔津文集》前所收《嘉祐序》中則作"當世聞人少見其比"，而懷悟"又序"中則是"當世聞人，少見其比肩焉"，據文意顯然當作"聞人"④。可見，《嘉祐序》從原本到今傳版本中顯然出現了從"聞"到"同"的形近而誤。因此，"公聞往見"，因形近而訛為"公同往見"便並非不可能。然後，從契嵩與韓琦、歐陽修的相關書信來看，契嵩聞韓琦之薦，於

---

① 參曇秀《人天寶鑒·明教嵩禪師》，藍吉富主編：《禪宗全書》，臺北：文殊出版社，1988 年，第 32 冊，第 428 頁。

② 邱、林二氏引《嘉祐序》時尚為"公同往見"，接著在按語中便寫作"公共同往見"，乃不嚴謹故，非有《嘉祐序》版本真作"公共同往見"也。

③ 曾棗莊先生校點時，依"又序"而改為"公因往見"（見《全宋文》第 140 冊，第 117 頁），亦認為有形近而誤。從元殘本《鐔津文集》前所收《嘉祐序》來看，其中所涉"聞"字外為"門"，而非"門"，故"聞"與"同"字形便近。以"因"訛為"同"，語義亦不通。不過，從懷悟改寫的角度說，增加"因"這一虛詞的可能性，宜比增加"聞"這一實詞的可能性更大，蓋增加實詞便容易改變原意。

④ 今傳《嘉祐序》中有文字訛誤或脫落者，周裕鍇先生《石門文字禪校註》（未刊）有整理，其中論及"聞人"訛為"同人"一條，本文引而說之。

是往見歐陽修，也顯得更合情理。契嵩作《重上韓相公書》曰"竊聞閣下益以其文與諸公稱之於館閣"①，作《又上韓相公書》曰"此是閣下鈞造與成其事，而又稱道其文，乃播諸賢士大夫"②，都祇言及韓琦推譽之事，而未言及親自陪同以見歐公之事。從契嵩角度說，韓琦若親自陪同而見歐陽修，顯然比言語推譽隆重得多，則更應感謝韓琦此舉，但是他卻並未言之。從韓琦的角度說，其為當朝宰相，向歐陽修推薦契嵩，已是相當榮寵，若又親自陪同以見歐公，恐反不恰當了。又，作為契嵩朋友的陳舜俞作《鐔津明教大師行業記》，文瑩作《湘山野録》，皆敘及契嵩生平，而未言及韓琦陪同契嵩事，而同為惠洪所作之《禪林僧寶傳·明教嵩禪師》敘契嵩事尤詳，亦未敘陪同之事。此外，若其句為"（魏）公同（嵩）往見，文忠與語終日"，前半句既已省"嵩"，後半句復省之，從句法上則徒然使人誤以文忠所語之對象為魏公，此表達顯得生澀。由此三條來看，惠洪《嘉祐序》原文或為"公聞往見"，其於事理、文法皆顯合理，故韓琦對契嵩有推譽之事，而陪同之事或不符實。

　　最後，"又序"的澄清有助於我們瞭解《鐔津文集》的一些原貌。懷悟在《鐔津文集序》中介紹該文集總二十卷，並以陳舜俞《行業記》標之卷首。但是，他自己的《鐔津文集序》究竟是在第二十卷內，還是附於集末，卻並未說明。除此之外，他沒有直接講到文集是否還收錄有其他內容，這就造成了無名氏"又序"、惠洪《禮嵩禪師塔詩》、守端《吊嵩禪師詩》、修靜《贊明教大師》、惟清《題明教禪師手帖後》二首，共六篇文章何時入於其集的問題。元殘本《鐔津文集》第二十卷，其內有《與楊公濟、晤沖晦山遊唱和詩》、後敘二篇、惠洪至惟清諸文，以及居簡的《五根不壞贊》、拾遺③。居簡為南宋末人。元殘本的目録很容易使人誤以為從"又序"以下的文章皆居簡之後的人所收錄④。而實際情況是，從《鐔津文

① （宋）契嵩撰，鍾東、江暉點校《鐔津文集》，上海：上海古籍出版社，2016 年，第 171 頁。
② （宋）契嵩撰，鍾東、江暉點校《鐔津文集》，上海：上海古籍出版社，2016 年，第 173 頁。
③ 見四川大學古籍整理所編《宋集珍本叢刊》第 4 冊。
④ 陳士強云："（《鐔津文集》）古本在書末祇載懷悟自撰的《序》，且不單獨列卷，而今本則在懷悟《序》之外，另收了九篇序詩讚題疏，演為一卷。"（見陳士強《大藏經總目提要·文史藏二》，上海：上海古籍出版社，2008 年，第 377 頁。）陳氏即將"又序"至惟清的六篇文章視為懷悟以後之人所收録。

集序》到惟清《題明教禪師手帖後》二首，共七文，皆為懷悟原集所有①。
按他以《行業記》標卷首而不列入第一卷中的做法，這七篇文章也應是在
第二十卷末另外附錄的，即其所云"綴於集末"者。

"又序"的澄清，也使我們知道了其最末一段"今既以"為懷悟所自
註，則《吊嵩禪師詩》後的"余研味其詩，雖風調氣韻高爽遒勁，而中間
凡用事綴韻，過於迂僻。今略取其辭意簡雅超邁之句，次成七十三韻，亦
可見其才志向慕之誠至焉"一段②，亦可推知為懷悟所註。據此註中懷悟
刪改之事，便可推知《吊嵩禪師詩》內"略去五韻"、"略去七韻"等小字
註釋，以及《贊明教大師》中的"中間敘繁處，皆略之"等註釋皆為懷悟
所自註了③。元殘本以下的《鐔津文集》中頗多小字註釋，但懷悟《鐔津
文集序》並沒說過自己在集中還作了註釋，今通過對"又序"部分的澄
清，則進一步可以確定懷悟曾於《鐔津文集》中自註，並且部分地保存在
了今所見諸《鐔津文集》版本中。當然，這並非說今《鐔津文集》中的小
字註釋皆懷悟所為。

---

① 惟清卒於政和七年（見《禪林僧寶傳‧黃龍佛壽清禪師》），惠洪卒於建炎二年（見《五燈會元‧
清涼惠洪禪師》），二者為契嵩作文時間自在懷悟編集以前。南海守端《吊明教嵩禪師詩》之引中
已明言作於"建中靖國元年"，則亦在懷悟編集前。《贊明教大師》文末落款為"龍舒天柱山比丘
修靜拜贊"，修靜其人，僧傳載之者則甚少。據宋庠《過曹氏墳庵，在灊皖間蜀僧修靜自天柱退居
於此》一詩，知修靜與宋庠有交遊。灊皖，在今安徽安慶市內。考《續資治通鑒長編》，云"治平
元年春……（上）命庠判亳州"，亳州今屬安徽，安慶在亳州之南，故知宋庠出判亳州而遇退居之
修靜。熙寧五年，契嵩示寂，上距治平元年九年，可知修靜實與契嵩大抵為同時代者，則其為
《贊明教大師》尚在惠洪之前也。此四人作品之時間，皆在懷悟編集之紹興四年前，亦可見懷悟有
條件搜羅此六篇文章也。
② （宋）契嵩撰，鍾東、江暉點校《鐔津文集》，上海：上海古籍出版社，2016年，第400頁。
③ （宋）契嵩撰，鍾東、江暉點校《鐔津文集》，上海：上海古籍出版社，2016年，第399、399、
400頁。

契嵩《嘉祐集》《治平集》以及《論原》考論①

摘要：契嵩曾自編《嘉祐集》《治平集》，然二集編纂時間不詳，其内容在陳舜俞、釋懷悟描述中則相反。契嵩曾寄王存《答王正仲祕書書》，中涉《嘉祐集》。考王存當時官職、任所，可知《嘉祐集》編成在治平三年以前。又，綜合契嵩、惠洪、懷悟關於《嘉祐集》内容之描述，可知陳舜俞之說為誤。《論原》為契嵩作品中之重要系列，然其名不見於契嵩文章中，而其編纂時間亦不詳。今考懷悟相關論說，結合契嵩與韓琦書信，並分析《論原》内容，可知《論原》為契嵩自編、自名，而編成時間在嘉祐七年以後。《論原》為《嘉祐集》之部分，故知二者成集當在嘉祐七年至治平三年之間。

關鍵詞：契嵩；《嘉祐集》；《治平集》；《論原》

一、研究點概述

契嵩生前頗好編集，今可知者有《輔教編》《嘉祐集》《治平集》《山遊唱和詩集》②，若能知諸集内容，則有益於研究契嵩文集編纂思想。不過，其《嘉祐集》《治平集》内容如何，古人記述卻有差異。陳舜俞《鐔津明教大師行業記》（下簡稱《行業記》）記載云："（契嵩）所著書自《定祖圖》而下，謂之《嘉祐集》，又有《治平集》，凡百餘卷，總六十有餘萬言。其甥沙門法澄克奉藏之，以信後世云。"③ 然而，懷悟《鐔津文集序》引此文字時，乃稱"自《定祖圖》而下，謂之《治平集》，又有《嘉祐集》，總六十有萬餘言。而其甥沙門法澄克奉藏之，以信後世"④。同為《嘉祐集》《治平集》，而内容相反，豈不怪哉？此為懷悟筆誤還是為其改動？若為改動，他依據什麼？前人言契嵩作品往往引陳氏之說，而鮮有對

① 此文已發表於《重慶師範大學學報》2018年第3期，為保持本書整體性，仍存於此。
② 嚴格說來，《山遊唱和詩集》為契嵩、楊蟠、惟晤三人所編，而非其一人所編，但也可反映契嵩懷有此種編纂思想。
③ （宋）契嵩撰，鍾東、江暉點校《鐔津文集》，上海：上海古籍出版社，2016年，卷首。
④ （宋）契嵩撰，鍾東、江暉點校《鐔津文集》，上海：上海古籍出版社，2016年，第390頁。

陳氏、懷悟之異予以辨析者。至於二集編纂的具體時間，前人亦無考辨者。

又，今《鐔津文集》中有《論原》四十篇，實為一文集。然"論原"之名，既不見於契嵩今所存文章中，亦未見於陳舜俞、釋文瑩、釋惠洪所涉契嵩之文章中，乃始見於懷悟《鐔津文集序》，則《論原》之編纂究竟是懷悟所為，還是契嵩所自為？若契嵩自為，則其編於何時？契嵩作品中，《輔教編》《傳法正宗記》作於皇祐至嘉祐間，最關契嵩學術思想，學界對此關注頗多。然《論原》為契嵩作品中《輔教編》《傳法正宗記》外，規模最大而思想性極強之作品系列，而前人對其形成過程與成集時間卻鮮有考察者。

本文目的，即在於對《嘉祐集》《治平集》《論原》的情況作一些細緻探索。

二、《嘉祐集》《治平集》的性質與形態

關於《嘉祐集》，契嵩曾有提到。其《答王正仲祕書書》云："所謂文集，此雖近成一書，僅五千言，蓋發明吾道，以正仲方專儒，恐未邆於此，不敢輒通。秋杪如成《嘉祐集》，當首請於下執事者。"① 可見，契嵩已編纂《嘉祐集》，而預期在當年"秋杪"即可完工。契嵩在此文中又云："近有客自藥肆中傳到七月所惠書一通，發讀，若與正仲風度相接，甚慰所懷也。"② 可見，其答書作於"七月"以後，至於"秋杪"不過一兩月，他的編纂工作應是完成絕大部分了。此外，這信還暗示了《嘉祐集》的內容，其非契嵩"發明吾道"者，而能符合王正仲"專儒"趣味，所以《嘉祐集》當以儒學為主，而非專門發明佛學者。

此信提到編《嘉祐集》，其用"嘉祐"年號，可知此信必作於嘉祐及以後，但更具體的時間則無明文。所以，要考察《嘉祐集》編纂時間，對此信寫作時間宜做進一步探索。契嵩此信，乃回復王正仲來信。王正仲，即王存，《宋史》有傳。王存之信，今已不存，無以知其具體內容及寫作時間。不過，從契嵩回信來看，有三條信息可助於考察王存當時情況。第

---

① （宋）契嵩撰，鍾東、江暉點校《鐔津文集》，上海：上海古籍出版社，2016年，第196頁。
② （宋）契嵩撰，鍾東、江暉點校《鐔津文集》，上海：上海古籍出版社，2016年，第195頁。

一，契嵩稱王存為"祕校正仲足下"①，考龔延明《宋代官制辭典》，"祕校"全稱"秘書省校書郎"，官正九品②。第二，契嵩曰："正仲之賢，足以大自樹立，而尚孜孜以不得志劇切為憂。"③可見，王存在信中表達了不得志的憂慮。第三，契嵩曰："此雖屈彼邑，幸且勉之，其道將有所張之也。"④王存既屈於一邑，則其不在京城。由此可見，王存當時官位卑微，且任職於地方。

據曾肇《王學士存墓誌銘》云：

> 慶曆六年進士及第，主秀州嘉興簿。遷越州上虞令，豪姓橫恣殺人，縣莫敢詰。公至首按以法，州吏受賄變其獄，公反得罪去。父喪服除，補密州觀察推官。公少有立志，雖為小官，修潔自重，首為歐陽文忠公所知。治平中，呂正獻公判國子監，薦為直講。又用趙康靖公薦，召試擢秘書省著作佐郎、館閣校勘，校集賢院書籍。入樞密院，編修《經武要略》，兼刪定諸房條例⑤。

從這段敘述看，王存任國子監直講前，曾任越州上虞令、密州觀察推官，皆地方官。據《諸城縣續志》云："靈官殿之東，平石壁立，上有宋人石刻三十七字……為嘉祐壬寅九月王存刻。"⑥諸城在北宋屬密州，則王存刻石當正在其密州觀察推官任上，而"嘉祐壬寅九月"即嘉祐七年之九月。考《宋代官制辭典》，觀察推官為從八品⑦，可以秘書省校書郎充任，如歐陽修《胡先生墓表》載"（胡瑗）先生初以白衣見天子，論樂，拜秘書省校書郎，辟丹州軍事推官，改密州觀察推官"⑧。故王存當時以秘書省校書郎補密州觀察推官是可能的，而契嵩稱之"祕校"便無誤。但是，呂公著

---

①　（宋）契嵩撰，鍾東、江暉點校《鐔津文集》，上海：上海古籍出版社，2016年，第195頁。
②　龔延明：《宋代官制辭典》，北京：中華書局，1997年，第241頁。
③　（宋）契嵩撰，鍾東、江暉點校《鐔津文集》，上海：上海古籍出版社，2016年，第196頁。
④　（宋）契嵩撰，鍾東、江暉點校《鐔津文集》，上海：上海古籍出版社，2016年，第196頁。
⑤　曾棗莊、劉琳主編《全宋文》第110冊，上海：上海辭書出版社，2006年，第126頁。
⑥　（清）劉光門、朱學海：《諸城縣續志》，道光十四年刊本，卷五。
⑦　龔延明：《宋代官制辭典》，北京：中華書局，1997年，第525頁。
⑧　（宋）歐陽修著，李逸安點校《歐陽修全集》，北京：中華書局，2001年，第389頁。

判國子監，並薦王存為直講的時間並不確定為治平幾年。據《續資治通鑒長編》載："（治平）三年八月己亥，龍圖閣直學士兼侍講、崇文院檢討呂公著知蔡州。"[1] 可見，呂公著之薦，必在治平三年八月前。又《續資治通鑒長編》云："（治平三年十月）韓琦、曾公亮、歐陽修、趙概等所舉蔡延慶、夏倚、王汾、葉均、劉攽、章惇、胡宗愈、王存……凡二十人，上皆令召試。"[2] 又"（治平四年潤三月）屯田員外郎劉攽、著作佐郎王存為館閣校勘"[3]。而《麟臺故事》載："（上）乃先召尚書度支員外郎蔡延慶……前密州觀察推官王存等十人餘復試之。"[4] 可見，王存入京前確為秘書省校書郎充密州觀察推官。趙概即趙康靖公，因其舉薦，王存遂升為祕書省著作佐郎。考慮王存在升為祕書省著作佐郎之前還有為國子監直講的經歷，則其由密州觀察推官任上入京，不會早於治平三年。所以，契嵩給王存的回信，也必是在此之前的。

契嵩編纂《嘉祐集》的時間，還可從《嘉祐集》內文章時限作更精密的考察，不過這需對《嘉祐集》的內容先做探討。至於《嘉祐集》的內容，陳舜俞、懷悟所載完全相反，這顯然先須辨明。

《行業記》現存各版本中，"自《定祖圖》而下，謂之《嘉祐集》"並無文字差異，而《鐔津文集序》各版本中說法也同樣一致，可見懷悟之說與陳氏不同，非版本傳播所致。懷悟《鐔津文集序》云"今以令舉所撰《行業記》，標之為卷首"[5]，而他的說法與其標於卷首的《行業記》相悖，可見是懷悟導致了這種差異。要麼他引用時弄錯了，要麼他有意作了改正。

陳舜俞為契嵩好友，理當見過《嘉祐集》《治平集》。懷悟晚於契嵩，而當時契嵩著述又是"不得其傳，而散落多矣"[6]。照理，陳氏之說當更為可信，而懷悟乃出於疏忽。但是，契嵩《答王正仲祕書書》已經暗示《嘉

---

① （宋）李燾《續資治通鑒長編》，北京：中華書局，1995 年，第 5075 頁。

② （宋）李燾《續資治通鑒長編》，北京：中華書局，1995 年，第 5065 頁。

③ （宋）李燾《續資治通鑒長編》，北京：中華書局，1995 年，第 5089 頁。

④ （宋）程俱撰、張富詳校證《麟臺故事校證》，北京：中華書局，2000 年，第 248 頁。

⑤ （宋）契嵩撰，鍾東、江暉點校《鐔津文集》，上海：上海古籍出版社，2016 年，第 391 頁。

⑥ （宋）契嵩撰，鍾東、江暉點校《鐔津文集》，上海：上海古籍出版社，2016 年，第 390 頁。

祐集》與儒者趣味相近，而不大關涉佛學。陳舜俞以《定祖圖》為《治平集》中內容，而《定祖圖》與《傳法正宗記》《傳法正宗論》相輔而行，《定祖圖》若被收在《嘉祐集》中，《傳法正宗記》《傳法正宗論》沒有道理不收入，而他們都是專門描述禪宗歷史的，這顯然不合於契嵩對《嘉祐集》的描述。

　　除了契嵩的說法，從惠洪、懷悟對《嘉祐集》的一些描述看，陳舜俞所講的也有問題。

　　惠洪《嘉祐序》在敘述了契嵩的經歷後，有一段關於契嵩作品的論述。其文曰：

> 　　公雖於古今內外之書無所不讀，至於安危治亂之略，當世同人少見其比。而痛以律自律其身，其學端誠，為歸宿之地，而慕梁惠約之為人，以其學校其所為，未見少差。其考正命分，於賢聖出處之際，尤為詳正。觀學者徇奇巧，而不知本也，乃作《壇經贊》。亡孝背義，又徇養其欲也，乃作《孝論》十二章。士大夫不顧名實，多是己非他，乃作《輔教編》。學者苟合自輕，不貴尚以修德也，乃《題遠公影堂》。記其所慕也，乃作《茨堂序》。因風俗山川之勝，欲以拋擲其才力，以收景趣，乃作《武林志》。至於長詩贊而已。殆所謂太山之一毫芒耳[①]。

契嵩平生最重要的著作，乃《輔教編》《傳法正宗記》，但惠洪此處所論作品卻並未涉及《傳法正宗記》，則祇能說明《傳法正宗記》不符合此段論述宗旨。而這一論述宗旨，即是否為《嘉祐集》中作品。他這一段論述是評議《嘉祐集》內容的。這一點，從懷悟的說法中可得到印證。

　　懷悟《鐔津文集序》云：“今自《論原》而下，至於贊、辭，約十二卷，次前成一十五卷，昔題名《嘉祐集》者是也。”[②] 此處的“前”是指《鐔津文集》以《輔教編》為前三卷。其又云：“其《非韓》文，昔自分三

①　（宋）惠洪：《石門文字禪》，《景印文淵閣四庫全書》第 1116 冊，第 455 頁。
②　（宋）契嵩撰，鍾東、江暉點校《鐔津文集》，上海：上海古籍出版社，2016 年，第 391 頁。

十章，今約為三卷，次前成一十八卷。又得古、律及山遊唱酬詩共一百二十四首，分之為二，總成二十卷，命題《鐔津文集》，示不忘本也。"① 也即說，《鐔津文集》中除去前三卷的《輔教編》，後五卷的《非韓子》、"古、律及山遊唱酬詩"，懷悟所搜羅的契嵩其他文章皆在中間十二卷。

懷悟所搜羅的文章還有哪些呢？除零散搜羅者外，其文集主體皆從景純上人處來。懷悟云：

> 大觀初，余居儀真長蘆之慈杭室，於廣眾中得湖南僧景純上人者入予室，一日投一大集於席間，曰："此老嵩之全集也，祕之久矣。聞師切慕其遺文，願以獻師。"余獲之，且驚且喜。念茲或天所相而授我耶，若獲至珍重寶。自《皇極》《中庸》而下，總五十餘論，及書、啟、敘、記、辨、述、銘、贊、《武林山志》與諸雜著等，約一十六萬餘言，皆舊所聞名而未及見者。雖文理稍有差誤，皆比較選練詮次，幾始成集，庶可觀焉②。

此中所論篇章，自然都被收在《鐔津文集》的中間十二卷內。可見，這十二卷中，除有《論原》、贊、辭外，還有《皇極論》《中庸解》等論，以及書、啟、敘、記、辨、述、銘、《武林山志》、諸雜著。這些都是《嘉祐集》中的內容。

懷悟之所以知道《嘉祐集》的內容，實因景純上人所獻"老嵩之全集"包括《嘉祐集》。懷悟的搜羅工作，除景純上人這次獻書外，再沒有與此相當的收穫，他也未言從其他地方得到過《嘉祐集》，故其所見《嘉祐集》定是從景純上人處來的。懷悟見過《嘉祐集》，故其對《嘉祐集》內容的描述是可靠的。

將懷悟所言的《嘉祐集》內容與惠洪《嘉祐序》那一段論述比較，二者是相符的。其明顯相同者，有《輔教編》（《壇經贊》《孝論》在其中）、《武林山志》（惠洪作《武林志》）、贊等。惠洪還提到《題遠公影堂》《茨堂序》

---

① （宋）契嵩撰，鍾東、江暉點校《鐔津文集》，上海：上海古籍出版社，2016年，第391頁。
② （宋）契嵩撰，鍾東、江暉點校《鐔津文集》，上海：上海古籍出版社，2016年，第390頁。

（即《山茨堂序》），今本《鐔津文集》亦存此兩篇，亦在其中間十二卷内。

懷悟對《嘉祐集》内容的描述，與惠洪《嘉祐序》那一段論述相符，足以說明惠洪那段話是對《嘉祐集》内篇章的說明。如此，綜合懷悟、惠洪關於《嘉祐集》内容的描述，便大體可知契嵩所編《嘉祐集》形態了。其中可知篇名者，有《輔教編》《皇極論》《中庸解》《題遠公影堂》《山茨堂序》《武林山志》《論原》，另有詩、書、啟、敘、記、辨、述、銘、雜著等類別。其中，《武林山志》乃作於嘉祐三年之後，故《嘉祐集》的編成必在嘉祐三年（1058）至治平三年（1066）這八年間。

契嵩於生前已自編文集，而名曰《嘉祐集》，則《治平集》亦當為其所自編。至於《治平集》的内容，當結合陳舜俞、懷悟之說來看。陳氏云"自《定祖圖》而下，謂之《嘉祐集》，又有《治平集》，凡百餘卷，總六十有餘萬言"[1]，而懷悟則改為"自《定祖圖》而下，謂之《治平集》，又有《嘉祐集》，總六十有萬餘言"[2]。懷悟未言其見過《治平集》，故其對《治平集》内容的描述乃出於推測，這種推測是基於他已判定出陳舜俞對《嘉祐集》描述的錯誤。懷悟遂將陳舜俞對《嘉祐集》《治平集》的描述作了對調。他這種判斷是可信的。陳舜俞是契嵩好友，又清楚描述了《嘉祐集》《治平集》總的卷數和字數，並且他還講到二集由法澄保管，所以他必然見過這兩部文集。因此，他描述說其中一部文集的内容是"自《定祖圖》而下"，這是可信的。祇是他在描述時出現筆誤，把《治平集》的内容說成是《嘉祐集》了。

三、《論原》考辨

《論原》今存四十篇，在《鐔津文集》中分量頗重，但它在兩個方面頗有疑點。一曰，《論原》之名；二曰，《論原》之時。

先看《論原》之名。"論原"一名不見於契嵩今存文章中，其所編《嘉祐集》，今亦不傳，故其中分卷、篇目如何，難以詳悉，是以《嘉祐集》中是否存《論原》之目亦無直接證據。懷悟編《鐔津文集》，曰："今自《論原》以下，至於贊、辭，約為十二卷，次前成一十五卷，昔題名了

---

[1] （宋）契嵩撰，鍾東、江暉點校《鐔津文集》，上海：上海古籍出版社，2016 年，卷首。
[2] （宋）契嵩撰，鍾東、江暉點校《鐔津文集》，上海：上海古籍出版社，2016 年，第 390 頁。

《嘉祐集》者是也。"① 又懷悟《鐔津文集·又序》曰："其明聖賢出處之際，性命、道德之原，典雅詳正，汪洋浩渺，尤為博瞻，總號之為《論原》。"② 懷悟所稱《論原》，實為今天可見之最早者。那麼，《論原》是契嵩所自編、所自名呢，還是由他人所為呢？

再看《論原》之時。《論原》的編纂時間，今無明確說明者，而其中篇章之創作時間亦基本無記載。不過，其中兩篇，可大概推知其時間。契嵩《非韓子》（第九）云："予少時著《評讓》，初亦取韓子所謂禹傳子之說。其後審思之，即考虞夏之《書》，竟不復見禹傳賢傳子之說。"③ 此即《論原》之《評讓》，其文有"禹之世浸異，其時不可讓於人，故其子承之，而天下亦戴其仁也"④。可見，《評讓》作於契嵩少時。不僅如此，禹傳子之說，契嵩在《至政》中同樣信從。《至政》云："是故禹、湯、文、武、周公，此五聖人者，謹大政，故不苟擅大權也。行大權，故不苟讓大位也。征有扈也，放夏桀也，殛鯀也，伐紂也，攝天下、誅管蔡也，以家傳天下而天下之人從而服之而不有怨也。"⑤ 則此篇必在《非韓子》之前。《非韓子》作於嘉祐元年（1056），則《至政》亦必在嘉祐前也。又，《問兵》中有"客以論兵問，而叟愀然曰"⑥，契嵩以"叟"自稱，則年齡已長。其文章中以"叟"自稱者，今存最早為《原教》，作於皇祐二年（1050），當時契嵩四十三歲。年齡剛過四十而稱"叟"，此已少見，若更在之前，可能性便越小了。所以，《至政》的創作，在《原教》以前的可能性小，在其後的可能性大，縱使在《原教》以前，也不當差距太大。就此三文觀之，《評讓》為契嵩"少時"之作，《至政》則在嘉祐以前，而《問兵》則其已稱"叟"，可見《論原》內文章時間跨度頗大。那麼，這些時間跨度頗大的文章，為何會編在一起，其編纂又在何時呢？

欲解開這兩方面疑惑，則有必要從懷悟相關論述切入，並結合契嵩的文章來考察。

---

① （宋）契嵩撰，鍾東、江暉點校《鐔津文集》，上海：上海古籍出版社，2016 年，第 391 頁。
② （宋）契嵩撰，鍾東、江暉點校《鐔津文集》，上海：上海古籍出版社，2016 年，第 395 頁。
③ （宋）契嵩撰，鍾東、江暉點校《鐔津文集》，上海：上海古籍出版社，2016 年，第 394 頁。
④ （宋）契嵩撰，鍾東、江暉點校《鐔津文集》，上海：上海古籍出版社，2016 年，第 99 頁。
⑤ （宋）契嵩撰，鍾東、江暉點校《鐔津文集》，上海：上海古籍出版社，2016 年，第 83 頁。
⑥ （宋）契嵩撰，鍾東、江暉點校《鐔津文集》，上海：上海古籍出版社，2016 年，第 97 頁。

　　首先，就《論原》之名而言，雖不見於契嵩今傳文章中，但它應是契嵩所自名，也即說《論原》是契嵩自己編纂的系列。此有四點可證。第一，懷悟見過《嘉祐集》，所以他知道集中是否有《論原》。第二，懷悟編《鐔津文集》頗為尊重契嵩的想法及《嘉祐集》原始形態。其云"示不忘其本也"①，這裏的"本"指向契嵩，有尊重之意。《嘉祐集》既為契嵩自編，則更能反映其編纂思想，故保留《嘉祐集》形態便是對契嵩的尊重。《鐔津文集》前十五卷基本保留《嘉祐集》結構，這可說是懷悟對契嵩編纂思想予以尊重的實際體現。當然，懷悟另外編集，故有一定改善。其言曰："今以令舉所撰《行業記》標之為卷首"②，"又以《真諦無聖論》綴於《輔教編》內，《壇經贊》後"③。加上其於十五卷後增加的《非韓子》，古、律及《山遊唱和詩》，構成了《鐔津文集》的整體。就其改善部分看，有補充，有融攝，而並未分散原來的集合。比如，原《輔教編》、《非韓子》本都屬"論"，但前者被分為前三卷，後者卻分為十六、十七、十八卷，他們並未因同屬於"論"而臨近，卻為了保留《嘉祐集》結構而分開了。又如，《壇經贊》本當屬"贊"，但懷悟未將之放入其中，而置之於《輔教編》內，雖也改變了原來形態，但這是一種融攝，而非將《輔教編》分散。可見，懷悟雖要增加新的編纂思想，但仍舊力求保持契嵩的編纂思路。第三，契嵩為學，頗有探原溯本之追求。其《傳法正宗定祖圖敘》云："吾佛以正法要為一大教之宗，以密傳受為一大教之祖。其宗乃聖賢之道原，生靈之妙本也；其祖乃萬世學定慧之大範，十二部說之真驗也。"④ 其著《傳法正宗記》，其意正在顯佛教"聖賢之道原，生靈之妙本"。契嵩著《原教》《廣原教》更是欲探教化之本原。這種探原的思想及命名方式，與《論原》也是一致的。這也可旁證《論原》為契嵩所編，所名。第四，《論原》作為系列，在惠洪《嘉祐序》中也隱約有所呈現。《嘉祐序》云："其考正命分，於賢聖出處之際，尤為詳正。"⑤ 這話被懷悟演

① （宋）契嵩撰，鍾東、江暉點校《鐔津文集》，上海：上海古籍出版社，2016年，第391頁。
② （宋）契嵩撰，鍾東、江暉點校《鐔津文集》，上海：上海古籍出版社，2016年，第391頁。
③ （宋）契嵩撰，鍾東、江暉點校《鐔津文集》，上海：上海古籍出版社，2016年，第391頁。
④ （宋）契嵩撰，鍾東、江暉點校《鐔津文集》，上海：上海古籍出版社，2016年，第213頁。
⑤ （宋）惠洪：《石門文字禪》，《景印文淵閣四庫全書》第1116冊，第455頁。

化為 "其明聖賢出處之際，性命、道德之原，典雅詳正，汪洋浩渺，尤為博贍，總號之為《論原》"①。可見在懷悟眼中《嘉祐序》作者見過《論原》，這也可證明《論原》非懷悟所自編。

然後，看《論原》的編纂時間。《問兵》中契嵩以 "叟" 自稱，則其宜為皇祐二年後作品。皇祐二年，契嵩作《原教》，其後便開始將所著文章獻與當時之執政者。皇祐二年，契嵩曾以《原教》獻張方平，嘉祐三年又託崔黃臣以《輔教編》獻之。隨後又將《輔教編》獻呂溱。嘉祐三年，契嵩還託崔黃臣將《輔教編》獻給田況、曾公亮、趙概。契嵩也曾將《輔教編》示關景仁，嘉祐四年又託關氏以《輔教編》獻富弼，以《輔教編》《皇極論》獻韓琦。嘉祐六年，契嵩自赴京師，以《輔教編》《傳法正宗記》獻天子，又以《輔教編》《武林山志》獻歐陽修。此外，他還準備將《嘉祐集》寄與王存。這些事件，足以說明契嵩樂於將作品獻給執政者或與其交好者。可是，從皇祐二年獻書張方平，到嘉祐六年獻書歐陽修，這十一年中契嵩都未向誰獻過《論原》，甚至從未言及《論原》。從《論原》的內容說，多為闡發儒家政教理論者，理當對執政者或交好的儒者更具吸引力，他把具有同樣性質的 "少時行道餘暇所為，粗明乎治世聖賢之道" 的《皇極論》獻給韓琦，卻不以更為成熟、更為系統的《論原》獻之，這說明《論原》在當時尚未編成。

《論原》的編成當是契嵩於嘉祐七年初從京返吳後。契嵩《又上韓相公書》云：

> 然閣下輔相功烈冠絕於古今者，蓋閣下善用堯、舜、禹、湯、文、武、周公、孔子、孟軻、荀況之道而然也。今有人著書深切著明，以推衍彼十聖賢之道，而正乎世之治亂。其極深研幾，自謂不忝乎賈誼、董仲舒之為書也，是可資乎閣下雄才遠識萬分之一二耳。伏念某放浪世外其跡與世雖異，輒著其書，慮俗無知，嫉而忽之，故祕之自謂 "潛子"，不敢顯其名也。今閣下至公，與天下之人而為善也，不區域其華野顯晦者，天下服之。乃不遠千里寫其書而投之，苟有可觀，其說不妄，萬一

---

① （宋）契嵩撰，鍾東、江暉點校《鐔津文集》，上海：上海古籍出版社，2016年，第395頁。

果有所資贊，則某也少報閣下之嘉德，而得以展其微效也①。

此信是契嵩返吳後，寫給韓琦者。其內容除表達感謝外，最重要的是向韓琦獻書。此書為新獻者，故其必非曾獻於韓琦之《輔教編》《傳法正宗記》《皇極論》。就此書內容言，乃闡發堯、舜至於孟軻、荀況十聖賢之道，意在"正乎世之治亂"，性質與《皇極論》"明乎治世聖賢之道"相同，為儒學著作。但是，契嵩言《皇極論》則曰"少時行道餘暇所為，粗明乎治世聖賢之道"②，而敍此新獻之書則曰"其極深研幾，自謂不忝乎賈誼、董仲舒之為書也"。可見，在契嵩眼中，此新獻之書與《皇極論》雖性質相同，但更為優秀，是他論說治世之學的得意之作。契嵩嘉祐四年向韓琦獻《皇極論》而並未獻同性質卻更優秀的作品，嘉祐六年入京師，也未把此優秀之作獻給韓琦，而是東歸吳地後方獻之，衹能說明此作為新成者。

契嵩這一新成著作，就其性質與內容言，與《論原》可謂相符。今《論原》內篇目為《禮樂》《大政》《至政》《賞罰》《教化》《刑法》《公私》《論信》《說命》《皇問》《問兵》《評讓》《問霸》《巽說》《人文》《性德》《存心》《福解》《評隱》《喻用》《物宜》《善惡》《性情》《九流》《四端》《中正》《明分》《察勢》《刑勢》《君子》《知人》《品論》《解譏》《風俗》《仁孝》《問經》《問交》《師道》《道德》《治心》。觀其名，察其實，不難看出這些篇章基本為探討儒家義理者。更具體些看，《大政》云："堯命四正，其人稱也，物所以遂其時焉，民所以得其死生焉。舜命九官、四嶽、十二牧，其人當也，故其政亦臻也，教亦顯也。"③《至政》云："是故禹、湯、文、武、周公，此五聖人者，謹大政，故不苟擅大權也；行大權，故不苟讓大位也；征有扈也，放夏桀也，殛鯀也，伐紂也，攝天下、誅管蔡也，以家傳天下而天下之人從而服之，而不有怨也，蓋其政至矣。"④《論原》中標舉堯、舜、禹、湯、文、武、周公為治世聖人之處頗多，而文中引孔子、孟子、荀子之言者更數不勝數，這符合契嵩在《又上韓相公書》中的說法。

---

①　（宋）契嵩撰，鍾東、江暉點校《鐔津文集》，上海：上海古籍出版社，2016 年，第 173～174 頁。

②　（宋）契嵩撰，鍾東、江暉點校《鐔津文集》，上海：上海古籍出版社，2016 年，第 170 頁。

③　（宋）契嵩撰，鍾東、江暉點校《鐔津文集》，上海：上海古籍出版社，2016 年，第 82 頁。

④　（宋）契嵩撰，鍾東、江暉點校《鐔津文集》，上海：上海古籍出版社，2016 年，第 83 頁。

此外，從惠洪、懷悟對《嘉祐集》的說法看，契嵩所獻韓琦者也當是《論原》。《嘉祐集》為契嵩所自編，其內容符合儒者趣味。惠洪、懷悟在描述《嘉祐集》中的重要作品時，所提到的最重要的儒學論著就是《論原》，並沒有提到還有與《論原》地位相當的儒學著作。也即是說，在《嘉祐集》中也祇有《論原》足以當得契嵩"自謂不忝乎賈誼、董仲舒之為書"的自信。這也可說是契嵩所獻韓琦之書即為《論原》之佐證。

最後應注意者，前已言《嘉祐集》當成於嘉祐三年至治平三年間，而《論原》既為《嘉祐集》部分，又成於嘉祐七年以後，則可知《嘉祐集》《論原》之編成皆應在嘉祐七年至治平三年這四年之間。《嘉祐集》後，契嵩復編《治平集》，則《治平集》的內容，要麼拾前集之餘、收新出之作而無關宗旨，要麼就是與《嘉祐集》相異而另立宗旨。契嵩編《嘉祐集》而不收《傳法正宗記》，乃欲使《嘉祐集》合儒者趣味。其《答王正仲祕書書》云"所謂文集，此雖近成一書，僅五千言，蓋發明吾道"，此五千言自亦不在《嘉祐集》中。而《行業記》載契嵩歸吳後，"浮圖之講解者，惡其有別傳之語，而恥其所宗不在所謂二十八人者，乃相與造說以非之。仲靈聞之，攘袂切齒，又益著書，博引聖賢經論、古人集錄為證，幾至數萬言"①。此數萬言亦不在《嘉祐集》內。可見，契嵩從《嘉祐集》立意至成集，皆緊守其合儒趣味之宗旨。其既已早有儒、釋之分，則另為一集以收論佛之文，此當為早有之意。所以，《治平集》的內容當是以論佛為主。綜合陳舜俞、懷悟關於二集之說，亦可知《治平集》內容為"自《定祖圖》而下"者，《定祖圖》為《傳法正宗記》之部分，而《傳法正宗記》正是契嵩論佛之最重要者，此亦可佐證《治平集》內容當以論佛為主。以其主於論佛，故接受者少；以其為契嵩晚年所編，故無力於推廣；以《傳法正宗記》入藏另行，故《治平集》價值削弱。這些都將影響《治平集》流傳。契嵩為雲門宗大師而善於為文，然今天所傳文章除《傳法正宗記》外，竟無其專論佛學者，這大概與其自編《治平集》而又遺佚有關。

---

① （宋）契嵩撰，鍾東、江暉點校《鐔津文集》，上海：上海古籍出版社，2016 年，卷首。

《鐔津文集》的形成、演變與集內註釋歸屬之考辨

摘要：契嵩《鐔津文集》早期版本無存，故致學界常見版本如國家圖書館藏元殘本以下，其集中註釋歸屬不明，或以為懷悟註，或以為元人註。今據藏於日本之至元本考察，其集中註釋概可分為五類。其中，"註篇數" 類 33 條，分佈於總目錄、分卷目錄下，而所註篇數與正文中實存者相符，這與懷悟編成《鐔津文集》後有遺佚之狀況相悖。"註文字差異" 類 95 條，其中大量涉及兩個或三個版本之比較，這與懷悟當時搜羅契嵩文章之艱難狀況也不合。此兩點說明，這些註釋非出懷悟之手。而 "註文字意義" 類中，"縣"、"正"、"木"、"樹"、"朐"、"桓" 皆避宋祖先或皇帝之諱，則知這些註釋為懷悟後之宋人作。此外，據 "註編纂信息" 類考察，還可知道《鐔津文集》在宋元之際有懷悟古本、"元集"、至元本祖本、至大本四種版本，而他們之間的關係也頗為緊密。

關鍵詞：《鐔津文集》；契嵩；至元本；避諱

一、《鐔津文集》正文、註釋之研究情況概說

《鐔津文集》是釋懷悟搜羅北宋雲門宗高僧契嵩之文而編成的，其成集時間在紹興四年（1134）。至於成集之後，何時付梓刊刻，則學界至今未詳。在相當長時間內，學界研究契嵩時，所運用的都是明清之際所成之版本。如張清泉《北宋契嵩的儒釋融會思想》利用的是四部叢刊本（其底本為弘治本），陳雷《契嵩佛學思想研究》利用的是大正藏本（其底本為永樂北藏本），而邱小毛、林仲湘《鐔津文集校註》，曾棗莊、劉琳主編《全宋文》契嵩部分之點校，亦都以四部叢刊本為底本。《鐔津文集校註》《全宋文》還以國家圖書館藏元殘本《鐔津文集》為參校本，但二書都以之為至大本，實際上這一殘本祇是至大本的重修本。《鐔津文集》最新的整理本有由鍾東、江暉點校和紀雪娟點校者，二者皆出版於 2016 年上半年。前者以大正藏本為底本，以弘治本、永樂北藏本為主要參校本，而後者則以日本國會圖書館藏日本南北朝時代覆元刊本（五山版）為底本，並利用至元本、至大本（實為國家圖書館藏元殘本）、永樂北藏本、弘治本以參校。可以看到，無論是對

契嵩文本進行整理還是對其思想進行研究者，其對《鐔津文集》的至元本、至大本幾乎都未曾一睹，而這兩個版本在國內也無公開刊行者。在此種情況下，要利用這兩個版本作推進研究，便更莫論了。

《鐔津文集》版本既多，則相互之間同異如何，其早期面貌又是怎樣，他們之間如何遞變？這些問題都是治《鐔津文集》版本者所不得不考慮的。弄不清這些問題，自然也會一定程度地影響對懷悟編纂《鐔津文集》所作工作的準確認識，甚至影響對契嵩思想的準確認識。

祝尚書在《宋人別集敘錄》中最早將《鐔津文集》的元刊殘本（國家圖書館所藏者）、弘治本結合懷悟《鐔津文集序》中所述二十卷情況進行比較。其文曰：

> 懷悟原編本今雖不可復睹，然其《鐔津文集序》嘗詳述其編次，曰：
>
> > 師之著述不得其傳，而散落多矣。如《天竺慈雲法師行狀曲記》，長水遷、勤二師碑誌，《行道舍利述》，《匡山遷道者碑》，《定祖圖序》，皆余自獲石刻而模傳之，今總以入《藏正宗記》。……今以令舉（陳舜俞）所撰《行業記》標之為卷首，貴在見乎師之世系嗣祖出世去留之跡……（按：省祝氏引文）
>
> 以懷悟編次較之元殘本、弘治本，知懷悟編次與後代刻本有所不同。懷悟獲自石刻、編入《藏正宗記》之碑、記、序等，元殘本以下皆已編入文集。又，元殘本、弘治本在卷一一《答王仲正秘書書》（按：祝氏誤，應為王正仲）下註曰：“以上七書先自為卷。”又在卷一一《與石門月禪師》下註：“自此原各為卷。”所謂“先”、“原”者，當指宋刊本，蓋即懷悟編次。要之，元刊殘本雖卷數與懷悟本同，而收文及卷次分合則已異，蓋嘗經後人重新釐定。所憾不能校日本米澤文庫所藏宋刻元修本，不知該本編次如何？又據懷悟所述，所編實即《嘉祐集》加《非韓文》，以及所輯詩歌，則《治平集》似多已散佚，益知前引《四庫提要》所謂詩文“止有此數”恐不確[1]。

---

[1] 祝尚書：《宋人別集敘錄》，北京：中華書局，1999年，第185～186頁。

祝氏所論涉及兩方面内容，一方面是《鐔津文集》的正文形貌，包括其所收篇目、分卷及文章來源；另一方面是《鐔津文集》的註釋形貌，並根據"以上七書先自爲卷"、"自此原各爲卷"兩條註釋推測出"先"、"原"所指者乃是"宋刊本"面貌，並認爲此種宋刊本面貌就是懷悟所編《鐔津文集》分卷形式。要之，其核心思路就是利用其所見最早的《鐔津文集》版本探索此集早期形貌。

　　但是，祝氏的分析顯然有錯誤和表達不明者。就《鐔津文集》所收篇目言，他認爲《天竺慈雲法師行狀曲記》，長水遷、勤二師碑誌，《行道舍利述》，《匡山遷道者碑》，《定祖圖序》等文乃"編入《藏正宗記》"，是後人編入《鐔津文集》中的，這顯然是將"今總以入藏《正宗記》《定祖圖》與今文集等會計之，纔得三十有餘萬"①斷錯了句。所謂"入藏《正宗記》"乃指契嵩被收入大藏經的《傳法正宗記》，而原句之意乃懷悟總計《正宗記》《定祖圖》與其所編《鐔津文集》字數得三十有餘萬，祝氏則把此句之開頭斷爲了上句之收尾。所以，懷悟得自石刻的諸篇文章實是被他編入《鐔津文集》的。又如，祝氏推測"先"、"原"二字所指爲"宋刊本"，則頗易使人反推此兩條註釋出於元人，但這卻是未必。又其推測此"宋刊本"便是"懷悟編次"者，則無異於説懷悟編成《鐔津文集》後，其分卷在整個南宋未再有變化，這也未必。所以，祝氏對元殘本《鐔津文集》中註釋的歸屬表達不明，而基於此註釋所作推測也並不嚴謹。

　　針對祝尚書之説，邱小毛、林仲湘《〈鐔津文集〉的成書與國家圖書館藏元刊殘本考》一文有針對性的反駁。其文曰：

　　　　祝尚書先生認爲"所謂'先'、'元'者，當指宋刊本，蓋即懷悟編次"，並據此認定元殘本編次已非懷悟編次原貌。按此論恐未甚確，所謂"先"、"元"者當指《嘉祐集》編次，註者當爲懷悟本人而非刊刻文集的元僧。又檢明永樂、弘治兩次所刻二十二卷本，其卷次與元殘本雖有不同，然而各註皆予以保留，可見明僧亦以"先"、"元"指

---

① （宋）契嵩撰，鍾東、江暉點校《鐔津文集》，上海：上海古籍出版社，2016年，第390～391頁。

《嘉祐集》，故不擅改懷悟原註。另，元殘本正文夾校，有校語凡百餘
條，其中絕大部分亦非元僧所校，而是懷悟原校。如卷一三契嵩為
"高識上人"所作《清軒銘並敘》，篇末"克勤乃意，彼上人也"句下
校："元集中不著名，可疑也。今謂'高識'者，乃寓意耳。"所謂
"元集"當指懷悟本人所見《嘉祐集》，因底本上人脫名，故懷悟以
"高識"名之。又如卷一七《非韓子第十八》"反於一而悖於四"句下
校："自'上焉者主於一而行之四'以至'悖於四'，元不書此，今備
檢入。"此校語亦顯係懷悟以文集輯錄者身份添加，是即其《後序》
所謂"近又得本於語溪東藍彥上人，乃與余昔於匡山所得別本較之，
文字亦甚疏謬，乃以韓文條理而正之"例[1]。

邱、林依據國家圖書館藏元殘本而考證集內註釋，一則認為"先"、"元"
所指者乃契嵩自編之《嘉祐集》，而非懷悟所編《鐔津文集》宋刊本；一
則認為元殘本百餘條校語中絕大部分為"懷悟原校"，而非"元僧所校"，
則其顯然默認祝尚書以這些校語歸於元僧。

此後，紀雪娟《宋僧契嵩〈鐔津文集〉版本考述》則對祝、邱、林三
人之說皆有反對。其文曰：

> 祝尚書認為，元殘本據懷悟本重修，但編次已非懷悟古本原貌，
> 元殘本目錄中出現的"元在嘉祐集中"等小註皆為元僧在重修《鐔津
> 文集》時所作。邱小毛、林仲湘指出此小註皆為懷悟所作，元僧在重
> 修《鐔津文集》時並不擅改懷悟原註。但筆者認為元本所參考的並非
> 是懷悟所編古本，主要證據即是懷悟《序》中所言"自《論原》而下
> 至於贊辭約為十二卷，次前成一十五卷，昔題名《嘉祐集》者是也"。
> 而元本目錄中第四卷後註曰"自《皇極論》後悉總題名《嘉祐集》"，
> 據此可推斷，元本參考的並非懷悟古本，或不止參考懷悟一本，且元

① 邱小毛、林仲湘：《〈鐔津文集〉的成書與國家圖書館藏元刊殘本考》，《古籍整理研究學刊》，2012
年第 2 期。

本中註解應為元僧在編次時所作，而非懷悟原註①。

　　紀氏根據懷悟《鐔津文集序》中對其編集時所作分卷的自述，對比元殘本註釋的不同，判定祝氏所說"先"、"元"指懷悟所編古本為誤；又認為《鐔津文集》中註釋應為元僧所為，這便與邱、林觀點相異。當然，紀氏未對這些註釋何以為元人所為列出證據。

　　由以上諸家的論說，不難看出他們都關注《鐔津文集》形成、演變之過程，也都在一定程度上利用了元殘本以下的集中註釋來證明。但是，他們對這些註釋的歸屬有爭議，對一些註釋的解讀也並不一樣，這就造成了對《鐔津文集》形成、演變之跡的差異性認識。由此看來，弄清《鐔津文集》中註釋的歸屬既具有其獨立的學術價值，也會進一步影響對《鐔津文集》形成、演變之過程的瞭解。本文目的，便是力圖對此兩大問題作一探索。

　　二、至元本《鐔津文集》中註釋之分類與歸屬考辨

　　今存《鐔津文集》版本，最早而最完整者是至元本，考其集內具有註釋性質之文字合 235 條，他們主要以小字書寫，祇有五條為大字。其中，"鐔津文集二十卷總目録"內含二十條，其後"鐔津文集卷第一"至"鐔津文集卷第二十"分別為三、八、六、五、一〇、八、一一、二八、一一、九、六、六、一八、一三、九、九、八、一二、一〇、二五條。根據這些註釋之內容，可分為註讀音、註篇數、註文字差異、註文字意義、註編纂信息五種。

　　先看註讀音，全書僅有三條。第一，《原教》："古聖人憂之，為其法，交相為（去聲）治。"② 第二，《廣原教》："夫事中也者，萬事之制中（去

① 紀雪娟：《宋僧契嵩〈鐔津文集〉版本考述》，《宋史研究論叢》，第 14 輯，第 572 頁。

② （宋）契嵩撰，紀雪娟點校《鐔津文集》，重慶：西南師範大學出版社，2016 年，第 15 頁。按：至元本、至大本國內皆無正式出版者，故於諸註釋雖標其卷次而讀者亦難明晰。但是，至元本中註釋絶多數都保留於其後諸版本中，如國家圖書館藏元殘本、日本南北朝時代覆元刊本、永樂北藏本、弘治本等，而日本南北朝時代覆元刊本最接近至元本而保留註釋亦最完整，紀雪娟點校即以此為底本，故本文涉註釋處皆引之，此可便讀者對閱。又，由於紀雪娟點校本未將日本南北朝時代覆元刊本之目録中註釋標出，故此文中所涉《鐔津文集》總目録、分卷目録中註釋可參國家圖書館藏元殘本（四川大學古籍所編《宋集珍本叢刊·鐔津文集》（第 4 冊），北京：線裝書局，2004 年），及日本南北朝時代覆元刊本（《域外漢籍珍本文庫》編纂出版委員會編《域外漢籍珍本文庫·鐔津文集》（第 3 輯，集部），重慶：西南師範大學出版社，北京：人民出版社，2012 年），文中不再另行標註。

聲）者也。"① 第三，《壇經贊》："其承於聖人之言，則計之博（音團）之。"② 如此少量之註音，說明本書註釋重心非在於此。尤當注意的是第三條，從至元本、至大本，乃至承襲至元本的祖奎本、元殘本，皆作"博"，而其為"博"之俗字，在此義亦通。但諸本之下皆有註曰"音團"，則始註此音者要麼是誤認其字為形近之"搏"，要麼就是其所見版本已作"搏"，而後來諸本乃作"博"。若為後者，則顯示此處有版本之變。

其次是註篇數，全書有三十三條。他們分別處在《鐔津文集》總目錄、每卷分目錄的卷名、篇名以及正文中的篇名之下。比如：

《鐔津文集》總目錄	每卷分目錄
（廣原教）並敘共二十六篇	（廣原教）並敘二十六篇
（孝論）並敘共一十三篇	（孝論）並敘一十三篇
（中庸解）五篇	（中庸解）五篇
（論原）總四十篇此初十篇	（論原）總四十篇此初十篇
（論原）次前，十篇	（論原）次前十篇
（論原）次前第二十一至四十	（論原）文勢稍短於前揔會二十篇成卷也
（雜著）一十二篇	（論原）十二篇可資瞻策發學者志業識見元在後集諸卷今編次於論原矣
（書）自皇帝而下兩府共十四封	（書）一十四封
	（上韓相公書）前後四封
（書啟狀）儒釋共四十四	（書啟狀）共四十四封
（敘）圖記集錄等序共一十四首	（敘）一十四首
（敘）餞送歌詩序等共九首	（敘）九首
（志記銘題）共一十首	（志記銘）共十首
（述題書贊傳評）共十二首	
（非韓上）並序與第一篇	

① （宋）契嵩撰，紀雪娟點校《鐔津文集》，重慶：西南師範大學出版社，2016年，第20頁。
② （宋）契嵩撰，紀雪娟點校《鐔津文集》，重慶：西南師範大學出版社，2016年，第71頁。

（非韓中）第二至第十三	
（非韓下）第十四至三十	
	（述題書贊傳評）共十二首
古律詩共六十首	古律詩共六十首
（與楊公濟晤沖晦山遊唱和詩） 總六十九首①	

　　可以看到，這三十三條註釋中，有十三組是重複的，雖然表述或略有不同，但他們所統計的篇數是一致的。其重複之處，如"廣原教"、"孝論"、"中庸解"是文章名，而其他十處皆為卷名。這十三處地方所註篇目一致，說明他們當出於同一註釋者之手。哪怕他們出於不同的註釋者，至少也能說明這些註釋者所面對的《鐔津文集》在這十三處地方是一樣的。也即是說，他們所見到的《廣原教》《孝論》《中庸解》內部篇數一致，而其他十卷內部篇數也一致。

　　考察這些關於篇數的註釋，其數目與至元本《鐔津文集》內部諸篇、諸卷之數目是一致的，在註釋上並未出錯。由這種現象，可以推斷出這些註釋非出於懷悟之手，因為他們所註情況與懷悟之說相悖。懷悟《鐔津文集序》云："師之著述不得其傳，而散落多矣。如《天竺慈雲法師行狀曲記》，長水暹、勤二師碑誌，《行道舍利述》，《匡山暹道者碑》，《定祖圖序》，皆余自獲石刻而模傳之。"② 這些文章都是被懷悟收進了《鐔津文集》中的。其中"長水暹、勤二師碑誌"即是《秀州資聖禪院故暹禪師影堂記》《秀州資聖禪院故和尚勤公塔銘》兩文，他們與《天竺慈雲法師行狀曲記》（即《杭州武林天竺寺廟故大法師慈雲式公行業曲記》）、《行道舍利述》（即《秀州精嚴寺行道舍利述》）、《定祖圖序》（即《傳法正宗定祖圖敘》）三文皆在至元本以下諸版《鐔津文集》中，而《匡山暹道者碑》則

────────────

① 本文所列三表中，"（　）"為註釋文字所附之處，其後所舉即註釋文字。在此表中"古律詩共六十首"一條，雖"共六十首"數字類於註釋，但在諸版本中其皆為大字，故難以確鑿為註釋文字，姑列於此。此外，此文正文中引用註釋文字時，"（　）"內方為註釋文字。

② （宋）契嵩撰，鍾東、江暉點校《鐔津文集》，上海：上海古籍出版社，2016年，第390頁。

不存，而此篇亦未為註釋者計入篇數中。懷悟又云："自《皇極》《中庸》而下，總五十餘論，及書、啟、敘、記、辨、述、銘、贊、《武林山志》與諸雜著等，約一十六萬餘言。"① 然至元本《鐔津文集》以下諸本之相應部分，皆僅存八萬字左右，則懷悟編纂之後又曾遺佚八萬字以上。如此數量之遺佚文字，自應有相當數量之完整篇章，而他們並未為註釋者計入篇中。所以，懷悟所編之《鐔津文集》在篇數上肯定是多於至元本以下諸版本所存篇數的，則懷悟若自註其所編《鐔津文集》諸篇、諸卷之數，則其所計之數理當多於至元本以下諸本中所存之實際篇數。而現在，這兩者卻完全相符，祇能說明這些註釋不出懷悟之手。此外，懷悟云"又得古、律及山遊唱酬詩共一百二十四首，分之為二"②，但從以上所舉註釋來看，古、律詩共六十首，而《山遊唱和詩》六十九首，顯然比懷悟所收多出了五首，亦可見此非懷悟所註。

　　其次是註文字差異，全書有九十五條。他們的分佈位置除第一、三卷外，其餘各卷皆有，共涉文章六十八篇。這些註釋表現為兩種形式，一為註缺字，一為註異字。所謂"註缺字"，如《廣原教》"聖人之所以教（或無以字）"，《論原·大政》"故其所為（一本無所）"，《論原·明分》"資生金石草木（或無草木二字）"，《遊南屏山記》"其極深且靜處也（或無極深且三字）"，《無為軍崇壽禪院轉輪大藏記》"概眾普得（或闕此四字）"，《非韓子》（第二十八）"乃引'孔子聖人，作《春秋》，辱於魯、衛、陳、宋、齊、楚，卒不遇而死；齊太史兄弟幾盡；左丘明紀春秋時事以失明；司馬遷作史刑誅，班固瘐死，陳壽起又廢，卒亦無所至；王隱謗退，死於家；習鑿齒無一足；崔浩、范曄亦族誅；魏收夭絕；宋孝王誅死；足下所稱吳兢，亦不聞身貴而後有聞也'（一本止略引司馬遷、范曄、左丘明等三人）"③，其所涉缺漏字數各異，合二十一條。所謂"註異字"，如《廣原教》"有威可敬（敬或作警）"，《皇極論》"古之人君（一作君子）"，《論原·禮樂》"禮宜之匹（一本作正）"，《論原·品論》"有所疑也（疑有作

---

① （宋）契嵩撰，鍾東、江暉點校《鐔津文集》，上海：上海古籍出版社，2016年，第390頁。
② （宋）契嵩撰，鍾東、江暉點校《鐔津文集》，上海：上海古籍出版社，2016年，第391頁。
③ （宋）契嵩撰，紀雪娟點校《鐔津文集》，重慶：西南師範大學出版社，2016年，第42、92、136、293、295、388頁。

發）"，《文說》"春秋之文（或云春秋六經）"、"愕然不辯（本或從辨）"，
《夷惠辨》"夷惠辨（或從辯）"，《記龍鳴》"有妄以聞乎（有本云龍亦有妄
鳴乎）"，《上張端明書》"得其所傳也（傳或寄字）"，《非韓子》（第一）
"較而例諸（或曰例較）"①，其註法多樣，合七十五條。由這兩種註釋形
式，可以看到註釋者在其所註之處，當時至少掌握著兩種版本。不僅如
此，這些註釋中，還有些比較特殊者。如《中庸解》（第四）"夫誠也者，
所謂大誠也（夫或作天，或作性）"，《論原・巽說》"用巽固不可也（有本
用作則字，或無固字）"，《評唐續僧傳可禪祖事》"不足為評（亦云不可
憑，亦云不在詳評，然各有旨也）"，《非韓子》（第一）"史臣不書（或云
失書，亦云梁史不直不書）"②，這些註釋則說明註釋者在這些地方當時至
少掌握著三種版本。

　　註釋者所註之處如此之多，而皆有兩三種版本在手，這不是懷悟所能
具備的條件。懷悟《鐔津文集序》云：

　　　　大觀初，余居儀真長蘆之慈杭室，於廣眾中得湖南僧景純上人者
　　入予室，一日投一大集於席間，曰："此老嵩之全集也，秘之久矣。
　　聞師切慕其遺文，願以獻師。"余獲之，且驚且喜。念茲或天所相而
　　授我耶，若獲至珍重寶。自《皇極》《中庸》而下，總五十餘論，及
　　書、啟、敘、記、辨、述、銘、贊、《武林山志》與諸雜著等，約一
　　十六萬餘言，皆舊所聞名而未及見者。雖文理稍有差誤，皆比較選練
　　詮次，幾始成集，庶可觀焉。更冀善本較詳，莫由得也。後又遇周格
　　非出守虔州回，得其《非韓》文三十篇三萬餘言，又緣兵火失之，遂
　　未能就其集。近又得本於語溪東藍彥上人，乃與余昔於匡山所得別本
　　較之，文字亦甚疏謬，乃以韓文條理而正之。然師之著述不得其傳，
　　而散落多矣，如《天竺慈雲法師行狀曲記》，長水璇、勤二師碑誌，
　　《行道舍利述》，《匡山璉道者碑》，《定祖圖序》，皆余自獲石刻而模傳

① （宋）契嵩撰，紀雪娟點校《鐔津文集》，重慶：西南師範大學出版社，2016年，第46、77、89、
　　141、153、154、156、171、206、324頁。
② （宋）契嵩撰，紀雪娟點校《鐔津文集》，重慶：西南師範大學出版社，2016年，第86、117、
　　318、329頁。

之，今總以入藏《正宗記》《定祖圖》，與今文集等會計之，纔得三十
有餘萬，其餘則蔑然無聞矣。如令舉所記，謂有六十萬餘言者，今則
失其半矣。吁嗟惜哉①！

這段文字，說明了《鐔津文集》中三部分文章的來歷。第一，自《皇極》
《中庸》至雜著等篇章，來自景純上人所獻"老嵩之全集"。第二，《非韓
子》，則先見過周格非之本而失之，又得藍彥上人之本，以及昔之得於匡
山者。真正作為《鐔津文集》收錄對象的是後兩個本子。第三，自《杭州
武林天竺寺廟故大法師慈雲式公行業曲記》到《傳法正宗定祖圖敘》諸
文，則為懷悟從石刻本得來。可以看到，由於契嵩文章散佚過多，懷悟搜
羅尤為不易。除《非韓子》外，其他文章都祇有一個版本，他在那種艱難
情況下也根本不可能獲得多個版本。但是，除去《非韓子》中十七條外，
另兩部分所對應的文章中涉及版本差異的註釋尚有六十五條，分佈於五十
一篇文章中，這顯然與懷悟當時所面對的艱難條件不符。

《鐔津文集》除上述兩部分文章外，還有《輔教編》和古、律詩，《山
遊唱和詩》部分。懷悟未曾講過對《山遊唱和詩》是否有校正，但其言
《輔教編》則曰："其《輔教集》舊本以累經鏤板，故雖盛傳於世，而文義
脫謬約六十有餘處，今皆以經書考正之，覽者可以古本參讀之，則其疏謬
可審矣。"② 然考至元本前三卷（即《輔教編》）所存註釋涉及文字差異者
不過四條，其差"六十有餘處"遠矣。顯然，這不是懷悟所註釋，而懷悟
若真曾將此六十有餘處註釋出來，則在後來諸本中不當遺佚。由此可見，
懷悟祇是作校改，而並沒有對這些校改處作註釋。如此而推之，則至元本
中所存諸多涉版本間文字差異者也不當為懷悟所註。

再次是註文字意義，全書有七十一條，表現為四種形式。第一，通過
語義解說、指明出處，以求澄清意義。如《廣原教》"梁齊二帝（梁武齊
文宣也）"、"魏周二君（魏武周武）"，《唐太宗述》"拒德彝之謟，何沮天
下之佞人也（正觀初，奏秦王破陣樂曲，封德彝對曰……）"，《寂子解》

"寂子解（蓋師少時所稱而後更號潛子）"，《送潯陽姚駕部敘》"彼執文習理者也（執文，儒者；習理，釋者；"習以俗語，以論其法"，此姚公來書云）"，《吊明教嵩禪師詩》"誦味喻膾職（師有《遊吾湟川燕嘉亭及楞伽山寺記》也）"，以及《勸書》（第二）"刺血寫佛之經像（已上之事見於劉昫《唐書》及本朝所撰《高僧傳》"，《非韓子》（第十一）"（二生三者也）此說見太玄斯義"等①，合五十三條。第二，註釋文章創作時間、背景，以促進對全篇之理解。如《上皇帝書》"上皇帝書（係嘉祐七年）"，《又上韓相公書》"又上韓相公書（此係東歸後複致此書也）"，《上曾相公書》"上曾相公書（此書係次富相後再故之書也）"，《傳法正宗定祖圖敘》"傳法正宗定祖圖敘（與圖上進）"，《六祖法寶記敘》"六祖法寶記敘（此朗侍郎作，附）"②，合五條。第三，註釋者自作之點評。如《非韓子》（第四）"他教之說也（韓於此謂'不可云禽獸人者有外乎佛老夷狄之教'，而明教不深辨，惜乎）"，《山遊唱和詩》"佳句今逢休上人（仲靈文章大手，非特休比，此止以詩言耳）"③，合兩條。第四，對語涉缺漏、存疑、變化之處作註釋。如缺者：《論原·存心》"南人發歌而（此脫地名二字）"，《論原·評隱》"李（脫名）"，《武林山志》"凡十有三（闕一名）"④；如存疑者：《論原·教化》"響順聲和（上二句似文倒）"，《論原·喻用》"能者散之（散疑筆誤，宜作助兼）"⑤；如變化者：《武林山志》"若吳葛縣（正字避廟諱）"，《非韓子》（第十八）"正元之初（避御諱）"，《杭州武林天竺寺故大法師慈雲式公行業曲記》"其山之木（本字避御名）"，《感遇九首》"還上扶桑（廟諱）"，"思君每盤（正諱）"⑥。此種形式共有十條。

　　註文字意義這部分，有兩種信息是涉及註釋者歸屬的。第一，《吊明

① （宋）契嵩撰，紀雪娟點校《鐔津文集》，重慶：西南師範大學出版社，2016 年，第 43、43、158、171、274、494、26、361 頁。
② （宋）契嵩撰，紀雪娟點校《鐔津文集》，重慶：西南師範大學出版社，2016 年，第 38、201、214、255、257 頁。
③ （宋）契嵩撰，紀雪娟點校《鐔津文集》，重慶：西南師範大學出版社，2016 年，第 347、482 頁。
④ （宋）契嵩撰，紀雪娟點校《鐔津文集》，重慶：西南師範大學出版社，2016 年，第 122、125、290 頁。
⑤ （宋）契嵩撰，紀雪娟點校《鐔津文集》，重慶：西南師範大學出版社，2016 年，第 97、127 頁。
⑥ （宋）契嵩撰，紀雪娟點校《鐔津文集》，重慶：西南師範大學出版社，2016 年，第 291、375、401、428、428 頁。按：《感遇九首》兩句因避諱分別省"樹"、"桓"字。

教嵩禪師詩》中有註云"師有《遊吾湟川燕嘉亭及楞伽山寺記》",其中的"師"指契嵩,若其註者為懷悟,則懷悟當以此文編入《鐔津文集》,但從懷悟自述與今集中所存文章來看則並無此篇。若非恰好遺佚,則可證明此註也非懷悟所為。第二,在上所舉諸例中,其註云"劉昫《唐書》及本朝所撰《高僧傳》",所謂"本朝所撰《高僧傳》"即北宋釋贊寧所著《宋高僧傳》,可見此註為宋人作,而劉昫即劉煦,著《舊唐書》,寫作劉昫,蓋避宋哲宗趙煦之諱;在《唐太宗述》中有註云"正觀",除上舉一例外,此文之註中尚有三條,所指即"貞觀",乃避宋仁宗趙禎之諱;而"葛縣"者,葛玄也,避宋聖祖趙玄朗之諱;"其山之木"中"木"本"樹"字,"還上扶桑"亦闕"樹"字,皆避宋英宗趙曙諱;"思君每盤"闕"桓"字,則避宋欽宗趙桓之諱。這些避諱究竟是註者所為,還是出版刊行者所為,難以遽斷,但即以出版刊行者避宋祖先或皇帝諱,也同樣能說明這些註釋為宋人所作。

綜上對至元本《鐔津文集》中註讀音、註篇數、註文字差異、註文字意義四部分註釋的具體分析來看,至少這些註釋中缺乏支撐歸屬於懷悟的證據,反而有許多證據說明他們不出於懷悟之手。至於他們的歸屬,從避諱來看,當是屬於懷悟之後的宋人。

三、至元本《鐔津文集》中的編纂信息與《鐔津文集》之演變過程析論

至元本《鐔津文集》中的註釋,還有一類是涉及該集之編纂過程的,有三十三條。這些註釋可據其書寫形式分為兩類,即大字書寫與小字書寫。

先看大字書寫者,一共有五條。第一,在《鐔津文集》第四卷分目錄前,曰:"自此後所著書,昔總題名《嘉祐集》。"[①] 第二,在第二十卷開端,曰:"此與楊公濟、晤沖晦山遊唱和詩,今總編於此,貴後賢披覽,以見一時文會之清勝焉。"[②] 第三,在第二十卷《嘉祐序》前,曰:"今既以陳令舉所著之記為前敍,舊得一敍,不書名,不知何人所作,或云瑩道

---

① (宋)契嵩撰,紀雪娟點校《鐔津文集》,重慶:西南師範大學出版社,2016年,第75頁。

② (宋)契嵩撰,紀雪娟點校《鐔津文集》,重慶:西南師範大學出版社,2016年,第449頁。

溫，觀其文藻美麗，或近似之，他輩不能為也。而中間敘其為文之所以，而不甚流類，不免隨為葺正之，仍舊綴於集末云。宗慧因讀覺範集，見此乃《嘉祐序》，文理暢然，遂撤去葺正之說，庶後來無誤耳。"① 第四，在《禮嵩禪師塔》前，曰："師之道譽聲德既其超邁，故後世學者，或當時在位，道贊人主、師表於天下後世者，皆仰而慕之，若天雲日星焉。故有尋遺風、想遐跡，瞻頌稱讚不已。有若前所紀淨因大覺璉禪師將師之《白雲謠》。若江西洪覺範之禮師之骨塔詩，若南海楞伽山端介然吊師之古詩凡百韻者，西蜀住龍舒天柱山靜禪師遙慕師之道譽聲德而序贊者，若靈源惟清禪師之跋師二手帖而伸讚之者，今皆筆之於此，或詳或略，以備研覽，而發季世佛學者之志操焉。其淨因大覺璉禪師送師之《白雲謠》者，已見前之後序中，此不煩錄矣。"② 第五，在《吊明教嵩禪師詩》題目下，曰："余研味其詩，雖風調氣韻高爽酋勁，而中間凡用事綴韻，過於迂僻。今略取其辭意簡雅超邁之句，次成七十三韻，亦可見其才志向慕之誠至焉。"③

這五條信息中，第三、四、五條皆懷悟之言，此在前文《〈鐔津文集〉"又序"考論》中已經論述過。從文字書寫角度說，前兩條與可明確為懷悟所註的後三條皆大字書寫，它們宜出於一人之手。從內容角度說，懷悟在《鐔津文集序》中說"又得古律及山遊唱酬詩共一百二十四首，分之為二"④，則所謂"今總編於此，貴後賢披覽"者顯然便是懷悟，所以這條註釋自然也是懷悟的；懷悟又說"今自《論原》而下，至於贊、辭，約十二卷，次前成一十五卷，昔題名《嘉祐集》者是也"⑤，亦與第一條內容相應，所以，此條註釋當亦為懷悟所註。

再來看小字註釋者，有二十八條，可分為四種。第一種，註所編文章與文集中其他文章之關係的，如鐔津文集卷第十目錄"與黃龍南禪師（別

① （宋）契嵩撰，紀雪娟點校《鐔津文集》，重慶：西南師範大學出版社，2016 年，第 488 頁。
② （宋）契嵩撰，紀雪娟點校《鐔津文集》，重慶：西南師範大學出版社，2016 年，第 490～491 頁。
③ （宋）契嵩撰，紀雪娟點校《鐔津文集》，重慶：西南師範大學出版社，2016 年，第 492 頁。
④ （宋）契嵩撰，鍾東、江暉點校《鐔津文集》，上海：上海古籍出版社，2016 年，第 391 頁。
⑤ （宋）契嵩撰，鍾東、江暉點校《鐔津文集》，上海：上海古籍出版社，2016 年，第 391 頁。

幅）"，《與黃龍南禪師》"與黃龍南禪師（別幅）"①，《答黃龍山南禪師》"答黃龍山南禪師（次幅）"②，前兩條為重複，這些註釋反映了兩篇文章之關聯。又如鐔津文集二十卷總目錄"行業記（此即前敘）"、"並後序諸師詩贊（附）"，《評唐續僧傳可禪祖事》"評唐續僧傳可禪祖事（附）"③，則顯示了其文或為全書之前敘，或在集中處附屬地位。又如《山遊唱和詩》"此與楊公濟……山遊唱和詩（自有序見前序錄中）"、"山遊唱和詩後序（見前之敘卷內）"④，則是說明《山遊唱和詩》本身亦有前後序，而其位置則在《鐔津文集》收序的一卷。

第二種，是註釋所編文章有刪減的，如《吊明教嵩禪師詩》"尋即遵所敕（略去五韻）"、"涇渭情湜湜（略去兩明）"、"德聲轉輝耀（略去七韻）"、"士庶增悃愊（略去三韻）"、"合葬鷲山肋（略去三韻）"、"工歌全九罭（略去六韻）"、"勃然長觿觿（七十三韻）"⑤ 說明了此詩被懷悟在各處刪掉的內容及總共還剩下的聯數；而《贊明教大師》"是非相戰之地（中間敘繁處皆略之）"⑥ 則說明了此篇之序有刪節。

第三種，註所編文章之來源，如：《明教大師行業記》"明教大師行業記（石刻本在杭靈隱山）"⑦，鐔津文集卷第十四目錄"秀州精嚴寺行道舍利述（刻石見戒壇院）"，《杭州武林天竺寺故大法師慈雲式公行業曲記》"杭州武林天竺寺故大法師慈雲式公行業曲記（石刻本見天竺山）"⑧。

第四種，涉及《鐔津文集》其他版本的編纂狀況。如下：

鐔津文集卷第三	1.（真諦無聖論）元在嘉祐集中
鐔津文集卷第十	2.（與王秘校答書）以上七書先自為卷
	3.（還章監簿門狀）以上書元別卷

① （宋）契嵩撰，紀雪娟點校《鐔津文集》，重慶：西南師範大學出版社，2016年，第247頁。
② （宋）契嵩撰，紀雪娟點校《鐔津文集》，重慶：西南師範大學出版社，2016年，第247頁。
③ （宋）契嵩撰，紀雪娟點校《鐔津文集》，重慶：西南師範大學出版社，2016年，第318頁。
④ （宋）契嵩撰，紀雪娟點校《鐔津文集》，重慶：西南師範大學出版社，2016年，第449、483頁。
⑤ （宋）契嵩撰，紀雪娟點校《鐔津文集》，重慶：西南師範大學出版社，2016年，第494頁。
⑥ （宋）契嵩撰，紀雪娟點校《鐔津文集》，重慶：西南師範大學出版社，2016年，第495頁。
⑦ （宋）契嵩撰，紀雪娟點校《鐔津文集》，重慶：西南師範大學出版社，2016年，第7頁。
⑧ （宋）契嵩撰，紀雪娟點校《鐔津文集》，重慶：西南師範大學出版社，2016年，第397頁。

《與石門月禪師》	4.（與石門月禪師）自此元各為卷
鐔津文集卷第十一	5.（移石詩敘）自此元別為卷
《移石詩敘》	6.（移石詩敘）自此元別為卷
《清軒銘》	7.（彼上人也）元集中不著名，可疑也，今謂高識者，乃寓意耳
《非韓中》第三	8.（悖於四）自"上焉者主於一而行之四"以至"悖於四"，元不書此，今備檢入
《廬山開先華藏禪院暹禪師塔記》	9.（廬山開先華藏禪院暹禪師塔記）失本①

　　第三、四條註釋實為同一條，在至元本中《還章監簿門狀》之後即是《與石門月禪師》，故在"鐔津文集卷第十"分目録内於《還章監簿門狀》之下曰"以上書元別卷"，與正文中《與石門月禪師》之下曰"自此元各為卷"是一樣的。"鐔津文集卷第十一"分目録下"（移石詩敘）自此元別為卷"與正文題目下所註亦内容重複。這些註釋中第二至八條，出現了"先"、"元"、"元集"這樣的辭彙，這些辭彙顯然是相對於註釋者手持之本而言的。其手持之本為《鐔津文集》，其所對應之"元集"當然也應是《鐔津文集》的一個版本，而不能是《嘉祐集》之類的其他文集。從註釋者所註内容看，這個"元集"的分卷是另一種形貌。又第七條說"元集中不著名"、"今謂高識者"，第八條說"元不書此"、"今備檢入"，則顯示出此註者同時亦是其手持之新版本的編者，故新版本在分卷上與"元集"的不同，正是他們重編的結果。至於第九條，註《廬山開先華藏禪院暹禪師塔記》"失本"，從至元本來看，這篇文章祇存題目而不見正文，所以謂之"失本"。也即說，"元集"本是有這篇文章的，但新編者（亦是註者）所見之"元集"中正文遺佚，故祇得存其目。

　　至此，前所舉邱小毛、林仲湘對《鐔津文集》中註釋之歸屬的諸多錯誤之處，便可辨析。第一，二人以集中註釋絕大部分歸屬於懷悟顯然是錯

①　（宋）契嵩撰，紀雪娟點校《鐔津文集》，重慶：西南師範大學出版社，2016年，第4、6、7、8、9條分別在第246、262、299、343、405頁。

誤的，其中可明確判定為懷悟註釋的祇有大字書寫的五條，其餘部分基本應視為懷悟之後的宋人所註。第二，二人以"先"、"元"所指者為《嘉祐集》，顯然也不正確。蓋其中涉及分卷問題，《鐔津文集》的編纂者又怎麼會以《嘉祐集》的分卷情況來與自己做對比？二者既非一集，並沒有什麼對比的必要。這裏的"先"、"元"、"元集"是更早的一個《鐔津文集》版本。第三，二人認為第八條註釋"自'上焉者主於一而行之四'以至'悖於四'，元不書此，今備檢入"是懷悟校《非韓》時所為，自然也不正確。考韓愈《原性》"上焉者主於一而行之四……悖於四"乃原文，而從此條註語看，是謂新編《鐔津文集》之人（亦是註者）見"元集"（即舊版《鐔津文集》）中無此，故將此句收錄。

通過前文對至元本《鐔津文集》中註釋的分類辨析，其歸屬已基本判定清楚。通過這些註釋，以及懷悟的《鐔津文集序》，以及至元本、至大本相關序跋，便可對《鐔津文集》在宋元之際的形成、演變之過程作一科學的描述了。其可分為五個階段。

第一，懷悟編纂的"古本"階段。契嵩生前編有《嘉祐集》《治平集》，而《輔教編》《傳法正宗記》則被賜入大藏。但是，在契嵩逝後，文章散佚，懷悟於是廣事搜羅，遂於紹興四年成《鐔津文集》。此集相對於陳舜俞所見契嵩之文，已少了許多。其內部形態，懷悟道："今以令舉所撰《行業記》標之為卷首……乃以《輔教編》上、中、下為前三卷……又以《真諦無聖論》綴於《輔教編》內《壇經贊》後"，"今自《論原》而下，至於贊、辭，約十二卷，次前成一十五卷，昔題名《嘉祐集》者是也。其《非韓》文，昔自分三十章，今約為三卷，次前成一十八卷。又得古、律及山遊唱酬詩共一百二十四首，分之為二，總成二十卷，命題《鐔津文集》，示不忘本也"①。此分卷說明除中間十二卷具體分合不明，以及不清楚末卷所附錄序跋詩贊具體篇目外，其他七卷的情況都是清楚的。

第二，至元本中所指"元集"的階段。這個"元集"是否即懷悟所編古本？又是否保持了懷悟本之原貌呢？從現存情況看，應當不是懷悟所編古本，其形貌與懷悟本當亦有所不同。原因有三。一，至元本中《清軒銘》開

---

① （宋）契嵩撰，鍾東、江暉點校《鐔津文集》，上海：上海古籍出版社，2016 年，第 391、391 頁。

篇曰"高識上人"，而在此篇之末有註釋曰"元集中不著名，可疑也，今謂高識者，乃寓意耳"①，則"高識"二字顯非"元集"所有，乃是新編者所加。新編者之所以要加二字，是認為契嵩原文在"上人"之前必是有其人之名的。懷悟收契嵩原文，則此處不當有闕，而"元集"既闕，則其當非懷悟原本。二，從至元本所存註釋看，"元集"之分卷，與新編本頗不相同。新編本的第十卷在"元集"中是分處於三卷中的；如圖一，《與王秘校答書》下註曰"以上七書先自為卷"，指《與關秘校書》至《與王秘校答書》七文在"元集"中自成一卷；而圖二，《還章監簿門狀》下註曰"以上書元別卷"，指從《受佛日請先狀上知府蔡君謨侍郎》到《還章監簿門狀》又自成一卷；而接下來的《與石門月禪師》至《與楚上人》又處於另一卷；當然，這一卷是單獨成一卷，還是與圖三中自《傳法正宗定祖圖敘》到《移石詩敘》（按：在正文《移石詩敘》題目下有註"自此元別為卷"②）部分合為了一卷，則不詳。由以上關於分卷的註釋可以看出，新編本第十、十一兩卷，在"元集"中是分為四卷或五卷的。又，新編本的註釋未在其他地方說明和"元集"分類之異，若默認兩者在其他地方分卷相同，則此"元集"的卷數應在新編本二十卷的基礎上再加兩卷或三卷，即為二十二或二十三卷。此數字與懷悟所編的"二十卷"不同。三，若此"元集"是懷悟所編本，那麼它自然最大程度地保持著懷悟本面貌，而此古本既在，則新編本中註釋所謂之"一本"、"或本"者自也應是此古本的刊本，也應保持著懷悟古本的面貌。但是，從新編本註釋來看，註者在見到三個以上《鐔津文集》版本的情況下，其新編本相對於懷悟古本居然仍少了八萬字以上，而分卷也與懷悟古本不同，這是很難說通的。所以，此"元集"應是懷悟古本缺損之後又為人所編的一個版本，而正因為古本缺損，纔不得不重新分卷。這個"元集"便是所謂"一本"、"或本"之祖本。

---

① （宋）契嵩撰，紀雪娟點校《鐔津文集》，重慶：西南師範大學出版社，2016 年，第 299 頁。
② （宋）契嵩撰，紀雪娟點校《鐔津文集》，重慶：西南師範大學出版社，2016 年，第 262 頁。

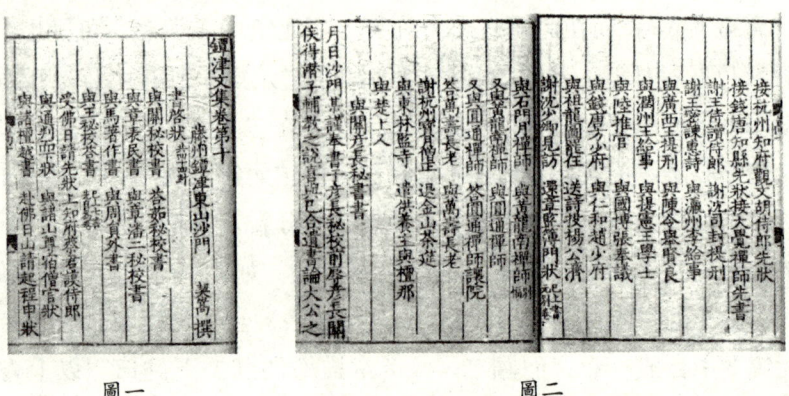

圖一　　　　　　　　　圖二

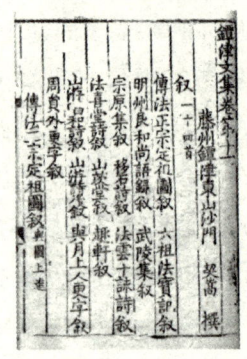

圖三

　　第三，至元本祖本階段。亦即上文之"新編本"，至元本基本保留了此版本面貌①。至元本祖本之編者未見懷悟古本，而所見者為"元集"以及祖於"元集"的其他刊本，因諸本各有差別，於是比刊文字，作以註釋。此本分卷如下：

第一卷	行業記、原教、勸書	第二卷	廣原教
第三卷	孝論、壇經贊、真諦無聖論	第四卷	皇極論、中庸解
第五卷	論原（初十篇）	第六卷	論原（次前十篇）

① 至元本末有釋子柔跋文，其辭曰："（契嵩）書集數萬遺言，刊版流通，入於福州東禪等覺大藏，年代深遠，狼藉蠹壞，編目有虧，今幸際遇宣授江淮諸路釋教都總攝永福大師捐寶鈔雕補完備。"此未曾言及對至元本祖本之正文、註釋有增刪之舉，故本文以為至元本除集末釋子柔跋文一篇外，皆承襲於此祖本。所以，探討其分卷情況便以至元本面貌為說。

續表

第七卷	論原（第二十一至四十篇）	第八卷	雜著（十二篇）
第九卷	書（十四封）	第十卷	書啟狀（四十四篇）
第十一卷	敘（十四篇）	第十二卷	敘（九篇）
第十三卷	志記銘題（十篇）	第十四卷	述題書贊傳評（十二篇）
第十五卷	非韓上	第十六卷	非韓中
第十七卷	非韓下	第十八卷	碑記銘表辭
第十九卷	古、律詩（六十首）	第二十卷	與楊公濟、晤沖晦山遊唱和詩（六十九首）並後序諸師詩贊

　　至元本祖本分卷情況，與懷悟古本不同，明確可知者有三。一，懷悟古本第四至十五卷為"自《論原》而下至於贊、辭"，則第四卷乃以《論原》開端，但至元本祖本第四卷是《皇極論》《中庸解》；又其曰"至於贊、辭"，若非大概之詞，則其第十五卷（或十四、十五卷）當收有"贊、辭"，但至元本祖本第十四卷為"述題書贊傳評"，而第十八卷方為"碑記銘表辭"。二，懷悟古本其末五卷為《非韓》三卷與"古、律及山遊唱酬詩"二卷，而至元本祖本則有"碑記銘表辭"一卷插入其中。三，懷悟古本中，"古、律及山遊唱酬詩"為一百二十四首，但至元本祖本卻是一百二十九首，顯然增加了五首①。

　　第四，至大本階段。至大本由釋明本、永中組織刊刻。永中跋文曰："《鐔津集》諸方板行已久，惟傳之未廣，因細其字畫，重新鋟梓。"並未

---

① 應當注意的是，至元本祖本在第十卷有註云"以上七書先自為卷"、"以上書元別卷"，第十一卷有註云"自此元別為卷"，但在其他分卷中卻並沒有這樣的註。這是否即代表其他卷的分合與"元集"是保持一致的呢？如果是，則至元本祖本在第十、十一卷外的分卷情況便是從"元集"繼承而來。此外，《山遊唱和詩》的編纂有須考證者。懷悟《鐔津文集敘》言其"得古、律及山遊唱酬詩共一百二十四首，分之為二"（契嵩撰，鍾東、江暉點校《鐔津文集》，上海：上海古籍出版社，2016 年，第 391 頁），而至元本以下諸本古、律詩註釋所言及實存者皆六十首，則山遊唱酬詩當即六十四首。考契嵩《山遊唱和詩集後敘》，言及"唱和總六十四篇，始山中遊詠而成者三十七篇，其後相別而諸君懷寄賡唱往來者又二十七篇，並編之為集"（同上，第 226 頁），則《山遊唱和詩》本六十四首，而懷悟之所收無漏無增。但是，至元本於《山遊唱和詩》目錄下則註為六十九首，而集中所存者亦如是，則顯然有五首為懷悟古本之後所增加，即為此至元本祖本所新增。這五篇詩，考契嵩前三十七、後二十七之說，結合《山遊唱和詩》集中結構來看，當是最後之五首，即楊蟠一首、強至四首。

提到對底本是否有改動，或改動的具體情況，祇是說"細其字畫"。考察
至大本，除前後序跋有不同外，幾與至元本完全一致。不僅至元本祖本所
收文章為其所繼承，其所特有的註釋也為之所繼承。其所謂"細其字畫"，
實際是將至元本祖本每半頁十行、每行十八字的版式，細寫為每半頁十二
行、每行二十四字。當然，至元本源於至元本祖本，而至大本究竟是直接
以至元本祖本為底本還是以至元本為底本則不詳。

　　至大本相對於至元本也有差異。在序跋方面，至元本集前無序跋，惟
集末有釋子柔一篇，而至大本則集前有李之仝《輔教編敘》、德洪《題輔
教編》，集後則有明本《重刊鐔津集疏》、永中題識、法珊跋、林之奇跋、
希陵跋。在二十卷正文內，至元本未收契嵩《上仁宗皇帝萬言書》，末卷
也無釋居簡《五根不壞贊》、明本所拾契嵩遺佚之文《豫章西山奉聖院感
應觀音事實記》，至大本則增加了這些篇章。當然，還有少量註釋有異。

　　四、餘論

　　北宋的古文運動，兼具儒釋鬥爭與文學革新兩種目的，對於這場運動
的研究，前人用力者多矣。然而，對這場運動的研究，又往往是以儒者、
古文家為主要對象的，佛徒們在當時的反應如何，則缺乏詳密探討。針對
歐陽修、李覯為代表的排佛運動，契嵩是最著名而又最有成效的反駁者。
不惟如此，與當時僧人多工於詩的潮流相對，他的創作乃精於古文。因
此，契嵩在古文運動中可說是一個極特殊而又極具研究意義的對象，而其
《鐔津文集》也就憑此而具備了非同尋常的研究價值。要力圖精確地研究
《鐔津文集》之內容，自然要以精確地認識其版本為基礎。今以至元本為
基礎，釐清了學界常見的國家圖書館藏元殘本、明清版本中絕大多數註釋
的歸屬，並因此而推斷出《鐔津文集》的版本演變過程，這都有利於促進
更深入研究的展開。

參考文獻

一、古代著作

（漢）毛亨傳，（漢）鄭玄箋，（唐）孔穎達疏《毛詩正義》，北京：北京大學出版社，2000 年。

（漢）孔安國傳，（唐）孔穎達疏《尚書正義》，北京：北京大學出版社，2000 年。

（漢）趙岐注，孫奭疏《孟子注疏》，北京：北京大學出版社，2000 年。

（漢）司馬遷《史記》，北京：中華書局，1959 年。

（漢）班固《漢書》，北京：中華書局，1962 年。

（晋）陳壽《三國志》，北京：中華書局，1959 年。

（魏）何晏注，（宋）邢昺疏《論語注疏》，北京：北京大學出版社，2000 年。

（魏）王弼注，（唐）孔穎達疏《周易正義》，北京：北京大學出版社，2000 年。

（梁）劉勰著，詹鍈義證《文心雕龍義證》，上海：上海古籍出版社，1989 年。

（梁）僧祐《弘明集》，《大正新修大藏經》第 52 冊。

（梁）釋慧皎撰，湯用彤校註《高僧傳》，北京：中華書局，1992 年。

（唐）房玄齡等撰《晋書》，北京：中華書局，1974 年。

（唐）李白著，（清）王琦注《李太白全集》，北京：中華書局，2015 年。

（唐）韓愈著，馬其昶校注，馬茂元整理《韓昌黎文集校注》，上海：

上海古籍出版社，2014 年。

（唐）釋智炬《雙峰山曹侯溪寶林傳》，《中華大藏經》第 73 冊。

（唐）元稹著，周相録校注《元稹集校注》，上海：上海古籍出版社，2011 年。

（唐）白居易著，謝思煒校注《白居易文集校注》，北京：中華書局，2011 年。

（後晉）劉昫等撰《舊唐書》，北京：中華書局，1975 年。

（宋）釋贊寧撰，范祥雍點校《宋高僧傳》，北京：中華書局，1987 年。

（宋）釋道原《景德傳燈錄》，《大正新修大藏經》第 51 冊。

（宋）石介著，陳植鍔點校《徂徠石先生文集》，北京：中華書局，1984 年。

（宋）契嵩撰，鍾東、江暉點校《鐔津文集》，上海：上海古籍出版社，2016 年。

（宋）契嵩《鐔津文集》，《中華大藏經》第 79 冊。

（宋）契嵩《鐔津文集》，《宋集珍本叢刊》第 4 冊。

（宋）契嵩《傳法正宗記》，《大正新修大藏經》第 51 冊。

（宋）契嵩著，邱小毛校譯《夾註輔教編校譯》，成都：西南交通大學出版社，2011 年。

（宋）歐陽修、宋祁撰《新唐書》，北京：中華書局，1975 年。

（宋）歐陽修著，洪本健校箋《歐陽修詩文集校箋》，上海：上海古籍出版社，2009 年。

（宋）歐陽修《歐陽修全集》，北京：中國書店出版社，1986 年。

（宋）李覯著，王國軒點校《李覯集》，北京：中華書局，2011 年。

（宋）釋文瑩撰，鄭世剛、楊立揚點校《湘山野録·續録·玉壺清話》，北京：中華書局，1984 年。

（宋）蘇軾撰，王松齡點校《東坡志林》，北京：中華書局，1981 年。

（宋）蘇軾撰，張志烈等校注《蘇軾全集校注》（第 11 冊），石家莊：河北人民出版社，2010 年。

（宋）程俱撰，張富祥校證《麟臺故事校證》，北京：中華書局，

2000 年。

（宋）惠洪《禪林僧寶傳》,《卍續藏經》第 137 冊。

（宋）惠洪《林間錄》,《卍續藏經》第 148 冊。

（宋）釋曉瑩《羅湖野錄》,《卍續藏經》第 142 冊。

（宋）釋曇秀《人天寶鑒》,藍吉富主編《禪宗全書》,臺北:文殊出版社,1988 年,第 32 冊。

（宋）李燾《續資治通鑒長編》,北京:中華書局,1995 年。

（宋）釋志磐撰,釋道法校注《佛祖統紀校注》,上海:上海古籍出版社,2012 年。

（元）脫脫等撰《宋史》,北京:中華書局,1977 年。

（元）方回《桐江續集》,《景印文淵閣四庫全書》第 1193 冊。

（明）宋濂著,黃靈庚點校《宋濂全集》,北京:人民文學出版社,2014 年。

（明）胡應麟《詩藪》,上海:上海古籍出版社,1979 年。

（清）王士禛《居易錄》,《景印文淵閣四庫全書》第 869 冊。

（清）何文煥《歷代詩話》,北京:中華書局,1981 年。

（清）王先謙撰,沈嘯寰、王星賢點校《荀子集解》,北京:中華書局,1988 年。

（清）蘇輿撰,鍾哲點校《春秋繁露義證》,北京:中華書局,1992 年。

（清）劉光鬥、朱學海《諸城縣續志》,道光十四年刊本。

二、現当代著作

陳垣《中國佛教史籍概論》,北京:中華書局,1962 年。

郭紹虞《宋詩話輯佚》,北京:中華書局,1980 年。

丁福保《歷代詩話續編》,北京:中華書局,1983 年。

朱謙之《老子校釋》,北京:中華書局,1984 年。

周裕鍇《中國禪宗與詩歌》,上海:上海人民出版社,1992 年。

龔延明《宋代官制辭典》,北京:中華書局,1997 年。

周裕鍇《文字禪與宋代詩學》,北京:高等教育出版社,1998 年。

張清泉《北宋契嵩的儒釋融會思想》,臺北:文津出版社,1998 年。

辭海編輯委員會《辭海》，上海：上海辭書出版社，1999 年。

呂肖奐《宋詩體派論》，成都：四川民族出版社，2002 年。

曾棗莊、劉琳主編《全宋文》（第 6、16、19、43、110、140、141、185 冊），上海：上海辭書出版社，2006 年。

楊曾文《宋元禪宗史》，北京：中國社會科學出版社，2006 年。

周裕鍇《宋代詩學通論》，上海：上海古籍出版社，2007 年。

陳士強《大藏經總目提要‧文史藏二》，上海：上海古籍出版社，2008 年。

釋印順《中國禪宗史》，揚州：廣陵書社，2008 年。

陳雷《契嵩佛學思想研究》，北京：宗教文化出版社，2008 年。

錢穆《中國學術思想史論叢》（五），北京：生活‧讀書‧新知三聯書店，2009 年。

馮友蘭《中國哲學史》（下），重慶：重慶出版社，2009 年。

何寄澎《北宋的古文運動》，上海：上海古籍出版社，2011 年。

屈守元《韓詩外傳箋疏》，成都：巴蜀書社，2011 年。

祝尚書《北宋古文運動發展史》，北京：北京大學出版社，2012 年。

李丹《唐代前古文運動研究》，北京：中國社會科學出版社，2012 年。

李貴《中唐至北宋的典範選擇與詩歌因革》，上海：復旦大學出版社，2012 年。

楊伯峻《列子集釋》，北京：中華書局，2013 年。

閆夢祥《宋代佛教史》，北京：人民出版社，2013 年。

周裕鍇《法眼與詩心——宋代佛禪語境下的詩學話語建構》，北京：中國社會科學出版社，2014 年。

梁崑《宋詩派別論》，太原：山西人民出版社，2014 年。

邱小毛、林仲湘《〈鐔津文集〉校注》，成都：巴蜀書社，2014 年。

《新編佛學大辭典》（丁福保《佛學大辭典》、法雲《翻譯名義集》合輯本），河北省佛教協會虛雲印經功德藏印行。

三、期刊与博士论文

郭朋《從宋僧契嵩看佛教儒化》，《孔子研究》，1986 年第 1 期。

郭尚武《契嵩生平與〈輔教編〉研究》，《山西大學學報》，1994 年第 4 期。

魏道儒《從倫理觀到心性論——契嵩的儒釋融合學說》，《世界宗教研究》，1996 年第 2 期。

高聰明《明教大師契嵩與宋學》，《朱子學刊》，1998 年第 1 輯。

嚴國榮《權德輿與古文運動》，《唐都學刊》，1998 年第 4 期。

张海鸥《宋初诗坛"白体"辨》，《中山大学学报》，2000 年第 6 期。

馬東瑤《論北宋慶曆詩人對杜詩的發現與繼承》，《杜甫研究學刊》，2001 年第 1 期。

薛磊《論"晚唐體"》，《西北師範大學學報》，2001 年第 2 期。

方友金《論契嵩的儒釋一貫研究》，《宗教學研究》，2002 年第 1 期。

王秋菊《契嵩孝論思想研究》，《廣西社會科學》，2002 年第 4 期。

陳雷《契嵩"心"範疇的二重性及其意義》，《浙江學刊》，2003 年第 5 期。

王紅霞、王朝源《試論權德輿的古文創作》，《西南民族大學學報》，2003 年第 11 期。

邱小毛《〈鐔津文集〉校注》，廣西大學碩士論文，2003 年。

韓毅《宋初僧人對儒家中庸思想的認識與回應——以釋智圓和釋契嵩為中心的考察》，《中華文化論壇》，2005 年第 3 期。

魏鴻雁《宋代僧人對儒家經學的認識與回應——從釋智圓和釋契嵩談起》，《青海民族學院學報》，2005 年第 2 期。

聶士全《釋契嵩論尊僧與僧籍》，《法音》，2005 年第 5 期。

邱小毛《北宋釋契嵩的生平及文論》，《玉林師範學院學報》，2006 年第 1 期。

魏鴻雁《宋初僧人對北宋文學革新的認識與回應》，《青海民族研究》，2006 年第 4 期。

高建立《論契嵩佛學思想的入世歸儒傾向及其對宋代士林風氣的影響》，《湘潭大學學報》，2007 年第 2 期。

陳雷《契嵩"儒佛一貫"說的邏輯理路》，《南京農業大學學報》，2008 年第 1 期。

陳斐《契嵩的"非韓"與宋代的儒釋互動》，《河南師範大學學報》，2009 年第 4 期。

楊鋒兵《契嵩思想與文學研究》，陝西師範大學博士論文，2010 年。

韓煥忠《明教契嵩與儒家四書》，《五台山研究》，2011 年第 2 期。

陶新宏《宋初佛教儒學化之管窺——以契嵩〈輔教編〉為例》，《長安大學學報》，2011 年第 3 期。

郭畑《宋代儒釋互動的一個案例——契嵩非韓與韓愈地位的轉折》，《船山學刊》，2011 年第 4 期。

高建立《北宋僧人契嵩對儒家孝道思想的吸收與融會》，《商丘師範學院學報》，2011 年第 11 期。

邱小毛、趙黎明《〈契嵩年表〉考補》，《重慶師範大學學報》，2012 年第 2 期。

邱小毛、林仲湘《〈鐔津文集〉的成書與國家圖書館藏元刊殘本考》，《古籍整理研究學刊》，2012 年第 2 期。

邱小毛《釋契嵩古文創作藝術淺探》，《梧州學院學報》，2012 年第 3 期。

吳建民《中國古代“文勢”論》，《學術論壇》，2012 年第 3 期。

喻靜《對佛教孝道觀研究的反思——以釋契嵩為例》，《社會科學論壇》，2013 年第 2 期。

蔣艷萍《〈鐔津文集〉版本源流考》，《南陽理工學院學報》，2013 年第 2 期。

紀雪娟《宋僧契嵩〈鐔津文集〉版本考述》，姜錫東主編《宋史研究論叢》（第 14 輯），2013 年。

張軒《從〈輔教編〉看契嵩“儒釋一貫”的基本理路與特點》，《洛陽師範學院學報》，2014 年第 1 期。

張勇《契嵩非韓的文學意義》，《安徽師範大學學報》，2014 年第 1 期。

羅雪飛《從儒釋互動視角看契嵩禪師對文中子的評價》，《船山學刊》，2014 年第 1 期。

鄭佳佳、張禹東《論佛日契嵩的孝道觀——以〈輔教編·孝論〉為中心》，《華僑大學學報》，2014 年第 1 期。

盛應文《論宋初儒釋混融現象——以李覯與契嵩為例》，《學術探索》，2014 年第 5 期。

查金屏《契嵩的"非韓"及其在宋代韓愈接受史中的意義》,《聊城大學學報》,2014 年第 6 期。

周偉明、鍾金貴《學說互攝與學風互鏡——兼評契嵩人性論關照下的宋儒學風及其後世影響》,《東南學術》,2014 年第 6 期。

楊鋒兵《北宋高僧契嵩研究述評》,《中國佛學》,2015 年第 1 期。

土屋太祐《契嵩〈輔教編〉中的因果報應與修證》,《中國俗文化研究》,2015 年第 1 期。

陳堅《"妥協論證"與"方便教化"——牟子和契嵩對於儒學的不同抉擇》,《宜春學院學報》,2015 年第 5 期。

周偉明《釋契嵩治國思想研究》,《史志學刊》,2016 年第 1 期。

代玉民《範式轉換背景下的中庸觀新形態——北宋明教契嵩的〈中庸〉新範式探析》,《江蘇刑政學院學報》,2016 年第 2 期。

張培高《契嵩的〈中庸〉詮釋》,《宗教學研究》,2016 年第 3 期。

後　記

　　文哲領域之研究，我嘗別之為五：事實考辨，闡釋梳理，術語解說，學理突破，知行合一。今從之者眾、論之者詳、得之者繁者，大要在前兩種。

　　所謂“事實考辨”，要在就專一之人、物、事、貌、時、空論定是非，故往往有正論、駁論，反復交辯，以求其真耳。所謂“闡釋梳理”，其趣頗異，初接者睹之，常茫茫然不知所欲言，論點之不顯，論據之不堅，疑者或以為敘述散文，非關論議也。然其所涉廣、所觸深，上下周流，縱橫捭闔，又有其獨得者。前者近乎漢學，後者近乎宋學，或文質而得真，或辭妙而任情，優劣各見，難於兩成。況人力有限，學海無涯，縱懷兩可之智，孰能左右逢源？

　　我師力之先生，精耕於漢晉，肆志乎秦陳，《楚辭》《文選》，尤所鍾情，其辯難求真，所得之密，知者自知矣。嘗問我曰：“欲何為？”“讀邏輯之書，覽語言之學，通審美之志，感藝文之心，以西學之密，箋中人之精。”“先自考辨始。”遂就習之。今以契嵩為文，筋骨正如此也。將往川，又告我曰：“欲求於大，必轉多師，周師與我，道則同歸，法則存異，今往取之，莫負平生志。”及見裕鍇先生，聞之語，果異前學，既久，乃略或有得，稍知所從。先生力用乎唐宋，意篤於詩禪，任才使氣，“闡釋”名家，又學人之所知，後進之所望也。今為是書，得其沾溉，雖詞有未逮，而縱貫詮說，實以其法為膚理也。

　　少嘗好為文章，志在寠衣而涉，故觀語言、文藝之學。每讀之，術語恍惚，似謬似真，求乎眾家所釋，往往愈說愈艱，遂欲理之。若夫“道”、“氣”、“情”、“志”，“風”、“骨”、“體”、“勢”，或儒家之所常議，或道家之所時言，在哲學已為神秘，人文理更為難勘，若避三家之學，焉能救我之惑哉？乃以契嵩為題也。然綆短汲深，謀大智小，補乎西墻，虞於東墻，初入佛學之域，難免門外觀堂。略可自僥者，解"道"解"教"，說"勢"說"巧"，有一二之得焉。

孔子曰："述而不作。"今之為書者，曰"著"曰"作"，觀其實，往往"述"耳。我嘗有疑焉：近世學者輩出，名家屢起，聲重當代，光寒九州，有可與諸聖並駕、有可與諸子爭途者乎？"作"者，起也，若平地而生高樓，若淵海而拔狂飆，不能起眾生之疑，不能決天地之惑，何敢稱"作"？其可者，必所謂"言近旨遠"、"發前人之未發"者乎？是所謂"學理突破"。為學者，孰不欲並駕諸子，爭途諸聖，而其未能者，何哉？蓋行不由言，言不由心者乎？言"仁義"不能行"仁義"，言"道德"不能行"道德"，言"解脫"不能行"解脫"，則何以會諸聖之心哉？不能感諸聖之為諸聖，其志雖大，不亦遠乎？故曰：今之為學，其至至者，"知行合一"也。

我於是書，不甚看重，若津渡之筏，為少年之"述"耳。然川大有勉諸生之意，不以為棄，願助而出版，蘭兮蘭兮，同心之言，念得一二之願觀者，亦不負數載之披覽，遂決是意焉。周師來回鼓舞，中得玉潔老師往復為助，又有編輯老師，雖未謀面，屢為操持，今皆誠致謝意。

行哉行哉，其道尚遠。

七月卅日，不可覓處。